Die zwölf Wahrheiten des Nainoa

Hank Wesselman

Die zwölf Wahrheiten des Nainoa

Eine magische Reise

Aus dem Englischen von Monika Curths

Scherz

Die Originalausgabe erschien unter dem
Titel «Spiritwalker» bei Bantam Books, New York.
Einzig berechtigte Übersetzung
aus dem Englischen von Monika Curths.

Erste Auflage 1995

Schutzumschlag von Adolf Bachmann unter Verwendung
einer Illustration von Tom Hallman.

Für Jill Kuykendall
in Dankbarkeit und Liebe

Ich will nicht sagen, daß ich solche Rätsel löse ...
denn das ist ziemlich schwierig,
und ihr werdet euch kaum damit beschäftigen können,
ohne euch verächtlich zu machen;
aber ich will euch erzählen, was ich gehört habe ...
François Rabelais – *Gargantua und Pantagruel*

Wer wird sich mit dem Gebimmel von
Jadeglöckchen zufriedengeben,
wenn er gehört hat, wie Felsen wachsen?
Lao-tzu – *Tao-te ching*

Ich werde Ihnen eine höchst ungewöhnliche Geschichte erzählen, eine Chronik von Ereignissen, die ich erlebt habe, als ich auf Hawaii an der Flanke eines aktiven Vulkans lebte. Heute glaube ich, daß mein Wohnort etwas mit den Ereignissen zu tun hatte, obwohl ich früher über eine solche Vorstellung nur gelächelt hätte ...

Ich bin Wissenschaftler und arbeite als Anthropologe mit einem internationalen Spezialistenteam, das in den alten erodierten Landschaften des ostafrikanischen Grabens nach Antworten auf die geheimnisvollen Ursprünge des Menschen forscht. Ich habe Ökologie und Evolutionsbiologie studiert. Meine Forschungsarbeit galt der Rekonstruktion der Umgebung jener prähistorischen Stätten, an denen Steinwerkzeuge und fossile Überreste unserer frühesten Vorfahren gefunden wurden.

Es liegt im Wesen der Wissenschaftler, daß sie sich die meiste Zeit innerhalb ihrer verstandesbetonten Welt sehr stark auf ihre wissenschaftlichen Ziele konzentrieren. Ich erwähne dies, weil ich nicht das Gefühl habe, daß ich in irgendeiner Weise vorprogrammiert war für das, was ich erlebt habe. Meine wissenschaftliche Ausbildung und meine Vorurteile hätten mich eher gegen ein solches Erlebnis einnehmen können.

Vor ungefähr zehn Jahren hatte ich eines Morgens kurz vor Sonnenaufgang eine unverkennbare spontane Bewußtseinsveränderung. Dabei wurde mein Körper bewegungsunfähig durch körperliche

Wahrnehmungen, die beängstigend gewesen wären, wenn ich sie nicht auch als etwas sehr Köstliches empfunden hätte. Das Wort «Ekstase» erhielt plötzlich Bedeutungen, die mir neu waren. In meinem erweiterten Bewußtseinszustand hatte ich eine lebhafte visionäre Begegnung mit einem Wesen, das Menschen, die ihrer traditionellen Stammeskultur verhaftet geblieben sind, vielleicht einen «Geist» genannt hätten.

Dieses Erlebnis hatte mich ziemlich erschüttert, doch meine Vernunft überwog, und ich tat es ab als einen sehr deutlichen Traum oder als eines jener seltsamen Dinge, die im Leben geschehen und die wir nie ganz verstehen werden. Ich hatte es schon fast vergessen, als ich ein weiteres derartiges Erlebnis hatte und dann noch eines, als sollte sichergestellt werden, daß ich ihnen Beachtung schenkte. Meine Neugier war geweckt und die Scheu überwunden. Doch als ich mehr über dieses ungewöhnliche Phänomen erfahren wollte, blieben die Episoden plötzlich aus, und ich wußte nicht, was ich tun sollte, um meine Neugier zu befriedigen.

Einige Jahre später zog ich mit meiner Familie nach Kona, wo ich an einer Außenstelle der Universität von Hawaii lehrte. In dieser Zeit, zwischen 1985 und 1989, erlebte ich mehrere recht bemerkenswerte spontane Bewußtseinsveränderungen, die alle von den gleichen köstlichen, lähmenden Wahrnehmungen einer Kraft begleitet und von eigenartigen visuellen Halluzinationen – hellen Punkten und Linien, Zickzackmustern, Rastern und Wirbeln – eingeleitet wurden.

In den ersten Episoden während dieser Zeit wurde ich bei klarem Bewußtsein auf eine höchst dramatische Weise mit dem Bewußtsein eines anderen Mannes in Verbindung gebracht. Ich hatte das Gefühl, als würde ich mich in seinem lebendigen Körper befinden. Ich konnte sehen, was er sah, hören, was er hörte. Ich konnte seinen Gedanken «zuhören», und als ob das nicht genügte, entdeckte ich auch, daß ich seine Erinnerungen anzapfen konnte, einen vielschichtigen Informationskomplex aus Gedanken, Gefühlen, Eindrücken, Erinnerungen und Meinungen. Er schien meine Gegenwart nicht zu bemerken. Es war, als wäre ich als unsichtbarer Besucher «dort» gewesen. Zu sagen, ich sei überrascht gewesen, wäre eine grobe Untertreibung. Ich war in meinen Grundfesten erschüttert.

Aus Erzählungen hatte ich von Dingen wie Zeitreisen und schamanischen Reisen gehört, und mehr als einmal zuckte ich mit kaum verhohlenem Widerwillen davor zurück. Und nun erlebte ich, ein voll ausgebildeter Wissenschaftler, das gleiche. Es war schockierend. Das Gebäude meiner wissenschaftlichen Weltanschauung begann zu bröckeln.

Zu meinem Erstaunen setzten sich die veränderten Bewußtseinszustände fort. Im Lauf der nächsten vier Jahre kam es zu zwölf solchen Veränderungen. Sie waren weitgehend spontan, das heißt, ich konnte sie nicht selbst herbeiführen, doch jedesmal ging mein Bewußtsein in das desselben anderen Mannes über. Anfangs schienen sich unsere Leben nur gelegentlich zu verflechten, doch allmählich wurde immer deutlicher, daß wir uns aufeinander zubewegten und uns ständig näherkamen. Ohne vorher zu wissen, daß solche psychischen Reisen möglich waren, befand ich mich auf einer Expedition, die sich völlig von den wissenschaftlichen Feldforschungen und Ausgrabungen unterschied, mit denen ich mich sonst beschäftigte. Ich untersuchte plötzlich Bereiche, die weit jenseits der normalen Natur der Wirklichkeit in den verborgenen Reichen der menschlichen Seele und des menschlichen Geistes lagen. Doch diese ungewöhnlichen Erfahrungen vermittelten mir eine Fülle sowohl verwirrender als auch erhellender Erkenntnisse.

Das hört sich phantastisch an, nicht wahr? In düsteren Stunden fragte ich mich mehr als einmal, ob ich dabei war, verrückt zu werden. Doch der Anthropologe in mir beobachtete nüchtern, was mit mir vorging; er machte sich während des veränderten Bewußtseinszustands Gedächtnisnotizen und schrieb alles auf, sobald er zu Ende war. Auf diese Weise entstand eine Art Tagebuch von den Szenen und Gefühlen, die ich erlebt hatte. Meine Versuche, zu erforschen und zu verstehen, wie und was ich durch die Augen des anderen Mannes gesehen hatte, lenkten mich in viele verschiedene Richtungen und dankenswerterweise auch auf ein Gebiet der Anthropologie, über das ich so gut wie nichts wußte – den Schamanismus.

In der westlichen Gesellschaft denkt man bei dem Wort «Schamane» im allgemeinen an einen maskierten Mann in Stammestracht, der, von Trommeln begleitet, nachts um ein Feuer herumtanzt und ein naives, mysteriöses Ritual ausführt. In Wirklichkeit verfügt der Schamane über eine ganz besondere Fähigkeit, die ihn von sämtlichen anderen Anhängern einer Religion unterscheidet.

Alle echten Schamanen sind imstande, einen erweiterten Bewußtseinszustand zu erreichen und visionär etwas wahrzunehmen, das ihre Stammesangehörigen häufig als «die Geisterwelt» bezeichnen. Diese ungewöhnliche Fähigkeit dient der geistigen, seelischen und körperlichen Heilung von Stammesmitgliedern. Der traditionelle Schamane, der von starken altruistischen Motivationen geleitet wird, ist ein Meister der Trance.

Als biologisch ausgebildeter Anthropologe hatten mich die Aufmachung, die Gesänge und Zauberformeln der Schamanen in den verschiedenen Kulturen nicht sonderlich interessiert, obwohl sie sehr schön und eindrucksvoll sind. Sie interessierten mich im Grunde noch immer nicht, aber als ich meine Bewußtseinsveränderungen zu begreifen suchte, beschäftigte ich mich mit den schamanischen Methoden, insbesondere mit denen, die Bewußtseinsveränderungen ohne den Gebrauch von Drogen herbeiführen.

Zu der Zeit, als ich die ersten dieser seltsamen Erlebnisse hatte, war ich nicht religiös. Als Wissenschaftler war ich gegenüber religiösen Dogmen und organisierten Religionen im allgemeinen ziemlich negativ eingestellt, doch ich hatte einiges für das Zen übrig.

In den siebziger Jahren hatte ich Tassajara besucht, einen ehemaligen Erholungsort mit heißen Quellen hinter der Big-Sur-Küste von Zentralkalifornien, der zu einem Übungszentrum für den Zen-Buddhismus umgebaut worden war. Die natürliche Wildnis dieser Gegend lockte mich ebenso wie der ordentliche und schlichte Alltag der Zen-Schüler. Ich war beeindruckt, meine Neugier geweckt, und ich begann, gelegentlich Zen zu praktizieren.

In dieser Zeit beschloß ich, ein- oder zweimal in der Woche für einen Nachmittag eine Kunstschule in San Francisco zu besuchen. Ich arbeitete damals an meiner Dissertation und brauchte einen gewissen Ausgleich neben dieser weitgehend intellektuellen Tätigkeit. Nachdem ich bereits etliche Jahre Kunst studiert hatte, wußte ich, daß Malen, Zeichnen und Bildhauen meine Intuition anregte. Ich erwähne dies, weil ich glaube, daß meine künstlerische Tätigkeit in direktem Zusammenhang stand mit dem, was folgte, und weil ich ziemlich genau weiß, wann meine kreative Phantasie beteiligt ist und wann nicht.

Als meine Doktorarbeit fertig war, wurde meine Frau zum ersten Mal schwanger. Und dann, eines Morgens, kurz bevor die Sonne aufging, hatte ich eine erste spontane Bewußtseinsveränderung ...

Was tut man, wenn einem ein Gericht vorgesetzt wird, das man nicht kennt? Hätte ich es in die Küche zurückschicken sollen? Ich hatte schon immer ein Faible für das Ungewöhnliche und Neue. Also ließ ich mich darauf ein und wollte mehr und mehr darüber wissen.

Im Jahr 1989 kehrte ich von Hawaii zurück, um ein Jahr lang an einer Zweigstelle der Universität von Kalifornien zu lehren. Damals begann ich mit der Niederschrift meines «Hawaiischen Tagebuchs». Ich ergänzte es mit meinen Recherchen* über veränderte Bewußtseinszustände und schamanische Trance- und Seelenreisenpraktiken, weil ich versuchen wollte, hinter meinen rätselhaften Erlebnissen irgendwelche Bedeutungsmuster und Ursächlichkeiten zu finden. Der Wissenschaftler in mir wehrte sich, solche Dinge aufzuschreiben. Ich dachte zunächst an einen Roman, eine fiktive Erzählung, in der alles, was ich erlebt und gelernt hatte, auftauchen könnte, ohne meinem wissenschaftlichen Ruf zu schaden; außerdem bliebe meinen Kollegen auf diese Weise die Peinlichkeit erspart, einen der Ihren öffentlich «abheben» zu sehen.

Doch meine Geschichte ist nicht Science-fiction und nicht Fantasy. Sie ist wirklich passiert. Ich kann meine Erlebnisse weder verschleiern noch verstecken, denn ich betrachte sie längst nicht mehr als «luzide Träume». Was sie im folgenden lesen werden, ist ein Bericht, eine Chronik. Alles, worüber ich in diesem Buch berichte, habe ich wirklich erlebt. Es ist die Geschichte von zwei Menschen, die sich auf eine Reise begeben haben – körperlich, seelisch und gei-

* Siehe auch das Glossar am Ende des Buches, in dem Begriffe in Kurzform gelistet sind, die im folgenden eine Rolle spielen.

stig. Beide werden durch «die Geister» in eine erweiterte Sicht der Wirklichkeit eingeführt und begegnen diesen Geistern von Angesicht zu Angesicht auf ihrer Suche nach Erkenntnis. Es ist auch der Bericht eines dickköpfigen, realistischen Wissenschaftlers, dem ein absolut ungewöhnliches Erlebnis widerfahren ist und der vielleicht über ein weiteres Puzzlestück stolperte, das in das große und immer noch ungelöste Rätsel der menschlichen Evolution gehört.

1

Kontakt

Die erste Begegnung

Im August 1983 wohnten wir in Berkeley. Meine Frau war schwanger mit unserem ersten Kind, und es fiel ihr schwer, längere Zeit bequem zu liegen. Gegen drei Uhr morgens – es war noch dunkel – waren wir beide wach. Ich richtete mich auf und massierte ihr Rücken und Hüften, um ihr Erleichterung zu verschaffen und ihr zu helfen, wieder einzuschlafen. Meine Massage führte dazu, daß wir uns liebten, und als Jill auch danach noch nicht schlafen konnte, knipste sie das Licht an und las.

Ich lag zufrieden neben ihr und schlief schon halb, als ich ein komisches Gefühl in meinem Körper bemerkte. Während ich wieder wach wurde und meine volle Aufmerksamkeit auf dieses Gefühl richtete, wurde es plötzlich so stark, daß ich wie gelähmt dalag. Erschrocken öffnete ich die Augen. Ich sah flüchtige Lichter, Punkte und eigenartige gerade und zickzackförmige Linien, die sich vor der dunklen Zimmerdecke zu einem transparenten Bogen verbanden. Und dann verschwand das Schlafzimmer.

Ich befand mich in einem Wald in nahezu völliger Dunkelheit, ringsum nichts als hohe schwarze Stämme. Es war sehr still, und ein schwacher Geruch hing in der warmen Luft. Die Illusion war täuschend echt; paradoxerweise konnte ich trotzdem fühlen, daß ich neben Jill im Bett lag, und ich hörte, wenn sie eine Seite ihres Buches umblätterte. Ich fühlte mich völlig wach.

Als sich meine Aufmerksamkeit auf Jill richtete, trübte sich mein Blickfeld, in dem ich den Wald sah, als würde das Bild vor meinen

Augen leicht unscharf. Ich blieb still liegen, blickte auf die Bäume ringsum, hörte Jill umblättern, und als ich wieder mehr auf die Gefühle in meinem Körper achtete, kam plötzlich eine Assoziation zustande.

Eine Erinnerung aus meiner Kindheit tauchte auf. Ich saß auf einer Schaukel, die an sehr langen Seilen hing, und meine Mutter gab mir Schwung. Die Schaukel schwang hin und her und auf und ab, höher und höher, und im gleichen berauschenden Auf und Ab des Schaukelbogens schwang jetzt mein Körper.

Als ich mich wieder dem «Traum» zuwandte, nahmen diese stürzenden und treibenden Empfindungen zu. An diesem Punkt entdeckte ich, daß ich mich fortbewegen konnte, und ich ging zwischen den Bäumen weiter. Ich war zutiefst beeindruckt, weil mir alles so wirklich erschien. Ich wußte nicht genau, wie ich mich bewegte oder worauf ich ging, aber wie in einem Traum schien die Absicht, da- oder dorthin zu gelangen, zu genügen. Mein im Bett liegender Körper blieb jedoch unbeweglich.

Ich begann, Einzelheiten der Bäume wahrzunehmen und bemerkte, daß mir der schwache Geruch, der in der Luft hing, bekannt war. Meine Erinnerungen an Afrika brachten mich darauf, daß es Jakarandabäume sein mußten, eine tropische Art, die ganze Wolken lavendelblauer Blüten hervorbringt. Obwohl es dunkel war, fand ich einen blühenden Zweig, der meine Vermutung bestätigte.

Das eigenartige Gefühl in mir verstärkte sich abrupt, mein Körper schien bersten zu wollen und wurde immer starrer, als hielte mich eine unsichtbare Faust gepackt, die mich langsam zerquetschte und mir den Atem nahm. Einen Moment lang fürchtete ich, einen Anfall oder etwas Ähnliches zu haben. Aber als ich bemerkte, daß diese Empfindungen durchaus angenehm waren, verschwand die Furcht so schnell, wie sie gekommen war. Jede Verstärkung des Drucks führte zu einer Welle von Euphorie, in die sich eine unbeschreibliche Freude mischte.

Inmitten dieser überwältigenden Verzückung lenkte etwas meinen Blick auf die Bäume zu meiner Rechten. Und dort, im tiefen Schatten, sah ich eine große dunkle Gestalt mit menschenähnlichen Zügen. Ich erkannte einen Kopf und einen Leib, der jedoch merkwürdig geometrisch aussah. Der Kopf war abgerundet und klein. Arme und Beine waren nicht auszumachen. Es war eine flache, gänzlich schwarze und konturenlose Gestalt ...

Mein Verstand mühte sich, das, was ich sah, einzuordnen, zu klassifizieren. Die dunkle Gestalt war um einiges größer als ich; sie sah aus wie ein riesiges, längliches Schlüsselloch, das aufrecht unter den Bäumen stand. An ihrer rechten «Schulter» sah ich ein kugelförmiges Licht von der Größe eines Basketballs, so hell wie die menschenähnliche Gestalt dunkel war. Das Licht schwebte bewegungslos über dem Boden.

Die Gefühle flossen weiterhin um und in mir und preßten sowohl von innen als auch von außen gegen meinen Körper. Ich versuchte, mich zu bewegen, und stellte fest, daß ich inzwischen völlig gelähmt war. Ich hörte, wie Jill eine weitere Seite umblätterte, und dachte: «Ich muß versuchen, ihr zu sagen, was passiert», aber mein Kiefer war starr, mein ganzer Körper stocksteif. Ich konnte die Hände nicht zur Faust ballen.

Ich war fest entschlossen, Jill von dem Wald und der dunklen Gestalt zu erzählen, aber ich konnte nur zwischen zusammengebissenen Zähnen zischen. Alles, was ich schließlich hervorbrachte, war ein kaum verständliches «Die Bäume ... die Bäume» und «Der Schatten ... der Schatten».

Ich starrte auf die dunkle Gestalt und ihren hellen Begleiter und fragte mich, ob ich träumte, obwohl ich Jill mit den Buchseiten rascheln hörte. Was ging hier vor? War diese Schattengestalt die Quelle der Gefühle? Im selben Moment nahm das Druckgefühl, die Kraft, die auf mich einwirkte, nahezu unerträglich zu. Es war erschreckend und herrlich zugleich. Ich wußte ohne den Schatten eines Zweifels, daß ich hellwach, daß ich bei vollem Bewußtsein war; daß ich vergeblich versuchte festzustellen, was ich wahrnahm und empfand, und daß ich meine Hände nicht bewegen konnte. Ich hatte das, was in jenem Augenblick mit mir geschah, noch nie erlebt: Ich war in Ekstase.

Plötzlich fühlte ich, daß ich «abhob». Aufrecht stehend trieb ich langsam zwischen den Bäumen empor und drehte mich zwischen Blättern und Blüten. Die ekstatischen Gefühle wogten durch meinen Körper, und meine Muskeln zitterten unter der auf sie einwirkenden

Kraft. Der Gedanke, sich gegen diese ungeheure Kraft zu wehren, erschien mir absurd. Die dunkle Gestalt war anscheinend ungeheuer stark, und doch geschah mir kein Leid. Ich vernahm ein brausendes Geräusch und wartete, was als nächstes geschehen würde.

Das Erlebnis endete so abrupt, wie es begonnen hatte. Ich wurde sanft auf den Boden gestellt, und noch während ich auf die dunkle Gestalt starrte, veränderte sie ihre Form und verschmolz mit dem Dunkel unter den Bäumen. Gleichzeitig begannen die Gefühle, die mich erstarren ließen, in langsam verebbenden Wellen abzufließen. Die Bäume, der Schatten und die helle Kugel lösten sich auf, das dunkle Schlafzimmer erschien wieder vor meinen Augen. Meine Erstarrung löste sich, und plötzlich saß ich kerzengerade im Bett, zitternd und mit klopfendem Herzen wie nach einem Schock. Ich drehte mich zu Jill um, aber sie war inzwischen eingeschlafen. Langsam legten sich die letzten Wellen des Gefühls, und die Welt war wieder wie sonst auch. Ich blickte aus dem Fenster, wo das erste Morgenlicht den Himmel erhellte. In meinem Kopf ging es drunter und drüber.

Eine Weile saß ich gedankenverloren auf dem Bett und fragte mich, was ich gerade erlebt hatte. Für einen Traum war mir die ganze Sache viel zu real gewesen. Ich war vollkommen wach gewesen und hatte die ganze Zeit neben Jill im Bett gelegen. Meine Gedanken überschlugen sich und kehrten immer wieder zu jener geheimnisvollen dunklen Gestalt zurück. Ich griff nach meinem Tagebuch, das neben dem Bett lag, und notierte hastig alles, woran ich mich erinnern konnte. Als Jill aufwachte, erzählte ich ihr, was passiert war, und auch, wie angestrengt ich versucht hatte, während dieses Ereignisses zu ihr zu sprechen.

«Das ist merkwürdig», sagte sie. «Ich habe angefangen zu lesen, als du eingeschlafen bist, und nach einer Weile habe ich dich flüstern hören. Du sprichst nie im Schlaf, deshalb habe ich versucht zu verstehen, was du gesagt hast. Aber du hast nur etwas Unverständliches gemurmelt.»

Irgendwie war mir das ein Trost und auch der Beweis, daß tatsächlich etwas geschehen war.

Als ich in den folgenden Tagen über das, was ich gesehen hatte, nachdachte, fand ich es merkwürdig, daß mein Verstand die dunkle Gestalt automatisch als «Schatten» einordnete, insbesondere deshalb, weil ich wußte, daß Carl Gustav Jung den «Schatten» als ein geistiges Konstrukt oder eine Projektion der «dunklen» oder unterdrückten Seite des Ich verstand. Ich zog diese Idee längere Zeit in Betracht. Obwohl ich die dunkle Gestalt als völlig getrennt von mir wahrgenommen hatte – könnte sie eine Ausgeburt meines Gehirns sein? Und wenn sie keine Projektion war, was war sie dann? Sie hatte weder feindliche noch freundliche Gefühle vermittelt, aber ich hatte den Eindruck gewonnen, als ich mich in ihrem schraubstockähnlichen Griff befand, daß die Gestalt neugierig auf mich war.

Rückblickend hatte das ganze Ereignis die Qualität einer Herausforderung; mir war, als würde jemand zu mir sagen: «Hier, ich möchte dir etwas zeigen.» Aber wer oder was trug diese Herausforderung an mich heran?

Die zweite Begegnung

Ungefähr eine Woche später hatte ich ein ähnliches, aber kürzeres physisches Erlebnis. Jill schlief wieder schlecht, und um halb vier Uhr morgens weckte uns das Bellen eines Hundes. Wir lagen im Bett und unterhielten uns im Dunkeln, bis es schon fast dämmerte. Meine Bemühungen, Jill in den Schlaf zu wiegen, führten wieder dazu, daß wir uns liebten, und danach – ich war noch nicht ganz eingeschlafen – spürte ich plötzlich «die Gefühle». Ein plötzliches Prickeln in der Wirbelsäule breitete sich über den ganzen Rücken aus, und eine rauschartige Hochstimmung überflutete mein Gehirn. Ich war mit einem Schlag hellwach. Während sich die Gefühle tosend in mir ausbreiteten, vom Rücken zum Kopf und in die Glieder, lähmten sie mich vollständig. Wie beim ersten Mal war ich mir gleichzeitig meines veränderten Zustands und meiner normalen Wirklichkeit mit Jill neben mir bewußt.

Doch diesmal sah ich keinen Jakarandawald, sondern nur Schatten. Ich versuchte, den Jakarandawald zu sehen, aber er erschien nicht. Ein wenig beruhigt dachte ich, daß es vielleicht doch nicht meine Phantasie war, die das Erlebnis hervorbrachte. Ich versuchte auch wieder zu sprechen, und es gelang mir mit großer Anstrengung, «der Schatten» zu krächzen.

Fast unmittelbar darauf schwanden «die Gefühle». Enttäuscht versuchte ich, den Zustand wiederherzustellen, aber es ging nicht. Ich fühlte mehrere abflauende Wellen, dann war es vorbei.

Ich notierte das Erlebnis in meinem Tagebuch. Beim Frühstück sprach ich mit Jill darüber. Jill ist Physiotherapeutin, und obwohl sie mehr von Neurophysiologie versteht als ich, konnte sie sich nicht vorstellen, was einen solchen körperlichen und geistigen Zustand verursachen könnte. Als sie mich über ihre dampfende Teetasse hinweg ansah, lächelte sie jedoch und meinte fröhlich: «Vielleicht solltest du ihn etwas fragen. Nicht mit Worten, sondern in Gedanken – vielleicht: ‹Wer bist du, warum bist du hier, was willst du?›»

Bei allem Respekt vor Jill – aber damals erschien mir das einfach absurd. Ich beschloß, die ganze Sache zu vergessen, und widmete mich wieder meinen Fossilien. Aber es war mir unangenehm, daß ich mein Erlebnis nicht erklären konnte.

Die dritte Begegnung

In den nächsten Wochen verlief unser Leben normal, doch nach der Geburt unserer Tochter Erica im September änderte sich einiges. Im ersten halben Jahr unseres Elterndaseins war uns nur wenig Schlaf vergönnt. Da ich meine seltsamen Begegnungen mit dem Schatten nicht völlig verdrängen konnte, begann ich, in einschlägigen Büchern zu lesen und erfuhr, daß zahlreiche traditionelle Völker verschiedene Methoden sensorischer Deprivation benützen, um Bewußtseinsveränderungen zu erreichen. Während dieser Monate, in denen unser Schlafrhythmus völlig durcheinandergeriet, fragte ich mich oft, ob sich ein weiteres «Ereignis» herbeiführen ließe; aber es geschah nichts Außergewöhnliches.

Dann, Mitte Februar 1984, an einem nebligen Morgen kurz vor Anbruch der Dämmerung, geschah es wieder.

Jill war aufgestanden, um unser hungriges Baby zu stillen, während ich halb wach, halb schlummernd liegen blieb. Das Nächste, was ich bemerkte, war Jill, die aus dem Fenster über dem Bett in den dunklen Garten hinunterschaute und ängstlich flüsterte, sie habe ein lautes Geräusch gehört. Auch unsere Katze hatte es gehört; sie saß auf dem Fensterbrett und starrte hinunter.

Ich schüttelte meine Schläfrigkeit ab und fragte mich etwas beklommen, ob ich es mit einem Einbrecher zu tun bekommen würde. «Wie hat es sich angehört?» fragte ich.

«Ein scharfes Knacken», flüsterte sie nervös, «als würde jemand eine Latte vom Zaun reißen oder einen dicken Ast abbrechen.»

Wir hatten ein japanisches Badehaus in unserem kleinen Garten hinter dem Haus. Weil ich nicht wollte, daß es jemand mutwillig zerstörte, stand ich auf und holte mir einen Massai-*rungu*, den ich an einem glühendheißen Nachmittag in einem Handelsposten in Ostafrika erstanden hatte. Der Hartholzknüppel mit der Verdickung am Ende konnte sich sehen lassen. Sein Gewicht in meiner Hand wirkte beruhigend, während ich die Treppe hinunterschlich und durch die Hintertür in den dunklen Garten trat.

Ich umklammerte meine Keule, während ich wartete, bis sich meine Augen an die Dunkelheit gewöhnten. Dann ging ich leise um unser Grundstück, wobei ich mich dicht an die Büsche hielt, hin und wieder stehenblieb und mich innerlich darauf vorbereitete, einem Eindringling eins überzuziehen. Aber es schien alles in Ordnung. Badehaus und Zaun waren unversehrt. Kein Mensch war da. Ich ging wieder zu Bett, konnte aber nicht mehr einschlafen. Jill lag neben mir, und wir überlegten, ob vielleicht jemand im Wald hinter dem Haus gewesen sein könnte. Wir beruhigten uns und liebten uns, und erst gegen Morgen war ich entspannt genug, um wieder einzuschlafen.

Mir fielen gerade die Augen zu, als jemand an der Tür klingelte. Von dem Geräusch geweckt, schlug ich die Augen auf und war sofort hellwach. Das Schlafzimmer leuchtete im warmen gelben Licht eines frühen Sommermorgens, was ich sehr seltsam fand, weil es eben noch stockfinster gewesen war. Das Licht schien zu flimmern wie gleißende Kräuselwellen, die verschwanden, sobald ich direkt darauf blickte; doch aus den Augenwinkeln konnte ich sie sehen.

Ich wunderte mich, daß um diese Zeit jemand bei uns klingelte, und stand auf. Als ich das Zimmer durchquerte, fühlte ich undeutlich das Bett unter mir, und als ich mich an der Tür umdrehte und zurückschaute, lag Jill im Bett und schlief, und neben ihr lag jemand lang ausgestreckt – und dieser Jemand war ich. Ich fand es zu diesem Zeitpunkt gar nicht so merkwürdig, vielleicht wegen der heftigen Reaktion, die das Klingeln der Haustürglocke in mir hervorgerufen hatte. Ich wandte mich ab, ging die Treppe hinunter und öffnete.

Niemand war da. Der warme Goldton der Morgendämmerung lag über der vertrauten Umgebung. Ich ließ den Blick über die Vorstadtlandschaft schweifen und bemerkte, daß sie sehr flach wirkte und daß nirgends Schatten zu sehen waren. Ich trat auf den Weg hinaus und sah mich vorsichtig um. Ich war allein. Vielleicht wollte mir jemand einen Streich spielen.

Ohne jede Vorwarnung stürmte die Kraft auf mich ein, so daß ich nach Luft rang und mich erschrocken wehrte. Aber schon in die Schrecksekunde mischte sich Überraschung, und wieder zerstreute das Exquisite dieses Zustandes jede Angst und erfüllte mich mit einer ganz ungemeinen Heiterkeit. Ich fragte mich, ob es das war, was die traditionellen Stammesleute bei ihren mystischen schamanischen Visionen empfanden.

Mein Verstand arbeitete auf vollen Touren, und während ich verschiedene Analysen und Szenarios durchging, fragte ich mich, ob diese Gefühle durch die Gegenwart oder Nähe von etwas Bestimmtem hervorgerufen sein könnten; vielleicht von etwas, das das Geräusch im Garten hinter dem Haus gemacht hatte. Ich erinnerte mich an meine Begegnung mit dem Schatten und wie seine Nähe diese Gefühle intensiviert hatte. Im selben Moment, als ich dies dachte, spürte ich deutlich die Nähe eines «anderen», obwohl ich «ihn» nicht sehen konnte.

Während ich mir völlig im klaren war, daß ich mich im Vorgarten aufhielt, verlagerte sich mein Bewußtsein ein wenig und erfaßte auch meinen Körper, der neben Jill im Bett lag. Ich war eindeutig dort. Ich fühlte die Bettdecke auf mir. Aber wie war das möglich? Ich versuchte zu sprechen, aber selbst mit der größten Anstrengung brachte ich nicht mehr als ein leise zischendes Flüstern hervor. Die unsichtbare Faust hielt mich gepackt, und ich konnte mich praktisch nicht bewegen.

Jills Vorschlag fiel mir ein, den sie vor Monaten beim Frühstück geäußert hatte. Zögernd formte mein Verstand die Frage: «Warum bist du hier?» Als ich keine Antwort erhielt, versuchte ich es noch einmal: «Was willst du?» Wieder keine Antwort, aber ich fühlte mich plötzlich gedrängt, als müßte ich unbedingt etwas Wichtiges erledigen. Dieses Gefühl wurde immer stärker, und ich sagte impulsiv: «Okay, gehen wir ...»

Sofort wurde ich hochgehoben, schwebte über dem Vorgarten, flog über das Haus und stieg schnell höher. Sprachlos blickte ich aus dieser schwindelerregenden Perspektive hinunter auf die vertraute Umgebung. Ich bemerkte, daß das Dach meines Wagens staubig war und daß mich die Katze gespannt aus einem der oberen Fenster beobachtete. Ich stieg sehr schnell höher, bis sich die Einzelheiten der Landschaft unter mir verloren und ich durch hell erleuchtete Wolken flog.

Was folgte, kann ich nur als eine Art Reise in eine andere Welt beschreiben. Ich wurde an Orte geführt und bekam Dinge zu sehen, die aufs lebendigste wirklich waren. Es waren Orte, an denen ich nie gewesen bin, die nirgends in meiner Erinnerung vorkamen. Einige waren monochromatisch und wirkten wie eine Mondlandschaft mit grauen, von Asche bedeckten Ebenen und steinigen toten Wüsten unter schwarzem Sternenhimmel; andere hatten leuchtende Farben, aber die Pflanzen und Tiere dort waren mir völlig fremd. Dank meiner Ausbildung in Biologie und Paläontologie kann ich Pflanzen und Tiere, sowohl fossile als auch heute lebende, recht gut bestimmen. Einige dieser Landschaften waren heiter und angenehm, andere beängstigend oder trostlos in ihrer riesigen Ausdehnung. Mindestens einmal sah ich zwei Sonnen von unterschiedlicher Größe am Himmel, die hinter den Gegenständen, die sie beschienen, interessante zweifache Schatten von verschiedener Farbe warfen. Im Verlauf dieses außergewöhnlichen Erlebnisses stellte sich zunehmend der Verdacht bei mir ein, daß die Lebewesen und Landschaften, die ich sah, «außerirdisch» waren. Ich weiß nicht, wie lang diese Reise gedauert hat, auch nicht, wie viele Orte ich gesehen habe, aber sie konnte nicht länger als höchstens eine Stunde gedauert haben.

Während des ganzen Erlebnisses spürte ich die Gegenwart eines anderen, unsichtbaren Begleiters. Die unglaublich heftig andrängenden Gefühle strömten ununterbrochen durch meinen Körper.

So plötzlich, wie das Erlebnis begonnen hatte, setzte das Ende ein. Ich fühlte, daß ich sank und festen Boden unter mir hatte. Der Eindruck, daß ich im Bett lag, überwog nun wieder. Als die Kraft, die mich erfüllte, allmählich zurückwich, richtete ich meine Aufmerksamkeit auf meinen unbekannten Begleiter, und mir bot sich ein verblüffendes letztes Bild. Ich befand mich wieder in meinem Schlafzimmer und blickte aus dem Fenster, um das erste Licht eines für die Bay Area typischen nebligen Wintermorgens zu sehen. Unmittelbar vor den Fensterscheiben – im dritten Stock! – sah ich eine Frau zu mir hereinstarren. Sie war schlank, hatte kurzes dunkles Haar und dunkle Augen. Ich erinnere mich nicht mehr, wie sie gekleidet war, weil mich ihre konzentriert auf mich gerichteten Augen fesselten.

Mit viel Mühe hob ich den Arm in ihre Richtung und erinnere mich noch, daß meine Hand in mein Blickfeld kam. Ich wußte nicht, ob Jill wach war oder schlief, aber ich deutete auf die vor dem Fenster schwebende Frau und flüsterte: «Da ist sie . . . da ist sie . . .»

In dem dunklen Zimmer schien sich etwas zu bewegen, und die Frau erschien in ihrer vollständigen Gestalt zwischen dem Fenster und mir als völlig dunkle, schattenrißartige Silhouette vor dem Licht draußen, aber doch deutlich menschlich.

Plötzlich konnte ich ihr linkes Auge erkennen, als ob ein Punktstrahler nur dieses Auge in ihrem dunklen Gesicht beleuchten würde. Teilnahmslos blickte es auf mich herab, und ich erinnerte mich plötzlich lebhaft an das Auge des Osiris. Ich hatte dieses unvergeßliche mystische Auge unter anderen ägyptischen magischen Schmuckstücken, sogenannten *udjat*, im Britischen Museum in London gesehen. Jeder Talisman verkörperte ein einzelnes, von der körperlichen Hülle befreites Auge, das außerhalb von Zeit und Raum in die Augen des Betrachters schaute.

Das Auge dieser Frau hielt mich auf ähnliche Weise gebannt. Dann, einen Moment später, war sie verschwunden. Die Gefühle in mir ließen sofort völlig nach, ich war wach, zitterte unkontrollierbar, und mir gingen Fragen durch den Kopf, die ich mit meiner wissenschaftlichen Ausbildung nicht beantworten konnte.

Nachdem die Erlebnisse während dieser dritten außergewöhnlichen Reise mein volles Interesse auf sich gezogen hatten, endeten sie abrupt. Aber ich wollte mehr, und ich wollte verstehen. In den nachfolgenden Tagen überlegte ich, was das jüngste Ereignis mit denen vor einem halben Jahr gemeinsam hatte. Alle drei hatten sich kurz vor der Morgendämmerung ereignet, allen war ein Liebesakt vorausgegangen. Jedesmal waren köstliche somatische Gefühle von unglaublicher Stärke aufgetreten, die während der Dauer der Erlebnisse eine beinahe vollständige Lähmung herbeiführten.

Wie lange hatten sie gedauert? Ich hatte nie auf die Uhr gesehen, aber ich hatte das Gefühl, als hätten die beiden längsten jeweils dreißig Minuten oder weniger beansprucht. Ich beschloß, auf die Zeit zu achten, sobald die Gefühle wiederkommen würden.

Nachdem ich mir die Ähnlichkeiten der Erlebnisse aufgelistet hatte, versuchte ich zu bestimmen, was körperlich mit mir geschehen war. Ich beschäftigte mich auch mit medizinischen Diagnosen und fragte mich, ob ich an Epilepsie litt oder einer anderen Anfallskrankheit. Ich las über Grand mal, Petit mal, Jackson-Anfälle und andere psychomotorische Krampfanfälle nach und erfuhr, daß jeder Mensch einen epileptischen Anfall erleiden kann und daß solche Anfälle im wesentlichen von einer vorübergehend aus den Fugen geratenen Gehirntätigkeit ausgelöst werden. Der einzige Unterschied zwischen Menschen mit diagnostizierter Epilepsie und anderen besteht darin, daß «bekannte Epileptiker» mehr zu dieser Art einer Nervenstörung neigen. Ich hatte nie irgendwelche Anfälle gehabt, aber meine drei Erlebnisse entsprachen sicherlich der medizinischen Beschreibung für Krampfanfälle: plötzlich einsetzende, kurzzeitige Anfälle, meist von Bewußtseinsstörungen und abnormen Bewegungsabläufen begleitet, die vermutlich aus plötzlichen Veränderungen der Gehirnfunktion und rapiden elektrischen Entladungen in den grauen Zellen des Neokortex resultieren. Manche Anfälle treten angeblich im Schlaf auf, andere werden möglicherweise durch

Schlaflosigkeit, körperliche Reize oder emotionale Störungen ausgelöst. Ich war sicherlich körperlich und emotional stimuliert durch den Liebesakt, aber was genau bedeutete das nun, und welche Verbindung bestand zu diesen Bewußtseinsveränderungen?

Abgesehen von diesen vereinzelten spontanen Erlebnissen schien mein zentrales Nervensystem normal zu arbeiten. Ich hatte keine Symptome einer organischen Gehirnerkrankung, weder Tumore, Traumata, Infektionen noch Hypoglykämie. Ich nahm keine Drogen und trank nicht einmal Alkohol. Kurzum, ich erfreute mich bester Gesundheit. Zu diesem frühen Zeitpunkt ging meine Suche nicht über diese übermäßigen körperlichen und seelischen Empfindungen hinaus. Erst später kam ich zu dem Schluß, daß die «Anfälle», selbst wenn es eine neurologische Komponente gab, nicht *nur* ein körperliches Erlebnis waren. Sie hatten und haben, wie ich glaube, eine Bedeutung jenseits meiner individuellen Erfahrungen und Wahrnehmungen. Ich fand, daß ich mit jemandem sprechen mußte, der etwas über veränderte Bewußtseinszustände wußte.

Ein Jahr zuvor war ich auf ein interessantes Buch mit dem Titel *The Way of the Shaman*[1] gestoßen. Als ich darin blätterte, merkte ich, daß ich nicht viel über Schamanen wußte. Ich kaufte das Buch, um vielleicht einmal bei einer Vorlesung etwas Intelligentes über Schamanen sagen zu können, und legte es daheim auf den Stapel der «zu lesenden» Bücher.

Einen Monat später rief mich eine Freundin meiner Frau an, um mich über eine Veranstaltung zu informieren, die mich vielleicht interessieren würde. Es handelte sich um ein Wochenendseminar über Schamanismus von einem Anthropologen namens Michael Harner. Der Name kam mir irgendwie bekannt vor, und beim Durchstöbern meines Arbeitszimmers entdeckte ich, daß er der Verfasser des Buches war, das ich kürzlich gekauft hatte. Vielleicht war es nur Zufall, aber es fiel mir auf.

Diese Veranstaltung kam mir im Grunde ungelegen. Ich war gerade dabei, die letzten Korrekturen an meiner Doktorarbeit vorzunehmen, und der Gedanke, mehrere Tage mit einer Gruppe von New-Age-Typen zu verbringen, lockte mich wenig. Nachdem ich aufgelegt hatte, regte sich kurz etwas in meinem Gedächtnis . . . und war verschwunden. Meine wissenschaftliche Neugier nahm es jedoch zur Kenntnis und ging dem flüchtigen Gedanken nach, der sich als die Erinnerung an etwas Seltsames herausstellte, das vor vielen Jahren passiert war, als ich mich auf einer Expedition in den Wüsten im Süden Äthiopiens befand.

Es war eine Zeit, die sich durch monatelange Einsamkeit und Stille auszeichnete und in der ich tagelang bei größter Hitze mit Landvermessungen, Ausgrabungen und Entdeckungen beschäftigt war. Mittags waren die Steine so heiß, daß man sie kaum berühren konnte, und Staubteufel tanzten zwischen den Dornbüschen. In der Nacht glänzte der Himmel von Sternen, und das Universum zeigte sich von keinem einzigen künstlichen Lichtschein getrübt.

Vielleicht waren es die mangelnden Sinnesreize dieser kahlen, ariden Landschaft, vielleicht war es auch die Hitze – jedenfalls hatte ich eines hellichten Tages, während ich völlig wach war, ein merkwürdig traumähnliches Erlebnis. Ich arbeitete seit fast drei Monaten draußen im Busch und hatte hin und wieder plötzlich das Gefühl gehabt, als würde ich beobachtet. Jedesmal sah ich mich um, aber ich entdeckte nichts. Doch das Gefühl war ausgesprochen stark, und ich sah mich auch weiterhin jedesmal um, wenn ich dieses Gefühl hatte. Und dann, an einem heißen Augusttag, sah ich etwas.

Es war gegen Mittag, die Temperatur war auf fast 48 Grad Celsius gestiegen, und ich grub an einer Stätte, wo man Überreste eines frühen menschlichen Vorfahren, des sogenannten *Australopithecus*, gefunden hatte. Ich arbeitete zusammen mit zwei Afrikanern. Wir waren mit der Arbeit dieses Vormittags fertig und bereiteten uns darauf vor, zum Mittagessen ins Lager zurückzukehren, als ich plötzlich fühlte, daß mich etwas oder jemand beobachtete.

Ich richtete mich langsam auf, wischte mir den Staub von Armen und Kleidung und sah mich um. Meine Augen waren durch den Rand meines Leinenhuts vor der Sonne geschützt. Zunächst sah ich nichts Ungewöhnliches, doch ich bemerkte, daß einer der Afrikaner auf etwas ein Stück weiter links von mir schaute.

Ich folgte seinem Blick und sah aus dem Augenwinkel, ungefähr drei Meter entfernt, etwas Großes. Als ich genau hinsah, verschwand es. Einen Augenblick war es da, und im nächsten war es wie durch einen Schlitz in der Luft verschwunden, der sich reißverschlußartig schloß. Zurück blieb eine Art Knitterstelle, ein schimmernder Bogen ungefähr zwei Meter über dem Boden, der sich im Nu glättete und verschwand.

Ich warf rasch einen Blick zu den Afrikanern, um festzustellen, ob sie es auch gesehen hatten. Der eine namens Atiko sah mich mit seinem aufmerksamen, vogelähnlichen Blick an. Er gehörte zu dem hier einheimischen Stamm der Dassenetch und arbeitete für das Projekt, wann immer wir hier zu tun hatten. Atiko sprach sechs Sprachen einschließlich Suaheli, aber leider kein Englisch. Ich sprach nur einige Brocken Suaheli, so daß wir uns nur beschränkt verständigen konnten.

Ich deutete nach links und warf Atiko einen fragenden Blick zu. Der Afrikaner bedachte mich mit einem langen prüfenden Blick, dann lächelte er und wies auf genau die Stelle in der Luft, wo «es» gewesen war. Er sagte etwas in seiner eigenen Sprache und wiederholte es auf Suaheli. Der andere Afrikaner, ein Wakamba aus Kenia namens Muthoka, sprach ebenfalls kein Englisch, aber er sprach Suaheli. Bei Atikos Worten blickte er auf, und es folgte ein langes Zwiegespräch zwischen den beiden, von dem ich kein Wort verstand. Erst Jahre später erfuhr ich von einem der Geologen der Expedition, daß der Ausdruck *shaitani*, den Atiko benutzt hatte, auf Suaheli «Geist» bedeutet. In jenen Tagen war ich ein treuer Diener der Wissenschaft; ich tat die Episode als eine Halluzination ab, die unter dem Einfluß der großen Hitze zustande gekommen war, und dachte nicht mehr daran.

Diese beunruhigende Erinnerung hielt mich davon ab, den Gedanken, dieses Seminar über Schamanismus zu besuchen, von vornherein zu verwerfen. Eine kleine Unterbrechung meiner Doktorarbeit würde mir guttun. Und so saß ich dann trotz meiner Antipathie gegen New-Age-Mystizismus auf dem Fußboden einer Schulaula, umringt von vielleicht fünfzig anderen Teilnehmern, und hörte mit Interesse, was Michael Harner zu sagen hatte.

Harner war ein kräftiger bärtiger Mann mit dunklen, humorvoll blitzenden Augen. Er sprach lebhaft und lockerte den sachlichen Teil mit Witzen auf. Er sagte nicht viel über seine eigene Feldforschung bei den Jivaro und Conibo des oberen Amazonasbeckens, sondern nützte seine Kenntnis zahlreicher Kulturen, um über die wesentlichen Eigenheiten der Schamanen bei allen Naturvölkern der Erde zu sprechen. Er erklärte, daß die von Schamanen angewendeten Methoden zur Erreichung einer Bewußtseinsveränderung überall erstaunlich ähnlich sind, und meinte, daß die Fähigkeit, Bewußtseinsveränderungen zu erleben, zum biologischen Erbe eines beträchtlichen Teils der menschlichen Spezies gehören könnte und daß selbst Angehörige der westlichen Welt wie wir mit einem Minimum an Training die Ebene des erweiterten Bewußtseins, die er den «schamanischen Bewußtseinszustand» nannte, erreichen könnten.

Während des anschließenden praktischen Teils führte Harner die Teilnehmer in die klassische schamanische Reise ein, bei der nach bestimmten Regeln Kontakt mit «den Geistern» in der «nicht-alltäglichen Wirklichkeit» aufgenommen wird. Es war eine Methode, um persönliche Dinge vorauszuahnen, die ich schon häufig während meiner Aufenthalte in Afrika von anderen praktiziert gesehen hatte.

Harner verwendete monotone und sich wiederholende Trommelschläge als Hilfsmittel, um in Trance zu geraten. Unter seiner Anleitung versuchten wir, wie der traditionelle Schamane, in einem strukturierten Bewußtseinszustand zu reisen und Kontakt mit «helfenden Geistern» aufzunehmen, um über Dinge, die uns persönlich wichtig waren, Information und Anleitung zu erhalten.

Ich fand das alles sehr interessant und schaffte es mit mäßigem Erfolg, während der Trommelübungen eine andere, spirituelle Wirklichkeit wahrzunehmen. Es war so etwas wie ein Anfang, aber nichts im Vergleich zu den drei lebhaften Bewußtseinsveränderungen, die ich ein Jahr später haben sollte.

Nach dem dritten der beschriebenen Ereignisse fragte ich mich, ob meine Teilnahme an Harners Seminar auf irgendeine Weise zu diesen Erlebnissen beigetragen und mich für den «schamanischen Bewußtseinszustand» geöffnet haben könnte. Ich wollte mehr über die «nicht-alltägliche Wirklichkeit» wissen, die die Schamanen der Naturvölker im Trancezustand wahrnehmen, und so las ich mehrere interessante, von verschiedenen Fachleuten zusammengestellte Arbeiten über Schamanismus. Meine Nachforschungen hatten einige interessante Informationen ergeben. Viele Naturvölker glauben zum Beispiel, daß es eine Öffnung in unserem Verstand gibt, eine Tür oder eine Nahtstelle zwischen der alltäglich erfahrbaren Wirklichkeit und der nicht-alltäglichen Wirklichkeit, die oft als die Geisterwelt bezeichnet wird. Die Huichol, ein indianisches Volk in Mexiko, nennen diese Öffnung *nierika*[2]. Ihnen zufolge sind sich die meisten von uns dieser Pforte nicht bewußt, weil sie auch als Schranke funktioniert, die den Nichtbereiten am Zutritt hindert. Wir können ohne weiteres leben, ohne von ihrer Existenz zu wissen. Manche jedoch lernen es, diese Tür zu öffnen, und können über die Schranke hinweg in die Bereiche von Tod und Visionen reisen und bestimmte Aufgaben ausführen. Bei den Naturvölkern sind die Menschen, die diese Aufgaben erfüllen können, die Schamanen.

Wenn in meinem Verstand eine solche Pforte existierte – hatte sie sich dann kurz geöffnet und mir einen Blick gewährt auf das, was jenseits davon lag? Sagen und Mythen sind voll von Geschichten, in denen Menschen solche Erlebnisse hatten, aber ich hatte nie die Möglichkeit in Betracht gezogen, daß sie etwas anderes als symbolisch sein könnten. Und wenn es tatsächlich eine Pforte in meinem Verstand gab, warum hatte sie sich geöffnet? Ich hatte nicht gewußt, daß es sie gab, folglich konnte ich sie nicht geöffnet haben. Aber wenn ich es nicht war, wer – oder was – hat es dann getan? Und was waren diese überwältigenden Gefühle? Hatten sie etwas mit dem Öffnen der *nierika* zu tun? War jene dunkle Gestalt eine Projektion meiner Phantasie oder etwas mit einer eigenen Identität? Wer war die fremde Frau, die nach meiner dritten visionären Reise erschienen war? Was genau wurde mir offenbart – und warum? Meine wissenschaftliche Weltanschauung war erschüttert, als ich die Möglichkeit erwog, daß diese Gestalten vielleicht richtige «Geister» gewesen sein könnten.

Ich hatte keine wissenschaftlichen und keine anderen Antworten auf diese Fragen. Der Wissenschaftler in mir fühlte sich bei diesen Spekulationen über Schamanen und Geister höchst unwohl, und als der Eindruck des jüngsten «Erlebnisses» mit der Zeit schwächer wurde, kehrte ich zu meiner Arbeit über Fossilien zurück. Die Pforte, wenn sie denn existierte, blieb geschlossen.

Das Überschreiten der Schwelle

Im August 1985 – seit meinen drei Bewußtseinsveränderungen waren zwei Jahre vergangen – beschlossen Jill und ich, unsere privaten und beruflichen Bindungen in Kalifornien zu unterbrechen und für ein Ferienjahr an die Konaküste der Insel Hawaii zu ziehen. Zehn Jahre zuvor, als Agrarland noch erschwinglich war, hatten wir von Freunden eine kleine Farm oberhalb der Kealakekua Bay gekauft. Das knapp einen halben Hektar große Grundstück war völlig verwildert, und das alte Haus mußte renoviert werden, aber die Möglichkeit, für eine Weile auf Hawaii zu leben, war einfach zu verlockend.

Unser Land lag auf dem vierhundert Meter hoch gelegenen Plateau an der Westflanke des Mauna Loa, einem der aktivsten Vulkane der Welt. Von unserer breiten Veranda blickten wir über das üppige tropische Grün zu der weit unter uns liegenden felsigen Küste. Im Westen dehnte sich die riesige Weite des Stillen Ozeans bis an den Horizont; im Norden lag der blaue Bogen der Kealakekua Bay, überragt von den steilen Felsen einer geologischen Verwerfung am gegenüberliegenden Ende der Bucht. Genau im Osten erhob sich der stolze Gipfel des über 4330 m hohen Mauna Loa. Nach Süden hin versank die sanft abfallende, gewaltige Flanke des Vulkans im Meer.

Als Junge hatte ich mir gewünscht, mich wie Robert Louis Stevenson oder Marlon Brando in die Südsee davonzumachen. Ich träumte davon, mit einem exotisch aussehenden Mädchen in einem tropischen Paradies zu leben und viele Kinder zu haben. Und nun war ich als erwachsener Mann hier, in der nördlichen Ecke von Polynesien, zusammen mit Jill, deren eurasische Züge fast einheimisch wirkten. Wir verbrachten die Vormittage an einem Strand in der Nähe, schwammen und spielten mit Erica, die jetzt fast drei Jahre alt war. Nachmittags arbeiteten wir am Haus oder auf dem Grundstück, und an den milden tropischen Abenden malte ich meine Bilder von hawaiischen Tempelstätten. Glücklicherweise hatten wir ein gutes Verhältnis mit unseren großzügigen hawaiischen Nachbarn, deren Kinder häufig an unserer Tür erschienen mit einer Brotfrucht oder Fisch. Wir führten ein herrliches Leben.

Im März 1986, kurz vor dem Beginn der Regenzeit, wurde Jill zum zweiten Mal schwanger. Ich hatte unser überwuchertes Landstück inzwischen fast völlig gesäubert, und auf dem Autoabstellplatz lagen siebzig Kaffeebäume und warteten darauf, gepflanzt zu werden. Viele voll entwickelte Bäume bereicherten unser Grundstück bereits, darunter sieben Mangos, vier verschiedene Sorten Avocados, dreierlei Bananenstauden, eine Surinamkirsche, eine Erdbeerguave sowie ein Litschi- und ein hawaiischer Apfelbaum, die ich alle gedüngt hatte, gerade als der Regen einsetzte.

Eines Nachts im März begann «der Traum». Es war Neumond. Die Nacht war sehr still. In der Stunde vor Anbruch der Morgendämmerung wurde ich durch etwas geweckt. Ich lag still neben meiner schlafenden Frau und lauschte. Bis auf ein gelegentliches Autogeräusch auf dem Highway oberhalb unserer Zufahrtsstraße war nichts zu hören. Ich stand auf und blickte aus dem Fenster über unserem Bett, sah aber nichts Ungewöhnliches. Die Sterne blinkten wie winzige ferne Fenster durch die ausladende Silhouette des Banyanbaumes neben dem Haus. Nichts regte sich.

Ich wartete eine Weile, dann legte ich mich wieder ins Bett und kuschelte mich an Jill. Ich atmete im gleichen Rhythmus wie sie und schien eben einzuschlafen, als mich erneut etwas aufschrecken ließ. Ich blieb still im Dunkeln liegen und wartete. Und plötzlich spürte ich «die Gefühle». Sie kamen mir beinahe so vor, als wären sie außerhalb von mir, am äußersten Rand meines Bewußtseins. Über zwei Jahre waren seit jenem dritten Erlebnis vergangen, und ich wurde sehr aufgeregt, als jene bekannten Gefühle erneut in mich eindrangen und sich in mir ausbreiteten. Ich rückte vorsichtig von Jill ab und konnte mich gerade noch auf den Rücken rollen, bevor mein Körper erstarrte. Wie schon früher, wurde das Unangenehme der Lähmung durch die Gefühle, die einfach wundervoll waren, mehr als aufgehoben, und ich richtete meine ganze Aufmerksamkeit auf sie, während sie mich erfüllten.

Als der Druck der unsichtbaren Faust einsetzte, stockte mir der Atem. Ich rang nach Luft und versuchte, etwas Kontrolle über meinen Körper zu behalten. Ich war bei vollem Bewußtsein und bemerkte die eigenartigen Lichtmuster aus Punkten und Linien, die in der Dunkelheit vor meinen geschlossenen Augenlidern flimmerten. In meinen Ohren rauschte und summte es. Während ich mich einige Minuten lang um Körperbeherrschung bemühte, erinnerte ich mich, was ich über *nierika*, die Pforte, gelesen hatte, und bei diesem Gedanken hatte ich plötzlich das Gefühl, mich auszudehnen und nach außen zu bewegen. Die Lichtlinien wurden zu schimmernden Schlangenlinien und seltsamen spaghettiähnlichen Mustern, die sich verschoben, Zacken und Winkel bildeten und wie ein merkwürdiger Bogen erschienen. Ein seltsames rechteckiges Gitter verband sich mit dem Bogen, flackerte kurz, erstreckte sich in eine unvorstellbare, scheinbar unendliche Ferne und war verschwunden. Das Rauschen in meinen Ohren verstummte. Es folgte eine kurze Periode völliger Stille. Der Druck begann nachzulassen, was mich ein wenig enttäuschte.

Ich hörte ein Geräusch, ein seltsames Klicken, das sich kurz darauf wiederholte. Erschreckt öffnete ich die Augen – und entdeckte, daß ich dort war.

2

Die erste Reise
Nainoas Aufbruch

Ein junger Mann stand am Fenster eines frei stehenden Hauses und blickte hinaus auf seine Welt. Die dunkle Mauer des fernen Waldes umschloß die terrassierten Felder jenseits seiner Siedlung. Die Farben der Trockenheit bestimmten das Bild, großflächige Muster aus Gelb, Orange und Braun, die sich von dem sonst allgegenwärtigen Grün abhoben. Die ungeheuer großen Bäume am Waldrand standen reglos vor der Dunkelheit. Nur hin und wieder drang ein Sonnenstrahl durch das Gewirr der stützenden Brettwurzeln. Der Wald war ungewöhnlich still.

Er bemerkte, daß einige der Baumriesen bereits ihre Blätter verloren, und hob den Blick zu dem Kapokbaum, der in seinem Garten stand. In der Stille des frühen Nachmittags hörte er das leise schnalzende Geräusch der fallenden Blätter.

Wieder hatte ein Jahr seinen Kreislauf vollendet, und die Nächte wurden kälter. Die Natur setzte ihren jahreszeitlichen Lauf fort, aber das Leben im Dorf folgte ihm diesmal nicht. Das behagliche und sichere Gefühl der Erntezeit, in der sich die Scheunen bis unter das Dach füllten und in den Räucherkammern die Schinken und Speckseiten hingen, war dahin. An Stelle der sonst üblichen Festlichkeiten herrschten Angst und Unsicherheit. Gerüchte von räuberischen Banden hatte es jedes Jahr zur Erntezeit gegeben, aber in diesem Jahr war etwas völlig Neues geschehen. Der Mann hatte ein flaues Gefühl im Magen. Rasches Handeln war nötig. Seine Augen wanderten zum fernen südlichen Horizont, wo Rauchschwaden

den Himmel verdunkelten. Das Gefühl, daß die Zeit drängte, nahm zu.

Das kleine Haus stand an einer ebenen Stelle unterhalb eines Hochplateaus, auf dem der großartige Wohnsitz und die Verwaltungsgebäude des Direktors und Grundeigentümers der Siedlung emporragten. Das Plateau war ein natürlicher Hügel, dessen Gipfel abgeflacht und dessen Ränder begradigt und mit Steinen befestigt worden waren. Ringsherum und unmittelbar darunter gruppierten sich sternförmig die Gebäude, in denen die große Familie und das zahlreiche Personal des Direktors wohnten; daran angrenzend lagen die Häuser der tiefer gelegenen Siedlung. Das Plateau stand wie ein Klotz im Zentrum der sich unregelmäßig ausbreitenden Siedlung. Jenseits der Siedlung erstreckten sich die abgeernteten Felder wie die Speichen eines Rades. Und in der Ferne lag ringsum der große Wald.

Zum ersten Mal in ihrer hundertjährigen Geschichte war die Siedlung verlassen, standen die großen Häuser auf dem Plateau leer. Der Direktor und Herr der Siedlung, der Hohe Häuptling John Hulikanaka Kaneohe, seine Familie und seine Angestellten waren wie alle anderen fortgegangen. Vor seinem inneren Auge tauchte das Bild des Direktors auf, ein großer kräftiger Mann der herrschenden Klasse, die die Siedlungskette am Westrand des Binnenmeers beherrschte. Die Direktoren waren verantwortlich für das Land, für seine Bebauung und Pflege, für die Menschen, die auf diesem Land wohnten und es bestellten, sowie für die verschiedenen Klassen der Handwerker, Kaufleute, Jäger, das Gesinde und alle anderen, die innerhalb der Siedlungen lebten.

Jedes der urbar gemachten Gebiete entlang des Binnenmeers setzte sich aus zwei Hälften zusammen, einer Siedlung am Wasser, deren Einwohner den Reichtum des Meeres nutzten, und einer Gemeinde im Inland, die Ackerbau und Viehzucht betrieb. Der Hohe Häuptling Kaneohe leitete die binnenländische Hälfte von Nainoas Gebiet; sein älterer Bruder, der Hohe Häuptling des ganzen Gebiets, war für die Küstensiedlung zuständig. Jede ländliche Gemeinde lag eine Tagesreise landeinwärts von ihrer Schwestergemeinde an der Küste entfernt.

Innerhalb und zwischen den beiden Gemeinden wurde mit einer

Vielzahl von Erzeugnissen gehandelt. Wichtiger war jedoch, daß jedes Landgebiet völlig autark sein konnte, selbst in Zeiten der Hungersnot. Diese alte Grundregel hatten sie von ihrer Heimatinsel mitgebracht. Dank dieser Strategie hatten sie während ihrer langen und häufig turbulenten Geschichte überlebt.

Während der junge Mann der Stille lauschte, gingen ihm viele Gedanken und Kindheitserinnerungen durch den Kopf. Nichts war mehr so wie früher. Alles hatte sich verändert. Sein Adoptivvater Kiwini war seit zehn Jahren tot; er war ein ranghoher Schreiber und angesehener Gelehrter und Historiker gewesen. Von ihm hatte Nainoa vieles gelernt, auch Lesen und Schreiben. Er hatte Selbstdisziplin und ein hervorragendes Gedächtnis entwickelt, wobei besonders letzteres wichtig war, weil die meisten Berichte der Siedlungen von den Schreibern auswendig gelernt wurden, um sie, wenn es die Umstände erforderten, wiedergeben zu können. Obwohl der Direktor einige sehr alte Bücher besaß, war Papier für Aufzeichnungen so gut wie nicht vorhanden.

Von seinen Vorfahren hatte der Mann nur undeutliche Vorstellungen. Die Siedlungen waren früher häufig von Hungersnöten heimgesucht worden; Familien, die zu viele Kinder hatten, um sie alle zu ernähren, setzten ihre jüngeren Kinder aus, die dann von besser gestellten Familien aufgenommen wurden. So kam es, daß viele Kinder, besonders aus dem einfachen Volk, aufwuchsen, ohne ihre leiblichen Eltern zu kennen. Er hatte das Glück, daß ihn die Familie eines Verwaltungsbeamten des Direktors aufnahm und ihn für den höheren Beamtendienst ausbildete. Er war zuständig für Buchführung und Inventar der ackerbaulichen Erzeugnisse, und er war der Privatsekretär des Direktors.

Als der Mann über all dies nachdachte, überkam ihn ein Gefühl großer Einsamkeit. Er wehrte sich dagegen, indem er über seine Beziehung zu seinem Häuptling nachdachte.

Während seiner Kindheit hatte ihn sein Vater unterrichtet. Als es sich herumsprach, welche Fortschritte er machte, hatten ihn seine Fähigkeiten mit Häuptling Kaneohe und seiner Familie zusammengebracht, und durch sie wiederum gelangte er in Kontakt mit den anderen herrschenden Familien entlang der Westküste des Binnenmeers.

Als er erwachsen war, erhob ihn die Macht des Herrschers über die anderen Diener des Häuptlings, mit denen er aufgewachsen war.

Noch heute morgen war er vor dem Direktor gestanden, der an dem breiten Tisch saß, von dem aus er das Land regierte. Die dunkle, glänzende Tischplatte war völlig leer geräumt; nichts mehr von den Dingen, die er schon als Junge betrachten durfte, befand sich darauf. Der Direktor hatte damals seine kindliche Neugier bemerkt und ihm Geschichten von den verschiedenen Gegenständen erzählt – Geschichten, die im Gedächtnis der Schreiber und Direktoren festgehalten waren. Die meisten dieser seltenen Gegenstände auf dem Schreibtisch waren im Besitz der Familie des Häuptlings seit der Zeit vor der langen Reise, die ihre Vorfahren vor 130 Jahren zu den westlichen Ufern von Amerika geführt hatte. Zum größten Teil waren es Artefakte aus dem Großen Zeitalter, einer geschichtlichen Periode vor nahezu fünftausend Jahren.

Heute hatte der Direktor keine Geschichten erzählt. Er hatte müde ausgesehen und besorgt. Sein unruhiger Blick hatte sein unruhiges Herz verraten. Der junge Mann hatte gewartet und auf das alte, aus Elfenbein geschnitzte Emblem der Königswürde geblickt, das der Landesherr an Schnüren aus dem Haar seiner Vorfahren um den Hals trug. Selbst die Elfenbeinsichel vermittelte heute nichts von der persönlichen Macht des Häuptlings. Seine gewohnte innere Harmonie war durch die Entwurzelung der Gemeinde zerstört. Tagelang war der Lärm der Menschen, die sich auf den Abzug vorbereiteten, vom Hof heraufgedrungen. Nun kündete die Stille die bevorstehende Abreise des Häuptlings in die Hauptstadt an.

Schließlich hatte sich der Direktor an seinen Privatsekretär gewandt, und für einen Augenblick leuchtete in seinem Gesicht die Zuneigung auf, die er für den jungen Mann empfand. Doch er kam sofort zur Sache. Sie waren allein, und Häuptling Kaneohe sprach ohne Umschweife.

«Nainoa, wie du weißt, ist unter unseren unberechenbaren Nachbarn im Süden ein Bürgerkrieg ausgebrochen. Sie haben sich noch nie selbst regieren können, und nun haben sie ihre friedlicheren Nachbarn, unsere Freunde, angegriffen, die das Gebiet an unserer Südgrenze bewohnen.»

Der Direktor zögerte, als ihm bewußt wurde, wie hart seine Worte klangen. Doch dann fuhr er fort: «Die Leute dort waren schon immer Extremisten. Inzwischen hat ein Fanatiker, unterstützt von seiner Anhängerschaft, die Macht an sich gerissen. Fast täglich haben uns erschöpfte Läufer Berichte von Mord, Brudermord und militaristischen Machtdemonstrationen gebracht. Wahrscheinlich wird sich der Usurpator mit seiner Kriegerelite demnächst gegen uns wenden. Kriege zu führen war für diese Leute immer das Wichtigste. Und jetzt, nachdem sie einmal dabei sind, werden wir sie kaum noch aufhalten können.»

Der Häuptling und sein Privatsekretär sahen sich über den breiten Tisch hinweg an. Die ausgeklügelten Systeme von Handel und wirtschaftlichem Austausch, die die Siedlungen so lange im Gleichgewicht gehalten hatten, hatten endgültig versagt.

«Die Lage ist sehr ernst», sagte der Häuptling. «Ich weiß nicht, was aus uns allen werden wird. Die Welt, die wir kennen, hat sich verändert, und das nicht zum Besseren.»

Er blickte finster durch das nach Süden gehende Fenster seines Büros. «Wir haben auf diesem Land Ackerbau und Viehzucht betrieben. Diese periodisch immer wieder aufkommenden kriegerischen Elitegesellschaften sind ein echtes Problem. Militärischer Extremismus ist lebensverachtend und zerstört das für unser aller Überleben notwendige Gleichgewicht. Er entsteht durch Führungsschwäche auf höchster Ebene.»

Beide Männer blickten aus dem Fenster über die leeren Felder. Die letzten Herden waren auf der Nordstraße ins sichere Nachbargebiet getrieben worden, die Ernteerträge schon vor Tagen auf Ochsenkarren fortgeschafft. Den Eindringlingen sollte nichts überlassen werden; sie würden kaum etwas zu essen vorfinden. Die starken politischen Verbindungen, die durch Eheschließungen zwischen Mitgliedern der herrschenden Familien zustande gekommen waren, vereinten die beiden Nachbarländer im Kampf gegen den gemeinsamen Feind im Süden. Der Landesherr wandte sich erneut an seinen Schreiber.

«Es scheint, daß wir an einer Schwelle angelangt sind, die wir überschreiten müssen, ob wir dazu bereit sind oder nicht. Wir werden uns an die Gouverneurin wenden, und unsere Gemeinschaft wird zunächst unter ihrem Schutz leben. Wenigstens für eine Weile werden wir dort sicher sein.»

Als Kaneohe fortfuhr, kam noch einmal seine Zuneigung zu Nainoa zum Vorschein. «Als Buchhalter und Bewahrer der Berichte hast du sehr zum Wohlstand meines Haushalts und zum Wohl des ganzen Landes beigetragen. Je älter und reifer du geworden bist, um so deutlicher haben sich deine Erinnerungsfähigkeit und dein analytischer Verstand bewährt. Du besitzt Eigenschaften und Stärken, die dich von den mehr durchschnittlichen Menschen unterscheiden.»

Der Häuptling hielt inne, und Nainoa wußte, daß er über die unbekannte Herkunft seines Schreibers nachdachte. Seit mehr als tausend Generationen hatte die herrschende Klasse groß gewachsene, kräftige und intelligente Menschen hervorgebracht. Die Häuptlinge waren im Durchschnitt mindestens dreißig Zentimeter größer als ihre Untertanen. Nainoa hatte eine Größe von knapp zwei Meter zehn; er hatte sich oft gefragt, ob er der uneheliche Sohn einer Liaison zwischen einem Häuptling und einem Bauernmädchen war. Er wußte nicht, wer seine leiblichen Eltern waren. Der Direktor fuhr fort:

«Ich habe deine Fähigkeiten, deine Rechtschaffenheit und die Freundschaft, die sich zwischen uns entwickelt hat, schätzengelernt.»

Dann unterbrach er sich wieder. Nainoa wußte, daß ihn Häuptling Kaneohe mit seinem Lob nicht in Verlegenheit bringen wollte. Lob anzunehmen oder offenkundig über eigene Leistungen nachzudenken, führte zu selbstsüchtigen Gedanken und Taten, was wiederum zu Lasten der inneren Harmonie und des inneren Gleichgewichts ging. Der Direktor blickte durch das Fenster nach Süden, wo am Horizont gerade der Rauch aufgestiegen war.

Unvermittelt stand er auf. Er ging um den Tisch herum und bedeutete Nainoa, ihm in den Hof zu folgen. Hinter ihnen erschienen mehrere Diener, um den Tisch und den Stuhl des Häuptlings zu einem wartenden Wagen zu tragen. Der Häuptling blickte zu dem großen Kapokbaum empor, dann wandte er sich an Nainoa:

«Ich möchte dir einen Vorschlag machen, über den du nachdenken sollst. Einerseits bist du als Schreiber von sehr großem Wert für mich, aber ich habe viele Schreiber in meinem Haushalt, und es gibt etwas für dich zu tun, das von noch größerem Wert sein könnte.»

Nach einer kurzen Pause fuhr der Direktor fort: «Ich möchte, daß du dir überlegst, ob du eine lange und weite Fußreise unternehmen würdest.»

Die Förmlichkeit und der Respekt, die in dieser Frage des Häuptlings zum Ausdruck kamen, waren dem jungen Mann nicht entgangen. Es war eine große Ehre. Normalerweise wurde ein ähnlich förmlicher Auftrag zur Erforschung eines Landes nur einer größeren, von einer königlichen Persönlichkeit angeführten und von zahlreichen Hilfskräften begleiteten Gruppe übertragen. Nainoa fühlte plötzlich, wie seine Kraft und sein Ansehen wuchsen. Den Wald zu roden war eine schwere Arbeit gewesen, und nur wenige Menschen innerhalb der Siedlungen hatten Lust, tiefer in den Wald vorzudringen. Die Hawaiianer waren immer ein seefahrendes Volk gewesen. Die gewaltigen Bäume waren ihnen unheimlich, dazu kam, daß der größte Teil des Waldes nur während der relativ kurzen Trockenzeit zugänglich war. Aus diesen Gründen war das Innere des amerikanischen Kontinents, besonders die Region im Osten des Binnenmeers, weitgehend unbekannt geblieben. Nur die Jäger und Holzfäller wagten sich weiter in den Wald hinein auf der Suche nach Fleisch, Häuten, Federn, Holz und Heilpflanzen, aber selbst diese hartgesottenen Abenteurer entfernten sich höchstens zwei oder drei Tagesreisen von der Küste.

«Der Zweck deiner Reise wird sein, unser Wissen über das Innere des Kontinents zu vermehren. Ich weiß, daß du als junger Bursche mit dem Jäger Nagai oft im Wald gewesen bist; somit besitzt du die nötigen Voraussetzungen, um eine solche Reise erfolgreich durchzuführen. Und du verfügst über das Rüstzeug des Historikers.»

Nainoa errötete vor Stolz. Historiker standen in sehr hohem Ansehen; insofern hatte die Feststellung des Häuptlings einiges zu bedeuten. Der Häuptling fuhr fort:

«Aufgrund deiner Fähigkeiten wird dein Gedächtnis alles aufnehmen, was dir begegnet, und du wirst dir die unzähligen Einzelheiten merken, die dir den Weg weisen, um aus dem Labyrinth des Waldes zu uns zurückzufinden. Ich weiß, du wirst zu uns zurückfinden.»

Plötzlich blitzten die Augen des Direktors verschmitzt, und er sagte, während er Nainoa anblickte: «Dein Name wird dir Glück bringen. Du wirst dich zurechtfinden wie dein geschätzter Namensvetter vor dir.»

Der Name von Nainoa, dem Seefahrer, stand in den Sternen geschrieben. Von ihm stammte das seinem Volk überlieferte Wissen über die Hochseefahrt. Alle großen Seefahrer, die es im Lauf der Geschichte gegeben hatte, sahen in ihm ihren tatsächlichen oder geistigen Vorfahren. Nainoa hatte sich oft gewundert, warum er diesen Namen erhalten hatte, aber nun hatte Häuptling Kaneohe daraus etwas Prophetisches gemacht, etwas, das ihn und seine Reise unter einen mächtigen Schutz stellte. Nainoa fühlte sich durch die Worte des Häuptlings zusätzlich gestärkt. Der Direktor verstand, was in ihm vorging, und sagte lächelnd:

«Ich möchte, daß du nach Osten gehst. Durchquere den großen Wald jenseits des Binnenmeers und steige über die hohen Berge dahinter. Anhand der alten Karten, die die Amerikaner während der Kontaktperiode auf unseren Inseln zurückließen, wissen wir von der Existenz des Gebirges, aber niemand weiß, was dahinter liegt. Wir haben mit unseren seetüchtigen Kanus das Binnenmeer erforscht, die einmündenden Flußsysteme und die unzähligen Inseln des ausgedehnten Archipels entlang der Küste im fernen Norden und Süden. Aber die bisherigen Expeditionen konnten unmöglich diese Entfernungen zurücklegen, ohne von der Regenzeit abgeschnitten zu werden.

Du mit deinen Kenntnissen und Fähigkeiten könntest es schaffen, wenn du mit leichtem Gepäck reist. Ich will wissen, was hinter den Bergen liegt. Weißt du auch, warum?»

Nainoa hatte oft über das Innere des unbekannten Kontinents nachgedacht. Jetzt sprach er zum ersten Mal.

«Du möchtest die Nachfahren der Amerikaner finden und den äußeren Rand des Waldes», sagte er. Als der Häuptling nickte, fuhr Nainoa fort:

«Vielleicht waren die Amerikaner keine Waldbewohner. Das Land hinter den Bergen könnte trockener und weniger bewaldet sein. Vielleicht finden wir ihre Nachkommen dort. Aus ihrer Geschichtsschreibung wissen wir, daß sie sehr zahlreich waren und in ungeheuer großen Siedlungen in großen Häusern aus Metall und Stein lebten. Was mit ihnen geschah, bleibt ein Geheimnis. Wir haben keine Möglichkeit festzustellen, wie genau unsere eigene Überlieferung ist. Viele tausend Jahre sind seit dem Untergang ihrer Zivilisation vergangen. Vielleicht ist vieles, was wir für Tatsachen halten, nur ein Mythos. Doch daß sie hier waren, wissen wir, weil unsere Bauern immer wieder auf merkwürdige Gegenstände stoßen. Und es gibt die überwucherten Überreste ihrer großen Straßen, die den Wald durchqueren ...»

An dieser Stelle merkte Nainoa, daß Häuptling Kaneohe unruhig wurde. Die Zeit war knapp. Der Direktor kam auf seine Anweisungen zurück.

«Es gibt noch etwas, das ich wissen will. Die großen Überseekanus, in denen unsere Vorfahren hierher kamen, waren so gebaut, daß sie sowohl Menschen als auch die für ihr Überleben nötigen Vorräte befördern konnten. Niemand wußte, wie groß die Entfernungen waren, weil keine der früheren Expeditionen je zurückgekehrt war oder ein Kanu zurückgeschickt hatte. Sie waren einfach verschwunden, und man nahm an, daß diese frühen Reisenden umgekommen sind.

Dennoch beschlossen unsere Vorfahren, den Versuch zu wagen. Sie hatten Glück, aber es war eine Sache auf Leben und Tod. Wie ihre Vorfahren nahmen sie ihr Saatgut mit und alle ihre Haustiere – bis auf eines. Sie mußten sich entscheiden, entweder Rinder oder Pferde mitzunehmen, und weil uns Rinder, Schweine und Ziegen mit so vielem versorgen, nahmen sie Kälber, Ferkel und Zicklein mit.

Sie trafen natürlich die richtige Entscheidung. Es war ja möglich, daß sie bei ihrer Ankunft hier Pferde vorfinden würden. Man wußte, daß die Pferde ursprünglich von den Amerikanern nach Hawaii gebracht worden waren. Aber als die Reisenden an Land gingen, fanden sie weder Amerikaner noch Pferde.

Wir wissen, daß Pferde nicht im Wald leben, sondern im offenen

Grasland, wo sie Platz zum Laufen haben. Keiner von uns hat in der Nähe des Binnenmeers jemals offenes Grasland gesehen, doch irgendwo muß es das geben. Wir haben hier auch nie Pferde gesehen, aber wenn es hinter den Bergen offenes Land gibt, wirst du wahrscheinlich dort Pferde finden. Die Wiederentdeckung der Pferde wäre eine große und verdienstvolle Errungenschaft. Ich möchte, daß du sie mitbringst, wenn du kannst. Ich will sie züchten, wie es meine Vorfahren taten.»

Der Direktor lächelte seinen Schreiber an. Es war alles gesagt. Zu Nainoas Erstaunen trat Häuptling Kaneohe auf ihn zu und umarmte ihn. Dann hob er die Hände und sprach den althawaiischen Segensspruch:

«Segen für diese Reise,
Segen für diesen Mann,
Gehe getrost mit göttlicher Hilfe,
Amama, ua noa . . . Laß es so sein.»

Nainoa war von der offen gezeigten Zuneigung des Häuptlings verwirrt. Sein niederer gesellschaftlicher Stand verdiente eine solche Ehre nicht. Häuptling Kaneohe wandte sich ab und ging Nainoa voraus über den Hof und hinter das Wohnhaus seiner Familie. Hier befand sich sein privates *heiau*, der Ort der Macht, wo die Menschen zu den Geistern beteten und Opfergaben für sie niederlegten.

Der Häuptling stieg die Stufen hinauf, blieb vor dem *hale mana* stehen und sprach ein kurzes Gebet, mit dem er die Erlaubnis erbat, das Haus der Macht zu betreten. Dann öffnete er die Pforte, stieg auf das Steinpodest und trat durch die niedrige Tür. Die heiligen Reliquien, einschließlich der Gebeine seiner Vorfahren, waren schon vor Tagen an einen sicheren Platz gebracht worden, begleitet vom *kahu*, dem für das *heiau* zuständigen Priester.

Kurz danach erschien Häuptling Kaneohe wieder mit einem großen, in schwarzes Wildleder gewickelten Gegenstand im Arm. Er trug ihn die Treppe hinunter und über den Hof zu seinem vierrädrigen königlichen Wagen. Offensichtlich sollte das Paket unter seiner persönlichen Obhut auf die Reise gehen. Der Häuptling sah sich um, als wollte er sich vergewissern, daß sie allein waren. Außer den sechs weißen Ochsen vor seinem Wagen war keine lebende Seele zu sehen. Er winkte Nainoa zu sich heran und schlug die Lederdecke zurück.

Es war der berühmte *pohaku kupua*, der Geisterstein, dessen Verwahrer der Häuptling war. Nainoa hatte den Stein noch nie gesehen und fühlte sich sehr geehrt, daß ihm dieses Privileg zuteil wurde. Der Stein war ein Lavabrocken, der einem eckigen Kopf mit einem Gesicht ähnelte. Er war ganz leicht behauen, so daß die natürlichen Konturen stärker hervortraten. Die Struktur des Steins deutete einen eigenartigen, nach unten gezogenen Mund an, und an Stelle der Augen zog sich eine asymmetrische Rille diagonal über das flache Gesicht. Obwohl eine Nase fehlte, vermittelte der Kopf den Eindruck von großer Kraft und Stärke.

Der Häuptling betrachtete das finstere Gesicht ehrfürchtig und liebevoll, bevor er sich Nainoa zuwandte. «Dieser *pohaku* befindet sich seit vielen Tausenden von Jahren im Besitz meines Geschlechts. Ich bin sein gegenwärtiger Bewohner.» Er warf Nainoa einen forschenden Blick zu, um festzustellen, wie dieser seine Worte aufnahm. «Es ist schwer zu erklären. Ein *akua*, ein Geist, wohnt in diesem Stein. Es ist eine Art von Bewußtsein, das ganz anders ist als das unsere, doch . . .» Der Häuptling hielt inne, um die richtigen Worte zu finden.

«Ich habe eine Verbindung mit diesem Bewußtsein. Es kommt oft im Traum zu mir, aber ich kann auch im wachen Zustand Kontakt mit ihm aufnehmen. Ich tue das, indem ich mich längere Zeit auf meine Absicht konzentriere. Ich habe mir nicht ausgesucht, sein *kahu* zu werden. Der *akua* in diesem Stein hat mich ausgesucht. Ich zeige ihn dir auf seinen Wunsch. Ich weiß nicht, warum er darum gebeten hat. Er hat seine eigenen Gründe. Der Stein ist ein Gegenstand von großer Macht für diejenigen, die ihn zu nutzen verstehen.

Dieser *pohaku* kam aus Hawaii im Kanu meines verehrten Vorfahren. Am Abend, bevor die Reisenden von den Inseln abfuhren, kam der *akua* des Steins im Traum zu ihm und gab ihm die Erlaubnis, ihn von dem großen Vulkan, der ihn geboren hat, wegzubringen zu den Ufern von Amerika. Der Stein sagte ihm auch, daß er diese Reise schon einmal mit einem früheren *kahu* gemacht hatte und daß er ihm helfen würde, den Weg zu finden.

Mein Vorfahr erzählte den Priestern und Häuptlingen von seinem Traum, und alle waren erstaunt. Er wurde als ein sehr günstiges Zeichen für alle, die damals aufbrachen, bewertet. Niemand wußte etwas von der früheren Reise des Steins, aber es war klar, daß der Stein die Reise wiederholen wollte. Dies besagte auch sein Name, der aus alter Zeit überliefert war: *Kapohaku'ki'ihele* – Der Stein, der reist.»

Der Häuptling machte erneut eine Pause, als ob er auf etwas in weiter Ferne lauschte. «Vielleicht spürt er den Reisenden in dir. Ich weiß es nicht. Er hat, wie gesagt, seine eigenen Gründe und Absichten. Er kam im Traum zu mir. Er wollte dich kennenlernen.»

Er lächelte und sagte: «Du kannst deine Hand auf ihn legen und um seinen Segen bitten.»

Nainoa war wiederum verblüfft von der Ehre, die ihm zuteil wurde, obwohl er nicht recht wußte, ob er an Geistersteine glaubte. Nur dem Häuptling war es erlaubt, diesen Stein zu berühren. Er hätte gern noch manches gefragt, aber dazu reichte die Zeit nicht mehr. Er schob seine Zweifel beiseite und bat den Geisterstein ehrerbietig, ihn und seine Reise zu segnen.

Fühlte er eine besondere Wärme in den Armen? Er war sich nicht sicher. Er wartete, aber er spürte nichts mehr. Nainoa trat zurück, und Häuptling Kaneohe hüllte den Stein in das schwarze Tuch und legte ihn vorsichtig in den Wagen. Dann wandte er sich an den jungen Mann.

«Ich habe das Küchenpersonal angewiesen, Vorräte für dich bereitzulegen. Geh jetzt und überlege dir, was du von deinen Sachen mitnehmen willst. Die Diener werden den Rest deiner Habe auf die Wagen laden und sicher verwahren, bis du zurückkehrst. Ich habe einiges, was dir nützlich sein wird, bereits in dein Haus bringen lassen.

Mit meinem Bruder wurde vereinbart, daß in der versteckten kleinen Bucht im Norden, wo wir den großen Stechrochen gefangen haben, ein kleines Segelkanu für dich bereitliegt. Angeblich wohnen dort die Geister, und wenn die Eindringlinge das wissen, werden sie nicht dorthin kommen. Die Trockenzeit hat eben erst begonnen. Mit etwas Glück wird dich der letzte Westwind über das Binnenmeer tragen. Gib acht auf die Langnasen mit den Zähnen. Ich freue mich auf deine Rückkehr.»

Dann stieg der Häuptling auf den Wagen und fuhr kurz darauf mit seinem Gefolge ab. Nainoa blieb allein zurück.

Er ging zu den Küchen, um seine Vorräte zu holen. Morgen würde er dann als letzter aufbrechen.

In den geräumigen Einfriedungen, hinter denen die irdenen Öfen der Küchen des Direktors lagen, fand er seinen Reiseproviant – getrockneten Fisch, Bohnen, Mais, Erdnüsse und Früchte; auch mehrere Bündel *poi-ulu*, eine Mischung aus gestampfter Brotfrucht und Kokosnußmilch, die in Scheiben geschnitten in der Sonne getrocknet und für die Reise in Blätter verpackt worden war, sowie eine hübsche Holzschale mit *taro-poi* und ein gewebtes Säckchen mit Salz.

Wenn diese Vorräte aufgebraucht waren, würde er sich vom Wald ernähren müssen. Ein kleiner Kochtopf aus Metall, ein Flaschenkürbis an geflochtenen Tragriemen, zwei Holzstücke zum Feuerbohren und mehrere Tragnetze vervollständigten seinen Proviant.

Plötzlich ließ ihn etwas aufblicken, und als er sich umdrehte, gewahrte er eine huschende Bewegung im Schatten. Er blieb reglos stehen; aber in dem schwindenden Licht war niemand zu sehen. Er war allein.

Plötzlich erinnerte er sich an eine alte Frau, die sich seiner als Kind angenommen hatte. Sie war schon viele Jahre tot, doch jetzt fühlte er sich ihr ganz nah. Er erinnerte sich an ihre klugen Augen und ihre flüsternde Stimme, die in seiner Erinnerung raschelte wie Eidechsen im dürren Laub, als sie ihm vom Land im Osten des Binnenmeeres erzählte, einem riesigen unerforschten Land mit hohen Wäldern, in denen die Geister der verschwundenen Amerikaner hausten, jener Amerikaner, die einst hier gelebt hatten. Es waren keine glücklichen Geister, raunte sie. Nainoas Volk war sehr abergläubisch, doch er selbst glaubte nicht an übernatürliche Dinge.

Trotzdem fühlte er sich unbehaglich. In der stillen und menschenleeren Umgebung waren Dinge, die man nicht sehen konnte, beunruhigend. Er beschloß, die Siedlung so bald wie möglich zu verlassen. Nachdem er die Vorräte in den Netzen verstaut hatte, kehrte er zu seinem Haus zurück, wo er zwei weitere ungewöhnliche Geschenke von Häuptling Kaneohe vorfand. Das eine war ein eisernes

Messer in einer hölzernen Scheide. Die scharfe gerade Klinge war so lang wie sein Unterarm und in einen Griff aus Walbein eingelassen. Es war ein schön gearbeitetes, schweres Messer, das, wie er wußte, aus dem persönlichen Besitz des Häuptlings stammte. Das zweite Geschenk war ein Speer mit einer blattförmigen Eisenspitze, die mit Lederstreifen und Kupfernägeln an einem kräftigen Hartholzschaft befestigt war. Der Speer überragte ihn um Armeslänge und war eigens für die Jagd auf die großen Waldschweine gemacht. Hinter der Klinge war am Schaft eine metallene Querstange angebracht, um das Tier aufzuhalten, wenn es beim Angriff in den Speer rannte. Mit einigem Unbehagen dachte Nainoa, daß dieser Speer seine einzige Waffe sein würde, wenn er das Pech hatte, einem Tiger zu begegnen.

Von den Metallen, die noch aus den großen Tagen der Vergangenheit stammten, war Eisen sowohl das härteste als auch das seltenste, weil es leicht rostete. Die weichen Metalle, die verschiedenen Kupfer-, Aluminium-, Silber- und Goldlegierungen wurden häufig gefunden und von den Metallarbeitern der Handwerkerklasse zu Werkzeugen, Zubehörteilen von Wagen, Haushaltsgeräten, Kochtöpfen und Schmuck verarbeitet. Es wurde berichtet, daß Metalle ursprünglich aus der Erde gewonnen wurden, aber niemand hatte je entdeckt, wo dies geschehen war und wie. Alle Metalle, die sie heute besaßen, wurden aus Fundstücken gewonnen, und so gut wie alle waren weich. Nur Mitglieder der Häuptlingsklasse besaßen Gegenstände aus Eisen, vorwiegend Waffen, von denen einige seit Jahrtausenden innerhalb eines Geschlechts vererbt und wie ein Schatz gehütet wurden.

Während Nainoa seine Abreise vorbereitete, dachte er über die gesellschaftliche Bedeutung von Häuptling Kaneohes Geschenken nach, und er fragte sich, wie schon oft zuvor, wer seine Vorfahren waren. Einem, der nur ein Diener war, würde kein Häuptling solche Geschenke machen. Er packte seine Ausrüstung mehrere Male um, bis er zufrieden war. Zu den Waffen und Lebensmitteln kamen noch mehrere Paare Sandalen, eine geflochtene Hängematte, ein langer Umhang für kalte Nächte, ein aufgerolltes Seil, eine Werkzeugtasche mit Ahle, Schleifstein und einer Lochzange aus Hirschhorn, außerdem ein Brocken eines glasartigen Gesteins zur Herstellung von

Pfeilspitzen, ein Knäuel Schnur, mehrere Bogensehnen und ein Klumpen Baumharz, das geschmolzen als Leim diente. Er nahm auch einige Dinge zur Körperpflege mit sowie ein Säckchen mit verschiedenen getrockneten Kräutern und Arzneien gegen Fieber und zur Wundheilung; und schließlich noch zwei aus Baumwolle gewebte Stoffbahnen, die ihm als Lendenschurz dienten, den alle Männer fast immer trugen.

Er verstaute alles in den Tragnetzen, die er sich um die Schultern schlang und so zurechtrückte, daß sie ihn beim Gehen nicht behinderten. Das lange Seil wickelte er sich um die Taille. Über den Nakken legte er sich ein Regencape, das aus einem Netz bestand, auf dem in Kokosöl getränkte Blätter befestigt waren, und ließ es über die linke Schulter herabhängen. Schließlich hängte er sich noch den Köcher mit Pfeilen über den Rücken und schob seinen alten Grabstock und das Messer von Häuptling Kaneohe unter das um seinen Leib geschlungene Seil. Er nahm den Speer, seinen langen Bogen und seinen Wurfstock, hängte sich die Wasserflasche unter den Arm und war fertig zum Aufbruch. Er fühlte, daß es höchste Zeit war. Nachdem er sich ein letztes Mal in dem leeren Raum umgesehen hatte, verließ er das Haus.

Nainoa überquerte den Hof und stieg die Steintreppe hinunter, die das Verwaltungszentrum mit der tiefer liegenden Siedlung verband. Aus Gewohnheit warf er im Vorübergehen einen Blick in die Lagerhäuser auf ihren niederen Mauersockeln. Alle waren leergeräumt, ihre Böden aus behauenen Planken glänzten wie poliert. Normalerweise wären sie um diese Zeit bis obenhin voll gewesen. Die Leute hatten sogar die Schilfbündel zum Decken der Häuser mitgenommen. Häuptling Kaneohe hatte Anweisung gegeben, nichts für die Eindringlinge zurückzulassen. Nainoa beschleunigte seine Schritte.

Als er an den gekreuzten, am oberen Ende mit weißem Leder bezogenen Pfählen vorüberkam, die vor dem Aufgang zum Anwesen des Direktors standen, blieb er stehen. Die darüber liegenden Gebäude wurden von dem hohen Dach des Männerhauses beherrscht. Das Frauenhaus war etwas kleiner. Das drittgrößte Gebäude war das Privathaus des Direktors. Diese drei Häuser waren aus behauenen Balken oder aus Bambus errichtet, alle übrigen, ein rundes Dutzend, bestanden aus Schilf, ebenso die Vorratshäuser, die Wohnhäuser der Frauen und Kinder des Häuptlings sowie die Küchen und Unterkünfte der Dienerschaft. Er sah auch das Dach seines eigenen Hauses und fragte sich wehmütig, wann und ob er es wiedersehen würde. Er hatte sein ganzes Leben hier verbracht. Es war sein Zuhause.

Er blickte wieder zu den gekreuzten Pfählen, ein Symbol aus alter Zeit, das alle Unbefugten warnte, das Gelände zu betreten. Dann wandte er sich um und schaute nach Süden, wo der Rauch am Horizont aufstieg. Die Krieger, die dort wüteten, würden sich kaum von einer symbolischen Schranke aufhalten lassen.

Mit raschen Schritten ging er durch das Dorf in Richtung der Straße, die nach Norden führte. Im Viertel der Weber fand er an einem Pfosten vor dem Haus eines Freundes ein Stück einer kräftigen Leine. Rasch knüpfte er daraus eine Schlinge als Tragriemen für seinen Speer.

Die Stille war unheimlich. Trotzdem machte er noch einen kleinen Umweg, der ihn am Haus einer Frau vorbeiführte, die er manchmal besucht hatte. Hier, wo er viele schöne Stunden verbracht hatte, fand er einen weiteren, unabsichtlich zurückgelassenen Gegenstand. Auf einem Brett über der erhöhten Schlafstätte sah er einen Becher aus einer polierten Kokosnußschale. Nun war seine Ausrüstung komplett.

Die Freude, die er empfunden hatte, als er diese vertrauten Dinge fand, wich plötzlich einer Traurigkeit. Er ließ sein Gepäck fallen und sank auf die Knie. Die ganze Anspannung und die widerstreitenden Gefühle der letzten Wochen brachen aus ihm heraus. Er weinte rückhaltlos, weil er alles, was ihm lieb und teuer gewesen war, verloren hatte. Nach einer Weile hob er seine Sachen auf und ging weiter.

Er verließ die Siedlung und erreichte die Landstraße. Die vielen Menschen, Wagen und Viehherden, die bei der Evakuierung der Siedlung nach Norden gezogen waren, hatten die Straße ruiniert. Er ging an leeren Feldern vorüber, stieg über Furchen und Kuhfladen und hielt ständig Ausschau nach Anzeichen von Menschen oder Tieren. Er beobachtete den fernen Waldrand, wo sich möglicherweise schon die Krieger aus dem Süden versteckt hielten. Gesetzt den Fall, sie waren dort, hatten sie ihn bereits bemerkt. Doch es bewegte sich nichts zwischen den Feldern, und der Wald dahinter lag ungewöhnlich still, als hätte die Erde jedes lebendige Wesen verschluckt. Genauso könnte es gewesen sein, dachte er, als einst die Reisenden hier ankamen und erwarteten, die Amerikaner in ihren großen Siedlungen vorzufinden. Geschwächt von Hunger und Durst waren die Hawaiianer nach einer gefährlichen, vierzig Tage währenden Seereise hier angekommen und hatten ein völlig menschenleeres Land betreten, wo es nichts gab als den riesigen dunklen Wald, von dem einige glaubten, daß er sich bis ins Unendliche erstreckte.

Die Nordstraße folgte den welligen Konturen des terrassierten Ackerlands. Während er dahinging, dachte er an die legendären Amerikaner und ihre Zivilisation. Die Historiker waren sich nicht einig, wie lange die Zeit gedauert hatte, in der immer wieder Amerikaner nach Hawaii gekommen waren. Die meisten schätzten diese Epoche auf rund zweihundert Jahre. Die Hawaiianer waren der Meinung, ihre eigene Kultur reichte noch weiter in die Vergangenheit zurück, aber keines der großen Häuptlingsgeschlechter ließ sich bis in die Zeit vor der Kontaktperiode zurückverfolgen.

Man wußte, daß die Amerikaner zum ersten Mal während der Herrschaft eines Häuptlings mit Namen Kalaniopu'u aufgetaucht waren. Sie waren in zwei ungeheuer großen und merkwürdig gebauten Segelkanus gekommen, angeführt von einem berühmten Seefahrer namens Cook. In einigen historischen Berichten hieß es, daß Cook und seine Männer gar nicht von Amerika, sondern von einem anderen Ort mit Namen Britannien gekommen waren. Einig war man sich jedoch, daß kurz danach ein großer Häuptling namens Kamehameha Gouverneur wurde und daß sich die Amerikaner während seiner Amtszeit in Hawaii niederließen und viele sehr unterschiedliche Menschen aus anderen Teilen der Welt mitbrachten.

Die Zeit des Kontakts wurde später als das Große Zeitalter bekannt, weil die Fremden ganz erstaunliche Dinge einführten wie riesige fliegende Kanus, die mit Hilfe einer Kraft, die aus Metallobjekten, sogenannten Maschinen kam, in großer Höhe und sehr schnell fliegen konnten. Es gab große und kleine Maschinen für viele verschiedene Aufgaben. Sogenannte Motoren wurden verwendet, um Wagen anzutreiben, so daß sie sich bewegen konnten, ohne von Ochsen gezogen zu werden. Für diese Wagen gab es riesige Straßen, deren Überreste noch lange nach dem Fall ihrer Zivilisation zu sehen waren. Auch in dem Wald in der Umgebung der Siedlung hatte man Überreste von solchen Straßen entdeckt. Sie lagen größtenteils vollständig überwachsen unter einer hohen Humusschicht.

Vor der Ankunft der Amerikaner hatte es auf den Inseln weder Pferde, Rinder, Schafe oder Ziegen gegeben noch Glas oder Keramik, weder Papier oder Bücher noch Baumwolle. Aber am Ende des Großen Zeitalters waren die Amerikaner praktisch über Nacht verschwunden. Die metallenen Maschinen, die sie zurückgelassen hatten und die bald nicht mehr funktionierten, wurden schnell zu anderen, nützlichen Dingen verarbeitet.

Als das Große Zeitalter zu Ende ging, sollen viele Menschen aus Amerika, aber auch aus anderen sagenumwobenen Orten wie Iapana, Ainapake, Ainapilipino und Okekulelia* auf Hawaii gelebt haben. Die historischen Berichte aus dieser Zeit sprechen von großen sozialen Zwistigkeiten und politischen Unruhen. Die meisten Menschen auf den Inseln starben an Hunger, weil die Bevölkerung zu groß geworden war. Später wurden viele, die die Hungersnot überlebt hatten, Opfer einer großen Flutwelle und einer Krankheit, die gleichzeitig aufgetreten war.

Nainoa dachte über die Flut-Theorie nach. In den Berichten hieß es, daß das Meer gewaltig anstieg und ein großer Teil von Hawaii unterging. Nainoa hatte diese Berichte in der Bibliothek von Häuptling Kaneohe gelesen. In Büchern, deren Papier aus feinen Häuten bestand, hatte er auch Landkarten gesehen, die im Lauf von Jahrtausenden immer wieder von Gelehrten kopiert worden waren. Viele waren Reproduktionen von Originalen, die die Amerikaner in Hawaii zurückgelassen hatten. Besonders interessant waren die Karten von der Westküste Amerikas, obwohl sie nur noch wenig oder keine Ähnlichkeit mit der jetzigen Küste hatten. Auf den alten

* Japan, China, die Philippinen und Australien

Landkarten war diese Region eine feste, durchgehende Küste mit einem großen, von den Bergen nach Westen verlaufenden Flußsystem, das an der Mündung eine Meeresbucht bildete. Die ausgedehnte Erforschung der Küste in den letzten hundert Jahren hatte jedoch gezeigt, daß sie ein Archipel aus gebirgigen Inseln war, die sich in langen linienförmigen Reihen in einer ungefähren Nord-Süd-Richtung verteilten. Die alten Karten verzeichneten auch nichts, was dem großen Binnenmeer im Osten der Küste glich.

Nainoa dachte an die Reisenden, während er kraftvoll ausschritt. Sie waren mit einer Flotte von einhundertacht großen Doppelkanus gekommen. Jedes dieser Kanus faßte einhundert Menschen sowie ihr Saatgut und ihre Nutztiere. Die Reisenden hatten sich entschlossen, an den Ufern und auf den Inseln am Westrand des Binnenmeers zu siedeln, weil hier die Böden und Bewässerungssysteme für ihre Art der Landwirtschaft geeigneter waren. Außerdem boten diese Gebiete einen leichten und geschützten Zugang zu dem reichhaltigen Binnenmeer. Seit ihrer Ankunft gehörte es zu ihren wichtigsten Zielen, möglichst viele Kinder zu bekommen, und sie hatten sich rasch vermehrt.

Nainoas Gedankengang wurde vom Gebrüll eines roten Affen unterbrochen, das aus dem Wald herüberschallte. Dieser Schrei, der im Verhältnis zu dem Tier, das ihn ausstieß, gewaltig war, beeindruckte ihn immer wieder. Er war froh, ein anderes Lebewesen zu hören. Sein Blick schweifte über die Felder zu beiden Seiten der Straße, aber bis auf einen langschwänzigen rot-blauen Papagei, der hoch über der Lichtung flog, war er das einzige, was sich in dieser leeren Landschaft bewegte.

Die Straße endete. Er ging querfeldein weiter über ein Baumwollfeld, das noch nicht abgeerntet war. Er trat vorsichtig auf wegen der Schlangen, die häufig am Rand der Siedlung zu finden waren. Als er sich dem Wald näherte, suchten seine Augen den felsigen Bergrükken, der über den Wald hinausragte. Er warf auch einen Blick zurück auf das Tal und die Siedlung.

Ein Bachbett bildete eine natürliche Grenze zwischen den Feldern und dem Wald. Leichtfüßig sprang er hinunter auf die vom Wasser rund geschliffenen Steine, die jetzt in der Trockenzeit frei lagen. Er überquerte den Graben und stand unter einem riesigen Kapokbaum. Die Zweige trugen grüne Kapselfrüchte, die bald aufplatzen und büschelweise flaumige Samenhaare mit kleinen dunklen Samen fliegen lassen würden. Die dicken Stämme dieser Bäume standen auf einem gewaltigen Gerüst aus meterhohen Brettwurzeln und wuchsen hoch über den Baldachin des Waldes hinaus, bevor sie selbst ihre Zweige ausbreiteten. Die Krone dieses Baumes war mit Orchideen und Farnen bewachsen, so daß es aussah, als würde der Baum einen Garten tragen.

Die Hawaiianer glaubten, *Makua'uwila*, der Blitzmann, würde aus der oberen Welt durch den Kapokbaum auf die Erde herabsteigen. Sie fällten diese Bäume nur ungern, und so entstanden wahre Baumriesen, in die manchmal der Blitz einschlug. Nainoa vermutete, daß dies der Grund für den Aberglauben mit dem Blitzmann war.

Er trat näher an das Wurzelgerüst des gewaltigen Baumes heran und bewunderte die Dornen, die den mächtigen grauen Stamm zierten. Zwischen zwei schräge Brettwurzeln hatte jemand eine Opfergabe gelegt, ein kleines, in ein Blatt gewickeltes Bündel mit einem Hundeschädel darauf. Nainoa war beeindruckt, obwohl er nicht abergläubisch war. Mit seinem Bogen klopfte er gegen eine der Wurzeln, um den Baum auf sich aufmerksam zu machen, und sprach ein kurzes Gebet zu dem Geist des Baumes, in dem er ihn um seinen Segen und Beistand während der Reise bat. Er horchte auf die Stille, als erwartete er eine Antwort, und wurde mit dem platschenden Geräusch einer Guave belohnt, die in einen Tümpel im Bachbett fiel.

Zufrieden pflückte er einige Guaven von dem buschigen Baum in der Nähe und schickte sich an weiterzugehen. Dann erinnerte er sich, wie Häuptling Kaneohe sich seinem Familienheiligtum genähert hatte. Er blieb stehen, machte seinen Geist frei von Gedanken und bat den großen Baum förmlich um die Erlaubnis, in den Wald eintreten zu dürfen. Er wartete. Als diesmal nichts Besonderes geschah, drehte er sich um und ging in die grüne Dämmerung des Waldes. Die Welt der Menschen hatte er damit hinter sich gelassen.

Die Sonne ging unter, als Nainoa den Bergrücken erklomm und schwitzend und keuchend den Kamm erreichte. Er befreite sich von seinem Gepäck, während er überlegte, wie viele Jahre seit seinem letzten Ausflug in den Wald mit dem alten Jäger Nagai vergangen waren. Infolge seiner sitzenden Lebensweise als Schreiber würde er einen gehörigen Muskelkater bekommen.

Von dem Bergrücken aus konnte Nainoa das Dorf und die Felder sehen. Er konnte sogar die einzelnen Häuser auf dem Gelände von Häuptling Kaneohe unter dem großen Kapokbaum erkennen. Hier oben konnte er alles sehen, ohne gesehen zu werden. Er setzte sich und wartete, obwohl er nicht wußte, worauf er wartete. Im Süden sah er den Rauch der brennenden Häuser der Nachbarsiedlung. Riechen konnte er den Rauch nicht, weil der Wind aus Nordosten wehte. Als es dunkel wurde, leuchtete am Himmel im Süden der rötliche Widerschein der Brände.

Nainoa saß in der Dunkelheit und dachte daran, daß er jetzt normalerweise an der erhöhten Schmalseite des großen Raums im Männerhaus sitzen würde. Ein Feuer würde in der Mitte des Saales knistern, und er würde mit seinen Freunden und Mitarbeitern essen und sich über die Ereignisse des Tages mit ihnen unterhalten. Heute nacht würde ihn kein Feuer wärmen. Er aß ein kaltes Mahl aus Dörrfleisch, *taro-poi* und Guaven und trank Wasser aus seiner Kalebasse. Er dachte an den alten Nagai, der ihm alles über den Wald beigebracht hatte.

Nagai war ein Nichtadliger, ein Jäger, der sich die meiste Zeit im Wald aufhielt. Er war ein Mann, der eine gewisse Unabhängigkeit und Freiheit ausstrahlte; dazu gehörte auch, daß er gern auf die üblichen Umgangsformen verzichtete. Sein Lebensstil unterschied sich völlig von Nainoas sehr förmlichem Leben im Haushalt von Häuptling Kaneohe. Nagai war sein weiser Ratgeber gewesen, der es ihm ermöglicht hatte, ein Gefühl für persönliche Freiheit und selbständiges Denken zu entwickeln. Er war der erste, der ihm klar machte, wie wichtig es ist, ein Ziel zu haben, und daß ein Plan der erste Schritt ist, etwas zu verwirklichen, was nur in Gedanken existiert. Nainoa erinnerte sich an ihre erste Begegnung ...

Als Junge war er fasziniert gewesen von jenem Teil des Marktplatzes, wo die Jäger ihre Beute aus dem Wald verkauften oder gegen andere Dinge tauschten. In den Reihen der mit Schilf überdachten

Verkaufsstände hatten die Jäger ihren eigenen Platz, wo sie ihre Waren ausbreiten konnten. Nainoa war als Junge fast täglich gekommen und hatte sich an den vielen exotischen Dingen ergötzt. In einigen Reihen gab es nur Kräuter und Heilpflanzen, in anderen Fleisch, Wild und Früchte; in wieder anderen Federn, Tierhäute und daraus hergestellte Gegenstände wie Beutel, Kleidung, Behälter, Talismane und andere Dinge, die mit Magie zu tun hatten. Hier hatte er Nagai zum ersten Mal getroffen.

Nainoa hatte einige Männer beobachtet, die um ein geflecktes Tigerfell feilschten. Das Fell war gegerbt und weich gemacht und glänzte in der Sonne. Ein älterer grauhaariger Jäger mit weißem Vollbart saß hinter dem gelbschwarzen Fell, das auf einem niedrigen Tisch ausgebreitet lag, während zwei Söhne eines unbedeutenden Häuptlings versuchten, den Preis für das Fell zu drücken, indem sie diesen oder jenen Fehler zu entdecken glaubten. Der alte Jäger war sichtlich gelangweilt. Als er aufblickte, sah er den Jungen und sagte zu ihm: «Du siehst aus wie jemand, der weiß, was gut ist. Wieviel, meinst du, ist dieses Tigerfell wert?»

Die jungen Männer waren verstummt, als sie sahen, daß er ein Junge und obendrein ein Diener war. Verächtlich blickten sie auf ihn herab. Nainoa ließ sich nicht beirren. Er prüfte das Fell sorgfältig und sagte dann an die beiden gewandt: «Ich weiß nicht, wieviel es jetzt wert ist, aber ich denke, es war seinem ursprünglichen Besitzer sehr teuer.»

Der alte Jäger brüllte vor Lachen. Die zwei kleinen Wichtigtuer hatten sich verlegen angesehen und waren wortlos gegangen, wobei sie dem alten Mann und dem Jungen finstere Blicke zuwarfen. Danach hatte Nagai das Tigerfell aufgerollt und Nainoa gefragt, ob er schon einmal im großen Wald gewesen sei. Sie unternahmen einen gemeinsamen Waldspaziergang, mit dem ihre Freundschaft begann und dem im Lauf der Jahre viele gemeinsame Ausflüge folgten. Von Nagai hatte Nainoa gelernt, wie man in dieser manchmal feindlichen Wildnis überleben konnte.

Nun saß er in der zunehmenden Dunkelheit und dachte, wie froh er jetzt über die Gesellschaft des alten erfahrenen Jägers gewesen wäre. Aber Nagai war vor einigen Jahren gestorben.

Die Nachtluft war mild. Die Felsen des Bergkamms waren noch warm von der Sonne. Nainoa lehnte sich bequem zurück und erlaubte sich, hin und wieder für kurze Zeit einzunicken, um dann wieder im fahlen Licht des zunehmenden Mondes zu wachen. Schließlich forderten die Anstrengungen des Tages jedoch ihren Tribut, und er schlief tief und fest ein.

Als es kurz vor Morgengrauen kälter wurde, schreckte er plötzlich auf. Er blickte ins Tal, das im Sternenlicht lag, sah die dunkle Siedlung inmitten der Felder und die Straße, die er verlassen hatte, um auf den Bergrücken zu gelangen. Was hatte ihn geweckt?

Im Wald weiter südlich brüllten die Affen. Er wollte sich schon wieder hinlegen, als er in der Nähe des Privathauses von Häuptling Kaneohe ein Licht aufleuchten sah. Es blinkte ein zweites Mal, dann war es verschwunden. Er beobachtete den dunklen Häuserkomplex auf dem Plateau. Vielleicht war es ein Signal. Aber für wen? Kein Adliger und kein Gemeiner der Siedlung hätte es gewagt, die Wohnung des Häuptlings um diese Zeit zu betreten. Jeder wäre dafür schwer bestraft worden.

Wahrscheinlich, dachte er, waren die ungebetenen Gäste aus dem Süden angekommen. Er konnte von Glück sagen, daß er keine Nacht länger geblieben war.

Nainoa blieb in der dunkelsten Stunde vor Sonnenaufgang still auf dem Bergkamm sitzen, hielt Ausschau und dachte nach. Beim ersten Licht des Tages nahm er sein Gepäck auf und seine Waffen und ging zurück in den schattigen Wald. Er ging nach Norden, wo in der kleinen Bucht das Kanu auf ihn wartete.

Während er ausschritt, hörte er in der Ferne das Krähen von Hähnen.

3

Schamanen und Vermutungen

Der «Traum» endete bei Tagesanbruch, als im Hof unseres Nachbarn die Hähne krähten. Der Übergang war abrupt, ungefähr so, als würde man auf einen anderen Fernsehkanal umschalten. Vor meinen Augen flimmerte es, während die Gefühlswellen langsam schwächer wurden. Die köstliche Lähmung ging zurück, ich konnte die Hände wieder öffnen und schließen.

Es wunderte mich nicht, daß die lauten Hahnenschreie meinen veränderten Bewußtseinszustand unterbrochen hatten, wohl aber, daß sie auch Nainoa gehört hatte.

Ich blieb eine Weile still liegen und dachte an die Bilder, Sinneseindrücke und Gefühle des Traums. Ich wiederholte mir den Traum in Ausschnitten und konnte mich, im Gegensatz zu meinen gewöhnlichen Träumen, genau an jede Einzelheit erinnern. Es war, als ob ich dort gewesen wäre – ich meine, *wirklich dort.* Als mir klar wurde, was das bedeutete, wurde mir himmelangst – meine Vorstellungen von «Wirklichkeit» begannen auseinanderzufallen.

Meine wissenschaftliche Neugier half mir, wieder einen klaren Kopf zu bekommen und ruhig zu überlegen, was ich erlebt hatte. Über zwei Jahre waren seit meinen drei früheren Erlebnissen in Berkeley vergangen. Es war mir inzwischen gelungen, sie im Geist in Anführungszeichen zu setzen. Dieses Erlebnis würde sich jedoch nicht so leicht zu den Akten legen lassen.

Als ich schließlich aufstand, trat ich auf unsere breite Veranda hinaus und blickte über die grüne Seite der Insel hinunter zur Bucht. Es war noch sehr früh, aber ich konnte die weiße Spitzsäule des Captain-Cook-Denkmals am gegenüberliegenden Ufer deutlich erkennen. Das Meer war ruhig. Über die dunkle Oberfläche zogen Wind und Strömungen breite bewegte Streifen. Ich hatte dieses Bild seit beinahe einem Jahr täglich gesehen, doch an diesem Morgen kam mir plötzlich alles anders vor. Die Sonne war noch nicht über den Ostrand des Vulkans gestiegen, und die Landschaft wirkte flach, fast zweidimensional – vielleicht, weil es keine Schatten gab. Obwohl das veränderte Bewußtsein auch dieses Mal spontan über mich gekommen war, hatte ich mich auf eine im Grunde unmögliche Weise in einen anderen Mann versetzt gefühlt, der Tausende von Jahren in der Zukunft lebte. Ich erkannte, daß ich nichts mehr so sehen würde wie früher.

Es gelang mir, im wesentlichen so weiterzuleben wie zuvor, morgens am Strand, nachmittags am Haus und auf unserem Land arbeitend. Abends jedoch setzte ich mich hin und begann, alles, was mir von dem Traum im Gedächtnis geblieben war, aufzuschreiben.

Anfangs fragte ich mich, ob ich vielleicht einen Wachtraum gehabt hatte, in dem der Träumende weiß, daß er träumt, und in den er aktiv eingreifen kann. Trotz meines wissenschaftlich geschulten Denkens kam ich nach wochenlangen Überlegungen zu dem Schluß, daß es sich nicht um einen Traum handelte.

Ich hatte das Gefühl gehabt, als würde ich mich im Körper von Nainoa befinden, als würde ich durch seine Augen sehen, durch seine Ohren hören. Ich konnte seinen Gedanken «zuhören» und seine Gefühle fühlen. Ich hatte entdeckt, daß ich sogar in seine Erinnerungen eindringen konnte . . . und es waren eindeutig nicht meine Erinnerungen. Ich hatte durch seine Erinnerungen eine Menge über ihn und seine Welt erfahren. Ich hatte seine Welt durch seine Augen visuell wahrgenommen und kognitiv durch den Schleier seiner kulturell geprägten Wahrnehmungen, Einsichten, Deutungen und Meinungen. Seine Gedanken und Empfindungen hatten eine sehr andersartige Qualität, eine Fremdheit, die mich zunächst verwirrte, bis ich begriff, daß dies an der völlig anderen kognitiven «Form» seines Verstands lag, der weitgehend durch seine Erlebnisse in seinem Teil der Wirklichkeit und seine Kultur geformt war. Nach und nach wurde mir bewußt, daß ich seinen Verstand und seine Gefühle belauschte und daß sie völlig anders waren als meine eigenen. Gleichzeitig hatte ich trotz dieser Unterschiede eine seltsame Vertrautheit empfunden, als würde ich ihn sehr gut kennen. Ich hatte mir auch viele konkrete Einzelheiten von der Anlage der Siedlung, der Architektur der Gebäude, von Nainoas Kleidung und seiner Habe gemerkt.

Alles, was ich gesehen hatte, war deutlich wirklich gewesen, genauso wirklich, als wäre ich wach gewesen, bei vollem Bewußtsein und voll einsatzfähig in meiner normalen alltäglichen Welt. Doch mein Körper hatte während der Dauer des veränderten Bewußtseins scheinbar schlafend neben Jill im Bett gelegen, und ich war mir dessen die ganze Zeit, während ich bei Nainoa war, auch vage bewußt.

Während ich mit diesem Mann vereinigt war, fühlte ich mich, als wäre ich er, und dennoch gaben weder er noch ich unsere Persönlichkeit auf. Wir existierten beide gleichzeitig in einem Leib. Seine Persönlichkeit blieb deutlich von der meinen getrennt, und Nainoa schien von meiner Anwesenheit in ihm nichts zu bemerken.

Als ich zum ersten Mal meine Augen in Nainoas Körper öffnete, hatte ich versucht, seine Bewegungen zu bestimmen. Sein Körper reagierte mit Verwirrung auf zwei getrennte Befehlsgeber. Trotz meiner eigenen Verwirrung und Aufregung gelang es mir, das Problem zu lösen. Ich verhielt mich völlig passiv. Ich «saß» nur in ihm und beobachtete. Ich glaube, daß sich meine, wenn auch beschränkte, Erfahrung mit Meditation als unschätzbar erwies, weil ich imstande war, mich zu beherrschen. Ich konnte völlig still werden und trotzdem aufmerksam bleiben. Mit der Zeit entdeckte ich, daß Nainoa, sobald ich etwas zu sehen wünschte, die entsprechenden Bewegungen machte, so daß ich sehen konnte, was ich sehen wollte. Wenn ich etwas wissen wollte, erschien es in meinem Verstand . . . und in seinem.

Ich habe mich oft gefragt, ob ich eine Seite meines Ich in meine Träume projizierte, um Nainoa zu schaffen. Sollte es zutreffen, hätte ich ein großartiges Ideal geschaffen. Nainoa stand in der Blüte seiner Jahre. Er war vielleicht Ende Zwanzig, fast zwei Meter zehn groß und wie ein Berufsathlet gebaut. Er wog schätzungsweise hundertzwanzig Kilo oder etwas mehr und war körperlich sehr gewandt. Die Farbe seiner Haut war ein kräftiges Rotbraun. Das lange schwarze Haar trug er zu einem Zopf geflochten, der ihm vom Nakken über den Rücken hing. Als er den Bach überquerte, hatte er ins Wasser gesehen. Sein Spiegelbild war von einem kurzen Bart umrahmt. Er hatte stark ausgeprägte Züge mit hohen Wangenknochen, eine hochrückige Nase und einen vollen breiten Mund. Am interessantesten fand ich seine ausdrucksvollen, mandelförmigen Augen, die seltsamerweise blau waren.

Ich erinnerte mich, daß auch Häuptling Kaneohe blaue Augen hatte. Das Bild des Direktors, das mir Nainoas Gedächtnis vermittelt hatte, ähnelte einer dunkelhäutigen Version des verstorbenen britischen Schauspielers Laurence Olivier, doch der Häuptling war riesig, was durch seine Haartracht zusätzlich betont wurde. Das Haar war zu beiden Seiten des Kopfes rasiert oder ausgezupft, so daß, wie beim Irokesenschnitt, nur in der Kopfmitte ein grauer Haarschopf stehengeblieben war, der in einem kurzen Zopf am Hinterkopf endete. Während Nainoa den klassischen hawaiischen Lendenschurz trug, war der Häuptling mit einer ziemlich langen, dunkelrot gemusterten Hose aus gewebter Baumwolle bekleidet. Sein aus Walbein geschnitzter Anhänger in Form eines vorstehenden Hakens oder einer Zunge war dem alten Statussymbol der hawaiischen Häuptlinge nicht unähnlich. Über den Schultern trug er einen gefärbten Baumwollmantel, der fast bis zu den bloßen Füßen herabhing. Da er kein Hemd trug, waren die linienförmigen Tätowierungen auf der rechten Seite seines Körpers zu sehen.

Als ich über die Unterhaltung zwischen Nainoa und dem Häuptling nachdachte, fiel mir auf, daß ihre Sprache weder dem Englischen noch dem Hawaiischen, das ich kannte, besonders ähnlich war, auch wenn manche Worte aus beiden Sprachen abgeleitet schienen. Nur, wie hatte ich verstehen können, was sie sagten? Ihre Sprache erschien mir wie eine Art Pidginenglisch oder Patois, aber sie unterschied sich stark von allen Sprachenmischungen, die ich in der Karibik, in Westafrika oder im heutigen Hawaii gehört hatte.

Während ich mit Nainoa vereinigt war, hatte ich keine Ahnung, was die meisten der gesagten Worte bedeuteten, aber Nainoa wußte es, und deshalb verstand ich sie auf eine unbegreifliche Weise auch. Als ich in seine Erinnerungen «hineinhörte», die auch Gespräche mit anderen Menschen enthielten, verstand ich durch sein Verständnis.

Ich bin kein Sprachforscher und auch nicht besonders an Sprachforschungen interessiert, aber ich schrieb mir einige Wörter auf, so wie ich sie gehört hatte. Das Wort «Maschine» zum Beispiel klang für mich wie *mokini* oder *makini*. «Kapokbaum» ist meine Übersetzung der Worte *la'au'* (oder *lao*) *pulupulu*. Ich bin im heutigen Hawaii nie auf dieses Wort gestoßen, aber der Baum, den er sah, war ein Kapokbaum, eine Art, die überall in den Tropen vorkommt, in Afrika, Asien und Mittel- und Südamerika, und der auch an mehreren Stellen auf der «Großen Insel» wächst. Die Bezeichnung *heiau* für den privaten Tempel des Häuptlings war im wesentlichen dieselbe, die heute auf den Inseln gebräuchlich ist; ebenso das Wort für «Stein», *pohaku,* obwohl das Phonem (p) mehr wie ein (b) und das (k) mehr wie ein (g) klang, so daß ein Wort ähnlich wie *bohagu* entstand. Weil das Wort *pohaku* zur Zeit noch auf Hawaii gebräuchlich ist, habe ich mich entschlossen, es auf diese Weise zu schreiben.

Ich war mindestens sechzehn bis achtzehn Stunden von Nainoas Zeit «dort» gewesen, doch als mein Traum endete, waren knapp fünf Minuten meiner Zeit verstrichen. Ich wußte das, weil ich daran gedacht hatte, auf die Uhr zu sehen, als die «Gefühle» einsetzten. Diese Diskrepanz konnte der Wissenschaftler in mir nicht erklären.

Nainoa war allein gewesen, als ich «ankam», und mit den Vorbereitungen für seine Reise beschäftigt. Tatsächlich war er während der ganzen Zeit meines «Besuchs» allein, so daß das meiste von dem, was ich über ihn, seine Welt und seine jüngste Vergangenheit erfahren hatte, in Form von zusammenhanglosen und – für mich – völlig neuen Informationsblöcken bei mir ankam. Ich nahm sie auf, genauso, wie sie in seinem Gedächtnis aktiviert worden waren, als würde ich Informationsblöcke von einer Computerdiskette auf eine andere übertragen. Die Informationen erschienen in Form von Sinneswahrnehmungen, Gefühlen, Gedanken, Meinungen, Vorstellungen und Erinnerungen und materialisierten sich plötzlich in meinem Bewußtsein zu einer Reihe von Vignetten. Jede ging allmählich in mein Denken und Fühlen über, bevor sich die nächste Reihe bildete. Diese Szenen folgten rasch aufeinander, so daß ich kaum Zeit hatte, darüber nachzudenken, was ich sah, bevor die nächste Serie begann. Ich versuchte also, sie aufzunehmen, solange ich mit Nainoa vereinigt war, mit der Absicht, mich später an sie zu erinnern. Es war ein wenig wie Fernsehen, nur daß diese «Show» weitaus mehr zu bieten hatte als Bild und Ton.

Wie soll man also eine derartige Information präsentieren, ohne den Eindruck zu erwecken, man sei reif für die Klapsmühle? Ich biete sie an, wie ich sie verstanden habe. Meine schöpferische Phantasie spielt bei dieser Rekonstruktion zweifellos bis zu einem gewissen Grad mit, weil ich einen Rahmen schaffen mußte, in dem ich diese ungewöhnlichen Erlebnisse schildern kann. Ich habe mich entschlossen, das Leben von Nainoa wie eine Abenteuergeschichte zu erzählen, denn so habe ich es erlebt. Ich habe einen Stoff gewoben, in dem das Leben eines anderen Mannes und mein eigenes ein Muster bilden ähnlich der Doppelhelix, jenem bekannten DNA-Molekül – eine Wendeltreppe, deren äußere Ränder die Lebenslinien von Nainoa und mir bilden und die in verschiedenen Abständen durch Sprossen verbunden sind.

Diese Episode zu Papier zu bringen, war eine ungewohnte und schwierige Aufgabe. Meine ersten Versuche, aufzuschreiben, was ich gesehen hatte, waren zaghaft und unbefriedigend, weil ich nach einer Möglichkeit suchte, etwas Unbeschreibliches zu beschreiben. Da ich auf einen Schlag ganze Informationskomplexe erhalten hatte – Nainoas Erinnerungen richteten sich nicht nach einer chronologischen Ordnung –, brauchte ich Wochen, um diese «Daten» aus meiner Erinnerung «auszugraben». Ich mußte harte Arbeit leisten, um sie mir zu vergegenwärtigen und in eine erzählerische Form zu bringen. Viele Male dachte ich, ich hätte alles, woran ich mich erinnerte, wiedergegeben, als mir plötzlich noch etwas einfiel, irgendein Detail, für das ich mich während des Traums nicht interessierte. Es schien, als hätte mein Gedächtnis viel mehr Informationen gespeichert, als mir zu dem Zeitpunkt bewußt geworden war. Während des Schreibens fragte ich mich immer wieder, ob jetzt vielleicht meine kreative Phantasie am Werk war und mit Details aushalf, um den Bericht ausführlicher zu gestalten; aber ich weiß, wann meine Kreativität beteiligt ist und wann nicht. Ich habe klar und deutlich eine Welt wahrgenommen, die völlig von meiner Welt und meinem Ich getrennt ist.

Nainoas Welt war so wirklich, daß ich, hätte ich nicht bereits einiges über Schamanen und ihre seltsamen Praktiken gewußt, ernsthaft die Möglichkeit in Betracht gezogen hätte, daß ich verrückt wurde. Ich ahnte, daß ich eine Reise gemacht hatte wie ein Schamane in einem veränderten Bewußtseinszustand, aber mein «Ziel» war nicht die Geisterwelt gewesen. Ich war durch Zeit und Raum gereist, um mich mit dem Bewußtsein eines anderen Menschen zu vereinigen, eines Menschen, der hier auf der Erde in normaler Wirklichkeit lebt, aber in einem Zeitabschnitt der Zukunft, der sich ganz wesentlich von der Wirklichkeit, wie sie heute existiert, unterscheidet.

Die Zeit verging, meine Tage in Kona wurden zu Wochen. Meine Träume verliefen wieder normal, aber ich dachte immer wieder über den Traum nach, um vielleicht doch herauszufinden, wo ich gewesen war, sollte ich tatsächlich in die Zukunft gereist sein. Die Siedlung, in der Nainoa lebte, lag irgendwo an der Westküste von Nordamerika. Im Westen erstreckte sich der Pazifik, im Osten ein Binnenmeer, dahinter eine Gebirgskette. Es schien möglich, daß der Ort irgendwo im nördlichen Kalifornien lag. Das Binnenmeer könnte das Kalifornische Längstal gewesen sein, das sich mit Wasser gefüllt hatte, und das Gebirge dahinter die Sierra Nevada. Aber die Umgebung sah überhaupt nicht so aus wie die kalifornische Küste, die ich so gut kannte. Wo waren die von Büschen und Bäumen bestandenen Hügel, die Rotholzbäume und Kiefern und das Weideland mit den prächtigen Eichen?

Ich hatte mich nach vertrauten Landmarken umgesehen, aber die dunkle Mauer des tropischen Waldes hinter den Feldern hatte das meiste, was ich in der Ferne sehen konnte, verstellt, und der Himmel war sehr dunstig gewesen. Das weiche, gedämpfte Licht ließ mich vermuten, daß es Spätherbst war, doch die Temperatur und die tropisch feuchte Luft erinnerten an Hawaii.

Der Kapokbaum auf seinen Brettwurzeln, den Nainoa am Waldrand begrüßt hatte, war sicher der größte, den ich je gesehen hatte. Sein riesiger Stamm war gut und gern siebzig Meter hoch, bevor sich die gewaltige Krone ausbreitete und weitere zwanzig bis fünfundzwanzig Meter emporragte. Dieser Regenwaldriese hätte auch bedeuten können, daß Nainoas Welt im südlichen Mexiko oder irgendwo weiter im Süden lag. Der Vogel, der über das Feld flog, war ein Soldatenara, und wer einmal das gewaltige Gebrüll des roten Brüllaffen gehört hat, vergißt es nie wieder.

Ich überlegte, ob das Binnenmeer der Golf von Kalifornien sein könnte, der Baja California vom mexikanischen Festland trennt. Doch ein flüchtiges Bild aus Nainoas Gedanken hatte gezeigt, daß dieses Meer auch am Südende von Bergen umgeben war, so daß es sich vermutlich nicht um das Meer von Cortez handelte. Ich wußte, daß der südliche Teil des kalifornischen San Joaquin Valley von Bergen umringt war. Wenn Nainoas Siedlung auf der Westseite des Binnenmeers lag, könnte es durch ein Vordringen des Pazifiks in das Kalifornische Längstal entstanden sein. Ich dachte an Nainoas Theorie von der Großen Flut und fragte mich, wie hoch der Meeresspiegel angestiegen sein müßte, um dieses Tal zu überfluten.

Diese Überlegungen veranlaßten mich, über die sogenannte Treibhaustheorie nachzudenken. Wie bei allen strittigen Themen in der Wissenschaft gibt es auch hier unter den Fachleuten keine Übereinstimmung, und die anhaltende Kontroverse beweist die Unsicherheit unter den verschiedenen wissenschaftlichen Spezialisten. Inzwischen läßt sich jedoch nicht mehr leugnen, daß der Anteil von Kohlendioxid, Methan, Stickstoffoxid und Fluorchlorkohlenwasserstoffen (FCKW) in der Atmosphäre infolge der industriellen Tätigkeiten ständig zunimmt. Die letztendlichen Auswirkungen dieser Luftverschmutzung sind nicht bekannt, aber viele Wissenschaftler haben ein Ansteigen der Temperaturen überall auf der Erde um mindestens fünf Grad Celsius oder mehr vorausgesagt, wenn der Anteil der «Treibhausgase» weiterhin zunimmt. Fünf der wärmsten Jahre, die je verzeichnet wurden, gab es in den 1980er Jahren, und sie führten dazu, daß die Gletscher weltweit zurückgingen und in der Antarktis Eisblöcke von der Größe von Rhode Island abbrachen.

Ich hatte meinen Traum im Frühjahr 1986. Trotz dieser alarmierenden Anzeichen hatten sich die Politiker der Vereinigten Staaten nicht entschließen können, etwas gegen die zunehmende Konzentration der luftverschmutzenden Industrieabgase zu unternehmen. Präsident Reagan und der Kongreß hatten die Umweltpolitik schleifen lassen und sich auf die Seite jener Experten gestellt, die sagten, für den Treibhauseffekt gebe es keine ausreichenden Beweise, und die von übereilten Aktionen auf der Basis fragwürdiger wissenschaftlicher Beweise abrieten. Die Wissenschaftler auf der anderen Seite warnten vor einer möglichen globalen Katastrophe durch Überbevölkerung, Verschlechterung der Umwelt, Klimaerwärmung und ein Ansteigen des Meeresspiegels.

Von Nainoa hatte ich erfahren, daß ein plötzlicher Anstieg des Meeresspiegels mit dem Zusammenbruch der westlichen Zivilisation zusammenhing. Wissenschaftler haben entdeckt, daß ein weltweiter Temperaturanstieg von mindestens neun Grad Celsius mit dem Ende der letzten Eiszeit vor ungefähr 10 000 Jahren einherging, als der Meeresspiegel durch das Schmelzen der kontinentalen Eisdecke um rund einhundert Meter stieg. Ich fragte mich, ob in Nainoas Kultur die Erinnerung an die Überschwemmung der Küstengebiete und Tiefländer erhalten geblieben war wie in der Zivilisation des zwanzigsten Jahrhunderts der biblische Bericht von der Sintflut, die Noah und seine Familie überlebt hatten. Ich fragte mich auch, wie hoch der Temperaturanstieg sein müßte, damit die polaren Eiskappen schmelzen würden.

Eines späten Abends, ungefähr sechs Wochen nach dem Traum, arbeitete ich an einem Bild. Es war kurz vor Mitternacht. Jill und Erica schliefen. Der schwere Duft des nachtblühenden Jasmins strömte ins Haus, und ich war nicht recht bei der Sache. Als Wissenschaftler will ich Probleme lösen, und so grübelte ich unentwegt, *warum* mir dieses merkwürdige Erlebnis widerfahren war, *wie* diese Zeitverschiebung zustande gekommen war und *warum* ausgerechnet hier in Kona?

Ich unterbrach meine Arbeit und betrachtete das Bild, das allmählich auf der feuchten Leinwand entstand. Ich stellte den Pinsel in ein

Glas mit Terpentin und sah mich in dem Raum um, den ich sowohl als Atelier als auch als Studierzimmer benutzte. An sämtlichen Wänden hingen Bilder, die ich in jüngster Zeit gemalt hatte und die alle dasselbe Thema hatten: hawaiische *heiaus* – Tempelanlagen aus vorchristlicher Zeit. Als ich mit diesen Bildern begonnen hatte, fühlte ich mich von den religiösen Stätten unwiderstehlich angezogen; und ich hatte es zugelassen, daß sie mich so in ihren Bann zogen. Unter den Bildern standen auf rohen Brettern mehrere unfertige Skulpturen aus Lavagestein.

Im Lauf des vergangenen Jahres hatten wir, meine Familie und ich, uns angewöhnt, praktisch jeden Tag in das Dörfchen Napo'opo'o hinunterzufahren, um im warmen Wasser der Kealakekua Bay zu schwimmen. Der sichelförmige Sandstrand des Dorfs liegt an einer archäologischen Stätte, die von einer hohen Steinplattform, dem *Hikiau Heiau*, beherrscht wird. Eine Bronzeplatte an einer Säule vor dem mächtigen Tempel informiert Touristen, daß Ende der 1770er Jahre Captain James Cook an diesem *heiau* den ersten christlichen Gottesdienst auf einer Hawaii-Insel abhielt anläßlich der Beerdigung eines britischen Seemanns, der bei einem Zwist mit den Einheimischen getötet worden war.

Von allen diesen *heiaus* existieren heute nur noch die dunklen Steinplattformen, und viele davon sind, zerstört durch Erdbeben und Flutwellen, nur noch ein Haufen Steine. Einige wurden anhand von Skizzen früher Reisender restauriert. Da und dort findet man an diesen Stätten in Stein gemeißelte Bilder der alten *akuas* und ein in Originalgröße nachgebautes *hale mana*, das Haus der Macht, in dem einst die verehrten Überreste der Häuptlingsgeschlechter ruhten.

Ich betrachtete meine Bilder. Die breiten, geometrischen Farbflächen waren Abstraktionen dieser Orte der Macht, wo das Menschliche und das Natürliche zusammenkamen. Die vom *hale mana* überragte schwarze Plattform war auf jedem Bild zu sehen. Ich erinnerte mich an das *heiau* des Häuptlings Kaneohe und fragte mich, ob es eine Verbindung zwischen diesen Bildern und dem Traum gab.

Einer plötzlichen Eingebung folgend, schlug ich im Wörterbuch die Bedeutung der Silben von *heiau* nach. *Hei* bedeutet «Netz» oder «Schlinge» oder «mit einer Schlinge oder einem Netz fangen».

Au hat mehrere Bedeutungen; es steht für «Zeitraum», «Zeitalter», «Ära» oder «das Vorübergehen der Zeit». *Heiau* ... ein Ort der Macht, wo man Zeit fangen konnte ... Ich begann, die Idee einer übernatürlichen Macht noch einmal aus anthropologischer Sicht zu überdenken.

Ende des neunzehnten Jahrhunderts behauptete der englische Anthropologe Edward B. Tylor, das Fundament jeglicher Religion sei das, was wir als Seele bezeichnen. Sie wird allgemein als etwas Geistiges aufgefaßt, das sich vom Leiblichen unterscheidet. Tylor vermutete, daß sich die Vorstellung von einer Seele bei den Naturvölkern entwickelt hat, als sie begannen, sich über den Unterschied zwischen Leben und Tod und Wachen und Träumen Gedanken zu machen. Tylor nannte diesen Glauben an einen persönlichen, übernatürlichen Faktor «Animismus», und er versuchte, seine Theorie mit dem Glauben primitiver Völker zu belegen, daß nicht nur Menschen, sondern auch Tieren, Pflanzen und unbelebten Gegenständen wie Steinen, Teichen und Wolken eine Seele innewohne.

Robert R. Marett, ein Zeitgenosse Tylors, vertrat jedoch Anfang des zwanzigsten Jahrhunderts die Ansicht, die Vorstellung von einer Seele sei viel zu intellektuell, um sie mit dem Beginn von Religion gleichzusetzen. Marett stellte die Theorie auf, daß es vor dem Animismus ein anderes Konzept gegeben haben muß, einen Glauben an eine unpersönliche, übernatürliche Kraft oder Macht, den er «Animatismus» nannte.

Ein gutes Beispiel für den Animatismus findet man bei den Naturvölkern von Polynesien und Melanesien, wo die Menschen Glück und Unglück sowie ungewöhnliche Fähigkeiten oder Ereignisse dem *mana* zuschreiben, der unsichtbaren übernatürlichen Kraft im Universum, die sich sowohl in unbelebten Objekten oder Orten als auch in Lebewesen stark konzentrieren kann. Sie glaubten seit altersher, daß auch Menschen hohe Konzentrationen von *mana* aufnehmen könnten. Angeblich waren solche Menschen imstande, durch ihren Willen ihren persönlichen Vorrat an *mana* zu vermehren, und es war bekannt, daß *mana* von einer Person auf eine andere, von einer Person auf einen Gegenstand oder sogar von einem Gegenstand auf eine Person übertragen wurde. *Mana,* so glaubten diese

Naturvölker (und sie glauben es noch heute), wird durch Berührung oder einfach durch Nähe übertragen. *Heiaus* wurden auf Orten mit hohen Konzentrationen von *mana* errichtet.

Ich betrachtete meine Bilder und überlegte, ob meine tägliche Nähe zu der hohen Tempelplattform an der Bucht mich irgendwie beeinflußte. Meiner wissenschaftlichen Weltanschauung paßte dieser Gedanke gar nicht; ein wesentlicher Teil von mir mißtraute allem, was in diese Richtung ging, zutiefst.

Ich wandte mich wieder meinen groben Skulpturen aus schwarzen Lavabrocken zu. Die Lavastücke hatte ich an der Küste gefunden. Sie lagen praktisch an allen hawaiischen Stränden umher, und viele waren bereits durch das ständige Hin und Her der Brandung geformt. Ich lehnte mich zurück und dachte an das Ritual, das ich stets absolvierte, wenn ich auf Steinsuche ging.

Wenn ich an einen Strand kam, bat ich die «Geister des Ortes» um die Erlaubnis, Steine mitzunehmen – eine entschieden animistische Prozedur. Obwohl ich mich dabei selbst belächelte, unterließ ich diese kleine Zeremonie nie. Danach schlenderte ich über den Strand und ließ meine Augen beliebig umherschweifen, bis sich ein Stein von selbst von den anderen unterschied. Gewöhnlich war eine innere Form schon teilweise erkennbar, und ich sah, wie ich ihn künstlerisch verwenden konnte. Meistens suchte ich so lange, bis ich einen Stein mit einer Form fand, der ich nicht widerstehen konnte. Viele waren zu schwer, um sie mitzunehmen, aber einige konnte ich tragen.

Weil ich manchmal Zen-Buddhismus praktiziere, betrachte ich Steine, als ruhten sie in der ihnen eigenen Art von Meditation – vielleicht eine verschrobene, aber sehr befriedigende Vorstellung. Deshalb bitte ich um ihre individuelle Erlaubnis, bevor ich sie aufhebe und mitnehme. Gewöhnlich lade ich den ausgewählten Stein ein, mich in mein Studio zu begleiten, wo ich verspreche, ihn nur minimal zu verändern, um das, was ich als seine innere Form sehe, stärker zum Ausdruck zu bringen. Manchmal frage ich mich, ob tatsächlich ich derjenige bin, der die Steine aussucht, denn gelegentlich war die Anziehung so stark, daß ich den Verdacht hatte, die Steine würden in Wirklichkeit mich aussuchen.

Gewöhnlich lasse ich sie eine Weile herumstehen, während meine anfänglichen Ideen, wie ich die Steine entwickeln würde, Gestalt annehmen. Bevor ich den Meißel ansetze, mache ich eine Meditationsübung. Ich lasse Verstand und Seele schweifen und gleite langsam in die Stille der Steine. Dann, nach einer gewissen Zeit, beginne ich zu arbeiten.

Mitternacht war schon längst vorbei, als ich die *pohakus* in meinem Studio betrachtete. Jeder besaß seine eigene «Macht» von dem Ort und der Entstehung seines Ursprungs. Jeder hatte auch von meinem Verstand und meinen Muskeln «Macht» erhalten, von dem Künstler, der auf animatistische Weise ihr «Wesen» zum Vorschein gebracht hatte. Als Kontemplationsobjekte würden sie durch ihren Kontakt mit anderen Menschen weitere «Macht» hinzugewinnen. Vielleicht würden sie auch an den, der Verbindung mit ihnen aufnahm, «Macht» abgeben. Ich fand diese Vorstellung als Künstler wie auch als Anthropologe sehr reizvoll.

Es war sehr spät, als ich mich schließlich von den Steinen und *heiaus* trennte und das Arbeitszimmer verließ. Jill lag im Bett und las. Sie näherte sich dem letzten Drittel ihrer zweiten Schwangerschaft und sah wundervoll aus.

Ich absolvierte meine abendlichen Rituale – duschen, rasieren, Zähne putzen – und schlüpfte ins Bett. Jill küßte mich, dann drehte sie sich auf ihre Seite und schlief ein. Ich knipste das Licht aus, schmiegte mich an ihren Körper und legte die Arme um sie. Ich fühlte ihre Atemzüge und schlief ein.

Um vier Uhr morgens erwachte ich. Das Licht brannte, und Jill las, weil sie nicht schlafen konnte. Ich massierte ihr den Rücken, um ihr zu helfen, sich zu entspannen. Die Magie, die aus dieser Berührung entsteht, führte uns zum Liebesakt, und danach hielten wir uns eng umschlungen, bereit, wieder einzuschlafen.

Ich sank tief und tiefer in Schlaf und war beinahe fest eingeschlafen, als die Gefühle einsetzten. Ich fühlte sie am äußersten Rand meines Bewußtseins, lag in der Dunkelheit und wartete. Ich roch den etwas strengen Duft des nachts blühenden Jasmins. Plötzlich drangen die Gefühle mit tosender Gewalt auf mich ein. Es dröhnte und zischte in meinen Ohren. Mein Verstand schaltete sich plötzlich an, und ich war hellwach und bei vollem Bewußtsein. Jede Schläfrigkeit war verschwunden. Darauf hatte ich gewartet.

Ich spürte die aufkommende Lähmung, wurde starr und konnte kaum noch atmen. Meine Hände fühlten sich an wie Ballons. Meine Augen waren fest geschlossen.

Wieder sah ich die merkwürdigen hellen Punkte und Linien, die Zickzackformen bildeten und Schlangenlinien, die sich in die unvorstellbare Ferne des Rasters ausdehnten. Der schimmernde Lichtbogen erschien, und ich dachte an Nainoa und ob ich ihn vielleicht wieder «besuchen» würde. Bei diesem Gedanken drang erneut eine Woge der Gefühle auf mich ein, und ich schien mich zu bewegen. Ich fühlte, daß ich hinausgestoßen wurde ... daß ich mich ausdehnte, immer weiter und weiter ...

Die Gefühle wurden immer stärker – und sie waren köstlich. Dann verstummte das Brausen abrupt, und wieder einmal entstand vollkommene Stille. Die Gefühle ließen nach.

Erschrocken und etwas enttäuscht schlug ich die Augen auf, und mein Herz machte einen Sprung ... Das Schlafzimmer war verschwunden. Riesige Gebilde überragten mich im Nebel. Ein dicker Wassertropfen fiel auf meinen Arm ... einen sehr muskulösen Arm, der fraglos braun war. Ich stand im Wald.

4

Die zweite Reise
Die Stadt im Wald

Nainoa stand an einer Gabelung des Wildpfads, dem er nach Nordosten gefolgt war. Es war früh am Morgen. Im Wald war es neblig. Der süßliche Geruch einer blühenden Pflanze hing in der feuchten Luft. Nainoas Augen glitten suchend über das nasse Grün, aber sie entdeckten keine Blüten.

Trommelnd fielen die Tropfen von den hoch über ihm hängenden Blättern auf seinen Regenumhang, der ihn von den Schultern bis zur Hüfte bedeckte und seine Tragnetze mit den Vorräten schützte. Das vor Nässe glitzernde Unterholz bewirkte, daß er von der Hüfte abwärts völlig durchnäßt war. Es war warm im Wald. Auf Nainoas Stirn unter dem provisorischen Hut aus breiten Blättern standen Schweißperlen. Naß zu sein war nicht gerade ein Zustand, den er liebte.

Elf Tage waren vergangen, seit er die Siedlung verlassen hatte. Er befand sich jetzt tiefer im Landesinneren als irgendeiner aus seinem Volk jemals zuvor. Er hatte unbekanntes Territorium betreten.

Jeden Tag war er vom frühen Morgen bis spät am Nachmittag gegangen, hatte unterwegs gejagt und sich mit Nahrung versorgt. Affen, Eidechsen, Vögel, Schlangen und große Nager hatte er mit seinen Pfeilen erlegt. An den unzähligen Wasserläufen, die er überqueren mußte, hatte er Fische gefangen und Schildkröteneier gefunden, eine Delikatesse, die nur die Trockenzeit mit den freiliegenden Sandbänken zu bieten hatte. Gegen Abend horchte er stets auf die unverwechselbaren Rufe der großen Dschungelhühner, die gern auf niederen Ästen schliefen. Es war leicht, festzustellen, woher ihre Rufe kamen, und sie später, nach Einbruch der Dunkelheit, zu finden und mit einem Stockschlag zu töten.

Während er sich den Wildpfad genau ansah, der durch das feuchte, üppig wuchernde Grün führte, kehrten seine Gedanken an den Beginn seiner Reise zurück.

Am ersten Tag hatte er sich vorsichtig der Küste genähert und immer wieder im Wald gelauscht und nach Kriegern aus dem Süden Ausschau gehalten. Er sah keinen Menschen und erreichte gegen Abend die Bucht. Das Kanu war da, wie Häuptling Kaneohe versprochen hatte – ein kleines Auslegerboot mit Segel, das er einhändig bedienen konnte.

Um vor den Krokodilen sicher zu sein, schlief er hoch über dem Erdboden in einem Baum, in den er seine Hängematte gehängt hatte. Er erwachte vor Sonnenaufgang und wartete auf das erste Licht, bevor er das Kanu zu Wasser brachte und mit seiner Ausrüstung belud. Dichter Nebel hing über dem Wald, aber er kannte die Küstenlinie mit den zahllosen Buchten und Lagunen sehr gut. Er paddelte durch den Nebel auf das Meer hinaus und orientierte sich nach dem Gedächtnis.

Der erste Morgen auf dem Wasser war unheimlich. Himmel und Meer gingen im Nebel ineinander über. Nur die Berührung seines Paddels mit der Wasseroberfläche zeigte ihm, was oben und unten war. Er paddelte ruhig weiter und spähte nach Landmarken aus, bis die morgendliche Brise den Nebel lichtete.

Der Wind kam von Norden. Nainoa machte das schaufelförmige Segel los, um in Richtung Südosten durch die vielen Inseln und Sunde zu fahren, die er in seiner Jugend ausgekundschaftet hatte. Er war den ganzen Tag auf dem Wasser und kampierte auf einer Insel, die er kannte. Am nächsten Morgen stand der Wind wieder günstig. Er setzte das Segel und ließ die heimische Küste hinter sich, um das große Binnenmeer zu überqueren.

Das Ostufer war durch den feinen Staubschleier, der während der Trockenzeit in der Luft hing, nicht zu sehen. Er saß ruhig im Boot, das er mit seinem breiten Paddel steuerte, und beobachtete das allmählich ferner rückende Westufer; doch er sah keine Anzeichen von Verfolgern und auch sonst niemanden. Der Blick auf das weit und breit verlassene Binnenmeer stimmte ihn wehmütig und traurig. Als der Wind auffrischte, machte er gute Fahrt in südöstliche Richtung. Am frühen Abend erreichte er das sumpfige Ostufer und übernachtete auf einer tiefliegenden, von Mangroven umgebenen Insel.

Der Wind hatte ihn weiter nach Süden getragen, als er eigentlich wollte. Deshalb paddelte er am nächsten Tag, begleitet von einigen Delphinen, nach Norden auf der Suche nach einem Fluß, den er vor Jahren mit Nagai erforscht hatte. Er sah viele Krokodile, aber sie verschwanden, sobald er näher kam. Sogar auf dieser Seite des Meeres waren sie jetzt vor Menschen auf der Hut, die sie wegen ihres Fleischs und ihrer Haut jagten.

In der zweiten Nacht lagerte er wieder auf einer Insel, nachdem er im seichten Wasser zwischen den Mangroven einen großen Fisch mit dem Speer erlegt und als Abendmahlzeit verspeist hatte. Er entdeckte, daß es in dem warmen Wasser von großen Garnelen wimmelte, und er bedauerte, daß er kein Fangnetz dabei hatte. Am nächsten Tag war er weitergefahren und hatte schließlich am frühen Nachmittag die morastigen, von Bäumen gesäumten Kanäle der Flußmündung gefunden. Er bog in den Hauptarm ein und paddelte landeinwärts. Auf den Sandbänken sonnten sich große Krokodile und Schildkröten.

Er war erstaunt, wie sehr sich der Fluß verändert hatte. Das Flußbett hatte sich verlagert, so daß ein ganz neuer Wasserweg entstanden war. Er blieb auf dem größten Flußarm. Wenn er in flaches Wasser kam, benützte er an Stelle des Paddels eine lange Stange. Er sah viele Wasservögel und erlegte zwei Enten für seine Abendmahlzeit. Die gegabelten Pfeilspitzen, die er dafür benützte, waren eigens für die Vogeljagd gemacht. Erneut übernachtete er auf einer Insel, auf der er schon vor Jahren mit Nagai kampiert hatte.

Im Morgengrauen des nächsten Tages tötete er einen kleinen Hirsch. Das Fleisch schnitt er in Streifen und trocknete es auf einem Gestell über dem Feuer. Am Nachmittag fuhr er weiter flußaufwärts und überraschte gegen Abend eine Elefantenherde, die zur Tränke an einen Platz gekommen war, an dem er seinerzeit ebenfalls mit

Nagai gerastet hatte. Die großen Tiere sahen ihn neugierig an und zogen sich laut trompetend von der Sandbank in den hohen Wald zurück.

Er betrat die Sandbank und untersuchte sie nach Spuren von großen Raubtieren. Der hohe dichte Wald am jenseitigen Ufer hatte im schwindenden Licht finster und bedrohlich gewirkt. Ein Brüllaffe lärmte, als er das Kanu auf die Sandbank zog. Dann schlug er sein Lager auf und schlief sicher in seiner Hängematte in einem hohen Baum.

Am nächsten Tag schleppte er das Kanu zu einem Versteck oberhalb der höchsten Wassermarke. Aus kräftigen Stöcken baute er zwischen Bäumen ein Gerüst, um das Boot ein gutes Stück über dem Erdboden zu verstauen, und errichtete darüber eine Art Unterstand, um es zu tarnen und vor Sonne und Regen zu schützen. Bis zu seiner Rückkehr würde das Kanu hier gut aufgehoben sein, sicher vor Termiten und dem Hochwasser, das die Flüsse aus den Bergen im Osten gelegentlich auch in der Trockenzeit führten.

Am Morgen sah er noch einmal nach dem Kanu. Dann trat er seine Fußreise an. Da er gewohnt war, auf dem ebenen Boden der Siedlung zu gehen, schien er anfangs immer in die Luft zu schauen statt auf den Boden. Er stolperte, stieß sich die Zehen, glitt aus und fiel hin, und immer wieder blieb er mit seinen Tragnetzen an Büschen und Zweigen hängen. Wie erwartet schmerzten ihn seine Glieder von der ungewohnten körperlichen Anstrengung.

Während Nainoa vor einer Weggabelung stand und überlegte, welchen Pfad er einschlagen sollte, lächelte er bei diesen Erinnerungen, denn sein Körper hatte sich inzwischen an die neue Lebensweise und das tagelange Gehen gewöhnt. Er entschied sich für den stärker ausgetretenen Pfad und schnitt eine Markierung in einen Baum, die er auf dem Rückweg sehen würde.

Der feine Nebel verdunstete im Lauf des Morgens, und er ging einigermaßen mühelos zwischen den großen Stämmen dahin, deren Kronen hoch über ihm im Sonnenlicht leuchteten. Vogelrufe schallten wie Glockenklänge durch den hohen Wald. Seine Augen suchten den Wildpfad sorgfältig nach großen Schlangen ab, die getarnt im welken Laub den großen Nagetieren des Waldes auflauerten. Viele

Bäume hatten schon jetzt, zu Beginn der Trockenzeit, ihr Laub abgeworfen, und die Schlangen waren in dem scheckigen Mosaik aus Licht und Schatten kaum zu erkennen.

Irgendwann am Vormittag stolperte er beinahe über eine Waldschweinherde. Diese seltsamen Tiere mit ihren kurzen Greifnasen sahen aus wie eine Kreuzung aus Schwein und Elefant. Die ausgewachsenen Tiere waren groß und dunkelgrau, die Frischlinge braun mit helleren Flecken und Streifen. Bevor die hawaiischen Reisenden hier ankamen, hatten sie solche Schweine noch nie gesehen.

Aus den hawaiischen Chroniken in der Bibliothek von Häuptling Kaneohe ging hervor, daß ihre Vorfahren in Hawaii der Meinung gewesen waren, viele der amerikanischen Waldtiere wie die Riesenschlangen, Tiger, Krokodile, Affen und Elefanten seien Fabelwesen. Obwohl in Kopien der allerfrühesten historischen Berichte, die von den Inseln stammten, zu lesen war, daß die Amerikaner solche Lebewesen in ihren Siedlungen in Käfigen ausgestellt hatten, wahrscheinlich aus Geltungsbedürfnis oder als Symbol ihrer Macht über die Natur, hatte niemand geglaubt, daß es sie wirklich gab.

Die Chroniken schilderten auch die Überraschung der Reisenden, als sie diesen großen Wald entdeckten, dessen Bäume an Höhe und Umfang jeden Baum in Hawaii übertrafen. Das Inselmeer vor der Küste und die Entdeckung des Binnenmeers hatten ebenfalls große Verwirrung unter ihnen hervorgerufen. Die Seefahrer hatten behauptet, sie seien an dem Teil des amerikanischen Festlands gelandet, der unter dem Namen Kalifornien bekannt war, aber nichts hatte so ausgesehen wie auf den alten Landkarten angegeben. Alle Seefahrer waren sich einig gewesen, daß sie in der Nähe einer großen Bucht gelandet waren, die auf den Karten eingezeichnet, aber durch die Große Flut stark verändert worden war.

Nainoa dachte daran, wieviel Achtung und Ehrfurcht den Seefahrern entgegengebracht wurde. Obwohl jedes der langen Doppelkanus einen eigenen *haku* hatte, einen Kapitän, der für das Schiff verantwortlich war, so blickten doch alle, sogar der Hohe Häuptling, auf die Seefahrer, sobald sie Rat und Orientierung brauchten.

Er dachte auch über sein Leben als Diener nach. Ein Diener

wurde manchmal aufgrund ungewöhnlicher Leistungen in den Rang eines Häuptlings erhoben; gewöhnlich heiratete er dann in eine hochrangige Familie ein. Mobilität nach oben war möglich, aber schwierig. Vielleicht würde ja auch ihm eine solche Ehre zuteil, wenn er diese Reise überlebte und mit navigatorischen Kenntnissen über das Innere des amerikanischen Kontinents zurückkehrte. Nainoa beschloß, sich mit der Hierarchie seiner Gesellschaft zu beschäftigen. Diese kleine Gedächtnisübung half ihm über die Einsamkeit hinweg.

Es gab verschiedene Rangebenen innerhalb der Häuptlingsklasse, für die weitgehend die Verwandtschaft maßgeblich war. Die Direktoren waren innerhalb ihrer Ländereien die ranghöchsten Häuptlinge und Mitglieder einer leitenden Ratsversammlung, dem «Board». Dieses Wort stammte aus alter Zeit, und niemand wußte genau, was es bedeutete. Es war aus dem Altenglischen abgeleitet, der Ursprache der Amerikaner.

Der «Board» war dem Gouverneur verantwortlich, dem obersten Häuptling. Zur Zeit war der Höchste Häuptling eine Frau, Ruth Kahalopuna, deren Familie von einem alten Königsgeschlecht auf Hawaii abstammte. Sie war eine gute Herrscherin mit einer ungewöhnlichen Begabung für Politik und Verwaltung, und sie verfügte über einen ausgezeichneten Mitarbeiterstab, der sich zum großen Teil, aber nicht ausschließlich, aus Mitgliedern ihrer eigenen weitverzweigten Familie zusammensetzte.

Ihr Premierminister, der Hohe Häuptling Shimoda, beriet sie bei der Führung der Amtsgeschäfte für die gesamte Siedlungskette entlang des Binnenmeers. Er war für die Einnahme der Steuern verantwortlich, für die Verteilung der Ernten, der Land- und Fischereirechte und dergleichen. Seine Aufgabe würde es jetzt sein, die in den Siedlungen ausgebrochene Krise zu beenden. Nainoa fragte sich, was er unternehmen würde. Wahrscheinlich kam es zum Krieg. Häuptling Shimoda war der Kommandant der Truppen des Gouverneurs, und er würde sie höchstwahrscheinlich einsetzen, um die Rebellen im Süden niederzuschlagen.

Nainoa bemerkte eine Wolke blauer Schmetterlinge, die sich in einem breiten Lichtstrahl erhob. Sie hatten an einem schlammigen Bachufer getrunken, und er hatte sie im Vorübergehen aufgescheucht. Er zog sein langes Messer und stach in eine dicke Liane. Frisches Wasser quoll aus der Schnittstelle. Er trank gierig und dankbar. Dann füllte er seine Wasserflasche auf. Der alte Nagai hatte ihn gelehrt, welche Lianen trinkbares Wasser enthielten und welche giftig waren. Er schickte einen Gruß an den Geist des Jägers, bevor er sich wieder seinen vorherigen Gedanken zuwandte.

Die Direktoren wurden in unterschiedlichem Ausmaß vom Rat ihrer Priester, den *kahunas*, geleitet, die den Rang von Häuptlingen einnahmen. Die Priester waren eine gemischte Gesellschaft. Die meisten betätigten sich als Meister des Rituals und Gebets und waren für die *heiaus* verantwortlich. Diese Priester verfügten über großen politischen Einfluß und arbeiteten eng mit den Häuptlingen zusammen. Sie würden für Krieg stimmen.

Dann gab es die Heiler. Einige von ihnen waren Mystiker, Meister der Geister, die als Vermittler zwischen den Menschen und dem übernatürlichen Reich wirkten. Wegen ihrer einzigartigen Fähigkeiten standen sie in hohem Ansehen. Die Mystiker hatten mit organisierter Religion wenig zu tun. Ihre Macht und ihr Wissen wurden weder vererbt, noch beruhten sie auf der Zugehörigkeit zu einer bestimmten Klasse; angeblich hatten sie sie unmittelbar von den Geistern bekommen, den *akuas*, und von ihrem *aumakua*, ihrem urpersönlichen geistigen Ich. Im Gegensatz zu den Priestern kamen die Mystiker aus allen Gesellschaftsschichten, und viele waren sehr mächtig. Nainoa hatte mit der Zeit auch den alten Nagai als einen solchen *kahuna* kennengelernt.

Als Nainoa eine überwucherte Lichtung überquerte, bemerkte er die braune unregelmäßige Form eines Termitenhügels, der um den Stamm eines abgestorbenen Schößlings gebaut war. Er ging näher und schreckte eine Schar komisch aussehender Äffchen auf, die zwei unterschiedlichen Arten anzugehören schienen. Einen Augenblick später stieß ein Falke auf die Lichtung nieder und flog, nach einem kurzen Tumult am Boden, mit einem der winzigen Tiere in den Klauen wieder hinauf in das grüne Dunkel der Bäume. Die Überlebenden verschwanden mit lauten Warnrufen im Blätterdikkicht. Die Krieger im Süden, dachte Nainoa, waren ähnlich wie dieser Falke.

Nagai hatte ihm gezeigt, daß Termitenlarven wohlschmeckend und nahrhaft sind. Er brach den Termitenhügel auf, sammelte die Larven ein und aß sie.

Am späten Nachmittag bemerkte Nainoa plötzlich eine Veränderung in seiner Umgebung. Er blieb stehen. Der Wald war ungewöhnlich still, doch er entdeckte keine Anzeichen von Menschen oder Tieren, weder Fußabdrücke noch Fährten, keine geknickten Zweige. Seine Anspannung löste sich, als er sah, was ihn veranlaßt hatte, stehenzubleiben.

Links von ihm ging der sonst überall flache Grund in eine Reihe von Hügeln über, die, wie alles hier, von Bäumen bestanden waren. Dazwischen sah er grün überwucherte senkrechte «Pfosten», die auch Baumstämme hätten sein können, wären sie nicht so regelmäßig plaziert gewesen.

Nainoa hatte in seiner Jugend ein ähnliches Gebiet mit Nagai erforscht. Die bewaldeten Hügel waren nach einem regelmäßigen gitterförmigen Muster angeordnet. Sie hatten damals zwischen den Wurzeln eines umgestürzten Baumes einige Artefakte gefunden – Glas- und Keramikscherben und Schnüre aus Kupfer – und angenommen, daß die Hügel Ruinen einer alten amerikanischen Siedlung waren.

Nagai hatte ihm erzählt, daß auch andere Jäger solche Orte kannten, sie jedoch mieden, weil sich dort angeblich hungrige Geister herumtrieben. Es gab Geschichten von Männern, die zwischen diesen seltsamen Hügeln kampiert hatten und nie wieder gesehen wurden; einige sollen danach wahnsinnig geworden sein. Nainoa wußte nicht, ob diese Geschichten der Wahrheit entsprachen, aber er war sehr aufgeregt, als er jetzt diese Hügel entdeckte.

Plötzlich fühlte er sich bedrückt und seltsam melancholisch. Konnte der abrupte Stimmungswechsel etwas mit der Nähe der Hügel zu tun haben? Vielleicht wohnten hier wirklich unglückliche

Geister. In seiner Erinnerung tauchte plötzlich das altenglische Wort *siti* auf, ein Ausdruck, der für die amerikanischen Siedlungen benutzt wurde.

Der Wildpfad führte am Rand der Ruinen vorbei. Nainoa ging langsam weiter. Grün bewachsene Monolithe ragten in gleichmäßigen Reihen aus dem Boden empor. Er untersuchte einen davon, indem er mit seinem Grabstock einen Teil der Oberfläche freilegte. Es waren die Überreste eines Kamins aus eigenartigen braunen Keramikblöcken, die mit Mörtel zusammengefügt waren.

Als er einen großen Baum sah, der sich schräg gegen mehrere seiner Nachbarn lehnte, kletterte er bis zum Blätterdach hinauf. Von hier oben sah er, daß sich die baumbestandenen, mit überwachsenen Kaminen durchsetzten Hügel weithin erstreckten, bis sie sich im Dunstschleier verloren. In der Ferne sah er einen Hügel, aus dem ein gewaltiger Banyanbaum wuchs, und er beschloß, dort sein Nachtlager aufzuschlagen.

Wieder auf dem Waldboden angelangt, betrat er entschlossen die verlassene *Siti.* Vielleicht fand er Spuren der einstigen Bewohner, die etwas über das Hinscheiden ihrer Zivilisation enthüllten.

In dem dicht überwucherten Gebiet kam er nur langsam voran. Er sah sich nach Kulturpflanzen um wie Bananen, Papayas, Avocados, Mangos, Guaven, Brotfrucht-, Nuß- oder Apfelbäumen, fand aber nichts. Dieser Ort war seit langer Zeit verlassen. Unweit von seinem Ziel kreuzte eine Fährte seine Route. Sie verlief schnurgerade, so weit sein Blick reichte. Er folgte ihr und gelangte an eine Stelle, wo ein großer Baum umgestürzt war. Der Stamm war zu einer langen, von Farnen und Pilzen bewachsenen Bank zwischen zwei Hügeln verrottet, und in dem Loch, das der Wurzelballen des Baums gerissen hatte, glänzte ein Tümpel. Als er neugierig näher heranging, hüpften einige Frösche erschreckt ins Wasser.

Nainoa versuchte, Fische in dem kleinen Weiher zu entdecken, aber er sah keine. Auf dem dunklen, von Blättern bedeckten Grund wimmelte es von Frosch- und Insektenlarven. Am Rand wuchsen Büsche und junge Bäume, und große Baumfrösche hockten fast unsichtbar zwischen den überhängenden Zweigen. Eine winzige Bewegung verriet einen Tukan mit großem Schnabel, der ihn mißtrauisch von einer Liane über dem Tümpel beobachtete. In der Ferne schrien einige der großen schwanzlosen Affen.

Während sich Nainoa umsah, entdeckte er plötzlich nur wenige Schritte links von sich zwischen den Wurzeln eines Baumes eine zusammengerollte Schlange. Es war eine Giftschlange, die von den Jägern sehr gefürchtet wurde. Sie nannten sie den Buschmeister. Sie war so dick wie sein Arm und mindestens vier Meter lang. Über den Rücken ihres hellbraunen Körpers zogen sich mehrere schwarze Schuppenstreifen, und an den hell und dunkel gefleckten Seiten wiederholte sich in ungleichmäßigen Abständen ein dunkles, V-förmiges Muster. Ihre Zeichnung machte sie im welken Laub praktisch unsichtbar. Ihr Kopf mit den langen schwarzen Streifen, die sich von ihren glänzenden pechschwarzen Augen bis über den Nacken zogen, war so groß wie seine Hand. Sie beobachtete ihn, während ihre dunkelrote Zunge vorschnellte, um seinen Geruch aufzunehmen.

Nainoa ließ die Schlange nicht aus den Augen, während er sich langsam rückwärts bewegte. Er hatte Glück gehabt, daß er nicht auf sie getreten war. Als ihm klar wurde, daß die Schlange viel Fleisch bedeutete und mühelos zu töten war, griff er nach dem Bogen und legte einen Pfeil auf. Kurz bevor er den Pfeil fliegen ließ, kam ihm ein merkwürdiger Gedanke. Dieser Ort hatte etwas Unnatürliches an sich. Vielleicht waren auch die Tiere und Pflanzen unnatürlich. Wenn er hier etwas tötete, würde ihm das vielleicht Unglück bringen. Vielleicht war die Schlange die Wächterin der *Siti*. Er ließ den Bogen sinken. Er hatte noch nie Gelegenheit gehabt, einen lebendigen Buschmeister aus der Nähe zu betrachten. Also ging er vorsichtig in die Hocke und beobachtete die Schlange.

Sie blieb, wo sie war, nur ihre Zunge bewegte sich mit hypnotischer Regelmäßigkeit in seine Richtung. Von Nagai wußte er, daß sich der Buschmeister nicht viel bewegte, sondern lieber wartete, bis die Beute zu ihm kam. Dieser hier tat höchstwahrscheinlich genau dies; er wartete auf die großen Buschnager, die in der Nacht an den Tümpel kommen würden, um zu trinken.

«Und was gibst du mir dafür, daß ich dir dein Leben schenke?» fragte er die Schlange. Seine Stimme hörte sich merkwürdig an. Es war der erste menschliche Laut, den er vernahm, seit er die Siedlung verlassen hatte. Die Schlange rührte sich nicht, und es bildete sich auch keine Antwort in seinen Gedanken. Er beobachtete sie weiter, bis das Licht schwächer wurde. Dann richtete er sich auf und ging vorsichtig in entgegengesetzter Richtung um den Tümpel herum, hielt Ausschau nach weiteren Schlangen. Kurz bevor er sich abwandte, sah er plötzlich etwas im Wasser liegen.

Er blickte in das dunkle Wasser und sah eine kleine menschliche Hand.

Eine heftige Gefühlsbewegung erfaßte ihn. Er blickte beklommen über den Tümpel zur Schlange, schnitt eine Rute von einem Busch und fischte den winzigen Arm, der nicht länger war als sein Finger, aus dem Wasser. Er betrachtete ihn genau und spülte den Schlamm aus dem hohlen Inneren des Arms, der aus gebranntem Ton bestand. Einer der winzigen Finger war abgebrochen.

Mit dem Stock wendete er vorsichtig die Blätter und Rindenstücke auf dem Tümpelgrund und wurde mit einem zweiten Arm, zwei Beinen und einem kleinen hohlen Kopf auf einem kurzen Hals belohnt. Die Keramikgebilde waren stark verfärbt; er vermutete, daß sie lange Zeit in der Erde gelegen hatten, und er vermutete, daß sie einmal weiß gewesen waren. Der Kopf trug noch Farbspuren an den Augen und Haaren. Die Augen waren blau gewesen wie seine eigenen.

Nainoa drehte die Teile in seinen Händen hin und her. Es waren Artefakte aus der Vergangenheit, vielleicht rituelle Gegenstände oder Talismane, die von Frauen benutzt wurden, die sich ein Kind wünschten. Vielleicht waren es Teile eines Kinderspielzeugs. Vielleicht bedeuteten die blauen Augen, daß es sich um einen Gegenstand handelte, der einem amerikanischen Häuptling aus der Vorzeit gehört hatte. Einige amerikanische Objekte hatten in den Sammlungen der Häuptlinge die Jahrtausende überdauert. Das Wissen, wie Keramik und Glas hergestellt werden, war verlorengegangen. Die Rohstoffe, aus denen sie bestanden, hatte man weder auf den Inseln gefunden noch hier auf dem amerikanischen Festland.

Er stocherte noch eine Weile in dem Tümpel umher, doch als er nichts Interessantes mehr fand, steckte er die Objekte in einen Beutel, den er in einem seiner Tragnetze verstaute. Er verabschiedete sich ehrerbietig von der Schlange und setzte seinen Weg zu dem Hügel mit dem Banyanbaum fort. Dort angekommen, ging er um den Hügel herum, dessen Seiten unregelmäßig und teilweise steil und dicht bewachsen waren. Der Banyanbaum nahm den ganzen Gipfel für sich in Anspruch. Seine Wurzeln wuchsen in den Hügel und aus dem Hügel heraus und bedeckten die gesamte Oberfläche mit holzigen Tentakeln. In den Zwischenräumen kämpften kleine Bäume ums Überleben. Eidechsen raschelten im abgefallenen Laub. Die großen Äste des Baums hatten Luftwurzeln getrieben, die sich mit der Zeit zu Nebenstämmen entwickelt hatten, so daß der Hügel mehr von einem Hain als von einem einzigen großen Baum bestanden war.

Als Nainoa zu dem Baum emporblickte, tauchte ein anderer merkwürdiger Gedanke in ihm auf. Er hatte von Nagai gelernt, daß alles in der Natur, das Lebendige und das Nichtlebendige, eine eigene Art von Bewußtsein besaß. Nainoa fragte sich, ob der riesige Banyanbaum dort wußte, daß er, Nainoa, hier war. Im Gegensatz zu anderen Bäumen, die kahl und stumm während der Trockenzeit schliefen, trug dieser hier große grüne Wolken aus Laub und wirkte noch sehr rege und lebendig.

Nainoa sammelte sich. Dann bat er den Baum förmlich um die Erlaubnis, hinaufzusteigen. Er wartete, und als er nichts Ungewöhnliches bemerkte, kletterte er auf den Hügel, wobei er die gewundenen Wurzeln als Leiter benützte und achtgab, nicht an einen Skorpion oder Hundertfüßer zu geraten. Ein umgestürzter kleinerer Baum hatte die Bodendecke aufgerissen und ein Stück des Hügelinneren freigelegt.

Aufgeregt blickte Nainoa auf die großen Mauerbrocken und Glasscherben. Er vermutete, daß er auf den Trümmern eines einst riesigen Gebäudes stand. Doch die Sonne ging bereits unter; alle weiteren Erkundungen mußten bis morgen warten. Ein Ameisenheer zog über den Hügel. Er würde im Baum schlafen müssen wie fast in allen vorangegangenen Nächten.

Zwischen den beiden Hauptstämmen kletterte er bis zu einer Stelle, die schmal genug war, um die Hängematte zwischen zwei dikken Ästen zu befestigen. Seine Netze und Waffen hängte er in Reichweite auf. Er hatte sich inzwischen daran gewöhnt, freihängend hoch über dem Boden zu schlafen, wo er nicht nur vor Raubtieren sicher war, sondern auch von den meisten Stechmücken unbehelligt blieb.

Wie zur Bestätigung seiner Gedanken hörte er aus der Richtung, aus der er gekommen war, das Gebrüll eines Tigers. Besorgt fragte er sich, ob das Tier seinen Geruch aufgenommen hatte und ihm folgte. Er befand sich rund dreißig Meter über dem Erdboden; trotzdem hielt er es für möglich, daß der Tiger bis zu ihm heraufklettern könnte. Während er seine Ausrüstung neu ordnete, sinnierte er über die verschiedenen Großkatzen und die unterschiedlichen Gefahren nach, die von ihnen ausgingen. Die gefürchtetsten waren die größten, die orange und schwarz gestreiften Tiger. Die Jäger sagten, daß sie den Menschen aus dem Weg gingen, aber es geschah immer wieder, daß einer einen Gemeinen anfiel, der auf den Feldern in der Nähe des Waldes arbeitete. Dann brach gewöhnlich eine große Jagdgesellschaft auf, an der auch die Adligen teilnahmen, um den Tiger zu erlegen oder in eine Falle zu treiben; aber es war ein gefährliches Unternehmen, bei dem häufig weitere Menschen Opfer des Tigers wurden.

Eine kleinere Art war beinahe noch mehr gefürchtet. Diese Katzen hatten ein gelbes Fell mit schwarzen, blütenartig angeordneten Flecken. Im Gegensatz zu den größeren Tigern, die sich vorwiegend auf dem Boden aufhielten, fühlte sich der gefleckte Tiger auf Bäumen zu Hause, wo er schlafende Affen oder Vögel erbeutete. Wie ihre größeren Vettern mieden sie die Menschen und hielten sich lieber an Waldschweine und Hochwild. Nagai war der Meinung gewesen, daß es von den gefleckten Tigern mindestens zwei verschiedene Arten gab, eine, die sehr robust und kräftig war, und eine etwas zierlichere mit längeren Beinen. Andere Jäger konnten dies nicht bestätigen, weil die großen Katzen Einzelgänger waren und sehr zurückgezogen lebten, so daß sie nur selten in der Nähe von Siedlungen gesehen wurden.

Auch schwarze Tiger lebten im Wald. Die Hawaiianer behaupteten, diese großen Katzen seien böse Zauberer, die Tiergestalt angenommen hatten, um ihre Opfer aufzuspüren und zu töten. Nagai hatte dies als Unsinn bezeichnet und ihm erklärt, daß die schwarzen Tiger nur eine Abart des gefleckten Tigers sind. Nainoa erinnerte sich, daß Nagai einmal beobachtet hatte, wie ein schwarzer Tiger ein Krokodil angriff, es tötete und fraß – ein Beweis, wie stark und gefährlich diese Tiere waren.

Eine andere Tigerart hatte weder Streifen noch Flecken. Diese Tiere waren braun bis auf den weißen Bauch. Sie hatten einen langen Schwanz und nur entlang des weißen Mauls schwarze Streifen. Sie waren ziemlich zahlreich, und ihr ganz typisches Gebrüll war nachts oft in der Nähe der Siedlungen zu hören. Als Nainoa den Tiger erneut brüllen hörte, schob er sich vorsichtig in seine Hängematte und bezweifelte die geschichtliche Überlieferung, daß die Amerikaner Tiger in Käfigen gehalten oder erzogen hatten, so daß sie ihnen aufs Wort folgten.

Er überprüfte noch einmal seine Ausrüstung, und dann bewunderte er von seinem Schlafplatz aus die Umgebung. In der heraufziehenden Dämmerung erstreckte sich die unter ihm liegende Decke des Waldes in alle Richtungen bis zum Horizont. Hier und da überragten Kapokbäume ihre kleineren Nachbarn. Im Westen ging die Sonne im rötlichen Dunst unter.

Als er nach Osten blickte, sah er zum ersten Mal sein Ziel. Jenseits des dunkler werdenden Waldes stieg das Land hügelig an, und dahinter lag die blaue gezackte Linie der Berge. Während Nainoa die von Norden nach Süden verlaufende, ungebrochene Mauer des Gebirges betrachtete, aß er sparsam von seinem Proviant.

Er bemerkte eine Bewegung im Baum über sich. Als er die grünen Leguane entdeckte, die in den Zweigen kauerten, erinnerte er sich, wie Nagai die langschwänzigen Echsen mit den Zacken auf dem Rücken von den Bäumen geschossen hatte. Er war damals als Junge weniger erfolgreich gewesen, und Nagai hatte sich darüber belustigt. Danach hatte er geübt, bis auch er treffsicher gerade nach oben schießen konnte.

Er beobachtete die großen grünen Echsen, die ihn mit blanken Augen ansahen und ihre Beine und langen gestreiften Schwänze an den Seiten der Äste herunterhängen ließen. Sie hatten sich die letzten sonnigen Plätze im Baum ausgesucht, um noch etwas Wärme aufzunehmen, bevor sie in der kühlen Nachtluft schlaff und faul wurden. Der Blick nach unten gewährte ihm einen ausgezeichneten Blick über die Ruinen*siti*. Die Hügel bildeten ein Gittermuster aus geraden, parallel laufenden und sich rechtwinklig schneidenden «Tälern». Hier und dort ragten noch mehr mit Moos und Farn bewachsene Kamine aus dem Laub am Waldboden.

Grüne Papageien kreisten über dem Baum und ließen sich unter lautem Gezänk darauf nieder. Große Flughunde tauchten am Himmel auf. Als das Licht schwand, setzten zaghaft die ersten Rufe der Frösche und das Zirpen der Insekten ein. Am dunkelblauen Himmel erschienen die ersten Sterne; bei ihrem Anblick fühlte sich Nainoa wieder ein wenig wohler.

Während des ersten Teils der Nacht blieb er wach und beobachtete, wie der rötliche Mond am Himmel der Trockenzeit emporstieg. Die Insekten und Frösche quakten und zirpten ohrenbetäubend, und vor dem Mond zog ein endloser Strom von Flughunden vorbei zu einem fernen Baum, von dem nur sie wußten, daß er jetzt Früchte trug.

Wieder brüllte der Tiger, und der Wald verstummte für kurze Zeit. Der tiefe heisere Schrei eines roten Brüllaffen schien ihm zu antworten. In der Stille, die darauf folgte, ließ sich weit im Norden, beinahe außerhalb von Nainoas Hörweite, ein weiterer Tiger vernehmen.

Einige Zeit später, während der Mond durch die Lücken im Gezweig auf sein Gesicht schien, schlief er ein.

Ein leichter Ostwind bewegte die Krone des hohen Baumes. Nainoa schlief unruhig und erwachte gegen Mitternacht aus einem beklemmenden Traum. Er lag schwitzend in seiner Hängematte. Der Mond schien durch das bewegte Laub, und das Mondlicht huschte wie flackernde Blitze über seine geschlossenen Lider.

Als er nicht mehr in den Schlaf zurückfand, öffnete er die Augen und blickte nach unten. Noch erschrak er jedesmal, wenn er sah, daß er hoch über der Erde in der Luft hing. Bis hin zu den Bergen konnte er die weite Landschaft sehen, die vom monochromen Licht des Mondes erhellt wurde. Der Wald war jetzt ruhiger, nachdem Insekten und Frösche ihre Energie erschöpft hatten. Nirgends sah er den Schein eines Feuers, das auf die Anwesenheit von Menschen hingewiesen hätte. Seine Einsamkeit machte ihn traurig; er empfand sie wie eine große innere Leere. Den Rest der Nacht döste er unruhig, schreckte immer wieder auf.

Kurz vor Morgengrauen wurde er endlich ruhiger. Er döste ein, als er plötzlich ein Kribbeln im Rückgrat spürte und zugleich eine eigenartige verstärkte Gefühlswelle empfand. Während er still liegen blieb und sich wunderte, wurde das Gefühl stärker. Er holte es schärfer ins Bewußtsein und fühlte sich sofort am ganzen Körper von einer heftigen Empfindung erfaßt.

Sein Körper erstarrte, seine ausgestreckten, steifen Arme und Beine spannten die Hängematte. Seine Hände erschienen ihm riesig; er konnte sie nicht mehr schließen. Er erschrak, empfand jedoch gleich darauf ein Hochgefühl, das einer großen Freude glich. Noch nie war ihm etwas Ähnliches widerfahren. Er kämpfte mit seinem Körper, um wieder Gewalt über ihn zu bekommen. Seltsame Lichtblitze zeichneten Muster in die Dunkelheit. Dann öffnete er die Augen ...

Seine Verwirrung wich einem Schock, als er feststellte, daß er dreißig Meter tiefer am Fuß des Baumes stand. Dann schaltete sich sein Verstand ein. Er war hellwach und bei vollem Bewußtsein. Das Gefühl, gefesselt und gelähmt zu sein, hielt an. Es war in ihm und drang von außen auf ihn ein. Er zwang sich, nach oben in den Baum zu sehen, und dort, an seinem Schlafplatz, sah er seine Hängematte, in der sich die Umrisse einer menschlichen Gestalt abzeichneten. Das wallende Gefühl wurde etwas stärker, als er bemerkte, daß er die Hängematte immer noch an seinem Körper fühlte. Seine Gedanken überschlugen sich. Die Gestalt dort oben im Baum mußte er selbst sein. Aber wie war das möglich?

Das Blut rauschte in seinen Ohren, als er sich umsah. Die Stämme des riesigen Banyanbaumes ragten ringsum empor wie Säulen aus Licht und Schatten vor einem Muster aus verschiedenen Schattierungen von Hell und Dunkel. Die schwarzweiße Landschaft wirkte merkwürdig flach. Er staunte, daß sein Verstand arbeitete, daß er bemerkte, überlegte und schließlich akzeptierte, daß er sich in der Hängematte befand und auch auf dem Hügel darunter. Während er mit der Kraft rang, die ihm seine Beweglichkeit raubte, wußte er, daß er wach war und nicht träumte.

Er entdeckte, daß er sich fortbewegen konnte, und überquerte den Hügel zwischen den Baumstämmen. Er wußte nicht, wie er das tat. Seine Absicht schien zu genügen, um hierhin oder dorthin zu gelangen. Er empfand keine Furcht, nur Zuversicht und eine Kraft, die seinen Körper bis in die Fingerspitzen erfüllte. Er konnte jetzt beide Hände schließen.

Plötzlich bemerkte er, daß er nicht allein war.

Er blieb stehen und blickte langsam nach links, den Hügelabhang hinunter und hinaus auf den Wald. Was immer er gefühlt hatte, es war nicht da. Die Hügel rückten in eine merkwürdig helle Ferne, als schlichen sie sich davon, wurden durchsichtig, vielleicht weil das Tageslicht fehlte. Auch die Bäume begannen zu flimmern.

Das packende Gefühl nahm plötzlich zu und preßte ihm beinahe die Luft ab. Er wurde stocksteif. Sein Penis war erigiert. Er überlegte, ob er jetzt vielleicht starb, und lächelte innerlich bei dem Gedanken, mit einer sexuellen Erregung zu sterben. Das Rauschen und Brausen in seinen Ohren nahm ständig zu. Mit größter Anstrengung wehrte er sich gegen die Kraft, die in ihm und um ihn wallte, und wandte sich nach rechts.

Dort, zwischen den Stämmen und Luftwurzeln, stand eine große, dunkle Gestalt. Während Nainoa auf die menschenähnliche Form starrte, fragte er sich, ob sie tatsächlich da war oder ob es nur ein Bild war, das sich sein Verstand aus dem Helldunkel zurechtmachte. Der Körper der Gestalt war geradlinig und groß, der Kopf ziemlich klein. Sie hatte weder Arme, Beine noch Füße. Plötzlich tauchte ein Name in seinem Gedächtnis auf ... *ke'aka*, der Schatten.

Er erschrak zutiefst. Er kannte die alten Sagen über einen Geist, einen *akua*, der den Menschen manchmal als großer schwarzer Schatten erschien, aber bis jetzt hatte er solche Geschichten nur für Erfindung gehalten. Er blickte auf den Boden, um die Illusion zu zerstören und zu dem, was wirklich war, zurückzukehren. Aber er war sich plötzlich völlig unsicher, weil er nicht mehr wußte, was wirklich war und was nicht. Dann sah er wieder zu der schattenhaften Gestalt. Sie war noch da. Während er den Blick hob, schien sie sich zu strecken und größer zu werden, bis sie ihn um mehr als das Doppelte seiner Körpergröße überragte. Die Umrisse der Gestalt schienen im selben Rhythmus, der in ihm pulsierte, zu vibrieren. Die Schwärze der Form war so tief, als blickte er in den leeren Raum eines sternenlosen Nachthimmels.

Es mußte ein *akua* sein ... ein *akua*!

Er fühlte die heftigen Bewegungen in seinem Körper und dachte, daß es vielleicht der *akua* war, der sie verursachte. Wie zur Bestätigung wurde das pulsierende Gefühl unheimlich stark. Er hörte, wie er außer sich nach Atem rang. Die Kraft des *akua* hielt ihn fest; trotzdem wirkte sie nicht feindlich. Er versuchte die Arme zu heben, er stemmte und zog, bis sein Herz vor Anstrengung raste, aber die Kraft des *akua* war übermächtig. Er konnte sich nicht bewegen. Dann beschloß er, die Kraft, die in ihm strömte, zu Hilfe zu nehmen, um die Arme zu heben ... und es gelang. Ruckweise, Zentimeter für Zentimeter, hob er die Arme.

Ein Hauch von Belustigung schien von dem dunklen Wesen auszugehen, und dann wurden Nainoas Arme erneut mit einem unnachgiebigen Griff gepackt und höher gehoben, so als würde er sich langsam und faul strecken, bis sein ganzer Körper nur noch mit den Zehen den Boden berührte und gleichsam in der Luft hing. Er begann, sich langsam zu drehen. Seine Füße schleiften hilflos im Staub. Nachdem es offenbar sinnlos war, sich zu wehren, überließ sich Nainoa der gewaltigen Kraft, und lud sie ein, ihm zu zeigen, was sie war.

Die Antwort kam prompt. Eine ungeheure Kraft durchflutete ihn, stärker und heftiger als alles, was er bis jetzt erlebt hatte, und das Innere seines Kopfes schien sich mit Licht zu füllen. Es leuchtete aus seinen Augen und drang weit in den Nachthimmel hinaus. Zischend und knisternd zuckten Blitze aus seiner Kopfhaut, aus seinen Fingerspitzen und Schultern. Die Gefühle steigerten sich bis ins Unerträgliche, und er schrie in einem Taumel von Raserei ... und Freude ... immer und immer wieder. Sein Geist schwang sich auf, er flog. Er umflog die Kraft, vereinigte sich mit ihr, nahm sie ganz und gar in sich auf, ja, er begrüßte ihre Rückkehr, als ob sie etwas war, an das er sich dunkel erinnerte.

Und plötzlich zog sich die Kraft zurück. Der furchteinflößende Druck ließ nach, und der Schatten stellte ihn sanft wieder auf die Füße. Er stand wieder unter dem Baum, es war dunkel, und er starrte auf den Schatten, während die ekstatischen Gefühle allmählich nachließen.

Oberhalb und neben der geometrischen Form des Schattens schwebte ein kleines, blendendhelles, beinahe kristallähnliches rundes Objekt, dessen Oberfläche zahllose Facetten zu haben schien und in allen Regenbogenfarben schillerte. Nainoa fühlte, wie ihn die Kraft verließ, während sich der Schatten irgendwie veränderte und nur noch das gewöhnliche Nebeneinander von Hell und Dunkel unter den Bäumen zu sehen war. Er blickte rasch zum Himmel empor, als die Baumstämme zu flimmern schienen und sich auflösten. Er fühlte sich in die Höhe gehoben und lag plötzlich wieder in seiner Hängematte. Der schon weit im Westen stehende Mond schien ihm ins Gesicht. Über den Bergen im Osten erhellte der erste Sonnenstrahl den Himmel.

Nainoa warf den Kopf von einer Seite zur anderen, um zu sehen, ob der *akua* noch in der Nähe war. In seinem Kopf drehte sich alles. Tränen liefen ihm über die Wangen, und seine Muskeln zitterten vor Erschöpfung. Er zwang sich zur Ruhe, atmete bewußt langsam, und allmählich schlug sein Herz wieder normal. Er spürte noch einige kleine verebbende Kraftwellen. Als sich das Bild des Schattens in seinem Gedächtnis formte, fühlte er die letzte schwache Welle.

Der erste Vogelruf des neuen Tages schallte durch den Wald. Nainoa blickte in die heraufziehende Dämmerung. Er war hellwach.

5

Felskunst

Wieder einmal tauchte ich beim Morgengrauen aus meinem visionären Zustand auf, während nebenan die Hähne krähten. Ich war wie vom Donner gerührt, daß ich mich erneut in Nainoa versetzt gefunden hatte als stiller Beobachter und Teilnehmer seiner Begegnung mit dem Schatten.

In den folgenden Tagen fiel mir auf, daß sich meine gesamte Auffassung von Wirklichkeit änderte. Gleichzeitig litt ich unter einer Art Kulturschock. Ich ging umher wie ein Schlafwandler, erledigte meine täglichen Aufgaben und stutzte immer wieder bei Dingen, die ich früher für selbstverständlich gehalten hatte. Ich sah alles mit neuen Augen, dachte auf völlig neue Weise über die Dinge nach und hatte dabei ständig mit einem inneren Aufruhr zu kämpfen, denn die Beschäftigung mit einer anderen Wirklichkeit, die sich ganz wesentlich von der mich umgebenden Wirklichkeit unterschied, ließ mich nicht los.

Zwischen den zwei Episoden waren in Nainoas Zeit nur einige Tage vergangen, in meiner Zeit jedoch sechs Wochen. Ich hatte keine Ahnung, was das bedeutete oder ob es überhaupt von Bedeutung war, und versuchte, mir Klarheit zu verschaffen über das, was ich in diesem neuen Traum erlebt hatte.

Wieder einmal hatte ich mich in einem Zustand des erweiterten Bewußtseins befunden, in dem mir alle Ebenen von Nainoas und meiner Erlebnisfähigkeit zugänglich waren. Wie zuvor mußte ich vollkommen still werden, um auf dem Weg über Nainoas Sinneswahrnehmungen und Gedanken zu beobachten, zu erkunden und Eindrücke zu empfangen. Mein Wunsch zu erfahren, was er nach seinem Aufbruch von der Siedlung erlebt hatte, löste eine Fülle von Erinnerungen aus, bei denen ich mithörte.

Während ich mir Fragen über Fragen stellte, erkannte ich, daß ich immer noch keine Ahnung hatte, was die Erlebnisse steuerte oder auslöste. Beide Episoden hatten sich kurz vor Morgengrauen ereignet, und der zweiten war, wie in Berkeley, ein Liebesakt vorausgegangen. Abgesehen von diesen Gemeinsamkeiten schienen die Bewußtseinsveränderungen völlig spontan eingetreten zu sein.

Kurz danach kehrten meine Familie und ich für einige Zeit in die San Francisco Bay Area zurück, wo unsere zweite Tochter, Anna, im Dezember 1986 geboren wurde. Inmitten des ganzen Trubels, den ein neues Baby mit sich bringt, rang ich mit dem Konflikt zwischen meiner Skepsis als Wissenschaftler und meinem intuitiven Gefühl hinsichtlich des Traums.

In den Monaten, die wir in Kalifornien verbrachten, erlebte ich keine Bewußtseinserweiterungen. Ich überprüfte immer wieder Nainoas Reaktionen bei seiner Begegnung mit dem dunklen Wesen, und dabei erinnerte ich mich, daß die riesige humanoide Form, die ich gesehen hatte, einen halb rechteckigen Körper aufwies, wogegen Nainoas Schatten die Gestalt eines länglichen, auf dem Kopf stehenden Dreiecks hatte. Ich legte dies als Beweis aus, daß Nainoa und ich in der Tat separate Individuen waren, daß er kein Produkt meiner Phantasie war.

In jenen letzten Augenblicken, bevor ich den Kontakt mit Nainoa verlor, hatte sein Gedächtnis eine weitere kleine Information aus seiner Kenntnis der Mythologie seines Volkes geliefert. Mit dem Wort *ke'aka* – so hatte er den Schatten genannt – verband sich für ihn die Vorstellung, daß die dunkle Form eine Art Wächter darstellte – den Bewacher einer Schwelle. Was war ein Bewacher einer Schwelle? Ich war mir ganz sicher, daß ich diesen Ausdruck bisher weder gehört noch gelesen hatte.

Ich beschloß, mich etwas mit Mythologie zu beschäftigen. Vor Jahren hatte ich im Museum of Modern Art in San Francisco einen

Vortrag des angesehenen Mythenforschers Joseph Campbell gehört; deshalb machte ich mit einem Buch von ihm, *Hero of a Thousand Faces,* den Anfang. Campbell erforscht die Grundbegriffe und die sich wiederholenden Vorstellungen in den Mythen der Welt. Schon auf den ersten hundert Seiten fand ich eine Untersuchung eines der wesentlichsten Elemente der klassischen mythologischen Heldenfahrt: die Begegnung mit dem Bewacher der Schwelle. Hier zwei interessante Zitate:

> «Mit den Personifikationen seines Schicksals, die ihn führen und ihm beistehen, geht der Held in sein Abenteuer, bis er zu dem ‹Wächter› am Eingang zur Zone der verstärkten Kraft gelangt. Solche Wächter umgeben die Welt in allen vier Himmelsrichtungen sowie oben und unten. Sie stehen für die Grenzen der gegenwärtigen Sphäre des Helden oder den Lebenshorizont. Dahinter herrschen Dunkelheit, das Unbekannte und Gefahr ...
> Der gewöhnliche Mensch ist mehr als zufrieden, ja sogar stolz, innerhalb der ihm angezeigten Grenzen zu bleiben, und der allgemeine Volksglaube liefert ihm jeden Grund, bereits den ersten Schritt in das Unerforschte zu fürchten ...»[1]

> «Das Abenteuer ist immer und überall ein Übergang vom Bekannten hinter den Schleier des Unbekannten; die Mächte, die an der Grenze Wache halten, sind gefährlich; sich mit ihnen einzulassen, ist ein großes Wagnis; doch für den, der sich als tüchtig und mutig erweist, schwindet die Gefahr.»[2]

Obwohl zahlreiche Beispiele aufgeführt werden, wie diese Wächter in den Mythen vieler Kulturen vorkommen, fand ich nichts, das meinen Erfahrungen mit dem Schatten so richtig entsprach.

Eines Tages, kurz nachdem ich dies gelesen hatte, schmökerte ich in einer alten Ausgabe von *National Geographic*, und es traf mich wie ein Schlag, als ich auf einen Artikel über Felskunst stieß mit Fotos von großen geometrischen humanoiden Formen, die vor Hunderten oder auch Tausenden von Jahren von Indianern an die Wände von Canyons im Südwesten der USA gemalt worden waren – und da war sie, die gleiche dunkle Schattengestalt, die ich in meinen veränderten Bewußtseinszuständen gesehen hatte[3].

Die ältesten Beispiele dieser alten Kunst sind die Felsmalereien der vorgeschichtlichen europäischen Jäger und Sammler aus der Zeit vor 35 000 bis 10 000 Jahren. Als moderner *Homo sapiens* wie wir schufen sie die «Kunst des europäischen Eiszeitalters», deren Überreste sich in vielen unterirdischen Höhlen erhalten haben wie in Lascaux in Frankreich und in Altamira in Spanien. Prähistorische Felskunst findet sich überall auf der Welt. Die Literatur über dieses rätselhafte Thema ist riesig und liefert größtenteils Beschreibungen, Interpretationen und Reproduktionen der Felsmalereien und Felsritzungen – einschließlich großer, dunkler, länglicher, menschenähnlicher Formen.

Figürliche Darstellungen von erkennbaren Dingen wie Tieren oder Menschen sind häufig mit verschiedenen abstrakten Mustern versehen, die den Historikern stets ein Rätsel waren. Punktierte Linien, in Gruppen angeordnete Punkte, merkwürdige Zickzacklinien und Gitter, Spiralen, Quadrate, Rechtecke und Kurven sind überall in die Felswände und Decken von Grotten und Höhlen geritzt oder aufgemalt. Diese kryptischen Symbole finden sich auch auf vielen der bekannten Göttinnenskulpturen, die den Völkern des Jungpaläolithikums sowie denen des späteren Mesolithikums und den bereits Ackerbau und Viehzucht treibenden neolithischen Völkern zugeordnet werden.

Ich begann, über Felskunst nachzulesen, und sah sofort, daß die abstrakten geometrischen Symbole den eigenartigen Lichtlinien und Lichtpunkten glichen, die ich während der Anfangsphase meiner Bewußtseinsveränderungen bei geschlossenen Augen gesehen hatte. Die gezackten Linien und dachartigen Winkel, die von einigen Autoren als Symbolsprache der hypothetischen Göttinnenfiguren[4] ausgelegt werden, waren identisch mit den schlangenähnlichen Mäandern, die sich kurz vor meinem Eintritt in Nainoas Welt durch die «Zone der Stille» zu dem Raster vereinigten.

Ich beschloß, mich an einen Fachmann für Schamanismus zu wenden, der etwas über veränderte Bewußtseinszustände wußte und von daher vielleicht auch über einen etwas weiteren Horizont

EUROPA

Phosphene

Formen des Übergangs

Therianthropen und Geist-Formen

SÜDAFRIKA

Phosphene

Formen des Übergangs

Therianthropen und Geist-Formen

Felsmalereien aus dem Horseshoe Canyon, Utah.

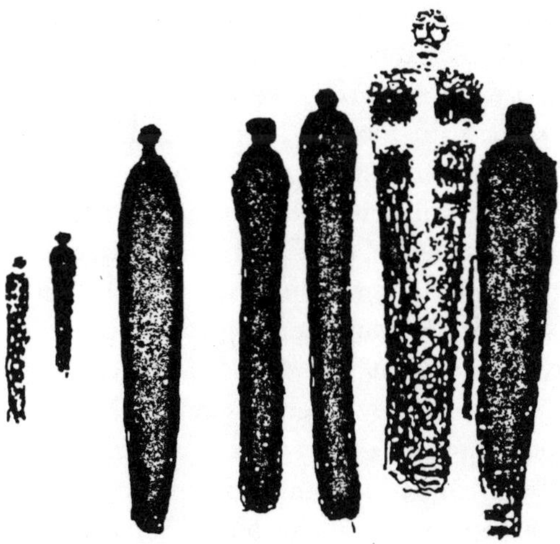

Felsmalereien aus dem Horseshoe Canyon, Utah – eine Figurengruppe, die der «heilige Geist und seine Familie» genannt wird.

verfügte als die diversen Experten und Amateure, die sich nur ihre eigene Mythologie zu der Göttinnenverehrung zusammenreimten. Ungefähr ein Jahr zuvor, als ich nach Berkeley zurückkehrte, um auf einer Konferenz zu Ehren von Prof. J. Desmond Clark teilzunehmen, der an der Universität afrikanische Vorgeschichte lehrte, hatte ich von einem Archäologieprofessor namens David Lewis-Williams von der südafrikanischen Universität Witwatersrand in Johannesburg einen Vortrag über Schamanismus und Felskunst gehört. Professor Clark lieh mir freundlicherweise Abzüge von Lewis-Williams' Arbeiten[5] sowie ein Buch, *The Imprint of Man: The Rock Art of Southern Africa*. Die Reproduktionen der Felsmalereien wiesen die gleichen Linien, Zickzacke, Punkte und Raster auf, die ich gesehen hatte.

Die meisten prähistorischen Stätten mit Felskunst stehen in keinerlei Verbindung mit einer zeitgenössischen künstlerischen Tradition oder einem Kulturvolk, und dies seit Hunderten oder Tausenden von Jahren. Die Stätten, die in vielen Gegenden Südafrikas gefunden wurden, gehen jedoch ziemlich eindeutig und direkt auf die Vorfahren der San-Buschmänner zurück, die heute in der Kalahari-Wüste leben. Diese direkte kulturelle Verbindung ist äußerst wichtig. Anders als die meisten Fachleute, die versuchten, die Bedeutung prähistorischer Kunst zu interpretieren, war Lewis-Williams in der Lage, mit den Aufzeichnungen von feldforschenden Ethnographen zu arbeiten, die die San im neunzehnten und frühen zwanzigsten Jahrhundert besucht hatten, als sie noch Felskunst herstellten. Diese Aufzeichnungen ermöglichten ihm, die Bedeutungen der komplexen Metaphern in der San-Kunst aus der Sicht der San zu enträtseln, statt unsere westlichen Vorstellungen zu bemühen.

Die Forschungen von Lewis-Williams zeigen, daß vieles in der sogenannten Buschmännerkunst mit visionären Bildern zusammenhängt, die Schamanen in verschiedenen Trancezuständen gesehen haben. Wie viele Schamanen anderer Naturvölker erreichten auch die der San erweiterte Bewußtseinszustände, in denen sie bestimmte Dinge tun konnten, zum Beispiel Kranke heilen, Wild in eine bestimmte Richtung lenken und Regen machen. Die San-Schamanen, die bis jetzt in der Kalahari überlebt haben, tun dies heute noch[6].

Um einen veränderten Bewußtseinszustand zu erlangen, veranstalteten die San einen Medizintanz, bei dem die Frauen um ein Feuer saßen, sangen und im Rhythmus ihrer Medizingesänge klatschten. Diese Lieder enthielten für sie eine übernatürliche Kraft, die sie *num* nannten und dem entspricht, was die Polynesier *mana* nennen. Sie wurde durch Gesang und Tanz aktiviert, und wenn sie in den Köpfen der Schamanen «kochte» oder «explodierte», trat der Trancezustand ein, in dem der Schamane die Geisterwelt unmittelbar wahrnahm. Die meisten westlichen kognitiven Forscher bezeichnen solche visuellen Phänomene als «Halluzinationen».

Psychologische Untersuchungen von Trancezuständen[7] haben ergeben, daß Menschen, die allmählich in Trance fallen, drei sich deutlich unterscheidende Stadien passieren, die typisch sind und in denen sie verschiedene visuelle Phänomene sehen. In den frühen Stadien werden bei Halluzinationen leuchtende geometrische Formen wahrgenommen, sogenannte Phosphene, gewöhnlich Linien, Punkte, Zickzacklinien, Gitter und Wirbel. Man glaubt, daß diese Phosphene durch die Stimulierung des Nervensystems hervorgerufen werden und bei offenen oder geschlossenen Augen zu sehen sind. Schamanen im Amazonasbecken, die das starke Halluzinogen *ayahuasca* zu sich nehmen, malen sehr ähnliche Muster auf ihre Häuser und rituellen Gegenstände und identifizieren sie als Formen, die sie während der visionären Trance auf dem Weg in «die andere Welt» sahen[8].

Bei der Felskunst der San erscheinen phosphenische Formen häufig von selbst und wurden von früheren Forschern irrtümlicherweise als Pferche, Fallen oder Hütten verstanden. Manchmal ziehen sich über die menschlichen Gestalten Linien, die als Körperbemalung beschrieben wurden – irrtümlich, wie ich glaube. Diese Linien sieht man genauso oft bei Tierbildern, und dort wurden sie weitgehend ignoriert, weil die meisten Menschen der westlichen Welt, so Lewis-Williams, einfach kein Bezugssystem haben, um zu verstehen, was sie bedeuten könnten.

Sobald die Schamanen tiefere Trancestadien erreichen, sehen sie – auch das ist typisch – «Halluzinationen» von Tieren, Menschen, Ungeheuern und – was Lewis-Williams «Therianthropen» nennt – Kombinationen aus Tier- und Menschengestalt.

Als ich mir die in Lewis-Williams' Aufsätzen vorgestellten Beispiele von menschlichen Körpern mit Tierköpfen ansah, erinnerte ich mich an die wunderbare Phantasiewelt meiner Kindheit, die von imaginären Freunden – die meisten waren Tiere oder Tiermenschen – bevölkert war. Ich erinnerte mich auch, daß während einer der Trommelsessions in Michael Harners Seminar in Berkeley Sandra Ingerman[9] – die Schamanin und Autorin des Buchs *Soul Retrieval* – für mich in eine nicht-gewöhnliche Wirklichkeit gereist war, um einen helfenden Geist für mich zu finden. Zu meinem Erstaunen beschrieb sie, als sie aus der Trance zurückgekehrt war, einen meiner Phantasiefreunde aus meiner Kindheit. Es war der «Leopardmann». Dieses merkwürdige Wesen hatte sich mir eines Tages im Zoo des New Yorker Central Park angeschlossen, als ich ungefähr sechs Jahre alt war, und er war mehrere Jahre lang mein «Begleiter». Sandys Entdeckung dieses selben Wesens hatte meine wissenschaftliche Weltanschauung wiederum erschüttert, und zur gleichen Zeit fühlte ich, daß diese altvertraute Gegenwart, mein heimlicher Kumpel, wieder in meinem Leben auftauchte.

Ich betrachtete die Bilder von den halb tierischen, halb menschlichen Gestalten, die in Lewis-Williams' Arbeiten dargestellt waren, und bemerkte, daß viele mit merkwürdigen bootförmigen, sichelförmigen oder regenbogenförmigen Kreisbögen, häufig mit eingezeichneten Phosphenen, versehen waren. Manchmal waren die U-Formen als ineinandergesetzte Kurven dargestellt mit darüber gezeichneten Wolken aus Punkten. Dann wieder unterteilten Bögen die «Tiermenschen», so daß es aussah, als würden sie aus ihnen hervorgehen; oder es waren menschliche Füße auf der einen Seite des Bogens und Tierköpfe auf der anderen, als würden sie beim Hindurchgehen verwandelt. Manchmal waren die Bögen so gezeichnet, daß ein unsichtbarer Bereich entstand, in den die Therianthropen «verschwanden».

Auf einer Felszeichnung ragten mehrere Antilopenbeine am Rand einer runden Masse hervor, über der Wolken aus Punkten gezeichnet waren, als ob die zu den Beinen gehörenden Tiere sich innerhalb des Bereichs befinden würden. Etliche Tierleiber waren so dargestellt, als würden sie tatsächlich aus dem Bogen heraustreten oder

Der Bogen könnte eine Darstellung der *nierika* sein – jener Ort der Transformation von Menschen in Tiere. (H. Prager, Ndedema. Graz, 1971)

darin verschwinden, und aus dem Bogen zog sich eine lange rote Linie, an der drei eigenartige humanoide Gestalten entlanggingen, von denen eine deutlich ein Therianthrop war[10].

Vielleicht, überlegte ich ketzerisch, wurden diese sogenannten Halluzinationen gar nicht vom menschlichen Gehirn produziert, wie die Psychologen behaupteten, sondern waren autonome Phänomene, die getrennt vom Ich existierten und nur im Zustand eines erweiterten Bewußtseins wahrgenommen werden konnten.

Aufgrund der Tatsache, daß Therianthropen und Phosphene überall auf der Welt auf Felszeichnungen gefunden wurden, konnte man einerseits annehmen, daß der menschliche Geist einer Art «psychische Einheit» aufweist, wie einige Anthropologen und Soziologen behaupten. Andererseits fragte ich mich, ob vielleicht Menschen überall auf der Welt die Fähigkeit besitzen, das zu erreichen, was

Harner den schamanischen Bewußtseinszustand nennt, und sich Orte in der nicht-gewöhnlichen Wirklichkeit erschließen, wo sie ähnliche Dinge erfahren und wahrnehmen.

Ein weiterer faszinierender Gedanke, auf den mich die Forschungsarbeit von Lewis-Williams brachte, betraf die U-förmigen Bögen, aus denen Wesen hervorzugehen und zu verschwinden schienen. War es vielleicht der Versuch der San, *nierika* darzustellen, die Tür in unserem Bewußtsein, die Trennwand zwischen gewöhnlicher und nicht-gewöhnlicher Wirklichkeit? Ich dachte an meine visionären Erlebnisse und, mit einiger Belustigung, daß ich die Dienste eines guten Schamanen brauchen könnte.

Anfang 1987 kehrten wir mit unserer kleinen Anna nach Kona zurück, und die nächste Folge meiner visionären Erlebnisse ereignete sich kurz nach unserer Ankunft.

Am frühen Vormittag fuhren wir zum Strand von Napo'opo'o, um zu baden. Jill blieb mit dem Baby zu Hause, und ich hatte die dreijährige Erica im Schlepptau. Die Straße führte entlang des riesigen Gesteinsabbruchs oberhalb der Kealakekua Bay und bot einen großartigen Ausblick auf das Honaunautal im Süden. Die Wolke, die häufig über dem Tal hängt, baute sich bereits am Berghang auf und versprach für den Nachmittag Regen. Die Küste erstreckte sich weit nach Süden, wo die gewaltige Schulter des Mauna Loa im Meer verschwand. Wie immer war ich tief beeindruckt von dem Ausmaß des aktiven Vulkans, auf dem wir lebten.

Ich fragte mich, ob der Berg, der, wie Nainoa glauben würde, «lebendig» war, eine eigene geologische Form von Bewußtsein hatte, und wenn ja, ob er sich der Lebensformen auf seiner Oberfläche bewußt war. Die Hawaiianer haben ein ausgeprägtes Gefühl für dieses Bewußtsein, das sie *Pele* nennen. Ihre Beziehung zu diesem Vulkangeist, den sie sich manchmal als eine schöne junge Frau und manchmal als rachsüchtiges altes Weib vorstellen, ist geprägt von Respekt und etwas Unbehagen.

Während wir auf der Straße weiter bergab fuhren, kam in der Ferne, auf der anderen Seite der kobaltblauen Kealakekua Bay, die weiße Captain-Cook-Säule in Sicht. In Napo'opo'o bog ich nach

Norden ab, nahm die einspurige Fahrbahn und parkte unter einem ausladenden Affenbrotbaum neben dem *heiau*. Erica sprang mit ihrem Schwimmring aus dem Wagen, und ich hängte mir die Strandtasche mit den Handtüchern und unserem Proviant über die Schulter. Hand in Hand gingen wir an den *lei*-Ständen unterhalb der Tempelstätte vorbei, wo ich eine Hawaiianerin begrüßte, die am Wochenende ihre handbedruckten *pa'us* an die Touristen verkaufte. Unter der Woche arbeitete sie als Wärterin im Gefängnis in Honolulu. Während ich mit ihr plauderte, fühlte ich ihre beachtliche Gegenwart und den starken beruhigenden Einfluß, den sie auf die Menschen ausüben mußte, mit denen sie arbeitete.

Es war Trockenzeit in Kona, und das Grün der Vegetation oberhalb der riesigen Klippe im Norden der Kealakekua Bay war einem weichen gelblichen Ocker gewichen. Das Meer war ruhig. Als wir zu dem grauen Sandstrand hinunterstiegen, wies Erica aufgeregt auf die schwarzen Krabben, die zwischen den Steinen umherliefen. Es war noch früh, doch einige Freunde waren schon da, meistens Mütter mit Kindern. Der größte Teil des Strands war mit schwarzen, vom Meer geschliffenen Lavabrocken übersät, die Stürme und Flutwellen hier abgelagert hatten. In den alten Tagen hätte ein Wort des regierenden Häuptlings genügt, und die Leute hätten den Strand von den Steinen gesäubert.

Ericas kleine Freunde schlossen sich uns an, und ich verbrachte einen vergnügten Morgen mit Löcherbuddeln, Türmebauen, einem Schwätzchen hier und da mit den verschiedenen Mamis und ein bißchen Schwimmen im warmen kristallklaren Wasser inmitten einer Spielgruppe, für die ich der «Strand-Daddy» war. Als es heißer wurde, führte ich meine Kindergruppe auf einem schattigen Naturpfad hinter den Strand, um den Teich zu besichtigen. Auf alten Landkarten aus der Zeit von Captain Cooks Besuch auf den Inseln heißt dieser Teich *Wailokoali'i*, und man sieht, daß er erheblich größer war. Die Einheimischen erzählen, daß er zum Teil durch Flutwellen aufgefüllt wurde und daß der Traktor, der gemietet wurde, um ihn auszubaggern, immer wieder steckenblieb. So ist er flach und brackig und verwildert geblieben, mit Bäumen, Vögeln und Gräsern, und die Kinder kommen gern hierher.

Hinter dem Teich, ein Stück weiter zwischen den Bäumen, befinden sich die Ruinen der Steinmauern und die Terrassen des ursprünglichen hawaiischen Dorfs. Ich blickte in das überwucherte Gelände, auf dem jetzt Kokospalmen, verschiedene andere Bäume und hohes «Elefanten»-Gras wuchsen. Ich dachte an Nainoa und dann an den Leopardmann und schaute umher, halb in der Erwartung, einen von ihnen oder beide zu sehen.

Die Kinder warfen den bunt schillernden Guppys im Teich Brotstücke zu, und während ich ihnen zusah, fragte ich mich, ob es im Teich einen *mo'o* gab, einen Wassergeist, der keine Bagger mochte. Tauben riefen lockend im Wald. Ich ging um den Teich herum zu einer Gruppe von Bäumen, die ihre orangefarbenen Blüten auf das Wasser streuten. Ich zögerte und bat, eintreten zu dürfen. Nichts schien dagegen zu sprechen, und so trat ich in den kühlen Schatten des von Wald überwucherten Ruinendorfs. Es war sehr still zwischen den Mauerreihen, und ich lauschte auf die Stille, während meine Augen nach alter Feldforschermanier den Boden nach Artefakten absuchten.

Ich setzte mich auf einen Stein, lehnte mich mit dem Rücken an den Stamm einer großen Tamarinde, schaute den Kindern beim Füttern der Fische zu und hörte die Vögel rufen. Meine Augen glitten über den Teich und über eine Wiese zu den rotblättrigen Kamanibäumen hinter dem Strand und weiter bis zum blauen Horizont des Meeres. Ich fühlte, wie die friedliche Stille mein Inneres erfüllte, und erwog, «ohne Gedanken zu sein» – ein Zustand, den alle, die Zen-Buddhismus praktizieren, zu erreichen suchen. Ich blickte umher und fand, man sollte diesen Versuch vielleicht besser «Ist-mus» nennen. Ich war umgeben von Meistern des «Ist-mus» – von Steinen, Bäumen, Gras, Wasser –, von Lebewesen ohne Gedanken. Obwohl die Menschen nach «Ist-mus» streben, ohne imstande zu sein, diesen Zustand je ganz zu erreichen, versuchte ich, es den Steinen gleichzutun und möglichst ohne Gedanken zu sein.

Nach mehreren Minuten unterbrach ein summendes Geräusch die Stille und meine Meditationsübung. Ich dachte an einen Bienenschwarm irgendwo im Baum über mir und blickte nach oben ins Geäst und das von der Meeresbrise belebte Spiel von Licht und

Schatten im smaragdgrünen Laub. Die Grün- und Gelbtöne leuchteten ungewöhnlich intensiv. Das Summen wurde ohrenbetäubend laut ... und dann, ohne jede Vorwarnung, war das Gefühl da. Es wallte und wogte in mir, und ich rang nach Luft, als sich mein Körper versteifte. Meine Augen waren geöffnet, ich sah das Grün der Bäume wie leuchtendes Glas zersplittern und zu den inzwischen vertrauten Phosphenen verschmelzen. Eine schimmernde, leicht gekrümmte Lichtlinie erschien, und ich hatte das Gefühl von Ausdehnung. Als die übliche Lähmung fortschritt, schloß ich die Augen, aber die Phosphene blieben und bewegten sich streifenartig um mich herum.

Der Summton brach abrupt ab, und nach einer Weile vollkommener Stille öffnete ich wieder die Augen. Im ersten Moment war ich verblüfft, als ich erkannte, daß die Veränderung eingetreten war.

6

Die dritte Reise
Der Geisterhelfer

Es ging auf Mittag zu, und Nainoa überquerte ein großes, um diese Jahreszeit trockenes Sumpfgebiet, das spärlich mit Riedgras bewachsen war. Einige Schritte vor ihm lag wie eine Insel im Moor eine kleine, mit Bäumen bestandene Anhöhe. Ein großer graubrauner Hund saß im Schatten des Wäldchens. Nainoa blieb stehen und nahm den Speer von der Schulter.

Der Hund wirkte entspannt; man hätte ihn für einen Stein oder einen Schatten halten können. Nainoa blickte in die gelbbraunen Augen des Tieres, dann wanderte sein Blick gleichgültig weiter. Als sich der Hund nicht bewegte, sah er ihn wieder an, und nun wandte der Hund den Blick ab. Es war eine Geste der Höflichkeit.

Sechs Tage waren vergangen, seit Nainoa die verfallene *Siti* im Wald verlassen hatte. Er hatte nichts bemerkt, was auf Menschen hindeutete. Vielleicht gehörte der Hund zu einem nahe gelegenen Dorf oder einem provisorischen Lager. Aber Nainoa sah nirgends gefällte Bäume, keinen Rauch in der Ferne, keine menschlichen Fußspuren im trockenen Schlamm. Er untersuchte den Boden und sah viele Tierspuren, Fährten von Hochwild, Schweinen, Vögeln und Waldnagern, auch die dunkel glänzenden, kegelförmigen Exkremente eines wilden Truthahns. Der Hund hatte sich einen guten Platz für die Jagd ausgesucht. Wieder begegneten sich ihre Augen, und diesmal schauten beide weg.

Nainoa ließ sich im Schatten am Rand der Bauminsel nieder und überlegte, was er als nächstes tun sollte. Der Hund war mager, aber in guter Verfassung. Merkwürdig war, daß er nicht vor ihm weggelaufen war. Nainoa hielt ihn für einen Nachkommen einer Mischlingsrasse, die in den Siedlungen durch Kreuzungen zwischen wilden Hunden und ihren domestizierten Verwandten gezüchtet wurden. Was tat er so weit hier draußen? Wie wild war er? Hatte er gute oder schlechte Erfahrungen mit Menschen gemacht? Mit welchen Menschen?

Während Hund und Mensch im Schatten saßen und sich gegenseitig beobachteten, ließ Nainoa die letzten Tage noch einmal an sich vorüberziehen.

Von der Ruinen*siti* bis zu den Ausläufern des Gebirges war es nicht weit gewesen. Am Fuß der Berge teilte sich der vielbenutzte Wildwechsel und führte in der einen Richtung nach Süden, in der anderen nach Norden. Der Grund dafür wurde ihm klar, als er auf einen Baum kletterte, um das Gelände zu überblicken.

Im Osten erstreckte sich zwischen den Ausläufern des Gebirges und den hohen Bergen im Hintergrund eine riesige Felswand. Sie verlief in Nord-Süd-Richtung, und ihre kahle Fläche war von keiner Schlucht und keinem Tal durchbrochen. Sie sah aus, als wäre ein Teil der Erde von einer unvorstellbaren Kraft nach oben gedrückt worden. Er entschied sich, aus keinem besonderen Grund, für die linke Abzweigung und ging mehrere Tage nach Norden auf der Suche nach einer Möglichkeit, die Felswand zu ersteigen. Aber sie blieb ein scheinbar unüberwindliches Hindernis.

Eines Nachts – er lagerte einen Bogenschuß von einem Bachbett entfernt, das jetzt, in der Trockenzeit, nur einige Tümpel enthielt – weckte ihn ein Geräusch, als würde Wasser in einen tiefen Behälter gefüllt. Im trüben Licht sah er eine Herde Elefanten bei den Tümpeln. Sie saugten das Wasser in ihre langen Nasen, hoben sie zum Mund und ließen das Wasser in den Magen laufen. Nainoa verhielt sich in seiner Hängematte ganz still. Er zählte zwanzig Elefanten, fünf davon waren Jungtiere.

Eines der Artefakte aus der Vergangenheit, die Häuptling Kaneohe auf seinem Tisch stehen gehabt hatte, war ein Messingelefant, den seine Vorfahren aus Hawaii mitgebracht hatten und der vor Alter schon ganz grün geworden war. Vielleicht, dachte Nainoa, sollte der Häuptling Elefanten zähmen, wenn er keine Pferde finden würde. Auf einem so großen Tier durch den Wald zu reiten wäre sehr viel leichter, als zu Fuß zu gehen. Nainoa überlegte, wie man das Zähmen bewerkstelligen könnte.

Am nächsten Morgen hatte er einen ausgetretenen Wildwechsel entdeckt, der parallel zu einem Gebirgsfluß verlief und direkt nach Osten auf die Felswand zuführte. Genau danach hatte er gesucht. Er schnitt eine Markierung in einen Baum und folgte dem Pfad durch ein enges Tal zwischen zwei bewaldeten Hügeln bis zu einem steilen Hang, der sich quer durch das Tal zog. Er ging am Fuß des Abhangs entlang bis zu einer Stelle, wo der Bewuchs aufgerissen war und Mauerwerk zutage trat mit braunen Flecken, die von längst verrostetem Eisen stammten. Es war ein von Menschen errichtetes Bauwerk. Er stand vor einer gewaltigen Mauer und fragte sich aufgeregt, ob hier im Wald vielleicht eine weitere *Siti* verborgen lag.

Nainoa staunte über die Größe der Mauer, während er über einen steilen Pfad den nördlichen Hügel erklomm und sich plötzlich oberhalb der Mauer befand, die das Tal versperrte. Dahinter hatte er dann das Moor gefunden, aber keine Anzeichen für eine andere *Siti.* Vielleicht lagen weiter im Osten einige *Siti*-Hügel. Um das herauszufinden, hatte er sich entschlossen, das trockene Moor zu überqueren.

Nun dachte er über all dies nach, während er ausruhte und den Hund beobachtete. Er zog eines seiner Tragnetze zu sich heran und nahm ein Stück getrockneten Fisch heraus, von dem er gemächlich kleine Stücke abschnitt. Er steckte sie in den Mund, ließ sie im Speichel aufweichen und zerkaute sie. Als der Hund den Fischgeruch in die Nase bekam, tropfte ihm der Speichel aus dem Maul. Nainoa wollte versuchen, sich mit ihm anzufreunden.

Nachdem er sich eine ganze Handvoll kleiner Fischstücke in den Mund gestopft hatte, nahm er sein Gepäck wieder auf und ging langsam rückwärts auf das Moor hinaus. Er spuckte ein aufgeweichtes Stück Fisch auf den Boden, drehte sich um und ging. In einiger Entfernung blieb er stehen, urinierte auf einen Binsenstock, spuckte noch ein Fischstück aus und ging weiter. Als er sich etwas später umwandte, sah er den Hund am ersten Fischbrocken schnüffeln. Er hatte längere Beine, als Nainoa gedacht hatte, und sah zweifellos wild aus. Er fraß das Fischstück, näherte sich dem Binsenstock, und nachdem er ihn eingehend untersucht hatte, hob er das Bein und hinterließ ebenfalls seine Duftmarke. Der Hund war ein Männchen. Er fraß auch das andere Fischstück und folgte Nainoa, der ihm ein weiteres Häppchen zukommen ließ. Vielleicht würde er doch einen Begleiter auf seiner Wanderung haben.

Nainoa ging um die kleine Anhöhe herum und weiter über das Moor auf die gewaltige Felswand zu. Durch den Dunst sah er an der kahlen Wand einen Schatten, der möglicherweise eine Schlucht bedeutete. Der Hund folgte ihm in respektvoller Entfernung. Am Wald ging er entlang des dichtbewachsenen Saums auf die Stelle zu, wo der Fluß auf das Moor herauskam.

Als er in den Schatten trat, scheuchte er eine kleine Herde großer, schwanzloser Waldnager auf. Während sie ins Wasser flüchteten, gelang es ihm, mit einem Pfeil eines der Tiere zu töten. Er suchte sich zeitig einen Lagerplatz unter einem großen Baum, sammelte trockenes Holz, zog dem Tier den Balg ab und schnitt das Fleisch in dünne Streifen.

Der Nachmittag verging langsam, während er seine Mahlzeit zubereitete und das restliche Fleisch trocknete. Der Hund hielt sich außerhalb eines unsichtbaren Kreises. Gegen Abend trug Nainoa Eingeweide, Haut und Knochen auf das Moor hinaus, die sich der Hund alsbald holte. Als es dunkel wurde, sah ihn Nainoa wieder auf seinem Beobachtungsposten; der Feuerschein spiegelte sich in seinen Augen. Doch Nainoa blieb auf der Hut und nahm seinen restlichen Fleischvorrat mit auf den Baum, in dem er seine Hängematte in luftiger Höhe befestigte.

Beim ersten Vogelruf erwachte er. Er hatte von seiner Siedlung geträumt, die im Traum ganz anders als sonst ausgesehen hatte. Wilde Hunde waren wie Schattengestalten durch die Straßen gehuscht, schemenhaft und nur knapp aus den Augenwinkeln sichtbar.

Während er langsam aus dem Schlaf auftauchte, sah er nach unten und stellte erschrocken fest, daß sich in der Nacht ein zweiter Hund eingefunden hatte. Er hatte längere Beine als der erste und eine längere Schnauze. Die Hunde beleckten sich gegenseitig mit sichtlichem Behagen. Bei dem Neuankömmling schien es sich um ein Weibchen zu handeln. Der größere Hund hatte ein längeres, zottigeres Fell. Beide waren größer als die wilden Hunde in der Nähe der Siedlung.

Als Nainoa mit seiner Ausrüstung und den Resten seiner Abendmahlzeit vom Baum kletterte, blickten die Hunde gespannt auf. Die Augen der Hündin waren grau. Während er frühstückte, warf er ihnen kleine Fleischstücke zu, und als er aufbrach, folgten sie ihm.

Der Pfad neben dem Fluß führte geradewegs nach Osten auf die Felsbarriere zu, und um die Mitte des Vormittags stand Nainoa davor und blickte an der kahlen geäderten Felswand empor, die nahezu senkrecht in den Himmel ragte. Steile Geröllhalden, an denen kleine Bäume und Ranken Halt suchten, verdeckten den Fuß des Felsens. Hoch über ihm schwirrten sichelförmige Vögel um einen Überhang, der ihre Schlammnester überdachte. Etwas höher, unter einem anderen Felsvorsprung, dessen Wände mit dunklen Flechten und Moosen bewachsen waren, bildete ein blühender Strauch einen leuchtendroten Fleck. Und ganz oben schien durch die Baumwipfel am Rand der Felswand die Sonne und malte ein schmales Band aus Licht vor das dunstige Blau des Himmels.

Nainoa versuchte sich vorzustellen, wie ein Mensch an dieser gewaltigen Felswand emporklettern könnte. Er hielt es für unmöglich. Doch dort, wo der Fluß hervorkam, lag ein steilwandiger Canyon. Er war fast zugewachsen mit Bäumen, und dichtes Bambusgestrüpp verstopfte den Eingang. Er schien nach Osten ins Innere des Plateaus zu führen. Nainoa zögerte, in die dunkle und unheimlich wirkende Schlucht einzudringen. Solche Orte waren ein ideales Versteck für große Raubtiere. Andererseits gelangte er wahrscheinlich nur auf diesem Weg nach oben und über die Felsbarriere hinaus.

Die Hunde liefen an ihm vorbei zwischen die Bäume. Während er sie beobachtete, fiel ihm ein Märchen aus seiner Kindheit ein von einem Jungen, der seinen Mut entdeckte, als er im Wald einem Wolf begegnete. Am Eingang der Schlucht blieben die Hunde stehen und sahen sich nach ihm um; dann sprangen sie auf die vom Wasser abgeschliffenen Felsen des Flußbetts und verschwanden. Entschlossen schob er seine Bedenken beiseite und folgte ihnen.

Vorsichtig, um auf keine Schlange zu treten, zwängte er sich durch das Dickicht. Seine Netze verfingen sich an Zweigen, und er mußte sie immer wieder vorsichtig losmachen, um sie nicht zu zerreißen. Er sah die Hunde, die von unten, wo sich das steinige Flußbett von der Schlucht trennte, zu ihm heraufblickten, und erkannte verärgert, daß sie den richtigen Weg genommen hatten und er den falschen.

Er sprang auf einen großen glatten Felsblock und konnte nun leichter flußaufwärts gehen. Der Boden des Canyons war nur einen guten Steinwurf breit, die Wände zu beiden Seiten stiegen jäh in die Höhe. Der Fluß führte wenig Wasser, aber an den ausgewaschenen Felswänden und den abgebrochenen Ästen der Bäume war zu erkennen, wie stark er während der Regenzeit anschwoll und daß dieser Weg nur während der Trockenzeit begehbar war. Er hoffte inständig, daß kein Gewitterregen das Wasser steigen ließ, solange er sich noch in der Schlucht befand.

Nainoa folgte dem ansteigenden Flußbett. Viele Steine waren zu schönen Formen geschliffen, und immer wieder mußte er über riesige, vom Wasser gerundete Felsblöcke klettern. Über ihm wölbten sich Bambus und Baumfarne und tauchten seine Umgebung in ein gedämpftes grünliches Licht. Die Mittagshitze brütete im Canyon. Zu hören war nur das Wasser, das murmelnd und gurgelnd von einem Becken ins nächsttiefere floß. Weiter flußaufwärts ertönte der schnarrende Ruf eines Fischertukans. Auf einem Stein am Rand eines Wasserbeckens lag zusammengeringelt eine braune Wasserschlange. Mehrere grüne Papageien flatterten vorbei und verschwanden im Laub. Er sah sich vorsichtig um. Der Ort hatte etwas Magisches an sich.

In solcher Tiefe eingeschlossen zu sein, war für Nainoa ein völlig neues Erlebnis. Immer wieder blickte er zum Rand des Canyons hinauf und in den blauen Himmel. Am frühen Nachmittag überraschte er eine kleine Herde Schweine, die an ihm vorbei flußabwärts hasteten. Er fragte sich erneut, was ihn dort oben erwartete. Vorsichtig ging er weiter, doch er legte immer wieder eine Pause ein, um sich sorgfältig umzusehen.

Am Spätnachmittag weitete sich der Canyon, und der Fluß staute sich zu einem länglichen, an einem Ende flachen Teich. Auf dem schmalen sandigen Uferstreifen waren zahlreiche Tierspuren, darunter auch die breiten Tatzenabdrücke eines Tigers, die mehrere Tage alt waren. Große Fische standen im seichten Wasser.

Nainoa drängte mit dem Bogen einen Fisch in die Enge, spießte ihn auf und warf ihn auf den Sand, wo er zappelnd verendete. Als er bemerkte, daß ihn die Hunde beobachteten, fing er für sie einen zweiten. Die Nachmittagssonne schien auf den Strand in der Schlucht. Es war ein wundervoller Platz. Er schaufelte eine kleine Grube, legte sie mit trockenen Steinen aus und entzündete darin ein kräftiges Feuer. Er wusch die Stoffbahn, die er um den Leib trug, und breitete sie zum Trocknen auf dem warmen Sand in der Sonne aus. Dann badete er im Teich, schaute den orangefarbenen Libellen zu und schwelgte im kühlen Wasser, während er darauf wartete, daß das Feuer herunterbrannte. Sein früheres Unbehagen verschwand angesichts der Schönheit dieses Ortes, und als von dem Feuer nur noch die Glut übrig war, wickelte er seine Fische in feuchte Blätter und garte sie in der Asche zwischen den heißen Steinen. Er aß mit großem Appetit und gab den Hunden ihren Teil. Während er ihnen beim Fressen zuschaute, überlegte er, ob sie ihn durch die Schlucht bis nach oben führen würden.

Weiter flußaufwärts ertönte plötzlich das aufgeregte Geschrei von Affen. Über den Bäumen der schrägen Canyonwände kreiste ein Adler. Als er tiefer sank, um den Teich genauer in Augenschein zu nehmen, sprangen von den überhängenden Zweigen auf der anderen Uferseite mehrere Leguane platschend ins Wasser.

Nainoas Unbehagen kehrte zurück, als das Licht schwand. Auf einer fächerförmig ausgebreiteten Geröllhalde oberhalb des Talbodens fand er einen großen mehrstämmigen Baum, in dem er übernachten konnte. Als er auf den Baum kletterte, hatte er das Gefühl, als sei außer ihm noch jemand hier, und wieder dachte er besorgt an große Raubtiere. Die Stimmung in der Schlucht war gespannt. Er befestigte seine Hängematte hoch oben im Geäst.

Es wurde rasch dunkel. Frösche und Insekten riefen wollüstig nach Partnern. Nainoa blickte zu dem blauen Himmelsstreifen zwischen den düsteren Felswänden empor. Müde streckte er sich in seiner Hängematte aus. Er dachte an sein früheres Leben in der Siedlung, und wieder schlichen sich Heimweh und Einsamkeit in sein Herz. Ein letzter kurzer Gedanke galt den Hunden, dann schlief er ein.

Irgendwann in der Nacht wurde er geweckt. Er lag hellwach in seiner Hängematte und wartete. Ringsum herrschte stockfinstere Nacht. Der Mond beschien nur den oberen Teil der Felswand, darüber glänzte ein sternenbesetzter Streifen des Firmaments.

Nainoa erinnerte sich an die Tigerspuren und an das seltsame Gefühl, das von der Gegenwart eines anderen auszugehen schien. Besorgt tastete er nach seinem Speer. Nachdem er sich vergewissert hatte, daß der mit Nägeln und Leder beschlagene Schaft griffbereit in seiner Nähe war, fühlte er sich sicherer. Er lauschte, vernahm jedoch nichts, was ihn geweckt haben könnte. Langsam und ganz bewußt entspannte er sich. Er fühlte, wie die Anspannung in seinem Körper nachließ, und sank wieder in Schlaf, als sich plötzlich die gleichen Empfindungen in ihm regten wie damals, als er in der *Siti* dem Schatten begegnet war. Als hätten die Gefühle nur darauf gewartet, daß er sie wiedererkannte, nahmen sie plötzlich gewaltig zu, und er wurde vollkommen wach. Im selben Augenblick hörte er ein merkwürdiges Geräusch.

TOK!

Es war ein leises hohles Geräusch wie ein leichter Schlag auf eine Röhren- oder Holztrommel. Die Gefühle in ihm verstärkten sich, sein Körper wurde steif und unbeweglich. Er wehrte sich kurz, doch dann fühlte er wieder den unglaublichen ekstatischen Druck. Er hörte ein Rauschen, als bliese der Nachtwind durch die Bäume des Canyons.

Flackernde Lichter tanzten in der Dunkelheit. Er beobachtete sie, während in seinen Ohren ein Wildbach zu tosen schien. Hatte ein unverhoffter Gewitterregen im Hochland den Canyon überflutet? Er schloß die Augen und kämpfte gegen die Kraft, die ihn fesselte, als das Rauschen plötzlich verstummte. Die Nacht wurde wieder still, und die bedrängenden Gefühle nahmen ein wenig ab. Verblüfft öffnete er die Augen.

Das Canyontal glänzte im sanften Gold der ersten Sonnenstrahlen, die sich im Frühdunst brachen und den Canyon mit schimmerndem Licht füllten. Nainoa sah, daß sich an der Landschaft etwas verändert hatte. Die Bäume entlang der Canyonwände wirkten zu regelmäßig, zu gerade und geometrisch. Dann bemerkte er, daß er sich wunderbar erholt fühlte. Vermutlich lag es an den langen Fußmärschen, daß er sich in so guter körperlicher Verfassung befand. Er fühlte sich stark und zuversichtlich. Daß er eben noch den Eindruck völliger Dunkelheit gehabt hatte, wunderte ihn ein wenig; vermutlich war er noch einmal eingeschlafen und kurz nach Sonnenaufgang wieder aufgewacht.

Dann spürte er eine weitere Welle der seltsamen Gefühle. Er beschloß, seine Sachen zu packen und in den Canyon hinunterzusteigen. Die Absicht hatte genügt – er stand bereits am Fuß des Baumes. Der Untergrund schien merkwürdig zu federn . . .

TOK!

Wieder hallte der hölzerne Trommelton durch den Canyon. Er blickte in die Richtung, aus der er gekommen war, und bemerkte zu seiner Linken eine Bewegung. Er sah genauer hin, sah aber nicht den Tiger, von dem möglicherweise die Spuren stammten, die er tags zuvor am Teich gesehen hatte, sondern nur Bäume und Felsen. Als er den Blick hob und in den Baum hinaufblickte, sah er seine Hängematte und seine sich deutlich darin abzeichnende Gestalt. Er wußte, daß sich sein Speer in Reichweite befand, daß die Hängematte seinen Körper umfing . . . Er war in Sicherheit . . .

Er blickte wieder zu den Bäumen an der Canyonwand. Einige Blätter erschienen ihm leuchtend blau, andere von einem zarten Orange überhaucht. Noch nie hatte er solche Blätter gesehen. Vielleicht entstand diese Farbwirkung durch das goldene Licht, das sich in der feuchten Luft spiegelte. Nirgends waren Schatten zu sehen.

TOK!

Der Ton rief ihn. Wer rief ihn auf diese Weise? Er horchte angestrengt, während er sich vorsichtig umsah – und sah in alle Richtungen gleichzeitig. Er beschloß, unter den Bäumen an der Canyonwand zu seiner Linken flußaufwärts zu gehen, und machte sich auf den Weg durch den hellen Morgen . . . oder war es Nachmittag? Sein

Bewußtsein wechselte. Schließlich sagte er sich, daß es morgens war, ein wundervoller Morgen, der Zuversicht schenkte und Abenteuer versprach. Mit diesem Gedanken steigerten sich die Kraftgefühle in seinem Körper.

TOK!

Irgend etwas bewegte sich ganz eindeutig links von ihm zwischen den Bäumen. Nainoa beobachtete es aus dem Augenwinkel, und diesmal verschwand es nicht. Es war groß, so groß wie er, bewegte sich mit ihm im gleichen Schritt und mit anmutig fließenden Bewegungen. Es blieb stehen, wenn er stehenblieb, und ging weiter, wenn er weiterging.

TOK!

Lichtpfeile drangen aus unvorstellbarer Höhe in den Wald. Die Kraft pochte in seinem Körper, und das Brausen in seinem Kopf setzte erneut ein. Er stieg über umgestürzte Bäume, bahnte sich einen Weg durch federigen Farn, und das Etwas begleitete ihn. Leuchtende Pilze glühten an dunklen Stellen. Er wußte nicht, was er tun sollte ...

TOK!

Einige Schritte vor ihm öffnete sich eine Lichtung, die vielleicht durch einen entwurzelten Baum entstanden war. Er trat in diesen goldenen Lichtkreis und wußte unwillkürlich, daß dies der Ort war, an dem er sein sollte. Sein Begleiter befand sich links von ihm bei den Bäumen. Nainoa wartete, und als sich das Etwas nicht bewegte, drehte er sich langsam um und sah es an.

TOK!

Jeder Muskel, jeder Nerv war gespannt. Am Rand der Lichtung, halb da und halb nicht da, stand eine merkwürdige Gestalt. Nainoa schaute weg, und sie verschwand im flimmernden Hell-Dunkel. Schnell sah er wieder hin, und sie war wieder da. Vögel riefen in weiter Ferne. Nainoa wiederholte das Hinsehen und Wegsehen, und als er wieder hinsah, sah er den Tiger.

Panische Angst erfaßte ihn, die einer nicht minder entsetzlichen Verwirrung wich, als er erkannte, daß er in ein menschliches Gesicht starrte. Und doch war es kein ganz menschliches Wesen ... Schlagartig erkannte er mehr.

Das große gelbbraune Wesen, das auf zwei Beinen stand, war von einem unregelmäßigen Muster aus großen Flecken bedeckt. Die untere Hälfte des Körpers, die von den Bäumen halb verdeckt war, wirkte irgendwie isoliert von der oberen Hälfte. Beine und Füße, die furchteinflößende Klauen hatten, waren tigerähnlich. Der dicke katzenartige Schwanz zuckte nervös. Ein großer Arm lehnte an einem Baumstamm und endete in einer riesigen «Hand», die aber keine menschliche Hand war, trotz der kurzen dicken Finger. Die «Fingernägel» waren große Krallen, die sich zurückzogen, als er sie ansah, vielleicht, um ihn zu beruhigen. Kopf und Hals wirkten schmal und zierlich im Vergleich zu dem mächtigen Körper. Der kleine Kopf hatte ein Gesicht mit menschenähnlichen Zügen.

Nainoa hatte den Eindruck, daß sich in der Gestalt das Wesentliche von Tiger- und Menschenart vereinigte. «Der Tigermann», dachte er. Das Wesen im Halbschatten veränderte sich leicht.

Es lächelte.

Es war ein Gesichtsausdruck, der menschlich und doch nicht ganz menschlich war, aber er bewirkte, daß Nainoa ruhiger wurde. Nainoa versuchte zu sprechen, Fragen zu stellen, aber es gelang ihm nicht. Er blickte in die Augen des Tigermannes und fühlte einen atemberaubenden Ansturm des gleichen Gefühls wie in jener Nacht in der Ruinen*siti*, als er dem Schatten gegenüberstand. Er wurde starr, das Blut zischte in seinen Ohren. Er senkte die Augen, als er sich dunkel an etwas vor sehr langer Zeit erinnerte, aber er konnte nicht recht erfassen, was es war . . .

Er blickte wieder auf, um den Tigermann anzusehen, und hatte das merkwürdige Gefühl, als würde ihn eine alte Gemeinsamkeit mit ihm verbinden. In diesem Moment trat der Tigermann unter den Bäumen hervor und ging auf ihn zu. Während er näher kam, verstärkten sich die brausenden Gefühle. Der Tiermensch näherte sich ihm bis auf Armeslänge und sah ihm direkt in die Augen. Nainoa blickte in Augen so grün wie Blätter, und plötzlich waren an der Stelle des Gesichts andere Bilder.

Er sah einen Teich, umgeben von Bäumen. Orangefarbene Blüten schwammen auf dem dunklen Wasser. Er hörte fröhliche Stimmen. Kinder warfen etwas ins Wasser. Hinter ihnen sah er Bäume mit roten Blättern, und noch weiter im Hintergrund das weite blaue Meer. Unsichtbare Grenzen lösten sich auf. Dunkle Steinmauern und zerfallene Terrassen befanden sich zwischen den Bäumen. Was bedeutete das? Als er den Blick hob, sah er über den Baumwipfeln einen gewaltigen Felsen, aber er sah anders aus als der Canyon, der ihn umschlossen hatte. Der Fels war dunkel ... sehr dunkel ...

Die mächtigen Gefühle ließen nach, und plötzlich verschwanden die Bilder. Tiefe Erschöpfung erfüllte ihn. Er fühlte sich steigen und dann fallen. Wieder spürte er die Hängematte um seinen Körper, und er sah den Tigermann – diesmal in seiner Erinnerung.

Als er in Schlaf sank, fühlte er mehr, als er sah, daß der Tigermann lächelte ...

7

Ankunft

Ich tauchte unvermittelt aus dem veränderten Zustand auf und saß kerzengerade unter der Tamarinde. Rasch sah ich mich nach den Kindern um. Sie waren noch am Teich, genau dort, wo sie kurz zuvor auch gewesen waren. Ich hatte mindestens sechsunddreißig Stunden in Nainoas Zeit verbracht, doch in meiner Zeit schienen nur eine oder zwei Minuten vergangen zu sein. Die Kraft in mir ebbte langsam ab, mein Blut zischte vor Erregung, und tief im Innersten war ich auch erschüttert.

Mir kam ein Bruchstück aus Joseph Campbells Zitat über den Bewacher der Schwelle in den Sinn: «Zone der verstärkten Kraft.» Auf meinem Weg nach «dort» und wieder zurück schien ich tatsächlich eine solche Zone zu passieren, aber der Wächter war verschwunden. Hatte ich während des ersten veränderten Zustands in Berkeley eine Art Prüfung bestanden, so daß ich jetzt freien Zugang hatte? Ich schien das zu machen, was Michael Harner eine ausgedehnte «Mittelwelt»-Reise nannte – ich reiste an einen anderen Ort in normaler Wirklichkeit, aber ich übersprang die Zeit, um dorthin zu gelangen.

Ich erhob mich mit wackligen Beinen und schloß mich der Kindergruppe am Teich an, wobei ich immer wieder einen Blick zu den Bäumen warf, als wollte ich mich vergewissern, daß ich wirklich zurückgekehrt war. Der Leopardmann war Nainoa erschienen, obwohl er ein wenig anders aussah als mein alter Phantasiefreund. Als Kind hatte ich ihn immer ähnlich einem Leoparden gesehen, mit den typischen Rosettenringen und dem anmutigen Körperbau. Für Nainoa hatte er eine andere Erscheinungsform angenommen, und doch war er in einem tieferen Sinn keineswegs anders. Sein Fleckenmuster und sein gedrungener Körper ähnelten sehr deutlich dem in Amerika heimischen Jaguar. War es wirklich ein Jaguar? Oder hatte er einfach eine Gestalt angenommen, die für Nainoa eine Bedeutung haben würde? Oder hatte ihn Nainoa in dieser Gestalt wahrgenommen aufgrund seiner eigenen bereits vorhandenen Vorstellungen? In Nainoas Gedächtnis fehlten Worte wie «Leopard» und «Jaguar»; deshalb hatte er ihn als Tigermann identifiziert, was der Sache im wesentlichen gleichkam. Ich blickte über die Schulter in das vom Wald überwucherte Dorf und erinnerte mich an meine kindlichen Abenteuer, bei denen sich der Leopard, wann immer möglich, im Gebüsch aufhielt.

Als ich neun Jahre alt war, mußte ich mir immer wieder von Gleichaltrigen und Erwachsenen anhören, erfundene Freunde seien nicht echt, und ich weiß noch genau, wie ich über ihren Unglauben geschimpft habe. Natürlich waren sie echt! Ich erlebte sie wirklich. Als Kind verstand ich ohne weiteres, daß der Leopardmann kein Hirngespinst und keine Erfindung war, sondern ein unabhängiges Wesen mit eigener Persönlichkeit und eigenen Absichten.

Ein traditioneller Psychiater oder Psychologe würde den Leopardmann vermutlich als Hirngespinst oder ein Produkt meiner regen Phantasie bezeichnen. Ein Anhänger von C. G. Jung würde von einem Archetyp sprechen, der spontan aus den Tiefen des kollektiven menschlichen Unbewußten in meinen Gedanken auftauchte. Ein Schamane dagegen würde ihn als ein eigenständiges geistiges Wesen verstehen, das sich zu meinem geistigen Helfer gemacht hat.

Aus ethnographischen Untersuchungen über Schamanen aus allen Teilen der Welt geht hervor, daß Geisterhelfer sehr häufig Formen annehmen, die für den Menschen, mit dem sie eine Beziehung haben, bedeutungsvoll sind. Sie werden häufig als Tiere oder als eine Kombination von Tier- und Menschengestalt wahrgenommen – als Tiermenschen oder *Therianthropen*, um den griechischen Ausdruck zu verwenden. Diese helfenden Geister arbeiten angeblich mit dem Schamanen zusammen; sie beschützen ihn und verhelfen ihm zu großer Kraft und großem Wissen.

Jede menschliche Kultur scheint sich ihre eigene Folklore über Begegnungen zwischen Menschen und außergewöhnlichen Wesen wie Tiergeister, Elfen, Kobolde, Götter, Gottheiten, Dämonen, Engel sowie lenkende und lehrende Geister zu schaffen. Vielleicht fallen auch die «Außerirdischen» oder «die Besucher», die manche Menschen gesehen haben wollen, in diese Kategorie.

Während mir all dies durch den Kopf ging, sah ich meiner Tochter Erica beim Fischefüttern zu. Sie hatte bereits eine gut entwickelte innere Welt, die von zahlreichen imaginären Freunden bevölkert war, und verbrachte viele Stunden mit ihnen auf unserem dschungelartigen Grundstück oben am Berg, wo sie mit ihnen redete und spielte. Ihre Teddybären und andere Stofftiere waren nur materielle Symbole für diese Freunde, die für sie sehr echt waren, wenn sie sich mit ihnen beschäftigte. Ich fragte mich, wie lange es dauern würde, bis die kollektive Weltsicht unserer Massenkultur ihre Welt überlagern und verschütten würde.

Joseph Campbell beschrieb Geister einerseits als «Mächte, die an der Schwelle zum Unbekannten Wache halten», und andererseits als «Transformationskräfte, die Wachstum steigern oder Verderben bringen können». Die Mythologie lehrt uns, daß der Umgang mit Geistern gefährlich ist, weil sie, je nach unseren eigenen Interessen und Absichten, wohltätig oder teuflisch sein können. Als Lehrer und Behüter können sie Kraft und Wissen verleihen, aber als Dämonen oder Bewacher der Übergänge ins Unbekannte gehört es zu ihrer Aufgabe, Suchende abzuweisen, die für eine Begegnung mit dem, was hinter der Schwelle liegt, noch nicht reif sind. Plötzlich erinnerte ich mich an einen weiteren Satz, den Joseph Campbell vor Jahren in San Francisco gesagt hatte:

«Jeder, der unfähig ist, diese Geister als ‹Götter› aufzufassen, neigt dazu, sie für ‹Teufel› zu halten. Diese ‹nicht bereiten› Individuen sind unfähig, die Zone der verstärkten Kraft zu durchqueren, um das nicht-gewöhnliche Geisterreich zu betreten ... und diesen Unwürdigen bleibt die Pforte verschlossen.»

Als ich daran dachte, sprang der Wind um und wehte im wörtlichen und übertragenen Sinn aus einer anderen Richtung. Ich wußte plötzlich, daß der Leopardmann, was immer die Natur dieses seltsamen Wesens sein mochte, ein ganz bestimmter Teil meiner eigenen erfahrenen Wirklichkeit war. Und nun war er auch ein Teil von Nainoas Wirklichkeit.

Als wir unseren Spaziergang fortsetzten, ließ ich die Kinder vorausgehen und folgte ihnen tief in Gedanken versunken. Diese dritte Episode hatte bei Tag stattgefunden, ganze fünf Monate nach dem letzten Ereignis; Nainoa hatte mich hier besucht und durch mein waches Bewußtsein meine Welt wahrgenommen, genauso wie ich mit der seinen Kontakt aufgenommen hatte. War der Vorgang tatsächlich in beiden Richtungen möglich? Warum nicht? War der Leopardmann der Mittler, der Führer, der Katalysator oder Geisterhelfer?

Wir gelangten an einen Platz zwischen den Felsen oberhalb des Strands, den die Kinder gut kannten. Ich setzte mich auf einen großen flachen Stein unter einen Kamanibaum, während die Kinder, sehr ähnlich den Kindern der Sammler-und-Jägervölker in abgelegenen Teilen der Erde, sofort begannen, Nahrung zu suchen und die Nüsse des Baums mit Steinen aufschlugen.

Ich sah Jill mit der kleinen Anna zum Strand kommen. Erica hatte sie auch gesehen, und die ganze Spielgruppe lief mir voraus durch die Bäume zurück zum Strand. Wir schwammen im warmen glitzernden Meer, und ich erzählte Jill, was ich eben erlebt hatte. Sie hörte mir ernsthaft zu, aber insgeheim fragte ich mich, ob sie mich nicht für verrückt hielt. Wäre sie es gewesen, die solche Dinge erzählte, ich hätte sie vielleicht wirklich für verrückt gehalten.

Ich zögerte. Wurde ich tatsächlich verrückt?

Jill erkannte meinen inneren Konflikt, und als Erica bereit war, zum Mittagessen nach Hause zurückzukehren, erbot sich Jill, die Kinder mitzunehmen und mir etwas Zeit für mich selbst zu gönnen. Ich nahm ihr Angebot an. Sie ging und überließ mich meinem Dilemma. Ich kehrte zu den Dorfruinen zurück und setzte mich wieder unter die Tamarinde, schloß die Augen und versuchte, die innere Tür zu öffnen, um mich wieder in Nainoas Bewußtsein zu versetzen. Aber es geschah nichts. Ich blickte zu den Bäumen und bat den Leopardmann um Hilfe. Knackende Äste im Wald störten meine Konzentration. Ich sah mich um, doch ich war allein. Irgendwo tiefer im Wald sammelte vielleicht jemand Brennholz.

Ich nahm meine Meditation wieder auf und versuchte, den veränderten Zustand herzustellen. Ich schloß die Augen, konzentrierte mich auf einen einzigen Punkt, um mich von Gedanken und Emotionen zu befreien; dann machte ich einige Entspannungsübungen, aber alles mit nur mäßigem Erfolg.

Die Mücken vertrieben mich. Ich ging zu dem Platz unter dem Nußbaum zurück, legte mich auf den glatten schwarzen Felsen, blickte in das von der Meeresbrise rhythmisch bewegte Laub und hörte den sich brechenden Wellen zu.

Nach ungefähr zehn Minuten, ich döste gerade ein, setzten die Gefühle ein, die die Veränderung ankündigten. Gleichzeitig hörte ich das laute Knacken von brechendem Holz. Ich wartete, während meine Erregung stieg.

Die Gefühle wurden stärker. Ich hörte die anbrandenden Wellen, und plötzlich schossen die Gefühle mein Rückgrat hinauf und explodierten in meinem Gehirn. Ich war in Ekstase, mein Körper erstarrte, meine Hände blähten sich ballonartig auf. Ich fühlte mich schwindlig, als würde ich angehoben oder eher als fiele ich rückwärts durch den Stein, durch Dunkelheit, während die zuckenden 121hter erschienen und Linien bildeten, die sich in die unvorstellbare Ferne erstreckten. Ich sah die üblichen phosphenischen Formen, bis das Wellenrauschen einer vollkommenen Stille wich. Dann sah ich nur Dunkelheit.

Die ersten danach einsetzenden Wahrnehmungen waren Kälte. Mein Körper war sehr kalt. Ich konnte die Hände schließen und schien etwas zu halten. Es war etwas aus Holz. Ich hörte einen unbekannten Vogelruf. Ich erschauerte und öffnete die Augen. Ich war da.

8

Die vierte Reise
Die kluge Schlange

Es war kurz nach Tagesanbruch. Kalte Luft floß vom Hochland in den Canyon. Nainoa zitterte trotz Umhang und Regencape, während er noch einen dürren Ast knickte und auf das Feuer legte. Er fror wie noch nie.

Die Hunde saßen in respektvoller Entfernung und fraßen die Fischstücke, die er ihnen von seinem Frühstück zuwarf. Er beobachtete sie und fragte sich wieder, ob sie auf ihn gewartet hatten, ob sie Führer waren zwischen der bewaldeten Welt im Tiefland und allem was darüber und jenseits der Felsenbarriere lag, oder ob sie Geister waren. Sie näherten sich ihm höchstens bis auf zehn Schritte, und er versuchte nie, sie zu berühren.

Als er beim ersten Tageslicht von seinem Baum geklettert war, hatte er den Boden sorgfältig nach Spuren abgesucht, aber er hatte nur seine eigenen und die der Hunde gefunden. Mit einigem Unbehagen dachte er an den Tigermann. Seit seiner Begegnung mit dem schattenhaften Wesen in der *Siti* fühlte er sich immer mehr mit Kräften verbunden, die er nicht klar verstand.

Daß er es mit Geistern zu tun hatte, stand außer Frage. Die dunkle menschenähnliche Gestalt war kein Tier des Waldes. Sie hatte ihm das Vorhandensein einer Macht bewiesen, die außergewöhnlich und beängstigend war. Vielleicht war dieses Wesen der Wächter an der Pforte ins Geisterreich. *Ke'aka* hatte ihn auf irgendeine Weise auf die Probe gestellt, um zu sehen, wie er reagieren würde. Der Tigermann war genauso unheimlich wie der Schatten, aber irgendwie sympathischer. Konnte sein Erscheinen bedeuten, daß er eine Prüfung bestanden hatte und in weitere unbekannte Reiche eintreten durfte? Vielleicht hatte die alte Frau aus den Dorfküchen recht gehabt, als sie behauptete, daß es im Wald spukte.

Er stand auf und ordnete seine Ausrüstung. Er fühlte sich stark und gut gerüstet für dieses abenteuerliche Leben. Sein Leben als Schreiber konnte sich mit diesem hier nicht messen. Mit einer Entschuldigung an den Geist des Feuers löschte er die Glut und machte sich auf den Weg durch die Schlucht, begleitet von den Hunden.

Am Nachmittag erreichte er einen hohen Felssturz, den er vorsichtig und mühevoll erstieg. Danach weitete sich der Canyon, und vor ihm lag eine lange ebene Strecke, wo sich der Fluß zu einem dunklen, von Bäumen umgebenen Becken staute. Er sah keine Anzeichen für Krokodile und wollte sich eben dem Wasser nähern, um einen Fisch zum Abendessen zu fangen, als er bemerkte, daß die Hunde stehengeblieben waren und zu den Bäumen hinaufstarrten. Nach einem kurzen Blick auf Nainoa machten sie ostentativ einen großen Bogen und liefen in einiger Entfernung vom Flußbett weiter. Sie kletterten über einen weiteren Felssturz dicht an der Canyonwand und verschwanden.

Nainoa nahm den Speer vom Rücken und näherte sich langsam der Stelle, wo die Hunde angehalten hatten ... und hätte beinahe die Schlange in dem großen, über das Wasser hinausragenden Baum übersehen. Es war eine gewaltige Riesenschlange.

Nainoa hielt überrascht den Atem an. Die Riesenschlange schien ein Teil des Baumes zu sein. In dem gedämpften Licht und dem unsteten Halbschatten war der grünbraune Schlangenleib mit den großen schwarzen und kleineren gelben Flecken nahezu unsichtbar. Die Schlange war so dick wie der Körper von Nainoa und groß genug, um einen Hirsch oder eines der langnasigen Waldschweine oder auch vielleicht einen Menschen zu verschlingen. Ein Teil der Schlange hing ins Wasser, so daß Nainoa ihre Länge schwer einschätzen konnte; aber zwanzig Meter lang war sie gewiß. Ihr Kopf war so lang wie Nainoas Unterarm. Ein langer dunkler Streifen verlief diagonal hinter den überraschend kleinen goldgelben Augen.

Nainoa hatte auf den Märkten der Siedlungen noch nie die Haut einer so großen Schlange gesehen.

Wahrscheinlich wartete sie darauf, daß ihre Beute ans Wasser kam, daß sie unter den Baum trat, so wie er das beinahe getan hätte. Er sah sich unbehaglich um. Möglicherweise lauerten hier noch mehr solche Schlangen. In seine nervöse Anspannung mischte sich Neugier. Er ging langsam in die Hocke und betrachtete das gewaltige Tier.

Diese *naheka* nahm mit Sicherheit einen hohen Rang unter den Schlangen ein. Vielleicht war sie der König oder die Königin der Riesenschlangen. Das Licht glänzte auf ihren Schuppen, und plötzlich fragte sich Nainoa, ob sie wirklich war. Vielleicht war sie ein übernatürliches Wesen, «der Herr» des Canyons, ein Geisterwesen, das in Legenden und Mythen vorkam.

Er sah sich sorgfältig um. Eine unwirkliche Stimmung lag über diesem Tal. Vielleicht war er versehentlich durch irgendeine Tür in die mythische Unterwelt der Tiergeister geraten. Die Schlange war in der Mythologie seines Volkes das Symbol für Klugheit. Eine Schlange dieser Größe hatte gewiß lang genug gelebt, um eine ganze Menge zu wissen. Von Nagai wußte er, daß diese Tiere nie aufhörten zu wachsen während ihres langen Lebens.

Eine Geschichte aus alter Zeit, die Nagai ihm erzählt hatte, berichtete von einer großen Schlange, die an einem mythischen Ort Eden in einem Kapokbaum wohnte. Manche Gelehrte glaubten, Eden sei ein Ort in *Milu*, in der Unterwelt der Tiergeister; andere meinten, es liege in *Lanikeha*, der oberen Welt der Götter, Helden und lehrenden Geister. In einigen Versionen wurde dieses Problem durch einen Kompromiß gelöst, indem die mythischen Ebenen mit dem Baum in Verbindung gebracht wurden: Die Wurzeln waren in der unteren Welt, die Krone in der oberen, und der Stamm führte durch verschiedene Traumwelten, die dazwischen lagen.

Die Esoteriker behaupteten, alles in der alltäglichen Welt habe einen gewöhnlichen Aspekt «hier» und einen nicht-gewöhnlichen in den Geisterreichen. Jede Nacht würden die Menschen im Traum mit ihrem Bewußtsein in diese nicht-gewöhnliche Ebene hinüberwechseln. Man glaubte auch, daß sich der Geist eines Menschen nach dem

Tod für eine Weile in dieser mittleren Welt des Traumes aufhalten würde, um sich dem neuen Zustand anzupassen und bestimmte Dinge zu vollbringen, bevor er in das Reich aufsteigen durfte, in dem die *aumakua*, die Ahnengeister, wohnten.

Die kluge Schlange auf dem Baum bewegte sich angeblich frei zwischen allen Ebenen und war deshalb mit allen Aspekten der Wirklichkeit – der höheren, mittleren und unteren, der gewöhnlichen und nicht-gewöhnlichen – vertraut. Nainoa sah die Schlange unsicher an und fragte sich, wie sie hierhergekommen war. Vielleicht war sie auf ihrem Weg den Baum hinauf oder hinunter gerade erst durch eine Tür geschlüpft, um zu fressen.

In einem Mythos erhielt Eva, die erste Frau, von der Schlange die Gabe der Erkenntnis, die sie an ihren Liebhaber Maui, den ersten Mann, weitergab. In einer anderen Version überlistete Maui die Schlange und stahl ihr das Wissen. Maui tat in den Mythen und Legenden ganz unerhörte Dinge und war vermutlich der einzige Mensch, der einer solchen Tat fähig war. Glücklicherweise hatte die große Schlange Humor. Sie verzieh Mauis Possen und diente ihm einige Zeit als spiritueller Lehrer. Eines Tages konnte Maui schließlich seine alte Haut abstreifen wie die Schlange. Er entwickelte sich zu einem bewußten, körperlich voll ausgebildeten und wissenden Menschen und war, obwohl lange Zeit ein frecher Abenteurer, im Alter ein berühmter *kahuna*.

Wieder andere Mythen verbanden die Schlange mit einem großen spirituellen Lehrer namens Iesu, der auch «der weiße Herr» genannt wurde. Iesu war ein Holzarbeiter, und später, als er die Klugheit der Schlange erhalten hatte, wurde er ein großer *kahuna*-Heiler. In manchen Berichten hieß es, die Schlange habe Iesu in den Garten der oberen Welt gebracht, wo sie einen der früheren Schüler der Schlange trafen, den weisen Kotama, der den Ehrentitel *Kapukanie* führte, was soviel bedeutete wie Tor oder Eingang.

Wie Maui war auch Kotama früher ein wirklicher Mensch gewesen, ein Prinz, der vor Tausenden von Jahren in einem legendären Land jenseits des Meeres im Westen gelebt hatte. Zu seinen Lebzeiten hatte Kotama auf gewöhnliche irdische Annehmlichkeiten verzichtet, um geistiges Wissen und geistige Kraft zu erlangen, die ihm eines Tages, als er unter einem Kapokbaum meditierte, von der Schlange übertragen wurden. Danach wurde Kotama ein berühmter spiritueller Lehrer. Als er starb, ließ er sich in dem Garten in der oberen Welt nieder, wo er noch heute, in tiefe Meditation versunken, zu finden ist.

Als Iesu und die Schlange in dem Garten ankamen, begrüßte Kotama die Schlange und diente Iesu als Lehrer. Er lehrte ihn, still zu werden, um inneres Bewußtsein und Selbsterkenntnis zu erlangen. Nach vielen Jahren kehrte Iesu zurück und lehrte Gnade und Barmherzigkeit. Iesus *mana* war so groß, daß er auf dem Wasser gehen und wie ein Vogel durch die Luft fliegen konnte. Es hieß sogar, daß er die Seele eines Menschen, der noch nicht lange tot war, in den Körper des Toten zurückschicken und den Toten wieder zum Leben erwecken konnte.

In einigen anderen Legenden war die große Schlange der Schöpfer des Lebens. Sie war die Regenbogenschlange, die normalerweise unsichtbar ist und nur gegen die Sonne gesehen in Erscheinung tritt, wenn sich die Kraft der Sonne mit dem aus der oberen Welt als Regen oder Nebel fallenden Wasser des Lebens verbindet.

Ein kurzes Heulen brachte Nainoas Gedanken wieder in die Gegenwart zurück. Es war das erste Mal, daß die wilden Hunde einen Laut von sich gegeben hatten, und ihm wurde bewußt, daß der Tag verging. Die Schlange hier war möglicherweise ein übernatürliches Wesen; trotzdem hielt er es für besser, sich vor Einbruch der Dunkelheit in einige Entfernung von ihr zu begeben.

Nainoa erhob sich langsam. Er streckte die Beine und machte dann einen ähnlich weiten Umweg um die Schlange wie die Hunde. Er ließ sie nicht aus den Augen, aber sie regte sich nicht. Als er weiter oben wieder zum Flußbett zurückkehrte und sich nach der Schlange umsah, bemerkte er, daß sie erst kürzlich ihre alte Haut abgestreift hatte. Er dachte, daß auch er sich wie die Schlange in das nächste Stadium seines Lebens begab. Die Berechenbarkeit und Langeweile seines Schreiberlebens lag hinter ihm.

Er sammelte sich und verabschiedete sich ehrfurchtsvoll von der großen Schlange. Etwas in ihm schien während dieser Begegnung an die richtige Stelle gerückt zu sein, aber er wußte nicht, was es war.

Der Canyonboden stieg plötzlich steil an über mehrere riesige Stufen, an denen feine Wasserrinnsale stäubend in die Tiefe stürzten. Nainoa kletterte vorsichtig entlang der Route, die ihm die Hunde zeigten. Oben angelangt stand er vor einer glatten Felswand. Das Flußbett endete und setzte sich erst einen weiten Bogenschuß über ihm fort. Er stand am Ende des Canyons und sah keine Möglichkeit, um nach oben zu kommen. Er war schrecklich enttäuscht. Zurückzugehen bedeutete, vier Tage zu verlieren. Als er an die Schlange dachte, wurde er sich auch seiner Verwundbarkeit bewußt. Der abgeriegelte Canyon war eine perfekte Falle.

Er folgte dem Fluß bis an den Fuß der Felswand und suchte nach einem Pfad. Stachelige Pflanzen mit messerähnlichen Blättern wuchsen in den Spalten. Eidechsen huschten zwischen den Steinen. Der Fluß rann als breites nasses Band an der Felswand herunter.

Plötzlich liefen die Hunde an ihm vorbei und bogen um eine Ecke, die er im kontrastarmen Licht des schattigen Canyons nicht bemerkt hatte. Er folgte ihnen und sah, wie sie die leicht schräge Wand entlang einer Unregelmäßigkeit im Fels überquerten. An dem reichlich vorhandenen Tierdung unterhalb der Verwerfung erkannte er, daß diese Route regelmäßig von Hochwild und Schweinen benutzt wurde.

Er zog seine Sandalen aus, sicherte seine Ausrüstung und kletterte vorsichtig, sich mit Händen und Füßen festhaltend, auf das schmale Sims. Dicht an den Fels gelehnt schob er sich weiter. Die Hunde schauten ihm von oben zu. Die Überquerung des feuchten Streifens war besonders tückisch, und zweimal wäre er beinahe ausgerutscht.

Langsam und vorsichtig kletterte er weiter, schob sich durch dorniges Gestrüpp und erreichte schließlich eine ebene Stelle. Er hob den Blick und hatte plötzlich freie Sicht – er hatte den Canyon verlassen!

Nainoa ließ seine Netze fallen, setzte sich auf eine Felsbank und blickte zu den neuen Horizonten. Trotz der körperlichen Erschöpfung fühlte er sich freudig erregt. Neues, unbeschriebenes Territorium lag vor ihm. Ein Vogel trillerte in der Stille.

Er blickte in den Canyon und sah die Hunde, die weit unten flußabwärts liefen. Als sie anhielten und zu ihm heraufblickten, dachte er wieder an die große Schlange und erinnerte sich dankbar daran, daß die Hunde ihn sicher durch den Canyon geführt hatten. Vielleicht kehrten sie jetzt in ihre untere Welt zurück, um auf den nächsten Reisenden zu warten. Die Hunde wandten sich ab und verschwanden unter den Bäumen.

Es war bereits spät am Nachmittag. Nainoa nahm sein Gepäck auf und entfernte sich vorsichtig durch Gebüsch und Gestrüpp vom Rand der Schlucht. Der Untergrund war felsig, die Humusschicht dünn, und die Bäume waren beträchtlich kleiner als im Tiefland. Vor ihm lagen ebene Grasflächen mit vereinzelten Büschen, und da und dort trat der blanke Fels zutage. Dahinter, zu dem hohen Gebirge hin, stieg das Land wieder an. Rechts von ihm kennzeichnete eine Reihe von Palmen den Flußlauf. Links sah er eine kleine, von einem Baum gekrönte Anhöhe und beschloß, dort zu übernachten.

Vorher jedoch wollte er seinen Wasservorrat auffüllen und baden. Er machte sich auf den Weg zu den Palmen, in deren Mitte der Fluß einen kleinen See mit einer schmalen Sandbank auf einer Seite bildete. Er badete, fand ein Nest Schildkröteneier im Sand und aß ein Dutzend davon roh. Die restlichen Eier nahm er zu seinem Schlafplatz mit.

Von der Anhöhe aus blickte er nach Westen über das Plateau oberhalb der Felsbarriere und die dunkle Masse des Waldes im Tiefland. Der Dunst hatte sich etwas gelichtet, so daß er in der Ferne die helle Fläche des Binnenmeers und, wenn auch nur ganz schwach, die langen Hügelketten zwischen Binnenmeer und Ozeanküste sehen konnte. Irgendwo dort lag sein Zuhause. Er war beeindruckt von der Entfernung, die er in den vergangenen achtzehn Tagen zurückgelegt hatte.

Im Süden sah er vage die Umrisse des Vulkans, der in der Nähe eines größeren Abflusses aus dem Binnenmeer zum Ozean lag. Obwohl er weit nach Norden gegangen war, seit er das Kanu zurückgelassen hatte, schienen die Berggipfel im Osten noch genauso fern wie vor einigen Tagen, als er sie zum ersten Mal von der *Siti* im Tiefland aus gesehen hatte.

Nachdem er seine Hängematte und sein Gepäck in den Baum gehängt hatte, stieg er noch einmal hinunter, um sich etwas zum Abendessen zu fangen. In kürzester Zeit hatte er eine große Schlange unter einem modrigen Baumstamm entdeckt. Er kehrte auf den Hügel zurück, machte sich unter seinem Baum eine mit Steinen eingefaßte Grube und entzündete ein Feuer. Er setzte seinen Kochtopf mit Wasser auf, häutete und säuberte die Schlange, schnitt sie in Scheiben und gab sie mit etwas Salz ins Wasser. Sehnsüchtig dachte er an Brotfrucht und Taro. Aber die Schlange und die Schildkröteneier mußten genügen.

Als er in der zunehmenden Dunkelheit sein Mahl verzehrte, fehlten ihm die wilden Hunde. Er dachte wieder an die Riesenschlange im Canyon und lächelte über die Ironie, daß er jetzt eine ihrer Artgenossen zum Abendessen verzehrte. Er richtete an beide Schlangen ein kurzes Dankgebet, und nachdem die Sonne untergegangen war, kletterte er auf den Baum und legte sich in seine Hängematte.

Von hier konnte er die Landschaft in allen Richtungen überblikken. Aus einer nahen Baumgruppe traten Hirsche ins Freie. Der Wind kam aus ihrer Richtung, so daß sie ihn nicht wittern konnten. Die Berge schienen plötzlich nähergerückt und wirkten im Abendrot noch höher als zuvor.

Seine Augen wanderten von Gipfel zu Gipfel, die er in der Dämmerung noch deutlich erkennen konnte. Und dann war es plötzlich dunkel. Ein leichter Wind wehte durch die dichte Baumkrone und versetzte Baum und Hängematte in leichte Schwingungen. Das Geräusch des Windes war unheimlich.

Nainoa dachte an seine Begegnung mit dem Tigermann und an den völlig fremden Ort, den er gesehen hatte, den von Bäumen umgebenen Teich in der Nähe des Ozeans. Er hätte gern gewußt, was es bedeutete und wo er gewesen war.

Plötzlich erschien vor seinem inneren Auge das kraftvolle Antlitz des *Kapohaku'ki'ihele*, des Steins von Häuptling Kaneohe. Das Wort *pohaku* enthielt Wurzeln, die ihm helfen konnten, sein Erlebnis zu verstehen. *Po* bezog sich auf die geistigen Dimensionen, die Traumwelten der Götter, Helden, geistigen Lehrer und Tiergeister. *Haku* bedeutete Herr oder Meister. Der Begriff *pohaku* ließ also darauf schließen, daß Steine in gewisser Weise die Herren der Geisterwelt waren. Vielleicht hatte seine Begegnung mit dem Stein des Häuptlings etwas mit seinen visionären Erlebnissen zu tun. Häuptling Kaneohe hatte gesagt, daß der Stein manchmal im Traum zu ihm kam ...

Schließlich fiel er in einen unruhigen Schlaf. Er träumte von seiner Kletterei an der Canyonwand und von der riesigen Schlange.

Gegen Morgen begann es zu regnen. Er deckte sich mit dem Regencape zu und schlief wieder ein, während der feine Regen auf die geölten Blätter des Umhangs rieselte.

Sein knurrender Magen weckte ihn. Er dachte an eines seiner Lieblingsgerichte, gekochte Bohnen mit Paprika, Zwiebeln und Salz, dazu süße gebratene Bananen. Um sich abzulenken, dachte er wieder an den Stein des Häuptlings und an seine Vision von dem Teich neben dem Ozean. Irgend etwas war seltsam an den Kindern gewesen.

Der feine Regen fiel kühl auf sein Gesicht, auf seine Arme und Beine. Sein Hunger wurde immer größer. Wieder erschien das Bild des Häuptlingssteins in seinem Bewußtsein, und ihm war, als fühlte er die rauhe Oberfläche des Steins zwischen den Handflächen.

Kurz vor dem ersten Tageslicht schlief er ein und hatte einen höchst ungewöhnlichen Traum. Er roch den Duft von kochenden Bohnen. Zwiebeln brutzelten, und unversehens verwandelte sich das Sieden und Zischen in das mächtige Gefühl. Lichter blitzten in der Dunkelheit, die Lähmung setzte ein. Er dachte an den Tigermann. Würde er ihm wieder begegnen? Die Gefühle drangen tief in ihn ein, hoben ihn hoch und trugen ihn, während zuckende Lichter an ihm vorüberrasten. Für einen zeitlosen Moment herrschte völlige Stille ... und dann hörte er eine menschliche Stimme.

Jemand sagte etwas. Es war die erste Stimme eines anderen Menschen, die er seit seinem Abschied von Häuptling Kaneohe gehört hatte. Verblüfft öffnete er die Augen und sah sich an einem schön gearbeiteten Tisch sitzen, und vor ihm stand eine Schüssel mit dampfenden schwarzen Bohnen.

Er war sich bewußt, daß dies ein ungewöhnlich lebhafter Traum war. Während er sich langsam umsah, wurde er völlig wach. Mit ihm am Tisch saßen eine Frau und ein Kind. Er hatte das Gefühl, daß außer ihnen noch jemand anwesend war, aber wer oder was es war, konnte er nicht feststellen. Die Frau trug nur einen breiten Stoffstreifen, der sie wie eine zweite Haut von der Brust bis zu den Beinen umhüllte. Es war ein leuchtendbunter Stoff mit einem kühnen blauen und grünen Muster. Die Frau war sehr schlank mit hohen Brüsten und langen Armen und Beinen. Sie hatte langes schwarzes Haar und kleine, zierlich geformte Hände und Finger. Am dritten Finger ihrer kleinen Hand trug sie zwei dünne goldene Ringe.

Sie sah ihn mit ihren dunklen länglichen Augen an. Die ausgeprägten Wangenknochen gaben ihrem Gesicht die Form eines Dreiecks. Dann bemerkte er, und es war wie ein Schock für ihn, was so einzigartig an ihr war. Ihre Haut war hell. Noch nie hatte er jemanden mit einer so hellen Haut gesehen.

Er blickte zu dem Kind. Irgendwie wußte er, daß das Mädchen zu der Frau gehörte. Es sah der Mutter sehr ähnlich, hatte die gleichen schönen Augen und die helle Haut, nur das Haar war braun. Nainoa richtete den Blick wieder auf die Frau und erschrak, als er bemerkte, daß sie ihn sexuell erregte.

Als sie aufblickte und ihn fragend und ein wenig keck ansah, wurde ihm bewußt, daß er sie angestarrt hatte. Er senkte den Blick und fand einen schönen metallenen Löffel neben seiner Schüssel mit den Bohnen. Ohne darüber nachzudenken, nahm er den Löffel und begann zu essen. Die Bohnen schmeckten scharf und würzig.

In diesem Augenblick bemerkte er seine Hände und zuckte erneut vor Schreck zusammen. Sie waren sehr hell, und am Mittelfinger der rechten Hand steckten zwei goldene Ringe. Diese Hände waren nicht seine Hände.

Seine Aufregung wurde noch größer, als er bemerkte, daß die Frau und das Kind mit ihm am selben Tisch aßen. Männer und Frauen aßen in den Siedlungen nur bei besonderen rituellen oder feierlichen Anlässen gemeinsam. Die Männer aßen im Männerhaus, die Frauen und Kinder im Frauenhaus.

Die Frau wandte sich an ihre Tochter und sagte etwas. Er hatte keine Ahnung, was sie sagte, und hörte aufmerksam zu, als sie weitersprach. Allmählich fing er das eine oder andere Wort auf und erkannte, daß sie Altenglisch sprach, dieselbe Sprache, in der die frühen geschichtlichen Aufzeichnungen verfaßt waren. Er verstand sinngemäß, was sie sagte, obwohl ihre Aussprache sehr merkwürdig klang.

Die Frau erhob sich vom Tisch und ging zu einem großen, glänzend polierten Metallschrank, berührte einen kleinen vorstehenden Knopf, und blaues Feuer erschien auf der Oberfläche des Schranks. Sie stellte einen langhalsigen Metalltopf auf das Feuer. Nainoa begriff: Es war eine Maschine zum Kochen.

Er sah sich unauffällig um. An den Wänden waren Schränke und Gestelle mit Tellern und Schüsseln, anscheinend aus Keramik, und schön geformte Becher aus klarem Glas, viele von gleicher Form und Größe. Er hatte noch nie eine so große Sammlung von Artefakten aus dem Großen Zeitalter gesehen und er wußte auch nicht, was die meisten dieser Gegenstände darstellten. Einige schöne Holzschalen kamen ihm vertraut vor. Er nahm eine solche Schale in die Hand, fühlte, wie fein das Holz war, und bewunderte die Symmetrie der Form. Als er sie umdrehte, sah er auf der Unterseite die in der Mitte eingeschnitzten Worte «Dan Deluz» und darunter «*Koa*-Holz». Sein Herz klopfte schneller. Dieses Holz stammte aus Hawaii. Die Häuptlingsfamilien schätzten die großen Holzschalen sehr, die ihre Vorfahren von den Inseln mitgebracht hatten.

Nainoa stellte die Schale wieder zurück und blickte aus langen dünnen Stäben aus klarem Glas. Dahinter lag ein bewaldeter Berghang. Es schien später Nachmittag zu sein. Graue tiefhängende Regenwolken verhüllten den Berggipfel. In der näheren Umgebung sah er zwischen Kokospalmen, Mangobäumen und einigen Bäumen, die er nicht kannte, die Dächer anderer Häuser.

Der Ausblick war ihm fremd, und doch erschien er ihm irgendwie sehr vertraut. Er blickte wieder auf seine Hände und Arme. Träumte er? Er strich mit den Händen über sein Gesicht. Wo war sein Bart? Er kannte Geschichten und Legenden von traumähnlichen Erlebnissen, in denen sich die Menschen in einem anderen Körper wiederfanden. Er hatte sie immer für symbolische oder von Wunschdenken bestimmte Erfindungen gehalten.

Langsam beruhigte er sich wieder und begann, mit den Sinnen und dem Gedächtnis des Historikers zu beobachten. Die Frau und das Kind verließen den Tisch und gingen in einen Nebenraum. Er stand auf und folgte ihnen, ohne sich dazu entschlossen zu haben. Dabei fiel ihm auf, daß sein Körper in einer enganliegenden Hülle steckte. Er schien ein oberes und ein unteres Kleidungsstück zu tragen, beide aus feiner gewebter, dunkelblau gefärbter Baumwolle. Erstaunt stellte er fest, daß das untere Kleidungsstück eine Hose war. Er hatte noch nie Hosen getragen, denn nur Mitglieder der Häuptlingsklasse trugen Hosen.

Das obere Kleidungsstück hatte kurze Ärmel, einen runden Halsausschnitt und war mit einem Bild geschmückt, einer Palme und einem Kreis, der vielleicht die Sonne darstellte. Auch Worte standen darauf, aber sie standen auf dem Kopf, so daß er Hals und Kleidungsstück verdrehen mußte, um sie zu lesen. Über dem Bild stand ALOHA THEATER und darunter in kleineren Buchstaben KAINALIU HAWAII. Er glaubte, nicht richtig zu lesen.

Die Frau ging zu einer Reihe von Schränken, auf der ein großer Kasten stand mit einem grauen Quadrat an der Seite. Sie berührte den Kasten, worauf sich das graue Quadrat mit Licht füllte und zu einem lebhaften Blau verfärbte. Dann formte sich zu seinem größten Erstaunen ein Bild, das sich bewegte und veränderte. Seine Gedanken rasten. Stimmen drangen aus dem Kasten.

Er sah in das blaue Licht und erkannte kleine Menschen. Sie sprachen, aber er konnte sie nicht verstehen. Sie waren seltsam gekleidet, doch bevor er sie genauer ansehen konnte, sprang das Bild um und er starrte auf einen farbigen Wagen, der mit großer Geschwindigkeit auf einer breiten schwarzen und offenbar sehr glatten Straße dahinfuhr. Er wurde nicht von Ochsen gezogen – also konnte es sich nur um eine Maschine handeln. Auf dem sich bewegenden Bild erschienen weitere Maschinen in verschiedenen Farben, und Nainoa wurde immer aufgeregter. Die Frau und das Kind blickten schweigend auf die Bilder.

Nainoa zwang sich, von dem Bild wegzusehen, um den Raum, in dem er sich befand, zu studieren. Die Wände bestanden aus eng zusammengefügten Brettern, und auf den Querbrettern stand ein Buch neben dem anderen. Die Vorstellung von dem ungeheuren Wissen, das sie enthielten, war überwältigend. Durch das Fenster fiel sein

Blick auf eine üppige grüne Landschaft mit Mangobäumen und Kokospalmen. Etwas weiter entfernt stand ein großer, mit dunkelroten Früchten beladener Litschibaum.

Er durchquerte den Raum, um die Tür zu untersuchen. Sie bestand aus dünnen Metallstreifen mit einem feinen durchsichtigen Metallnetz in der Mitte. Der Mechanismus des Schnappriegels war kurios. Er stieß die Tür auf und trat nach draußen.

Gleich links von ihm standen zwei Maschinen von der Art, die in dem Lichtkasten auf einer Straße gefahren waren – eine große und eine kleine. Staunend ging er um sie herum, betrachtete sie von allen Seiten und strich mit den Fingerspitzen über ihre Oberfläche. Sie rochen komisch.

Die Wagen schienen fast vollständig aus buntem Metall gemacht; sie hatten Fenster aus klarem Glas und standen auf vier schwarzen Rädern aus einem harten und doch elastischen Material. Im Inneren waren Sitze. Seine Augen folgten der Straße, auf der die Wagen standen. Sie bestand aus kleinen Steinen, die in eine Grundmasse eingebettet waren, und führte bergauf durch ein Wäldchen aus Avocadobäumen und Baumfarnen. Ein großer Apfelbaum überragte die Wagen auf der anderen Seite der Straße.

Das Land rings um das Haus war etwas verwahrlost, aber es schien bebautes Land zu sein. Er sah mehrere Arten von Bananen und, auf der anderen Seite des Hauses, Kaffeesträucher.

Er entfernte sich einige Schritte vom Haus, um es sich besser ansehen zu können. Das Dach war teils mit dünnen Brettern, teils mit Blechen aus irgendeinem Metall gedeckt. Er hatte noch nie so viel Metall gesehen. Neben der Tür gab es einen kleinen Steingarten aus seltsam geformten schwarzen Steinen, zwischen denen Zierpflanzen wuchsen.

An der Längsseite des Hauses führte ein Weg an einem kleinen Banyanbaum vorbei auf eine breite hölzerne Plattform. Die Mauer an dieser Seite des Hauses bestand fast nur aus Glas, durch das er ins Haus sehen konnte. Er blickte in einen Schlafraum mit einem großen Bett auf einem Gestell aus hölzernen Balken. An den Wänden hingen Bilder von *heiaus*. Auf einem langen Tisch stapelten sich Bücher.

Als er von der Glaswand zurücktrat, sah er plötzlich sein Spiegelbild – einen großen bartlosen Mann in guter körperlicher Verfassung, mit sehr heller Haut, kurz geschnittenem braunen Haar und dunkelbraunen Augen. Nainoas Gedanken überschlugen sich. Er starrte in diese dunklen Augen und fragte sich, wie ein Traum so lebendig sein konnte. Aber war dies tatsächlich ein Traum? Alles war viel zu wirklich. Aber wie war das möglich? Er betrachtete das Gesicht, das sich in der Glaswand spiegelte, aber er sah darin nichts von der Überraschung und dem Schock, den er empfand. Es war nicht sein Gesicht.

Plötzlich fühlte er den Stoff der Hängematte an seinem Körper, und ein Teil seines Bewußtseins sagte ihm, daß er sicher in seinem Baum oberhalb der Felsbarriere hing. «Und wer ist das?» dachte er, während er das Bild im Glas von oben bis unten betrachtete. Die Augen im Spiegelbild verengten sich, und unversehens formte sich in ihm ein Wort, vielleicht ein Name – «Hank . . . oder Henk».

«Und was tue ich hier in seinem Körper?» dachte er.

Ein donnerndes Geräusch, das vom Himmel zu kommen schien, unterbrach seine Gedanken. Er blickte auf. Über dem bewaldeten Berg, schon fast in den Wolken, sah er eine fliegende Maschine. Sie war weiß und blau und geformt wie ein Vogel oder ein Fisch. Rote und grüne Lichter blinkten in regelmäßigen Abständen, und sie dröhnte und donnerte. Sie flog schnell über das Haus, dann änderte sie die Richtung und entfernte sich nach Westen, der sinkenden Sonne entgegen. Jetzt erst bemerkte er den Ozean, der sich glutrot im Widerschein der Sonne bis an den Horizont erstreckte.

In diesem Augenblick glitt ein Teil der Glaswand zur Seite, und seine Tochter kam nach draußen.

Seine Tochter?

Sie rutschte aus und fiel in die Pfütze, die das Regenwasser auf der Plattform gebildet hatte. Als sie zu weinen begann, hob er sie unwillkürlich auf und trug sie ins Haus. Sie hatte sich die Lippe aufgebissen und blutete.

Während er durch das Haus ging, bemerkte er, daß der Boden mit einer nahtlosen blauen Matte bedeckt war, die aus einer sehr weichen, dicht verarbeiteten Art von Wolle zu bestehen schien. Er kehrte in die Küche zurück und öffnete die obere Tür eines hohen weißen Schranks. Kalte Luft strömte auf seine Füße. Er nahm ein flaches blaues Gefäß heraus, das ebenfalls sehr kalt war und mehrere kleinere, gitterförmig angeordnete Gefäße mit einer weißen kalten Substanz enthielt. Er drehte das Gefäß um, und glasartige Stücke fielen klirrend in eine schöne silberne Schale. Das kleine Mädchen streckte die Hand aus und schob sich eines der hellen Stücke in den Mund. Jetzt weinte es nicht mehr.

Es nahm sich ein zweites Stück und hielt es ihm vor den Mund. Kaltes Wasser tropfte auf seinen Arm. Er nahm das Ding in den Mund und holte erschrocken Luft. Es war sehr sehr kalt. Ein anderer Teil seines Gehirns bildete das Wort «Eis». Woher war das Wort gekommen?

In diesem Moment wurde er sich wieder der mächtigen Gefühle bewußt, die sich, vielleicht durch seine zunehmende Erregung, verstärkten und seine Brust zu sprengen drohten.

Die Frau erschien und sagte etwas zu ihm, während sie ihm das Kind abnahm. Diese Menschen waren Amerikaner, dachte er plötzlich. Es waren Amerikaner! Sie hatten eine helle Haut und sehr eigenartige Gesichtszüge, sie sprachen Altenglisch, sie hatten Maschinen! Plötzlich wußte er, daß diese Menschen Amerikaner waren, die irgendwann vor dem Untergang ihrer Zivilisation auf Hawaii lebten. Er befand sich im Körper eines anderen Mannes in Hawaii, der Heimat der Vorfahren, in der Zeit vor dem Untergang!

Die Frau ging in den Raum nebenan und drückte mit den Fingern auf einen anderen großen Kasten. Winzige Lichter erschienen an seiner Oberfläche, und dann war die Luft von Musik erfüllt. Noch nie hatte er Ähnliches gehört. Er hatte keine Ahnung, welche Instrumente gespielt wurden oder wo sie sich befanden. Es war eine Maschine, die Musik machte!

Er hörte der Musik zu, während er nach draußen ging und staunend auf die tropische Landschaft blickte. «Das ist Hawaii», dachte er. «Das ist die Heimat meiner Vorfahren.»

Aus den dicken Wolken über ihm fiel ein leichter Sprühregen, und als er die Feuchtigkeit auf der Haut spürte, erinnerte er sich, daß er in seiner Hängematte lag in einem Baum oberhalb der Felsbarriere. Bei diesem Gedanken schwollen die Gefühle in ihm mächtig an, das Bild vor seinen Augen trübte sich, und er verlor kurz das Bewußtsein. Die Musik verklang in der Ferne, die zuckenden Lichter erschienen, und dann war er plötzlich wieder ganz auf seinem Hügel, fühlte die Wassertropfen und hörte sie auf sein Regencape rieseln. Die schwarze Silhouette der Bäume erschien vor dem ersten Licht des neuen Tages.

Mit klopfendem Herzen blickte er über die Grasflächen und Wälder. Ein Specht landete auf einem Ast neben ihm. Der Geruch von feuchtem Gras stieg ihm in die Nase, und als die ersten Sonnenstrahlen durch den Frühdunst drangen, setzte sich eine Fliege auf seinen Handrücken.

Er beobachtete sie aufmerksam und versuchte, wieder ein Gefühl dafür zu bekommen, was wirklich war. Es war eine gewöhnliche Fliege auf einer braunen Hand – auf seiner Hand.

9

Kealakekua Bay

Mein eigenes Bewußtsein kehrte in meinen Körper zurück, der ausgestreckt auf dem schwarzen Lavablock am Rand der Kealakekua Bay lag. Regentropfen prickelten auf meiner bloßen Haut, und als ich die Augen öffnete, sah ich, daß sich der Himmel verdunkelt hatte. Die Wolkenbank, die sich an der Westseite des Mauna Loa aufbaute, hatte die Bucht erreicht, und es hatte angefangen zu tröpfeln. Während ich meine Gedanken sammelte, wurde der Regen stärker und prasselte auf die Blätter über mir. Ich richtete mich auf und blickte auf das Meer hinaus.

Trotz des Regens blieb ich noch eine Weile sitzen und dachte an das, was ich eben gesehen hatte. In meinem Kopf ging wie gewöhnlich alles drunter und drüber, aber meine immer deutlicher zum Vorschein kommende mystische Natur zeigte sich hoch erfreut über diese weitere Begegnung, bei der sich zudem etwas Neues ereignet hatte. Diesmal war der «Vorgang» oder was immer es war, umgekehrt verlaufen, und Nainoas Bewußtsein war durch die Zeit gereist, um in meinem Körper meine Welt zu besuchen – und dies, während mein waches Bewußtsein mit dem seinen verbunden war, so daß ich beobachten konnte, wie er meine Welt durch meine Augen sah.

Nainoas Besuch hatte nicht in der unmittelbaren Gegenwart, im Februar 1987, stattgefunden, sondern in meiner Vergangenheit – irgendwann vor der Geburt unserer zweiten Tochter. Nainoa hatte bemerkt, daß der Litschibaum auf unserem Grundstück Früchte trug; also mußte es Mai oder Juni 1986 gewesen sein, die Zeit zwischen meinem ersten und zweiten Kontakt mit ihm «dort». Ich überlegte, ob Nainoas Bewußtsein tatsächlich «hier» gewesen war oder ob er, während ich mit ihm «dort» vereinigt war, einen Ausschnitt meines Lebens aus meiner Erinnerung gesehen hatte.

Neues, noch nie Dagewesenes war geschehen. Die zwei jüngsten Episoden hatten sich an ein und demselben Tag ereignet; und Nainoa und ich hatten einander überschnitten, während wir uns beide in einem veränderten Bewußtseinszustand befanden. Daraus ergab sich eine ganze Reihe neuer Fragen.

War unser Bewußtseinszustand gleichbedeutend mit dem erweiterten Bewußtsein der traditionellen Schamanen? War dieses Wunder nur deshalb möglich, weil wir jeweils als Kontaktperson füreinander geeignet waren? Inwiefern waren wir füreinander geeignet? Aufgrund unserer Intentionen? Oder war es vielleicht mehr? Jeder von uns schien den anderen spontan und ohne dessen Wissen aufzusuchen. Nainoa wußte nicht einmal, daß Zeitreisen möglich waren; trotzdem hatte er sie gemacht. Und für mich galt im Grund dasselbe, denn nur zu wollen genügte nicht. War noch jemand oder etwas beteiligt, um uns die Reise zu ermöglichen? Könnte der Leopardmann der Schlüssel sein?

Ich saß auf dem flachen Lavablock unter dem Kamanibaum, sah auf die vom Regen stumpfe Wasserfläche hinaus und quälte mich mit Fragen, die nicht zu beantworten waren. Doch dann, ganz unvermutet, hob sich meine Stimmung. Auf irgendeiner Ebene meines Seins kümmerte es mich nicht mehr, wie oder warum mir diese Dinge widerfuhren. Es war genug, sie zu erleben und zu wissen, daß so etwas möglich war.

Als ich den Wunsch aufgegeben hatte, unbedingt eine Erklärung für diese dramatischen und verwirrenden Visionen zu finden, kam mir ein interessanter Gedanke. Als Historiker beschäftigte sich Nainoa besonders mit dem Zusammenbruch der westlichen Zivilisation. Ich war ein Wissenschaftler, der sich besonders mit der weltweiten Verschlechterung der Umweltbedingungen befaßte sowie mit den Dingen, die die Menschen in nächster Zukunft zu erwarten hatten. Vielleicht ging unsere Verbindung zu einem Teil darauf zurück.

Seit ich eigene Kinder hatte, war eine große Veränderung mit mir vorgegangen. Der Egozentriker, der nur für seine Arbeit und seine Interessen lebte – sogar nachdem Jill in sein Leben getreten war –, hatte sich zu einem engagierten Vater gemausert. Daß ich meine eigenen Bedürfnisse zugunsten eines anderen zurückstellen mußte, vierundzwanzig Stunden am Tag und sieben Tage in der Woche, war etwas völlig Neues. Es war eine beträchtliche Belastung, die durch ebenso viel Freude aufgewogen wurde. Die ersten Bewußtseinsveränderungen hatte ich während dieser Umstellung erlebt; nicht nur die Prioritäten hatten sich geändert, sondern auch mein Bewußtsein und das, was ich glaubte und nicht glaubte. Ich fragte mich, ob diese Zeit der Brüche und Verschiebungen von «den Geistern» genutzt worden war, um auch meine innere Welt zu erschüttern.

Mir war sehr bewußt, daß meine Kinder in einer ständig schlechter werdenden Umwelt heranwachsen würden und daß die sozialen, politischen, wirtschaftlichen, religiösen und ökologischen Probleme der Menschheit letztlich nur einen Grund haben: Es gibt zu viele Menschen auf der Erde. Das größte menschliche Problem ist unsere aus den Fugen geratene Bevölkerung. Alle anderen Probleme der Erdbevölkerung ergeben sich aus diesem zentralen, komplexen Fakt.

Aufgrund meiner Ausbildung in Umwelt- und Evolutionsbiologie weiß ich mit schrecklicher Gewißheit: Wenn wir das Problem der menschlichen Überbevölkerung nicht ernsthaft in Angriff nehmen und den Trend umkehren, wird es das alte planetarische Kontroll- und Ausgleichssystem für uns tun. Beweise dafür liefern die fossilen Funde und der Bevölkerungsdruck auf die Ökosysteme – es sind Beweise, die sich nicht leugnen lassen. Überbevölkerung entsteht, wenn eine Spezies ihr Fortpflanzungspotential maximiert. Arten, die sich eine katastrophale Überbevölkerung leisten, gehen gewöhnlich daran zugrunde. Es scheint keinen eingebauten Evolutionsmechanismus zu geben, der verhindert, daß sich Individuen maximal vermehren; und im selben Atemzug können wir feststellen, daß es im Evolutionsprozeß keinen Mechanismus gibt, der gegen das Aussterben schützt[1].

Ich saß im Regen und brütete über das rasch herannahende Ende der Menschheit nach. Art und Ausmaß des Problems waren seit über zwanzig Jahren bekannt, doch die Medien zeigen, daß die meisten Menschen nichts davon hören wollen und nicht daran glauben, geschweige denn entsprechend handeln. Die westliche Zivilisation, auf die Nainoa so neugierig ist, hat ein Stadium erreicht, in dem Gier und Ignoranz die treibenden Kräfte sind.

Möglicherweise hat das planetarische System bereits begonnen, den Ausgleich wiederherzustellen. Das für AIDS verantwortliche HIV-Virus ist auf dem besten Weg, den sexuell aktiven Sektor der Bevölkerung zu vernichten. Zur Zeit meiner Bewußtseinsveränderungen entvölkerte AIDS weite Gebiete in Afrika trotz der Aufklärungskampagnen der Gesundheitsbehörden über die Art und den Übertragungsmodus der Krankheit. Im vergangenen Jahr stieg die Zahl der AIDS-Kranken dort um 60 Prozent von 2,5 Millionen auf 4 Millionen, das heißt, es erkrankten täglich 10000 Menschen an AIDS. Die Tatsache, daß sich das Virus inzwischen in den homosexuellen als auch in den heterosexuellen Bevölkerungen aller Kontinente fest eingenistet hat, ist von erschreckender Bedeutung. In Asien zum Beispiel stieg die Zahl der AIDS-Kranken im letzten Jahr um 800 Prozent von 30000 auf 250000. In Thailand ist die Hälfte der verfügbaren Krankenhausbetten zur Zeit mit AIDS-Patienten belegt[2].

Die selbstgerechte Blindheit gegenüber dem Bevölkerungsproblem bei zahlreichen religiösen Oberhäuptern zwingt ihre Anhänger in grausame und archaische Dogmen. Das ständige Aufbegehren der religiösen Fundamentalisten gegen Geburtenkontrolle, Familienplanung und gegen Gesetze, die Frauen schützen und den sicheren Abbruch einer unerwünschten Schwangerschaft erlauben, zeigt die Unfähigkeit unserer politischen Führer, dieses wichtigste der Probleme entschlossen anzugehen.

«Ein Versagen der Führung auf höchster Ebene...», hatte Häuptling Kaneohe gesagt. Unsere politischen und religiösen Führer, die Macht und Autorität ausüben, tragen eine «karmische Bürde» von ungeheurem Ausmaß, doch wie es aussieht, haben wir den Bock zum Gärtner gemacht.

Neben der besorgniserregenden Überbevölkerung wurden mir

im Jahr 1987 auch die Auswirkungen des Treibhauseffekts bewußt. Die europäischen Staaten beschuldigten damals die USA, ihre Bemühungen um eine einheitliche Bekämpfung der globalen Erwärmung zu vereiteln. Sie hatten strenge Begrenzungen der Gasemissionen vorgeschlagen, um dem Treibhauseffekt entgegenzuwirken, doch Präsident Reagan und seine Berater schreckten davor zurück mit der Begründung, solche Maßnahmen würden umfangreiche Veränderungen im American way of life und in der industriellen Struktur erforderlich machen. Weil die USA wesentlich größer sind als Japan oder jedes europäische Land und in Sachen Transport viel stärker auf Autos und Lastwagen als auf die Bahn setzen, ging die US-Regierung den einfacheren Weg. Sie folgte einem schlecht informierten Präsidenten und bezeichnete die sich häufenden wissenschaftlichen Beweise als «nicht schlüssig». Egozentrisch und selbstsüchtig unterließ sie es, die notwendigen Maßnahmen zu ergreifen.

«Und so wird es bleiben», dachte ich. «Das Menetekel ist überall an der Wand, und doch wird nichts unternommen, weil die höchste Führungsschicht versagt. Ihr Versagen und unsere unersättliche Gier könnten die westliche Zivilisation schließlich in den Untergang führen.»

Niedergeschlagen blickte ich durch den Regen auf den Ozean und versuchte, mir ein Szenario der globalen Erwärmung vorzustellen. Niemand weiß, wie hoch oder wie schnell der Meeresspiegel steigen könnte; aber nach Meinung sehr vieler Fachleute lautet die Frage nicht mehr, *ob* dies geschehen wird, sondern *wann* und *wie hoch* das Wasser steigen wird.

Ende der achtziger Jahre informierte das UNO-Umweltprogramm (UNEP) alle Minister und leitenden Regierungsbeamten von über einhundert Ländern, die sich alljährlich zu einer Konferenz in Nairobi treffen, über die Ergebnisse einer Untersuchung, aus der hervorging, daß es bereits zu spät war, um jegliche Auswirkung einer globalen Erwärmung zu verhindern. Die Studie empfahl, daß die Regierenden der Welt sofort beginnen sollten, Vorkehrungen gegen die verschiedenen schwerwiegenden Folgen der zunehmenden atmosphärischen und ozeanischen Erwärmung zu treffen, die ein Resultat der ständigen Zunahme von Industrieabgasen und Kohlenstoffdioxid ist, welche die Sonnenwärme in der Atmosphäre speichern. Darüber hinaus veröffentlichte die Studie Schätzungen, nach denen in den nächsten sechzig Jahren die sich erwärmenden Meere um mindestens einen Meter steigen und Küstengebiete überfluten werden, auf denen zur Zeit eine Milliarde Menschen leben.

Und was wird sein, dachte ich, wenn diese Statistik die Situation massiv unterschätzt? Zum ersten Mal erwog ich die Möglichkeit, daß Nainoa mit mir Verbindung aufgenommen hatte, weil ich hiergewesen war, als es zum Untergang der westlichen Zivilisation kam. Ich dachte an meine Kinder und schauderte im warmen tropischen Regen.

Allmählich ließ der Regen nach. Ich stand auf und streckte mich. Um meine trübsinnigen Gedanken loszuwerden, ließ ich meine Augen über die breite Terrasse im schwarzen Lavagestein schweifen und begann unwillkürlich nach Steinen für meine Bildhauerei zu suchen. Ich hatte mir die Steine hier oben schon früher angesehen, aber nichts Passendes gefunden. Da gerade Ebbe war, beschloß ich jedoch, mir die freigelegten Steine unterhalb der Terrasse anzusehen. Ich kletterte über die nassen Felsen hinunter und watete knöcheltief im warmen Wasser, wo Lavafelsen und Sand zusammentrafen. Ich befreite mich von allen Gedanken und bat um Erlaubnis, mich hier umsehen zu dürfen. Unmittelbar darauf wurde meine Aufmerksamkeit nach links gelenkt, beinahe so, als würde ich gewaltsam in diese Richtung gezogen.

Ich watete zurück zu dem Bereich des Strands, der von Steinen gesäubert war, und besah mir die im Wasser liegenden, halb im Sand vergrabenen Steine unterhalb der Gezeitenlinie. Plötzlich löste etwas in mir Alarm aus, und ich blieb stehen. Ich hatte Ähnliches schon bei der Suche nach Fossilien und Artefakten in Ostafrika erlebt. Irgend etwas weckte meine Aufmerksamkeit, und dann blieb ich stehen und suchte den Boden ab nach dem Stein, der nicht hierhergehörte, oder dem Knochen, der vielleicht oder vielleicht auch nicht hominid war. Das gleiche tat ich jetzt aus purer Gewohnheit.

Und da war es ... Ich hätte es beinahe übersehen ...

Ein halb im Sand vergrabener Stein hatte etwas sehr Vertrautes an sich. Ich blieb ziemlich lang davor stehen und genoß den Augenblick der Entdeckung, während die Wellen kamen und gingen und den Stein überspülten. Diese Bucht gehörte dem Staat, und ich wußte, daß es gesetzlich verboten war, etwas von hier wegzunehmen. Ich überlegte, was ich tun sollte. Der Stein befand sich unterhalb der Gezeitenlinie. Sobald die Flut einsetzte, würde sie ihn wieder im Sand begraben oder ins tiefere Wasser spülen.

Ich beschloß, meinem Ritual zu folgen und den Stein zu fragen, ob ich seine Erlaubnis hatte, ihn zu bewegen. Sehr zu meiner Überraschung hatte ich den Eindruck, als ginge ein starkes Gefühl der Zuneigung von ihm aus. Ich empfand es so heftig, daß ich für einen Moment taumelte.

Als ich mich wieder gefaßt hatte, bat ich noch einmal um Erlaubnis, und empfand wieder deutliche Zustimmung. Ich wartete, bis die auf den Strand gerollte Welle ablief, dann bückte ich mich und griff nach dem spitzen Ende des Steins. Ich brauchte meine ganze Kraft, um ihn aus dem feuchten Sand zu befreien. Dann drehte ich ihn um ... und hatte das Gefühl, als hätte mich ein Faustschlag in den Magen getroffen.

Es war ein natürlicher Basaltbrocken, den die Brandung gegen Steine geschlagen und den Wasser und Sand geschliffen hatten, bis er irgendwann wie ein Gesicht aussah ... ein ziemlich unmenschliches Gesicht. Anstelle der Augen zog sich eine diagonale Furche über die flache Stirnseite, und der Mund war nur angedeutet durch eine eigenartige Schichtung des Steins. Es war der Geisterstein von Häuptling Kaneohe, den ich in meiner Vision vor fast einem Jahr gesehen hatte. Es bestand kein Zweifel. Es war derselbe Stein, und er war doch anders. Und dann sah ich auch, warum er anders war. Seine Form war zum größten Teil durch die natürliche Einwirkung von Wellen und Sand entstanden, nur der Mund, der mit Hammer und Meißel hineingeschlagen war, fehlte.

Ich fragte wieder und fühlte erneut, daß sich Antworten in meinem Kopf bildeten. Es schien, als würde ich der Bildhauer sein ... und der erste *kahu* des Steines.

10

Die fünfte Reise
Der Baum des Lebens

Ungefähr drei Wochen später erwachte ich kurz vor Morgengrauen und horchte auf den Regen, als plötzlich die mächtigen Gefühle einsetzten, die Vibrationen, der atemberaubende Druck. Es folgten die phosphenischen Lichter, der Raster, der sich zum Horizont erstreckte. Ich raste, durchquerte den Ort der Stille – und die Veränderung war da.

Wasser plätscherte, und es roch nach Fisch. Ich öffnete die Augen. Nainoa saß neben einem ziemlich breiten Fluß und beobachtete einen bunten Frosch. Auf den heißen Steinen in der Mitte seines Lagerfeuers briet ein Fisch. Der Nachmittag schien ziemlich fortgeschritten, und der Fluß war von steilen, dicht bewachsenen Bergwänden umgeben. Der Wald unterschied sich deutlich von dem in den tieferen Regionen. Die Bäume waren kleiner und standen in Gruppen dicht beisammen.

Nach dem ersten Schock und meinem Entzücken, daß ich erneut mit Nainoa verbunden war, übertrug ich meinen Wunsch auf ihn, sich an seine jüngsten Erlebnisse zu erinnern. Ein Gedankengang entstand, und ich «schaute zu» ...

Während Nainoa seinen Fisch briet, erinnerte er sich, wie er am Morgen nach seiner Vision von Hawaii in Richtung des hohen Gebirges aufgebrochen war. Er war völlig von den Eindrücken seines außergewöhnlichen Erlebnisses in Anspruch genommen. Wie bei seinen Begegnungen mit dem Schattenwesen und dem Tigermann hatte er auch während dieses Erlebnisses ein gesteigertes Bewußtsein und eine körperlich auf ihn einwirkende «Kraft» gespürt. Neu an diesem erstaunlichen Vorgang war, daß er sich im Körper eines anderen Menschen befunden hatte, daß er mit den Augen eines anderen gesehen, mit den Ohren eines anderen gehört, mit der Zunge eines anderen dessen Nahrung geschmeckt hatte ... in einer anderen Welt und einer anderen Zeit.

Aus der Literatur und den Legenden seines Volkes kannte er Geschichten von Menschen, die solche außergewöhnlichen Abenteuer erlebt hatten. Mehrere Sagengestalten hatten visionären Kontakt mit Geistern der Vorfahren gehabt und von ihnen verlorenes Wissen aus der Vergangenheit bezogen. Er hatte diese Mythen nie ernst genommen. Aber gesetzt den Fall, sie entsprachen der Wirklichkeit? Angenommen, es wäre möglich, über die Traumwelten Kontakt mit den Vorfahren aufzunehmen? War der Amerikaner einer seiner Vorfahren? Hatte er mit einem Vorfahren aus der Zeit vor über fünftausend Jahren eine Verbindung hergestellt?

Er erinnerte sich an eine Geschichte von einer Frau namens Kalasera, die vor mehr als tausend Jahren gelebt hatte. Auf den heimischen Inseln war ein Bürgerkrieg zwischen den zwei mächtigsten Herrscherfamilien ausgebrochen. Kalasera war eine *kahuna* mit engen verwandtschaftlichen Bindungen zu der Familie, die bei dem Krieg verlor und deren sämtliche Angehörige hingerichtet wurden. Nur sie war aufgrund ihrer angeblichen Kräfte verschont geblieben. Unter den Überlebenden ihres Landes, die alle zu Sklaven gemacht wurden, war sie die einzige Person von Rang.

Es folgten leidvolle Jahre, und viele starben in der Sklaverei. Eines Nachts hatte Kalasera eine Vision: Ihr Körper befand sich in einer anderen Frau, die in der Vergangenheit gelebt hatte. Sie war eine Vorfahrin von Kalasera, und von ihr erwarb Kalasera großes Wissen. Kalasera wurde zu einer überall auf den Inseln bekannten Medizinfrau. Eines Tages erkrankte die Gouverneurin, die Hohe Häuptlingsfrau Claudia Akahiakuleana, an Schwindsucht, und Kalasera heilte sie. Daraufhin reichte Kalasera bei der Gouverneurin ein Gnadengesuch ein. Sie wurde die Hohe Häuptlingsfrau ihres Landes und befreite ihr Volk aus der Sklaverei.

Bei dem Gedanken, daß er selbst vielleicht auch einer dieser seltenen Reisenden für sein Volk war, versuchte Nainoa, sich an alles, was er gesehen und gehört hatte, zu erinnern. Er wiederholte sich jede Einzelheit mehrmals, bis er wußte, daß er sich alles bis ins kleinste eingeprägt hatte. Dann richtete er seine Aufmerksamkeit wieder auf seine unmittelbare Umgebung.

Bilder von den ersten Tagen nach dem Aufstieg aus dem Canyon zogen vorbei. Auf dem Hochland kam er leichter voran. Er hielt sich an die Höhenzüge und die Südseiten der Hänge und stieg gegen Abend zum Fluß hinunter, um zu fischen und seinen Wasservorrat 159zufüllen. Oft tauchte der Tigermann in seinen Gedanken auf, manchmal sehr menschenähnlich, manchmal als Raubkatze. Nainoa fühlte sich dann weniger allein. Er lud den Geist ein, ihn in Bildgestalt zu begleiten. Vor seinem inneren Auge sah er sich mit einem Tiger an der Seite durch den Wald schreiten. Der Historiker in ihm amüsierte sich über diese Tagträume und meinte, er sei vielleicht schon zu lange im Wald gewesen.

An diesem Nachmittag hatte er von einer Anhöhe aus eine Straße entdeckt. Eine eigenartige Kontur des Waldes hatte ihn darauf aufmerksam gemacht. Die Spur führte zum nächsten Hügel, wo die Straße direkt hindurch führte. Er staunte, wieviel von dem Hügel abgetragen worden war, um einen Durchlaß zu schaffen. Ein ungeheurer Aufwand menschlicher Arbeitskraft mußte dafür nötig gewesen sein.

Er ging rasch bergab, erreichte bald den Rand einer bröckelnden Felswand, über die sich die dicken Wurzeln einer Würgefeige rankten. An den Wurzeln kletterte er vorsichtig nach unten.

Die Überreste der Straße waren am Boden weniger gut erkennbar. Die Straße war seit Jahrtausenden unbenutzt und fast völlig von Bäumen bedeckt, die auf ihr und durch ihre Oberfläche wuchsen. Das Wasser, das während der Regenzeit von den Hängen herunterkam, hatte einen tiefen Graben in das Gelände gerissen, und dort trat unter einer mehrere Meter hohen Schicht aus rötlicher Erde, Steinen, Wurzeln und anderen organischen Abfällen die alte Straßenoberfläche zutage.

Nainoa hatte sich in die ausgewaschene Rinne hinuntergelassen und viele dünne Schichten entdeckt, die der dunklen, harten Straßenoberfläche glichen, die er in seiner Vision von Hawaii neben dem Haus gesehen hatte. Er suchte sorgfältig beide Seiten des Grabens ab und fand einen merkwürdigen flachen Gegenstand aus rostigem Metall, ein Kästchen, eingelegt mit undurchsichtigem gelben Glas, das sich jedoch nicht öffnen ließ. Nainoa verstaute es in einem seiner Netze. Er stöberte noch eine Weile in dem Graben umher, fand aber nichts mehr. Er beschloß, der Straße zu folgen. Vielleicht fand er auf diese Weise eine weitere *Siti*.

Er stieß auf weitere Auswaschungen, die er nach Artefakten untersuchte. An mehreren Stellen fand er dicht gestreute Glassplitter. Einige dicke grüne Glasscherben nahm er mit, um Pfeilspitzen daraus zu schlagen. Oft hatte das Wasser die harte Straßenoberfläche unterspült und große Höhlen geschaffen, in denen er Scharen von Fledermäusen aufscheuchte, die wie dunkle trichterförmige Wirbelsturmwolken in den Himmel stiegen. Manche dieser Höhlen waren eingestürzt, und Teile der harten Straßendecke lagen im grünen Gebüsch; an einigen entdeckte er gelbe Farbspuren. Offensichtlich hatte man die Straße nicht nur für Ochsenkarren und Viehherden gebaut. Nainoa dachte an die Maschinen, die er in seiner Vision gesehen hatte.

Er ging weiter nach Osten. Gegen Abend stieg er zum Fluß hinunter, um zu baden und einen Fisch zu fangen ... Als er aus seiner Tagträumerei erwachte, stellte er fest, daß der Fisch gar war, und er verzehrte ihn. Danach wusch er sich, füllte seine Wasserflasche und kehrte zur Straße zurück, wo er in einem Baum hoch über dem Erdboden sein Nachtlager herrichtete.

Einige Zeit später, es war schon dunkel, wachte er auf. Eine nachtblühende Pflanze verströmte ihren Duft im Wald. Nainoa dachte an den alten Jäger Nagai, der diese Pflanze vielleicht gekannt hätte. Er fragte sich auch, was Nagai zu seinen visionären Erlebnissen gesagt hätte. Nagai wußte viel über solche Dinge; ihm verdankte er, daß er ein Gefühl für die Natur und ihre unsichtbaren Kräfte entwickelt hatte.

Als Nainoa heranwuchs, hatte er den alten Nagai immer wieder über die Mystiker ausgefragt. Sie interessierten ihn sehr, und er äußerte wiederholt den Wunsch, bei einem *kahuna kupua* zu studieren, um das Wissen und die ungewöhnlichen Fähigkeiten der Mystiker zu erwerben. Nagai hatte stets darüber gelächelt und gesagt, jeder, der ein solches Wissen haben wolle, müsse zuerst einmal von den Geistern für würdig befunden werden, denn die einzigen wirklichen Lehrer dieses Wissens seien die Geister selbst.

Nainoa glaubte, die tiefe, rauhe Stimme des Jägers zu hören, während er in seiner Hängematte im dunklen Bergwald lag ...

«Du möchtest so schlau sein wie die Geister? Soso. Das wird man aber nicht, wenn man nur Bücher liest oder sich erzählen läßt, was andere erlebt haben, auch wenn man dabei einige ganz nützliche Dinge erfährt. Wenn du weißt, daß es die Geister gibt, und von ihnen lernen willst, dann ist das ein recht guter Anfang. Aber du kannst nur hoffen, daß die Geister auf dich aufmerksam werden, daß sie sich für dich interessieren. Wenn sie dich für würdig halten – und nur dann –, wirst du spirituelles Wissen direkt von ihnen bekommen.

Bevor sich dir die Geister offenbaren und dir erlauben, *mana* und Wissen aufzunehmen, werden sie dich beobachten. Sie werden sehen wollen, was für eine Art Mensch du bist. Sie werden dich prüfen. Dazu gehört zum Beispiel, wie du dein Leben lebst und was du mit dem, was du erfahren wirst, tun willst. Deine Ziele sind ganz besonders wichtig. Sie werden bestimmen, was geschieht.

Wenn die Geister beschließen, daß die Zeit gekommen ist, dich zu lehren, werden sie sich dir auf ihre Weise nähern, um zu sehen, ob du bereit bist. Bis dahin mußt du warten.»

Nainoa erinnerte sich an eine Geschichte, die Nagai ihm von einem Häuptling Kaneakama erzählt hatte. Kaneakama lebte vor langer Zeit auf Hawaii. Er war selbstsüchtig, anmaßend, beharrte auf seinen Gewohnheiten, und er war ein Spieler.

«Eines Tages ging Kaneakama aus», erzählte Nagai mit schelmisch funkelnden Augen, «und traf zufällig einige Häuptlinge auf einem Spielfeld an der Flanke des großen Berges Mauna Loa ...» Nagai senkte die Stimme und flüsterte ihm verschwörerisch zu:

«Die Geister hatten Pläne für Kaneakama, und sie hatten beschlossen, daß die Zeit reif war.

Kaneakama gesellte sich zu den Spielern und nahm sich vor, seine Gegner ordentlich auszunehmen. Sie spielten drei Tage und drei Nächte, aber Kaneakama verlor und verlor, bis er alles verloren hatte, was er besaß – sein Land, seine Habe, seine Herden. Er verlor sogar das Land, das seiner Frau gehörte, und all ihren Besitz. Das einzige, was ihm geblieben war, war sein Körper. Kaneakama stand vor seinem nächsten Gegenspieler und hatte zum ersten Mal in seinem Leben Angst. Wenn er seinen Körper verpfändete und verlor, würde er getötet werden.

Bevor Kaneakama weitermachte, wollte er einen Schluck Wasser trinken. Und weil er ziemlich erschöpft war, schlief er unter einem Baum ein. Er träumte, daß ein Geist aus dem Baum zu ihm sagte: ‹Jetzt bist du also endlich geschlagen.› Und Kaneakama sagte: ‹Ja, das bin ich.› Dann sagte der Geist, die *akuas* hätten noch viel mit ihm vor, er sei für große Dinge ausersehen. Er ermahnte Kaneakama eindringlich, fortan ein anderes Leben zu führen, und hielt ihm alle seine Charakterfehler vor. Da ging Kaneakama in sich, und als der Geist sah, daß er bereit war, sich zu ändern, sagte er ihm, daß er all seinen Wohlstand zurückgewinnen und seinen Rivalen besiegen würde.

‹Aber ich kann nur noch meinen Körper einsetzen›, sagte der unglückliche Kaneakama, ‹und wenn ich verliere . . .›

‹Hab keine Angst›, sagte der Baumgeist. ‹Geh die Wette ein und sieh zu, was geschieht . . .›

Kaneakama erwachte aus seinem Traum und setzte sein Leben aufs Spiel für alles, was er an seinen Feind verloren hatte. Er gewann. Sie spielten ein Spiel nach dem anderen, und jedesmal gewann Kaneakama. In jener Nacht», schloß Nagai, «als der siegreiche Häuptling schlief, kam der Baumgeist wieder zu ihm und begann, ihn zu lehren. Und mit der Zeit wurde Kaneakama ein berühmter *kahuna*-Mystiker, der sein Leben lang eine besondere Beziehung zu den Baumgeistern hatte.»

Lächelnd strich Nainoa über die Rinde des Baums, auf dem er schlief. Es war zu dunkel, um etwas zu sehen, und so versuchte er, wieder einzuschlafen. Aber inzwischen war er hellwach. Der Blütenduft, der den Wald füllte, wurde immer stärker und überwältigte seine Sinne.

Unerwartet kam die ungewöhnliche Kraft. Sie kam, ging und kam wieder und jagte rauschende, schwindelerregende Wellen durch seinen Körper. Das schreckliche und doch herrliche Gefühl hielt ihn gepackt und beengte ihn, bis er nach Luft rang. Als sein Körper steif wurde, versuchte er die Augen zu öffnen.

Ein Teil seines Verstands blieb unbeteiligt, so daß er sich beobachten konnte. Die Kraft floß von seinen Füßen in seinen Kopf und wieder zurück in raschen, heftigen Wellen, begleitet von einem tosenden Geräusch, das allmählich abnahm. Wie schon früher blitzten merkwürdige Lichter auf und tanzten im Dunkeln an ihm vorüber. Dann hatte er das Gefühl zu fallen und in rasender Geschwindigkeit durch einen schwarzen Schlund zu wirbeln. Kurz darauf fiel er langsamer, und dann gelang es ihm, die Augen zu öffnen. Er befand sich auf dem Waldboden, umgeben von dem goldenen Lichthauch, den er bereits kannte und der keine Schatten warf. Aufgeregt sah er sich um und suchte den Tigermann zwischen den Bäumen; aber er war nicht zu sehen.

Ein fremder Ton drang durch die Bäume zu seiner Rechten – ein tiefer, hallender Ton, den er noch nie gehört hatte. Er wandte sich um und spürte plötzlich eine Bewegung. Im Wald waberte eine eigenartige Vibration, die er nur aus dem Augenwinkel wahrnahm. Und ganz plötzlich empfand er die Bäume als etwas, das auch ihn wahrnahm. Der Wald war ein riesiges komplexes Wesen mit eigenem Bewußtsein – etwas Waches, das sich aus dem kollektiven Bewußtsein aller hier lebenden Dinge ergab.

Und er war sicher, daß in diesem Augenblick der Wald sich seiner bewußt war.

Wieder erklang der tiefe Ton, der sich aus zwei verschiedenen, sehr tiefen und sich regelmäßig überschneidenden Tönen zusammenzusetzen schien. Nainoa stand vor einer Gruppe großer Kapokbäume. Der vibrierende Ton, den er nicht nur hörte, sondern auch fühlte, schien aus diesen Bäumen zu kommen.

Unter den Kapokbäumen stand plötzlich eine große Gestalt. Sie schien aus zitternden Blättern zu bestehen und wirkte wie ein dicht belaubter Busch, der ihn um einiges überragte.

Während sich Nainoa auf diese grüne Säule zubewegte, veränderte sie sich ein wenig, und zwischen dem Laub erschien ein Gesicht. Es war ein fremdartiges, nicht-menschliches Gesicht aus Blättern. Es beobachtete ihn aufmerksam, und Nainoa erinnerte sich plötzlich an die Geschichten über *Makua'nahele*, den Waldgeist, der manchmal von Jägern gesehen wurde.

Während Nainoa verwundert auf das Blättergesicht schaute, schien ein Lufthauch eine Art Lächeln darauf zu zaubern, wodurch es noch weniger menschlich wirkte. Es sah aus, als hätte ein Teil des lebendig gewordenen Waldes eine ungefähr menschenähnliche Gestalt angenommen, um ihm mitzuteilen, daß der Wald seine Anwesenheit wahrnahm. Die Gestalt flimmerte und veränderte ihre Form, schien bald aus Blättern zu bestehen, bald als eine mehr geometrische Form aus grünen, lichtdurchlässigen Glasscherben.

Wieder drang der bebende Ton aus den Bäumen, und das grüne Blättergesicht lächelte, diesmal mit mehr Erfolg. Dann wies der Geist mit einer armähnlichen Säule aus wirbelnden Blättern nach oben.

Nainoa folgte der Bewegung und blickte in das Licht, und die mächtigen Gefühle steigerten sich beinahe unerträglich. Er fühlte sich hochgehoben, glaubte zu fliegen und flog tatsächlich – er flog!

Eine wilde Freude erfaßte ihn, als er zwischen den großen grauen Baumsäulen und grünen und goldenen Balken aus Licht emporschwebte. Der tiefdunkle Ton, der Gesang der Kapokbäume, trug ihn höher und höher und weit über die Baumwipfel hinaus. Die Bäume streckten ihre großen Arme zu ihm empor, die sich zu Tausenden von ausgestreckten Fingern auffächerten mit Hunderttausenden von Blättern an den Fingerspitzen.

Eine Erinnerung an seinen ersten langen Waldaufenthalt mit Nagai tauchte auf. Der Jäger hatte ihm ausführlich erklärt, woraus ein Baum bestand und wie Wurzeln, Stamm, Äste, Zweige und Blätter zusammenwirkten, worauf Nainoa gefragt hatte: «Und wo sind ihre Augen?» Der alte Nagai hatte laut gelacht, doch dann hatte er den Jungen nachdenklich angesehen und gesagt: «Eines Tages wirst du sie sehen.»

Und nun, während er entzückt auf das grüne Blättermosaik blickte, sah er Millionen von grünen Augen, die zur Sonne emporschauten.

Der Schrei eines Adlers lenkte seine Aufmerksamkeit in eine andere Richtung, und er sah in der Ferne über dem Meer der Bäume eine gewaltige Säule bis an den höchsten Punkt des Himmels ragen. Atemlos vor Staunen erkannte er, daß es ein Baum war – ein Baum von gigantischem Ausmaß. Große Brettwurzeln fügten sich hoch über dem Dach des Waldes an den gewaltigen Stamm, und die Krone verlor sich als gleißend helle, von fliegenden Dingen umgebene Wolke in der Sonne.

Die Tränen liefen ihm über das Gesicht, so tief bewegte ihn die unglaubliche Schönheit dieses Anblicks. Diese riesige Säule konnte nur der Baum des Lebens sein, der die unterschiedlichen Wirklichkeitsebenen verband. Der Weltenbaum existierte. Er war Wirklichkeit.

Eine große Sehnsucht erfüllte ihn, und plötzlich fühlte er sich eins mit dem Bewußtsein des Waldes. Tief in seinem Inneren erschlossen sich ihm viele Dinge. Der vibrierende Ton, der ihn emporgetragen hatte, löste sich auf und formte merkwürdige Geräusche und Worte, die um ihn und in ihm flüsterten und widerhallten. Waren es alte Namen? Hawaiische Namen? *Kiliwia.* Das Wort war kaum da, als die Vision verschwand. Er fühlte sich immer mehr als ein Teil des Ganzen – und dieses «Ganze» war grün . . . wundervoll grün.

Er erlebte nun alles als einen Teil von sich selbst und sich selbst als Teil des Ganzen. Ein großes grünes Glücksgefühl erfüllte sein Wesen. Von irgendwoher vernahm er Gesang, einen gewaltigen Chor aus unzähligen Stimmen, in dem auch das tiefe Vibrato der Bäume mitschwang. Aber der Wald hatte sich in Grün aufgelöst. Farbige Bilder aus grellem Licht und schwärzeste Dunkelheit tauchten auf, und der ernste Ton des Waldes trug ihn dahin. Sein Verstand stellte keine Fragen mehr, er verschmolz, er ging auf in etwas, was immer es war.

Plötzlich wurde das grüne Licht schärfer, formte Linien, die dünner und dünner wurden, bis ein weites Linienfeld vor ihm erschien, das sich in alle Richtungen in die Dunkelheit erstreckte. Jeder Strang bildete leuchtende Fasern, an denen Lichtknoten glühten – ein Gewebe oder Netz aus sich überschneidenden Linien. Die Perspektive verschob sich, und er sah sie als Sterne – als die Sterne im Universum, die durch seltsame Lichtlinien verbunden waren.

Versuchsweise bewegte er sich entlang einer Lichtfaser auf einen glühenden Kreis zu und fand sich plötzlich in einer fremden toten Landschaft. Eine scheinbar unendliche Ebene erstreckte sich ringsum bis an den Horizont. Das Land schien mit grauer Asche oder Staub bedeckt. Der Himmel war schwarz und voller Sterne. Zu seiner Linken lag eine kreisförmige Vertiefung mit weichen, vom Staub verhüllten Konturen. In der Ferne glänzten geometrische Berge im Sternenlicht.

Nainoas Augen wanderten suchend über das Firmament, aber er konnte kein einziges Sternbild erkennen. Alles war fremd, auch die Berge, die in den Himmel ragten. Die Gipfel sahen aus wie aus spiegelblankem Metall.

In der Asche zu seinen Füßen sah er einen großen genarbten Stein. Mit ungeheurer Anstrengung ergriff Nainoa den Stein. Er fühlte sich kalt an. Er hob ihn langsam an – es war, als würde sich der Stein, und auch er selbst, unter Wasser befinden –, und dann ließ er ihn los und schaute zu, wie er langsam fiel und in der Staubschicht verschwand, in der sich die Erschütterung des Aufpralls in Form kleiner Kräuselwellen fortsetzte. Die Wellen verliefen in alle Richtungen, der Boden brach auf, der Staub ringsum rieselte in eine unsichtbare Höhle. Als er selbst in den Abgrund zu gleiten drohte, erfaßte ihn panische Angst. Er sah sich verzweifelt um, aber es gab kein Entrinnen. Er konnte nur nach oben fliehen . . . und er tat es.

Während er aufwärtsflog, löste sich die Szene vor ihm auf, und er schwebte im leeren Raum. Alles war schwarz, weit und breit, endlos. Er war nichts, nicht einmal ein Stäubchen, und mit diesem Wissen überkam ihn ein schreckliches Gefühl der Leere und Einsamkeit. Doch gerade als seine Trostlosigkeit unerträglich zu werden drohte, sah er in der Ferne ein winziges trübes Licht. Er bewegte sich darauf zu; das Fleckchen wurde heller, aber es blieb unendlich fern und unerreichbar. Unglaubliche Sehnsucht erfüllte ihn, die sich langsam in Freude verwandelte, in einen Lichtfunken in ihm, der immer größer wurde – und im selben Maß wuchs seine Freude.

Nainoa wußte nicht, wie lange er auf das ferne Licht in der Dunkelheit des leeren Raums gestarrt hatte. Mit Bedauern stellte er fest, daß er sich allmählich davon zurückzog und daß sich das weite Netz mit den wundersamen Knoten in die Unendlichkeit entfernte. Plötzlich fühlte er sich selbst mit seinem inneren Licht als einer dieser leuchtenden Punkte. Zahlreiche leuchtende Fasern gingen von ihm aus und erstreckten sich in die Dunkelheit. Er war ein Teil des riesigen Musters. Er war mit allem verbunden . . . überall und für immer.

Eine wundervolle Wärme erfüllte ihn. Er dachte an den Wald und den Waldgeist und hörte wieder den tiefen Ton des Waldes. Ein blendender Blitz zerriß das Netz.

Baumstämme tauchten vor ihm auf, die durchsichtig waren und den Blick in die Ferne freigaben. Als sich seine Augen von dem Lichtblitz erholten, nahmen die Stämme feste Formen an. Er fühlte die Hängematte an seinem Körper und schloß die Augen. Die wogenden Gefühle wurden schwächer und zogen sich zurück. Als er die Augen wieder öffnete, sah er, daß das goldene Licht verblaßte.

Er sah den Waldgeist unter dem Baum stehen und zu ihm heraufblicken. Nainoa hob mühsam die Hand und grüßte. Flimmernd und fließend hob die grüne Säule einen «Arm» und grüßte zurück. Dann löste sie sich auf, und was immer den Blättern ihre Form und Lebenskraft gegeben hatte, verschwand. Nur die Blätter blieben, ein grüner Wirbel, der auf der warmen Luft in das goldene Licht tanzte.

Er schloß die Augen und genoß das angenehme Abflauen der Gefühle. Als er sie wieder öffnete, war es dunkel. Die nächtliche Umgebung wirkte normal. Er zitterte vor Anstrengung, sein Gesicht war tränenüberströmt und sein Verstand sprachlos vor Staunen.

Als es gegen Morgen kühler wurde, wickelte er sich in seinen Umhang, deckte sich mit dem Regencape zu und schlief erschöpft ein.

Der Bergwald lag in Nebel gehüllt, als er wieder erwachte, und Wassertropfen fielen in gleichmäßigen Abständen auf ihn nieder. Er packte seine Sachen ein, nahm die Hängematte ab und stieg vom Baum. Der Boden verriet nichts; weder aufgewühltes Laub noch irgendwelche andere Spuren außer seinen eigenen waren zu sehen. Er legte sich das Regencape um die Schultern und blieb nachdenklich unter dem Wurzelgerüst des Baumes stehen.

Was er zur Zeit erlebte, entsprach den Abenteuern der mythischen Helden seines Volkes. Die alltägliche Wirklichkeit seiner Wanderung durch den Wald wurde von visionären nächtlichen Erlebnissen unterbrochen. Er bemühte sich, seine Gedanken zu ordnen, und sann darüber nach, welche Rolle er selbst bei der Schaffung oder Rezeption seiner Visionen und ihrer Verbindung mit den übernatürlichen Geschichten aus der Vergangenheit spielte.

In der klassischen hawaiischen Sprache hieß die kreative Tätigkeit des Verstands, die schöpferische Phantasie, *mana'o'ulu'wale*. Nainoa zerlegte das Wort, um seinen Sinn zu entschlüsseln. *Mana'o* bedeutete «Gedanke» oder «Vorstellung», aber es konnte auch «Sinn» oder «Bedeutung» heißen. Und es enthielt das Wort *mana*, das «übernatürliche Kraft» bedeutete. *Ulu* hieß «wachsen» oder «vermehren», aber auch «Inspiration» oder «das Erfülltsein von den Geistern». *Wale* hatte viele Bedeutungen; in diesem Fall konnte es «allein» oder «einzig» heißen.

Der Begriff der schöpferischen Phantasie, der Imagination, bedeutete also sinngemäß, daß Informationen, Gedanken und Vorstellungen ihre alleinige Quelle im Geisterreich hatten. Er stand unter den tropfenden Bäumen und überlegte, wie er zu diesen scheinbar spontanen Erlebnissen gekommen war. Er verstand sie als «Gedanken oder Vorstellungen, die von den Geistern stammten» – als «sinnerweiternde Reaktion auf die Inspiration durch die Geister» – als «Inspiration».

Er dachte an die verfallene Straße im Wald, an die versunkene Zivilisation der Amerikaner und ihre Maschinen. Viele Legenden schilderten diese Vorfahren als Gottheiten mit übernatürlichen Kräften. Nainoa dachte darüber nach, wie schwierig es war, Fakten und Vorstellungen von der historischen Überlieferung zu trennen – zu unterscheiden, was Wirklichkeit war und was einen die Phantasie sehen ließ.

Die Morgensonne brach durch den Nebel. Nainoa blickte auf seinen Schatten. Er erkannte sich darin – nur um einiges größer, als er in Wirklichkeit war. Der Schatten war wirklich und doch wieder nicht. Er konnte sich nicht von ihm trennen, er konnte ihn nicht aufheben. Er hatte kein eigenes Dasein, und doch war er da.

Er dachte über die Geister nach, denen er begegnet war, und seine Gedanken nahmen eine Richtung, die seine Historikerkollegen als häretisch bezeichnet hätten. Wenn nun «die Welt der Geister» tatsächlich nur ein anderer Aspekt der «wirklichen Welt» war – eine verborgene Ebene der Wirklichkeit, die nur über den Teil der Sinne zugänglich war, der «die Schatten» wahrnehmen konnte? Er blickte auf die dschungelgrüne Welt, dessen grandioses Ausmaß ihn winzig erscheinen ließ, und dachte an seine Begegnung mit dem Waldgeist *Makua'nahele*. Waren die Geister vielleicht einfach nicht wahrgenommene Aspekte von ganz normalen Dingen und Vorgängen? Waren sie und ihre Welt unsichtbare Schatten oder Reflexionen von dem, was hier auf der physischen Ebene existierte? Sein Historikerverstand erbebte.

Die Hawaiianer hielten *akuas* für übernatürliche Wesen, die in den nicht-gewöhnlichen Reichen vorkamen. Sie besaßen mehr *mana*, mehr Macht als die Menschen, und deshalb auch mehr Gewalt sowohl über die übernatürlichen als auch die natürlichen Welten. Manche Menschen konnten jedoch die Kraftquelle dieser Geister anzapfen, vor allem Menschen von großem sittlichen Format, die mit sich und ihrer Welt in Harmonie lebten. Solche Menschen konnten *mana* unmittelbar von den *akuas* erwerben und ihrem Volk damit helfen. Lebende Dinge enthielten stark konzentriertes *mana*, und wer Bescheid wußte, konnte *mana* ansammeln. Der Erfolg aller *kahuna*-Mystiker hing davon ab, wieviel oder wie wenig *mana* sie in sich trugen.

Vielleicht waren die «mächtigen Gefühle», die ihn während seiner visionären Erlebnisse ergriffen, ebenfalls *mana*? Könnte es sein, daß er initiiert wurde, um *mana* zu erhalten?

Er dachte an die vielen symbolischen Geschichten in der Literatur seines Volkes, die von dem mystischen Bündnis zwischen Menschen und Tieren erzählten. Seine Haut prickelte, als er sich an einen Bericht des großen Huakai erinnerte, der die Hawaiianer nach Amerika gebracht hatte.

Während der letzten Tage der Überfahrt herrschte stürmisches Wetter, die See war rauh, und die Reisenden mußten ständig das Wasser aus den Booten schöpfen. Sie hatten fast nichts mehr zu essen, als ein großer Hai zwischen den Kanus auftauchte. Er drehte sich auf die Seite, um die Reisenden anzusehen, und anfangs fürchteten sich die Menschen, weil sie glaubten, er sei gekommen, um sie zu töten. Dann versetzte sich eine *kahuna*-Mystikerin namens Helena Kuamangu, die großes *mana* besaß, in Trance und sprach mit dem Hai. Er teilte ihr mit, daß er auf Wunsch des Geistersteins *Kapohaku'ki'ihele* gekommen sei, um die Kanus zum Festland zu führen. Obwohl die Reisenden halb verhungert waren, opferten sie dem Hai ein Schwein. Anschließend folgten sie ihm. In der Nacht zündeten sie Fackeln an, damit sie den Hai sehen konnten, und nach drei Tagen gingen sie sicher an Land.

Nainoa hatte immer gedacht, solche Geschichten dienten dazu, ein harmonisches Verhältnis zwischen den Menschen und der Natur herzustellen. Er sah sich um. Er war ein Mensch, allein in der Wildnis. Er befand sich mit Sicherheit im Einklang mit der Natur.

Möglicherweise war das Land die Quelle seiner visionären Erlebnisse, und die Geister des Landes waren für seinen Kontakt mit den Amerikanern verantwortlich. Der Waldgeist hatte ihm einen Teil des Geheimnisses enthüllt, das sich hinter der Maske der alltäglichen Wirklichkeit verbarg, und ihm die gegenseitige Verbindung aller Wesen auf dieser Welt und die Verbindung jeder Welt mit den anderen Welten vorgeführt.

Nainoa dachte an Nagai und fragte ihn nach dem Tigermann. Als das Bild seines alten Freundes vor seinem inneren Auge erschien, hörte er ihn ganz deutlich, aber auf eine völlig überraschende Weise antworten:

«Der Tigermann? O ja. Weißt du noch, wie wir uns zum ersten Mal begegnet sind? Es war auf dem Markt, und ich wollte ein Tigerfell verkaufen. Richtig. Nun, die Geister sind immer zugegen, und der Geist des Tigers hat gehört, was du zu den zwei Häuptlingsdummköpfen über sein schönes Fell gesagt hast. Dein Ernst und deine redliche Art zu denken haben ihn beeindruckt. Du bist ihm lieb geworden.

Durch den Geist des Tigers ist der Hohe Geist aller gefleckten Tiger auf dich aufmerksam geworden. Er hat dich in seine Obhut genommen, und du hast einen sehr mächtigen Verbündeten gewonnen. Der Tigergeist ist sehr stark. Sein Mut, sein Können und seine Kraft sind legendär. Aber etwas ist sehr interessant dabei. Der Tigergeist ist hauptsächlich ein Körper-Geist, und er hat großes Verlangen nach dem höheren denkenden Verstand. Er sucht den Ausgleich. Deshalb verbindet sich der Tigergeist gern mit Gelehrten, und hier hast du einen weiteren Grund, warum er dich schätzt.»

Nainoa brauchte eine Weile, um diese erstaunliche Antwort zu verdauen. Er hörte Nagai leise kichern, als stünde der Alte hier neben ihm.

Plötzlich hatte er das Gefühl, als ob etwas anderes seine Aufmerksamkeit forderte. Er wechselte seine Bewußtseinsebene und konzentrierte sich. Die Sonne schien durch den Frühdunst. Von den Bäumen fiel nur noch hin und wieder ein Tropfen. Er wartete. Und wieder fühlte er, daß etwas da war. Sein Herz schlug rascher. Er war hellwach. Das war neu: Etwas nahm Kontakt mit ihm auf, und es war hellichter Tag.

Er sah in Gedanken den Tigermann und das Beinahe-Lächeln in dem fremdartigen Gesicht. Wärme strömte in seinen Körper. Doch plötzlich schlug die Stimmung um; auch die Art des Kontakts änderte sich. Plötzlich war Eile geboten. Er wurde gewarnt. Der Tigermann, oder vielmehr dessen Bild vor seinem inneren Auge, wurde dunkel und beinahe schwarz. Er hörte Nagai sagen: «Der Tiger bringt eine einzigartige Spannung in den Wald. Er geht ruhig und mit Geduld vor. Du mußt wie der Tiger sein, nicht nur wenn du jagst, sondern auch wenn du einfach tief im Wald bist.»

Nainoa spähte und lauschte. Eine ungewohnte Stille hatte sich über den Wald gesenkt. Sehr langsam zog er sich weiter in den Schutz der Brettwurzeln zurück und nahm den Speer von der Schulter. Auf dieser Wirklichkeitsebene galten Tiger unbestritten als die besten Jäger. Einer war in der Nähe – er spürte es. Eine ganze Weile verging. Nainoa rührte sich nicht von der Stelle und blickte angestrengt durch das Gewirr der Ranken, das den gewaltigen Stamm überwucherte.

Eine winzige Bewegung am äußersten Rand seines Gesichtsfeldes verriet ihm, wo der Tiger war. Auch er hatte sich nicht bewegt und den Wald von der Anhöhe der alten Straße aus beobachtet, bevor er sich entschloß, zur Tränke am Fluß zu gehen. Lautlos schlich er nun durch das Unterholz. Sein geflecktes Fell tarnte ihn so gut, daß er in dem unsteten Muster aus Licht und Schatten abwechselnd erschien und verschwand. Er glitt den Hang herunter – es war ein männliches Tier mit sicheren, kraftvollen Bewegungen – und kam so nah an Nainoa vorbei, daß dieser die hellgrünen Augen erkennen konnte.

Als er Nainoa witterte, blieb er augenblicklich stehen und prüfte lang und ausdauernd seine Umgebung. Mit pochendem Herzen wartete Nainoa darauf, daß sich der Tiger seinem Versteck näherte. Dann wehte ein leiser Lufthauch durch die Bäume, und der Tiger verlor seinen Geruch. Er zog weiter und hielt nur gelegentlich an, um zu horchen. Bald verschwand er hinter dem Hügel, ohne Nainoa entdeckt zu haben.

Nainoa atmete auf, doch er wartete noch eine Weile, bis er sicher sein konnte, daß ihn der Tiger nicht mehr hören würde. Dann ging er rasch und leise entlang der Straße nach Osten, in die Richtung der Berge. Der Wald erwachte wieder zum Leben, und während Nainoa kräftig ausschritt, stellte er sich den Tigermann vor, der zwischen den Bäumen neben ihm herlief, der ihm Gesellschaft leistete ... und jetzt noch etwas mehr: Schutz und Vorherwissen.

Nainoa blieb nach einiger Zeit stehen, sammelte sich und dankte dem *akua* für die Hilfe, die er eben von ihm erfahren hatte. Er lud den Geist ein, ihn auf seiner Erkundungsreise durch die Berge zu begleiten. Als sich das fremdartige, halb tierische, halb menschliche Bild in seiner Phantasie einstellte, fühlte er, daß der Tigermann zustimmte – und er bemerkte, daß der Geist wieder sein schönes Farbenkleid trug.

11

Ho'omana

Der Gedanke, daß Nainoa mein Nachfahre sein könnte, war mir nie gekommen. Aber ich gebe zu, daß ich die Vorstellung, einen lebenden Abkömmling in einer mehrere tausend Jahre fernen Zukunft zu haben, sehr reizvoll fand. Mein Leben wurde dadurch zu einer evolutionären Erfolgsstory. Ich wähnte mich sozusagen genetisch und geistig unsterblich. Eine Vorfahren-Nachfahren-Beziehung erklärte möglicherweise auch, warum die Verbindung zwischen uns überhaupt zustande gekommen war. Unter diesem Gesichtspunkt erhielten meine Erlebnisse eine ganz neue Dimension.

Nainoa hatte mich noch auf eine weitere Sache aufmerksam gemacht. Könnte es sein, daß er und ich eine Art schamanische oder spirituelle Initiation erlebten? Eine, die wir gemeinsam erleben mußten? Könnte meine Initiation durch Nainoa stattfinden – durch meinen Nachkommen als Vermittler? Könnte dies ein weiterer Grund für unsere Verbindung sein?

Plötzlich erinnerte ich mich, daß ich Michael Harner vor Jahren während seines Seminars von Anthropologe zu Anthropologe gefragt hatte, wie er seine Rolle als spiritueller Lehrer in der schamanischen Tradition auffaßte. Er hatte, ohne zu zögern, geantwortet, daß es sein Job sei, den Studenten bei der Suche nach ihrem eigenen spirituellen Weg zu helfen und ihnen diesen Schritt zu erleichtern, indem er ihnen altbewährte Methoden zeigte, die es jedem ermöglichten, seine spirituelle Initiation durch unmittelbare Erfahrung zu erhalten. Danach war der Initiierte auf sich selbst gestellt, und Harners Job als Lehrer war damit getan. Es war, wie Nagai zu Nainoa gesagt hatte: Echtes spirituelles Wissen und spirituelle Kraft konnten nur die Geister gewähren.

Interessanterweise scheint es keine Rolle zu spielen, ob Visionäre Christen, Muslime, Gnostiker, Taoisten, Hindus, Buddhisten, Juden, Ägypter, Chinesen, Afrikaner, Indianer oder Hawaiianer sind. Ihre anderweltlichen Erfahrungen sind offensichtlich nur eine Nachahmung der alten schamanischen Art, in einem veränderten Bewußtseinszustand zu «reisen» und wahrzunehmen, was jenseits der Grenzen der gewöhnlichen Wirklichkeit liegt. Was sie im einzelnen wahrnehmen, ist meistens durch ihre kulturelle Optik und ihre Weltanschauung geformt. Mit anderen Worten, wir sehen die Wirklichkeit, wie wir sie von unseren Eltern, unseren Lehrern und unseren Freunden zu sehen gelernt haben. Wirklichkeit ist das, was wir uns als Wirklichkeit denken ... und wie wir denken und wahrnehmen, ist weitgehend vorgeformt durch die Kultur, in der wir leben und aufwachsen.

Die meisten Psychologen und andere kognitive Wissenschaftler glauben, daß alle Visionen «im Kopf» stattfinden. Sie behaupten, daß die «anderen Welten» der visionären Erfahrung in ihrer Art kognitiv sind – daß es sich dabei um phantasievolle Projektionen handelt, deren Quelle im Denken der Person liegt, die Visionen hat. Zum Beispiel nehmen nordamerikanische Lakota-Sioux Geister und Geisterwelten wahr, die mit ihrer psychosymbolischen Weltanschauung übereinstimmen; das gleiche vollzieht sich bei den sibirischen Tungusen und den Yoruba Nigerias. Alle visionären Traum-, Trance-, Ekstase-, Kunst- oder Phantasiewelten folgen ihren eigenen Regeln und Strukturen, die von der Kultur bestimmt werden oder davon, wie das Bewußtsein des Individuums mit dieser Kultur interagiert[1].

Ich habe mit diesen ziemlich egozentrischen (oder kognizentrischen) Interpretationen keine Schwierigkeiten, aber wenn man visionäre Phänomene untersucht, muß man auch über nicht beantwortbare Fragen nachdenken. Zum Beispiel, *wo* ist das Bewußtsein? In der psychosomatischen Medizin und der psychologischen Forschung stimmt man größtenteils überein, daß das Bewußtsein nicht nur im Gehirn sitzt, sondern auch durch Kommunikation mit dem Körper entsteht. Woher stammten die Bilder und Informationen, die ganz eindeutig nicht aus meinem Gedächtnis kamen? Gab es möglicherweise eine Öffnung im Bewußtsein, ein Tor zu anderen Wirklichkeitsebenen, das auch als Schranke wirken kann? Könnte es sein, daß meine visionären Erlebnisse durch diese Schranke kamen und nicht von der kreativen Imagination geschaffen und projiziert wurden?

Ein Kognitionsforscher würde mir wahrscheinlich eine Tür in meinem Bewußtsein zugestehen, aber nur, wenn ich glauben würde, daß es dort eine Tür gibt. Ein Schamane der Huichol wäre schon eher bereit zu sagen, daß die *nierika* da war, ob ich nun an ihr Vorhandensein glaubte oder nicht.

Ich dachte an meine ersten veränderten Bewußtseinszustände, die ich in Kalifornien erlebt hatte. Damals hatte ich von all dem nichts verstanden. Zugegeben, ich hatte an Harners Seminar teilgenommen, aber die Idee einer Reise in die nicht-gewöhnlichen Wirklichkeitsebenen war von ihm völlig im Rahmen des klassischen Schamanismus vorgestellt worden. Die Teilnehmer des Seminars waren gebeten worden, sich einen Eingang in die Erde vorzustellen, der durch einen Tunnel in die mythische untere Welt der Tiermächte führt. In meinen Visionen kam kein Tunnel vor. Zugegeben auch, daß meine erste Begegnung mit der dunklen geometrischen humanoiden Form und meine nachfolgende «Reise» in die anderen Welten große Ähnlichkeit mit der klassischen schamanischen Praxis aufwiesen, aber ich hatte von dieser Ähnlichkeit erst *nach* den Erlebnissen erfahren. Ich bin mir ganz sicher, daß ich keine Anregung bekommen hatte, die diese ganze Geschichte in Gang gesetzt haben könnte. Wenn es einen solchen unbekannten Durchlaß im Bewußtsein aller Menschen gibt, hat eine größere spirituelle Wirklichkeit möglicherweise gar nichts mit dem Glauben oder der Kultur eines Menschen zu tun und existiert vielleicht getrennt von der menschlichen Psyche.

Meine Suche nach einem ursächlichen Zusammenhang führte zu einem klassischen Paradox. Da hatte ich auf der einen Seite den kognitiven Wissenschaftler, der die anderen Realitätsebenen und die mit ihnen verbundenen Wesen für geistige, nur gedachte Gebilde hält; auf der anderen den traditionellen Schamanen, der versichert, daß die visionären Reiche und die darin wohnenden Geister wirklich sind und ein ganz eigenes, von dem menschlichen Wesen, das sie wahrnimmt, völlig getrenntes Dasein führen. Dazwischen taucht dann noch ein Jungianer auf, der die von den Schamanen besuchten visionären Welten als eine Art Traumwelt definiert, die im kollektiven Unbewußten existiert und zu der theoretisch alle Zugang haben. Ich selbst glaubte mittlerweile – wie die traditionellen Schamanen – an die Wirklichkeit der Visionen und der Geister.

Das merkwürdige botanische Wesen, das ich durch Nainoa gesehen hatte, erinnerte mich an die Blättergesichter des «grünen Manns», die ich überall in Europa von den Wänden und Decken alter Kirchen herabstarren sah[2]. Nainoas grüner Mann ließ natürlich wieder die Möglichkeit aufkommen, daß diese visionären Begegnungen schlicht ein Produkt meines Gedächtnisses waren. Hatte ich den Naturgeist in die Vision von Nainoa projiziert oder war er aus eigenem Antrieb erschienen? Und was war mit dem riesigen Baum, der der mythische Lebensbaum zu sein schien, jene klassische Weltachse, von der man glaubte, daß sie die untere, mittlere und obere Welt der traditionellen schamanischen Kosmologie miteinander verband? Ein kognitiver Wissenschaftler würde sagen, daß diese sogenannten Archetypen vom menschlichen Bewußtsein geschaffen, aber nicht von ihm entdeckt wurden.

Ich erinnerte mich an eine diesbezügliche Frage, die jemand vor Jahren Michael Harner gestellt hatte und auf die der Anthropologe augenzwinkernd antwortete: «Ich bin geneigt zu glauben, daß das Universum mehr ist als das, was im menschlichen Bewußtsein existiert.»

Für den traditionellen Schamanen sind sowohl die Geister als auch ihre visionäre Welt wirklich und keine Erfindungen der Phantasie. Der Schamane erlebt die nicht-gewöhnliche Wirklichkeit des veränderten Zustands als ein diskretes, verborgenes Universum, das von Geisterwesen verschiedener Entwicklungsstufen bevölkert ist, von denen er Weisheit, Kraft und Beistand erhalten kann.

Bei der jüngsten visionären Reise, die Nainoa und ich erlebt hatten, schien uns kein Geist gelenkt und geführt zu haben. Vielleicht war uns ein Blick aus erster Hand in jene nicht-gewöhnliche Welt gewährt worden, eine unmittelbare Begegnung mit dem, was verschiedene Mystiker das «kosmische Bewußtsein» genannt haben.

Ein halbes Jahr verging ohne Kontakt mit Nainoa; aber es geschahen einige andere interessante Dinge, unter anderem bearbeitete ich endlich den Stein.

Ich hatte ihn zu dem alten hawaiischen Dorf gebracht und unter die Tamarinde neben dem Teich gelegt. Dort blieb er mehrere Monate, und ich besuchte ihn täglich mit den Kindern. In dieser Zeit stellte ich allmählich eine Beziehung zu ihm her. Ich weiß nicht, warum ich das tat. Ich tat es einfach.

Eines Tages schien die Zeit reif. Ich bat den Stein um die Erlaubnis, ihn zu mir nach Hause bringen zu dürfen, und spürte intensiv seine Zustimmung. Da ich nicht gesehen werden wollte, wie ich ihn wegholte, fuhr ich am nächsten Morgen sehr früh an den Strand, der um diese Zeit menschenleer war. Ich lud den Stein in meinen Wagen und stellte ihn zu Hause zwischen andere Strandsteine in den Steingarten neben der Haustür. Dort blieb er für eine Weile unberührt. Er hatte jedoch seine erste Reise gemacht – in meinem VW-Bus von dem wilden Ort seines Ursprungs in die Welt menschlicher Wesen.

Die eigenartige Verbindung zwischen uns entwickelte sich weiter. Es war nicht nur der Reiz, ein Ding zu besitzen, das mich irgendwie faszinierte – es war auch ein Vorgang. Ich hatte ununterbrochen das Gefühl einer Anwesenheit. Zögernd versuchte ich, einen Dialog aufzunehmen. Aber wie kommuniziert man mit einem Stein? Anfangs ließ ich einfach meine Aufmerksamkeit auf ihm ruhen, während ich meditierte. Als meine Gedanken und Gefühle in Verbindung mit dem Stein wiederkehrende Muster annahmen, vertiefte sich mein individuelles Bewußtsein von ihm.

Eines Nachts kam der Stein im Traum zu mir, und als ich erwachte, sah ich ihn vor meinem geistigen Auge in seiner fertigen Gestalt. Ich bin mir nicht sicher, ob diese Form aus meiner Erinnerung an den Stein von Häuptling Kaneohe stammte oder ob sie doch ein wenig anders war. Ich stand auf und ging zu dem Stein hinaus. Ich bat, ihn behauen zu dürfen, und empfing eine starke positive Reaktion. Am Nachmittag trug ich ihn zu dem Baumstumpf, auf dem ich meine Skulpturen bearbeitete. Ein paar Schläge mit dem Stockhammer machten das «Kinn» markanter, ein wenig Meißelarbeit brachte den «Mund» zum Vorschein, und schon war es getan. Der größte Teil des Steins blieb so, wie ich ihn gefunden hatte.

Dann stellte ich ihn wieder zu seinen «Gefährten» in den Steingarten, und zwar so, daß er zum Gipfel des Vulkans blickte, von dem er stammte. In Gedanken redete ich ihn mit dem Namen an, den Häuptling Kaneohe gebraucht hatte: *Kapohaku'ki'ihele* – der Stein, der reist. Und als der erste Hüter des Steins – oder als designierter *kahu* – würde auch ich gewöhnliche und nicht-gewöhnliche Reisen unternehmen und Entdeckungen in der *alltäglichen* Wirklichkeit machen.

Die erste solche Entdeckung machte ich Ende 1987, als ich an einer Konferenz teilnahm, die im Keauhou Beach Hotel in der Nähe von Kailua-Kona stattfand. Es war eine rein hawaiische Veranstaltung, die zu Ehren des Wissens und der Errungenschaften der polynesischen Vorfahren stattfand. Als Außenseiter konnte ich mich glücklich schätzen, über einen Bekannten, der für das Kona Historical Society Museum arbeitete, eine Einladung erhalten zu haben. Die Konferenz war gut besucht von interessanten Leuten größtenteils polynesischer Herkunft.

Professor Rubellite Kawena Johnson von der University of Hawaii sprach über die *heiaus*, über hawaiische Götter und hawaiisches Brauchtum. Hawaiische Stammesälteste wie Papa Kala Naliielua und David Mauna Roy sprachen über die traditionelle hawaiische Weltsicht und die innige Verbindung zwischen hawaiischer Kultur und dem Land. Sie schilderten den Respekt der Hawaiianer vor der Natur, wie sorgfältig die Polynesier mit dem Land umgingen und wie sehr sie bestrebt waren, in Übereinstimmung mit dem Land zu leben, damit auch das Land gut zu ihnen war. Sie erläuterten das hawaiische Konzept der spirituellen Einheit mit den Geistern der Vorfahren und wie alles in der Natur Leben und *mana* spendet.

Einen weiteren Vortrag hielten vier Crew-Mitglieder des inzwischen berühmten Doppelkanus *Hokule'a.* Dieses zwanzig Meter lange Fahrzeug, ein Nachbau der traditionellen hochseetüchtigen hawaiischen Doppelpiroge, hatte bereits mehrere Fahrten zwischen Hawaii und Tahiti bestanden sowie eine lange Reise nach Neuseeland und zurück. Der *haku* des Kanus, Kapitän Shorty Bertelmann, war anwesend, ebenso der Wachoffizier Tava Taupu. Sam Ka'ai sprach eindrucksvoll über den Rang des Segelkanus in der traditionellen hawaiischen Gesellschaft und daß die alte «Ordnung des Kanus» erneuert wurde, um «die Schale wieder mit Verlorengegangenem zu füllen».

Ich war vollkommen unvorbereitet auf das, was als nächstes geschah.

Ein kräftiger gutaussehender junger Mann hawaiischer Herkunft wurde vorgestellt – Nainoa Thompson, der erste Hawaiianer seit über sechs Jahrhunderten, der ein Segelkanu über die ozeanischen Weiten Polynesiens ohne die Hilfe moderner Navigationsinstrumente gesteuert hat. Die Achtung und Ehrfurcht, die diesem Mann entgegengebracht wird, ist enorm. Er ist der Navigator des Kanus, in dessen Hand der Erfolg und das Leben aller Mitreisenden liegt. Er ist der wichtigste Mann an Bord, der Wegfinder. Ich hatte noch nie von ihm gehört.

Nainoa Thompson erhielt einen Teil seiner Ausbildung von einem traditionellen mikronesischen Navigator namens Mau Piailug und entdeckte das alte polynesische Navigationssystem wieder, das sich auf Sterne, Mond, Wolken, Winde, Dünung und Strömungen stützte. Er schuf die alte Wegfinder-Methode neu, die seine Vorfahren in mehreren Einwanderungswellen, die ungefähr um 300 n. Chr. einsetzten, nach Hawaii brachte.

Mit leiser Stimme sprach er von seinen Fahrten, seinen Vorfahren und über Harmonie. Er lieferte einen vollständigen und sehr beeindruckenden Bericht, doch er erwähnte nie sich selbst. Er schilderte das Kanu, die Mannschaft, den Ozean und den Himmel und wie sich dies alles während der Reisen zu einem ausgeglichenen Ganzen zusammenfügte. Diese Einheit, meinte er, in der alle Menschen gleich wichtig sind, sei das Ziel und der Erfolg der Reise gewesen.

Die Hawaiianer im Publikum bekamen vor Stolz feuchte Augen. Sie waren nicht nur stolz auf ihn, sondern durch ihn auch stolz auf sich selbst. Das von ihrer kollektiven Emotion erzeugte *mana* war im Raum spürbar.

Nach seinem Vortrag wartete ich auf eine Gelegenheit, mit ihm zu sprechen. Wir schüttelten uns die Hand und tauschten Höflichkeiten aus. Ich konnte bei dieser Gelegenheit unmöglich über die seltsamen Ereignisse sprechen, in die ich verwickelt war, aber die Begegnung mit ihm bewegte mich tief, und ich fragte mich, ob er der Nainoa war, der durch die Zeit als Nainoa, der Navigator, verehrt und unvergessen bleiben würde. Ich fragte mich, woran er gedacht und was er geträumt hatte, als er das Doppelkanu über die Weiten des Ozeans steuerte, und wie es wohl sein würde, mit ihm dort draußen zu sein. Was würde ich unter solchen Umständen träumen? Könnte der Nainoa der Zukunft irgendwie zu einem «Besuch» in mir veranlaßt werden, um seinen Namensvetter kennenzulernen ... um mit dem Navigator zu reisen?

Den letzten Vortrag bei dieser Konferenz hielt eine hawaiische Heilerin namens Morrnah Nalamaku Simeona. Sie bezog einen Teil ihres Wissens und Könnens aus dem *Ho'oponopono*, der traditionellen hawaiischen Methode, Konflikte zu lösen.

Sie sprach über Einheit und Ausgewogenheit und wie alles im Leben mit Gedanke und Zielsetzung beginnt. Sie erläuterte die drei Seinsebenen, die körperliche, geistige und spirituelle, wie sie in der engeren Tradition des hawaiischen spirituellen Wissens verstanden werden und wie sie in den Menschen zum Ausdruck kommen: die spirituelle Ebene als das überbewußte Bewußtsein oder *aumakua*, die geistige Ebene als das normale Bewußtsein oder *Uhane*, und die physische Ebene als materielle Form, der Körper, sowie als nichtmaterielle Form, das Unterbewußtsein oder *Unihipili*.

Diese Begriffe sind keine Besonderheit der hawaiischen Kultur, sondern auch in der westlichen Psychologie wohl bekannt, aber nachdem ich Morrnah Simeona zugehört hatte, wollte ich mehr über den hawaiischen Schamanismus und den ganzen Wissenskomplex des sogenannten *Ho'omana* erfahren.

Ich bat sie nach dem Vortrag, mir ein Detail, das sich auf ihre heilerische Tätigkeit bezog, zu erklären. Sie sah mich neugierig an, dann nahm sie meine Hand und schloß die Augen. Nach einer ganzen

Weile lächelte sie. Ihre lebhaften Augen schienen mich zu durchbohren, und sie fragte mich, ob ich wüßte, was *aloha* wirklich bedeutet. «Es bedeutet, ‹in der Gegenwart des Göttlichen zu sein›», sagte sie. «*Alo* bedeutet ‹im Beisein von› und *ha* ist ‹der göttliche Odem des Lebens› ... *Alo-haaa.*» Sie hielt inne, als ob sie die Wirkung ihrer Worte abwarten wollte.

«Probleme beginnen immer im mentalen Bereich», fuhr sie fort. «Körperliche und psychologische Probleme entstehen durch negative Gedanken. Krankheit ist eine Folge verzerrten Denkens. Die ungünstigen Gedanken kommen aus dem Bewußtsein, sie dringen ins Unterbewußtsein und können von dort auf die Physis übertragen werden. Deshalb muß eine echte Heilung immer auf der spirituellen Ebene beginnen.»

Sie sah mich aufmerksam an, um meine Reaktion zu erkennen, und fuhr dann fort: «Man muß die Gottheit um Hilfe bitten, die dann ihr *ha* durch unser übernatürliches Bewußtsein in unseren Körper und sein Unterbewußtsein sendet. In der Tiefe unseres Unterbewußtseins kann es die negativen Denkformen wie Zorn und Furcht tilgen und statt ihrer Erleuchtung bringen. Nur auf diese Weise läßt sich die Krankheitsursache bekämpfen und wirkliche Heilung herbeiführen.»

Sie lächelte wieder und ließ meine Hand los. Ein anderer Konferenzteilnehmer wandte sich mit einer Frage an sie, aber ihr Blick hielt mich noch einige Augenblicke fest, in denen sie in meine Seele schaute. Ich weiß nicht, was sie dort sah, aber sie nickte leicht und lächelte mir warm zu, bevor sie sich abwandte.

Ich stand wie angewurzelt, wie ein Fels inmitten der wogenden Menschenmenge. In diesen wenigen Augenblicken war etwas von ihr auf mich übergegangen, das ich wiedererkannte. Es waren die Gefühle der Kraft. Ich hatte durch die Berührung mit ihr *mana* empfangen. Tief in meinem Inneren fühlte ich, wie sich etwas öffnete. Dieses Gefühl blieb für den Rest des Tages bei mir.

Die Begegnung mit dieser Frau stand am Beginn meiner Erforschung des *Ho'omana*. In seiner Verbform heißt dieses Wort «autorisieren» oder «ermächtigen». Als Substantiv hat es die Bedeutung von «Religion» oder «Sekte» angenommen. Manchmal wird dafür auch der Ausdruck *Huna* verwendet, was soviel heißt wie «geheimes Wissen», «das Geheimnis» und «Schlüssel zu etwas Verborgenem».

Ho'omana wurde von den traditionellen hawaiischen *kahuna*-Mystikern entwickelt und angewendet. *Kahuna* bedeutet, Meister einer Sache zu sein. Ein *kahuna kilolani* ist ein Meister der Himmelsbeobachtung; ein *kahuna pule* ein Meister der Zeremonie; ein *kahuna kupua* ein Schamane oder Meister der Geister. Zerlegt man das Wort *kahuna* in seine Wurzeln, so bedeutet *ka* den Artikel, *hu* «etwas, das brodelt» oder «überkocht» oder «an die Oberfläche steigt»; und *na* bedeutet «ruhig», «konzentriert» oder «gesetzt». Das Wort *kahuna* enthält also eine interessante Dualität, nicht unähnlich dem alten taoistischen Yin-Yang-Symbol.

Ich begann meine Nachforschungen über den hawaiischen Mystizismus mit der Lektüre der Werke von Max Freedon Long, L. R. McBride, David Kaonohiokala Bray, Martha Beckwith und Serge Kahili King[3]. Ich traf mich mit einigen sehr interessanten Menschen, die *Ho'omana* praktizieren, darunter Lanakila Brandt und Serge King, die beide experimentelle Seminare anbieten. Anfang 1988 besuchte ich einige dieser Workshops, auf denen ich viel über Schamanismus lernte, so daß ich meine Erlebnisse mit Nainoa aus einer wesentlich erweiterten Perspektive betrachten konnte.

Wenn ich hier versuche, einiges darüber zu sagen, wie die *kahuna*-Mystiker des alten Hawaii Realität wahrnahmen, bin ich mir durchaus bewußt, daß mancher mit meinen Auslegungen nicht einverstanden sein wird. Sobald zwei Menschen ein und dieselbe metaphysische Idee interpretieren, führt dies fast immer zu unterschiedlichen Schlußfolgerungen. Der chinesische Mystiker Lao-tzu bemerkte schon vor 2500 Jahren, daß «Dasein mit Worten nicht definiert werden kann. Man kann Worte dafür benützen, aber keines trifft es genau.»[4] Doch möchte ich versuchen, das Undefinierbare zu definieren.

Die westliche Welt definiert Wirklichkeit im wesentlichen objektiv. Man glaubt, was man sehen kann. Im *Ho'omana* versteht man Wirklichkeit einerseits als objektive Erfahrungsebenen und andererseits als subjektive Bewußtseinsebenen. Für die hawaiischen *kahunas* ist die physische, objektive Ebene der alltäglichen Wirklichkeit, die in der Wissenschaft als die einzige «wirkliche» Realität gilt, nur die erste von mehreren möglichen Erfahrungs- und Bewußtseinsebenen, in der alles einzeln und getrennt von allem übrigen wahrgenommen wird. Ich schreibe «hier» dieses Buch; Sie lesen es «an irgendeinem anderen Ort».

Serge King beschreibt die subjektive Ebene der Gedanken und Emotionen als die zweite Wirklichkeitsebene, auf der auch psychische Phänomene wie Telepathie, Hellsehen und Psychokinese erlebt werden. Wie in der gewöhnlichen physikalischen Wirklichkeit finden auch auf dieser zweiten Ebene Handlungen statt, aber hier ist alles mit allem durch Fäden einer «energetischen oder ätherischen Substanz» verbunden, die in der hawaiischen Sprache *aka* heißt.

Im *Ho'omana* ist alles im Universum durch ein riesiges Netz oder Gespinst dieser *aka*-Fäden verbunden. Diese Verbindungen können sowohl durch Gedanken und Intentionen existent gemacht werden als auch durch den Kontakt mit etwas oder jemand in der alltäglichen Welt. Die *aka*-Fäden werden «aktiviert», indem man ihnen Aufmerksamkeit schenkt. Anhaltende Konzentration, wie sie beim Meditieren praktiziert wird, steigert theoretisch die Intensität oder das Volumen des Kontakts.

Nainoas Vision eines riesigen, sich in die Unendlichkeit des Raums ausdehnenden Rasters, die bescheideneren Gitter, Zickzackmuster und Linien der Phosphene, die ich zu Beginn meiner veränderten Bewußtseinszustände sah, die eigenartigen geometrischen Gitter und Linien auf neolithischen Gebrauchskeramiken und Figurinen sowie an den Wänden von Höhlen und Felsüberhängen könnten allesamt visuelle Wahrnehmungen des *aka*-Bereichs sein. Vielleicht war der Raster eine psychische Landkarte, der man folgen konnte, wenn man auf den «anderen Ebenen» der Wirklichkeit irgendwohin gelangen wollte.

Nainoa hatte die «Schatten»-Gestalt *ke'aka* genannt. Ein hawaiisches Wörterbuch liefert als Übersetzung für das Wort *aka* die Begriffe «Bild, Spiegelung oder Schatten», und genauso hatte ich diese Gestalt spontan benannt. Vielleicht bestanden die «Geister», da ihnen eine physische Körperlichkeit fehlte, aus *aka* und waren folglich nur für den wahrnehmbar, der sich in einem anderen Bewußtseinszustand, auf der zweiten Bewußtseinsebene befand, oder, um Nainoas Ausdruck zu gebrauchen, für «jemand, der Schatten wahrnehmen kann».

Ein anderer *Ho'omana*-Begriff bot eine interessante Erklärung für das, was ich während meines Kontakts mit Nainoa erlebt hatte und in Gedanken als «erweitertes Zeitphänomen» bezeichnete. Auf der zweiten Ebene ist die Zeit synchron; alles Vergangene, Gegenwärtige oder Zukünftige könnte gleichzeitig geschehen, weil es durch das *aka*-Feld verbunden ist. Deshalb gibt es, wie King schreibt, auf der zweiten Ebene der Wirklichkeit (oder des Bewußtseins) weder einen Anfang noch ein Ende, sondern nur Zyklen und Übergänge. Wendet man dies auf das Konzept der Wiedergeburt an, so bedeutet das, daß unser vergangenes und zukünftiges Leben, verbunden durch das *aka*-Feld auf der zweiten Wirklichkeitsebene, theoretisch gleichzeitig stattfindet.

Vielleicht ließe sich mit Hilfe des *aka*-Felds erklären, warum ich, wenn das Telefon klingelte, schon oft vor dem Abheben des Hörers wußte, wer anrief, oder warum Jill und ich uns so häufig dabei ertappten, gleichzeitig über dasselbe Thema das gleiche zu denken. Vielleicht konnten wir über die *aka*-Fäden, die uns verbanden, etwas von der zweiten Bewußtseinsebene des anderen auffangen.

Nachdem die Zeit auf dieser Wirklichkeitsebene synchron sein soll, könnten sich die *aka*-Verbindungen wie über den Raum auch über die Zeit ausdehnen. Vielleicht ist dies der Weg, über den sich bestimmte Individuen an Einzelheiten aus ihren früheren Leben erinnern können. Vielleicht war dies eine Möglichkeit, die Verbindung zwischen mir und Nainoa zu verstehen.

Obwohl ich meine Vermutung nie ganz aufgegeben hatte, daß Nainoa einfach nur ein Aspekt meines Ichs sein könnte, eine Sub-Persönlichkeit, deren Ursprung in meinem eigenen Bewußtsein lag, überlegte ich allmählich auch, ob Nainoa eine meiner Reinkarnationen sein könnte, die gerade in einer 5000 Jahre fernen Zukunft lebte. Könnte es sich bei uns um eine echte Vorfahren-Nachfahren-Beziehung handeln? Ich wußte sehr wenig über die mystische Reinkarnation. War es zum Beispiel ein Vorgang, der ausschließlich entlang der genetischen Abstammungslinien verlief, oder konnte er sich beliebig auch horizontal, von Zweig zu Zweig, zwischen verschiedenen biologischen Abstammungslinien durch die Zeit fortsetzen?

Eine Vorfahren-Nachfahren-Verbindung mit einer erneuten Materialisation meines Selbst in der Zukunft im Rahmen der Seelenwanderung könnte eine teilweise Erklärung liefern, wie die Verbindung zustande gekommen war. Aber warum war sie plötzlich in meinem vierundvierzigsten Lebensjahr aktiviert worden? Als ich mit Jill darüber sprach, bemerkte sie, daß sich der erste meiner veränderten Zustände in Berkeley ereignet hatte, als sie mit unserer ersten Tochter schwanger war, und daß die Besuche in Nainoa erst stattfanden, als sie das zweite Kind erwartete. War es notwendig gewesen, sich fortzupflanzen, Nachkommen zu zeugen, bevor das andere möglich wurde?

Ich beschloß, bei nächster Gelegenheit Nainoas Gedächtnisspeicher anzuzapfen, um etwas über die diesbezüglichen Anschauungen in seiner Kultur zu erfahren.

Im *Ho'omana* ist die dritte Ebene der Realität (oder des Bewußtseins) der Ort der «Geisterwelt». Es ist die nicht-gewöhnliche Wirklichkeit, in die die traditionellen Schamanen während ihres veränderten Bewußtseinszustands reisen, um sich mit den Geistern zu treffen. Es ist die Ebene der Seelen- oder Himmelsreise, und King beschreibt sie als eine Ebene, auf der alles symbolisch wahrgenommen wird. Was ein *kahuna*-Schamane *ike papakolu*, «dritte Bewußtseinsebene», nennt, ist vielleicht das gleiche, was Michael Harner als den «schamanischen Bewußtseinszustand» bezeichnet oder was die australischen Aborigines «Traumzeit» nennen.

Im hawaiischen kulturellen Glauben ist das Geisterreich sehr ähnlich der Tradition der Schamanen überall auf der Welt in eine untere, mittlere und obere Welt unterteilt. In die untere Welt *Milu* reist der Schamane in Trance, um helfende Geister für sich zu gewinnen und Kraft zu finden, die gewöhnlich symbolisch in Gestalt von Tieren, Pflanzen, Gegenständen oder Geistern wahrgenommen wird. Die mittlere Welt ist *Kahiki*, die nicht-gewöhnliche Seite der physischen Ebene der alltäglichen, gewöhnlichen Wirklichkeit. Es ist die

Traumwelt, der Ort, den wir im Traum aufsuchen, entweder nachts im Schlaf oder in einem strukturierten, zielgerichteten Sinn, wie es der Schamane im Wachzustand tut. Alles, was *hier* in der gewöhnlichen Wirklichkeit existiert, hat *dort* ein vermeintliches traumähnliches oder spiegelbildliches Äquivalent. Es ist auch der Ort, an dem sich unser Geist unmittelbar nach dem Tod wiederfinden soll, das *bardos* der tibetischen Buddhisten oder das *kamaloca* der christlichen Mystiker. Die obere Welt heißt im alten hawaiischen Glauben *Lanikeha*. Sie ist die archetypische Ebene der Gottheiten, Götter, Göttinnen, der mythologischen Helden und Heldinnen. Hier begegnet man den Weisen, den großen spirituellen Lehrern, den Geistern der Vorfahren und den Geisterführern.

Im *Ho'omana*-Denken gibt es noch eine vierte Wirklichkeitsebene, das *ike papakauna*. King beschreibt sie als einen rein subjektiven Zustand mystischen Bewußtseins von der essentiellen Einheit des Universums und allem, was sich darin befindet. Sie wird als die holistisch-spirituelle Dimension aufgefaßt, in der alles *wie* alles sonst erlebt wird.

King nennt dies die Ebene des Gestaltwechselns und der Identifikation – die Bewußtseinsebene, auf der perfekte Schamanen imstande sind, mit den Fischschwärmen im Wasser oder mit dem Wild in den Bergen Kontakt aufzunehmen und sich mit ihnen zu verbinden, um die Fische in die Netze der Fischer oder das Wild vor den Bogen des Jägers zu lenken. Außerdem soll es auf dieser Ebene möglich sein, Kontakt mit dem göttlichen Feld zu bekommen, mit jener riesigen Leere, die mit einem Kraftvorrat geladen ist, den die Taoisten das Tao nennen, die Buddhisten Buddha-Geist, die Indianer den Großen Geist, die Muslime Allah, die Christen Gott, die Juden Jahve und andere das kosmische Bewußtsein. Auf der vierten Ebene wird alles als ein Teil des Einen und «das Eine» als Teil von allem wahrgenommen.

Sie ist das, was Meister Eckhart, ein deutscher Mystiker des 14. Jahrhunderts, meinte, als er sagte: «Das Auge, mit dem ich Gott erkenne, ist dasselbe Auge, mit dem Gott mich erkennt.»[5]

Ich wußte nicht, wie ich die Verbindung zu Nainoa wiederaufnehmen konnte. Seit der letzten Episode war beinahe ein halbes Jahr vergangen. An meiner Absicht, den Kontakt zu erneuern, hatte sich nichts geändert. Jeden Abend war ich mit dem Gedanken eingeschlafen, daß *es* in dieser Nacht vielleicht geschehen könnte; und doch geschah nichts. Meine Absicht allein schien nicht mehr zu genügen. Vielleicht verfügte ich noch nicht über genug Kraft oder das nötige Können. Vielleicht brauchte ich Hilfe.

Als ich diese Gedanken Anfang des Jahres 1988 aufschrieb, saß ich in meinem Arbeitszimmer. Anschließend stand ich auf und ging nach draußen zu dem Lavastein im Steingarten. Der Wind raschelte in den Palmen, während ich das kraftvolle Antlitz des Steins betrachtete und ihn in Gedanken, auf der zweiten Bewußtseinsebene, grüßte. Ich erinnerte mich, wie Häuptling Kaneohe Nainoa über den Stein belehrt hatte, als er ihm diesen selben Stein am Beginn seiner Wanderung zeigte. Ich sah mich sorgfältig um. Niemand war in der Nähe. Jill und die Kinder waren beim Einkaufen. Ich war allein.

Ich ging vor dem Stein in die Hocke und legte beide Hände auf seine rauhe Oberfläche. Ich erinnerte mich an den Moment, als ich ihn fand, und fühlte eine starke Verbindung mit dem natürlichen Ort, von dem er stammte. Ich schloß die Augen, entledigte mich aller Gedanken und wartete. Aber ich spürte nichts Ungewöhnliches. Vielleicht wartete das Bewußtsein in dem Stein darauf, daß ich etwas tat. Aber was? Ich grüßte ihn erneut und formte den Wunsch, Kontakt mit Nainoa aufzunehmen. Ich bat darum auf eine Weise, von der ich hoffte, daß sie bescheiden war und doch entschlossen und daß meine gute Absicht dahinter erkennbar sein würde.

Ich empfing kein Echo, doch ich muß zugeben, daß ich nicht wußte, was ich erwartete. Mit Geistern in Steinen zu sprechen war eine neue Erfahrung, und ähnlich wie Nainoa war ich mir keineswegs sicher, daß ich an Geistersteine glaubte. Ich richtete mich auf und betrachtete den *pohaku* noch eine kleine Weile, dann ging ich ins Haus, um das Abendessen vorzubereiten.

Vielleicht war es Zufall, aber in jener Nacht, in der Stunde vor Tagesanbruch, kam der Kontakt wieder zustande ... und auf die übliche Weise.

12

Die sechste Reise
Geisterflug

Völlig außer Atem nach einer anstrengenden Kletterei stand Nainoa auf einem hohen zerklüfteten Grat. Ringsum, so weit das Auge reichte, erstreckte sich das endlose Gebirge. Geier, Bussarde und große schwarze Vögel glitten auf dem Wind an ihm vorüber und sahen ihn mit scharfen aufblinkenden Augen an. Nainoa fröstelte im kalten Nordostwind. Er hüllte sich in seinen Umhang und setzte sich, um dem Wind weniger Angriffsfläche zu bieten.

Tief unten, in einem Tal zwischen steilen Felswänden, glänzte ein See. Die grünen Ufer waren übersät von Wild. Am Ostufer trat ein Bach aus, was Nainoa annehmen ließ, daß er den höchsten Teil des Gebirges erreicht hatte. Der Wasserlauf bog nach Norden ab und verschwand im Wald. Im Nordosten lag ein größerer, ebenfalls von hohen Bergen umgebener See. Was hinter diesen Bergen lag, konnte er nicht sehen.

Er war den Überresten der großen Straße nach Osten gefolgt in der Hoffnung, entlang dieser Route weitere *Siti*stätten zu finden, aber außer den noch bestehenden Abschnitten der breiten Trasse waren alle Spuren der früheren Bewohner dieses Landes getilgt und von Wald und Erde zugedeckt. An diesem Morgen hatte er zu dem großen Felsengebirge emporgeblickt, das gut zweitausend Meter hoch vor ihm aufragte, und beschlossen, den nächstgelegenen Gipfel zu ersteigen, um sich einen besseren Überblick zu verschaffen und eine Vorstellung davon zu bekommen, was vor ihm lag. Die grasbewachsenen, baumlosen Berghänge unterhalb der Gipfel gingen talwärts in Nadelwald über. Soweit Nainoa wußte, hatte noch kein Jäger oder Erforscher aus den Siedlungen Bäume dieser Art beschrieben.

Es war bereits Vormittag, als Nainoa den Aufstieg begonnen hatte. Im Bergwald war er auf der Suche nach dem besten Weg bald in die eine, bald in die andere Richtung gestiegen. Er hatte Schafe mit dicken geringelten Hörnern gesehen und seltsame Hühner, die geräuschvoll aus dem Gebüsch flüchteten. Gegen Mittag hatte er das offene Grasland oberhalb der Baumgrenze erreicht, und bereits hier hatte sich ihm ein großartiger Ausblick geboten. Die Sonne brannte trotz der kühlen Luft so heiß, daß er häufig stehenbleiben mußte, um zu verschnaufen. Er hoffte, hier oben Pferde zu finden, aber er sah nur das Hochwild, das sich am Waldrand aufhielt, und die Schafe auf den höher gelegenen grünen Matten. Die Tiere schienen ihn nicht zu fürchten. Wahrscheinlich hatten sie noch nie Menschen gesehen. Als der Hang steiler wurde, legte Nainoa immer öfter eine Pause ein.

Im Tal kam plötzlich ein großes Tier aus dem Wald und steuerte auf den See zu. Das Wild, das sich in sicherem Abstand hielt, vermittelte Nainoa eine Vorstellung von der Größe des Tieres. Plötzlich stellte er bestürzt fest, daß es ein Bär war, aber keiner der dunklen Waldbären des Tieflands, die Nainoa kannte, sondern ein riesiges Tier mit gelbbraunem Pelz. Er konnte von Glück sagen, daß er keinem von ihnen begegnet war.

Die grünen Matten gingen in lockere und immer steilere Schotterhalden über. Bei jedem Schritt nach oben schien er genauso weit wieder nach unten zu rutschen. Er zählte die Schritte. Nach jedem zehnten blieb er stehen, stützte sich auf seinen Speer und versuchte, genügend Kraft und Atem für die nächsten zehn Schritte zu sammeln. Das lose Gestein war tückisch, so daß er vorsichtig auftreten mußte, möglichst auf Stellen, an denen Gras oder Gestrüpp zwischen den Steinen hervorwuchs.

Endlich hatte er den luftigen Felsgrat erreicht, ließ benommen Tragnetze und Waffen fallen, und dann blickte er auf seinen Speer gestützt auf das weite gebirgige Terrain.

Um bis hierher zu kommen, hatte er fast einen Monat anstrengenden Fußmarsches gebraucht. Sein Auftrag lautete, das weitgehend unbekannte Landesinnere zu erforschen, Informationen zu sammeln, bis jenseits des Gebirges vorzudringen und Pferde zu finden, wenn es sie gab. Die Trockenzeit würde nur noch drei oder vier Monate dauern; dann würden die Regenfälle einsetzen, weite Gebiete des Tieflandwaldes überfluten und die Durchquerung dieser Region unmöglich machen. Das bedeutete, daß ihm nur noch ungefähr vierzehn Tage blieben, bevor er umkehren mußte. Daß er zurückfinden würde, war keine Frage, aber wenn der Regen kam ...

In drei oder vier Tagen könnte er die Gipfelkette im Osten erreichen. Möglicherweise war sie der östliche Rand des Gebirges, das auf den alten Karten eingezeichnet war. Wenigstens bis zu diesen Bergen wollte er weitergehen. Als er sich aufrichtete, zitterten seine Beine. Der Aufstieg hatte viel Kraft gekostet. Er dachte an den langen Abstieg bis zum See und an den Bären im Tal und hielt es für besser, hier oben zu übernachten.

Er nahm sein Gepäck auf und ging an dem Grat entlang zum Gipfel, einem mächtigen dunklen Felsen, der gut hundert Meter über ihm in den Himmel ragte. Er entdeckte ein breites Sims, kletterte hinauf und fand an der Südseite eine warme und windgeschützte ebene Stelle mit einem verlassenen Vogelnest. Zwischen Ästen und Zweigen lagen die Knochen von Affen, Ziegen, Rotwild, Eidechsen und Nagetieren – stumme Zeugen von der Kost der früheren Nestbewohner. Das Holz würde für eine Nacht reichen. Nainoa beschloß, auf dem Sims zu kampieren.

Er nahm das Nest auseinander und schuf Platz für sein Lager. Dann ruhte er sich gegen den sonnenwarmen Fels gelehnt von der anstrengenden Kletterei aus. Er beobachtete die Wolken und die Landschaft, die sich mit dem Licht des Spätnachmittags langsam veränderte. Auf der Schattenseite der Berge entstand ein immer dunkleres Relief. In einem Winkel des Simses, wo der Wind den Staub zusammengeweht hatte, sah er plötzlich etwas glänzen. Das Herz schlug ihm höher: Es war eine Pfeilspitze aus schwarzem Glas.

Er verglich sie mit dem Steinbrocken, den er aus der Siedlung mitgenommen hatte. Das Material war ziemlich ähnlich, aber die Form der Pfeilspitze war ungewöhnlich. Sie stammte mit Sicherheit nicht aus der Hand eines Hawaiianers. Sie sah aus, als wäre sie gestern gemacht worden. Er fand jedoch keine weiteren Glassplitter auf dem Sims und vermutete, daß die Pfeilspitze schon sehr lange hier oben lag. Vielleicht war irgendwann einmal ein Jäger hier heraufgekommen und hatte auf einen der hier nistenden Vögel geschossen.

Als die Sonne unterging, legte sich der Wind, und Nainoa entzündete in einem Steinring ein kleines Feuer. Er stellte seinen Topf mit Wasser und Salz auf das Feuer, gab einige abgezogene und ausgenommene Nager dazu, die er am Vormittag gefangen hatte, und ließ sie langsam garen. Sie schmeckten nicht schlecht; das Fleisch hatte einen würzigen, leicht harzigen Geschmack. Trotzdem hätte er viel für eine in der Glut gebratene Brotfrucht gegeben.

Nachdem er gegessen hatte, genoß er die Aussicht. Ob jemand dort draußen sein Feuer sehen würde?

Das Land unter ihm wurde dunkel. Der Mond ging auf, und das Universum öffnete sich immer heller und strahlender. Dieser Ort, dachte er, wäre ein großartiger Platz für ein *heiau.* Religiöse Symbole kamen ihm in den Sinn. Wie viele kannte er? Aus dieser Frage entwickelte sich beinahe wie von selbst eine ganze Gedankenkette. Das Kreuz tauchte als erstes Symbol auf. Es hatte viele Bedeutungen.

Die Amerikaner hatten es mit ihrer seltsamen Religion nach Hawaii gebracht. In den frühesten Büchern, die kurz nach dem Untergang geschrieben waren, hieß es, daß die Amerikaner *Io* verehrten, die gewaltige unpersönliche Leere des Weltraums, aus der alles hervorgegangen war. Sie hielten *Io* für den Schöpfer und Göttervater. Nainoa hatte alles darüber gelesen, wobei sich zwei größere Theorien herauskristallisierten. Beide stützten sich auf eine in den Berichten überlieferte Anrufung der Amerikaner an ihren Gott. Die erste Zeile lautete:

«Unser Vater, der in der oberen Welt ist, geheiligt ist dein Symbol . . .»

Viele Historiker glaubten, daß sich «Unser Vater» auf die Sonne bezog, auf die Quelle des *mana,* der Lebenskraft, die zusammen mit dem Wasser des Lebens alles Leben möglich machte. Die Anhänger dieser Theorie glaubten, daß die Amerikaner die Sonne als Gottheit –

als «Unseren Vater» – verehrten (deren Symbol der Kreis war; Kritiker dieser Theorie wiesen darauf hin, daß der Kreis auch das Symbol für *Io,* den Weltraum, darstellte).

Die andere Theorie stand mehr im Einklang mit dem Glauben der *kahuna*-Mystiker, die davon ausgingen, daß alles in der Natur auf drei verschiedenen Seinsebenen existierte – einer physischen, einer geistigen und einer spirituellen –, wobei jede Ebene sowohl einen äußeren als auch einen inneren Aspekt hatte. Auf den Menschen angewendet verkörperte *kino* den äußeren Aspekt, den leiblichen Menschen, und *kino'aka* als eine Art unsichtbare Kopie des Körpers im Inneren die Körperenergie, jene Kraft, die den Menschen lebendig machte.

Die geistige Seinsebene hatte ebenfalls eine innere und eine äußere Seite. Das innere geistige Sein war auf einer Bewußtseinsebene, die im klassischen Hawaiisch *Unihipili* oder häufiger *Ku* genannt wurde, mit dem leiblichen Körper fest verbunden. Das *Ku* war der «Körperverstand» und unter anderem für die Funktion, den Schutz und den allgemeinen Erhalt des Leibes verantwortlich, durch den das *Ku* die äußere Welt erfuhr. Das *Ku* war der Teil des Individuums, in dem Erinnerungen gespeichert wurden und Emotionen und Gefühle entstanden. Überdies erhielt man durch das *Ku* Informationen über die nicht-gewöhnlichen Wirklichkeitsebenen; es war die geistige Seinsebene, durch die visionäre Erlebnisse zustande kamen.

Der äußere Aspekt des menschlichen Geistes war hauptsächlich auf die äußere Welt gerichtet. Dies war die verstandesmäßige, intellektuelle Ebene des menschlichen Ich. Hier erhielt der Denker, der Analytiker, der Entscheidungen treffende Mensch durch das *Ku* Informationen über die äußeren und inneren Welten. Die Entscheidungen, die *kealaka'i,* der Kontrolleur der Handlungen und Verhaltensweisen eines Menschen, traf, wurden durch das *Ku,* das direkt mit dem leiblichen Körper verbunden war, in die Tat umgesetzt.

Nainoa staunte, wie gut sein Gedächtnis funktionierte. Er legte wieder etwas Holz auf das Feuer und sah sich sorgfältig um. Er hatte das Gefühl, als ob jemand bei ihm wäre; doch er war allein. War es der Geist von Nagai? Oder von jemand anderem? Vielleicht wohnte ein Geist auf diesem Berggipfel. Seine Gedanken flossen weiter, und durch sein *Ku* gelangte ein Strom von Erinnerungen in sein Bewußtsein.

Die spirituelle Ebene des Ich hieß im alten Hawaii *Kane'wahine.* Dieses Wort bedeutete, daß der persönliche Geist eines Menschen sowohl männlich als auch weiblich war. Die allgemeinere Bezeichnung für diesen Begriff war *aumakua.* Alles in der Natur, belebt wie unbelebt, hatte sein *aumakua.* Das *aumakua* eines jeden erkennbaren Dings existierte in der Geisterwelt, in *Ao aumakua,* und im Gegensatz zu den physischen und intellektuellen Eigenschaften des Ich war der spirituelle Aspekt unsterblich.

Im mystischen Denken galten die lebendigen und nicht-lebendigen Wesen und Dinge auf der physischen Seinsebene als die äußeren Aspekte des inneren *aumakua.* Ob Mensch, Pflanze, Tier, Fluß oder Stein – all dies, so glaubte man, war als eine gedachte Form entstanden, deren Quelle das jeweilige *aumakua* war. Jedes Ding in der Natur war von seinem *aumakua* in der Geisterwelt ganz bewußt in der alltäglichen Welt der physischen Wirklichkeit sichtbar gemacht worden. Auf diese Weise wurde jedes Ding von seinem nicht-gewöhnlichen spirituellen Aspekt ins Dasein geträumt.

Die Mystiker glaubten auch, daß jeder der drei Aspekte des Ich – Körper, Verstand und Geist – wachsen konnte, daß sie sich veränderten und weiterentwickelten, je nach den Erfahrungen, die auf den verschiedenen Seinsebenen gemacht wurden. Deshalb war jeder Aspekt bis zu einem gewissen Grad für die Mit-Erschaffung der anderen verantwortlich. Während ein Mensch sein Leben auf der physischen Ebene lebte, wurden seine Erfahrungen durch sein inneres *Ku* in seine *aumakua*-Ebene projiziert, woraufhin dieser Aspekt sich erweiterte, veränderte und eine Art Aufbewahrungsort für die Lebenserfahrungen dieses Menschen wurde, für die Erfahrungen aus dem gegenwärtigen Leben sowie, bis zu einem gewissen Ausmaß, auch für die aus früheren Leben. Das *aumakua* enthielt ein spirituelles Gedächtnis, in dem alles an persönlicher Erfahrung und Wissen gespeichert war.

Zusätzlich war das *aumakua* jedes Menschen über ein unermeßliches Kraft- oder Energiesystem, das sogenannte *koko'aka,* mit jedem anderen *aumakua* verbunden. Alle persönlichen *aumakuas* aller Menschen bildeten auf diese Weise ein kollektives Ganzes, das *kapoeaumakua* oder den menschlichen Geist. Und diese große, vielschichtige und facettenreiche Einheit enthielt das kollektive Wissen der gesamten Menschheit, das theoretisch jedem einzelnen zur Verfügung stand. Das Kunststück bestand darin, den direkten Kontakt mit seinem eigenen *aumakua* aufzunehmen, weil die erbetene Information nur durch diesen Aspekt des Ich zugänglich gemacht und empfangen werden konnte.

Die Mystiker lehrten, daß der Kontakt mit dem persönlichen spirituellen Aspekt durch das *Ku* zustande kam und daß Informationen aus dem persönlichen *aumakua* gewöhnlich in Form von Träumen, Vorstellungen, plötzlichen Einfällen, Gedanken und Inspirationen wahrgenommen wurden. Das *aumakua* war die Quelle der Inspiration und Intuition, und so konnte der Geist eines Menschen von Zeit zu Zeit als persönlicher Lehrer oder Führer wirken.

Nainoa fühlte sich von diesem Gedanken inspiriert, denn das bedeutete, daß sein *aumakua* bei seinen Visionen mitwirkte und bis zu einem gewissen Grad auch an seinen normalen Erlebnissen.

Er hatte das Gefühl, als würde jemand leise zu ihm sprechen. War es der Geist von Nagai oder sein eigenes *aumakua?* Während er in sich hineinhorchte, hörte er deutlich eine Stimme sagen, daß Zeit in der Geisterwelt nicht auf die gleiche Weise existierte wie auf der physischen Ebene. «Dort ist alle Zeit auf einmal», sagte die Stimme.

Wenn das stimmte, dann könnte er durch sein *aumakua* in der Geisterwelt Wissen aus der Vergangenheit oder auch aus der Zukunft beziehen. Er dachte an seine Verbindung mit dem Amerikaner, der in Hawaii lebte. Vielleicht hatten seine Absichten und sein Wunsch, etwas über die Zeit vor dem Untergang zu erfahren, das Ziel bestimmt, und sein *aumakua* hatte die Verbindung hergestellt.

Nainoa erinnerte sich plötzlich an die ganze amerikanische Anrufung:

«*Aumakua,* das in der oberen Welt ist, geheiligt ist dein Symbol.
Deine Weisheit und dein Wille geschehe hier auf Erden
wie in der Geisterwelt.
Gib mir jeden Tag zu essen, und hilf mir, barmherzig zu sein.

Führe mich auf den rechten Weg und bewahre mich vor dem Übel.
Denn du bist die Quelle meiner Kraft und meines Lebens in alle Ewigkeit ...
Amama.»

Die zweite Theorie stützte sich also auf die Annahme, daß sich die Amerikaner der drei Seinsebenen bewußt gewesen waren und daß sie an Stelle einer auf die Verehrung der Sonne und des Universums ausgerichteten Religion den Zugang zu ihrem persönlichen spirituellen Aspekt – ihrem *aumakua* – suchten.

Nehmen wir den Satz «Geheiligt ist dein Symbol», dachte Nainoa und fuhr in seinem stummen Selbstgespräch fort. Die inneren und äußeren Ebenen des Denkens wurden oft auf den *heiaus* als geschnitzte *akua*-Bildnisse dargestellt. Sinnbild für das *aumakua* war jedoch meistens ein aufrecht stehender Stein, der entweder unbehandelt oder nur geringfügig behauen war, um die Vertikale zu betonen. Sowohl in den großen öffentlichen *heiaus* als auch in kleineren privaten, dem *aumakua* gewidmeten Heiligtümern stand gewöhnlich ein länglicher Monolith, der den Betrachter an jenen inneren Aspekt seines Ich erinnerte. Das Symbol half den Menschen, ihre Bewußtseinsebene zu wechseln, um den Kontakt mit ihrem persönlichen, von den Ahnen ererbten spirituellen Ich herzustellen.

Nainoa dachte daran, daß das *aumakua* manchmal auch durch *manu*, den Vogel, versinnbildlicht wurde, der von der oberen Welt herunterflog und Wissen, Ideen und Botschaften überbrachte. Viele Historiker meinten, das Kreuz symbolisiere den Vogel und sei deshalb das Symbol für das persönliche *aumakua* der Amerikaner.

Andere Historiker führten an, das Kreuz könnte auch die vier Himmelsrichtungen dargestellt haben. Es wäre ein mächtiges Symbol für Harmonie gewesen, wenn die spirituellen Eigenschaften der vier Himmelsrichtungen ins Gleichgewicht gebracht werden könnten. Andere hielten das Kreuz für ein mehrdimensionales Symbol, dessen Horizontale die «Mittelwelt» der gewöhnlichen irdischen Wirklichkeit, die Vertikale die untere beziehungsweise die obere Welt darstellte. So gesehen war das Kreuz ein Sinnbild für alle drei

Wirklichkeitsebenen. Diese Vorstellung ließ sich auch variieren; dann stand der vertikale Teil des Kreuzes für das *aumakua*, den Monolithen, dessen unteres Ende den Boden der gewöhnlichen Wirklichkeit durchdrang und in die untere Welt reichte und dessen oberes Ende in den Himmel ragte.

Wieder andere sahen im Kreuz den großen Weltenbaum, der die obere, mittlere und untere Welt verband. Es gab einige Beweise, die diese Vorstellung stützten, weil der Geist des weißen Herrn Iesu nach dessen Tod angeblich über den Weltenbaum in die obere Welt gereist war. Doch viele Mystiker hielten das Kreuz eher für das Symbol von Iesus *aumakua* und die Vogelgestalt, die sein Geist annahm, als er sich aus dem sterbenden körperlichen Aspekt seines Ich entfernte und in die obere Welt zurückkehrte.

Nainoa gefiel auch diese Vorstellung, weil sie bedeuten konnte, daß das *aumakua* des Ich in der Geisterwelt, im *Ao aumakua*, in Form des Kreuzes existiert.

Seine Gedanken wechselten über zu den mehr weltlichen Aspekten der verschiedenen religiösen Glaubensauffassungen seines Volkes, die sich hauptsächlich im kultischen Brauchtum äußerten. Bei diesen Riten wurden häufig Symbole verwendet, um die übernatürliche Kraft zu steuern oder zu manipulieren oder um eine Bewußtseinsveränderung herbeizuführen, damit gewisse Dinge wahrgenommen werden konnten. Auch Ereignisse wie die Geburt eines Kindes, der Beginn der Pubertät, Hochzeiten und Bestattungen wurden feierlich unter der Leitung von Priestern begangen.

Die Priester der *heiaus* folgten einem für das ganze Jahr festgelegten, ziemlich strengen zeremoniellen Zeitplan, der sich nach den Mondphasen richtete. Bei den einzelnen Ritualen wurde stets lange gebetet, es wurde gespendet und geopfert, und die alten Mythen wurden nacherzählt. Und es wurde gesungen, getrommelt und getanzt. Die körperlichen Aktivitäten dienten dazu, das *Ku* der Menschen zu beeindrucken, das bei der Veränderung des Bewußtseins ein unverzichtbarer Verbündeter war. Ein weiterer Effekt dieser Rituale bestand darin, daß sie die Menschen zusammenbrachten, die Gruppensolidarität förderten und manchmal auch dazu beitrugen, negative Gefühle wie zum Beispiel eine Feindschaft zwischen zwei rivalisierenden Familien abzubauen. Politisch gesehen stärkten sie die Macht und das Ansehen der Häuptlinge und Priester.

Die spirituelle Praxis hatte auch eine dunkle Seite, wenn ein Hexenmeister viel *mana* ansammelte und es in unredlicher Absicht auf andere richtete. Hexerei galt in den Siedlungen als etwas Böses, und wenn jemandem ein Unglück widerfuhr, verdächtigte er gern einen anderen, der ihm übel wollte. Dann wurde häufig ein Gegenzauber angewandt, durch den Betroffenen selbst oder einen Spezialisten, um die negativen Gedanken an ihren Ausgangsort zurückzuschicken.

Wenn Nainoa in die Siedlungen zurückkehrte, würden die Priester seine visionären Erlebnisse wahrscheinlich sehr skeptisch aufnehmen. Da er nur der Dienerklasse angehörte, würden sie ihm keinen spirituellen Status zubilligen; sie würden nur versuchen, ihn unglaubwürdig zu machen. Die Religion war in den Siedlungen fest in der Hand der Priester. Nur sie konnten die heiligen Rituale ausführen. Nur sie durften als Mittler zwischen der Gemeinde und dem Übernatürlichen auftreten. Die *kahuna*-Priester jedoch würden sich für seine Erlebnisse interessieren. Sie kamen aus allen Schichten und traten infolge der politischen Opposition der Priester im allgemeinen bescheidener auf.

Nainoa schichtete die kleineren Äste zu einem niedrigen länglichen Stapel und breitete seine Hängematte darauf aus. Er wickelte sich in Umhang und Regencape, machte es sich auf seinem Lager bequem und starrte ins Feuer. Die ganze Zeit, während er nachdachte, hatte er die Pfeilspitze in der Hand gehalten. Wer hat sie gemacht? dachte er, als er sie erneut betrachtete. Vielleicht saß er jetzt an derselben Stelle wie der Jäger, von dem die Pfeilspitze stammte. Vielleicht war jener Jäger auch von diesem Ort der Kraft angezogen worden.

Nainoa schlief ein und begann sofort zu träumen. Er stieg wieder den Berg herauf, verlor im Geröll den Halt, rutschte und fiel, und während er fiel, spannte er alle Muskeln an und erwachte. Er schlief wieder ein, nur um kurz danach wieder von seinem zuckenden Körper geweckt zu werden. Er legte einige Äste auf das Feuer. Dann zwang er sich, an nichts zu denken. Er wollte sich nur entspannen und schlafen, und kurz darauf schlief er ruhig und tief.

In der Nacht nahm der Wind zu und stöhnte und flüsterte um die schroffen Felsen. Die Temperatur sank, als sich der Fels abkühlte. Von der Kälte geweckt, saß Nainoa kurz vor Tagesanbruch zitternd und frierend vor dem Feuer und ärgerte sich, daß er sich dieses ungünstige Nachtlager ausgesucht hatte. Er betrachtete das Firmament, entdeckte den Großen Wagen und fand entlang der Deichsel den Stern, der angeblich direkt über Hawaii, die Heimat seiner Vorfahren, wanderte. Das Siebengestirn, dessen Erscheinen bei Sonnenuntergang den Beginn der Erntezeit angekündigt hatte, stand hoch am Himmel. Ihm fiel eine alte Geschichte ein vom Weltenbaum, der durch die von den sieben Sternen umringte Öffnung nach oben wuchs, und er erinnerte sich an seine Vision von dem großen Baum und dem grünen Mann, der nur aus Blättern bestand.

Er döste wieder ein, nur um fast sofort wieder vom Schrei eines großen Vogels geweckt zu werden. Nainoa blickte erschrocken um sich. War der Besitzer des Nests, das er zum größten Teil verbrannt hatte, zurückgekehrt? Doch er konnte in der Dunkelheit nichts entdecken und dachte, daß es wohl der Wind war, der ihn so erschreckt hatte. Er konzentrierte sich wieder, entspannte sich, und gerade als er in Schlaf sank, begann es ...

Zuerst fühlte er sich leicht, als würde er schwerelos schweben. Die Kraft, die er inzwischen kannte, stürmte auf ihn ein, sein Verstand erwachte sofort vollständig.

Er blieb mit geschlossenen Augen liegen und fühlte die Kraft in sich, die ihn hochhob und über dem Felsvorsprung schweben ließ. Er erinnerte sich an den Vogelschrei, der ihn so erschreckt hatte. Vor seinem inneren Auge tauchte ein Bild auf – ein großer Bussard oder ein Adler, der ganz und gar weiß war, mit leuchtenden goldenen Augen. Die ausgebreiteten Schwingen waren sehr breit, die Schwanzfedern sehr lang, und sein Verstand bemerkte nüchtern, daß der Vogel die Form eines Kreuzes bildete.

Er öffnete die Augen, aber er sah keinen Vogel, nur die Sterne – Myriaden von hellen Punkten vor einem schwarzen Himmel. Er schloß die Augen wieder. Die leuchtenden Punkte blieben. Er dachte, wie wundervoll es sein würde, wenn er fliegen könnte wie der Bussard ... wenn er sich von diesem Berggipfel in den gewaltigen Raum emporschwingen könnte.

Und als er dies dachte, tat er es bereits.

Nainoa streckte die Arme aus, spreizte die Finger und hob sich mühelos in den Wind. Er öffnete die Augen. Unter ihm lag der Berggipfel, und auf dem Felsvorsprung lag zusammengekauert eine schlafende Gestalt. Er erkannte, daß er dort schlief und träumte und daß ihm keine Gefahr drohte.

Die mächtigen Gefühle, die ihn auf angenehm pochende Weise erfüllten, nahmen zu. Der Wind zischte und rauschte in seinen Ohren. Dann stürzte er plötzlich auf die Felsen zu. Seine aufflackernde Panik verwandelte sich in Entzücken, als er seine Schwingen ... (seine Schwingen?!) ... ausbreitete, die Richtung änderte und mit unglaublicher Geschwindigkeit über den steilen Abhang schoß. Er flog eine Kurve und begann zu steigen, höher und höher, bis er getragen vom Wind hoch über seinem Lagerplatz kreiste. Eine tiefe, wilde Freude erfüllte ihn, bis er glaubte, vor Glück zu zerspringen. Er stieß einen Schrei aus, den hohen schrillen Schrei des Bussards, und von den Gipfeln ringsum hallte das Echo wider.

Tief unten im Bergwald und neben dem See konnte er plötzlich winzige Einzelheiten erkennen: Blumen im Gras, kleine gestreifte Nagetiere zwischen den Felsen, die Punkte auf dem Rücken der Fische im See.

Nainoa kreiste über den Bergen, innerlich bebend vor banger, aber auch freudiger Erregung und von einem ungeheuren Glücksgefühl erfüllt. Er öffnete den Mund, und wieder brach der Bussardschrei aus ihm hervor, den das Echo wieder und wieder zurückwarf. Er blickte zu seiner Bergspitze hinunter und sah die kleine, in seinen Umhang gehüllte Gestalt, die auf dem Felsvorsprung schlief. Das Feuer war ausgegangen. Dann blickte er nach Osten. Er wollte sehen, was jenseits der fernen Gipfel lag.

Als schmale unterbrochene Linie sah er die Überreste der abwechselnd freiliegenden oder von Bäumen überwachsenen Straße. Es war nicht mehr viel von ihr übrig. An vielen Stellen war sie von gewaltigen Erdrutschen verschüttet; einmal verschwand sie unter dem See. Der Fluß, der am östlichen Ende des Sees austrat, sickerte auf dem Weg des geringsten Widerstands zu Tal, um einen zweiten See zu bilden und einen weiteren im nächsten Tal.

Er bog nach Norden ab zu dem großen See, den er von seinem Gipfel aus gesehen hatte. Tiefblau und glänzend lag er inmitten von hohen Bergen. Nainoa sah Fische im flachen Wasser und unter der Wasseroberfläche in den Seegrund getriebene Pfosten, die vom Ufer aus in langen, parallellaufenden Reihen in den See hinausführten. Diese Pfosten, anscheinend die Überreste einer Hafenanlage, verrieten, daß hier Menschen am Werk gewesen waren. Auch die Überreste einer Straße waren zu erkennen, die sich am Ufer entlangzog, dann anstieg und nach Osten durch die Berge führte. Er ließ sich vom Wind höher tragen, überflog die letzten felsigen Gipfel, und der Anblick, der sich ihm nun bot, verschlug ihm den Atem.

Die Ostseite des Gebirges fiel viele hundert Meter steil ab und bildete nach Norden und Süden, soweit das Auge reichte, eine gewaltige Mauer. Dahinter lag eine andere Welt. Er hatte den Rand des Waldes erreicht.

Ein Meer von Gras erstreckte sich dürr und grau bis an den östlichen Horizont. Als die ersten Sonnenstrahlen über dem Rand dieser Welt erschienen, verwandelte sich das Grau dieses Meers in ein wundervolles Goldbraun. Und der Bussard schrie wieder und wieder. Im Osten des weiten Landes ragten ebenfalls Berge empor, aber sie bildeten ein kleineres, weniger imposantes Gebirge, dessen Hänge teils licht bewaldet, teils völlig kahl waren. Es gab Grasland, wohin er schaute, nur die Wasserläufe, die sich wie dunkle Schlangen durch die trockenen Ebenen zogen, waren von Bäumen gesäumt. Im Süden sah er den Teil eines weiteren länglichen Sees.

Er veränderte sein Blickfeld, um sich einzelne Dinge genauer anzusehen. Viele Bäume waren kahl, nur eine bestimmte Baumart hatte noch lange helle fingerförmige Blätter und schien die Rinde in langen Streifen abzuwerfen.

Dann sah er Tiere. Zunächst hatte er sie aus seiner großen Höhe für Büsche oder Bäume gehalten, die wie Punkte über das Grasland verstreut lagen, doch nun erkannte er zahllose Tiere, wohin er auch schaute. Es wimmelte von wilden Rindern und eigenartigen Schafen oder Ziegen mit großen gebogenen Hörnern, von Schweinen mit langen, gekrümmten Hauern und merkwürdigen Verdickungen auf den länglichen Schnauzen, von Hirschen und schwarzen ziegenähnlichen Tieren mit langen wulstigen und schneckenförmig gewundenen Hörnern. Und es gab viele Elefanten.

Er ging etwas tiefer und entdeckte am Fuß eines bewaldeten Hügels mehrere Tiger, die die gleiche Farbe hatten wie das dürre Gras. Das männliche Tier hatte eine üppige dunkle Mähne um Kopf und Schultern. Nagai hatte ihm von diesen Tieren erzählt. Sie hießen *Leo* nach einem mythischen Tier. Als er über sie hinwegflog, blickten sie mit ihren hellen Augen zu ihm empor. Es gab die Löwen wirklich!

Er flog über mehrere Hügel und sah im fernen Nordosten den hellen Widerschein eines großen Gewässers. Nach Westen hin bildete das Gebirge einen dunklen Wall, der das trockene offene Land hoch überragte. Als er über die bewaldeten Hänge flog, sah er Affen, die mit ihren langen Schnauzen und Pelzkrausen um Kopf und Schultern wie Hunde aussahen und in den niedrigen dornigen Bäumen kleine erbsenähnliche Samenkapseln fraßen.[1]

Wieder über dem Grasland sah er Scharen unbekannter Tiere mit langen Beinen und langen Hälsen, die ein wenig den Hirschen glichen. In einer anderen Richtung entdeckte er wilde Hunde, die sich der Herde der hirschähnlichen Tiere näherten. Und plötzlich, vielleicht weil der Wind ihnen den Geruch der Hunde zugetragen hatte, begann die ganze Herde zu rennen. Die Tiere stürmten dahin, und Nainoas Herz hüpfte vor Freude: Diese Tiere konnten nur Pferde sein. Er hatte in der Bibliothek von Häuptling Kaneohe Bilder von Pferden gesehen. Er beobachtete ehrfurchtsvoll ihre fließenden und kraftvollen Bewegungen. Er hatte Pferde gefunden!

Er folgte den Pferden nach Norden, überflog eine Hügelkette und näherte sich einem breiten, wie eine Schüssel geformten Tal, das im Westen an die Mauer des Gebirges grenzte. Ein gewaltiger Berg, dessen Ostseite wie abgespaltet wirkte und große weiße Narben aufwies, überragte das Tal. In der Mitte lag ein flacher See, und das Grasland ringsum war von Tieren bedeckt. Er wollte eben etwas tiefer gehen, um sich die Tiere genauer anzusehen, als ihn etwas warnte.

Er stieg höher, um einen besseren Ausblick zu haben, und während er über dem Tal kreiste und zu dem baumlosen Ostufer des Sees zurückblickte, glaubte er seinen Augen nicht zu trauen.

Dort unten, in sicherem Abstand zum Wasser, lag ein Dorf. Eigentlich waren es nur mehrere runde Gestrüpphaufen, so daß er zunächst nicht glauben wollte, was er sah. Das waren keine Behausungen, dachte er, nur irgendwelche merkwürdigen Büsche. Aber vor jedem dieser Büsche sah er eine von Steinen umringte Feuergrube. Sein aufgeregtes Herz pochte laut, und dann setzte es vor Enttäuschung beinahe aus, denn die Behausungen waren offensichtlich verlassen.

Wo waren die Menschen? Er ließ sich vom Wind höher tragen, immer größere Weiten taten sich unter ihm auf, aber er sah keine Menschen. Die Siedlung dort unten war nicht alt. Hütten wie diese aus Ästen und Reisig überdauerten nicht einmal ein Jahr. Dafür sorgten schon der Wind und die Termiten. Irgend etwas stimmte hier nicht. Es gab keine Äcker, keine Terrassenfelder, keine Bewässerungsgräben.

Er stieg so hoch, bis er den länglichen, von Bergen eingekesselten See und seinen Berggipfel im Südwesten wieder sehen konnte. Das Gefühl, als ob ihn etwas rufen würde, verwandelte sich jäh in sehnsüchtige Erwartung, in ein tief empfundenes Bedürfnis. Ihm war, als zerrte etwas an ihm. Er flog mit ungeheurer Geschwindigkeit. Der Wind sauste durch seine Federn und dann durch ihn hindurch wie von einem Ende eines Tunnels zum anderen.

Das Bild des Tunnels machte ihm angst. Der Tunnel verschlang ihn. Als er in den finsteren Schlund stürzte, sah er merkwürdige Punkte und helle Wellenlinien und erinnerte sich an das unendliche Rastermuster aus seinen früheren Visionen. Die Lichter verschmolzen zu einem einzigen leuchtenden Strahl, der ihn durch den Tunnel führte. Dann fiel er langsamer, und plötzlich sah er seinen Berg und seinen Lagerplatz vor sich. Neben seiner schlafenden Gestalt lag der Tigermann zusammengerollt wie eine Katze. Er blickte auf, als Nainoa näher kam; seine Gestalt verschwamm und wurde menschenähnlich. Nainoa hatte das Gefühl zu landen, und dann lag er zitternd vor Kälte und Aufregung auf dem Sims. Er holte tief Atem. In seinen eingeschlafenen Arm kehrte kribbelnd das Blut zurück.

Mit klappernden Zähnen lag er in der Kälte und wartete, bis sich die Kraft aus seinem Körper zurückgezogen hatte. Dann öffnete er die Augen, um den Tigermann anzusehen, aber er sah nur noch die Augen und die dunklen Rosetten, die sich wie Wasserwirbel drehten und verschwanden.

Nainoa stand auf. Er stampfte mit den Füßen und schlug die Arme um seinen Oberkörper. Der Wind hatte sich gelegt. Am östlichen Himmel leuchtete das erste Morgenrot. Er wickelte sich fester in seinen Umhang und ließ die eben geschauten Bilder an seinem inneren Auge vorüberziehen. Dann entzündete er mit dem Feuerstock ein kleines Feuer und legte, was von dem Nest noch übrig war, auf die Flammen.

Er machte etwas Wasser mit einigen Kräutern heiß, trank es in kleinen Schlucken und blickte über die Gebirgslandschaft. Er wußte jetzt, wohin er gehen würde.

13

Grübeleien

Wie gewohnt schrieb ich in den folgenden Tagen alles auf, woran ich mich nach der jüngsten Episode erinnern konnte. Ungefähr um dieselbe Zeit erhielt ich einen Lehrauftrag von der University of Hawaii, die in ihrer westhawaiischen Zweigstelle in Kealakekua einen Abendkurs in Anthropologie anbot. Diese Tätigkeit half mir, mich wieder mehr mit der gewöhnlichen alltäglichen Wirklichkeit zu befassen. Meine Studenten stammten aus verschiedenen ethnischen Gruppen. Durch die zweimal in der Woche stattfindenden Kurse fand ich nach meiner Arbeit auf der Farm in meinen Beruf zurück, und ich war froh, wieder als Anthropologe tätig zu sein.

Gegen Ende des ersten Semesters hielt ich Vorlesungen über Religion aus anthropologischer Sicht und beschloß, näher auf das Thema des traditionellen hawaiischen Mystizismus einzugehen. Ich war mir nicht sicher, ob diese Entscheidung richtig war, denn einige meiner Studenten waren Hawaiianer polynesischer Herkunft, und ich befürchtete, sie könnten die Erörterung von Dingen, für die früher ausschließlich die *kahuna*-Schamanen zuständig waren, als einen unzulässigen Übergriff auf ihre Kultur auffassen. Außerdem war ich mir bewußt, daß ich für die Einheimischen ein Außenseiter war – ein Festlandweißer, und das würde ich, egal, wie lange ich auf den Inseln leben würde, auch immer bleiben.

Am Abend dieser Vorlesung, als ich nach einem frühen Abendessen mit meinen Notizen das Haus verließ, lag eine merkwürdige

Spannung in der Luft. Ich drehte mich um und blickte auf den Steingarten. Die tiefstehende Sonne tauchte das Grundstück in gelbes Licht und schuf ein tropisches Mosaik aus leuchtenden Grüntönen und tiefen Schatten. Bäume, Blumen und Gräser waren noch feucht vom nachmittäglichen Regen, und Tausende winziger Sonnen funkelten mir entgegen. Die vielen leuchtenden Punkte erinnerten mich an die Phosphene, die ich während meiner veränderten Bewußtseinszustände gesehen hatte. Mein unterbewußtes *Ku* reagierte sofort auf den sehr suggestiven visuellen Effekt, und ich geriet in einen leichten Trancezustand, der meinen visionären Erlebnissen sehr ähnlich war, nur nicht ganz so total oder intensiv. Ich spürte die Gefühlswellen, aber nur mit sehr niedriger Frequenz, und ich konnte mich völlig normal bewegen, obwohl ich meine Umgebung deutlich verändert wahrnahm. Es war, als hätten sich meine Sinne horizontal erweitert, so daß ich bis zu einem gewissen Grad mit meiner Umgebung «verschmolz».

Während ich meinen kleinen Besitz betrachtete, war ich imstande, die Landschaft zu *fühlen*. Ich bewunderte die graugrüne Rinde und die sich ausbildenden Brettwurzeln des Banyanbaums neben dem Haus und hörte den Wind durch die grünen Blätterwolken rauschen. Gleichzeitig fühlte ich, wie der Baum wuchs. Ich hörte, wie sich seine Wurzeln durch das krümelige Lavasubstrat schoben, und empfand das gutartige traumähnliche Bewußtsein des Baumes, während seine Wurzeln Wasser saugten und seine Blätter das Licht absorbierten.

Im Zauber des Augenblicks wandte ich mich dem Geisterstein im Steingarten zu. Vielleicht sollte ich ihn um die Erlaubnis bitten, *kahuna*-Wissen mit anderen zu diskutieren. Ich stellte meine Aktentasche ab, trat vor den Stein und legte beide Hände auf seine feuchte Oberfläche. Ich befreite mich von Gedanken und grüßte den Geist des Steins. Dann bat ich förmlich um die Erlaubnis, das Wissen, das ich von meinen Lehrern in der gewöhnlichen und nicht-gewöhnlichen Wirklichkeit erhalten hatte, mit anderen zu teilen. Ich bat den Stein um seinen Segen für das, was ich vorhatte, und um *mana*, damit ich gut, wahrhaftig und überzeugend zu meinen Hörern sprechen würde.

Ich war gerührt, denn es war das erste Mal, daß ich etwas getan hatte, das man auch beten nennen könnte. Ich versuchte, Verbindung zu meiner tiefsten Wesensart und der aller anderer Lebensformen zu schaffen. In diesem Augenblick floß etwas Lebendiges in mein Bewußtsein. Durch den Stein fühlte ich plötzlich, wie stark ich mit der Natur verbunden war, mit dem Berg und dem Meer, dem Wind, dem Strand, dem Land und den Bäumen ... und natürlich auch mit Nainoa.

Plötzlich stellten sich meine Haare auf, und eine Gänsehaut überlief mich. Das fremde Bewußtsein im Stein berührte mich. Ich fühlte tatsächlich etwas, das über seine bloße Anwesenheit hinausging – eine Gedanken-Form, eine ferne, vollkommen andere Form als die eines menschlichen Geistes, aber dennoch eine Form von Bewußtsein. Das Wort «Bewußtsein» ist vielleicht die bestmögliche Beschreibung, und in diesen wenigen Augenblicken konnte ich deutlich fühlen, daß es auf mich gerichtet war. Der feuchte Lavastein wurde plötzlich warm. Seine Wärme durchdrang meine Hände, meine Arme, strömte in meine Brust und meinen Magen. Erschrocken ließ ich den Stein los. Es kribbelte in meinen Händen. Die Kraftwellen in mir waren wesentlich stärker geworden. Es war, als ob mir der Stein zusätzliche Energie verliehen hatte, damit ich für ihn und die restliche Natur sprechen konnte.

Die Vorlesung, die ich an diesem Abend über das hawaiische *Ho'omana* hielt, ließ sich gut an. Als ich über den Begriff der mystischen Kraft zu sprechen begann, grollte im Süden Gewitterdonner. Auf den Inseln kam es selten zu Gewittern dank des ausgleichenden Meeres, und ich erwähnte dies gegenüber meinen Hörern. Die Sonne war inzwischen untergegangen, und es wurde dunkel.

Ich sprach weiter über die unterschiedlichen Auffassungen der Völker von der übernatürlichen Kraft und wurde erneut unterbrochen – und dann wieder – durch immer lauteres Donnern. Es hörte sich an, als käme ein Gewitter den Berg herunter. Von meinem Vorlesungstext abweichend, sprach ich über den mythischen Blitzmann, der bei den australischen Aborigines *Namarkun*, bei den südafrikanischen San *Jondar* hieß. Ich schilderte, wie bemerkenswert ähnlich diese übernatürlichen Wesen auf Felszeichnungen dargestellt sind, die in diesen geographisch so weit auseinanderliegenden Gegenden gefunden wurden. Ich erwähnte, daß der hawaiische Donnergott *Kanekehili* genannt wird und einen Aspekt von *Kane* darstellt, dem führenden Gott unter den großen hawaiischen Göttern, für den die Wissenschaftler an die siebzig Namen aufgelistet hatten.

Wie zur Bestätigung blitzte und donnerte es gewaltig. Ich erinnerte mich, daß Nainoa den Blitzmann *Makua'uwila* nannte, und fragte die Hawaiianer im Hörsaal, ob sie diesen Namen kannten. Sie kannten ihn nicht.

Das Gewitter befand sich nun beinahe über uns. Eine Lärmwoge rollte über das Land, und dicke Regentropfen begannen auf die Autos auf dem Parkplatz niederzuprasseln. Das Gewitter wurde immer stärker und lauter. Ich erwähnte den indianischen Schamanen Rolling Thunder, der mit seinen Zeremonien die «Gewitterwesen» anlockte, so daß es angeblich sogar mittags in der Wüste zu kurzzeitigen sintflutartigen Regenfällen kam. Und draußen krachte der Donner, und der tropische Regen rauschte und toste, daß man sein eigenes Wort nicht mehr verstand.

Ich überlegte, ob ich die Vorlesung abbrechen sollte. Meine Zuhörer sahen mich merkwürdig an. Eine ältere Dame, die zeit ihres Lebens auf den Inseln gelebt hatte, sagte unaufgefordert über den Lärm hinweg, sie habe in Kona noch nie ein solches Gewitter erlebt. Ein Blitz, unmittelbar gefolgt von einem ohrenbetäubenden Donnerschlag, erhellte den Raum, und ich erzählte betont gelassen, daß ich einmal hörte, wie Afrikaner den Blitzmann *Jondar* einen alten Angeber nannten. Ich sah meine Zuhörer an und sagte etwas provozierend: «Soll *Jondar* doch mal zeigen, was er kann.»

Die kollektive Aufmerksamkeit von dreißig Personen richtete sich auf diesen Gedanken, und der Blitz schlug in den Parkplatz vor den Klassenzimmern ein. Gleichzeitig gab es einen gewaltigen Knall. Das Licht flackerte und ging aus, der Klassenraum lag im Halbdunkel, nur vom Widerschein der unheimlichen Lichtschlangen erhellt, die während der längsten fünf Sekunden meines bisherigen Lebens vor den Fenstern zuckend und zischend über den Boden krochen. Als das Licht wieder anging, roch es stark nach Ozon. Die meisten meiner Zuhörer wirkten erschrocken bis verängstigt.

Obwohl ich selbst einen gehörigen Schreck bekommen hatte, sagte ich: «Nun, das war knapp, und außerdem kann ich bei diesem Gedonner und Geblitze nicht weitersprechen.» Ich wandte mich dem nächtlichen Himmel zu und sagte mit erhobener Stimme: «Und ich wäre sehr dankbar, wenn der Blitzmann mitsamt seinem *mana* auf den Berg zurückkehren würde, damit ich mit meinem Vortrag fortfahren kann ...»

Zu jedermanns Erstaunen, mich eingeschlossen, verzog sich das Gewitter, und fünf Minuten später war vom Mauna Loa her nur noch ein fernes Grollen zu vernehmen. Der Regen hörte auf. Ich beendete meine Vorlesung, und alle gingen, offensichtlich etwas benommen.

Auf der Heimfahrt überlegte ich, ob es zwischen mir und dem Gewitter eine Verbindung gegeben hatte. Mein Wissenschaftlerverstand wollte zunächst nichts davon wissen, aber später, als ich neben der schlafenden Jill im Bett lag, dachte ich, daß ich möglicherweise sehr unvorsichtig gehandelt hatte. Ich spielte mit Dingen, von denen ich so gut wie nichts wußte. Hatte ich tatsächlich den Blitz angezogen? Hatten Geister mitgewirkt? Hätten sie erlaubt, daß jemand verletzt worden wäre? Ich flüchtete mich aus meinen Grübeleien in Betrachtungen über die Unterschiede zwischen dem heutigen religiösen Denken und dem in der Welt von Nainoa.

Nainoa wußte von Gautama Buddha und von Jesus von Nazareth als Iesu Kristo, dem «weißen Meister», aber aus seinem Gedächtnis ging ganz deutlich hervor, daß es in den hawaiischen Siedlungen seiner Zeit weder Buddhismus noch Christentum als organisierte Religionen gab. Diese Religionen hatten den Zusammenbruch der westlichen Zivilisation nicht überlebt – zumindest nicht auf Hawaii.

Was Nainoa über den Untergang der Zivilisation wußte, beschränkte sich auf die Geschehnisse auf den Inseln. Dieses Wissen war von den Nachfahren der Überlebenden aufgezeichnet worden, aber anscheinend erst viele Generationen später, nachdem der Vorgang abgeschlossen war. Nainoa wußte nicht genau, *wann* der Untergang begonnen hatte oder *was* geschehen war. Er verfügte jedoch über drei wichtige Einzelinformationen: Der Meeresspiegel war angestiegen, die Inseln waren ganz plötzlich von der übrigen Welt abgeschnitten, und der größte Teil der menschlichen Bevölkerung auf den Inseln war – wohl an den Auswirkungen des sozialen Chaos und der anschließenden Hungersnot – zugrunde gegangen.

Ich lag sehr still in der Dunkelheit und versuchte mir vorzustellen, was bei einer plötzlichen Isolierung der Inseln von der Außenwelt geschehen würde. Hawaii ist die abgelegenste Inselgruppe der Welt. Über 4000 km offenes Meer liegen zwischen Honolulu und irgendwo. Ich dachte mir das folgende Szenario:

Mit dem Zusammenbruch der westlichen Zivilisation würden alle Lebensmittel- und Brennstoffimporte abrupt enden. Die vorhandenen Vorräte wären in wenigen Tagen aufgebraucht. Alle auf fossile Brennstoffe angewiesenen Transportmittel wie Personen- und Lastwagen, Schiffe und Flugzeuge würden nutzlos werden. Die öffentlichen Versorgungsbetriebe, Wasser, Strom, die medizinische Versorgung und alle auf Elektrizität beruhenden Kommunikationssysteme würden ausfallen. Am gefährlichsten würde sich der zunehmende Mangel an Wasser und Lebensmitteln auswirken, und das auf alle Gemeinden und alle Schichten der Bevölkerung – einer Bevölkerung, die plötzlich wieder zu Fuß gehen müßte.

Nahrung und Wasser würden der entscheidende Überlebensfaktor sein. Hamstern würde das Unvermeidliche nur hinausschieben. Es würden nur die Menschen überleben, die alles, was sie zum Leben brauchten, vom Land oder aus dem Meer gewinnen konnten. Nur diejenigen würden durchkommen, die noch die herkömmlichen polynesischen Überlebensstrategien kannten – einige Viehzüchter, einige Bauern und vielleicht noch einige Fischer –, aber auch nur, wenn ihnen eine rasche Umstellung gelang.

Alle anderen Jobs und Berufe, Politiker, Geschäftsleute, Bankiers, Rechtsanwälte und Grundstücksmakler würden über Nacht bedeutungslos und wertlos werden. Nur Nahrungsmittel und diejenigen, die in der Lage waren, sie zu produzieren, würden noch gefragt sein. Nur wer seinen Lebensunterhalt ohne Maschinen oder ohne motorisierte Fahrzeuge bestreiten konnte, würde überleben. Es war ein sehr ernüchternder Gedanke.

Ich sann mit zunehmendem Unbehagen über dieses Szenario nach. Das Land müßte sofort nach dem traditionellen hawaiischen System in autarke Landabschnitte aufgeteilt werden, die sich segmentartig vom Berg zum Meer erstreckten, mit einer vom Fischfang lebenden Gemeinde an der Küste und einer Landwirtschaft betreibenden Gemeinde im Inland. Die Grenzen und die Größe dieser Landabschnitte würden wie früher bestimmt vom Vorhandensein von Ackerland, sauberem Süßwasser und geeigneten Kanu-Anlegeplätzen. Die Rückkehr zu diesem alten biodynamischen System müßte sofort erfolgen; andernfalls würden alle sterben.

Ich dachte daran, wie wenig die heutigen Inselbewohner auf das «Wohlbefinden» des Landes und des Wassers achten. Von Politikern und Banken unterstützt, errichten die Stadtplaner ständig neue, auf engstem Raum angelegte Siedlungen und verwandeln früheres Akkerland in teure Grundstücke, auf denen Menschen wohnen, die nicht die geringste Ahnung haben, wie Nahrungsmittel produziert werden. Die Folge davon ist, daß der Löwenanteil aller auf den Inseln gekauften und konsumierten Waren importiert werden muß. Hawaii ist in sehr vieler Hinsicht ein Teil der westlichen Welt geworden, und seine Bevölkerung hängt inzwischen vollständig von der Weltwirtschaft ab. Sogar die einheimischen Fischer betreiben ihr Handwerk mit Motorbooten.

Inzwischen treten auch auf Hawaii ernste Umweltprobleme auf. In den Grundwasser leitenden Gesteinsschichten unter den Inseln, den Aquiferen, wurden Rückstände von Pestiziden, Herbiziden und Düngemitteln festgestellt. Krankheitserreger, die Landwirtschaft und Umwelt schädigen, wurden verantwortungslos eingeschleppt mit katastrophalen Folgen sowohl für einheimische Arten als auch eingeführte Kulturpflanzen. Ich fragte mich, ob der Übergang zu den alten polynesischen Überlebensmethoden auf ozeanischen Inseln überhaupt durchführbar wäre, sollte dies eines Tages notwendig werden.

Und doch – Nainoas Volk hatte es geschafft. Einige würden den Zusammenbruch der Zivilisation überleben und die Inseln wieder bevölkern. Ihre Nachkommen würden schließlich bis zur kalifornischen Küste fahren, um den Kontinent Amerika nach fünftausend Jahren neu zu entdecken.

Nach dem Zusammenbruch würde eine unvorstellbare Menge an Wissen und die gesamte Hochtechnologie verloren sein. Ohne Energie würden alle Maschinen, von den Automobilen und Computern bis zu den Düsenflugzeugen und den CT-Scannern, zu Schrott. Aus ihren Metallen und einzelnen Teilen könnten einige nützliche Dinge hergestellt werden wie Angelhaken, Harpunen, Messer, Nägel, Bauteile für Wagen oder Boote. Aber die Maschinen selbst sowie alles, was nicht unmittelbar zur Nahrungsproduktion und zum Überleben beitrug, würde nutzlos sein. Wie viele würden überleben? Zehn Prozent der jetzigen Bevölkerung? Ein Prozent? Oder nur ein Zehntelprozent?

Wenn es dazu kam, würde die menschliche Spezies wieder dem Urteil der natürlichen Selektion anheimfallen. Die Naturgesetze würden erbarmungslos sein, die genetische Hemmschwelle enorm, aber die ethnische Vielfalt auf Hawaii würde sich vorteilhaft auswirken. Die daraus resultierenden Bevölkerungen auf den verschiedenen Inseln würden zahlenmäßig gering sein, aber sie hätten die für das Überleben notwendige genetische Variabilität. Es würde eine neue hawaiische Rasse entstehen, zu der alle derzeitigen ethnischen Gruppen auf Hawaii ihren Beitrag leisten würden.

Die Menschen, die Nainoa kannte, seine Freunde und «Kollegen», waren alle dunkelhäutig mit stark ausgeprägten Zügen. Die Nasen variierten etwas. Aber die meisten hatten breite Gesichter, einen großen vollen Mund und mandelförmige Augen. Ich hatte in Nainoas Erinnerung keine Menschen mit rein europäischen, afrikanischen oder asiatischen Zügen gesehen. Es gab Unterschiede in der Haarfarbe, auch blaue Augen, aber keine blonden Menschen.

Die verschiedenen Religionen und religiösen Sekten, die es heute auf den Inseln gibt, würden praktisch über Nacht verschwinden, weil Priester und Religionsgemeinschaften aussterben würden. Land und Meer würden zur wichtigsten Lebensquelle werden, so daß sich die Religion wieder an der natürlichen Welt und ihren übernatürlichen Aspekten ausrichten würde. Die alten schamanischen

Methoden, mit der Natur zu leben und die Natur zu verstehen, würden überleben oder neu entdeckt, weil sie unmittelbar nützlich waren ... und weil sie funktionierten.

Diese apokalyptische Vorstellung war erschütternd. Ich stand auf und machte mir in der Küche eine große Tasse Schwarztee. Dann setzte ich mich auf die Veranda und blickte zu den Sternen empor. Die Nacht war ruhig und tropisch warm. Der abnehmende Mond warf sein gespenstisches Licht über die nächtliche Landschaft. Ich sah den Großen Wagen und folgte dem Bogen der Deichsel nach Süden bis zu Arcturus, der bei den Hawaiianern *Hokule'a*, Stern der Freude, heißt und nach dem sie das berühmte Hochseekanu benannt hatten.

Ich dachte an Nainoas visionären Geisterflug in Gestalt des Bussards. In der ethnographischen Literatur gibt es viele ähnliche Beispiele für Geisterreisen, bei denen der Schamane eins wird mit der Kraft eines Tieres. Überall auf der Welt unternehmen Schamanen Geisterreisen mit einem Vogel. Der große Bergsee, über den Nainoa geflogen war, könnte der Lake Tahoe gewesen sein, und die Ostflanke des Gebirges erinnerte stark an die Sierra Nevada, aber die heutigen hochgelegenen Wüsten des Großen Beckens hinter der Sierra schienen sich völlig verändert zu haben. Sie waren zu Prärien geworden, zum Teil mit lockerem Baum- und Strauchbewuchs ähnlich den Savannen im heutigen Afrika. Eine ökologische Veränderung dieses Ausmaßes bedeutete, daß sich auf der ganzen Welt ein dramatischer Klimawechsel vollzogen haben mußte. Das locker bewaldete Grasland wies sowohl auf größere Niederschlagsmengen als auch auf eine Zunahme der Umgebungstemperatur hin. Flora und Fauna zeigten, daß die Welt wieder einmal, und wie schon in langen Zeiten ihrer evolutionären Vergangenheit, zu einem großen Teil tropisch warm geworden war.

Lebte ich am Ende des goldenen Zeitalters der westlichen Zivilisation? Hatten diejenigen recht, die von einer unmittelbar drohenden Umweltkatastrophe sprachen? Würde ich hier sein, wenn es passierte?

Meine Gedanken kehrten zu Nainoas aufrecht stehendem Stein

zurück, der für ihn den spirituellen Aspekt des Ich symbolisierte. Monolithen finden sich überall auf der Welt, und sie sind überall geheimnisumwoben. Obwohl viel über sie nachgedacht und geschrieben worden ist, bleibt ihre ursprüngliche Funktion unbekannt; sie ging mit denen verloren, die sie vor langer Zeit errichteten – zu einer Zeit, die bis zum Jahr 3000 v. Chr. zurückliegt und vom Ende des zweiten Jahrtausends unserer Zeitrechnung ebenso weit entfernt ist wie Nainoas Welt in der Zukunft.

Die bekanntesten stehenden Steine sind vielleicht die von den prähistorischen Steinzeitvölkern kreisförmig aufgestellten Monolithe in Europa. Allein in England und Irland fand man über 900 solcher Steinkreise, die berühmtesten in Avebury und Stonehenge. Einige sind so präzise angeordnet, daß sie den steinzeitlichen Bauern für astronomische Beobachtungen gedient haben könnten. In einer kurzen Wachstumsperiode war der genau berechnete Zeitpunkt für Aussaat und Ernte lebenswichtig. Welche Funktionen andere stehende Steine hatten, wie zum Beispiel die in langen Reihen aufgestellten Menhire von Carnac in der Bretagne, ist weniger klar. Ich habe nirgends gelesen, daß sie auch Symbole für das spirituelle Ich sein könnten; möglicherweise ist es mir aber entgangen, da das nicht mein Fachgebiet ist.

Im alten Hawaii jedoch war der stehende Stein ein mit dem Gott *Kane* verbundenes Symbol. *Kane* war der oberste Schöpfer*akua* und eine der vier großen «Gottheiten» des hawaiischen Pantheon. Und für viele stellte er die Doppelnatur Gott-Mensch dar oder das höhere Ich des Menschen, das *aumakua*.

Ich trank meinen Tee und blickte zur dunklen Küste hinunter, wo mehrere kleine Lichter die Stelle kennzeichneten, an der sich eine teilweise restaurierte archäologische Stätte befindet – der «Ort der Zuflucht» bei Honaunau. Früher war diese Stätte ein bedeutendes religiöses Zentrum, wo vor allem geheilt wurde und Gesetzesbrecher von den Priestern des Heiligtums von ihren Sünden gereinigt wurden. Heute gehört es zu einem Nationalpark und wird täglich von Scharen von Touristen besucht.

Im Inneren des von einer dicken Steinmauer umgebenen Heiligtums befinden sich die Überreste mehrerer *heiaus*, und vor einem liegt ein riesiger Monolith. Der Direktor des Parks sagte mir, daß der große Stein von irgendwoher nach Honaunau gebracht worden war, daß aber niemand weiß, wer ihn gebracht hatte und warum. Die Legende erzählt, daß ein einheimischer hoher Häuptling namens Keoua eine besondere Beziehung zu ihm hatte; deshalb heißt der Monolith auch heute noch Keoua-Stein. Ich dachte an die seltsame Beziehung, die sich zwischen mir und dem Stein neben meiner Haustür entwickelte, und fragte mich, ob es auch andersherum gewesen sein könnte: daß vielleicht der Monolith eine besondere Beziehung zu Häuptling Keoua hatte.

Auf allen hawaiischen Inseln gibt es berühmte Steine, in denen angeblich Geister wohnen oder die übernatürliche Kraft enthalten. Einige sollen heilende Kräfte besitzen. Geburtssteine stehen an Orten, wo hochrangige Häuptlingsfrauen ihre Kinder zur Welt brachten. Mehrere Steine mit geringfügig eingemeißelten Gesichtern stehen heute im Bishop-Museum in Honolulu. Andere blieben dort, wo sie einst aufgestellt worden waren. Fast alle diese *pohakus* hatten einen Namen und wurden hoch verehrt.

Nachdem Monolithe so weit verbreitet sind, könnte ihre symbolische Bedeutung als höheres Ich aus dem schamanischen Wissen hergeleitet sein, das früher allgemein verstanden wurde, und sie könnten eine uralte Vorstellung ausdrücken, die vielleicht auf einer bestimmten psychosymbolischen Entwicklungsstufe der Kulturen immer wieder neu entdeckt wurde. Sehr verlockend erschien mir der Gedanke, daß auch Kristalle kleine Monolithe darstellen, kleine tragbare Symbole, die das unterbewußte *Ku* erkennt und sich davon angezogen fühlt.

Höchst interessant fand ich, daß Nainoa den Begriff des «kollektiven Unbewußten» kannte, das auch der visionäre Denker C. G. Jung beschrieben hat. In der Glaubenswelt von Nainoa war jeder Mensch ein körperlich sichtbar gemachter Teil einer größeren geistigen Einheit der Menschen, die das kollektive Wissen der menschlichen Spezies enthält. Theoretisch hat jeder durch sein spirituelles Vermögen Zugang zu diesem Wissen.

Wenn dies richtig war, warum konnten wir dann nicht das kollektive Wissen bemühen, um ein Heilmittel gegen AIDS zu entdecken oder um die Kernfusion zu erfinden? Warum haben die steinzeitlichen Erbauer von Stonehenge nicht das DNS-Molekül dargestellt? Mein Verstand produzierte einige mögliche Antworten. Es war zum Beispiel vorstellbar, daß wir einen bestimmten Kenntnis- und Bewußtseinszustand benötigen, um die richtigen Fragen zu stellen. Außerdem hätte das DNS-Molekül in der kulturellen Umgebung der Steinzeit kaum eine Bedeutung gehabt – warum also hätte man danach fragen sollen?

Ich begann, diese mystischen Begriffe aus einer evolutionären Perspektive zu betrachten. Nachdem zum Beispiel die physische Ebene der irdischen Existenz als eine Ebene der Aktion und das spirituelle Reich als eine Ebene der Information angesehen wird, nimmt Wissen vielleicht nicht «dort» Gestalt an, sondern erst «hier». In diesem Rahmen würden die spirituellen Bereiche und ihre Bewohner eher «hier» ins Dasein treten, je nachdem, was auf der physischen Ebene geschieht, als umgekehrt. Wachstum, Veränderung und Diversifikation würden «hier», in der normalen Wirklichkeit, eher stattfinden als «dort» in der nicht-gewöhnlichen Wirklichkeit. So gesehen bedeutet das, daß wir die Schöpfer unseres eigenen «Gott-Ich» sind – die Schöpfer unseres persönlichen *aumakua*-Aspekts, und durch ihn auch des kollektiven menschlichen Geistes.

Wenn alles in der Natur einen spirituellen Aspekt hat (und die meisten Schamanen halten dies für wahr), dann würde der gleiche Schöpfungsvorgang auch für alles in der objektiven Welt des natürlichen Universums gelten. Jedes sichtbar gemachte Ding würde auf der Ebene der Aktion entstehen, sich verändern und sich verschiedenartig gestalten, und jeder nicht-materielle *aumakua*-Aspekt würde sich entsprechend verändern und wie von einem Spiegel reflektiert auf den spirituellen Ebenen der Wirklichkeit existieren.

Diese mystische Beziehung enthält auch einen zyklischen Aspekt, der in das Reinkarnationskonzept paßt. Alle Lebewesen sterben irgendwann; das Individuum besteht zwischen Tod und Wiedergeburt nur als *aumakua* weiter. Der spirituelle Aspekt ist deshalb sowohl Aufbewahrungsort als auch Quelle für das, was für die nächste Lebensrunde auf der physischen Ebene der irdischen Existenz wieder eingeführt wird. So gesehen sind wir Menschen tatsächlich nach

Gottes Bild und Gleichnis geschaffen, aber der Gott ist nicht der abwechselnd zornige oder gütige Schöpfergott der jüdisch-christlich-islamischen Überlieferung, sondern das individuelle persönliche Gott-Ich, das *aumakua*, durch welches wir Zugang erhalten können zum größeren kollektiven menschlichen Geist.

In dieser Hinsicht ist das *aumakua* sowohl der Schöpfer des neuen wiedergeborenen Ich als auch ein Produkt, das sich verändert und wächst und sich entwickelt, je nachdem, was wir hier auf der physischen Ebene tun, denken, fühlen und vollbringen. Schöpfung ist keine einseitige Angelegenheit, sondern eher ein dualer, gemeinschaftlich schöpferischer Prozeß, der seit unvorstellbaren Zeiten überall in dem phantastischen Universum vorhandener Formen im Gang ist, bei dem Atome und Moleküle entstehen, Sterne und Galaxien.

Ich blickte in den Nachthimmel und dachte darüber nach, wie man an das Wissen in der nicht-alltäglichen Wirklichkeit herankommen könnte. Im hawaiischen Denken geschieht dies durch das *Ku*, jene tieferen unterbewußten Schichten des menschlichen Wesens, denn dort, und nicht im Verstand, soll die Pforte sein. Es kann jemand noch so viele Bücher über das Thema gelesen haben, ohne das *Ku* als Verbündeten helfen ihm alle Bemühungen nichts. Aber wie soll ein «Verstandesmensch» wie ich sein *Ku* dazu bringen, mit ihm zusammenzuarbeiten? Vielleicht war der Schlüssel dazu die Fähigkeit, den besonderen veränderten Zustand zu erreichen, den Michael Harner den schamanischen Bewußtseinszustand nennt, in dem man sich sowohl der gewöhnlichen als auch der nicht-gewöhnlichen Wirklichkeit gleichzeitig bewußt ist und sich uneingeschränkt an alles im visionären Reich erinnern kann[1].

Charles Tart, Professor für Psychologie an der University of California in Davis beschreibt, wie ein veränderter Zustand stufenweise herbeigeführt werden kann[2]. In der ersten Phase wird der Normalzustand durch destabilisierende Kräfte erschüttert, zum Beispiel durch starke Sinnesreize wie Musik, Gesang, Trommeln, Rasseln oder durch Schlafentzug, Hunger, Schwitzen im heißen Dampf oder bewußtseinsverändernde Drogen. Je stärker die destabilisierenden

Kräfte wirken, um so mehr gerät der normale Bewußtseinszustand aus den Fugen, und der Übergang in den veränderten Bewußtseinszustand beginnt.

In der zweiten Phase bildet sich die spezifische Form des veränderten Zustands. Zu den formenden Kräften gehören die eigenen Intentionen, die kulturell geprägte Weltsicht sowie der religiöse oder nicht religiöse Glaube, die seelische und körperliche Verfassung, die äußere Umgebung und natürlich auch jegliche spirituelle Hilfe, die dem Ich durch das *Ku* gewährt wird. Das Bewußtsein stabilisiert sich wieder in der dritten Phase und verweilt «dort», bis der Übergang zu normalen Formen der Gehirntätigkeit «hier» gewünscht wird.

Tarts Arbeiten zeigen, daß man anscheinend lernen kann, wie veränderte Bewußtseinszustände zu erreichen sind. Anfängliche Schwierigkeiten scheinen sich durch Übung überwinden zu lassen, bis schließlich der physische Reiz, das Trommeln, Rasseln oder die bewußtseinsverändernden Drogen nicht mehr notwendig sind. Das läßt darauf schließen, daß das *Ku* programmiert werden kann und daß für den Eintritt in den visionären Zustand durch die «Pforte» schließlich allein die Absicht genügt.

Nainoa dachte, daß das Kreuz die Form des menschlichen *aumakua* in der nicht-gewöhnlichen Wirklichkeit darstellen könnte. Ich erinnerte mich, im Museum of Natural History in New York ein Tschuktschen-Schamanenkostüm gesehen zu haben, auf dessen Brust und Knie Kreuze gestickt waren. Aus den ethnographischen Angaben, die aus dem 19. Jahrhundert stammten, als das Kostüm in Sibirien erworben wurde, ging hervor, daß die Kreuze als Vögel zu verstehen seien, als symbolische Abstraktionen des Geisterflugs, den der Schamane in die nicht-alltägliche Wirklichkeit unternimmt.

Ich erinnerte mich, dort auch ein Neandertaler-Artefakt gesehen zu haben, dessen Alter auf 50000 Jahre datiert war – einen kleinen runden Stein aus Tata in Ungarn[3] mit einer groben Gravierung, die aber deutlich ein Kreuz darstellte. Dies ist eines der ersten Beispiele für einen symbolischen Ausdruck in der menschlichen Evolution. Er bedeutet vielleicht, daß jene Menschen Schamanen hatten oder daß sie das Kreuz als Symbol für einen abstrakten Begriff verwendeten. Das Kreuzsymbol ist offensichtlich uralt. Wie der Monolith fand es seinen Weg in die Kunst der meisten prähistorischen Kulturen der Welt.

Das Bild von Jesus am Kreuz erhält so gesehen eine völlig neue, erweiterte Bedeutung; es wird zum dualen Bild des geistigen Lehrers und seines *aumakua*-Aspekts. Das Symbol zeigt einerseits, daß Leiden auf der physischen Ebene ein Weg zur Wandlung ist, und andererseits, daß die physische Natur des Menschen im Tod in seiner geistigen Form aufgeht.

Durch meine Erlebnisse erlangte ich eine neue erweiterte Bewußtseinsebene und ein ebenso neues und erweitertes Verständnis dafür, was Wirklichkeit sein konnte. Ein *kahuna*-Schamane würde sagen, die *aumakua*-Ebene meines Ich lehrte mich. Ich fragte mich, ob mein *aumakua* und Nainoas *aumakua* vielleicht gar dieselbe Einheit darstellten. Wenn das der Fall wäre, wäre jeder von uns eine separate Materialisation derselben geistigen Ich-Quelle. Vielleicht war unser unsterblicher spiritueller Aspekt das verbindende Zentrum, über das meine Erlebnisse zustande kamen. Wir beide schienen gleichzeitig in der normalen Wirklichkeit zu leben, aber in verschiedenen Zeiten, und beide waren wir imstande, periodisch gegenseitig Kontakt aufzunehmen, vielleicht, indem wir über die uns verbindenden *aka*-Fäden durch die zweite Wirklichkeitsebene in unser gemeinsames *aumakua* in der dritten Wirklichkeitsebene gelangten. Zusätzlich schien jeder von uns von demselben Tier-*aumakua* begleitet und beschützt zu werden, dem Leopard- beziehungsweise Tigermann. Und es gab den Stein ...

Ich dachte daran, daß die kognitiven Forscher behaupteten, die visionären Welten und ihre Bewohner bestünden nur im Geist. Innerhalb dieses Denkschemas entstanden Nainoa und seine Welt tatsächlich in meinem Geist, aber in einem Teil meines Geistes, der an einem anderen Ort und in einer anderen Zeit weilte.

Inzwischen hatte ich meinen Tee ausgetrunken. Der Morgen war nicht mehr weit. Ich stand auf und ging leise in die Küche, um meine Tasse abzuspülen. Ich sah nach unseren kleinen Töchtern, und dann legte ich mich neben Jill ins Bett. Die Nacht war so warm, daß sie die Decke zurückgeschlagen hatte und nackt im sanften Licht neben mir lag. Ich betrachtete sie, während sie schlief, und erinnerte mich, wie leidenschaftlich wir uns in der ersten Zeit unserer Beziehung geliebt hatten.

Unser Leben war jetzt anders. Es gab selten ein Stündchen, in dem wir allein waren, und wir schätzten diese Momente sehr. Unsere Beziehung befand sich in dem Stadium «Ehepaar mit Kindern», das Leben war reich, aber trotz der großen Verantwortung, die die Kinder in unser Leben gebracht hatten, genossen wir unsere Liebe immer noch sehr, die uns miteinander verband und für vieles entschädigte.

Plötzlich begehrte ich Jill. Mein *Ku* wollte sie lieben, und ihr *Ku*, das mein starkes Gefühl im Traum durch die uns verbindenden *aka*-Fäden wahrnahm, antwortete. Wir liebten uns in der Dunkelheit vor der Morgendämmerung, schläfrig lachend, küssend, einander berührend, und ich verschwand im Aufleuchten ihrer dunklen Augen, als die Liebe, die ich für sie empfand, ihre höchste Intensität erreichte.

Danach ließen wir uns in die Mittelwelt der Träume treiben, und kurz bevor ich einschlief, tauchte ein letzter Gedanke aus meiner Erinnerung auf. Ich dachte an die Hütten, die Nainoa neben dem See gesehen hatte, und obwohl ich eigentlich müde war und Schlaf brauchte, regte sich schon wieder meine Neugier.

Als hätte der vergangene Tag nicht schon genug mit sich gebracht, öffnete mein *Ku* die Pforte. Die köstliche Kraft strömte durch die Öffnung; meine Brust weitete sich, ich rang nach Luft, und in meinen Ohren zischte und brauste es. Die Phosphene erschienen, zogen durch den merkwürdigen Bogen in die Ferne, und plötzlich hatte ich das Gefühl, mit großer Geschwindigkeit zu reisen.

Ich durchquerte die Zone der Stille so schnell, daß die Veränderung fast unmerklich eintrat. Es ging jetzt leichter. Die Gefühle legten sich. Ich öffnete die Augen und blickte durch den Dunst der Trockenzeit auf ein tiefes weites Tal.

14

Die siebte Reise
Am äußersten Rand des Waldes

Es war früh am Nachmittag. Nainoa stand auf dem östlichsten Kamm des Gebirges und blickte aufgeregt und auch ein wenig besorgt ins Tal. Es war dieselbe Landschaft, die er durch die Augen des Bussards gesehen hatte, obwohl er wegen der diesigen Luft der Trockenzeit nicht erkennen konnte, ob dort unten auf der gegenüberliegenden Seeseite tatsächlich Hütten standen.

Links von ihm ragte die steile Südseite des merkwürdig genarbten Berges in den Himmel. Nainoas Stimmung hob sich, als ihm bewußt wurde, daß er als der erste Hawaiianer die große Gebirgskette erfolgreich überquert hatte. Ein Schauder überlief ihn und dann wurde ihm leicht und froh ums Herz. Plötzlich riß er die Arme hoch und stieß einen Freudenschrei aus, den das Echo der Berge zu ihm zurücktrug. Er wußte, daß sich nichts, was er jetzt noch erleben würde, mit diesem Augenblick messen könnte.

Mitten in seiner Begeisterung bemerkte er plötzlich, daß noch jemand da war. Er dachte an den Tigermann, wie er ihn zuletzt gesehen hatte – ein Gespenst, das nur aus Punkten und Augen bestand –, aber er konnte nichts Ungewöhnliches entdecken. Er wurde still. Er befand sich allein auf dem Gebirgsgrat, doch das Gefühl, daß noch jemand bei ihm war, blieb. Es schien nicht der Tigermann zu sein, aber wer oder was war es sonst?

Das unsichtbare Etwas begleitete ihn auch während des Abstiegs am Nachmittag. Als er auf eine Herde Affen stieß, erlegte er einen mit Pfeil und Bogen, während die übrigen zeternd in die Bäume flüchteten. Er band Kopf und Schwanz des toten Affen zusammen und hängte ihn sich wie einen Beutel über die Schulter.

In der Nähe einer Schlucht, in die das Tosen eines Wasserfalls drang, suchte er sich am Spätnachmittag einen Lagerplatz. Er sammelte Holz für ein Feuer und sengte dem Affen die Haare ab. Er war etwas beunruhigt, als er sah, wie menschlich die verkohlende Gestalt wirkte. Er entschuldigte sich förmlich bei dem Geist des Affen und dankte ihm für die Nahrung, die er ihm schenkte, bevor er das Tier zerlegte und langsam über dem Feuer briet. Nachdem er gegessen hatte, wickelte er das restliche Fleisch in Blätter und hängte es in einen Baum. In der Nacht schlief er unruhig, träumte von Affen und fühlte immer wieder die Anwesenheit eines anderen Wesens.

Am nächsten Morgen war die Luft klarer, und er staunte erneut, wie genau er während seiner Vision alles gesehen hatte. Als er seinen Abstieg fortsetzte, wurde das Gefühl, daß noch jemand bei ihm war, stärker. Vielleicht dachte jemand an ihn, möglicherweise Häuptling Kaneohe. Oder wurde er verfolgt? Er kletterte auf die unteren Äste eines Baums, legte seine Waffen griffbereit und wartete. Obwohl er sich innerlich beruhigte, spürte er, daß jemand da war. Er war überzeugt, daß er beobachtet oder verfolgt wurde. Vielleicht von einem Geist? Angespannt lauerte er auf eine Bewegung. Die Luft war sehr still, der lichte Wald ruhig. Er entschloß sich, weiterzugehen und sorgfältig auf seine unmittelbare Umgebung zu achten. Sein unsichtbarer Begleiter blieb bei ihm.

Schließlich erreichte er den Fuß des Gebirges und trat aus dem Wald. Der Himmel, der sich über dem Grasland wölbte, erschien ihm unglaublich hoch. Als ein Schatten über ihn strich, sah er zahlreiche Geier, die auf der warmen Luftströmung über dem Tal kreisten. Er fühlte sich unbehaglich und schutzlos unter dem freien Himmel. Vielleicht waren die Geier ein schlechtes Zeichen. Er dachte an die Löwen. Vielleicht wartete dort draußen im dürren Gras der Tod.

Das Land neigte sich sanft nach Osten. Nainoa blickte über das Meer von Gras zu dem in der Mittagshitze flimmernden See. Überall wimmelte es von Tieren, und das Licht war ungewohnt grell. Graublaue Berge mit runden Konturen umschlossen weit im Osten das

Tal. Was auf dem gegenüberliegenden Seeufer lag, konnte er auch jetzt noch nicht erkennen.

Er beschloß, nach Norden weiterzugehen, um zum Fluß zu gelangen, wo er aus den Bergen auf die Ebene trat. Bäume säumten das Flußufer bis zum See. Nainoa kletterte auf einen hohen Termitenhügel, um über die graugrünen Grasbüschel hinweg die weidenden Tiere zu beobachten. Sie wären nicht so gelassen gewesen, hätten sich größere Raubtiere in der Nähe aufgehalten. Um Zeit zu sparen, beschloß er, quer über das Grasland zum waldigen Flußufer zu gehen.

Er war sich bewußt, daß er seinen Auftrag so schnell wie möglich zu Ende bringen mußte, denn es war beinahe Zeit, um den Rückweg über die Berge anzutreten. Er spannte seinen Bogen und nahm mehrere Pfeile aus dem Köcher. Die Reste des Affenfleischs würden nicht ewig reichen. Auf den Tierpfaden zwischen dem Grasgestrüpp ging er auf die dunkle Baumlinie zu. Die grasenden Tiere sahen ihn aufmerksam an. Viele waren offensichtlich wild lebende Langhornrinder. Kleinere ziegenähnliche Tiere mit wulstigen, nach hinten gebogenen Hörnern hielten sich mehr am Waldrand auf, doch sobald er auf Bogenschußweite an sie herankam, flüchteten sie.

Er erreichte den Auwald am Fluß und ging am dichtbewachsenen Waldrand weiter, bis er zu einer großen Öffnung im dornigen Gestrüpp kam. Er blieb stehen und blickte aus dem grellen Licht in den vergleichsweise finsteren Tunnel. Dann sah er sich nach den Tieren auf dem Grasland um, die sich auf den Wald zubewegten, um der Hitze zu entkommen. In diesem Tal war es beträchtlich wärmer als in den Bergen. Vorsichtig betrat er den schattigen Tunnel.

Ein Luftzug, der ihm entgegenwehte, war alles, was ihn warnte. Der Schatten wurde plötzlich dunkler, es knackte und krachte im Gebüsch, und für einen Moment sah er den Bullen, bevor er mit ihm zusammenstieß. Die langen Hörner fuhren unter Nainoas Armen hindurch, die sich im Reflex um den Hals des Bullen legten. Brüllend hob der Bulle den Kopf und stürmte aus dem Gebüsch.

Der Aufprall hatte Nainoa die Luft aus den Lungen gepreßt. Halb erstickt klammerte er sich an den Kopf des Tieres, während ihn der Bulle wütend von einer Seite zur anderen schleuderte, bis ihm die

Sinne schwanden. Er landete auf dem Rücken zwischen hüfthohem dürren Gras.

Der Bulle griff sofort an. Nainoa versuchte verzweifelt, sich unter das Gräsergestrüpp zu rollen, was ihm beinahe gelang. Die Hörner verpaßten ihn, als der Bulle unter der Wucht des Ansturms an ihm vorbeischoß, aber ein Huf traf mit dem vollen Gewicht des Tiers seinen linken Oberschenkel. Nach einem kurzen, wahnsinnigen Schmerz war das Bein taub und nicht mehr zu gebrauchen.

Mit letzter Kraft schleppte sich Nainoa unter die überhängenden Gräser. Wenn der Bulle ihn nicht sah, hatte er eine Chance. Nach Atem ringend, mit pochendem Herzen und schmerzenden Rippen versuchte er, in seinem Versteck stillzuhalten. Er hielt den Atem an, als der Bulle auf der anderen Seite des Gestrüpps mit donnernden Hufen an ihm vorbeistürmte. Durch den aufgewirbelten Staub sah er, wie der Bulle kehrtmachte, das Regencape aufspießte und zerfetzte. Dann hob der Bulle den Kopf, sah sich um, und als er Nainoa nicht entdeckte, trollte er sich in seinen schattigen Unterstand am Fluß.

Nainoa blieb schwitzend und keuchend liegen. Erde und welke Blätter klebten an seinem zitternden Körper. Er hatte ein trockenes Gefühl im Mund. Als ihm schwindlig und übel wurde, schloß er die Augen und verlor das Bewußtsein.

Langsam kam er wieder zu sich. Jeder Atemzug war eine Qual. Er versuchte, das Bein zu bewegen, das sich immer noch taub anfühlte; aber unter der Taubheit saß ein heftiger Schmerz. Er hörte das Gebrüll des Bullen und das Muhen der Kühe, das fern und ferner klang. Die Herde zog anscheinend weiter auf das Grasland hinaus.

Vorsichtig rollte er sich unter dem Grasbusch hervor. Die Schmerzen in seinem Bein und im Brustkorb ließen ihn beinahe wieder ohnmächtig werden. Er wischte sich das Laub und die Erde aus dem Gesicht, und es gelang ihm, sich gegen das Gestrüpp gelehnt aufzusetzen. Sein Schenkel schwoll an. An der Stelle, wo ihn der Huf des Bullen getroffen hatte, bildete sich ein tellergroßer Bluterguß. Das taube Gefühl wich allmählich. Er konnte den Fuß wieder bewegen, doch gleichzeitig nahm der Schmerz im Oberschenkel zu.

Nainoa hatte schrecklichen Durst. Er blickte in die vor Hitze flirrende Umgebung und entdeckte einige seiner Besitztümer, die im Gras verstreut lagen. Seine Tragnetze hatten überlebt, und glücklicherweise war seine Wasserflasche ganz geblieben. Sie war noch fast voll. Er trank gierig. Nun fehlten ihm noch der Speer, der Bogen sowie der Köcher mit den Pfeilen, die Stöcke und eine Sandale. Mit äußerster Vorsicht bewegte er sein verletztes Bein und drückte mit der Ferse leicht gegen ein Grasbüschel. Es tat so weh, daß ihm sofort wieder schwindlig wurde. Wahrscheinlich war der Knochen gebrochen.

Nainoa wartete eine Weile, bis er sich von dem Schock erholt und wieder etwas Kraft gesammelt hatte. Dann begann er, vorsichtig in immer größeren Kreisen umherzukriechen, bis er seine gesamte Habe bis auf die Sandale wiedergefunden hatte. Das Bein schwoll immer stärker an und verfärbte sich. Er litt entsetzliche Schmerzen. Wie schlimm der Bruch war, wußte er nicht, aber wenigstens schien das Bein noch einigermaßen gerade zu sein, und die Haut war nicht aufgeplatzt. In seinem Arzneibeutel hatte er etwas pulverisierte *koali*-Wurzel, die er mit Wasser und Salz zu einer Paste anrührte und dick auf den Bluterguß auftrug. Mit seinem zweiten Lendenschurz und dem Grabstock schiente er das Bein. Auf den Speer gestützt versuchte er, sich aufzurichten, und hätte beinahe wieder vor Schmerz das Bewußtsein verloren. Auch einige Rippen fühlten sich an, als wären sie angebrochen.

Es war bereits Spätnachmittag. Er hatte schrecklichen Durst, und er wußte, daß sein Leben davon abhing, die Bäume und den Fluß zu erreichen. Die Kühe waren nicht mehr zu hören. Er begann, langsam und sein Bein so ruhig wie möglich haltend zu dem Tunnel zurückzukriechen. Als die Schmerzen nach zwanzig Metern zunahmen, blieb er liegen, um noch einmal in seinem Arzneibeutel zu kramen. Er holte die gestoßene *ohaloa*-Wurzelrinde hervor, die er mit etwas Wasser einnahm. In dem Gestrüpptunnel fand er die fehlende Sandale.

Er kroch weiter und rastete, kroch und rastete und trank immer wieder einen Schluck aus seiner Kalebasse. Die Tragnetze zog er hinter sich her und machte immer wieder lange Umwege, um den dornigen Ranken des Dickichts auszuweichen. Er schnitt einige gerade gewachsene Schößlinge ab, um sein Bein besser zu schienen. Als es dunkel wurde, befand er sich unter einem etwas größeren Baum, der seine Rinde in langen holzigen Streifen abwarf. Aus Rinde und dürren Ästen machte er sich ein kleines Feuer und lehnte sich, so gut es ging, gegen den Baum.

In den Büschen ringsum ließen sich Vögel zur Nachtruhe nieder. Er wickelte sein Bein aus und tastete es vorsichtig ab. Vielleicht war es nur angebrochen. Er mischte eine weitere Dosis *ohaloa* mit Wasser, trank und wartete, bis die Wirkung einsetzte. Dann rutschte er im Sitzen zu einer Gruppe junger Bäume, klemmte den Fuß seines verletzten Beins zwischen zwei Stämme, und nachdem er noch einmal tief Luft geholt hatte, lehnte er sich zurück, damit sich der gebrochene Knochen wieder in die richtige Lage schob. Der Schmerz war so groß, daß er das Bewußtsein verlor.

Als er wieder zu sich kam, war das Feuer ausgegangen. Mühsam brachte er es mit dem Feuerstock wieder in Gang. Danach schiente er sein Bein. Seine Rippen schmerzten so heftig, daß er nur ganz flach mit Hilfe der Bauchmuskeln atmen konnte. Essen wollte er nichts.

Während Nainoa das Feuer unterhielt, dachte er über seine Chancen nach. Es würde einige Zeit dauern, bis sein Bein geheilt war. Daß er noch vor Anbruch der Regenzeit zu den Siedlungen zurückkehren könnte, war sehr unwahrscheinlich. Er würde wohl oder übel mindestens ein Jahr auf dieser Seite der Berge bleiben müssen.

Er lehnte sich gegen den Baum, den Speer in der Hand und auch in Gedanken gewappnet gegen alles, was in der Nacht auf ihn zukommen könnte. Das Quaken der Frösche tönte aus nördlicher Richtung, wo der Fluß lag. Morgen würde er das Wasser erreichen.

Während er so in der Dunkelheit saß und sein Feuer versorgte, überkam ihn Verzweiflung, und er fragte sich, ob er überleben würde. Er war allein, schwer verletzt, konnte nicht gehen und befand sich eine Fußreise von mindestens vier Wochen von seiner Siedlung oder ihren Überresten entfernt. Schließlich schlief er ein, wachte von Schmerzen geplagt wieder auf und schlief wieder für kurze Zeit ein. Hin und wieder legte er einige Äste auf das Feuer. Er litt schreckliche Schmerzen. Die Geier, die er tags zuvor gesehen hatte, waren in der Tat ein schlechtes Omen gewesen.

Die Schmerzen blieben konstant. Sein ganzer Körper schmerzte so, daß an Schlaf nicht mehr zu denken war. Gegen Morgen, als er schließlich einnickte, hörte er über dem Rauschen des Flusses einen merkwürdigen Ton. Erst dachte er, es sei der Wind aus den Bergen, aber es regte sich kein Lüftchen. Er öffnete die Augen und spähte in die Dunkelheit, aber er sah nichts Ungewöhnliches. Verwundert schloß er die Augen und versuchte, seinen zerschlagenen Körper zu entspannen. Doch der hohe wimmernde Ton hielt an, wurde bald stärker, bald schwächer, endete und setzte wieder ein, als ob links von ihm ständig etwas vorüberzog.

Er schlug die Augen wieder auf, aber alles war wie zuvor. Dann nahm das Geräusch ab, er schloß die Augen, versuchte sich wieder zu entspannen. Das Geräusch war immer noch da, links neben ihm. Plötzlich sah er Lichtblitze vor den geschlossenen Lidern, und dann fühlte er das Herannahen der Kraft. Gleichzeitig begannen seine Rücken- und Gesäßmuskeln merkwürdig zu vibrieren, und im selben Rhythmus hörte er ein tiefes, sich wiederholendes Tack-a-tack-a-tack-a-tack …

Als die mächtigen Gefühle zunahmen, wurden die Geräusche lauter. Nainoa nahm undeutlich wahr, daß er auf einer Art Stuhl saß, der den Stakkatorhythmus auf seinen Körper übertrug. Sein Bein schmerzte, und er veränderte seine Stellung ein wenig, um bequemer zu sitzen. Dabei drückte er mit dem rechten Fuß etwas nach unten und fühlte eine plötzliche Beschleunigung.

Erschrocken öffnete er die Augen. Er saß tatsächlich auf einem Stuhl und blickte aus den Fenstern eines sehr kleinen Raums, der sich mit großer Geschwindigkeit auf einer Straße bewegte. Während er verwirrt mit seinen Wahrnehmungen kämpfte, begann sein Verstand zu arbeiten. Er sah seine Hände auf einem Rad, das an einer aus der Wand vor ihm ragenden Säule befestigt war. Und er bemerkte auch sofort, daß seine Haut sehr hell war. Als ihm dämmerte, wo er sich befand, sah er sich rasch um. Er saß in einer Maschine, und sie bewegte sich.

Er blickte durch die Fenster, die ihn umgaben. Überall waren andere Maschinen, die alle auf der Straße und in dieselbe Richtung rasten. Dann blickte er wieder auf seine hellhäutigen Hände und wußte, daß er erneut Kontakt mit dem Amerikaner aufgenommen hatte. Eine heftige Gefühlswelle zwang «ihn», sich an dem Rad festzuhalten. Er bemerkte, daß kleine Bewegungen dieses Rads die Maschine nach links oder rechts lenkten. Aber irgendwie wußte «sein» Körper genau, was er zu tun hatte. Er beschloß, dem Amerikaner die Handhabung der Maschine zu überlassen. Auf eine unerklärliche Weise befand er sich im Körper des Amerikaners, während «er» dennoch unter dem Baum vor dem Feuer saß. Wo war «er», und wie hieß diese Maschine? In seinem Kopf formte sich das Wort «Auto».

Ein neuer lauter Brummton zog links an ihm vorüber, als eine riesige, kastenähnliche Maschine auf vielen Rädern vorbeisauste. Der Wind, den diese große Maschine verursachte, versetzte dem Auto einen Stoß. Nainoa bekam Angst, als er einen Blick nach rechts warf und auch dort eine Maschine an sich vorbeifahren sah. Er konzentrierte sich auf die Lenkung des Autos, um nicht gegen die anderen zu stoßen, und bemerkte die Striche, die auf der Straße Wege zu markieren schienen. «Sein» Auto fuhr auf einem dieser Wege, und die anderen Wagen taten dasselbe. Seine Angst legte sich, als er erkannte, daß der Amerikaner das Fahrzeug beherrschte und wußte, was «er» tat. Er entspannte sich etwas und begann, sich genauer umzusehen.

Der Amerikaner war in einem Sessel festgeschnallt neben einem zweiten Sitz zu seiner Rechten, auf dem ein gefaltetes Blatt Papier mit schwarzen und roten Linien lag. Teile des Papiers waren blau, aber das meiste war weiß mit hellgrünen Feldern. Es war mit kleinen Wörtern beschrieben – eine Landkarte. Er wollte schon danach greifen, als wieder ein dröhnendes Geräusch an ihm vorbeizog und «er» die Augen auf die Straße richten mußte. Nainoa begriff, daß er sich passiv verhalten mußte und den Amerikaner nicht ablenken durfte, damit «er» den Wagen steuern konnte. Er wurde ruhig und beobachtete.

Unterhalb des großen vorderen Fensters bemerkte er kleinere dunkle Fenster; auf einigen befanden sich kreisförmig angeordnete Zahlen. In einem dieser Zahlenkreise bewegte sich ein dünner Stab zwischen den Zahlen 60 und 70. Nainoa wunderte sich, warum er den Wind nicht spürte. Er streckte die Hand aus und berührte das harte, durchsichtige Material, das das Fenster bedeckte – es war eine einzige große Scheibe aus klarem Glas. An der Decke darüber war ein längliches rechteckiges Spiegelglas angebracht, und als er die Bilder darin betrachtete, erkannte er, daß er sehen konnte, was hinter dem Auto geschah. Ein weiteres Wunder.

Er reckte sich ein wenig, so daß er direkt in den Spiegel sehen konnte, und sah das Gesicht des Amerikaners, das er bereits im Spiegel der großen Glaswand des Hauses auf Hawaii gesehen hatte. Eine Narbe teilte die linke Augenbraue in zwei Hälften. Die dunklen Augen wirkten schmal und nachdenklich. Vielleicht konnte «er» seine Anwesenheit fühlen.

Der Amerikaner versuchte, sich bequemer zu setzen. «Seine» Beine und «sein» Rücken schmerzten, als würde er schon zu lange sitzen. Seine Erinnerung bestätigte ihm, daß «er» schon den ganzen Tag auf diese Weise unterwegs war.

Nainoa wurde klar, daß er die Gedanken des Mannes «hörte», daß er sie auf eine unbekannte Weise empfing. Als er diese erstaunliche Erkenntnis verdaut hatte, wandte er seine Aufmerksamkeit der Umgebung außerhalb des Wagens zu. Die Straße führte einen Hügel entlang, der von großen Obstgärten bedeckt war. Auf der anderen Hälfte der Straße zu seiner Linken fuhren andere Maschinen in die entgegengesetzte Richtung. Er konnte kaum fassen, daß die Straße so groß war. Dann versuchte er, die Maschinen zu zählen, aber es war unmöglich.

Nainoa blickte in die ungeheure Weite dieser trockenen Landschaft, die sich jenseits der Obstgärten in alle Richtungen erstreckte. In der Ferne war ein Gebirge. Doch vom Ozean war nichts zu sehen. Der Amerikaner schien jetzt nicht auf Hawaii zu sein. Wo war er dann? Und wie als Antwort auf seine Frage tauchte das Wort «Kalifornien» aus seinem Gedächtnis auf.

Nainoa fühlte sich wie vor den Kopf geschlagen. Dies alles zu begreifen war einfach zuviel. Sein Verstand wich zurück. Der Schmerz in seinem Bein wurde fast unerträglich, und die Vision begann sich aufzulösen. Verzweifelt versuchte er, Verstand und Gefühle zu beruhigen, um den Kontakt nicht zu verlieren. Es wurde dunkel um ihn. Sein Bewußtsein trieb auf dem dröhnenden Geräusch dahin. Als es wieder lauter wurde, öffnete er vorsichtig die Augen.

Eben noch schien es früher Nachmittag gewesen zu sein. Jetzt stand die Sonne bereits tief über dem Horizont. Der Amerikaner saß mit schmerzenden Beinen und steifem Rücken im fahrenden Wagen. Als er aus dem Fenster blickte, stellte er überrascht fest, daß die Straße jetzt auf einer Brücke über eine riesige Siedlung führte. Die Straße war überfüllt mit Maschinen mit roten Lichtern an der Rückseite und helleren weißen Lichtern an der Vorderseite. Unter der Brücke verliefen Querstraßen, die sich voller Maschinen bis in die Ferne erstreckten. Zu seiner Rechten standen riesige Gebäude, die ebenfalls Lichter hatten.

Die Größe der Siedlung übertraf die der Ruinenfelder im Wald bei weitem. Mehrere geometrische Gebäude, deren Oberflächen aus poliertem Metall oder Glas das Licht reflektierten, ragten, von langen Reihen funkelnder Lichter durchbrochen, in den Himmel. Allein die ungeheure Menge des Metalls war unglaublich.

«So also sahen ihre *sitis* aus», dachte er. Im Westen senkten sich mehrere fliegende Maschinen mit blinkenden Lichtern langsam auf einen unbekannten Ort nieder. Die Geschwindigkeit der Autos hatte sich merklich verringert, so daß er die Landschaft besser erkennen konnte. Zur Linken, weit hinter der Siedlung, konnte Nainoa Wasser sehen, dessen Oberfläche im Licht der untergehenden Sonne glänzte. Jenseits der Wasserfläche bildeten dunkle Berge eine Bucht, die sich nach Norden und Süden erstreckte. Vielleicht war dies ein Teil des Binnenmeers, dachte er aufgeregt.

Geradeaus blickend sah er jenseits der Bucht einen Berg, den er kannte. Es war der Lange Berg, die Landmarke an einem der größeren Abflüsse des Binnenmeers in den Ozean, die er viele Male während der Fahrten in Häuptling Kaneohes Doppelkanu gesehen hatte. Die Form des Berges war so typisch, daß er sich unmöglich täuschen konnte. Seine Gedanken überschlugen sich. Er sah den Abfluß des Binnenmeers, wie er vor dem Untergang gewesen war.

Im Süden des Berges spannten sich vor dem Licht der sinkenden Sonne Brücken auf gewaltigen Türmen über die Bucht. Sie waren wie die Gebäude von Lichterketten gesäumt. Auf der anderen Seite der Bucht lag eine weitere *siti* mit zahllosen, hoch in den Himmel ragenden Bauten. Als er die Entfernung abschätzte und sich ihre Höhe bewußt machte, fühlte er sich überwältigt. Was er hier sah, bedeutete gleichzeitig eine ungeheure Anzahl von Menschen, eine unfaßbar große Bevölkerung. Vielleicht war dies der Grund, warum ihre Zivilisation zusammengebrochen war.

Die Autos waren beinahe zum Stillstand gekommen. Nainoa spürte die wachsende Ungeduld des Amerikaners. Während er die Landschaft studierte, erkannte er, daß dies die *siti* sein mußte, wo die Seefahrer ursprünglich landen wollten. Er formulierte eine Frage, und als Antwort erschien aus dem Wissen des Amerikaners in seinem Bewußtsein der Name «San Francisco».

«Es hat diese *siti* also doch gegeben», dachte Nainoa, während er auf den Wald von Lichtern blickte und gewahr wurde, daß die historischen Beschreibungen der amerikanischen *sitis* vollkommen unzureichend, wenn nicht gar falsch waren. Aber wo war diese *siti* jetzt? Wo waren ihre Überreste?

Im schwindenden Licht schaute Nainoa nach den Landformen aus, die die *siti* umgaben. Er begann beim Langen Berg, und als er darüber hinausblickte und sich erinnerte, daß er den Berg von Süden gesehen hatte, wurde ihm klar, daß das Land der Amerikaner viel größer und die Bucht beträchtlich kleiner gewesen war. Der Meeresspiegel mußte tatsächlich gestiegen sein. Alles, was er hier sah, war irgendwann später vom Meer überflutet worden.

Der pochende Schmerz in Nainoas Bein unterbrach seine Konzentration. Er fühlte, wie sich der Kontakt mit dem Amerikaner löste, und plötzlich wurden die großen Straßen mit den Maschinen, die *sitis*, die Lichter und Brücken durchsichtig. Die Vision verblaßte, die Lichter wirbelten und sanken wie aufgewühlter Sand im Wasser und verschwanden.

Nainoa lag wieder unter dem Bast abwerfenden Baum. Der Morgen dämmerte, und als sich die ersten zaghaften Vogelstimmen regten, brach er vor Erschöpfung zusammen und weinte.

15

Der Ort der Zuflucht

Ich brauchte fast einen ganzen Tag, um mich von dieser Reise zu erholen. Während meiner Vereinigung mit Nainoa hatte ich das, was ihm passiert war, wie am eigenen Leib erlebt. Der Angriff eines Langhornbullen, ein gebrochenes Bein, angebrochene Rippen und den Rest des Tages unter Schmerzen halb verdurstet kriechen zu müssen, hatten mich völlig erschöpft.

Nachdem ich Nainoas Gedanken und Emotionen «empfangen» hatte, konnte ich meine Reaktion auf dieses Erlebnis an seiner Reaktion messen, und ich muß zugeben, daß ich wesentlich schlechter mit dem Schmerz umzugehen in der Lage war als er. Ich hatte den Kontakt abbrechen und «zurückkehren» wollen, doch ich konnte es nicht, weil ich nicht wußte, wie ich dabei vorgehen sollte. Im Gegensatz zu traditionellen Stammesleuten hatte ich nicht jahrelang bei einem erfahrenen älteren Schamanen gelernt. Mir wurde schmerzlich bewußt, wie sehr es mir an Erfahrung mangelte.

Aber ich war auch froh, daß es Nainoa wieder geschafft hatte, mir einen «Gegenbesuch» abzustatten. Er hatte meine Welt durch meine Augen gesehen. Und was hatte er nicht alles zu sehen bekommen! Sein Besuch schien sich während einer meiner Fahrten aus dem südlichen Kalifornien nach San Francisco ereignet zu haben, bei der wir auf dem Nimitz Freeway in Oakland im Verkehr steckenblieben. Als ich in Kalifornien lebte, war ich diese Strecke häufig gefahren, so daß sich der Besuch irgendwann während dieser Zeit ereignet haben konnte. Nur eines machte mich stutzig. Ich hatte damals einen Bart getragen. Als Nainoa in den Rückspiegel blickte, war ich glatt rasiert. Ich wußte nicht, was ich davon halten sollte. Als wir nach Hawaii zogen, hatte ich mir den Bart abrasiert, und ich hatte seitdem keine solchen Fahrten durch halb Kalifornien mehr gemacht. Vielleicht hatte mich Nainoa in einem Zeitabschnitt meines Lebens besucht, der noch nicht stattgefunden hatte[1].

Nainoas Erstaunen über das viele Metall an Autos und Gebäuden veranlaßte mich, eingehender über dieses Thema nachzudenken. Metalle wurden zum ersten Mal vor mehreren tausend Jahren während der Jungsteinzeit entdeckt, als minderwertige Kupfer-, Zinn- und Eisenerze auf der Erdoberfläche vorhanden und leicht zugänglich waren für die Experimente, die zur Bronzezeit und später zur Eisenzeit führten. Heute müssen Metalle tief aus der Erdkruste geholt und mit Hilfe der Hochtechnologie gefunden und gewonnen werden. Aber nach dem, was ich in Nainoas Zeitalter gesehen hatte, war die Maschinenzeitalter-Technologie der westlichen Zivilisation völlig verloren. Die hawaiischen Siedler wußten nicht, woher Metalle kamen. In Nainoas Zeit war Eisen das seltenste Metall, seltener als Gold, Silber, Kupfer oder Bronze, die, da sie träger waren, theoretisch ewig hielten.

Was ich beobachtet hatte, führte zu dem unausweichlichen Schluß: Wenn unsere Hochtechnologie eines Tages verlorenging, würde sie vielleicht nie wiederentdeckt werden. Fünftausend Jahre tropischer Regen und Feuchtigkeit hatten sogar Stahl oxidieren lassen, so daß nichts übrigblieb als die braunen Flecken, die Nainoa an den überwucherten archäologischen Stätten gefunden hatte. Ohne Eisen würden Maschinen und eine Maschinenzeitalter-Technologie nie wieder erreichbar sein. Die Menschheit, die den Zusammenbruch der westlichen Zivilisation überlebt, wird vielleicht für immer in einer neo-paläolithischen Zukunft leben. Das «Maschinen-Zeitalter» könnte es vielleicht nur einmal geben, und dann nie wieder . . .

Nainoas Kenntnis vom Ansteigen des Meeresspiegels veranlaßte mich, über die paläolithischen Klimaveränderungen und die Veränderungen der Meereshöhe in der Vergangenheit nachzulesen. Was ich entdeckte, führte mich zu weiteren Schlußfolgerungen, die schwerwiegende Folgen für die Menschheit hätten.

Wir wissen, daß es am Ende der Kreidezeit, vor ungefähr 65 Millionen Jahren, eine große Umweltveränderung von planetarischem Ausmaß gab. Vor der Veränderung erstreckten sich tropische Ökosysteme weit in den Norden und Süden der heute gemäßigten und subarktischen Regionen, und es gab keine polaren Eiskappen. Nach der Veränderung wurde das Klima kühl, auf den Polen bildeten sich Eiskappen, und alpine Gletscher bedeckten die hohen Gebirgstäler. Als das Wasser zu Schnee und Eis gefror, sank der Meeresspiegel um 225 Meter! Gleichzeitig starben 70 Prozent aller Lebewesen einschließlich der großen Kriechsaurier aus.

Alles weist darauf hin, daß diese Katastrophe durch den Zusammenstoß der Erde mit einem außerirdischen Objekt zustande kam – durch einen Meteoriten oder Kometen, dessen Durchmesser auf zehn bis sechzehn Kilometer geschätzt wurde. Der erste Einschlag erfolgte im Golf von Mexiko im Norden der Yukatan-Halbinsel mit einer Explosion ungeheuren Ausmaßes; der zweite im nordwestlichen Pazifik. Der aufgewirbelte Staub kann sich in der Erdatmosphäre ausgebreitet und eine dichte Wolkendecke gebildet haben, die möglicherweise durch große Waldbrände noch verdichtet wurde. Diese Wolken schirmten die Erde von der Sonne ab und hüllten sie Wochen oder gar Monate lang in anhaltende kalte Dunkelheit, die eine paläoklimatische Veränderung und ein Massensterben verursachte.

In der Erdgeschichte gab es viele solcher Klimaveränderungen, bei denen gewöhnlich Flora und Fauna vernichtet wurden. Vor ungefähr 18 000 Jahren, während der kältesten Periode der großen Eiszeitalter des Pleistozäns, als das Wasser der Welt erneut in großen kontinentalen Eisdecken und Eisdomen gebunden war, erreichte der Meeresspiegel einen weiteren Tiefpunkt. Als sich gegen Ende der letzten großen Vergletscherung vor ungefähr 11 500 Jahren das Klima wieder änderte und die Welt gemäßigt warm wurde, veränderte sich durch die schmelzenden Eis- und Schneedecken auch der Meeresspiegel. Er stieg um ungefähr 100 Meter.

Das gesamte Wasservolumen auf der Erdoberfläche ist immer relativ konstant geblieben. Es ist heute ungefähr genauso groß wie am Ende der Kreidezeit. Nachdem es noch Gletscher, polare Schneefelder und Eiskappen von beträchtlicher Dicke und Ausdehnung gibt, ist es denkbar, daß der Meeresspiegel bei einer Klimaerwärmung weitere 80 bis 100 Meter steigen könnte.

Mehrere multinationale Wissenschaftlerteams untersuchen zur Zeit Eisproben aus der Eisdecke von Grönland. Die Gletscher wachsen, indem sich Jahr für Jahr eine Schneedecke über die andere legt. Während sich die Schneedecken häufen, werden die tiefer liegenden Schichten zu Eis gepreßt und darin enthaltene Luftbläschen und verschiedene Details über die klimatischen Verhältnisse der Vergangenheit konserviert. Die ersten Untersuchungen dieser Eiskerne zeigen, daß in der letzten Kälteperiode des Pleistozäns, die als jüngere Dryaszeit bezeichnet wird, ein extrem schneller Wandel zu milderen, gemäßigteren Klimaverhältnissen einsetzte. Die vorläufige Analyse zeigte, daß sich das Eis in weniger als zwei Jahrzehnten sehr schnell nach Norden zurückzog. Während dieser Zeit und der folgenden dreißig Jahre erwärmte sich die gesamte Temperatur in der Region um stattliche sieben Grad.

Inzwischen ging aus detaillierteren Analysen der Eiskerne hervor, daß die neuzeitlichen Verhältnisse die eiszeitlichen viel schneller verdrängten als früher angenommen. Dies beweisen Messungen, bei denen die unterschiedliche elektrische Leitfähigkeit der Eiskerne untersucht wurde. Eine Verringerung der Leitfähigkeit zeigt das Vorhandensein neutralisierender chemischer Basen an, die auf windige, trockene Kälteperioden in der nördlichen Hemisphäre hinweisen. In den wärmeren und feuchteren Perioden, die in den Eisschichten konserviert sind, steigen Säureanteil und Leitfähigkeit des Eises.

Diese Daten zeigen jetzt, daß das Klima am Ende des letzten Eiszeitalters in weniger als fünf Jahren von eisiger Kälte zu gemäßigter Wärme wechselte und daß ähnliche rapide Klimawechsel in den vergangenen 40000 Jahren mehrmals auftraten. Was das bedeutet, ist besorgniserregend.

Es ist möglich, daß der Anstieg des Meeresspiegels um 100 Meter schnell geschah und keine 100 Jahre dazu benötigte. Wenn sich das Klima so schnell erwärmen würde wie früher angenommen (in 50 Jahren) und wenn die Eis- und Schneedecken entsprechend schnell (in 20 Jahren) schmelzen würden, könnte der Meeresspiegel 50

Jahre lang um zwei Meter pro Jahr oder 20 Jahre lang um fünf Meter pro Jahr gestiegen sein – oder um Werte, die irgendwo dazwischenliegen. Die neueren Daten, die beweisen, daß sich das Klima innerhalb einiger weniger Jahre änderte, lassen jedoch vermuten, daß das Wasser noch schneller gestiegen ist.

Diese Untersuchungen zeigen auch, daß die zur Zeit verwendeten Computermodelle, mit denen man abschätzen will, wie schnell die zunehmenden Treibhausgase den Planeten erwärmen werden, völlig unzureichend sein könnten, weil wir über extrem schnelle Klimaschwankungen zu wenig wissen. Sie fanden einfach alle in prähistorischen Zeiten statt und liegen somit außerhalb unserer Erfahrung. Aber die geologischen Beweise zeigen, daß jähe Klimaschwankungen von Zeit zu Zeit auftreten. Diese sogenannten Dansgaard-Oeschger-Events haben die Gemeinde der Wissenschaftler gezwungen, zuzugeben, daß eine ähnliche dramatische Klimaveränderung gleich hinter dem Treibhaus auf uns warten könnte.

Es ist ein strittiges Thema. Würde ich zehn Wissenschaftler dazu befragen, hätten wir mindestens elf verschiedene Meinungen. Viele würden behaupten, die Ursachen für die raschen Klimawechsel im ausgehenden Pleistozän seien unklar. Andere würden sagen, daß man allein aufgrund dieser Daten nicht voraussagen könne, was passieren wird oder nicht. Viele andere jedoch sind der Meinung, daß das, was uns an Kenntnissen vorliegt, eine unverkennbare Warnung darstellt. Und viele vermuten, daß der Trend zu einer globalen Klimaerwärmung bereits eingesetzt hat.

In der Ausgabe vom 16. November 1990 der amerikanischen naturwissenschaftlichen Zeitung *Science* veröffentlichte ein zehnköpfiges kanadisches Wissenschaftlerteam eine Dokumentation über die tiefgreifende Zerrüttung der Ökosysteme im Nordwesten von Ontario, die unmittelbar auf das gestiegene Jahrestemperaturmittel in dieser Region zwischen Mitte 1960 und Mitte 1980 zurückzuführen ist. Der Anstieg betrug 2,1° C. Aufgrund der wärmeren Temperaturen gab es häufiger Waldbrände und Dürreperioden, die Bodenfeuchtigkeit hat sich beträchtlich verringert und somit auch die Regenerationsfähigkeit des Waldes. Dies wiederum verminderte die Wasserzufuhr für die Süßwasserseen, so daß sich ihre chemische Beschaffenheit und Temperatur veränderten und die Wasserfauna einging. Die Fischwirtschaft in dieser Region erlitt schwere Verluste.

Die kanadischen Wissenschaftler sagen voraus, daß bis zum Jahr 2025 mit einer weiteren Erwärmung von mindestens 1,2° C zu rechnen ist, wenn der Ausstoß der derzeitigen Mengen an wärmespeichernden Chemikalien in die Atmosphäre anhält, und daß es unter diesen Umständen bis zum Ende des nächsten Jahrhunderts zu einer weiteren Erwärmung um 3,3° C kommen wird – das wäre eine Gesamtzunahme um 5,4° C. Die durchschnittliche globale Temperatur ist heute um ungefähr 5,4° C höher als während des letzten Eiszeitalters. Es ist also durchaus möglich, daß Gletscher und Polareis auf eine solche Erwärmung reagieren.

Satellitenfotos zeigen, daß die Schneedecke der nördlichen Hemisphäre tatsächlich zu schrumpfen scheint und gegenwärtig ihre geringste Ausdehnung hat, seit 1972 mit diesen Beobachtungen begonnen wurde. Die Schneedecke reflektiert das Sonnenlicht in die Atmosphäre und fördert auf diese Weise ein kaltes Klima; wenn der Grund jedoch schneefrei ist, absorbiert die Erdoberfläche mehr Sonnenenergie und gibt folglich Wärme an die Luft ab. Eine Untersuchung der Klimatologen Robinson und Dewey, die in einer Oktoberausgabe der *Geophysical Research Letters* 1990 veröffentlicht wurde, ergab, daß die Schneedecke während der achtzehn Jahre, in denen die Studie durchgeführt wurde, in den Jahren 1988 und 1989 ihr niedrigstes Niveau erreichte. Die Fläche des beobachteten zehn Millionen Quadratmeilen großen Schneegebietes war in diesen Jahren 8 bis 10 Prozent kleiner als im Jahresdurchschnitt.

Auch die Gebirgsgletscher sowohl der tropischen als auch der gemäßigten Zone haben in den vergangenen Jahrzehnten Anzeichen einer beschleunigten Klimaveränderung gezeigt. Alpine Gletscher außerhalb der Polargebiete reagieren extrem empfindlich auf veränderte Bedingungen, und viele Wissenschaftler glauben, daß sie ein frühes Warnzeichen für eine ungewöhnliche Klimaveränderung geben können. In Afrika zum Beispiel schrumpften die Gletscher auf dem Mount Kenya zwischen 1963 und 1967 um 40 Prozent, und in Peru ging ein Gletscher des eisbedeckten Quelccaya seit 1984 um 14 Meter pro Jahr zurück – nahezu um das Dreifache der Jahreswerte, die zwischen 1963 und 1978 festgestellt wurden. Die Messungen in den zentralasiatischen Hochgebirgen zeigen ähnliche Vorgänge. In China und Kirgisien wiesen jüngste Untersuchungen an Eiskernen aus drei Gegenden eine Ozonanreicherung auf, die einen Erwärmungstrend in diesen Regionen während der letzten fünfzig Jahre anzeigt. An einer dieser Stätten übertrifft die Erwärmung jede andere innerhalb der letzten 12000 Jahre. Zusammengenommen deuten diese Daten darauf hin, daß die gegenwärtige globale Erwärmung den normalen Bereich von Klimaveränderungen überschritten hat und daß der herrschende Trend nicht nur eine natürliche Schwankung ist, die sich bald wieder umkehren wird.

Wie die Eisdecke der Antarktis reagiert, ist unklar. Die jährlich neu hinzukommende Schneedecke ist hier niedriger, so daß den Wissenschaftlern die Eisschichten für eine präzise Datierung wie beim Grönlandeis fehlen. Vor kurzem zeigte jedoch eine erneute Analyse der Sauerstoffisotope in Luftblasen, die in einem von russischen Wissenschaftlern vor zwanzig Jahren entnommenen antarktischen Eiskern eingeschlossen waren, daß die Klimaschwankungen der nördlichen Hemisphäre von Reaktionen in der südlichen Hemisphäre begleitet waren, daß sich die Schwankungen also nicht regional beschränkt hielten, sondern sich über den ganzen Planeten erstreckt haben.

Wie zur Bestätigung löste sich Ende der 1980er Jahre vom Ross-Schelfeis, einer riesigen Eistafel am südlichsten Rand des antarktischen Kontinents, ein Eisberg von der Größe von Rhode Island. Einige Wissenschaftler äußerten die Sorge, daß sich das gesamte Schelfeis lösen könnte. Sollte es dazu kommen, so könnte dies zu einem sofortigen Anstieg des Meeresspiegels auf der ganzen Erde von zwei bis sechs Metern führen.

Daß sich etwas tut, ist nicht mehr zu leugnen. Was wird sein, wenn die Treibhaus-Theoretiker recht haben sollten ... wenn der Meeresspiegel tatsächlich weitere achtzig bis einhundert Meter ansteigen kann?

Das wahrscheinliche Szenario ist leicht vorstellbar. Die Anzahl der Menschen auf der Erde wird weiterhin zunehmen und damit auch die Konzentration der Treibhausgase. Langsam, aber unerbittlich, werden sich Atmosphäre und Meere erwärmen, bis eine kritische Schwelle erreicht ist. An einem Punkt werden die Schneedecke und das Polareis zu schmelzen beginnen, die Hochwasserstände werden jedesmal merklich höher sein, während das Niedrigwasser nie mehr ganz auf die früheren Pegel zurückweicht.

Ein erster Anstieg um mehrere Dezimeter im ersten Jahr wird die Menschen beunruhigen. Wertvolle Besitzungen an den Küsten werden unmittelbar betroffen sein, und die Küstenstädte werden versuchen, sich auf das Schlimmste gefaßt zu machen. Der Anstieg um einen Meter und mehr im nächsten Jahr wird niedrig liegende Küstenstädte, vornehme Küstenwohnorte und küstennahe Felder überschwemmen und zu einem Chaos führen. Milliarden Menschen werden umgesiedelt werden müssen, es wird zu unermeßlichen landwirtschaftlichen Verlusten kommen und zum Beginn einer weltweiten Hungersnot.

In den folgenden Jahren wird der jeweilige Anstieg des Meeresspiegels um zwei bis fünf Meter die Häfen vollständig unter Wasser setzen, einschließlich jener, in denen Öl getankt und entladen wird. Und das bedeutet höchstwahrscheinlich das Aus. Das gesamte Transportsystem auf der Erde, das von der Ölindustrie abhängt, wird zusammenbrechen, und damit die westliche Zivilisation.

Alle Menschen, die in Städten oder Vorstädten leben und ganz und gar auf den Ferntransport sämtlicher Konsumgüter, von Lebensmitteln und Arzneimitteln bis zu Gas und Elektrizität, angewiesen sind, werden all dies nicht mehr geliefert bekommen. Ohne Orts- oder Fernverkehrssysteme und ohne technische Kommunikation werden sie zudem völlig abgeschnitten sein. Innerhalb von Wochen oder Monaten werden weite Gebiete der Erdoberfläche vollkommen entvölkert sein, weil ihre riesigen Bevölkerungen buchstäblich verhungern werden ... während das Meer steigt und steigt ...

Einige werden für eine Weile überleben – kleine isolierte Gruppen robuster Überlebenskünstler –, aber sie werden im Lauf der Zeit wahrscheinlich aussterben durch Inzucht und eine mögliche Konzentration genetischer Letalfaktoren. Und wer wird letztlich überleben? Werden es die sogenannten Primitiven sein, einige wenige traditionelle Stammesvölker fernab im Busch? Und wie viele werden überhaupt überleben?

Der Einfluß des Westens auf die Stammeskulturen ist bekannt, und es gibt heute nur noch wenige Orte auf der Erde, wo die einheimische Bevölkerung nicht bis zu einem gewissen Grad von importierten Gütern abhängig ist, von Mehl und Zucker oder Benzin und Computern. Viele Anthropologen, die in den 1960er Jahren in autarken traditionellen Gemeinschaften Feldforschung betrieben, stellen heute bei der Rückkehr in diese Gebiete fest, daß ihre früheren Informanten auf Motorrädern zur Arbeit in Fabriken und Städten fahren.

Ich erinnerte mich an meine eigenen Feldforschungen während der 1970er Jahre im südlichen Äthiopien. Dieser Teil der Welt war damals so abgelegen, daß ich häufig afrikanische Stammesleute traf, die noch nie einen Weißen gesehen hatten. Doch selbst dort versorgte die äthiopische Regierung die einst von fremder Hilfe unabhängigen Hirten und die zeitweise Gartenbau betreibende Bevölkerung. Auch dort änderte sich die traditionelle Lebensweise, als frühere Nomaden mehr oder minder permanente Siedlungen um Polizeiposten und christliche Missionsstationen errichteten, die eine neue Quelle für ihren Lebensunterhalt darstellten.

Die Tentakel der westlichen Zivilisation reichen heute tief bis in die entlegensten Gebiete der Welt, und überall sind die Stammesvölker heute, manchmal mehr, manchmal weniger, darauf angewiesen, daß sie von der Zivilisation beliefert werden. Deshalb vermutete ich, daß nur die Menschen den Zusammenbruch überleben würden, die noch heute ihre sämtlichen Nahrungsmittel und anderen lebenswichtigen Dinge selbst produzieren, ob durch Ackerbau und Viehzucht oder durch fischen, jagen und sammeln.

Diese Menschen stehen noch in einer engen und ausgeglichenen Beziehung zu ihrer unmittelbaren Umgebung und leben relativ isoliert und insofern auch weitgehend unabhängig von der westlichen Zivilisation – nur sie werden überleben und einige wenige andere, die imstande sind, ihre frühere traditionelle Lebensweise wiederaufzunehmen – und das vor allem schnell.

Ich dachte wieder an Nainoas Welt – eine Welt, wie sie nach dem

Zusammenbruch und dem nachfolgenden Ausgleich der Verhältnisse auf der Erde sein wird. Ich sah ihn im Geiste vor mir, verwundet und allein, und empfand tiefes Mitgefühl. Mit seiner Verletzung konnte er weder jagen noch sich auf Bäumen in Sicherheit bringen. Wie schwer waren seine Verletzungen? Hatte er innere Blutungen? Würde er die Gefahren der Infektion überleben? Würde ihn eine Raubkatze oder ein Rudel wilder Hunde zerfleischen?

Ich fühlte mich in zunehmendem Maße verantwortlich. Ich war mir sicher, daß es meine Anwesenheit war, die Nainoa während des Abstiegs von den Bergen bemerkt hatte. War er dadurch abgelenkt und weniger vorsichtig gewesen? Ich hatte ihn in ziemlich schlechtem Zustand zurückgelassen und wünschte sehnlichst, ihm zu helfen. Aber wie?

Und noch etwas sollte ich erwähnen. Ich kannte das Tal, in dem Nainoa verletzt wurde. Ich wußte jetzt genau, wo er sich befand.

Eine ganze Reihe von Erinnerungen drang auf mich ein. Es waren Erinnerungen aus meiner Jugend, als ich Ende der fünfziger Jahre mehrere Sommer auf einer Ranch im Washoe Valley im Westen von Nevada verbrachte. Meine Eltern hatten sich gerade scheiden lassen, und in der Zeit danach wurden Gus und Jeanne Bundy, die Besitzer der Ranch, meine geistigen Zieheltern. Gus war ein Renaissancemensch, ein künstlerischer Fotograf und Poet, der im Orient gelebt hatte, sich in der Literatur auskannte und in der Philosophie des Ostens belesen war. Er war ein eindrucksvolles Vorbild für einen Fünfzehnjährigen wie mich.

Ich sah mich in meinem Haus in Kona um. Gus' Einfluß war überall. Die Wände waren mit Masken, Drucken, Gemälden und Fotos bedeckt sowie mit vielen Büchern über Kunst, Poesie, Anthropologie und östliches Gedankengut, mit belletristischen und wissenschaftlichen Werken. Auf den Regalen standen Skulpturen und alte Kameras. Bonsaibäume und Steine zierten den Garten. Durch Gus war ich geworden, wer und was ich heute bin. Gus hatte mich initiiert.

Ich war mir sicher, daß Nainoa im Washoe Valley der Zukunft verletzt wurde, nicht weit entfernt von der früheren Ranch der Bundys unter dem narbigen Massiv des Slide Mountain. Ich war mir absolut sicher, daß er sich dort befand, und mein Wunsch, ihm zu helfen, wurde immer stärker. Ich wußte, wo er war, aber ich konnte nicht einfach ans Telefon gehen und den Notruf von West-Nevada wählen. Ich wußte aber, daß erfahrene Schamanen durch das psychische Reich der zweiten Wirklichkeitsebene über weite Entfernungen wirken konnten, und so griff ich auf mein Wissen über die *kahuna*-Heilmethoden zurück, über die ich einiges von Serge King erfahren hatte.

King hatte mir erzählt, daß *kahunas* sehr geschickt sind im Umgang mit mentalen Techniken, um in der gewöhnlichen Wirklichkeit konkrete Ereignisse zu vollbringen. Drei Faktoren spielen dabei eine Rolle: ein Aspekt der Imagination, genannt *laulele*, die mystische Kraft des hawaiischen *mana* und die psychischen Verbindungen durch das *aka*-Feld.

King beschreibt *laulele* als Imagination, die bewußt angewendet wird, um zusammen mit starken Willenskräften ein mentales Muster oder eine Strategie zu schaffen und das angestrebte Ziel zu erreichen. *Mana* ist die Energie, deren reichliches oder geringes Vorhandensein die Wirksamkeit jeder psychischen Praxis bestimmt. *Aka* ist der Grundstoff, aus dem alles im Universum gebildet wird, sogar Gedanken und innere Vorstellung. *Kahunas* glauben, daß *aka* durch Gedanken geschaffen und geformt werden kann, daß es als Empfänger und Leiter des *mana* dienen kann und daß durch die *aka*-Verbindungen zwischen dem *kahuna* und seinem Zielobjekt Wirkungen konkretisiert werden können[2].

Ich war mir nicht sicher, was ich tun konnte, um Nainoa zu helfen, aber ich wußte, wo ich hohe Konzentrationen von *mana* finden würde. Eines Nachmittags fuhr ich mit meiner Familie zum *Pu'uhonua*, dem Ort der Zuflucht an der Küste, wo wir abends picknicken wollten.

Es begann leicht zu regnen, von Westen her schien die Sonne, und wir genossen den wundervollen Anblick des Spiels von Licht und Schatten über der tropischen Landschaft im Regen. Ich war mir bewußt, daß mein Aufenthalt in Hawaii eine zauberhafte Zeit war, die früher oder später enden würde. Irgendwann würde ich diese Insel verlassen und zu meinem Leben als Anthropologe zurückkehren müssen, aber ich wußte mit bittersüßer Gewißheit, daß ich sie sehr vermissen würde. Die Insel hatte mich verwandelt. Auf meine Weise war ich Hawaiianer geworden.

Ich bog nach Süden auf die Painted Church Road ab und sah mir im Vorüberfahren die Häuser der Einheimischen an. Einige hatten Zisternen, andere bauten Obst und Gemüse an, aber würde das reichen? Die steigende Nachfrage nach hawaiischen Grundstücken hatte die Grundstückspreise in die Höhe getrieben; ehemals landwirtschaftlich genutzte Flächen wurden in kleine Wohngrundstücke aufgeteilt, auf denen die neuen Besitzer bloß Zierpflanzen anbauten. Als James Cook Ende des 18. Jahrhunderts nach Hawaii kam, wurde auf dem Agrarland rings um die Insel intensiv Landwirtschaft betrieben, um die Inselbevölkerung zu ernähren. Heute gab es hier gefährlich wenig Land, auf dem Nahrungsmittel produziert wurden.

Wir kamen an der Painted Church vorbei, die ihren Namen den interessanten Wandgemälden im Inneren der Kirche verdankt, und sahen die rein weiße, lebensgroße Jesusstatue an der Auffahrt zur Kirche. Jemand hatte der Statue einen Blumenkranz um den Hals gelegt, dessen leuchtende Farben einen starken Gegensatz zu dem kühlen Weiß des Steins bildeten. Nainoa hatte Jesus als «weißen Meister» bezeichnet. Vielleicht ging der Ausdruck auf historische Beschreibungen solcher Bildnisse oder auf die Erinnerung an die fremdländische Herkunft Jesu zurück.

Ich bog in die Straße ein, die zum «Ort der Zuflucht» hinunterführte. Die Touristen waren für heute verschwunden, der Parkplatz war leer. Eine parallel zur Fernverkehrsstraße verlaufende Nebenstraße aus zerkleinerten Korallen führte durch einen eindrucksvollen Hain von Kokospalmen und *Noni*-Bäumen direkt hinaus auf den Korallensand und die schwarze Lavaunterschicht. Hier unten regnete es nicht, und es war beträchtlich wärmer. Das weiche Licht warf lange Schatten. Wir wurden alle sehr still, während der Wagen unter den Bäumen dahinfuhr. Ich blickte in das grün und golden glänzende Laub und dachte an den Leopardmann. Ich grüßte ihn impulsiv und lud ihn ein, uns an diesem schönen Ort Gesellschaft zu leisten – und mir bei meinem Vorhaben zu helfen.

Langsam fuhren wir an der großen schwarzen Mauer aus Lavablöcken vorüber, die das Heiligtum abgrenzt, und weiter auf dem Korallenweg bis zu einem von Palmen beschatteten Picknickplatz am Strand. Eine vielköpfige hawaiische Sippe hatte sich ebenfalls hier niedergelassen und wartete auf die Rückkehr der Männer, die zum Fischen hinausgefahren waren. Einige Einheimische nützten das Meer noch wie früher und lebten davon. Wir nickten einander lächelnd zu, und dann breiteten wir unsere Abendmahlzeit auf einem Tisch unter den Bäumen aus.

Die Kinder liefen zu den Fluttümpeln zwischen den erstarrten Lavaströmen am Rand des Ozeans, gefolgt von Jill, die in ihrem fließenden *muumuu* und mit ihrem langen schwarzen Haar sehr hawaiisch aussah. Ich zockelte hinterher, während meine Augen systematisch den Sand nach Artefakten absuchten. Einer der Parkaufseher hatte mir erzählt, daß er hier eine kleine Breitbeilklinge aus Stein gefunden hatte, und seitdem war ich nach einem solchen Ding auf der Suche. Ich betrachtete die mehrere hundert Meter entfernte Tempelanlage und dachte tief besorgt an Nainoa.

Jill und die Kinder kamen mit einem Eimer voll Meerwasser, Einsiedlerkrebsen und Garnelen zurück. Die hawaiische Sippe nebenan grillte Fleisch über einem Feuer, und köstliche Gerüche wehten zu uns herüber, begleitet von häufigem und herzlichem Gelächter. Unwillkürlich dachte ich wieder an den Untergang und fand es tröstlich, daß die traditionell im Einklang mit der Natur lebenden Hawaiianer dann wieder die Herrschaft über ihre Welt übernehmen würden, die ihnen fremde Kulturen, die hier eingedrungen waren, genommen hatten. Ich beobachtete, daß einige, die zu der hawaiischen Gruppe gehörten, mit Napfschnecken vom Wasser heraufkamen. Viele besaßen noch das alte Wissen oder zumindest Teile davon. Die Hawaiianer der Zukunft würden natürlich anders aussehen. Als eines der hawaiischen Kinder zu uns herüberkam und unseren Töchtern Kekse anbot, bemerkte ich, daß das Kind blaue Augen hatte. Ich lächelte. Der Veränderungsprozeß hatte bereits begonnen.

Wir beendeten unsere Mahlzeit und verstauten die Reste im Wagen. Die Sonne hatte den Horizont noch nicht berührt, und ich schlug vor, am Ufer entlang zum «Ort der Zuflucht» hinaufzugehen. Bei Sonnenuntergang zwischen den Palmen und stillen Steinen dieses Orts am Rand des Ozeans empfindet man ganz stark den Frieden und die Ruhe dieser Stätte, die seit langer Zeit heilig ist und *mana* ausstrahlt.

Ich ließ Jill und die Kinder in den Fluttümpeln nach Muscheln suchen und ging allein weiter. Nachdem ich um Erlaubnis gebeten hatte, betrat ich den heiligen Bereich. Ich ging unter den Palmen dahin, in denen der Wind raschelte. Außer mir befand sich niemand hier. Ich hob gedankenverloren zwei Steine auf und begann, sie während des Gehens aneinanderzuschlagen. Ich hatte das noch nie getan, und rückblickend weiß ich nicht, warum ich es ausgerechnet an jenem Abend tat. Aber seitdem tue ich es immer, wenn ich irgendwo draußen in der Natur bin und die Geister auf mich aufmerksam machen will.

Im schwindenden Licht ging ich langsam an den Steinplattformen der *heiaus* vorbei und konzentrierte mich auf meine Absichten. Ich dachte an Nainoa, der weit in der Zukunft verletzt jenseits der Sierra lag, und ich begann, ihm durch die *aka*-Fäden, die uns verbanden, gute Wünsche zu schicken. Ich ging weiter, klopfte mit den Steinen einen sich wiederholenden Rhythmus und bat die Geister dieses Ortes um Hilfe.

Ich ging um die große *heiau*-Plattform herum. Sie wurde vor dem Jahr 1550 n. Chr. erbaut; ursprünglich befanden sich darauf strohgedeckte Gebäude und geschnitzte Holzbildnisse. Der gewaltige Monolith, der Keoua-Stein, liegt auf der felsigen Unterschicht vor der Nordseite des *heiaus*. Ich näherte mich und legte die Hände auf den ruhenden Riesen, um zu sehen, ob dabei etwas geschah. Aber ich fühlte nichts. Nach einigem Zögern bat ich um die Erlaubnis, hinaufsteigen und mich auf den Monolithen legen zu dürfen.

Ich blickte in den blaßblauen tropischen Himmel und erinnerte mich, daß einige australische Aborigines auf die gleiche Weise versuchten, veränderte Bewußtseinszustände zu erreichen. Ich spürte den Stein unter meinem Rücken und befreite mich von Gedanken. Dann stellte ich mir vor, daß sich der Monolith mit *mana* füllte und zum Mittelpunkt für die Kraft dieses Ortes wurde. Ich fuhr fort, diese Energie zu konzentrieren, und versuchte, sie zu fühlen. Dann formte ich vor meinem inneren Auge ein Bild von Nainoa in dem Wald am Fluß und begann, über das *aka*-Feld heilende Energie an ihn zu senden. Ich bat die Geister dieses Ortes erneut um Beistand, während ich mich fest auf das Bild des verletzten Mannes konzentrierte. Ich erinnerte mich an die Hütten, die Nainoa bei seiner visionären Reise am jenseitigen Seeufer gesehen hatte, und fragte mich, ob sich ihre Bewohner vielleicht irgendwo in der Nähe aufhielten. Menschen würden Nainoa an diesem Punkt seiner Wanderung ganz sicher nützen. Ich wartete, aber es geschah nichts Außergewöhnliches.

Schließlich hörte ich Jill und die Kinder kommen und erhob mich etwas enttäuscht von dem Stein. Ich dachte über meine merkwürdige Beziehung zu dem *pohaku* in unserem Steingarten nach. Zu diesem Stein hier hatte ich keine Beziehung, er konnte mir nicht helfen.

Wir verließen das Heiligtum und kehrten zum Picknickplatz zurück. Die Hawaiianer winkten, als wir in unseren Wagen stiegen und in der Dämmerung durch den Palmenhain zurückfuhren. Ich stellte mir vor, daß der Leopardmann neben uns durch den Schatten glitt, und schickte eine Bitte an ihn. Nainoa mußte geholfen werden. Die Antwort kam sofort. Es war nur ein Gefühl, aber als ich aus dem Seitenfenster blickte, kam es mir vor, als liefe der gefleckte Therianthrop neben dem Auto her.

Während eines prachtvollen Sonnenuntergangs fuhren wir den Berg hinauf nach Hause. Ich versuchte, mir vorzustellen, daß ich *mana* empfing, und fühlte, wie mein Körper von Wärme durchdrungen wurde.

Viel später, nach einer unruhigen Nacht, in der ich nach lebhaften Träumen mehrmals aufwachte, näherten sich gegen Morgen plötzlich die Kraftgefühle. Anfangs streiften sie mich nur, sie kamen und gingen, bis ich mich schließlich völlig entspannte und sagte: «Okay, es kann losgehen.»

Dann stürmte die Kraft auf mich ein. Während ich nach Atem rang und die Phosphene im Dunkeln tanzten, dachte ich noch einmal an den großen Stein vor dem *heiau*. Ich spürte ihn wieder unter meinem Rücken, als ich mich ausdehnte, immer weiter durch die funkelnde Dunkelheit, die Zone der Stille . . . und dann war die Veränderung da.

16

Die achte Reise
Die Frau und der Tiger

Im Osten dämmerte es, als ich mich mit Nainoa vereinigte. Er war gerade in seiner Hängematte aufgewacht, die er in Bodennähe zwischen zwei Bäumen befestigt hatte. Zehn Tage waren vergangen, seit er neben dem seichten Gebirgsfluß lagerte. Sein Bein war nun besser geschient, und er hatte sich eine Krücke gemacht, so daß er sich humpelnd, aber aufrecht fortbewegen konnte. Der Schmerz in seinem Bein war erträglich, solange er es nicht belastete, und die Rippen taten ihm noch weh. Aber insgesamt hatte sich sein Zustand nicht verschlechtert. Er hatte den Lagerplatz zweimal gewechselt und befand sich nun auf einem breiten Steinsims über einem tiefgrünen Flußbecken, das er mit seinen Pfeilen abfischte.

Als ich bei ihm ankam, dachte er interessanterweise gerade über mich und seine Vorfahren nach sowie über die verschiedenen Ursachen für unsere Verbindung.

Verwandtschaft war in den Siedlungen am Binnenmeer das wichtigste Identitätsmerkmal. Wer keine nennenswerten Vorfahren hatte, war nicht standesgemäß und gesellschaftlich nicht akzeptabel. Die Vorfahren übertrugen ihre Lebenskraft auf die Nachkommen. Keala, die alte Frau in der Siedlung, hatte ihm einmal erklärt, daß die Lebensessenz eine übernatürliche, überall im Universum vorhandene Kraft sei. Wenn sie sich in lebenden Dingen stark konzentrierte, dann wurden diese mit Lebenskraft erfüllt. Die alte Frau hatte das eigentliche Leben eines jeden lebenden Dings als den Funken eines größeren Feuers beschrieben, der sich zwischen verschiedenen Abstammungslinien hin und her bewegen und verschiedene Formen annehmen kann, bis er alle möglichen Ausdrucksformen, vom niedrigen Wurm bis zum Gott, durchlebt hat.

Keala hatte gesagt: «Die Lebenskraft ist eher ein Vorgang als eine Sache, und doch ist alles im Universum, ob körperlich oder nichtkörperlich, letztlich ein Teil davon. Es gibt ein Muster im Stoff des Lebens, und die Lebenskraft kann das Muster durch Kreuzung mit Verwandtem oder mit Nicht-Verwandtem bilden. In diesem Sinn hat die Lebenskraft ihre eigene Richtung, ihren eigenen Willen. Jedes lebendige Ding ist ein Teil des großen Musters, und deshalb ist jedes Wesen mit *kumu* erfüllt, mit Absicht und Richtung, selbst wenn diese Absicht dem einzelnen Menschen oder dem Wurm nicht bekannt ist.»

Nagai hatte bei einem Waldausflug mit Nainoa diese Ideen bestätigt. «Es ist das Wesen der Lebenskraft, sich verschiedenartig zu gestalten», hatte er gesagt und mit einer ausholenden Armbewegung auf die Umgebung gedeutet. «Jedes Ding hat sowohl eine gewöhnliche körperliche Seite hier in der Erscheinungswelt als auch einen *aumakua*-Aspekt in der Geisterwelt. Genauso wie sich diese spirituellen Aspekte verändern und wachsen, je nachdem, was während der endlosen Geburtszyklen von Leben, Tod und Wiedergeburt auf der physischen Daseinsebene geschieht, so ändert und entwickelt sich auch das Muster. Was in der gewöhnlichen Wirklichkeit geschieht, wirkt gestaltgebend in den nicht-gewöhnlichen Wirklichkeitsbereichen.»

Nagai hatte sehr ernst ausgesehen, als er fortfuhr: «Deshalb sind Absichten so wichtig. Deine Ziele weisen dir die Richtung und geben den Rahmen vor für deine Erfahrungen. Diejenigen, die ständig andere Menschen oder Ereignisse manipulieren, um materiellen Wohlstand und Macht zu erlangen, konzentrieren sich mehr auf die dunkle Seite ihres Wesens. Wenn solche Menschen sterben und nur noch als *aumakua* existieren, sind ihre Geister nicht wohltätig, friedlich und ausgeglichen. Sie sind hungrig und begierig, und wenn sie wieder in der gewöhnlichen Welt auftreten, werden sie wieder genau denselben Charakter annehmen.

Aus diesem Grund gibt es das Böse in der Welt. Es ist einfach ein Teil des Musters. Alles in der Natur hat zwei Seiten, und ‹nicht-gut› ist einfach die andere Hälfte von ‹gut›. Jeder von uns trägt die Fähigkeit für beides in sich. Wenn wir in die Welt kommen, zeigt die Form unserer Persönlichkeit, was auf unserer geistigen Seite hervorsticht. Die Entscheidungen, die wir im Lauf unseres Lebens treffen, haben Auswirkungen auf uns und unsere Umgebung, und diese Auswirkungen spiegeln sich in der spirituellen Welt, die sich entsprechend verändert. Es gehört zu unserer Aufgabe, die dunkle Seite unserer Natur zugunsten des Lichts zu überwinden. Sobald wir das tun, verändert sich auch das große Muster in diese Richtung.

Auf diese Weise», schloß Nagai, «reist jeder von uns in vielen Leben durch die Zeit, bis wir unsere Bestimmung innerhalb des großen Musters erreicht haben. Wenn wir ganz geformt und ganz bewußt geworden sind, wird aus uns Menschen etwas anderes. Das ist unser Ziel, und jeder muß es auf seine Weise erreichen. Das ist unsere eigentliche Arbeit, der wirkliche Grund für unser Dasein.»

Nainoa verweilte bei diesen Gedanken. Er lag in seiner Hängematte und fragte sich wie schon so oft zuvor, ob es im Geisterreich einen Schöpfergott gab, dessen Wille den Vorgang lenkte. Nagai hatte ihm gesagt, niemand wisse genau, ob es einen solchen Schöpfer gibt, und seiner Meinung nach würde es auch nie jemand wissen, weil *Io*, der große leere Raum, aus dem alle Formen, die Ausdruck gefunden haben, hervorgehen, zu fern sei, um von Menschen verstanden zu werden. Vielleicht war das Muster selbst der Schöpfer, nachdem jedes Ding ein Aspekt des Musters war.

Mit Hilfe des *aumakua*, dachte Nainoa, könnten sowohl er als auch der Amerikaner irdische Formen derselben geistigen Quelle sein – der Amerikaner könnte er selbst sein in einem früheren Leben an einem früheren Ort in der Zeit. Vielleicht bedeutete das, Teil einer Abstammungslinie zu sein.

Nainoas Gedanken richteten sich auf seine alltäglichen Probleme. Er war bei der Jagd nicht sehr erfolgreich gewesen. Zwar hatte er sich einen guten Platz ausgesucht, um dem Wild aufzulauern, aber die größeren Tiere blieben außerhalb seiner Reichweite. Die Hütten, die er während seiner Vision gesehen hatte, und die feindliche Haltung des Stiers könnten bedeuten, daß diese Tiere von Menschen gejagt wurden.

Plötzlich bemerkte er, daß die Vögel schwiegen. Er sah sich vorsichtig um – und dann erstarrte er. Nainoa sah den Tiger im selben Moment, in dem der Tiger ihn sah. Er stand auf der anderen Seite des grünen Wasserbeckens – ein großer gestreifter Tiger von der Art, die am meisten gefürchtet war. Der Wind kam aus seiner Richtung. Während er trank, hatte ihm wahrscheinlich erst Nainoas Bewegung seine Anwesenheit verraten. Von Furcht ergriffen blickte Nainoa in die gelbbraunen Augen. Der Bauch des Tigers war aufgebläht, Schnauze und Brust waren blutverschmiert. Er hatte vor kurzem gefressen.

Nainoas Speer, Messer und Bogen lagen in Reichweite. Er würde den Speer nehmen müssen. Wenn ihn der Tiger angriff, hätte er keine Chance mehr, den Bogen zu spannen.

Der Tiger sah ihn ausdruckslos an. Die Muskeln unter dem schwarz und orange gestreiften Fell bewegten sich gleitend, als er seine Haltung ein wenig veränderte. Die Klauen schoben sich vor. Nainoa erkannte die Absicht des Tigers.

Sehr langsam griff er nach dem mit Leder umwickelten Schaft seines Speers. Wenn der Tiger auf ihn zusprang, würde ihm gerade genug Zeit bleiben, um sich aus der Hängematte zu wälzen und den Speer mit dem stumpfen Ende gegen den Baum zu stemmen. Seine einzige Chance bestand darin, daß sich der Tiger durch sein Gewicht selbst aufspießte – und Nainoa würde nur einmal Gelegenheit haben, die Speerspitze auf die richtige Stelle zu richten.

Aber vielleicht griff er doch nicht an? Was sollte er tun, wenn er einfach auf ihn zuging? Er legte langsam beide Hände auf den Speer und wartete.

Der Tiger rührte sich nicht. Er beobachtete ihn nur. Nainoa richtete den Blick auf eine Stelle einige Meter neben dem Tiger, so daß er ihn im Blickfeld hatte, ohne ihn unmittelbar anzusehen. Vielleicht würde er weggehen.

Nainoa schob alle Gedanken beiseite und konzentrierte sich auf ein einziges Ziel. Der Tiger sollte gehen und ihn in Frieden lassen. Er wandte sich direkt an seine persönliche *aumakua*-Ebene und bat um einen Kontakt mit dem *aumakua* des Tigers, um in ihm den Entschluß zu fördern, zu gehen und ihn zu verschonen. Während er sich ganz darauf konzentrierte, stellte er sich vor, daß ihn die Kraft erfüllte. Seine emotionale Anspannung wuchs, und er schauderte, als das *mana* zu fließen begann. Er hielt seinen Willen auf den Tiger gerichtet und sah aus den Augenwinkeln, daß sich die Krallen zurückzogen.

Der Blick des Tigers glitt für einen Augenblick flußabwärts, und diese winzige Bewegung hätte Nainoa beinahe aus seiner Hängematte auffahren lassen. Er konnte nur knapp eine verfrühte Reaktion verhindern. Die Miene des Tigers blieb ausdruckslos, aber ein Ohr machte eine kleine Bewegung, als würde er etwas hören. Nainoa empfand eine Welle der Erleichterung, als die Aufmerksamkeit des Tigers von ihm abließ.

Plötzlich fielen die ersten Sonnenstrahlen auf den Fluß. Sie teilten die Welt in Licht und Schatten, und im selben Augenblick, als wäre ein Zauberbann gebrochen, verschwand der Tiger.

Nainoa blinzelte verunsichert. Er starrte auf den Wald am gegenüberliegenden Ufer, aber er sah keine Bewegung. Der Tiger war im Schattenspiel zwischen den Bäumen verschwunden. Wassertropfen auf dem Stein bestätigten, daß er dagewesen war. Es mußte ihn etwas gewarnt haben. Nainoa hoffte inständig, daß kein zweiter Tiger in der Nähe war. Er hievte sich aus der Hängematte und ließ sich, auf seine Krücke gestützt, auf einem Stein neben dem Baum nieder. Er spannte den Bogen und nahm vier seiner größten, mit Kupferspitzen versehenen Pfeile aus dem Köcher.

Es kam ihm mit immer schrecklicherer Deutlichkeit zu Bewußtsein, daß er jeder größeren Bedrohung nahezu wehrlos ausgesetzt war. Nachdem der Tiger wußte, daß er hier war, konnte er jederzeit zurückkommen, auch in der Nacht, um ihn sich zu holen. Er mußte sich einen anderen Lagerplatz suchen, je früher, desto besser. Mit dem lahmen Bein würde ein größerer Umzug zur Tortur werden. Und wohin sollte er gehen? Zum See? Oder zurück in den Wald?

Der Wald war verlockend. Er mußte einen Baum finden, auf den er trotz seines behinderten Zustands klettern konnte. Langsam und vorsichtig begann er, seine Sachen zu packen. Den Speer legte er nicht aus der Hand.

Als er wieder auf dem Stein saß, nachdem er sein Bein neu geschient hatte, entdeckte er flußabwärts eine Bewegung. Er rührte sich nicht, hielt den Speer mit beiden Händen fest und wartete auf den Angriff des Tigers. Doch statt des Tigers kamen zwei große Hunde aus dem Schatten und näherten sich langsam dem erhöhten Flußufer. Sie befanden sich in Bogenschußweite, und weil Nainoa befürchtete, daß sie zu einem ganzen Rudel gehörten, beschloß er, die beiden zu töten, bevor sie die anderen auf ihn aufmerksam machten. Unvermittelt blieben sie steifbeinig stehen und richteten die Köpfe schnüffelnd flußaufwärts. Vielleicht hatten sie ihn oder den Tiger gerochen. Als er einen Pfeil auflegte, sahen sie ihn, und ihr Fell sträubte sich.

Er spannte den Bogen, doch plötzlich, kurz bevor er den ersten Pfeil abschoß, bewegte sich etwas hinter den Hunden, und zwischen den Blättern erschien ein Gesicht. Es war ein helles, menschliches Gesicht. Die Begegnung kam für Nainoa so überraschend, daß er zögerte. Als zwei weitere Hunde auftauchten, überlegte er jedoch sehr schnell, welche Chancen er noch hatte. Unterdessen musterten ihn die fremden Augen von oben bis unten, und Nainoa wurde plötzlich klar, wie ihn dieser Mensch sah – schmutzig, zerzaust, zerlumpt und verkrüppelt. Wahrscheinlich machte er einen ziemlich verzweifelten Eindruck, wie er so dasaß mit dem schußbereiten Bogen in der Hand. Er beschloß, diplomatisch vorzugehen.

Langsam senkte er den Bogen und legte ihn in Reichweite neben den Speer auf den Stein. Im selben Augenblick rannten die Hunde los. Er hatte einen Fehler gemacht. Einen sehr großen Fehler.

Als er den Speer an sich riß, zischte es leise. Die Hunde blieben stehen. Auf ein zweites, kaum hörbares Zischen setzten sie sich. Mit ihren langen Beinen, den schmalen Schnauzen und dem kurzhaarigen grauschwarzen Fell über den hageren Körpern ähnelten sie seinen früheren Gefährten im Canyon; doch sie wirkten beträchtlich schwerer, und ihre Schwanzspitze war nach oben gebogen. Sie hechelten und sahen ihn mit ihren hellen Augen böse an.

Er blickte wieder zu dem Gesicht zwischen den Blättern. Es hatte längliche Augen und breite Wangen. Das kleine Kinn verlieh dem Gesicht eine anmutige ovale Form. Mund und Nase waren stark ausgeprägt, die Augen blaugrau. Sie sahen ihn gleichmütig an.

Er stützte sich auf den Krückstock und stand vorsichtig auf. Die blaugrauen Augen weiteten sich. Als einer der Hunde knurrte, wurde er sofort zurückgezischt. Nainoa legte die Hände vor die Brust und verneigte sich kurz. Die Hunde knurrten und wurden zischend ermahnt. Nainoa richtete sich auf, nahm einen Gesichtsausdruck an, von dem er hoffte, daß er gutartig wirkte, und wartete, was als nächstes geschehen würde.

Es verging eine Weile, bis der Mensch, zu dem das Gesicht gehörte, hervortrat. Nainoa stockte der Atem. Vor ihm stand eine große Frau, die ebenso wild und hager aussah wie ihre Hunde.

Nainoa betrachtete sie mit wachsendem Staunen, während sie ihn beobachtete. Ihre Haut war heller als die seine. Ihre kurze Kleidung ließ lange Arme und Beine mit gut ausgebildeten Muskeln erkennen. Sie trug ein merkwürdiges Zwischending aus Rock und Schürze. Der lederne Rock reichte ihr im Rücken bis fast an die Knie, und die V-förmige Schürze hing vorne herunter und ließ auf beiden Seiten die langen Beine bis zur Taille frei. Rock und Schürze waren mit aufgereihten Perlen eingefaßt, deren Gewicht vermutlich verhinderte, daß der Wind die Kleidung hochwehte. Um die Taille trug sie Ketten aus polierten Holz-, Knochen- und Elfenbeinperlen, auch einige aus Metall. An den breiten Füßen trug sie seltsam gearbeitete Ledersandalen, deren Riemen ebenfalls mit Perlen verziert waren.

Oberhalb der Taille war sie nackt. Ihr Bauch war flach und muskulös, auf den kleinen hohen Brüsten saßen dunkle, vorstehende Brustwarzen. Um den Hals trug sie mehrere Ketten aus polierten Perlen und mit vielen hellen Metallplättchen, die er als Artefakte aus der Vergangenheit erkannte. Bei den Hawaiianern hießen sie *moni*. Zwischen den Halsketten hingen einige längliche, abgeplattete und mit eingekerbten Mustern verzierte Knochen- oder Elfenbeinstücke. In beiden Ohren steckten vom Ohrläppchen bis zur Mitte des Ohrmuschelrands metallene Ringe, und jedes ihrer Handgelenke zierten sechs oder acht dünne Metallreifen. An den

Fingern steckten mehrere Metallringe, einige mit blauen Steinen oder Glas besetzt. In einer Hand hielt sie einen langen gekrümmten Stock.

Der Schopf ihres dicken schwarzen Haars, der auf dem Kopf von einer Metallspange und einem dicken Elfenbeinstift gehalten wurde, hing auf ihren Rücken herab. Über der einen Schulter trug sie einen großen Lederbeutel, der ihr bis zur Hüfte reichte. Unter dem anderen Arm hing in einer ledernen Scheide ein Messer mit einem Hirschhorngriff. Auf dem Rücken trug sie einen trichterförmigen, oben offenen Korb, der einen anderen Behälter und ein Bündel Stöcke enthielt.

Nainoa bemerkte plötzlich, daß er sie offenen Mundes anstarrte, und er versuchte, etwas würdiger auszusehen. Er warf rasch einen Blick auf die Hunde, die mit hängender Zunge herumsaßen und ihn nicht aus den Augen ließen. Sowohl die Hunde als auch die Frau sahen aus, als könnten sie auf ihren langen Beinen weite Strecken zurücklegen, ohne zu ermüden. Sie machten einen äußerst wehrhaften Eindruck.

Das Alter der Frau war schwer zu schätzen. Sie war kein junges Mädchen, aber auch keine alte Frau. Er blickte auf ihren breiten Mund. Die Lippen waren ein wenig verfärbt; vielleicht hatte sie wilde Beeren gegessen. Ihre Brüste verrieten nicht, ob sie schon Kinder geboren hatte. Plötzlich fühlte er, daß sie ihn sexuell erregte, und er erschrak vor sich selbst. Er hob lächelnd die Hände zum Zeichen, daß sie willkommen war.

Sie rührte sich nicht, sondern beobachtete ihn nur ausdruckslos, genauso wie ihn der Tiger beobachtet hatte. Möglicherweise war sie ein Geist. Mit einer langsamen Geste wies er auf sich selbst und sagte seinen Namen. Sie blieb stumm. Ihre Haltung verriet innere Sicherheit und Stärke. Vielleicht stand sie bei ihrem Volk im Rang eines Häuptlings. Sie fühlte sich eindeutig Herr der Situation. Wenn es ihr einfiel, die Hunde auf ihn zu hetzen, würden sie ihn wahrscheinlich mit Leichtigkeit töten. Ihre langgliedrige schlanke Gestalt, die helle Haut und das lange schwarze Haar erinnerten ihn an jemand. Er forschte in seinem Gedächtnis und erkannte, daß sie ähnlich aussah wie die amerikanische Frau.

Er wußte nicht, was er tun sollte. Er versuchte erneut, sich mit ihr zu verständigen, indem er die Handflächen auf die Brust legte und seinen Namen sagte. Aber sie ging nicht darauf ein. Dann schien sie zu einer Entscheidung zu kommen. Lautlos drehte sie sich um und verschwand zwischen den Bäumen. Die Hunde zögerten einen Augenblick, dann folgten sie ihr.

Er rief ihr nach, aber sie kam nicht zurück. Er setzte sich auf den Stein, während ihm alle möglichen Fragen durch den Kopf gingen. Sie mußte zu einer Gruppe gehören. Vielleicht hatten diese Menschen die Hütten am See errichtet. Hatte er die Nachkommen der Amerikaner entdeckt? Bei dem Gedanken, daß es der Tiger möglicherweise vorgezogen hatte, das Weite zu suchen statt sich mit Menschen und ihren Hunden einzulassen, wurde ihm etwas wohler.

Er hoffte, die Frau würde zu ihrer Siedlung zurückgehen und Hilfe holen. Aber womöglich waren diese Leute kriegerisch und würden ihn als Gefangenen behandeln. Er wollte nicht noch einmal Sklave in der nichtadligen Klasse werden, und er beschloß, einen möglichst guten ersten Eindruck zu machen.

Er humpelte ans Wasser, streifte seinen *malo* ab, wusch ihn und legte ihn zum Trocknen auf die sonnigen Steine. Dann säuberte er sich und wusch sich auch die Haare, kämmte sie und flocht sie zu einem Zopf, den er mit einem Stück gefärbter Baumwollschnur zusammenband. Als der *malo* trocken war, klemmte er sich das eine Ende unter das Kinn, während er das andere sorgfältig um seine Lenden wickelte. Dann ordnete er seine Sachen. Plötzlich erinnerte er sich, daß er sich einen anderen Lagerplatz hatte suchen wollen. Was sollte er tun, wenn die Frau nicht zurückkam? Der Tiger konnte immer noch in der Nähe sein. Sollte er den Lagerplatz wie geplant wechseln oder auf die Frau warten?

In seiner Erinnerung regte sich etwas. Es war eine Geschichte, ein altes Rätsel von einer Frau und einem Tiger, die sich beide jeweils hinter einer geschlossenen Tür befanden. Der Held der Geschichte mußte eine der Türen öffnen. Hinter der einen wartete das Leben, hinter der anderen der Tod.

Es ging auf Mittag zu, als flußaufwärts eine kleine Vogelschar aus dem Gebüsch aufflatterte und nach Süden flog. Nainoa vermutete, daß er Gesellschaft bekam. Würde es die Frau sein oder der Tiger?

Er legte sich den Umhang über die Schultern, setzte sich, auf seinen Speer gestützt, auf den Stein und rückte sein geschientes Bein so zurecht, daß er, wer oder was immer kommen mochte, würdevoll aufstehen konnte. In den letzten Tagen hatte er einige Fische über dem Feuer getrocknet. Sie lagen gebündelt als Wegzehrung bereit.

Zu seiner Erleichterung erschienen die Hunde. Sie hechelten in der Mittagshitze, und es waren einige mehr. Nach ihnen erschien die Frau mit mehreren langen, mit Lederriemen zusammengebundenen Stangen. Sie legte das schwere Bündel in sicherer Entfernung ab und beobachtete ihn.

Nainoa erhob sich sehr würdevoll, stützte sich auf den Speer und verbeugte sich leicht, bevor er auf altenglisch sagte: «Verehrte Frau, ich hoffe, du bist mir freundlich gesonnen. Ich komme von dem großen Meer im Westen und bin durch den Wald und über die Berge gegangen, weil ich etwas über das Schicksal des amerikanischen Volkes und seiner Zivilisation erfahren möchte. Vielleicht erfahre ich bei dir, was ich wissen möchte . . . ?»

Nainoa hielt inne. Im Gesicht der Frau war keine Veränderung zu erkennen, und sie antwortete auch nicht. Nach einer Weile versuchte er, sich auf einfachere Weise vorzustellen. Er legte eine Hand auf die Brust und sagte seinen Namen. Sie verhielt sich nach wie vor still. Nainoa setzte zu einem neuen Versuch an, als sich schräg hinter ihm jemand diskret räusperte.

Rasch wandte er den Kopf und sah einen älteren Mann, der so hellhäutig war wie die Frau. Er hockte, nur auf Armeslänge von ihm entfernt, am Fuß eines Baumes. Nainoas würdevoller Auftritt hatte etwas gelitten. Das bemerkte anscheinend auch der Alte, der belustigt zu ihm aufsah. Nainoa ärgerte sich, daß man ihn so leicht gestellt hatte. Diese Leute mußten gute Jäger sein.

Aber er fing sich wieder. Auf Speer und Krückstock gestützt betrachtete er den Mann. Er war noch nicht sehr alt. Sein graues Haar war zu dicken langen Zöpfen geflochten, die über die Brust bis zur Taille herabhingen. Er hatte einen hageren, muskulösen Körper mit breiten Schultern, hohe Wangenknochen und eine kräftige Nase. Das Gesicht war von tiefen Furchen gekennzeichnet. Es war das Gesicht eines Menschen, der sein Leben im Freien verbracht hatte. Er erinnerte Nainoa an Nagai.

Der Mann hatte einen spärlichen weißen Bart um Mund und Kinn, und wie die Frau war er praktisch nackt bis auf einen kurzen ledernen Lendenschurz. An den Handgelenken trug er schwere Armreifen aus Metall. Oberarme und Unterschenkel waren mit geflochtenen und mit Pelz besetzten Lederriemen umwickelt. Drei große Federn steckten in seinem Haar, und auf den Oberarmen waren mehrere Reihen winkelförmiger Tätowierungen oder Narben zu sehen. Zwischen den Perlen seiner Halskette hingen die Fangzähne eines Tigers und viele mit eingeschnitzten Mustern verzierte Knochenzungen.

Auf dem Rücken trug er einen ungespannten Bogen von merkwürdiger Machart und einen Köcher mit Pfeilen. In einer Hand hielt er einen langen knorrigen Knüppel, in der anderen einen flachen Stock mit einem nasenähnlichen Fortsatz an einem Ende sowie zwei kurze Speere mit grob gearbeiteten Metallspitzen. Über die Schulter geschlungen trug er auf der einen Seite ein Messer, auf der anderen eine mit Gras umwickelte Wasserflasche, die wie ein Korb aussah.

Der Mann war anscheinend zu einer Entscheidung gekommen. Er lächelte Nainoa an, wobei er seine großen weißen Zähne zeigte. Mit einer übertriebenen Gebärde streckte er Arme und Rücken, ließ seine Gelenke knacken und stand langsam auf. Nainoa war fast einen halben Meter größer als er, und er fragte sich, ob der Mann ein Gemeiner war. Doch er lächelte zurück, indem er die Hand auf die Brust legte und mehrmals seinen Namen wiederholte. Dann sah er ihn fragend an. Das Gesicht des älteren Mannes nahm einen förmlichen Ausdruck an. Er legte die breite Hand ebenfalls auf die Brust an die Stelle, wo die Tigerzähne hingen, und sagte: «Gwil-yom.»

Nainoa nickte und wiederholte das Wort. Es klang ähnlich wie der alte amerikanische Name «William», der in den historischen Geschichten überliefert war. Nainoa sagte den Namen noch einmal mit betont fragendem Blick, und der ältere Mann grinste breit und nickte bestätigend.

Nainoa warf einen kurzen Blick auf die Frau, doch um nicht unhöflich zu wirken, unterließ er es, nach ihrem Namen zu fragen. In seiner eigenen Gesellschaft deutete man nicht auf eine Frau, die möglicherweise einem anderen gehörte. Er wies statt dessen auf die Berge und wiederholte, was er zuvor zu der Frau gesagt hatte. William beobachtete ihn höflich und lächelte. Als Nainoa geendet hatte, wies William mit gespitzten Lippen nach Nordosten. Es war eine sparsame, aber eindeutige Geste. Dann sagte er etwas, das wie eine kurze förmliche Erwiderung klang. Nainoa verstand kein Wort, aber es war die erste menschliche Stimme außer seiner eigenen, die er hörte, seit er die Siedlung verlassen hatte, und er war so dankbar, daß er den anderen strahlend anlächelte und mit übertriebenem Achselzucken andeutete, daß er ihn leider nicht verstehen konnte. William lächelte und nickte verständnisvoll.

Nainoa war tief bewegt. Er hatte mit Nachfahren der Amerikaner Kontakt aufgenommen, und alles schien gutzugehen. Überwältigt ließ er sich auf seinem Sitzplatz nieder.

William wandte sich mit ein paar Worten an die Frau. Sie bückte sich, nahm das Stangenbündel auf und kam näher. Nainoa bemerkte, daß William respektvoll und eher bittend als befehlend zu ihr gesprochen hatte. Auch die Hunde kamen heran und beschnüffelten ihn und sein Gepäck und besonders die geräucherten Fische. Aber sie waren gut erzogen. Sie urinierten nicht auf seine Sachen und rührten auch den Fisch nicht an. Auf ein scharfes Zischen der Frau wichen sie etwas zurück.

Der Mann und die Frau lösten die Lederriemen, mit denen die Stangen zusammengebunden waren, und bald danach hatten sie die Hunde hintereinandergeschirrt, das eine Ende der Stangen an den Zugriemen befestigt und die Stangen durch ein Geflecht aus Lederriemen verbunden, so daß eine Art Schlitten entstand.

William ging auf Nainoa zu, blickte auf sein geschientes Bein und bedeutete ihm, sich auf das Stangengerüst zu setzen. Ohne auf Zustimmung zu warten, schob er seine breite Schulter unter Nainoas Arm und half ihm, zu den wartenden Hunden zu humpeln. Bevor sich Nainoa setzte, legte er seine Hängematte auf den Schlitten, um es etwas bequemer zu haben.

William wandte sich wieder an die Frau, die das Geschirr der Hunde ordnete. Nainoa entdeckte zum ersten Mal so etwas wie einen Ausdruck auf ihrem Gesicht. Sie richtete sich auf und bedachte ihn mit einem unverhohlen prüfenden Blick. William lachte, und dann sammelte er Nainoas Habe ein. Einige der Tragnetze nahm er selbst auf den Rücken.

Er besah sich den Speer von Nainoa, besonders die eiserne Spitze, bevor er ihm die Waffe reichte. Mit dem gleichen Interesse untersuchte er Nainoas Bogen. Er nahm einen Pfeil aus Nainoas Köcher und staunte, wie gerade er war; und seine länglichen Augen weiteten sich, als er die Kupferspitze betrachtete. Er steckte den Pfeil wieder in den Köcher und gab Nainoa Bogen und Köcher mit einem anerkennenden Lächeln zurück.

Schließlich half er Nainoa, sich einigermaßen bequem auf das Stangengerüst zu setzen, und rückte die Gurte zurecht, damit das verletzte Bein eine feste Unterlage hatte. Einen Gefangenen, dachte Nainoa, würden sie nicht so fürsorglich behandeln.

Die Hunde warteten geduldig. Nach einem leisen Zischen der Frau setzten sie sich in Bewegung und zogen Nainoa durch den Wald und auf das offene Grasland in Richtung Norden.

William ging in der flimmernden Hitze des frühen Nachmittags voraus und wählte den bequemsten Weg zwischen den dürren Grasbüscheln. Das untere Ende der Stangen holperte über den Boden. Nainoa hatte es einigermaßen bequem, obwohl seine Rippen und sein Bein bei jeder Erschütterung schmerzten.

Er war beeindruckt, wie kräftig die Hunde waren. Einen Wagen zu ziehen wäre um einiges leichter gewesen. Vielleicht, dachte er, kannten diese Menschen das Rad nicht.

Die Frau bewegte sich anmutig auf ihren langen Beinen. Wenn sie William half, die Stangenenden über ein Loch oder ein Hindernis zu heben, spielten ihre Muskeln unter der hellen Haut. Nainoa bemerkte eine Reihe kleiner Tätowierungen, eine Linie kleiner Punkte, die sich von einer Wange über den Nasenrücken zur anderen Wange zog. Das einzige Geräusch, das sie beim Gehen machte, entstand durch den raschelnden Lederrock und den hin und wieder leise klirrenden Metallschmuck. Sie roch angenehm nach Holzrauch und Leder. Als sie sich bückte, um eine der Stangen anzuheben, schaukelten ihre Brüste, und im dunklen Haar unter ihren Achseln glitzerte der Schweiß.

In Nainoa regten sich erneut sexuelle Gefühle. William war nicht entgangen, daß er die Frau beobachtete. Er sagte etwas und lachte. Dann wandte er sich Nainoa zu, wies mit den Lippen auf die Frau und sagte:

«Kenojelak.»

Nainoa sah sie an und wiederholte das Wort, das er für ihren Namen hielt. Sie nickte ernst. William sagte etwas zu ihr, und dann lachte er leise. Er schien sie zu necken. Sie wandte sich ab, aber ihr Mund zuckte, als unterdrückte sie ein Lächeln.

Sie gingen weiter über das Grasland auf den Fuß des schroff abfallenden Berges zu. William und Kenojelak sahen sich immer wieder prüfend um. Gelegentlich hielten sie an, damit sich die Hunde ausruhen konnten, und William half Nainoa, von dem Schleppschlitten aufzustehen.

Einmal hielten sie auf einer kleinen Erhebung an. Nainoa blickte auf den glänzenden See, dessen Ufer zum Teil von Wald verdeckt war. Trockenes graues und gelbes Grasland erstreckte sich bis an den Fuß der bewaldeten Hügel jenseits des Sees. In der Ferne strebte eine kleine Elefantenherde dem Wasser zu. Nainoa deutete in ihre Richtung und sagte das hawaiische Wort: «*Elepane*.»

William sah ihn verständnislos an, worauf Nainoa noch einmal auf die Elefanten wies und das Wort auf altenglisch wiederholte. William lächelte, hielt die Arme imitierend vor seine Nase und sagte: «*Gingagodalek*.» Als er sah, daß Nainoa Mühe hatte, das Wort zu erfassen, wiederholte er es silbenweise: «*Gin-ga-go-da-lek*.»

Nun war Nainoa an der Reihe, verständnislos dreinzuschauen. William lachte. Er deutete auf seine Nase und sagte: «*Gingak*.» Dann breitete er die Arme aus und sagte: «*Dagiok*.» Er sprach beide Worte in leicht veränderter Form aus – «*gingagodalek*» – und wies dabei auf die Elefanten. Nainoa verstand. «Lange Nasen» war ein passender Ausdruck.

William deutete noch einmal auf die Elefanten, wobei er anzüglich auf Nainoas Speer blickte, und sagte etwas zu Kenojelak, worin das Wort *gingagodalek* vorkam. Kenojalek erwiderte nichts, aber sie sah Nainoa an. William lachte sein seltsames hohes Lachen.

Während Nainoa seine neuen Gefährten betrachtete, kam ihm zu Bewußtsein, daß er noch nie jemand getroffen hatte, der eine fremde Sprache sprach. Er schickte ein stummes Dankgebet an seinen Vater, der ihn ermutigt hatte, sowohl Altenglisch als auch das klassische Hawaiisch zu lernen. Er hatte dabei gelernt, daß sich die Sprachen im Lauf der Zeit verändert und zu dem Idiom entwickelt hatten, das heute in den Siedlungen gesprochen wurde.

Dennoch hatte er von dem, was die beiden hier sagten, kein Wort verstanden. Wenn sie tatsächlich von den Ur-Amerikanern abstammten, müßte sich etwas Altenglisch in ihrer Sprache erhalten haben.

Nainoa deutete auf seine Nase und sagte das altenglische Wort für «Nase». William sah ihn neugierig an, schien das Wort aber nicht zu kennen. Nainoa wiederholte die Geste und sagte: «*Gingak.*» William nickte heftig. Kenojelak belohnte Nainoa mit dem ersten Lächeln, das er bei ihr sah. Sie legte den Kopf ein wenig in den Nacken, ihre blaugrauen Augen blitzten, und ihre breiten Lippen entblößten kräftige weiße Zähne. Nainoa erkannte eine gewisse Ähnlichkeit zwischen ihr und William. Vielleicht war sie seine Tochter.

Am Spätnachmittag näherten sie sich dem Waldrand am Fuß des Berges mit der hoch aufragenden Steilwand. Zwischen den Bäumen trat der Fels zutage, während das Land allmählich anstieg. Der auf beiden Seiten von Auwald gesäumte Fluß trat hier aus einer Schlucht auf die Ebene.

Plötzlich nahm Kenojelak mit einer raschen Bewegung einen langen Stock aus ihrem Korb und drückte das gekrümmte Ende auf etwas im hohen Gras. Ein sirrendes Geräusch drang durch die Luft. Mit der anderen Hand holte sie ebenso geschwind einen Knüppel aus ihrem Korb und schlug einmal kurz und kräftig zu, worauf das Geräusch verstummte.

Kenojelak grinste William an und hob mit dem gekrümmten Stock eine lange dicke Schlange aus dem Gras. William nahm sie ihr ab, wog die Schlange anerkennend in der Hand und sagte etwas, das wie ein Lob klang. Er schnitt der Schlange den Kopf ab und weidete sie aus. Nainoa staunte über Williams Messer, dessen kurze Klinge nicht aus Metall bestand, sondern aus einem schwarzen abgeschlagenen Stein. Den Schlangenkopf befestigte William ein gutes Stück über dem Erdboden an einem Busch. Dann sprach er einige Worte, vielleicht ein kurzes Gebet, und verscharrte die Eingeweide sorgfältig in der Erde.

Nainoa wies auf den dicken Schlangenleib. William ließ ihn das breite geometrische Muster sehen, das die dicken Schuppen bildeten, und die bizarren Segmente am hinteren Ende. Bei den Jägern der Siedlung hießen diese Reptilien Klapperschlangen. Sie waren sehr giftig, aber diese hier unterschied sich deutlich von denen des großen Waldes. William, der Nainoas Interesse bemerkte, sagte: «*Serpon.*»

Nainoa horchte auf. Das altenglische *serpent* klang sehr ähnlich. Vielleicht waren diese Menschen doch Amerikaner. Nainoa sagte das Wort «*serpent*» mehrere Male, und William nickte und antwortete «*serpon, serpon*». Fröhlich grinsend schüttelte er den Schwanz der Schlange, so daß das typische helle Rasseln zu hören war, und sagte: «*Serpontasonnet.*» Auf Nainoas fragenden Blick wiederholte er langsam «*ser-pon-ta-son-net*». Nainoa sprach ihm nach, bis William zufrieden nickte.

Sie legten die Schlange in Kenojelaks Korb und gingen am Waldrand weiter nach Norden, bis Nainoa über den Bäumen Rauch aufsteigen sah. Als der Boden zu uneben wurde, hielt Kenojelak die Hunde an, und William half Nainoa, sich auf einen Stein zu setzen. Dann pfiff er laut und erhielt sofort Antwort. Kurz darauf tauchten drei junge Männer zwischen den Bäumen auf. Zwei sahen William sehr ähnlich. Der dritte hatte helleres Haar; es hatte beinahe die Farbe des welken Grases. Alle waren ungefähr so groß wie William und ebenfalls kaum bekleidet. Sie wirkten höflich, lächelten breit und musterten Nainoa mit kaum verhohlener Neugier.

William sprach mit ihnen; vermutlich berichtete er die Einzelheiten von Nainoas Entdeckung. Die vier Männer untersuchten mit sichtlicher Anteilnahme das geschiente Bein, und Nainoa versuchte gestikulierend und pantomimisch zu erklären, wie der Unfall geschehen war. Er hielt die Zeigefinger wie Hörner an die Stirn und imitierte das Gebrüll des Bullen und das Muhen der Kühe.

Sie verstanden ihn sofort. Alle vier sagten aufgeregt und wie aus einem Mund: «*Toktuvak.*» Als Nainoa offensichtlich nichts damit anzufangen wußte, versuchte es William mit zwei weiteren Ausdrücken: *lutoro* und *lavash*.

Darauf folgte eine lange Diskussion, von der Nainoa kein Wort verstand. Kenojelak unterbrach die Männer schließlich mit einer ungeduldigen Handbewegung. Sie sahen überrascht erst Kenojelak an, dann Nainoa, und dann schirrten sie die Hunde aus, die zum Fluß liefen, um zu saufen. Anschließend trugen ihn die Männer auf dem Stangengerüst über das ansteigende unwegsame Gelände. William und Kenojelak trugen sein Gepäck.

Auf diese Weise gelangte Nainoa schließlich zu ihrem Lager. Er blickte sich um und fragte sich ernsthaft, ob diese Menschen wirklich die Nachfahren der einst so großartigen Amerikaner sein konnten.

Das Lager befand sich auf einem hoch gelegenen Platz mit freiem Blick auf das Tal im Osten. Zwischen den Bäumen standen mehrere niedrige struppige, mit Häuten abgedeckte Haufen, vor denen ungefähr ein Dutzend Menschen stand und die Ankömmlinge beobachtete. Ein ganzes Rudel Hunde rannte herbei und wimmelte aufgeregt um die Männer, die Nainoa trugen.

Die Gestrüpphaufen waren Hütten aus jungen Baumstämmen, die mit dem dicken Ende im Boden steckten und am oberen Ende zur Mitte hin gekrümmt waren. In dieses Gerüst waren Zweige und Ranken geflochten; darübergelegte Häute bildeten das Dach. Jede Hütte hatte einen niedrigen bogenförmigen Eingang, aber keine Fenster. Es waren zweifellos die armseligsten Behausungen, die Nainoa je gesehen hatte.

Auf Gestellen über niedrigen Feuern hing Fleisch zum Trocknen. Mehrere Frauen schabten das Fett von einer großen, auf dem Boden ausgebreiteten und mit Pflöcken befestigten Tierhaut. Eine alte Frau und ein junges Mädchen lösten sich aus dieser Gruppe und kamen ihnen entgegen. Das weiße Haar der Frau war zu Zöpfen geflochten, die ihr tief gefurchtes Gesicht umrahmten. Sie war ähnlich wie Kenojelak gekleidet, trug jedoch eine noch größere Anzahl von Ketten um Hals und Taille. Ihre Brüste hingen wie flache Lederscheiben an ihrem mageren Brustkorb. Doch sie wirkte trotz ihres Alters sehr kräftig. Das junge Mädchen war ähnlich gekleidet, ihr Haar war wie bei Kenojelak auf dem Kopf zu einem langen offenen Schweif zusammengebunden, und ihre Brüste begannen sich gerade erst zu entwickeln. Kenojelak überreichte dem Mädchen wortlos die Sachen, die sie zum Lager heraufgetragen hatte.

Aller Augen waren auf Nainoa gerichtet, als ihm Williams junge Männer halfen, sich auf einen Felsblock neben einer großen, von Steinen eingefaßten Feuergrube zu setzen. Die Leute standen einfach völlig still da und starrten, so daß sich Nainoa verunsichert fühlte. Im selben Augenblick brach unter den Hunden eine Rauferei aus, die von den Männern, die am nächsten standen, mit ein paar gezielten Tritten beendet wurde. Die Ordnung war wiederhergestellt, und die Gruppe schloß sich erneut zusammen, um den Neuankömmling schweigend anzustarren. Nach der langen Einsamkeit im Wald war Nainoa Menschen nicht mehr gewöhnt. Er fühlte sich unter diesen vielen prüfenden Blicken unbehaglich.

Alle diese Menschen hatten helle Haut und «lange Augen». Die meisten waren dunkelhaarig und hatten braune Augen; aber es gab auch einige darunter mit hellerem Haar oder blauen Augen. Eine Frau hatte Haare wie Feuer. Alle waren wesentlich kleiner als er. Kenojelak schien in der Gruppe die größte von allen zu sein. Nainoa vermutete, daß es sich um Nichtadlige handelte, die sich auf der Jagd befanden. Aber wo waren ihre Adligen? Wo waren die Häuptlinge? Er sah keinen einzigen.

Die ältere Frau sprach als erste. Sie wandte sich an William, der einen Blick auf Nainoa warf und dann mit seiner leisen Stimme zu sprechen begann. Er sprach – mit vielen Gesten – ziemlich lang und immer lauter, so daß am Schluß alle Anwesenden ihn hören konnten. Nainoa hörte das Wort *toktuvak* und vermutete, daß von seinem Unfall berichtet wurde. Am Schluß sagte William etwas, was ihn zu einem breiten Grinsen veranlaßte, und alle Zuhörer antworteten darauf mit dem auch William eigenen leisen und hohen Lachen.

Die Atmosphäre war plötzlich entspannt. Alle sahen ihn belustigt an, und dann blickten sie zu Kenojelak, worauf William eine weitere

Bemerkung machte, die wieder mit sichtlichem Vergnügen aufgenommen wurde.

Nainoa lächelte, und alle, die seinem Blick begegneten, lächelten zurück. Kenojalek hatte inzwischen die Schlange mit einem einzigen kräftigen Ruck geschickt gehäutet und schnitt das Fleisch in einzelne Scheiben. Sie hatte wie William ein Messer mit einem Horngriff und einer kurzen schwarzen Klinge aus abgeschlagenem vulkanischem Glas, das eine scharfe Schneide bildete. Während sie mit dem Messer in der Hand auf dem Boden hockte, fiel Nainoa erneut auf, wie wild und anders als eine Hawaiianerin sie wirkte.

Nainoa blickte in die Runde und zählte siebenundzwanzig Personen, darunter zwölf männliche. William und die alte Frau schienen die ältesten zu sein. Es gab neun Kinder verschiedenen Alters; die übrigen waren Erwachsene oder Jugendliche. Nainoa ergriff seine Krücke und stand auf.

Erstauntes Gemurmel wurde laut, und diejenigen, die in seiner Nähe standen, zogen sich ein wenig zurück. Wahrscheinlich staunten sie über seine Größe. Er überragte sie alle. Sogar Kenojelak unterbrach ihre Tätigkeit und sah überrascht auf. Vielleicht, dachte er, waren sie aus ihrer Siedlung geflohen aus Furcht vor einer drohenden Strafe. Vielleicht hatten sie ein *kapu* gebrochen und lebten deshalb jetzt in der Wildnis. Und noch etwas fiel ihm ein, als er in ihre Gesichter blickte. Vielleicht hatten sie gar keine Häuptlingsklasse.

Er beschloß, diplomatisch vorzugehen. Er humpelte zu seinem Gepäck, nahm die getrockneten Fische aus seinen Tragnetzen und reichte sie William, der die bescheidene Gabe förmlich und würdevoll entgegennahm. Nainoa wies auf die Fische und sagte das hawaiische Wort *ia*. Keine Antwort ... Er sagte das altenglische Wort *fish* und deutete mit der Hand die schlängelnde Schwimmbewegung an – und alle verstanden.

William wiederholte die typische Bewegung von Fischen und sagte sehr zum Vergnügen aller *puason* oder *bwason*. Dann ging er in die Hocke, zeichnete mit dem Finger einen Fisch in die festgetretene Erde mit den typischen Merkmalen der Fische, die Nainoa im Fluß gefangen hatte. Er richtete sich auf und sagte auf seine Zeichnung deutend: «*Opulayak.*»

Jeder wollte die Zeichnung sehen, und bald war in dem Gedränge und dem Getümmel der Hunde nichts mehr davon übrig. Nainoa sah William lächelnd an und wies auf die getrockneten Fische in dessen Hand. Er sagte das Wort *opulayak*. William nickte, und mit dem Fingerknöchel gegen die getrockneten Fische klopfend sagte er ein neues Wort ... *zek* oder *sek* ... und dann ein weiteres ... *bitzek* oder *pitsek*.

Nainoa vermutete, daß es «trockener Fisch» bedeutete, und wiederholte das Wort, wobei auch er gegen die harten Fischseiten klopfte. Alle strahlten ihn wohlwollend an. Es war ein guter Anfang. Dann wies Nainoa auf die Fische und tat, als würde er essen. Er nannte das altenglische Wort *food*, dann das hawaiische Wort *ai*, das William sofort aufgriff und leicht verändert wiederholte. Es klang wie *ailemon*. «*Naki*», sagte die alte Frau und wies kopfschüttelnd auf ihren Mund. William sagte ein ähnliches längeres Wort zu ihr, worauf sie sich umdrehte und einige kurze Sätze an die Umstehenden richtete. Die Gruppe zerstreute sich, und jeder schien zu seiner vorherigen Beschäftigung zurückzukehren. Mehrere scharfe Worte der alten Frau verscheuchten die jüngeren Frauen. Kurz darauf bemerkte Nainoa, daß sie mit der Zubereitung des Abendessens begannen. Vielleicht war seine Erwähnung des Wortes «essen» als Bitte aufgefaßt worden.

Nun zeigte Nainoa auf verschiedene andere Dinge und nannte ihre Namen – Tragnetz, Speer, Bogen, Pfeile und so fort, und William sagte das jeweilige Wort in seiner Sprache. Nainoa entdeckte bei diesen Begriffen keine englischen Wörter. Er erfuhr, daß die alte Frau Kovak hieß und das junge Mädchen Karul. So begann er, ihre Sprache zu lernen.

Bereits am ersten Abend, als alle um das große Feuer herumsaßen, erfuhr Nainoa einiges über diese Menschen – zum Beispiel wie sie kochten.

Rings um die große Feuergrube reihten sich schüsselförmige Vertiefungen im Boden. Die Frauen legten gefettete Häute in die Gruben und stampften sie mit einem Stein fest gegen die Umwandung. Die Ränder der Häute beschwerten sie mit Steinen und füllten die ausgelegten Gruben mit Wasser aus Behältern, die aus dicht gewebten Fasern bestanden. Mit gegabelten Stöcken nahmen sie erhitzte Steine aus dem Feuer und legten sie in die mit Wasser gefüllten Kochmulden. Durch ständig neu hinzugefügte erhitzte Steine kochte das Wasser sehr schnell. Dann legten die Frauen zerhackte Markknochen, Rücken- und Schwanzknochen eines frisch getöteten Tieres ins Wasser, um das Fett auszukochen. Ständig nachgelegte Steine hielten die «Suppe» am Kochen; abgekühlte Steine wurden herausgenommen. Dann wurden von dem Fleischvorrat auf den Trockengestellen einige Stücke in die kochende Brühe gelegt. Das Fleisch der Klapperschlange kam zuletzt in den «Topf».

Nach einer Weile fischten die Frauen die Fleischstücke heraus und spießten sie auf Palmblattrippen, die sie an der dem Wind abgekehrten Seite des Feuers aufrecht in den Boden steckten. Auf diese Weise wurde das Fleisch erst gekocht und dann langsam geräuchert. Nach dem Fleisch wurden auch die Knochen herausgenommen und einige Gemüse an die Brühe gegeben – kleine wilde Kürbisse, wilde Zwiebeln und Pilze.

Nainoa bemerkte, daß die Frauen auch Salz an das Essen gaben, und fragte sich, woher sie es bekamen. Er machte William darauf aufmerksam, der ihm sein Wort für Salz nannte. Als Nainoa das altenglische Wort *salt* äußerte, nickte William begeistert und wiederholte mehrere Male *zel* oder *sel*. Die Ähnlichkeit war unverkennbar. Nun hatte Nainoa zwei Wörter, *serpon* und *sel*, die beide auf eine mögliche Verbindung zum Altenglischen hinwiesen. Nainoa wertete seine Entdeckung als einen Sieg.

Es entging ihm nicht, daß nur Frauen mit der Zubereitung des Essens beschäftigt waren. Als die hölzernen Eßgefäße aus den Hütten gebracht wurden, holte er seinen Napf aus dem Tragnetz, dessen schlichte symmetrische Form allgemein Bewunderung hervorrief. Aber auch ihre Eßschalen waren sehr schön. Viele waren mit Elfenbein- oder Knochenstücken eingelegt, die abstrakte Tierformen darstellten.

Alle aßen gemeinsam. Nainoa konnte nur vermuten, daß dies ein alter amerikanischer Brauch war. Es gab eine Geschichte über eine Hawaiianerin, die während der Kontaktperiode Oberster Häuptling gewesen war und, von Amerikanern beeinflußt, mit ihrem Sohn am selben Tisch gegessen hatte. Wegen des gebrochenen *kapu*, so hieß es in der Legende, war die hawaiische Bevölkerung von den Geistern bestraft und beinahe ausgerottet worden. Niemand wußte genau, ob diese Geschichte auf einer wahren Begebenheit beruhte, aber sie war wohl der Grund, warum Männer und Frauen in den Siedlungen getrennt aßen.

Seine Gastgeber unterhielten sich angeregt während des Essens und warfen sich Bemerkungen auf die gleiche Weise zu, wie sie den am Rand des Feuerscheins wartenden Hunden Fleischstückchen und die abgenagten Knochen hinwarfen.

Als das Mahl zu Ende war, sagte William etwas zu Kenojelak, die sich zu Nainoa umdrehte und ihn einige Augenblicke ansah, bevor sie antwortete. Nainoa stand wieder im Mittelpunkt des allgemeinen Interesses. Er spürte, daß etwas von ihm erwartet wurde. Aber was? Er stand auf und wiederholte auf altenglisch, was er schon einmal an diesem Tag zu Kenojelak gesagt hatte, nur etwas ausführlicher und unterstrichen von Gesten und Pantomime.

Alle, auch die Hunde, verfolgten gespannt seine Vorstellung. Als er endete, schwiegen sie eine Weile, als würdigten sie, was er gesagt hatte. Dann sprachen sie lange untereinander. Nainoa verstand kein Wort und sah seinen Verdacht bestätigt, daß sie ihrerseits auch nicht wußten, was er gesagt hatte. An ihren Gesten erkannte er, daß sie zumindest eines verstanden hatten: daß er aus dem Gebirge im Westen gekommen war.

William sprach eine Weile zu allen, und sowohl Männer als auch Frauen äußerten gelegentlich einsilbige Kommentare. Dann sprach die alte Frau. Sie wies nach Westen und Norden und zum Himmel, und wieder hörten alle respektvoll zu. Schließlich erhob sich Kenojelak und sprach mit ihrer weichen, nüchternen Stimme. Während er ihr zuhörte, fiel ihm wieder auf, wie groß sie im Vergleich zu den anderen war. Sie sprach auf eine würdevolle, zurückhaltende Art mit anmutigen Gesten. Sie drückte sich nicht wie eine Gemeine aus.

Sie wies mit den Lippen und mit dem Kopf nach Westen und dann nach Süden und sprach ziemlich lange. Dann hielt sie mit einem Blick auf Nainoa inne, sagte etwas zu der ganzen Versammlung und lachte laut auf.

Die ganze Versammlung lachte mit. Nainoa reagierte leicht verärgert. Er hatte den Witz nicht verstanden und nahm an, daß er auf seine Kosten ging. Doch als er sah, daß ihm Kenojelak zulächelte, fand er ihre Fröhlichkeit ansteckend und grinste zurück. Dies führte bei den anderen erneut zu anhaltendem Gelächter, und plötzlich fühlte er sich sehr wohl in ihrer Mitte.

William und Kenojelak sahen sich tatsächlich ähnlich. Vielleicht war sie wirklich seine Tochter und nicht seine Frau. Der freimütig taxierende Blick, den er kurz darauf von Kenojelak auffing, bestärkte ihn in seiner Vermutung.

Er sah William mit fragend hochgezogenen Brauen an. William lachte und sagte etwas zu Kenojelak, die als Antwort einen Stein nach ihm warf. William brach zusammen, hielt sich vor gespieltem Schmerz die Seite, und dann brüllte er vor Lachen über seinen Scherz.

Auf diese Weise verging der Abend. Die jüngeren Mädchen und Jungen saßen kichernd in der Runde, aber sie mischten sich nicht in die Unterhaltung. Kleine Kinder schliefen in den Armen ihrer Mütter. Die Hunde warteten am Rand des Feuerscheins auf Knochen und Speisereste. Allmählich brannte das Feuer nieder, und William gab Nainoa zu verstehen, daß er bei ihm schlafen sollte. Er brachte Nainoas Sachen in eine Hütte. Den Speer lehnte er außen neben den Eingang. Dann kam er zurück und half Nainoa, zur Hütte zu humpeln.

Auf halbem Weg machte William eine unmißverständliche Geste. Die beiden Männer blieben stehen, um sich im Dunkeln zu erleichtern. Während Nainoa Seite an Seite mit diesem seltsamen Mann urinierte, wurde ihm klar, daß zwischen ihnen bereits ein kameradschaftliches Verhältnis bestand. Er blickte in die Dunkelheit hinter dem Feuerschein und sah etwas, das sein Interesse weckte. Als er zu der Stelle humpelte, fand er seine Vermutung bestätigt. Aus dem Boden ragten die Überreste von zwei Mauern, einer kleinen Feuerstelle und eines Kamins. Die Mauern bestanden aus runden Steinen vom Fluß und einem harten Mörtel, der heller war als die Steine. Auf Nainoas fragende Geste zuckte William nur mit den Schultern und wies in viele verschiedene Richtungen, als wollte er sagen, daß überall dort weitere unsichtbare Artefakte lagen. «*Layzonzeen*», sagte er nach einer längeren Pause.

Nainoa hatte keine Ahnung, was das bedeutete, aber er nahm an, daß Williams Leute nicht für das verfallene Gebäude verantwortlich waren. Er spähte in der Dunkelheit umher, konnte jedoch nicht viel mehr entdecken, und so ging er mit seinem Gastgeber in die Hütte.

Die zwei Schlafstellen bestanden aus mehreren übereinandergelegten Tierfellen. William führte ihn zu dem Lager, das er Nainoa zugedacht hatte, und ließ sich auf dem anderen nieder. Nainoa schichtete die Felle zu einer möglichst ebenen Unterlage, damit sein verletztes Bein hoch lagerte, und dann schlief er ein. Es war ein ungewöhnlich ereignisreicher Tag gewesen.

Kurz bevor er einschlief, hatte er William noch auf altenglisch eine gute Nacht gewünscht. Williams Zähne blitzten in der Dunkelheit, als er sich auf den Ellbogen aufstützte und antwortete: «*Zai mo.*»

17

Reflexionen

Z*ai mo* ... Ich starrte auf die rätselhaften letzten Worte, die ich auf meinen Block geschrieben hatte und seufzte. Jäger und Sammler, dachte ich. Die Nachfahren der westlichen Zivilisation lebten als Jäger und Sammler.

Ich hatte keinerlei Hinweise auf Landwirtschaft oder Töpferei gesehen. Die einzigen Metallgegenstände, die Williams Leute besaßen, waren ihre Perlen, Armreife und primitiven Pfeilspitzen. Sie hatten kein Eisen. Ihre einzigen domestizierten Tiere waren Hunde, ihr einziges Transportmittel der Schleppschlitten. Die Nachfahren des nordamerikanischen Volkes lebten in einer steinzeitlichen Zukunft. Ich war erschüttert und tieftraurig.

Zwischen diesem Kontakt und dem nächsten vergingen mehrere Monate. Eines Nachmittags im Spätherbst saß ich meditierend in meinem Studio und hörte dem Wind zu, der in den Palmen rauschte. Auf meinem Schreibtisch lag ein großer Kunstband mit Bildern, die australische Aborigines gemalt hatten. Ich schlug ihn auf und sah mir einige der pointillistischen abstrakten Darstellungen an. Es waren psychische Landkarten, Bilder von Orten und Dingen, wie sie in der «Traumzeit» wahrgenommen wurden. Ich sah in den Bildern die gleichen hellen Linien und Punkte, die ich gewöhnlich am Anfang und Ende meiner veränderten Bewußtseinszustände wahrnahm. Diese hier waren nur dichter angeordnet, vielleicht, weil auf dem Stück Baumrinde, auf dem sie gemalt waren, nicht mehr Platz war.

Während ich mir diese eindrucksvollen Bilder ansah, überlegte ich, ob sie Erscheinungsformen des *aka*-Felds darstellten. Vielleicht enthielten sie auch Hinweise für Initiierte, damit sie den Weg zu ihren Vorfahren in der Geisterwelt finden würden.

Die traditionellen Aborigines hatten eine tiefe mystische Verbindung mit ihrem Land. Sie glaubten, daß nach dem Tod ihres Körpers ihr individuelles geistiges Wesen in das kollektive geistige Wesen ihres Landes eingehen würde. Wenn die Zeit für sie kam, in die Welt neu hineingeboren zu werden, gingen sie wieder aus dieser geistigen Quelle hervor. Deshalb waren die Aborigines immer Teil eines größeren geistigen Ganzen, das lebendig und bewußt war. Und deshalb war und ist es für sie undenkbar, ihr Land zu verlassen, besonders wenn es ihnen aufgrund eines Umsiedlungsplans geschäftstüchtiger Politiker befohlen wird. Deshalb war und ist es für sie ein Sakrileg, wenn Bulldozer ihr Land aufreißen, um eine Straße zu bauen oder ein Erschließungsgebiet anzulegen. Für die Aborigines ist alles auf ihrem Land, von der kleinsten Ameise bis zu den mächtigsten Felsen, heilig. Für sie gilt, daß sich bei einer Veränderung des gewöhnlichen Aspekts ihres irdischen Reichs auch der nicht-gewöhnliche Aspekt ändert.

Diese Auffassung war der von Nagai bemerkenswert ähnlich, so daß ich mich fragte, ob sie einst allen Naturvölkern zu eigen war. All dieses Wissen, diese intime Verbindung mit der Natur und den spirituellen Dimensionen der Wirklichkeit, schien mit dem Aufstieg der westlichen Zivilisation verlorengegangen.

Die gurrenden Tauben im Banyanbaum neben dem Haus erinnerten mich, daß ich mich hier auf der «großen Insel» ebenso tief mit der Natur verbunden fühlte wie früher in Afrika. Diese intime Beziehung konnte durchaus der zugrundeliegende ursächliche Faktor sein, durch den sich «das Erlebnis» manifestierte. Es war eine Theorie, die mich jedoch in der Vermutung bestärkte, daß der fortgesetzte Kontakt mit Nainoa durch das kollektive spirituelle Wesen oder das «Energiefeld» der Insel zustande kam und daß dieses erstaunliche Phänomen durch zwei helfende Geister – den Leopardmann und den «Stein, der reist» – gefördert wurde.

Ich stand auf und ging nach draußen zum Steingarten. Während ich vor dem «Stein, der reist» stand, dachte ich daran, daß meine Kinder ganz von sich aus auf den Stein aufmerksam geworden waren und ihn «den Steinmann» nannten. Ich richtete meine ganze Aufmerksamkeit auf ihn und wünschte mir mit aller Kraft, mit Nainoa Kontakt aufzunehmen. Das ausdruckslose Gesicht des Steins starrte mich an, während ich mich fest auf meine Absicht konzentrierte. Eine ganze Weile geschah nichts. Dann ließ der große, Brettwurzeln treibende Maulbeerbaum neben der Garage eine seiner wohlschmeckenden Früchte auf das Wellblechdach fallen, und meine Konzentration war dahin.

Meine Gedanken kehrten zu Nainoa zurück. Wer waren die Menschen, die Nainoa gefunden hatte? Einige ihrer Worte waren erkennbar Französisch. William sprach seinen Namen ähnlich wie *Guillaume* aus. Französisch waren auch *le taureau* für «Stier» und *la vache* für «Kuh». Als er auf die Mauerreste wies, hatte er etwas gesagt, das dem französischen Ausdruck *les anciens* – «die Ahnen» – glich. Aber der Rest?

Ich bin kein Sprachwissenschaftler, und ich habe nicht die Art von Gedächtnis, daß ich Dialoge exakt wiedergeben könnte. Ich hatte mir einige Worte aufgeschrieben, wie ich sie phonetisch in Erinnerung hatte, aber was sie bedeuteten oder welche Sprache sie darstellten, wußte ich nicht. Dazu kam, daß William und seine Gruppe den heutigen Indianern nicht besonders ähnlich sahen; und sie sahen auch nicht wie Menschen euro-amerikanischer, lateinamerikanischer, asiatisch- oder afro-amerikanischer Herkunft aus. Gesichtszüge, Hautfarbe und Körperbau ließen nur vermuten, daß sie eine neue «Mischrasse» mit indianischen und kaukasoiden Vorfahren waren. Aufgrund ihrer französisch klingenden Ausdrücke nahm ich an, daß sie aus den franko-kanadischen Gebieten stammten. Die Frauennamen Kenojelak, Kovak und Karul erinnerten stark an die Sprache der Eskimos. Aber was taten Menschen einer möglicherweise eskimo-indianisch-kaukasoiden Mischrasse in einem Gebiet, das früher einmal das westliche Nevada war? Und was war aus der früheren Bevölkerung in diesem Teil der Welt geworden?

Diese Frage, der Nainoa mit so großem Interesse nachging, stellte ich mir jetzt selbst. Ich beschloß, wieder einmal einen Besuch in Berkeley zu machen. Vielleicht besaß einer meiner alten Professoren ein Eskimo-Wörterbuch.

Am nächsten Morgen kurz vor Anbruch der Dämmerung gelang es mir, wieder Kontakt aufzunehmen. Es war Mittag, als ich «ankam». Nainoa ging mit Kenojelak und ihren Hunden über eine offene Grasebene auf eine Linie ferner Bäume zu. Als er stehenblieb, um seine Umgebung zu überprüfen, sah ich, daß er sich noch im Washoe Valley unterhalb des Slide-Mountain-Massivs befand. Das bei meinem früheren Besuch noch welke Gras stand jetzt hoch und grün. Die Regenzeit hatte begonnen.

Aus Nainoas Gedächtnis erfuhr ich, daß er seit mehreren Monaten bei Williams Leuten lebte. Nainoa bemerkte meine «Ankunft» sofort, obwohl Kenojelak gleichzeitig eine Bemerkung über das üppige Gras machte. Ich verstand ihre Worte nicht, wohl aber ihren Sinn durch Nainoa. Während sie durch das hohe Gras schritten, blickte ich durch Nainoas Augen auf ihre Welt.

18

Die neunte Reise
Die Ennu

Nainoas Bein war soweit geheilt, daß er wieder gehen konnte, aber er benützte noch einen Stock, den William aus einem Ast mit einer gewachsenen Krümmung, die als Griff diente, für ihn gemacht hatte.

Während er neben Kenojelak dahinging, fühlte er sich auf eine unbehagliche und merkwürdige Weise beobachtet. Es war das erste Mal, daß sich dieses Gefühl wieder bei ihm einstellte, seit er sich Williams Gruppe vor mehreren Monaten angeschlossen hatte. Ein wenig zerstreut erinnerte er sich.

Sein erster Eindruck von den Menschen, die ihn gerettet hatten, war, daß sie freundlich, unbeschwert und fröhlich waren und dazu neigten, die Wechselfälle des Lebens von der komischen Seite zu nehmen. Sie hatten ihn wie einen Ehrengast behandelt und sich auf unaufdringliche Weise um ihn gekümmert. Sie gaben ihm Unterkunft und Verpflegung und erfreuten ihn mit ihrer Gesellschaft.

Während seiner Genesung hatte er ihre Sprache gelernt. Anfangs war er damit nur langsam vorangekommen. Er hörte ihnen zu, wiederholte das eine oder andere Wort und versuchte, es aus dem Zusammenhang zu verstehen. Irgendwann hatte er die kritische Schwelle überschritten. Wo er bislang Mimik und Gesten benötigte, um sich zu verständigen, konnte er plötzlich mit ihnen sprechen und sie verstehen.

Der Unterschied zwischen seiner und ihrer Sprache war verblüffend. Sie bedienten sich einer sehr stark beschreibenden Sprache.

«Dinge» konnten in «Tätigkeiten» verwandelt werden, indem sie dem Wort eine Endung anfügten. Besitz wurde auf dieselbe Weise angezeigt. Es gab sehr viele Wortendungen, so daß lange komplizierte Ausdrücke entstanden. Sich selbst bezeichneten diese Menschen als die «Ennu» – die menschlichen Wesen.

Als zweites war Nainoa bei den Ennu aufgefallen, daß sie sich fast ausschließlich von Fleisch und Fisch ernährten. Beides genossen sie gekocht, gebraten oder auch roh. Sie waren ein Jägervolk, das keine Landwirtschaft kannte. Sie sammelten auch einige genießbare Pflanzen und Früchte, die in ihrer Umgebung gediehen – Nüsse, Pilze, wilde Zwiebeln, Beeren und Honig, wenn sie zufällig ein Bienenvolk fanden.

In der Ferne sah Nainoa einige Pferde, und während er sie beobachtete, dachte er, wieviel Wild es in diesen Wäldern und auf den Grasebenen gab, von Elefanten bis zu Nagern, Schlangen und Insektenlarven. Den Ennu stand so viel tierische Nahrung zur Verfügung, daß sie nur jeden dritten oder vierten Tag zu jagen brauchten.

Als seine neuen Sprachkenntnisse so weit gediehen waren, daß er sich einigermaßen verständigen konnte, hatte er William gefragt, warum die Ennu das Land nicht bestellten oder Haustiere hielten. Williams Antwort zeugte von völligem Unverständnis. Mehrere Abende lang versuchte Nainoa der Ennu-Gemeinschaft zu erklären, was Landwirtschaft und Viehzucht bedeutete. Sie hörten sehr höflich und interessiert zu, aber warum jemand so etwas tat, begriffen sie nicht. Nahrungsüberschüsse zu horten, um einer Hungersnot in mageren Zeiten vorzubeugen, bedeutete ihnen nichts und ebenso wenig die Vorstellung, sich an einem Ort niederzulassen und zu siedeln.

Das Land versorgte sie mit allem, was sie brauchten, und wenn an einem Ort das Wild und andere lebenswichtige Dinge knapp wurden, packten sie einfach und zogen weiter. Ihre struppigen Hütten ließen sie zurück, weil sie sich an einem neuen Lagerplatz innerhalb eines Nachmittags neue bauen konnten. Ihre materielle Habe beschränkte sich auf Waffen, Werkzeug, Kleidung, persönlichen Schmuck, Eßnäpfe, Körbe, Pelze und Häute. Wenn sie ihr Lager wechselten, trug jeder seine Sachen selbst oder transportierte sie mit Hilfe der Hunde auf einem Schleppschlitten.

Kenojelak summte eine Melodie, die in Nainoas Ohren sehr fremdartig klang. Die Ennu sangen scharf und schrill durch die Nase und sehr viel, wie Nainoa fand. Ihre Lieder erzählten von Tieren und von der Jagd, von Liebe und Rache, Glück und Unglück. Sie dienten zur Unterhaltung der Kinder, einige wurden zu besonderen Anlässen neu komponiert, und manche waren angeblich sehr alt. Die Ennu sangen bei der Arbeit, wenn sie tanzten und spielten und manchmal nur, um sich die Zeit zu vertreiben.

Die Menschen hier kannten weder das Rad noch die Herstellung von Keramik oder Glas, obwohl sie eine feinkörnige Erde verwendeten, um Spielzeugtiere für ihre Kinder zu formen oder kleine Lampen für Talglichter. Sie hatten nur weiches Metall, das sie an Orten fanden, «wo die Vorfahren gelebt hatten», und verarbeiteten es zu Schmuckgegenständen und primitiven Pfeilspitzen. Sie besaßen kein Eisen und waren höchst erstaunt über die Härte seines Messers und seines Speers.

Ihr Werkzeug bestand fast ausschließlich aus Steinspitzen, Steinschabern und Steinklingen, die von Zeit zu Zeit nachgearbeitet werden mußten, damit sie wieder scharf waren. Die Messer aus glasartigem vulkanischem Gestein oder aus Glasscherben, die sie auch im Tauschhandel mit anderen Gruppen erwarben, waren unglaublich scharf, weitaus schärfer als Schneiden aus weichem Metall. Zum Abschlagen der Steine verwendeten sie Hämmer aus Hirschgeweih; die spitzen Geweihsprossen dienten dazu, dünne längliche Steinsplitter von größeren Steinkernen oder einer stumpf gewordenen Steinklinge abzusprengen.

Während der ersten Tage seines Aufenthalts bei den Ennu hatte Nainoa den anderen Männern gezeigt, daß er recht geschickt Steine abschlagen konnte. Sie hatten sehr freundschaftlich Seite an Seite gearbeitet und sich auch ohne zu sprechen verstanden, indem sie einander ihr Können und verschiedene Ausführungen zeigten.

Die Ennu sammelten auch den Saft verschiedener Bäume und machten daraus einen harzigen Allzweckkleber, mit dem sie Pfeilspitzen und Messerklingen an den Schäften befestigten und Federn an die Pfeilenden klebten. Aus gegerbten Häuten und gedrehten Gräsern machten sie lange, zu Kugeln aufgewickelte Schnüre, aus denen sie Schlingen herstellten und Netze. Mit den Netzen fingen sie ganze Vogelscharen oder Fischschwärme. Sie machten Behälter aus Holz, und besonders schön waren ihre geflochtenen Körbe aus Ranken, dünnen Zweigen, Gräsern oder irgendeinem anderen geeigneten Material.

Für ihre Bogen verwendeten die Ennu biegsame Äste. Der durchschnittliche Bogen war kurz und geschwungen, weil ihn die Ennu mit Tiersehnen beschichteten. Die Sehnen von Hochwild oder anderen Herdentieren wurden in heißem Wasser eingeweicht und anschließend gekaut. Mit einem Kleber, den sie aus dem gekochten und gekauten Saft einer Wurzel gewannen, wurden die feuchten Sehnen der Länge nach auf den Bogenstab geklebt, so daß sie an den Stabenden etwas überstanden und erstarrt eine Kerbe für die Bogensehne bildeten. Beim Trocknen zog sich die Beschichtung zusammen, wodurch der ungespannte Bogen seine doppelseitige Biegung erhielt. Wie die hawaiischen Jäger umwickelten sie Teile der Bogensehne mit Fell, um das Schwirren der Saite zu dämpfen.

Bei den Ennu gab es keine Häuptlingsklasse und keine Gemeinen. Es gab überhaupt keine Klassen, weder Führer, politische Organisationen, leitende Direktoren noch eine organisierte Priesterschaft. Außerdem schienen die Männer keine Machtbefugnis über die Frauen zu haben. Sogar wenn es galt, einen anderen Lagerplatz zu suchen, wurde dies von der gesamten Gruppe beschlossen. Männer und Frauen berieten sich getrennt, und dann wurde das Thema gemeinsam bei der Abendmahlzeit besprochen.

Aus den Gesprächen mit William und seiner Familie hatte Nainoa erfahren, daß die Ennu in vielen kleinen Gruppen oder Banden von fünfzehn bis fünfzig Personen überall im Osten, Norden und Süden der weiten, von Wild bevölkerten Gegenden lebten. Es waren höchst mobile, verwandtschaftlich verbundene Gruppen; den Kern bildete die Gemeinschaft eines Mannes und einer Frau sowie ihre Kinder.

Die Frauen schienen nur zwei oder drei Kinder zu bekommen, da sie ihre Kinder sehr lange stillten; außerdem kam es häufig zu Fehlgeburten. Das tägliche Leben der Ennu war hart, und die Frauen waren großen körperlichen Anstrengungen ausgesetzt, wenn die

Gruppe umherzog oder wenn große Tiere geschlachtet und das Fleisch anschließend ins Lager gebracht werden mußte. Zwei Frauen in Williams Gruppe hatten vor kurzem eine Fehlgeburt gehabt.

Vielleicht war es aufgrund dieser niedrigen Geburtenrate für einen Mann nichts Ungewöhnliches, zwei oder drei Ehefrauen zu haben, meist in verschiedenen Scharen; und einige Frauen hatten auch mehr als einen Ehemann. In beiden Fällen besuchte der Mann die Frau und blieb unterschiedlich lang in der jeweiligen Gruppe. Nainoa wußte nicht, wie sie die heikle Seite dieser Beziehungen untereinander ausmachten. Er verstand auch nicht recht, daß sich Vetter und Kusine als Bruder oder Schwester anredeten, daß Onkel und Tanten ihre Neffen und Nichten wie ihre eigenen Kinder behandelten und daß Eltern ihre eigenen Kinder allgemein als «Großvater» und «Großmutter» oder manchmal als «Vater» oder «Mutter» anredeten.

Zu Williams Gruppe gehörten einige Kinder, die hoch geachtet und praktisch nie bestraft wurden. Die älteren Gruppenmitglieder wurden ebenfalls sehr geachtet, weil sie vieles über Brauchtum und Geschichte wußten und weil man sie als Streitschlichter und als Geschichtenerzähler schätzte.

Die Ennu hatten wie die Hawaiianer eine umfangreiche mündliche Überlieferung, und besonders während der langen Abende wurde erzählt. Häufig waren die Geschichten so lang, daß es die Abende vieler Wochen bedurfte, bis sie ganz erzählt waren. In einer kleinen Gruppe, wo es in den zwischenmenschlichen Beziehungen öfter einmal zu Spannungen kam, half das Geschichtenerzählen, die Gemüter zu beruhigen, und lenkte von Streitigkeiten ab. William und seine Frau Kovak übertrafen sich gegenseitig im Geschichtenerzählen, so daß ihre große Familie sehr harmonisch zusammenlebte.

Da die Ennu so viel freie Zeit hatten, redeten sie unablässig über alles und jeden. Je besser Nainoa ihre Sprache verstand, um so mehr Klatsch hörte er über die einzelnen Gruppenmitglieder. Er erfuhr auch vieles über die Leute der anderen Gruppen innerhalb des Jagdterritoriums, und nach dem, was er so mitbekam, gab es gelegentlich heftige Kontroversen und persönliche Feindschaft. Wenn sich die

Konflikte nicht lösen ließen, führte dies mitunter dazu, daß sich eine größere Schar in kleinere Gruppen aufspaltete.

Die Ennu hatten innerhalb oder zwischen ihren Gruppen kein Obrigkeitssystem. Hierarchie gab es nur innerhalb der Familien. Väter und Mütter hatten Autorität über ihre Kinder und die Großeltern über die Eltern; aber die Älteren wirkten mehr als Ratgeber denn als Führer. Sie hatten einen hoch ausgebildeten Sinn für Anstand und Sitte. Unruhestifter wurden mißbilligt; sie mußten damit rechnen, daß sie von anderen lächerlich gemacht und gehänselt wurden, oder es wurden Lieder gesungen über das traurige Ende mythischer Gestalten, die für ihr schlechtes Benehmen bekannt waren. Manchmal entstanden auch ernstere soziale Probleme wie Gewalttaten und Mord. Den Übeltäter erwartete gewöhnlich ein böses Ende; entweder rächten sich die Leidtragenden an ihm, oder er wurde ausgestoßen.

William erzählte Nainoa dazu eine Geschichte von einem entfernten Verwandten. Er war schon als Kind ein Störenfried gewesen. Sein Leben zeichnete sich durch eine Reihe gewalttätiger Zusammenstöße aus, und es war schwer, mit ihm auszukommen. Eines Tages hatte er die Frau eines anderen Mannes mit Gewalt genommen, als sich ihr Mann auf der Jagd befand. Die Schar, in der er lebte, erörterte die Angelegenheit, und bald danach kam der Gewalttäter bei einem Jagdunfall ums Leben. Danach gab es Schwierigkeiten mit den nächsten Angehörigen des Toten, die dazu führten, daß sich die Schar in zwei Gruppen teilte und auseinanderging, um in Frieden leben zu können. «Es gibt immer wieder Leute wie ihn», hatte William gesagt. «Man muß sich mit ihnen auseinandersetzen, manchmal so, manchmal anders.»

Dann hatte der alte Ennu Nainoa scharf angesehen und gesagt: «Nainoapak, du und ich, wir sehen zum Licht, weil das unsere Art ist. Aber es gibt auch in uns Dunkelheit. Wir erleben sie im Lauf des Lebens, und wir lernen dabei, was wir nicht sind, und somit, was wir sind.»

Und dann kicherte er vor Vergnügen und Lebensfreude.

Die Ennu nannten ihn «Nainoapak». Anfangs hielt er diese Nachsilbe für einen Ausdruck von Respekt, aber als er die vielen Wortendungen allmählich kennenlernte, verstand er, daß sich «pak» auf seine Größe bezog. Er war ein Riese neben ihnen.

William besaß außerordentliches *mana*. Er hatte eine lockere humorvolle Art sich auszudrücken, die ihn zu einem meisterhaften Mittler und Schiedsrichter machte. Er war auch ein geschickter Jäger, und sein Einfluß erstreckte sich über seine gesamte Schar – und darüber hinaus.

Kovak erklärte Nainoa eines Tages, daß William schon viele Ehefrauen hatte – und im Augenblick eine in einer anderen Sippe, bei der er manchmal blieb, wenn er Verwandte besuchte. William hörte zufällig, was sie sagte, und machte eine Bemerkung, die Nainoa nicht verstand, aber alle in der Nähe hielten in ihrer Tätigkeit plötzlich inne und blickten erwartungsvoll auf. Kovak antwortete mit einem verbalen Seitenhieb, der jeden in Hörweite zum Kichern brachte. Und als William schlagfertig antwortete, brüllte die ganze Versammlung vor Lachen.

Kovak beendete das Geplänkel, indem sie Nainoa gut hörbar zuflüsterte, daß ihr Gatte weit und breit als William *Luvankar* – der Eroberer – bekannt sei, aber nicht wegen seines Könnens als Jäger oder Handwerker, sondern weil ihn die Frauen unwiderstehlich fanden. Obwohl Kovak mit ihrer spitzen Zunge auf William gezielt hatte, war es ihr gelungen, sein Ansehen hervorzuheben und dadurch selbst zu gewinnen.

Eines Tages, ziemlich am Anfang seines Aufenthalts bei den Ennu, hatte sich William neben ihm niedergelassen und aus einem mit einer Zugschnur geschlossenen Lederbeutel eine Handvoll metallener Artefakte hervorgeholt, darunter einige der flachen gezackten Metallblätter mit Löchern an den spatenförmigen Enden sowie mehrere verschieden große Scheiben, die er als *moni* kannte. Die meisten bestanden aus mehreren dünnen Silber- und Kupferschichten, die anscheinend übereinander gehämmert waren. Viele der kleineren Scheiben waren ganz aus Kupfer, einige größere ganz aus Silber. Alle waren stark korrodiert.

Nainoa nahm eine mittelgroße, weniger zerfressene Scheibe in die Hand und säuberte sie mit etwas Spucke. Auf einer Seite wurde das Profil eines Männerkopfes sichtbar, auf der anderen ein Vogel mit ausgebreiteten Schwingen. William deutete auf den Vogel und sagte in seiner Sprache: «Der Adler.» Am Rand der Metallscheibe waren nur einzelne Buchstaben zu entziffern. Nainoa hatte in den Siedlungen besser erhaltene *moni*-Scheiben gesehen und vermutete, daß die Worte auf dieser hier die gleichen waren. Während er die Scheibe betrachtete, sagte er leise: «United States of America ...»

William griff das letzte Wort sofort auf. *«Amerik ... Amerik»*, wiederholte er und wies mit ausgebreiteten Armen ringsum bis zum Horizont. Nainoa, der damals erst anfing, die Ennu-Sprache zu lernen, deutete auf William und fragte: «Amerikaner?», worauf William schallend lachte und kopfschüttelnd erklärte, er sei Ennu.

Nainoa drehte die Scheibe um und wies auf die Überreste eines Wortes, die oberhalb des Männerkopfes noch zu sehen waren, aber William zuckte nur mit den Schultern. Nainoa kannte das Wort. Es hieß *Liberty* und bedeutete Freiheit – aber Freiheit wovon?

Hawaiische Gelehrte hatten sich seit Jahrtausenden über die Bedeutung dieses Worts auf den amerikanischen *moni* den Kopf zerbrochen. Viele meinten, es bedeute Freiheit von einem *kapu*-System mit grausamen Gesetzen. Andere glaubten, es stehe für Freiheit von einem bösen Direktor oder einer herrschenden Familie. Wieder andere wiesen auf den Vogel als Symbol für das individuelle geistige Ich hin und behaupteten, *Liberty* sei die Freiheit nach dem Tod, wenn die Menschen nur als Geister existierten.

Auf Nainoas Frage, wo William die *moni* oder *monay*, wie der Ennu sagte, gefunden habe, deutete er nach Süden.

Als Nainoas Sprachkenntnisse ausreichten, um sich mit William zu unterhalten, erfuhr er sehr zu seiner Belustigung, daß ihn die Ennu für einen der «verlorenen Amerikaner» gehalten hatten. Sein Speer und sein Messer, die beide aus Eisen waren, hatten sie auf diese Idee gebracht, denn in ihren Geschichten und Mythen war in Verbindung mit den Amerikanern die Rede von einem «starken Metall». Doch an den «Orten der Vorfahren», wo die Ennu nach Metallartefakten und Glasscherben gruben, war noch nie etwas von diesem starken Metall gefunden worden. Bis zu Nainoas Ankunft hatten sie bezweifelt, daß es ein solches Metall jemals gegeben hatte.

Am Gemeinschaftsfeuer hatte Nainoa, immer wieder auf Gesten

und Pantomime zurückgreifend, eine grobe Zusammenfassung der hawaiischen Geschichte zum besten gegeben. Mehrere Abende lang erzählte er, was sein Volk über die Amerikaner und die Zeit des Kontakts wußte. Er erzählte vom Untergang und der tausendjährigen Isolation der Inseln von der übrigen Welt, von den ersten Versuchen der Hawaiianer, den Ozean zu überqueren, vom ersten Kontakt mit anderen Inselgruppen in der riesigen Wasserwüste, von den Expeditionen nach Amerika, von denen keiner zurückkehrte, und von der Reise seiner eigenen Vorfahren, die vor 130 Jahren den amerikanischen Kontinent erreicht hatten. Er schilderte die Geschichte der Siedlungen am Binnenmeer und erklärte, warum ihn die Geschichte der Amerikaner und der Zusammenbruch ihrer Zivilisation interessierte. Seine abschließende Bemerkung, er habe die Ennu für die Nachfahren der verlorenen Amerikaner gehalten, löste große Heiterkeit aus.

Dann berichtete er Einzelheiten von seiner Fußreise durch den Wald und die Berge bis zu dem Zeitpunkt, als ihn Kenojelak gefunden hatte. Er sprach jedoch nicht über seine mystischen Erlebnisse. Über diese Dinge wollte er nur mit ganz bestimmten Menschen sprechen, und damals wußte er noch nicht, wer diese Menschen sein könnten ...

Die Ennu hatten ihm wie gebannt zugehört und erzählten dann im Lauf vieler Abende ihre eigene Geschichte, die wie bei den Hawaiianern sowohl in Form von historischen Berichten als auch durch Mythen und Legenden überliefert war.

Die Ennu lebten noch gar nicht so lange auf diesen Grasebenen und waren ursprünglich aus dem hohen Norden und Osten gekommen, aus dem mythischen weißen baumlosen Land des *ziku*.

Niemand unter den Ennu wußte genau, was der *ziku* war, aber in der Legende hieß es, daß er vom Himmel gekommen war und Land und Wasser während der meisten Zeit des Jahres wie dicker Staub bedeckt hatte. Man wußte, daß der *ziku* weiß und kalt war und daß seine Berührung Wasser hart wie Metall machen konnte. Die Ennu des *ziku* hatten an einem großen See von ungeheurer Ausdehnung gejagt und gefischt, und sie hatten in Hütten aus dem kalten weißen *ziku* gewohnt, weil es dort weder Bäume noch Büsche gab.

Zu Nainoas großem Erstaunen kannten die Ennu viele Geschichten über mythische Begegnungen mit den *Amerik'ken* und anderen Menschen, die sie *Ganad'dien* nannten. Die Menschen dieser Völker sollen sehr groß gewesen sein, mit heller Haut und runden blauen Augen. Sie wurden als Außenseiter beschrieben und hatten die Ennu anscheinend auf ziemlich ähnliche Weise besucht wie die Amerikaner Hawaii. Die Ennu kannten unzählige Geschichten über die Fremden und ihre Wunderwerke – die riesigen Boote und die Waffen, mit denen sie die Tiere auf große Entfernung und nur durch Schall töteten. In den Mythen war auch die Rede von Booten, in denen die Fremden, die *odlonneg*, durch die Luft reisen konnten.

Williams Leute wußten auch von der Behauptung der Amerikaner, sie seien in ihren großen Schiffen zum Mond geflogen. Die Ennu fanden diese Legende nicht besonders beeindruckend, denn William sagte, er sei selbst dort gewesen und könne nicht verstehen, warum die Amerikaner dazu Schiffe brauchten. Nainoa fragte ihn, ob er im Traum dort gewesen sei, worauf alle Ennu in Hörweite herzlich lachten; mehr wurde darüber nicht gesagt.

Zwischen den hawaiischen historischen Berichten über Begegnungen mit den Amerikanern und denen der Ennu bestand eine gewisse Ähnlichkeit. Viele *odlonneg* hatten bei den Ennu gelebt und Ennu-Frauen geheiratet. Noch interessanter war, daß die Ennu einen Mythos von einer großen Flut hatten. Dieses Ereignis hatte sich in der sehr fernen Vergangenheit zugetragen zur selben Zeit, als die *Amerik'ken* und die *Ganad'dien* plötzlich verschwanden. Es war auch die Zeit, in der der *ziku* dahinschwand. Vielen Berichten zufolge ereignete sich die Flut in einer Zeit großer Wirren. Das Wasser des endlosen Sees war rasch gestiegen und hatte die Länder der Ennu bedeckt. Die Luft wurde sehr warm, und die meisten Ennu waren gestorben.

Die Überlebenden zogen ins Hochland, wo sie lange Zeit lebten und jagten. Die Vorfahren der Ennu waren schließlich nach Süden gezogen, wo sie zum ersten Mal bewaldetes Land sahen. Sie hatten erwartet, hier die *odlonneg* zu finden, weil bekannt war, daß sie ursprünglich aus dem Süden kamen. Aber sie hatten während ihrer langen Wanderungen keine anderen Menschen entdeckt.

Die Ennu hatten lange Zeit in den Wäldern gelebt, aber weder der *ziku* noch die *odlonneg* waren zurückgekommen. Einige Ennu-Scharen waren durch den Wald nach Süden und Westen gewandert, bis sie auf das offene Grasland stießen. Einige waren geblieben, andere weitergezogen. Ennu-Reisende, die zurückkehrten, hatten hin und wieder Ruinen von *odlonneg*-Siedlungen gefunden, die manchmal sehr groß waren; aber wie groß sie genau waren, hatten sie nur schwer feststellen können. Auf diese Weise waren die Ennu immer weiter nach Süden und Westen gewandert, aber sie hatten nie andere Menschen angetroffen, bis sie ihn, Nainoapak, gefunden hatten.

An dem Abend, als sie ihm dies erzählten, wurde sich Nainoa bewußt, daß alle Ennu auf ihn blickten. Er fühlte, daß seine Begegnung mit diesen Menschen ein historisches Ereignis war. Die Geschichte, wie Kenojelak den großen Mann mit Namen Nainoapak im Auwald entdeckt hatte, würde in ihre Mythen und Legenden eingehen. Ihre Namen würden für immer mit ihrer Geschichte verbunden sein, und das bedeutete für ihn und sie alle, die ihn hier aus ihren langen Augen ansahen, so etwas wie Unsterblichkeit.

Nainoa hatte diese Menschen sehr gern. Gleichzeitig aber fragte er sich, ob diese Ennu alles waren, was von der einstigen großen amerikanischen Zivilisation übriggeblieben war. Verglichen mit den Hawaiianern waren die Ennu in jeder Hinsicht wesentlich weniger entwickelt. Selbst die einfachen Leute in seiner Siedlung hatten mehr materiellen Besitz als sie. Doch William und seine Leute waren freier. In ihrer Gesellschaft herrschte vollkommene Gleichheit, es gab kein unterdrückendes Kastensystem wie in der hawaiischen Gesellschaft. Bei den Ennu waren alle Häuptlinge.

Nainoa warf einen Blick auf Kenojelak, die neben ihm durch das Gras schritt. Bisher hatte er die meiste Zeit in Gesellschaft der Frauen verbracht, während die Männer auf der Jagd waren. Sie hatten ihn ermutigt, ihre Sprache zu lernen, und sich oft über seine Bemühungen lustig gemacht. Anfangs ärgerte er sich, wenn sie bei einem falsch ausgesprochenen Wort lachten, bis er erkannte, wie unbeschwert und fröhlich sie waren – und wie leicht zu erheitern. Ihr tägliches Leben war anstrengend; trotzdem benahmen sich Männer und Frauen, jung und alt, so übermütig wie Kinder, wenn es sich gerade ergab. Sie hatten einen ausgeprägten Sinn für Humor und drückten ihre Freude offen aus.

Durch das tägliche Zusammensein mit den Frauen während seiner Genesung erfuhr er auch, daß es eine ziemlich strikte Arbeitsteilung gab. Die Männer waren für die Jagd und das Töten großer Tiere verantwortlich. Die Frauen nahmen an diesen Jagden teil, indem sie das Wild in Gegenden trieben, wo sich die Jäger versteckt hielten, oder sie «riefen» die Tiere mit hohen zitternden Stimmen und lockten sie zu einer bestimmten Stelle. Sie selbst jagten kleinere Tiere – Vögel, Affen, Kaninchen, Ratten, Schlangen, Schildkröten und dergleichen – und fischten häufig auch ohne die Hilfe der Männer. Große Tiere wurden gemeinsam geschlachtet, und auch beim Transport von Fleisch und Häuten zum Lager mußten alle mitanpacken.

Die Männer stellten Waffen her, Werkzeuge, Eßnäpfe, Behälter und Schmuck aus Holz, Knochen, Elfenbein oder Metall. Sie fertigten verschiedene Schaber, manche aus Metall, andere aus Elfenbein mit hübschen Schnitzereien, mit denen die Frauen Tierhäute bearbeiteten für Kleidung, Sandalen oder Beutel. Für ihre primitiven Schmiedearbeiten benutzten sie einen kleinen Blasebalg aus Holz und Leder, um gefundene Metallgegenstände so weit zu erhitzen, daß sie weich genug waren für die Bearbeitung mit Steinhämmern.

Die Frauen mußten Wasser holen, Brennholz sammeln und den größten Teil des Gemüses besorgen, obwohl die Männer auch hier einiges beitrugen, besonders was die Heilpflanzen betraf. Die Herstellung von Leder und Kleidung war allein Aufgabe der Frauen. Die Frauen flochten Körbe und Schnüre, sie knüpften Netze und Schlingen, mit denen sie Fische, Vögel und Tiere fingen. Sie bereiteten das Essen zu und kümmerten sich um die kleinen Kinder – eine Aufgabe, an der sich jedoch auch die Männer beteiligten und dies wesentlich mehr als die Männer in Nainoas Volk.

Nainoas Bein war inzwischen so weit geheilt, daß er mit Hilfe seines Stocks kleine Ausflüge unternehmen konnte. An diesem Morgen hatten ihn die Frauen eingeladen, auf einen Streifzug zur Nahrungssuche mitzukommen. Er hatte zugestimmt wegen Kenojelak.

Eines Morgens hatte er Kenojelak gefragt, ob sie Kinder hatte. Sie antwortete ihm erst nach einer längeren Pause – nein, sie habe keine Kinder. Den Rest des Tages war sie auffallend still gewesen. Später hatte er Kovak über Kenojelak ausgefragt.

Die alte Frau erzählte ihm, daß der Mann ihrer Tochter ein Jahr zuvor bei einem Unfall ums Leben gekommen war und Kenojelak danach die Sippe ihres Mannes verlassen hatte und zu ihrer Familie zurückgekehrt war. Sie sagte ihm ganz offen, daß es nicht einfach war, einen Mann für eine so große Frau wie Kenojelak zu finden, und fügte augenzwinkernd hinzu, er wäre genau der richtige, um ihrer Tochter ein Kind zu machen.

«Ihr beide mögt euch. Ihr würdet große Kinder haben», sagte sie lächelnd. «Sie würden zu kräftigen Jägern heranwachsen. Du solltest meiner Tochter ein Kind schenken.»

Nainoa lachte und zuckte die Schultern. Er war etwas befremdet von so viel Freimütigkeit. Gelegentlich ertappte ihn Kovak, wenn er Kenojelak beobachtete, und warf ihm bedeutungsvolle Blicke zu. Aber es war nichts zwischen ihnen geschehen, vielleicht, weil sie nie allein waren.

Er sah wieder zu Kenojelak hin und hatte plötzlich ein hohles Gefühl in der Brust. Als gegen Mittag die Sammelkörbe der Frauen voll waren, hatte Kovak vorgeschlagen, er und Kenojelak sollten etwas Affenfleisch aus dem ziemlich weit entfernten Auwald besorgen. Kichernd hatte sie den Inhalt von Kenojelaks Korb auf die Körbe der anderen Frauen verteilt und die beiden mit einem aufmunternden Lächeln losgeschickt.

Nun war er mit Kenojelak zum ersten Mal allein, seit sie ihn vor einigen Monaten gefunden hatte. Während sie nebeneinander her gingen, erinnerte er sie wie nebenbei an diesen Tag. Kenojelak erwiderte nichts, aber sie warf ihm aus den Winkeln ihrer langen Augen einen Blick zu, der ein Lächeln enthielt.

Sie sah auf eine wilde Weise großartig aus, wenn sie mit ihrem schwarzen wehenden Haarschweif, der ihr vom Scheitel über den Rücken fiel, und mit ihren Hunden über das Grasland ging. Den gekrümmten Wurfstock trug sie lässig auf der Schulter, wo er sofort zur Hand war, sollten sie plötzlich Niederwild oder Vögel aufscheuchen. Sie verfehlte ihr Ziel fast nie. Ihre kleinen Brüste hüpften, während sie auf ihren langen Beinen ausschritt. Nainoa fand diese Frau sehr reizvoll, obwohl sie nicht dem Schönheitsideal seiner hawaiischen Gesellschaft entsprach. Bei ihnen schätzte man dicke Frauen.

Als sie den Saum des Waldes erreichten, traten sie in den Schatten. Die Hunde schwärmten aus, ohne Laut zu geben. Nainoa spannte den Bogen und nahm mehrere Pfeile aus dem Köcher, während sie neben dem breiten flachen Wasserlauf flußaufwärts gingen und nach Affen ausschauten. Nach einer Weile drehte der Wind. Die Hunde blieben plötzlich stehen. Aus dem Gebüsch auf der anderen Seite des Flusses waren Rinder zu hören. Nainoa und Kenojelak gingen vorsichtig weiter und kamen unbemerkt an den Tieren vorbei.

Aufatmend gingen sie weiter, bis sie an eine Stelle gelangten, wo sich das Unterholz verdichtete, so daß sie kaum sehen konnten, was ein paar Schritte weiter vor ihnen lag. Plötzlich bemerkten sie, daß sich ringsum im schützenden Dickicht große Tiere aufhielten. Nainoa schlang rasch den Bogen über die Schulter und nahm den Speer vom Rücken. Gleichzeitig knackte es vor ihnen im Gebüsch, und die Hunde stoben auseinander. Kenojelak warf ihm einen erschrockenen Blick zu und zerrte ihn rasch hinter einen umgestürzten Baum, der noch Laub trug und sie vor dem, was immer von vorn auf sie zukam, verbarg. Ihre schnelle Reaktion rettete ihnen wahrscheinlich das Leben, denn kaum in ihrem Versteck, brach ein Langhornbulle brüllend durch das Dickicht und stürmte an ihnen vorbei.

Flach auf den Boden gepreßt und mit angehaltenem Atem spähten sie durch das Blättergewirr. Die Hunde begannen, den Bullen zu hetzen, der mit rollenden Augen und schnaubend durch das Gebüsch stampfte und sie suchte. Der Boden bebte, wenn er, manchmal beinahe in Reichweite, an ihrem Versteck vorbeipreschte. William hatte Nainoa erzählt, daß die Langhörner Menschen haßten. Der Bulle hatte sie gerochen und wußte, daß sie hier irgendwo waren. Er machte keine Anstalten, sich zu entfernen.

Nainoa würde ihn töten müssen. Er würde seine größten Jagdpfeile mit den scharf geschliffenen Metallspitzen nehmen. Aber schon der erste Schuß mußte sitzen, sonst würde es für sie gefährlich werden. Er beobachtete die jähen Bewegungen des Bullen. Die Chance, ihn an der richtigen Stelle zu treffen, war nicht sehr groß.

Trotz der Gefahr, in der sie sich befanden, bewunderte Nainoa die Kraft des Bullen. Als er wieder an ihnen vorbeidonnerte, fühlte Nainoa, wie sein *mana* zu fließen begann, seinen Körper durchströmte und seine Sinne schärfte. Er wagte einen Blick auf Kenojelak. Sie schien ebenso fasziniert wie er. Mit leicht geöffnetem Mund verfolgte sie jede Bewegung des Bullen. Die Härchen auf ihrer Haut sträubten sich, und ihre linke Brustwarze hatte sich aufgerichtet. Sie spürte seinen Blick und sah ihn an. Als sie sich hinter den Stamm warfen, hatte Nainoa instinktiv den Arm um sie gelegt. Nun fühlte er plötzlich, wie nah er ihr war und daß seine Hand das Haar in ihrer Achselhöhle berührte. Das *mana*, das ihn durchströmte, verwandelte sich plötzlich in eine Welle sexuellen Begehrens.

Ohne sich zu bewegen, hielt er sie umfangen und blickte in ihre Augen, während der Langhornstier unter den Bäumen nach ihnen suchte. Durch den Geruch von zerdrücktem Laub und zertrampelter Erde roch er den Duft ihres warmen Körpers. Eine Handbreit von seinem Gesicht entfernt, verrieten ihm ihre blaugrauen Augen, daß sie seine Nähe ebenso intensiv empfand. Als sie plötzlich tiefer atmete, begann es in seinen Ohren zu rauschen.

Außerhalb ihres Verstecks hatte sich plötzlich etwas verändert. Der Bulle stampfte brüllend an ihnen vorbei. Es wurde für einige Augenblicke still; dann hörten sie ihn erneut brüllen. Vorsichtig lugten sie durch die Blätter. Der Bulle hatte sich einer Kuh genähert, und aufgeregt wie er war, besprang er sie sofort.

Der große Penis trat glänzend und suchend vor. Kenojelak hielt plötzlich den Atem an, als er gefunden hatte, was er suchte, und sich in den Körper der Kuh drängte. Nainoa fühlte ihre Spannung, als das gewaltige Tier den uralten Vorgang zur Erneuerung des Lebens begann – und dann drehte sie sich mit glänzenden Augen zu ihm um und flüsterte dicht an seinem Ohr: «Es ist Frühling.»

Sie grinste breit und wandte sich wieder dem Schauspiel zu. Innerhalb weniger Augenblicke war es vorbei. Der Stier trieb die Kuh über den Fluß und durch die Bäume hinaus auf die offene Weide.

Kenojelak sah ihn mit leicht verschleiertem Blick an. Sie brachte ihre Lippen wieder an sein Ohr und flüsterte:

«Nainoapak . . .»

Langsam nahm er ihr Gesicht in die Hände und streichelte ihren vollen Mund mit den Lippen. Als sie erstarrte und sich zurückzog, begriff er, daß sie wahrscheinlich noch nie geküßt worden war.

Sie sah ihn mit ernsten Augen an. Dann legte er noch einmal die Hände um ihr Gesicht und näherte sich langsam ihrem Mund. Diesmal zuckte sie nicht zurück. Ihr Mund war warm und weich. Ohne den Kuß zu lösen, nahm er sie in die Arme und hielt ihren langen schlanken Körper fest. Ihr Mund öffnete sich leicht, sie atmete rascher, und plötzlich schauderte sie, als sie lernte, den Kuß zu erwidern.

Sie rückte ein wenig von ihm ab und strich mit einem fragenden Blick über den Schenkel seines gebrochenen Beins. Er nickte und sagte: «*Bitziak* . . . Er ist in Ordnung.»

Sie lächelte auf ihre unwiderstehliche Weise und drückte ihn sanft auf den Boden, so daß er mit dem Rücken auf den stark riechenden zerdrückten Blättern lag. Mit wenigen geschickten Handgriffen nahm sie ihren Lederrock ab, löste seinen geknoteten Lendenschurz, und dann nahm sie seinen erigierenden Penis in beide Hände. Ihre Augen weiteten sich. Plötzlich grinste sie verschmitzt und flüsterte: *«Bitziak!»*

Im selben Augenblick kamen die Hunde zurück, hechelten aufgeregt und schnüffelten und wurden unter viel Gelächter vertrieben. Während Kenojelak mit Rindenstücken und Ästen nach den Hunden warf, legte er die Hände auf ihre Brüste, die Brustwarzen richteten sich an seinen Handflächen auf, sie sah zu ihm hinunter und schwang lachend ihr langes Bein über ihn. Sie rieb sich an ihm, und dann nahm sie ihn endlich langsam in sich auf. Es war ein köstliches Gefühl, das Nainoa bis in seinem Innersten empfand.

Sie liebten sich aufgeregt und wild. Innerhalb kürzester Zeit erreichte er seinen Höhepunkt. Sie waren eben dem Tod entgangen. Ihre ganze Anspannung entlud sich in einem stürmischen Orgasmus. Dazu kam, daß er lange nicht mehr mit einer Frau geschlafen hatte.

Kenojelak spürte seine Erleichterung und lachte fröhlich, während sie ihren langen Körper an ihn schmiegte und ihn festhielt. Seine Hand glitt über ihren Rücken, erforschte das runde Gesäß und die faszinierende Verbindung ihrer Körper. Unter dem dichten dunklen Schamhaar fand er die fleischige Schwellung, die sie an ihn preßte. Er berührte sie leicht und entlockte ihr ein überraschtes entzücktes Stöhnen. Er fuhr fort, sie an dieser Stelle zu streicheln, ihre Augen weiteten sich, und sie atmete schneller und schneller. Sie sah ihm in die Augen, als seine Kraft in ihr zurückkehrte.

Sie liebten sich langsam und mit Bedacht, bis er ihren Orgasmus herannahen fühlte. Ihr Körper begann zu pulsieren und zu zittern. Ihre harten Brustwarzen strichen über seine Haut wie Fingerspitzen, während er sie streichelte und streichelte. Und plötzlich legte sie ihre Lippen wieder auf seinen Mund. Sie stieß mit den Hüften, schauderte, ihr ganzer Körper begann zu beben. Er hielt sie an sich gepreßt, und dann kam auch er zum Orgasmus, gleichzeitig mit ihr.

Im langen entspannten Nachspiel erkundeten sie einander, wie das Liebende tun, zupften Blätter aus dem Haar des anderen, schufen Raum, um das eine oder andere zu sagen, was bislang unausgesprochen war. Und die ganze Zeit küßte und liebkoste er sie, während sie die Augen nicht von ihm ließ.

In den Bäumen über ihnen erschien plötzlich eine neugierige Affenherde. Nainoa griff träge nach seinem Bogen, legte einen Pfeil auf, und während Kenojelak noch in voller Länge auf ihm lag, schoß er kerzengerade nach oben. Der unglückliche Affe, den er mit seinem Pfeil durchbohrte, fiel dicht neben ihnen auf die Erde. Nainoa schoß mehrere Male. Kovak sollte ihr Affenfleisch doch noch bekommen.

Schließlich gingen sie zum Fluß. Kenojelak lief nackt durch den Wald. Sein Samen floß an den Innenseiten ihrer langen muskulösen Schenkel herab. Als sie das offensichtliche Ergebnis seiner Leidenschaft bemerkte, warf sie ihm wieder breit lachend einen ihrer anerkennenden Blicke zu.

In einem ausgewaschenen Becken des Flusses badeten sie, und ihr Begehren erwachte aufs neue. Er lud sie ein, sich auf einen glatten, sonnenwarmen Stein zu legen. Nachdem er ihre feuchten Brüste geküßt hatte, bis sie vor Erregung zitterte, vergrub er das Gesicht in dem Haarbusch unter ihrem flachen Bauch und liebkoste sie mit Lippen und Zunge, bis sie sich versteifte und keuchte und mit Schenkeln und Händen seinen Kopf umklammernd von Ekstase geschüttelt wurde.

Danach sah sie ihn träumerisch an. Als sie seine Erektion bemerkte, nahm sie ihn rasch wieder in die Hände und sagte mit einem lobenden Blick auf seine Männlichkeit: «*Bitziapag* ... Er benimmt sich gut.» Seinen Penis mit sichtlichem Vergnügen in den Händen wiegend, flüsterte sie leidenschaftlich:

«*Nainoavangioaluk.*» Diese neue Wortendung bedeutete «von ungewöhnlicher Größe und Kraft».

Ihre hellen Augen verengten sich plötzlich. Mit einem auffordernden Lächeln drehte sie sich um und nahm, auf Hände und Knie gestützt, die Haltung ein, die sie zuvor bei der Kuh beobachtet hatte. Sie senkte den langen Rücken ein wenig und bot ihm einladend ihre gespreizte Kehrseite dar.

Er lachte vor Freude und bestieg sie von hinten, während sie vor Vergnügen kicherte. In diesem Augenblick nahm er sie in sich auf an einem tiefen geheimen Ort in seinem Wesen, wo sie bei ihm bleiben würde, das wußte er – für immer.

Der Nachmittag verging. Nainoa konnte sich nicht erinnern, jemals glücklicher gewesen zu sein. Sie spielten wie Kinder und hielten sich liebend umschlungen, bis sie sich im langsam schwächer werdenden Licht wieder anzogen.

Nainoa band die Affen zusammen und hängte sich zwei über die Schultern. Kenojelak verstaute den dritten in ihren Korb, pfiff den Hunden, und dann gingen sie Hand in Hand durch den Wald und über das Grasland zum Lager zurück.

19

Anthropologen

Als ich gegen Morgen in mein gewöhnliches Bewußtsein zurückkehrte, war ich emotional völlig aufgewühlt, denn ich war «dort», mit Nainoa vereinigt, als er Kenojelak liebte. Ich warf einen Blick auf Jill, die neben mir schlief. War ich ihr eben untreu gewesen? Schon der Gedanke war lächerlich. Trotzdem, wie würde meine Frau auf diese Geschichte reagieren? Es war nicht so, daß ich eine außereheliche Beziehung hatte, aber ich hatte eine Beziehung mit Nainoa und durch ihn eine höchst ungewöhnliche Begegnung.

Ich war mit einem anderen Menschen vereint, der gerade den gesteigerten emotionalen Zustand erlebte, den wir «Liebe» nennen. Zudem hatte ich die Bilder, Gedanken, Emotionen, Eindrücke und körperlichen Gefühle des Liebesaktes «empfangen», als würde ich sie selbst erleben.

Ein Wissenschaftler würde das, was ich gerade erlebt hatte, als eine Phantasie, einen erotischen Traum definieren, der aus meinem Unterbewußtsein kam. Ich konnte mir vorstellen, mit welchem Genuß mir ein traditioneller Psychologe diese Episode erklären würde – daß sie aus unterdrückten Bedürfnissen, Wunschvorstellungen und unerfüllten Lebenserwartungen herrührte. Mein Unterbewußtsein spielte aber ganz sicher eine Rolle bei meinen Erlebnissen, weil sich dort «die Tür» zu dem Grenzgebiet zwischen Zeit und Raum befindet.

Das Unterbewußtsein schien in vieler Hinsicht viel bewußter zu sein als der bewußte Verstand. Mein *Ku* wußte, daß ich an Informationen über Nainoas Leben interessiert war, und hatte sogar in den Augenblicken aus Nainoas Gedächtnis Daten gesammelt, als mein bewußter «Leiter» anderweitig beschäftigt war.

So hatte ich zum Beispiel einige Erinnerungen Nainoas an Kenojelak aufgenommen, während sie sich leidenschaftlich liebten. Die erste war eine Szene, bei der mehrere erwachsene Ennu ein frisch getötetes Pferd schlachteten. Sie hatten den Bauch des Tiers geöffnet, und Kenojelak stand mit einigen Frauen auf der einen Seite des dampfenden Kadavers, das Steinmesser in der Hand und bis zu den Ellbogen mit Blut beschmiert. Von einem Organ, das wie die Leber aussah, hatte sie ein Stück abgeschnitten und aß es roh und blutig mit sichtlichem Behagen. Kenojelak war eine echte Barbarin.

Eine andere Erinnerung zeigte mir Kenojelak bei einem Spiel zusammen mit mehreren anderen Männern und Frauen. Alle sprangen der Reihe nach in die Luft, um eine Art Ball zu treffen, der an einem Baum hing. Dieses kurze Bild vermittelte mir einen Eindruck von ihrer Lebenslust. Im Hintergrund sah ich einen Teil des Lagers, die struppigen Hütten, schlafende Hunde, spielende Kinder und arbeitende Frauen. Ein kurzer Blick auf die langen Beine der Ennu-Frau weckte eine weitere Erinnerung, die aus meinem Gedächtnis stammte – das aufregende Bild der nackten Kenojelak auf dem Höhepunkt sexueller Lust.

Ich «schaute zu», gebannt von den Bildern, die an meinem geistigen Auge vorüberzogen. Nainoa empfand sehr viel für diese Frau. Sie war eine starke Persönlichkeit mit einem hinreißend schönen Körper, scharfem Verstand und Humor. Sie stand in der Blüte ihrer Jahre, äußerte ihre körperlichen Gefühle und ihre Lebenslust offen und mit großer Vitalität und war offensichtlich in ihrer Sippe sehr geschätzt. Kenojelak war die ideale Frau für einen Jäger und Sammler.

Ich freute mich für Nainoa, daß er nach seiner einsamen Wanderung durch die Berge Menschen gefunden hatte. Mit dem peinlichen Gefühl, ihn während seiner intimsten Stunden belauscht zu haben – wobei es durchaus möglich war, daß er auch mich in einer ähnlichen Situation besucht hatte –, würde ich leben müssen, bis wir lernten, unseren Kontakt nicht nur durch unseren Willen herzustellen, sondern auch zu lösen.

Ende November 1988, kurz nach diesem Erlebnis, flog ich zu einem Jahrestreffen der American Anthropological Association aufs Festland, teils um mich über den neuesten Stand der Forschung zu informieren, teils um mich auf dem Stellenmarkt umzuhören.

Eines Abends unterhielt ich mich beim Essen in einem Hotelrestaurant mit einem langjährigen Freund über sein derzeitiges Forschungsprojekt. Wie viele Wissenschaftler war auch er im Lauf der Zeit mehr und mehr zum Spezialisten geworden, und ich konnte mir ausrechnen, daß er mich für einen weiteren Anthropologen halten würde, dem das geistige Klima auf den Inseln nicht bekam. Ich beschloß, ihm trotzdem von meinen Erlebnissen zu erzählen.

Nachdem wir unsere erste Flasche Wein geleert hatten, schilderte ich ihm in groben Zügen, was ich in der letzten Zeit erlebte. Mein Freund zeigte amüsiertes Interesse und stellte fast sofort die Frage:

«Woher weißt du, daß dieses Zeug nicht als mentale Projektionen und Phantasien aus deiner kreativen Vorstellungskraft kommt? Daß du das alles nicht nur erfindest?»

Ich antwortete: «Die kreative Vorstellungskraft ist eine Funktion des bewußten Verstandes, des Intellekts. Ich habe entdeckt, daß mein Intellekt nicht die Quelle dieser Erlebnisse ist. Ich kann sie nicht bewußt geschehen lassen, obwohl ich die Absicht, mich zu verbinden, bewußt formuliere. Ich bekomme diese Informationen durch mein Unterbewußtsein, durch das, was ein *kahuna* mein *Ku* nennen würde.»

Mein Kollege fand diese Antwort nicht befriedigend. Sein Unbehagen stand ihm ins Gesicht geschrieben, und er griff nach seinem Glas. «Aber wie kannst du das wissen? Dein sogenanntes *Ku* könnte das alles genauso erfinden.»

Das war natürlich die Crux des Ganzen, und um das zu verstehen, mußte man eine Grundwahrheit akzeptieren in bezug auf das, was wir als menschliche Wesen sind. Mein Freund und ich sind beide Produkte der westlichen Kultur und ihrer wissenschaftlichen reduktionistischen Weltsicht. Aber meine phantastischen Erlebnisse und ihre intellektuellen und mystischen Herausforderungen haben mich gelehrt, daß emotionale Wahrheiten und mystische Erfahrungen ebensoviel Gültigkeit besitzen wie die empirischen Wahrheiten, die wir in unserer alltäglichen Welt wahrnehmen können. Viele bedeutende wissenschaftliche Denker in der westlichen Geschichte haben mystische, spirituelle Realitäten bis zu einem gewissen Grad akzeptiert, doch diese Seite ihres Denkens wird als Verirrung abgetan. Die Einheit des Geistes, die Einheit des Universums zu akzeptieren, war für mich eine enorme Glaubensleistung, und ich verstehe die Skepsis meiner wissenschaftlichen Kollegen gegenüber mystischen Erfahrungen, wenn sie selbst solche Dinge nicht erlebt haben. Doch diese Erfahrungen sind Allgemeingut in allen Kulturen, und die Fähigkeit dazu ist ein Teil unserer menschlichen Natur. Ich hatte mir nach vielen Ängsten und Überlegungen eine Meinung gebildet, und das sagte ich ihm:

«Ich bin überzeugt, daß das, was ich gesehen habe, wirklich ist, weil ich mein *Ku* frage. Das *Ku* kann nichts erfinden. Es kann nur zurückfließen lassen, was es bereits weiß. Es ist nicht kreativ. Es lügt nie. Der bewußte Verstand ist unser kreativer Teil. Wenn ich mein *Ku* frage, ob ich die ganze Geschichte erfinde, bekomme ich prompt die Antwort. Sie entsteht nicht durch meinen bewußten Verstand und ist auch nicht das Produkt meines *Ku*. Sie kommt von außerhalb meines Ich. Sie wird wahrgenommen *durch* mein *Ku* ... durch den nicht-kreativen Teil meines Ich.»

Mein Kollege nahm einen tiefen Schluck und schüttelte lächelnd den Kopf. «Aber diese Episoden, wie du sie nennst, sind nicht wirklich. Es sind Träume, Illusionen. Sie müssen deinem Verstand, deiner Erinnerung entspringen.»

Ich entgegnete ihm: «Das *Ku* unterscheidet nicht zwischen Wirklichkeit und Illusion. Es empfängt beides als Wirklichkeit – als gleich ‹wahr›. Wenn das *Ku* glaubt, etwas ist wirklich, dann ist es wirklich, soweit es das *Ku* betrifft. Wenn es Illusionen sind, so hält sie mein *Ku* jedenfalls für wirklich. Andererseits: Wenn mein bewußter Verstand diese Erlebnisse nicht erfindet und wenn sie mein Unterbewußtsein nicht erfinden kann, woher kommen sie dann? Die Bilder stammen nicht aus meinem Gedächtnis, so daß ich annehmen kann, sie kommen von außerhalb meines Ich, obwohl mein Ich das Vehikel ist, durch das sie empfangen werden.»

Mein Kollege winkte dem Ober und bestellte eine weitere Flasche, während ich fortfuhr: «Ich habe drei Jahre lang mit mir gerungen und versucht, dies alles zu verstehen, und ich habe lange Zeit Zweifel gehegt. Inzwischen bin ich tief beeindruckt von dem, wozu der sogenannte ‹unterbewußte› Verstand fähig ist. Ich bin auch überzeugt, daß ich nur dank seiner Mitwirkung den veränderten Bewußtseinszustand erreichen und sowohl über die Zeit als auch über die gewöhnliche physische Wirklichkeit hinausgehen kann. Durch mein Unterbewußtsein bin ich imstande, diese Vereinigung mit dem Bewußtsein eines in der Zukunft lebenden Menschen herzustellen.»

Der Wein kam, aber er trug nicht zur Beruhigung meines Freundes bei. Als er immer erregter wurde, beschloß ich, ihn mit der Theorie, Nainoa könnte einer meiner Nachfahren sein, zu verschonen und beschränkte mich auf eine Beschreibung des veränderten Zustands.

«Mein Kontakt mit diesem Mann kommt im großen und ganzen auf zweierlei Arten zustande. Ich ‹schalte mich ein›, wenn er allein und nachdenklich ist. Diese Kontakte sind sehr ergiebig, weil ich durch seine Erinnerungen eine Menge erfahre. Aber ich vereinige mich mit ihm auch während sehr bewegter Begegnungen und erlebe seine Reaktionen und Interaktionen ganz unmittelbar, als würde das alles mir widerfahren.»

Ich beschrieb, wie es ist, von einem Langhorn überrannt zu werden, und auch Nainoas sexuelles Erlebnis mit Kenojelak. Mein real denkender Anthropologe bekam glänzende Augen. Diese Geschichte gefiel ihm. Ich fuhr fort:

«Ich würde sehr gern wissen, warum ich mich ausgerechnet zu diesem Zeitpunkt bei ihm eingeschaltet habe. Wegen meines unterbewußten Interesses an dem Mädchen? Warum habe ich mich nicht während einer Jagd bei ihm eingeklinkt oder in einer Situation, bei der es mir möglich gewesen wäre, die Ennu-Bräuche selbst zu beobachten? Es gibt so vieles, was ich nicht verstehe.»

Der Wein tat schließlich doch seine Wirkung, und mein Kollege wurde etwas entspannter. Aber er konnte meine Erlebnisse immer noch nicht als «real» akzeptieren. Während sich unsere Unterhaltung weniger brisanten Themen zuwandte, spürte ich die aufkommende Entfremdung.

Während der verbleibenden Konferenztage hörte ich mir in scheußlich geometrischen, neonbeleuchteten Konferenzräumen die peinlich exakt formulierten Vorträge meiner Kollegen an. Ich beobachtete die «Scharfschützen» im Publikum, die in ihre Laptops die Forschungsergebnisse der Vortragenden eintippten, um vielleicht einen Fehler oder eine Diskrepanz in den Daten oder der Methode aufzuschnappen, die den Mann auf dem Podium angreifbar machten. Ich beobachtete die Poseure, die Glanz und Ruhm hinterherjagten, und fand, daß dies alles viel unwirklicher oder traumähnlicher war als meine Besuche bei Nainoa. Und wenn ich mir die angestrengten Gesichter meiner Kollegen ansah, konnte es kein besonders schöner Traum sein.

Ich freute mich, alte Freunde wiederzusehen, hörte mitfühlend von ihren Problemen und bedauerte, daß wir alle älter wurden. Aber meine ungewöhnlichen Reisen hatten einen Keil zwischen uns getrieben. Ich konnte mir nicht vorstellen, auf dem Podium zu stehen und allen Ernstes über die Bräuche von Menschen zu sprechen, die in fünftausend Jahren leben würden. Sollte ich die Geschichte meiner Reisen durch die Zeit erzählen? Wer unter diesen Forschern würde meinen Enthüllungen überhaupt zuhören? Ich trug mich mit dem Gedanken, alles als Science-fiction getarnt niederzuschreiben, um meinen Ruf als «ernsthafter Wissenschaftler» zu wahren. Aber ich konnte meine Erfahrungen nicht auf diese Weise verleugnen. Ich hatte diese Dinge wirklich erlebt, als reale Person in realer Wirklichkeit. Und ich erlebte sie weiterhin.

Ich kehrte mit wenig angenehmen Gefühlen nach Kona zurück – distanziert von meinem frei gewählten Beruf und enttäuscht, weil ich wußte, daß meine Kollegen auf meine Geschichte negativ bis feindselig reagieren würden. Ich war verzweifelt, denn meine Enthüllungen würden mich ausgrenzen und beruflich unmöglich machen. Glücklicherweise fand diese Niedergeschlagenheit ein Gegengewicht in der aufregenden Erkenntnis, daß ich weit über die Grenzen des Bekannten in eine vollkommen neue Richtung vorgestoßen war.

In einem Winkel meines Gehirns schlummerte bereits ein neuer hoffnungsvoller Gedanke. Außer mir gab es unter den fünfeinhalb

Milliarden Menschen auf der Erde mit Sicherheit noch andere, die meine Erlebnisse interessierten und die ebenfalls in die Zukunft blikken konnten. Vielleicht hatten sogar andere ausgebildete Wissenschaftler Raum und Zeit überschritten, um ihr zukünftiges oder früheres Ich zu besuchen. Vielleicht würden auf meinen Bericht hin andere Leute meines Fachs den Mut finden, an die Öffentlichkeit zu treten und zu sagen, was sie gesehen hatten.

Kurz nach meiner Rückkehr nach Kona machte ich erneut eine spontane Reise. Nainoa war allein, als ich mich zu ihm gesellte, und ich entdeckte sofort, daß sich einiges geändert hatte.

Erstens befand er sich nicht mehr im Washoe Valley. Zweitens lauerte er mit einer Gruppe einer Pferdeherde auf, die sich langsam auf das Versteck der Gruppe zubewegte. Und drittens wußte Nainoa schon im ersten Moment meiner Ankunft, daß ich da war.

20

Die zehnte Reise
Die Lehre des Schamanen

Es war anscheinend sehr früher Morgen. Der Himmel war bedeckt. Nainoa befand sich halb liegend, halb sitzend in einer ausgewaschenen Rinne inmitten einer von fernen Hügeln umgebenen Prärie. Er war schon in der Nacht zusammen mit William und den anderen Jägern hierhergekommen, die zwischen den Bäumen näher am See in Deckung gegangen waren. Mehrere Ennu-Frauen und größere Kinder hatten sich in Abständen entlang der Rinne und hinter niederen Steinhaufen versteckt, die sie an verschiedenen Stellen auf der Ebene errichtet hatten, um die Herde auf die seichte Bucht bei den Bäumen zuzutreiben. Alle warteten still und hofften, der Wind würde nicht umschlagen und ihre Witterung zu den Pferden tragen.

Nainoa ging mit den Ennu auf die Jagd, seit sein Bein geheilt war. Er wußte, was er zu tun hatte. Sobald die Herde nah genug war, würde er aufstehen; der Hengst würde auf die einsame Gestalt am Horizont aufmerksam werden und die Stuten in die entgegengesetzte Richtung treiben. Dann würden die versteckten Ennu «aus dem Boden auftauchen», wie sie sich gern ausdrückten, und die Herde auf die versteckten Jäger zutreiben, die, wenn sie Glück hatten und geschickt vorgingen, eine oder zwei Stuten töten würden. Es war ein gefährliches Unterfangen, bei dem es vor allem auf Geduld, den richtigen Zeitpunkt und Konzentration ankam.

Die Herde war noch ziemlich weit entfernt, als Nainoa plötzlich die bekannte, namenlose Anwesenheit fühlte, die ihn aus nächster

Nähe beobachtete. Nainoa wußte immer noch nicht, wer oder was diese «Anwesenheit» war. Der Tigermann hatte ihn nicht mehr besucht, seit er die Berge verlassen hatte; er schien die unwegsameren waldigen Gegenden zu bevorzugen. Vielleicht war es Häuptling Kaneohe, der sich fragte, was aus seinem Schreiber geworden war, und ihm *mana* schickte. Nainoa beobachtete die Pferde, aber er achtete auch auf das auf ihn gerichtete «Bewußtsein», und plötzlich war der Gedanke da: der Amerikaner.

Nainoa wünschte sich sehr, seine visionäre Verbindung mit dem Amerikaner zu erneuern, aber er hatte nie gedacht, daß sich auch der Amerikaner mit ihm verbinden könnte. Hatte er es getan? Und wenn ja – seit wann tat er es?

Die Vorstellung traf ihn wie ein Schlag: Der Amerikaner besuchte ihn auf die gleiche Weise wie er den Amerikaner. Es konnte nicht anders sein.

Doch jetzt war nicht der richtige Augenblick, um darüber zu grübeln. Nainoa beruhigte seine wirren Gedanken und Gefühle und konzentrierte sich auf die Pferde. Doch die Anwesenheit blieb.

Die Ennu-Jäger wollten auf keinen Fall den Leithengst töten, weil sich die Stuten sonst zerstreuen und sich irgendwo einer anderen Herde anschließen würden. Pferde hielten sich mehr oder minder das ganze Jahr über in denselben, ziemlich kleinen Territorien auf, es sei denn, der Hengst wurde vertrieben oder getötet, oder die Trokkenheit zwang sie, das Territorium zu wechseln. Die Ennu sonderten die Stuten aus, um die Herden in den einzelnen Gebieten stabil zu halten.

Während der Trockenzeit, die auf dieser Seite des Gebirges über die Hälfte des Jahres anhielt, zogen die großen Herdentiere in die bewaldeten Gebiete, wo sie sich vom Laub der Sträucher und Bäume ernährten. Hier waren sie von den Jägern leicht aufzuspüren. Wenn der Regen einsetzte, wanderten die Herden wieder auf die offenen Savannen und zerstreuten sich auf den großen Ebenen im Osten, Norden und Süden.

«Jetzt ist Sommer», hatte William gestern zu Nainoa gesagt. Die Tiere waren noch weit verstreut. Im Frühjahr war die Sippe des alten Jägers den Tieren auf die Prärie gefolgt; im Herbst würde sie mit ihnen wieder zum Gebirge ziehen. Sie lagerten, wo es ihnen gefiel, fischten in den Buchten des großen Sees und jagten Wasservögel. Das Leben war gut, wie die Ennu oft sagten.

Nainoa beobachtete die Pferde und fragte sich, warum sie nicht wie die anderen großen Huftiere umherzogen. Selbst wenn die großen Herden ihre Territorien überweideten, wanderten sie höchstens eine Tagesreise weiter. Auf diese Weise wußten die Ennu stets, wo die Pferde waren und wo sie am leichtesten in eine Falle getrieben werden konnten.

Es wäre wesentlich einfacher, dachte Nainoa, Häuptling Kaneohe zu den Pferden zu bringen, als auch nur mit einem einzigen Pferd über die Berge und durch den großen Wald zurückzukehren. Würde er Häuptling Kaneohe dazu bewegen können, auf dieser Seite des Gebirges eine neue Gemeinde zu gründen? Er hatte William gefragt, warum die Ennu die wilden Pferde nicht domestizierten. Die Antwort des alten Jägers war typisch: Pferde schmeckten gut, und es gab sie in Hülle und Fülle. Wer würde sie besitzen wollen?

Nainoas Gedanken wanderten zu Kenojelak, und sein Herz schlug schneller, als er an den Tag dachte, an dem sie Liebende geworden waren. Den Ennu entging nicht viel; als sie an jenem Abend zum Lager zurückkehrten, waren sie im Nu das Ziel ihres deftigen Spotts geworden. Aber sie hatten alles humorvoll ertragen und waren noch in derselben Nacht ohne große Formalitäten in eine gemeinsame Hütte gezogen. Eines Morgens nach einer besonders leidenschaftlichen Nacht auf dem Fellbett hatte ihm Kenojelak eine Kette um den Hals gehängt und ihm einen ledernen Ennu-Lendenschurz geschenkt, den sie für ihn gemacht hatte. Sie trug ihr Haar nicht mehr wie eine wehende Fahne, sondern sittsam geflochten wie die anderen «verheirateten» Frauen.

Die Ennu freuten sich über seine Verbindung mit Kenojelak, die ihm stolz erklärte, daß er nun praktisch mit jedem im Lager verwandt war. Während der nächsten Monate hatte er von William und den anderen Männern kleine selbstgemachte Geschenke zum Zeichen ihrer Anerkennung erhalten – kleine geschnitzte Gegenstände aus Elfenbein oder Knochen, die als Anhänger oder Amulette zu tragen waren. Einige stellten Tiere dar, andere waren mehr abstrakt.

Diese Geschenke hatte Kenojelak jeweils auf seiner Kette mit aufgereiht.

Williams Geschenk war eine fingerlange, menschenähnliche Elfenbeinfigur mit einem Muster aus kleinen, dunkel gefärbten Einritzungen. Nainoa hatte William gefragt, was sie darstellten. Der Alte hatte ihn nachdenklich angesehen, bevor er breit grinsend antwortete: *«Bushivak.»* Dann ging er in die Hocke und zeichnete mit dem Finger das Bild eines gefleckten Tigers in den Sand, der wie ein Mensch auf den Hinterbeinen stand. Nainoa erschrak. Wie konnte William etwas von seinem Geisterfreund wissen? Als der Alte seine Überraschung sah, lachte er nur.

Nainoa hatte seinerseits auch kleine Geschenke für die Ennu gemacht – zum Beispiel Angelhaken in hawaiischem Stil. Um sie herzustellen, bohrte er in ein dünnes Elfenbein- oder Knochenstück in der Mitte ein Loch und schnitzte um das Loch herum den Haken. Die Ennu schienen von diesen nützlichen Geschenken sehr beeindruckt, vor allem, weil man sie auch als hübsche Anhänger tragen konnte. Großzügigkeit war etwas sehr Wichtiges bei den Ennu, und diese Geschenke waren greifbare Symbole seiner neuen Zugehörigkeit.

Eines Tages, nicht lang nachdem er in Kenojelaks Hütte gezogen war, wurde Nainoa an seine Vision von der legendären Stadt San Francisco erinnert. Er fragte William, ob er große Ruinen kannte, in denen die Alten gelebt hatten. William antwortete, es gebe eine im Norden und eine kleinere im Süden. Als sie kurze Zeit darauf ein neues Lager errichteten, standen sie auf den Bergen im Süden und blickten auf eine Reihe niedriger Hügel in einem langen Tal. William sagte, daß sie dort das *monay* gefunden hatten.

Auf Nainoas Bitte hin waren sie einen ganzen Tag lang durch die Ruinenstätte gestreift. Nainoa suchte nach Hinweisen auf die früheren Bewohner, aber fünftausend Jahre Regen und Wind hatten über alles eine Decke aus Erde, Bäumen und Gras gebreitet. Nur hie und da ragten einzelne Mauerreste aus dem Boden. Sie suchten nach Metall und Glas, fanden aber nur wenig, und William meinte, daß man nach solchen Dingen graben müßte. Nainoa fragte sich, was wohl zutage käme, wenn man die Schichten aus Erde und Bewuchs entfernen würde.

Es gab viel Wild in diesem Gelände, und sie kehrten mit zwei wilden Ziegen und etlichen wilden Hühnern ins Lager zurück. Diese Bodenvögel mit ihrem gepunkteten Gefieder und kleinen spitzen Helmen oder Hörnern auf dem Kopf lebten in großen Scharen zusammen. Sie schliefen auf niederen Bäumen und suchten tagsüber im Gras nach Futter. Mit dem Wurfstock waren sie leicht zu erlegen.

Nainoa hätte William gern gefragt, ob er an Orten wie diesen schon einmal Geister gesehen hatte, aber für solche Themen reichten seine Sprachkenntnisse noch nicht aus. Mit Ausnahme jenes Tages mit Kenojelak, als er die «Anwesenheit» spürte, hatte er keine mystischen Erlebnisse gehabt, seit er den Bergwald hinter sich gelassen hatte und wieder unter Menschen war.

Nainoas Träumerei wurde jäh unterbrochen. Die Pferde kamen näher. Das graue Leittier führte eine Herde von mindestens achtzig Stuten mit den dazugehörenden Fohlen. Es wirkte nervös. Anscheinend folgten ihm einige rivalisierende Hengste. Jetzt war es für Nainoa Zeit, die Falle zu schließen.

Er wartete, bis die Herde an ihm vorübergezogen war. Dann stand er auf, nahm den Speer vom Rücken und hielt ihn mit festem Griff. Er hatte es schon einige Male auf eine Kraftprobe mit Leithengsten ankommen lassen und wußte, was er zu erwarten hatte. Doch dieser große Graue war schlau. Als er Nainoa sah, begann er, zwischen dem Mann und der Herde hin und her zu galoppieren; gleichzeitig drängte er seine Tiere in die entgegengesetzte Richtung zum See. Dann kehrte er um, stieß einen hohen Warnschrei aus und preschte mit trommelnden Hufen auf Nainoa zu.

Wenige Augenblicke später bebte der Boden unter Nainoas Füßen. Der Hengst kam bis auf zwei Armlängen heran, sah ihm mit seinem rechten Auge direkt ins Gesicht, drehte im letzten Moment ab und sprang mit einem wütenden Aufschrei über die Rinne. Der Boden zitterte, als er aufsetzte und, ohne in der Bewegung innezuhalten, in immer engeren Kreisen um Nainoa herumlief, über den Graben sprang und Nainoa zwang, sich ständig zu drehen, damit er ihn vor sich hatte. Nainoa wurde schwindlig, während der Hengst mit rollenden Augen näher und näher rückte. Er war außerordentlich aggressiv, möglicherweise, weil sich seine Rivalen in der Nähe befanden. Nainoa befürchtete schon, daß ihn das Pferd angreifen würde. Dann würde er es töten müssen, um sich zu retten.

Plötzlich blieb der Hengst am Grabenrand stehen. Nainoa sprang auf die andere Seite. Der Graue rollte die Augen, blähte schnaubend die Nüstern und schüttelte zornig den Kopf. Mit einem Auge blickte er zu den Stuten, die auf halber Strecke zum See stehengeblieben waren. Nainoa fluchte innerlich. Vielleicht hatten sie den Geruch der Ennu-Jäger gewittert.

Der Hengst funkelte Nainoa an. Er schüttelte erneut den Kopf, schnaubte und stieg. Nainoa packte den Speer, bereit für den Angriff. Der Hengst senkte den Kopf und bog den Hals, und die dichte schwarze Mähne wehte hoch, während er sich nach vorn fallen ließ, mit den Vorderhufen wieder auf den Boden kam und stampfend seine Absicht kundtat.

Nainoa rührte sich nicht. Er wollte dieses Tier nicht töten; er hätte damit nur der Herde und den Ennu geschadet. Der graue Hengst schnaubte und zitterte vor Erregung. Plötzlich fühlte Nainoa die große Kraft dieses Tiers und hatte keine Angst mehr vor ihm. Die Kraft strömte in Nainoa, als er dem Hengst Auge in Auge gegenüberstand im sicheren Bewußtsein, daß er ihn nicht töten würde.

Der Hengst bog den Hals und kam näher. Nainoa begann, in ruhigem gleichmäßigem Ton zu ihm zu sprechen. Er sagte einen althawaiischen Segensspruch für den Hengst und seine Stuten und bat ihn wegzugehen:

«E ho'omaikai keia po'e lio.»

Der Hengst blieb verunsichert stehen. Nainoa sprach in dem gleichen getragenen Tonfall weiter: «... Ich will dir nichts Böses. Wir brauchen nur eine oder zwei von deinen überschüssigen Stuten für die hungrigen Menschen im Lager. Mehr wollen wir nicht. Wir werden nur nehmen, was wir brauchen, und wir werden ihren Geistern feierlich danken. Ich bitte dich, großes Pferd, durch dein *aumakua* – nimm meinen Segen und meine guten Wünsche und geh jetzt zu deinen Stuten.»

Während Nainoa seine Bitte wiederholte, sah ihn der Hengst unverwandt an. Dann schüttelte er die schwarze Mähne und warf einen

Blick zur Herde. Mit einem letzten zornigen Schnauben machte er kehrt und galoppierte in Richtung des Sees. Nainoa schaute ihm nach, und dann schickte er ihm einen lauten, erlösten Schrei hinterher, der das Pferd weiter und weiter laufen ließ.

Als der Hengst an der Bodenrinne vorbei war, tauchten Kenojelak und die anderen Frauen aus ihrem Versteck auf. Die halbwüchsigen Kinder sprangen schreiend hinter den Steinhaufen hervor und feuerten die Herde an, die sich donnernd in Bewegung setzte. Die Falle schnappte zu. Von den Pfeilen der Jäger getroffen, brachen zwei Stuten zusammen.

Die übrigen Tiere galoppierten nach Osten, wo es langsam zu tagen begann. Der graue Hengst trieb sie am Seeufer entlang, bis nur noch eine Staubwolke von ihnen zu sehen war.

Nach der gefährlichen Begegnung mit dem Hengst atmete Nainoa mehrere Male tief ein, während er entspannte und das *mana* aus seinen zitternden Muskeln floß. Eines der erlegten Pferde lebte noch; es trat um sich und schrie, bis es ein Jäger mit seinem Speer tötete. Nainoa ging über die Prärie auf die Männer zu, die sich um die Beute versammelt hatten. Kenojelak gesellte sich zu ihm. Sie sah ihn nachdenklich an und sagte:

«Du weißt, wie man mit Pferden umgeht – und mit Frauen.»

Lächelnd legte er den Arm um sie und strich mit den Fingerspitzen leicht über ihre Brust. Dann drückte er sie an sich und küßte sie. Weil sie jedoch auf dieser offenen Prärie weithin sichtbar und nicht allein waren, ließ er sie wieder los. Hand in Hand gingen sie zu den Jägern.

«Was hast du zu dem Pferd gesagt?» fragte sie plötzlich und sah ihn neugierig an. Nainoa übersetzte die althawaiischen Worte so gut er konnte. Sie schwieg einige Augenblicke, dann fragte sie: «Was ist *aumakua*?»

Es dauerte etwas, bis Nainoa die Ennu-Worte sorgfältig zusammengesetzt hatte. «*aumakua* ist das Unsterbliche, das Geistige in uns. Es ist immer im Reich der Geister, und es kann durch die Zeit reisen. Alles hat ein *aumakua* in der Geisterwelt. Auch die Pferde. Ich habe mit dem Pferd durch seinen Geist gesprochen.»

Kenojelak dachte eine Weile nach. «Du mußt mit William über diese Dinge sprechen», sagte sie. «Er ist *ungagok*.»

«Was ist das? *Ungagok*?»

Kenojelak sah ihn aus den Winkeln ihrer langen blaugrauen Augen schelmisch an. «Frag William – aber erst, wenn wir gebadet haben.»

Sie näherten sich den Jägern und den eben erlegten Pferden. Eines der Mädchen war ins Lager geschickt worden, um die Nachricht von der erfolgreichen Jagd zu überbringen und Hilfe für den Transport des Fleischs zu holen. Andere hielten auf den umliegenden Hügeln Ausschau nach Raubkatzen oder Bären, die ihnen die Beute streitig machen könnten.

Die größere Stute, ein Tier mit geflecktem Fell, war von Williams Wurfspeer ins Herz getroffen worden. Die kleinere dunkle Stute war von mehreren Pfeilen getroffen – einmal im oberen Teil des Rumpfs, wo ein Pfeil die Nieren durchbohrte, und einmal in den Hals. William hatte am besten gezielt. Er jagte am liebsten mit einem Speer, den er mit Hilfe eines *baton*, eines Stocks mit einem kleinen Haken am Ende, warf. Der *baton* wirkte wie eine Verlängerung von Williams Arm, so daß er den Speer kraftvoll und zielsicher auf große Entfernungen schleudern konnte. Nainoa warf William einen anerkennenden Blick zu und sagte: «Gut gemacht.»

Der alte Jäger lachte und machte eine geringschätzige Bemerkung über seine Hinfälligkeit und zeigte seine zitternden Hände. Alle lachten, auch diejenigen, die enttäuscht waren, daß ihre Pfeile nicht getroffen hatten. Ein guter Ennu-Jäger mußte nicht nur sein Handwerk verstehen, sondern auch darauf achten, daß er die anderen nicht neidisch machte.

Die Fröhlichkeit, die William ausgelöst hatte, griff auf alle über und steigerte sich zu ausgelassener Freude. Die Jagd war gut verlaufen, niemand war verletzt worden. Als sich William an Nainoa wandte und fragte: «Was hast du zu dem Hengst gesagt?», horchten die Umstehenden auf.

Nainoa schätzte die Entfernung zwischen der Stelle, wo er vor dem Hengst gestanden, und der, wo William sich versteckt gehalten hatte, und dachte, daß an der Sehkraft des Alten nichts auszusetzen war. Als er wiederholte, was er Kenojelak geantwortet hatte, sahen ihn die Ennu nachdenklich an.

Auch William schwieg eine Weile. Dann sprach er ein kurzes Gebet bei den Pferden und bat um Vergebung, ihr Leben vorzeitig beendet zu haben. Er sagte mit ähnlichen Worten wie Nainoa, daß es nur geschehen war, um die hungrigen Menschen im Lager zu ernähren, und bat die Geister der Pferde, noch bis zum Abend zu bleiben, um die Lieder zu hören, die die Ennu ihnen zu Ehren singen würden. Dann könnten sie in der Geisterwelt frei umherlaufen, wo sie hoffentlich viel saftiges Gras und einen starken Hengst finden würden. Und er wünschte ihnen eine gute Reise.

Die Jäger unterstrichen seine Worte mit einem lauten *«Okshooni! . . . Okshooni!»*

William machte als ältester Jäger den ersten Schnitt. Mit einer einzigen kräftigen Bewegung zog er das Steinmesser über den Bauch der gefleckten Stute. Dann vertiefte er den Einschnitt und steckte den Arm fast bis zur Schulter in den Pferdeleib, bis er die Stelle fand, wo die Speiseröhre durch das Zwerchfell in den Magen führt. Er drückte sie ab, trennte sie mit einem raschen Schnitt und zog die Eingeweide heraus, die er vom Bindegewebe befreite und weiterreichte. Dann griff er erneut in den Leib, durchtrennte den Darm an der Stelle, wo er den Körper verließ, und holte die übrigen Verdauungsorgane heraus. Mit dem Grabstock machte er eine Grube für die dampfende Masse, die sie aus dem Gedärm pressen würden.

Dann nahm er das zweite Pferd aus, und alle machten sich an die Arbeit. Nainoa begann, mit seinem langen Messer das gefleckte Pferd abzuhäuten. Das Fleisch würde für mehrere Tage reichen. Seit sich Williams Gruppe vor einigen Tagen zwei weitere Scharen angeschlossen hatten, lebten über hundert Menschen im Lager. Nainoas Anwesenheit hatte bei den Neuankömmlingen großes Aufsehen erregt, und mehrere Abende lang wurden Geschichten über ihn und seine Herkunft erzählt. Alle waren von seiner großen Erscheinung fasziniert, aber auch von seinen Waffen und von der Härte seines eisernen Speers und seines Messers. Die Frauen hatten Kenojelak ausgefragt und über ihre Antworten gekichert oder derb gelacht.

Nainoa sah zu Kenojelak, die auf der anderen Seite des Kadavers arbeitete. Mit gespreizten Beinen stand sie über den Tierleib gebeugt und zog ein rundliches, von Fett bedecktes Organ heraus. Blut spritzte über ihre Brüste und ihren Bauch. Mit einer kräftigen Drehung preßte sie eine glänzende, bläulich geäderte Niere aus ihrer Umhüllung und biß ein ordentliches Stück davon ab, bevor sie Nainoa den Leckerbissen hinhielt. Er lächelte und reichte die Niere an ihren Vater weiter. Nainoa aß Pferdefleisch immer noch lieber gekocht. Kenojelak zog ihn deswegen auf, während es sich alle anderen schmecken ließen.

Was würden die Hawaiianer von Kenojelak denken? Er würde sie nie zu seinen Leuten mitnehmen können. Sie könnte keine Dienerin in einem Häuptlingshaushalt werden. Wie würde es ihr in einer Gesellschaft ergehen, die auf Privilegien beruhte, in der Männer und Frauen den größten Teil des Tages in verschiedenen Welten lebten und getrennt aßen? Die Ennu liebten es, mit so vielen Verwandten wie möglich zusammenzuleben. Wie könnte er sie an einen Ort bringen, wo sie niemanden kannte und wo sie die Sprache nicht verstand? Was würde ihr ein solches Leben antun? Könnte er selbst – nachdem er jetzt ein Häuptling war – jemals wieder ein Untergebener sein?

Nainoa lächelte bitter. Er wußte, daß er bei den Ennu wahrscheinlich bis ans Ende seines Lebens bleiben konnte, doch tief im Herzen wußte er auch, daß er eines Tages in seine Welt, zu Häuptling Kaneohe und zu seinem Volk zurückkehren würde.

Inzwischen trafen die Leute aus dem Lager ein, und bald waren die Pferdekadaver in tragbare Teile zerlegt. Das Fleisch wurde in Streifen geschnitten und zum Tragen über lange Stangen gehängt. Die großen Markknochen wurden unzerteilt mitgenommen, ebenso Teile des Rückens und der Rippen, an denen noch Fleisch hing. Die Schädel und Hufe wurden sorgfältig zusammengebunden und in einen Baum am See gehängt, damit sich keine Aasfresser darüber hermachten. Das seien sie den getöteten Tieren schuldig, hatte ihm William erklärt.

«Unsere Nahrung und unsere Kleidung bekommen wir von den Tieren, die wir töten», sagte er. «Wenn ihre Geister mit der Art, wie wir mit ihren Überresten umgehen, unzufrieden sind, werden sie uns nicht erlauben, mehr von ihnen zu töten. Dann würden wir kein Glück mehr bei der Jagd haben. Die Ennu würden Hunger leiden und sterben. Deshalb hängen wir ihre sterblichen Überreste in Bäume, genauso, wie wir es mit den unseren tun.»

Die Ennu verkehrten mit den Geistern ohne eine formalisierte Religion. Sie verehrten sie auch nicht. Sie hatten einfach großen Respekt vor ihnen – und sie fürchteten sie. Deshalb befolgten sie bestimmte *kapus*, die dazu dienten, die Tiergeister zu beschwichtigen. Zum Beispiel kochten sie nie Fisch und Fleisch zusammen oder Fisch und Geflügel oder Fleisch und Geflügel, weil das Fleisch von Landtieren, Wassertieren und Vögeln aufgrund ihres unterschiedlichen Wesens nicht miteinander in Berührung gebracht werden sollte. Ein anderes *kapu* verbot der Frau des Jägers, am selben Tag, an dem ihr Mann ein Tier getötet hatte, Kleidung herzustellen. Und sie durfte am Tag vor der Jagd nicht mit ihm schlafen.

Als sie im Lager ankamen, das sie an einem bewaldeten Hang oberhalb des Sees errichtet hatten, herrschte große Freude über die große Menge Fleisch und das viele Fett, denn gewöhnlich waren die Tiere um diese grasarme Jahreszeit mager. Die Jäger, die die Tiere erlegt hatten, verteilten das Fleisch unter den Familien, wobei sie sich Zeit ließen und darauf achteten, daß alle Angehörigen der drei Gruppen gleich viel bekamen. Ein Teil des Fleischs wurde sofort gekocht, anderes in Streifen geschnitten und über dem Feuer getrocknet, wo es auch vor den Hunden sicher war. Alle unterhielten sich angeregt über die Einzelheiten der Jagd, und Nainoa hörte des öfteren seinen Namen.

Am Nachmittag gingen Nainoa und Kenojelak zu ihrem einsamen Badeplatz. Sie schlenderten über das Grasland auf die Bäume zu, hinter denen sich ein Fluß verbarg, der in den See mündete. Kenojelaks Hunde begleiteten sie.

Die meisten Kinder aus dem Lager spielten und schwammen am seichten Ufer des Sees, wo sie von den Müttern beaufsichtigt werden konnten. Einige Jungen auf dem breiten Strand spielten unter großem Hallo mit einem Spielzeug aus dem Schulterblatt eines Pferdes. An dem flachen Knochen, in den mehrere verschieden große Löcher gebohrt waren, hing an einer langen Schnur ein angespitzter Unterschenkelknochen von einem Hirsch. Die Jungen schleuderten die

Knochenplatte in die Luft und versuchten, sie beim Herunterfallen aufzufangen, indem sie mit dem spitzen Stift von unten her in eines der Löcher zielten.

Kenojelak bemerkte, daß Nainoa in Gedanken woanders war, aber sie sagte nichts. Als sie unter den Weiden und Tupelobäumen anlangten, wusch sie im Fluß das getrocknete Blut aus ihrer Kleidung und hängte sie über die Büsche zum Trocknen. Dann wusch sie sich selbst. Nainoa schaute ihr zu. Wie immer war er entzückt von ihrer Anmut und Schönheit. Sie löste ihre dicken Zöpfe, schüttelte das Haar aus und zeigte ihm ihren Körper auf eine Weise, von der sie wußte, daß sie ihn erregte. Dann löste sie sein geflochtenes Haar und bat ihn, sich rücklings auf einen großen Stein am Wasser zu legen, damit sie es waschen konnte. Sie streichelte ihn mit ihren Brüsten, bis sich seine Stimmung hob und er sie lachend in die Arme nahm. Sie liebten sich lange und genüßlich, und danach schliefen sie eine Weile eng umschlungen im schattigen Gras.

Das Licht hatte sich verändert, als Nainoa erwachte. Kenojelak sah ihn mit ihrem ernsten Blick an. «Nainoapak», sagte sie. «Hast du eine Frau in deinem Volk, die dir fehlt?» Die Frage überraschte ihn, und er versicherte ihr, daß es nicht so war.

«Gibt es dort eine Frau, die du zur Ehefrau nehmen möchtest?» Er verneinte auch das.

Sie schaute ihn ernst an. «Du hast dich heute verändert. Sag mir, was es ist, damit ich es verstehe.»

Er schilderte ihr also sein früheres Leben. Er hatte schon früher über die Struktur seiner Gesellschaft gesprochen, aber er hatte sie noch nie so in Frage gestellt wie heute. Kenojelak hörte ihm sehr ruhig zu und unterbrach ihn nur hin und wieder, um seine Aussprache zu berichtigen oder einem Ausdruck die richtige Endung zu geben.

Er erzählte ihr von seiner Suche und seiner Verpflichtung gegenüber Häuptling Kaneohe, der Pferde haben wollte. Er sprach von seinem Platz in seiner Gesellschaft und wie wichtig es für sein Volk sein würde zu erfahren, was er ausgekundschaftet hatte.

«Deshalb werde ich zurückgehen müssen», sagte er. «Und wenn ich daran denke, bin ich traurig, denn du wirst hier bei deinem Volk bleiben. Ich kann dich nicht mitnehmen. Du würdest in meiner Welt nicht glücklich sein.»

Kenojelak lag still in seinen Armen, und ihm tat das Herz weh bei dem Gedanken, ohne sie leben zu müssen. Dann setzte sie sich auf und sagte: «Warum bleibst du nicht bei uns? Das Leben ist gut. Das Land ist voller Wild, der See voller Fische. Es gefällt dir hier. Ich fühle jeden Tag, daß du glücklich bist. Nur heute, als du an dein Volk und dein früheres Leben gedacht hast, warst du unglücklich.»

Nainoa blickte in ihr ernstes Gesicht. Was sie sagte, war wahr. Er war sehr glücklich hier. Er könnte bleiben – und doch wußte er mit einem Teil seines Herzens, daß er zurückgehen mußte. Er würde zu Ende bringen müssen, was er begonnen hatte. Dieser Kreis seines Lebens mußte geschlossen werden, bevor ein neuer beginnen konnte. Das sagte er auch zu Kenojelak. Ihre Augen füllten sich mit Tränen.

«Ich verstehe nicht, warum du gehen mußt», sagte sie. «Aber wenn du meinst, daß du gehen mußt, dann wirst du gehen.» Die Tränen liefen ihr über die Wangen und tropften auf seine Haut. Er zog sie an sich. Er hatte das Gefühl, etwas unsäglich Kostbares zu verlieren.

Plötzlich richtete sich Kenojelak wieder auf und lächelte ihn durch ihre Tränen an. Ihre Augen strahlten vor Lebendigkeit und Energie, und sie sagte: «Aber du wirst zu mir zurückkommen. Ich fühle es ganz deutlich. Du wirst zu deinem Volk zurückkehren und dort tun, was du tun mußt. Und dann wirst du dich an dein Leben bei uns erinnern und an deine Ennu-Frau.»

Sie lachte leise. Dann legte sie ihr langes Bein über ihn und küßte ihn, wie sie es von ihm gelernt hatte. Und er wußte, daß sie recht hatte. Er küßte sie wieder und strich zärtlich über ihre warme Haut und ihren schönen Körper.

Später lächelte sie ihn träge an und sagte: «Jetzt kannst du William fragen, was *ungagok* ist.»

Es dämmerte bereits, als sie sich anzogen. Kenojelak füllte ihren großen, eng geflochtenen Wasserbehälter. Nainoa half ihr, ihn auf den Rücken zu nehmen, und sie legte sich den weichen ledernen Tragriemen über die Stirn.

Während sie zum Lager zurückgingen, verschwammen die Konturen des Landes in der zunehmenden Dämmerung, und Nainoa fühlte seine Verbindung mit dem Geist des Landes. Für die Ennu hatten selbst unbelebte Dinge einen Geist und eine gewisse Handlungsfähigkeit. Ob Mensch, Tier, Pflanze, Felsengebirge oder Kieselstein, ob Wolke, Regenbogen oder Gewitter – alles war für sie heilig, intelligent und voll mystischer Kraft. Jedes Ding hatte eine ihm gemäße Aufgabe, die für das Leben im Universum wichtig war, die zur Ordnung und zur Aufrechterhaltung des Gleichgewichts diente und Unordnung in Grenzen hielt. Wenn eine der vielen Erscheinungsformen ihre Aufgabe nicht erfüllte, mußten alle darunter leiden. Besonders von den Menschen wurde verlangt, daß sie pfleglich auf die Ordnung und das Gleichgewicht achteten. Alles, was ein Mensch tat, dachte, anstrebte und fühlte, diente entweder dem größeren allgemeinen Guten oder es schadete. Nainoa begriff, daß er sehr vorsichtig sein mußte, wenn er beschloß, seinen Auftrag zu Ende zu führen.

Als Nainoa und Kenojelak ins Lager zurückkamen, war das Fest bereits in vollem Gang. Die Menschen feierten die erfolgreiche Jagd und die Vereinigung der verschiedenen Sippen. Sie tanzten, lachten, spielten Spiele und schwatzten. Sie aßen und sangen, und jeder tat, wonach ihm der Sinn stand. Alle waren fröhlich. Das Leben war gut.

Kenojelak hängte ihren Wasserbehälter an den Baum neben ihrer Hütte und ging zu ihrer Mutter, die mit anderen älteren Frauen vor ihrer Hütte kochte. Kovak begrüßte ihre Tochter mit einer Bemerkung, die Kenojelak erröten ließ. Die anderen lachten und warfen Nainoa anerkennende Blicke zu. Kenojelak füllte Nainoas Eßschale mit Fleisch und reichte sie ihm. Er grinste die Frauen an und zog sich, gefolgt von ihrem derben Gelächter, zurück. Das Pferdefleisch war gesalzen, mit Kräutern gewürzt und schmeckte köstlich. Er dankte dem Geist des Pferdes.

Das halbe Lager spielte Tauziehen. Die Männer einer Schar waren gegen die einer anderen angetreten und zogen, was das Zeug hielt, an einem langen Seil, um die gegnerische Mannschaft über eine schlammige Pfütze zu ziehen. Sie zerrten und grunzten, lachten und furzten und schrien laut nach ihren Frauen, die beim Ziehen mithelfen sollten. Als Nainoa auftauchte, wollte ihn jede Mannschaft für sich haben. William schrie, als sein Schwiegersohn habe Nainoa gefälligst bei ihm mitzuziehen. Die anderen boten ihm ihre Ehefrauen und Töchter an – «Aber nur vorübergehend, Nainoapak!» –, wenn er bei ihnen mitziehen würde. Und so ging es hin und her mit viel Geschrei und Gelächter.

Nainoa lächelte. Tauziehen war auch bei den Hawaiianern ein beliebtes Spiel. Er ging neben dem Schlammloch auf und ab, aß und gab beiden Seiten gute Ratschläge. Inzwischen versammelte sich das ganze Lager, um zu sehen, wie das Spiel ausgehen würde. Als Nainoa aufgegessen hatte, gab er Kenojelak die leere Schale und schloß sich Williams Mannschaft an.

Er fühlte das gespannte Seil in der Hand, und dann tat er etwas, das ihn Nagai vor langer Zeit gelehrt hatte. Er stellte sich vor, daß ihn *mana* erfüllte, daß die Kraft durch seinen Kopf in seinen Körper strömte. Er schloß die Augen, atmete mehrere Male tief ein, und dann fühlte er, wie sein *mana* zunahm. Ein warmes Prickeln lief über seinen Rücken, auf seinen Armen und Beinen bildete sich eine Gänsehaut, und als die Kraft eine bestimmte Intensität erreicht hatte, setzte er sie in Bewegung um und zog, langsam und stetig, und verhalf seiner weitverzweigten Familie zum Sieg.

Nun hatten die Frauen erneut Grund, Nainoas Größe und Kraft zu bewundern und Kenojelak zu necken, während sich die Verlierer aus dem Schlamm aufrappelten und zum See liefen, um sich zu waschen. Kenojelak holte noch etwas von dem würzigen Pferdefleisch, und dann schlenderte sie mit Nainoa durch das Lager. Einige Mütter spielten mit ihren Kindern Fadenabheben. Sie kannten viele verschiedene Muster, die alle einen Namen hatten, und wußten zu jedem eine Geschichte oder ein Lied.

Junge Mädchen kamen ihnen entgegen und sangen aus dem Stegreif ein Lied über den Riesen Nainoapak, der aus dem Wald gekommen war, und über die große Kenojelak, die ihm Kinder schenken würde. Kenojelak flüsterte ihm ins Ohr, daß sie sich das auch wünschte und daß sie starke und kluge Söhne haben würden, die genauso erfolgreiche Jäger werden würden wie ihr Vater. Nainoa flüsterte zurück, daß sie vielleicht Töchter bekommen würden, kluge, schöne und leidenschaftliche Töchter wie ihre Mutter. Kenojelak lachte und zwickte ihn ausgelassen, und ihre Zähne blitzten in der Dunkelheit.

Dann brachte jemand eine große runde Decke. Sie war aus mehreren großen Häuten zusammengenäht und am Rand mit Löchern versehen. Alle riefen nach Kenojelak. Sie stellte sich auf die Decke, Männer und Frauen ergriffen die Ränder der Decke, spannten sie und hoben Kenojelak in die Höhe. Dann zogen sie rhythmisch an der Decke, so daß Kenojelak darauf wippte, in die Luft geworfen und wieder aufgefangen wurde. Unter lauten Anfeuerungsrufen hüpfte sie zwei, drei Meter in die Höhe und machte in der Luft Purzelbäume und Drehungen. Ihre langen Beine vollführten immer groteskere, frechere und erotischere Bewegungen, bis das ganze Lager vor Begeisterung schrie.

Auch Nainoa, William und dessen Sohn Tagumi, die nebeneinander standen, lachten und kicherten, und nachdem Kenojelak ein besonders aufsehenerregender Sprung gelungen war, wandte sich William an Nainoa und zwinkerte ihm zu. «Komm mit, wir holen uns noch etwas zu essen», sagte er, «sonst können wir bei diesen Frauen nicht mithalten.»

Kovak füllte ihre Eßnäpfe randvoll, und Nainoa bemerkte, daß der Geist des Pferdes, dessen Fleisch sie aßen, eine sehr schöne Feier bekam. William und Tagumi stimmten ihm zu. Die Seelen der erlegten Pferde, sagte William, würden jetzt allen anderen Pferdegeistern erzählen, daß die Menschen ihnen zu Ehren gesungen, getanzt und sie mit Musik unterhalten hatten.

«Die Geister der Tiere lieben Musik», sagte er. «Und nachdem sich die Seelen der Pferde an unseren Liedern erfreut haben, werden sie in die Geisterwelt zurückkehren. Sie werden uns erlauben, weiterhin Pferde zu töten, damit auch ihre Geister aus den Leibern herauskommen und uns besuchen können. Deshalb werden wir gute Beute machen. Wenn wir richtig feiern», fuhr er fort, «und unsere Nachbarn, die Hirsche, Pferde oder Elefanten, gastfreundlich unterhalten, dann werden die Seelen der Tiere immer wiedergeboren, und wir werden immer genug zu essen haben.»

Nainoa wandte sich an William und sah ihm fest in die Augen. «Sag mir, was ist für die Ennu die Seele?»

William und Tagumi sahen ihn schweigend an. Dann wies der ältere Mann auf den Hügel über dem Lager, als wollte er sagen: Laß uns an einen ruhigen Platz gehen und reden. Dann warf er seinem Sohn einen Blick zu, der zu seiner Hütte ging und mit einer großen aufgerollten Haut wiederkam. Sie stiegen auf den Hügel, von dem aus sie über das Lager und das offene Land blicken konnten, und breiteten die Haut auf einem Platz unter einem Baum aus.

In der Ferne brüllte ein Löwe. William lächelte. Der Löwe, erklärte er, ließ alle anderen Löwen wissen, wo er war, damit sich die anderen Löwenmännchen fernhielten. Die Männer setzten sich und sahen zu, wie der Mond hinter den Hügeln auf der anderen Seeseite aufging und in den dunkler werdenden Himmel stieg.

Nainoa sah William an. «Bei meinem Volk», sagte er, «ist die Seele das eigentliche Leben eines jeden Menschen oder sein Bewußtsein. Sie ist anders und getrennt vom *aumakua*, der höheren geistigen Ebene des Ich. Das *aumakua* lebt in der Geisterwelt. Alles in der Natur hat ein *aumakua*, aber ob auch alles Seelen hat wie wir Menschen, wissen wir nicht.»

William dachte eine Weile nach. Dann sagte er: «Wir meinen auch, daß alles ein eigenes Wesen hat. Für uns hat dieses Wesen drei Eigenschaften. Es gibt erstens den persönlichen Geist von jedem lebendigen und nicht lebendigen Ding, den wir *dorniok* nennen. Vielleicht ist *dorniok* dasselbe, was du *aumakua* nennst. Dann gibt es *onerniok*, den Atem, der Tiere und Menschen mit Leben erfüllt; deshalb haben wir Verbindung mit dem Luftgeist und verfügen über mehr Kraft als die Pflanzen und Steine, die keinen Atem haben.»

Nainoa hatte Mühe, dies alles zu verstehen. Doch plötzlich warf er aufgeregt ein: «Was du *onerniok* nennst, könnte das gleiche sein wie unser *ha*, der Atem des Lebens. Wir haben ihn nur, wenn wir lebendig sind. Wenn wir sterben, hauchen wir unser *ha* aus, und es kehrt zurück ins Universum, wo es sich wieder mit der Lebenskraft verbindet, von der es ein Teil ist.»

William nickte. «Außer *dorniok* und *onerniok*», fuhr er fort, «haben wir Menschen noch etwas anderes. Wir unterscheiden uns von allen anderen sichtbaren Dingen, weil jeder von uns einen Namen hat. Wir nennen diese Seite des Ich *odiok*, die Namensseele, und sie hat ziemlich viel Kraft. Deshalb sind wir Menschen mächtiger als Tiere, Pflanzen oder Steine. Du siehst also, daß Tiere eine Seele haben, aber nicht so wie wir. Tiere haben nur zwei von diesen Eigenschaften der Seele, Pflanzen und Steine nur eine.»

Nainoa überlegte eine Weile. «Und was geschieht mit diesen Eigenschaften der Seele, wenn wir sterben?» fragte er dann.

William betrachtete den Mond, während er antwortete. «Wenn der Leib stirbt, löst er sich langsam in der Erde auf, aber unsere Seeleneigenschaften gehen in die Geisterwelt, wo sie bleiben, bis sie neu zusammengesetzt und als ein anderes menschliches Wesen wiedergeboren werden. Wenn ein Kind im Leib der Mutter heranwächst, ist es ohne einen persönlichen Geist, bis es sich zum ersten Mal bewegt. Diese erste Bewegung ist das Zeichen, daß sein *dorniok* gekommen ist. Es geht und kommt, bis es sich während der letzten Schwangerschaftsmonde in dem Kind niederläßt. Wenn das Kind geboren wird, erhält es vom Luftgeist mit dem ersten Atemzug *onerniok*, die Lebenskraft. Und *odiok* erhält das neue Kind von denen, die ihm seinen Namen geben.»

Und William schloß lächelnd: «Der große Kreislauf von Leben und Tod ist ein endloses Kommen und Gehen. Von unseren weisen Vorfahren und unseren Geisterhelfern wissen wir, daß jeder von uns zahllose Leben gelebt hat und daß wir als unsere Nachfahren zahllose Leben leben werden. Deshalb wird es uns immer geben, wir werden wachsen, jagen und das Leben genießen und ständig versuchen, dem Geheimnis unseres Daseins auf die Spur zu kommen. Das ist unser Schicksal.»

Die drei Männer saßen eine Weile schweigend nebeneinander. Der Mond leuchtete hell über dem See. Und dann erzählte Nainoa von seinen mystischen Erlebnissen. Er begann mit der Begegnung in der Ruinen*siti*, wo ihm der unglaublich starke Schattengeist erschienen war. Er sprach von seinen merkwürdigen Begegnungen mit dem Tigermann und dem Waldgeist, von seiner Vision des Weltenbaums, die zu einer atemberaubenden Reise in eine Ebene von abstrakten Mustern und Symbolen führte, und von seinem Geisterflug mit dem

Bussard, bei dem er die Hütten der Ennu gesehen hatte in jenem Tal, wo sie ihn später fanden.

Es fiel Nainoa schwer, diese Dinge in der Sprache der Ennu auszudrücken, aber William und Tagumi hörten ihm zu, ohne ihn zu unterbrechen.

Dann erzählte er von seinen Begegnungen mit dem Amerikaner, den er anscheinend in Hawaii in der Zeit vor dem Untergang besucht hatte, wie sich sein Bewußtsein von seinem Körper trennte und durch Zeit und Raum reiste, um sich mit dem Bewußtsein eines anderen Menschen zu verbinden. Er schilderte, was er gesehen hatte, und sprach von seinem Verdacht, daß sich der Amerikaner mit ihm hier verbinden könnte, und daß er seine Anwesenheit an diesem Morgen gefühlt hatte, als er die Pferde beobachtete. Er äußerte auch seine Vermutung, daß der Amerikaner einer seiner Vorfahren sein könnte.

«Aber wie kann ich herausfinden, ob es so ist?» fragte er William zitternd vor Aufregung. «Wie ist die Verbindung mit dem Amerikaner möglich? Wie entsteht sie?»

William legte die Hand beruhigend auf Nainoas Arm. «Es gibt einige Dinge, die wir nicht wissen können», sagte der Alte. Er wies auf die mondhelle Landschaft. «Zum Beispiel, warum es dies alles gibt. Aber es gibt einige unter uns, die zu den Geistern gehen und mit den Geisterreichen und den Wesen, die dort wohnen, Verbindung aufnehmen können. Diese Erfahrungen können wir auf verschiedene Weise verstehen. Jeder gewahrt die Geister auf seine Weise, je nachdem, was er denkt, glaubt, wie er sich im alltäglichen Leben verhält. Doch es gibt einige Ähnlichkeiten . . .» Plötzlich verstummte er.

Nainoa wollte das Gespräch noch nicht enden lassen. «Wirklichkeit ist das, was wir für wirklich halten», sagte er.

«Ja», antwortete William.

Und nach einer Pause fragte Nainoa: «Was ist *ungagok*?»

Der alte Mann sah seinen Sohn an, der jetzt zum ersten Mal sprach.

«Der *ungagok* ist ein lebender Mensch, der sich in Trance versetzen und mit den Geistern eine Verbindung haben kann», sagte er. «Er kann in die Geisterwelten reisen und bei den Geistern für sein

Volk bitten. Wir nennen die Geistergänger auch *bozdesprii*, die Geistermeister.»

Nainoa dachte darüber nach. «Es gibt solche Leute auch bei den Hawaiianern», sagte er, «und wir nennen sie auch Geistermeister.» Und an William gewandt fuhr er fort: «Ich brauche einen Menschen, der solche Fähigkeiten und Kenntnisse besitzt. Ich muß verstehen, was ich bei meinem Gang durch den großen Wald und durch die Berge erlebt habe. Bist du ein Geistergänger, William?»

Tagumi wirkte beunruhigt, als er für William antwortete. «Du mußt eines verstehen, Nainoapak. Die Geister sind immer zugegen, und sie verachten Überheblichkeit. Wenn jemand laut sagen würde, er sei ein Geistergänger, würde das den Geistern nicht gefallen. Es wäre geprahlt. Kein *ungagok*, der etwas taugt, würde so etwas tun. Er würde sehr schnell seine Fähigkeiten verlieren. Mein Vater ist bei uns ein anerkannter Geistergänger, und nachdem er von deinen Erlebnissen gehört hat, glaube ich, daß er gern mit dir darüber sprechen würde.»

William sah seinen Sohn lächelnd an, während Nainoa seine Gedanken ordnete. «Ich habe vor dieser Reise zu euch nie mystische Erlebnisse gehabt», sagte er, «obwohl ich mich immer für die Fähigkeiten und Praktiken der Mystiker in meinem Volk interessiert habe.»

«Du hast vielleicht doch schon früher in deinem Leben mystische Erlebnisse gehabt», antwortete William nachdenklich, «aber du hast sie wahrscheinlich nicht bemerkt. Die Geisterwelt kann man sich nicht nur als einen Ort vorstellen, sondern auch als eine Bewußtseinsebene. Wenn der Geistergänger sich auf die Reise in die Wirklichkeitsebenen der Geister begibt, wechselt er seine Bewußtseinsebene. Die meisten Kinder tun dies. Hast du als Kind Geisterfreunde gehabt – eingebildete Freunde, mit denen du gespielt und gesprochen hast?»

Nainoa hatte solche längst vergessene Freunde gehabt: einen Waldfreund, mit dem er sich Abenteuer ausgedacht hatte; einen magischen Tiger, der ihn und den Waldfreund durch die Lüfte trug. Als sich Nainoa jetzt daran erinnerte, nahm er an, daß seine visionären Erlebnisse schon viel eher begonnen hatten.

«Diese Erlebnisse waren aber mehr wie Träume», sagte Nainoa, mit der Syntax der Ennusprache kämpfend.

«Sie sind so etwas wie Träume», sagte William. «Wenn du nachts schläfst, träumst du. Ein Teil deiner Seele verläßt deinen Körper und erlebt Abenteuer. Du triffst alte, weit entfernte Freunde und Geister an unwirklichen Orten. Die meisten Menschen tun dies, wenn sie schlafen. Der Geistergänger tut es mit Absicht, wenn er völlig wach ist. Seine Absichten und seine Ziele bringen ihn mit den Geistern zusammen.»

William hielt inne, als lauschte er auf etwas, das nur er hören konnte. «Menschen, die Geistergänger werden wollen, beginnen manchmal damit, daß sie die Geister bewußt suchen», fuhr er fort. «Sie müssen imstande sein, die Geister auf sich aufmerksam zu machen. Sie müssen sie dazu bringen, ihre Lehrer zu werden. Manchmal, wenn die Geister sie für würdig halten, sind diese Sucher erfolgreich.»

William sah Nainoa scharf an. «Aber manchmal, wenn sich jemand seiner Bestimmung nicht bewußt ist, stolpert er scheinbar zufällig darüber. Er führt ein gutes und angenehmes Leben, er weiß nicht, was die Geister mit ihm vorhaben. Und dann, eines Nachts, schicken die Geister Ongamayo, den Wächter, zu ihm, um zu sehen, wie er reagiert ...»

Nainoa dachte an den großen dunklen Schattengeist, den er gesehen hatte.

«Dann entscheiden die Geister», fuhr William fort, «ob dieser Mensch bereit ist. Wenn er auf den Wächter mit Angst und Schrekken reagiert und ihn als bösen Dämon wahrnimmt, ist er nicht bereit, und die Tür zur Geisterwelt bleibt verschlossen. Solche Menschen haben noch ein begrenztes Bewußtsein. Das Böse, das sie im Wächter sehen, ist das Echo der bösen Seite ihres eigenen Wesens.» William sah sich unbehaglich um. «Und die gewaltige Kraft, zu der der Wächter Zugang hat, kann diese Seite des Ich zu etwas wahrhaft Schrecklichem vergrößern.»

Dann lächelte William wieder, während er an Nainoa gewandt weitersprach. «Aber diejenigen, die bereit sind, ihr Schicksal anzunehmen, reagieren anders. Sie werden in dem Wächter das erkennen, was er ist. Sie werden staunen und fragen – wie du. Der Wächter wird sie auf die Probe stellen, und wenn sie bestehen, wird sich ihnen das Tor zur Geisterwelt öffnen.

Dann werden die Geister den zukünftigen Geistergänger lehren und ihm durch die Zone der Kraft Einlaß in ihr Reich gewähren. Nach allem, was du mir erzählt hast, bist du ein solcher Mensch, obwohl du es nicht gewußt hast, bis dir die Geister einen kleinen Einblick und einen Vorgeschmack von der großen Kraft gegeben haben, die du *mana* nennst.

Du wirst initiiert, Nainoapak. Du wirst eingeladen. Andere Geistergänger können dich vielleicht bis zu einem gewissen Ausmaß leiten und dir mehr Sicherheit geben. Wir können dir vielleicht manches erklären und vorschlagen, aber das ist auch schon alles. Die eigentlichen Lehrer sind die Geister. Nur sie können dem Geistergänger echtes Wissen und Kraft verleihen.»

William hielt inne. Er blickte auf die zahlreichen Hütten unter den Bäumen und sagte wie nebenbei, daß reden durstig mache. Tagumi stand auf und ging zum Lager hinunter. Sein Vater schaute ihm nach und fuhr dann fort:

«Die wichtigste Aufgabe des Geistergängers besteht darin, anderen zu helfen. Der *ungagok* ist der Fürsprecher seines Volkes oder seiner Gemeinschaft bei den Geistern. Alle haben Geisterhelfer, die ihnen beistehen. Sie sind sowohl Beschützer als auch Lehrer. Du hast anscheinend mindestens einen – den Geist, den du Tigermann nennst.

Der Geist des gefleckten Tigers ist ein mächtiger Verbündeter. Du hast ihn durch deinen Freund Nagai bekommen. Vielleicht war der gefleckte Tiger auch ein Geisterhelfer deines Vorfahren. Vielleicht haben sich die Menschen deiner Ahnenreihe schon immer gut mit ihm verstanden. Vielleicht war er zum Teil dafür verantwortlich, daß du und das Ich deines Vorfahren zusammengekommen sind.

Ich kenne die Antworten auf diese Fragen nicht. Aber du kennst sie. Sie sind alle in dir. Dein *aumakua* kennt alle Antworten auf die Fragen, die du dir stellst. Es wird dir viele Dinge eröffnen, wenn du weißt, wie du fragen mußt. Der erste Schritt besteht darin, daß du weißt, daß es dein *aumakua* gibt.

Durch den Wächter, der dich geprüft hat, hast du das innere Licht des Geistes und des Körpers erlebt. Dieses innere Licht ist für die meisten Menschen nicht wahrnehmbar, aber die Geister sehen es. Sie werden davon angezogen, und einige von ihnen werden dann die Geisterhelfer. Mit dem inneren Licht hast du Visionen erlebt. Du hast einen kurzen Blick auf die Geister und ihre verborgenen Welten werfen dürfen. Dein Leben wird sich ändern. Du bist gerufen worden, Nainoapak, und du kannst den Ruf nicht überhören. Wenn die Geister einmal jemand zum Geistergänger ausersehen haben, kann er die Einladung nicht ablehnen. Das wäre sehr gefährlich. Es gibt ein Muster im Geheimnis des Lebens, von dem wir alle ein Teil sind, und die Geister haben entschieden, daß die Zeit gekommen ist, daß du das wirst, was dir zu sein beschieden ist.

Jetzt mußt du deine Fähigkeiten, zu sehen und mit den Geistern umzugehen, verbessern. Eines Tages wirst du sie rufen können, wann immer du willst. Dann wirst du vieles vollbringen können und vieles lernen, was anderen Menschen verborgen ist. Aber erst mußt du lernen, wie man das macht. Dabei können dir dein Tigermann und vielleicht sogar ich helfen.

Aber es gibt noch etwas, was du verstehen mußt. Der Geistergänger sucht auf seinen Reisen in die inneren Welten nicht nur die Geister, sondern auch die Verbindung mit der Kraft des Universums, einer ewigen Kraft, die sogar über den Geistern steht. Du hast sie gefühlt in der Anwesenheit des Wächters, und die Geister erlauben dies nur den Geistergängern, die sie für würdig halten.

Dies alles und noch einiges mehr bedeutet, *ungagok* zu sein.»

Sie schwiegen beide und hörten dem Gesang und den Trommeln im Lager zu. Tagumi brachte einen Behälter mit Wasser und verschwand wieder.

William lächelte. «Manchmal erkennt man *ungagok* schon bei Kindern an besonderen Zeichen oder an ihrem Verhalten. Aber genausooft kommt es erst später im Leben durch ein plötzliches ungewöhnliches Erlebnis zum Vorschein. Manchmal wird ein zukünftiger Geistergänger schwer krank, und die Geister helfen ihm, gesund zu werden, und lehren ihn vielleicht, wie er oder sie anderen Kranken helfen kann, gesund zu werden.

Manchmal beginnt die Initiation mit einem inneren Erlebnis, einem merkwürdigen Traum oder einer Vision, die er jedoch in einem Zustand erlebt, in dem er weiß, daß er träumt und im Traum bewußt handeln kann. Die Geister kommen bei diesen Visionen zum künftigen Geistergänger, um ihn Dinge zu lehren, die anderen Menschen verborgen sind.

Bei mir war es so, daß ein Geist meinen Namen gerufen hat. Ich bin ihm gefolgt und war fast eine ganze Trockenzeit allein dort draußen.» William wies auf das weite mondhelle Land. «Während dieser einsamen Zeit erhielt ich mein inneres Licht und lernte von meinem Geisterlehrer. Ich hatte vorher genau wie du keine Ahnung, daß ich ein Geistergänger werden sollte.

Als du allein durch den Wald gewandert bist, warst du nicht durch dein gewohntes Leben abgelenkt, so daß sich dir die Geister nähern konnten. Der Geist, der in dem Stein deines Häuptlings wohnt, scheint auch etwas mit dir vorzuhaben. Du sagst, er kommt aus dem Land deiner Vorfahren. Vielleicht hatte er eine Beziehung zu deinem Vorfahren.»

Nainoa erinnerte sich an das Gesicht des Amerikaners, das ihn aus der Glaswand angesehen hatte.

«Vielleicht hat der Geist in dem Stein die Verbindung zwischen euch hergestellt. Dann hättest du schon einen zweiten mächtigen Verbündeten. Die Erdgeister sind uns in vielem sehr ähnlich, sie sind nur viel bewußter und wissen unendlich viel mehr als wir. Sie brauchen über nichts nachzudenken. Sie wissen es einfach. Sie sind in der Erde und in den Felsen und können sich darin bewegen wie im leeren Raum. Die Erdgeister sind der Verstand der Erde. Das Wissen, das sie besitzen, ist das gesamte Wissen des Universums.

Es ist bemerkenswert, daß du am Vorabend deiner Wanderung dem Geisterstein deines Häuptlings begegnet bist. Die Erdgeister wissen, daß unser menschlicher Geist lange Zeit in einem traumähnlichen Zustand ist. Sie wissen, daß wir erst erwachen müssen, um zu verstehen, wer und was wir wirklich sind. Sie erkennen das ganz deutlich und rufen uns, damit wir aufwachen. Dieser Ruf ist wie eine Kraft oder eine Macht, die eine starke Wirkung auf uns ausüben kann ...»

William schwieg. Eine Eule flog geräuschlos über sie hinweg. In der Ferne brüllte der Löwe. Die Nachtluft war weich und warm.

Nainoa sah im Geist das grimmige Gesicht des Steins vor sich. *«Ho'alahia!»* dachte er. «Erwache!» Er fühlte sich ein wenig schwindlig, als säße er am Rand eines Abgrunds, der tief in die Erde reichte und aus dessen schattiger Tiefe Gedanken und Bilder emporstiegen. Ein Teil von ihm schien wie aus weiter Ferne und irgendwie getrennt von ihm Williams Worten zu lauschen, und er fragte sich, ob es der Amerikaner war.

Der Gedanke erschreckte ihn nicht mehr. Er akzeptierte seine Visionen und die Verbindung. Sie waren ein Teil des großen Ganzen. Als er darüber nachdachte, legte William die Hand auf seinen Arm und sagte: «Ich fühle die Anwesenheit eines anderen. Ist er das?»

«Vielleicht – ich weiß es nicht», sagte Nainoa verblüfft. «William, ich möchte meine Verbindung mit ihm vertiefen. Ich möchte ihm begegnen. Es gibt so vieles, worüber ich mit ihm sprechen möchte. Wäre das möglich?»

Der alte Mann hob die Schultern. «Wer weiß schon, was möglich ist? Dein Wunsch und deine Fähigkeiten werden bestimmen, was für dich möglich ist. In der Geisterwelt geht die Zeit in beide Richtungen. Wenn du einmal in diese Bewußtseinsebene hinübergewechselt bist, kannst du gehen, wohin du willst. Erzähl mir etwas von ihm, Nainoapak. Wie sieht er aus? Wie lebt er?»

Nainoa überlegte. «Er ist groß, aber kleiner als ich. Er ist älter, ein Gelehrter. Sein Gedächtnis ist voller Worte – sein Haus voll von Wundern.» Er schilderte seine visionären Begegnungen so genau wie möglich und meinte schließlich: «Er kommt mir auf merkwürdige Weise vertraut vor – wie ein alter Freund oder Bekannter. Ich habe das Gefühl, als würde ich ihn gut kennen. Aber das ist natürlich nicht möglich.»

Nainoa wurde sehr still, als ihm noch etwas einfiel. «Seine Frau erinnert mich an Kenojelak», sagte er. «Sie sind sich körperlich ähnlich – aber auch geistig, auf der *aumakua*-Ebene. Ich weiß nicht, woher ich das weiß. Es ist nur ein Gefühl.»

William trank einen Schluck Wasser und reichte den Flaschenkürbis an Nainoa weiter. Dann sagte er: «Das sind Dinge, die wir als wahr empfinden, aber wir können sie nicht wahr machen. Aber vielleicht sollten wir einmal in die Geisterberge gehen. Vielleicht kannst du dich dort mit ihm treffen. Es ist ein merkwürdiger Ort. Der Wind weht, und die Geister sprechen. Vielleicht helfen dir die Wesen, die dort wohnen.»

«Wo sind die Geisterberge?» fragte Nainoa.

William wies mit den Lippen nach Osten. «Ein paar Tagesreisen von hier, in der Nähe des Sees. Wir können die Leute hier lassen. Ich bringe dich zu den *dorajuadioks.* Ich kann dir helfen, ihnen zu begegnen, Nainoapak, aber dann wirst du allein auf dich gestellt sein. Deine Absichten werden die Art deines Erlebnisses bestimmen. Du wirst dir deine Fragen genau überlegen müssen, und du darfst nie die Beherrschung verlieren, weder über dich noch über sie.»

«Was sind *dorajuaks*?» fragte er leicht beunruhigt.

«Dorajuadioks», verbesserte William, «sind Geister. Sie sind ungeheuer mächtig und können andere Geister beherrschen, wenn ein *ungagok* sie darum bittet. Wir könnten zum Beispiel die *enerzuak* anrufen, die Wassergeister. Über einen *dorajuadiok* kann ein Geistergänger die Wassergeister bitten, sie mögen die Fische aus der Tiefe in die ausgelegten Netze seiner Fischer schwimmen lassen. Das ist eine sehr nützliche Sache, wenn dein Volk hungrig ist.

Die *dorajuadioks* können bei vielen Dingen helfen. Sie können den verlorenen Seelenteil eines Kranken oder Verletzten zurückholen. Aber man muß vorsichtig sein – sie können nämlich auch Seelen stehlen. Deshalb muß der *ungagok* immer Herr der Lage sein. Vielleicht können sie dir helfen, eine Verbindung mit deinem Vorfahren herzustellen –»

William unterbrach sich plötzlich und sah Nainoa scharf an. «Und wenn er jetzt hier ist», fuhr er fort, «der, den du den Amerikaner nennst, sage ich, William der Jäger, zu ihm: ‹*Kujonamek!* – Herzlich willkommen, Besucher aus der Vergangenheit!›»

21

Sesshin

Über Jahrtausende hinweg so direkt angesprochen zu werden, war ein Schock, der meine Konzentration und den Kontakt zunichte machte. Erschöpft, aber auch sehr erheitert, tauchte ich bei Morgengrauen aus meinem veränderten Bewußtseinszustand auf.

Ich war imstande gewesen, die lange Unterhaltung zwischen William und Nainoa zu verstehen. In den folgenden Tagen brachte ich sie Stück für Stück zu Papier, bis ich schließlich mit dem Ergebnis zufrieden war. Was ich aufgeschrieben habe, gibt ausschließlich den Inhalt des Gesprächs zwischen diesen beiden Männern wieder. Wortwahl, Syntax und Morphologie stammen natürlich von mir.

Die Vorstellungen der Ennu über den Geist, das Universum und andere metaphysische Wahrheiten waren erstaunlich. Geradezu überwältigend fand ich, daß sich die schamanische Erfahrung aus den zurückliegenden Jahrtausenden vor der heutigen Ära über weitere Jahrtausende in die Zukunft fortgesetzt hatte; und in gewisser Hinsicht war es auch tröstlich zu wissen, daß es eine gewisse Kontinuität sowohl der menschlichen Psyche als auch unserer emotionalen und spirituellen Natur geben würde.

Sehr überrascht war ich auch von der individualistischen, demokratischen Art dieser alten mystischen Methode. Es gibt dabei keine ethnischen, kulturellen oder statusbedingten Grenzen. Jeder kann seine eigenen transzendentalen Erfahrungen haben und ohne einen Vermittler Zugang zum Reich des Heiligen bekommen. Der geistige Lehrer hat in dieser Tradition vor allem die Aufgabe zu initiieren, zu zeigen, was möglich ist, und dem einzelnen zu helfen, sein Bewußtsein zu erweitern. Sobald der Lernende auf den Weg gebracht ist, geht er ihn im wesentlichen auf sich allein gestellt weiter. «Jede echte Macht und jedes echte Wissen kommt von innen», sagte Michael Harner und wiederholte damit nur, was schon viele geistige Lehrer und Mystiker aller Traditionen gesagt haben.

Meine Intentionen hatten mich tatsächlich über fünf Jahrtausende hinweg mit einem authentischen traditionellen Schamanen in Berührung gebracht, und es war durch das Bewußtsein eines Menschen geschehen, der dabei war, selbst ein Schamane zu werden. Ich war mir allmählich ganz sicher, daß ich an einer Art mystischer Erziehung teilnahm, gelenkt oder beeinflußt durch die Fürsprache geistiger Wesen. Williams Bemerkungen über die Erde und die Wassergeister faszinierten mich besonders, weil ich die keltische Tradition von den «kleinen Leuten» und den an wilden Orten hausenden Naturgeistern der Elemente kannte. Der Geisterstein im Steingarten war vielleicht so ein «Elementargeist», der sich meiner angenommen hatte. War ich von den Naturgeistern «verzaubert» worden, die in den Bäumen und Steinen auf diesem aktiven Vulkan hausten? Hatte ich diese Informationen über die Zukunft aufgrund meines Kontakts mit dem geistigen Wesen des Landes erhalten? Existierte um und in manchen wilden Orten in der Natur eine Art energetisches «Informationsfeld»? War ich imstande, es zu bemerken, es zu empfangen, sobald sich meine Fähigkeit, zu sehen und zu hören, erweiterte?

Eine Woche nachdem mich William gegrüßt hatte, fuhr ich an einem Freitagnachmittag von meinem Wohnort Honaunau auf dem Mamalahoa Highway nach Süden. Mein Ziel lag auf der anderen Seite der Insel, ein Ort namens Wood Valley Temple, wo ich an einem dreitägigen buddhistischen *sesshin* teilnehmen wollte. Robert Aitken Rōshi, ein Zenmeister aus Honolulu und einer der Doyens des amerikanischen Zen, würde die Einkehrtage leiten.

Über ein Jahrzehnt war vergangen, seit ich zum ersten Mal den kleinen Band *Zen Mind, Beginner's Mind (Zen-Geist, Anfänger-Geist, Unterweisungen in Zen-Meditation)* von Shunryu Suzuki

Rōshi in die Hände genommen hatte. Das Buch hatte mich tief beeindruckt. In den Jahren darauf las ich einige Schriften und Kommentare von verschiedenen berühmten Buddhisten und Taoisten, die in den letzten Jahrtausenden gelebt und praktiziert hatten, unter anderem auch ein Buch über Ethik, *The Mind of Clover, Essays in Zen Buddhistic Ethics* (*Ethik des Zen*) von Aitken[1].

Während der Fahrt bestürmten mich die Erinnerungen an meinen Besuch bei Nainoa; entsprechend schlecht konzentrierte ich mich auf die schmale, kurvenreiche und unübersichtliche Landstraße, auf der immer wieder ganz plötzlich riesige Touristenbusse auftauchten, die nahezu die gesamte Breite der zweispurigen Straße in Anspruch nahmen. Als ich an einem frischen Lavastrom vorüberkam, sah ich am Eingang zu einem Grundstück ein Schild an die Brettwurzeln eines Kapokbaums genagelt: «*Kapu* – Eintritt verboten.» Der Baum mit dem Schild sah sehr nach einem Wächter aus, der die Macadamnußbäume und Mangobäume ringsum überragte.

Als ich durch Na'alehu fuhr, goß es in Strömen. Die Hauptstraße unter den knorrigen Banyan- und Topfbäumen verwandelte sich in einen roten Fluß. Ich kam nur im Schneckentempo voran, bis ich nördlich des Städtchens den Platzregen hinter mir hatte. Unter einer dramatischen Himmelskulisse schlängelte sich die glänzende Straße hinunter zum Ozean, vorbei an grünen Wiesen, auf denen das Vieh weidete, um dann nach Norden in Richtung Kilauea wieder anzusteigen und den Blick freizugeben auf die großartige Südostseite der Insel und die aktive vulkanische Spalte an der Ostflanke des Mauna Loa. Ein Regenbogen wölbte sich über der gekräuselten See.

Ich nahm die Abzweigung bei Pahala und fuhr den Berg hoch durch Felder mit grünem Röhricht und feuchter roter Erde. In der Ferne sah ich bereits den Wald, in dem das religiöse Zentrum liegt. Als ich mich der dunklen Baumlinie näherte, riß die Wolkendecke auf und enthüllte den hoch in den Himmel ragenden Mauna Loa. Die Schönheit und das Gewaltige dieses Vulkans waren überwältigend, und ich war zutiefst dankbar für diesen großartigen Anblick. Im Wald gabelte sich die Straße, ich fuhr nach links und erreichte kurz darauf eine große Lichtung, die als Parkplatz für die Besucher des Tempelbezirks angelegt war.

Die Sonne fiel schräg durch den hohen Eukalyptuswald, und als ich den Motor abschaltete, herrschte plötzlich völlige Stille. Der schwere süße Geruch des weiß blühenden Ingwers hing in der Luft. Ich lauschte und fühlte, daß sich etwas in mir veränderte. Vielleicht war es mein *Ku*.

Der Tempel, in tibetischem Stil errichtet und bemalt, leuchtete orange und gelb, violett und blau aus dem Schatten der Bäume. Ich blieb einige Minuten still stehen. Die schlanken Stämme ragten kerzengerade gut fünfundzwanzig Meter in die Höhe, bevor sie ihre zarten graugrünen Kronen ausbreiteten. Das Unterholz bildeten große grüne Begonienblätter, und der blühende Ingwer reckte seine weißen Finger zum Himmel. Der Mauna Loa war von hier aus nicht zu sehen. Es gab nur den Tempel, seine Gärten und einige Nebengebäude – das Ganze umgeben von einer Mauer aus Wald und darüber der kreisrunde Ausschnitt des Himmels. Der Ort schien verlassen. Ich kam mir vor, als wäre ich durch Alice' Spiegel gegangen – rückwärts in einen anderen Ort in der Zeit.

Ein leichter Wind geisterte durch die Bäume. Ich sah mich um, als wollte ich mich der Wirklichkeit meiner Umgebung vergewissern, und sah, daß noch andere Autos auf dem Gras geparkt waren. Ich nahm mein Gepäck aus dem Wagen und ging auf das kleinere, auf einer Seite von blühenden Ranken überwachsene Nebengebäude zu. Hier sollten die *sesshin*-Tage stattfinden.

Nachdem ich meine Sandalen ausgezogen hatte, betrat ich den Eingang und ging durch die kleine Bibliothek unter der Treppe, die zum *zendo* hinaufführte. Niemand war zu sehen, aber die Tür des Männerschlafraums war deutlich gekennzeichnet, darin ein Dutzend Stockbetten mit ordentlich zusammengelegtem Bettzeug. Ich nahm mir ein unteres Bett, wickelte meine Toilettenartikel in ein Handtuch und zog meine japanische *hippari*-Jacke und die weit geschnittene Meditationshose an. Die Sachen waren kaum getragen, obwohl ich sie schon vor vielen Jahren gekauft hatte. Ich hatte meinen Vorsatz, mit Zen-Übungen zu beginnen, immer wieder aufgeschoben, von einem Tag auf den anderen und von Woche zu Woche, bis schließlich zehn Jahre vergangen waren – und doch war ich jetzt hier. Hier und jetzt wollte ich damit anfangen. Durch meine Lektüre über Zen-Buddhismus hatte ich gelernt, die alltäglichen Dinge des Lebens zu schätzen und mich auf meine jeweilige Beschäftigung zu konzentrieren, mochte sie noch so bescheiden oder prosaisch sein. Wenn ich Geschirr spülte, Gemüse putzte oder den Kindern die Windeln wechselte, versuchte ich mich immer ganz auf das, was ich gerade tat, zu konzentrieren. Ich beherrschte diese Übung inzwischen ganz gut und hoffte, im *sesshin* noch mehr über diese Art der Selbstdisziplin zu lernen.

Ich warf einen Blick in das Badezimmer. Es war makellos. In einem Krug unter dem langen Spiegel stand ein blühender Ingwerzweig und verströmte seinen schweren Duft. Durch den Gang gelangte ich zur Küche, wo ich schließlich Menschen traf, die mit der Vorbereitung des Abendessens beschäftigt waren. Es waren lauter fremde Gesichter.

Wie alles im Haus war auch die Küche schlicht und einfach eingerichtet. Neben der Küche befand sich eine durch Fliegengitter geschützte Veranda mit mehreren Tischen, die eben für die ungefähr zwei Dutzend Teilnehmer gedeckt wurden. An einer Pinnwand hing eine Namensliste. Ich war für die Küchenarbeit eingetragen. Welche Aufgabe mir dabei zufiel, wußte ich nicht. Niemand sprach. Jeder tat einfach, was getan werden mußte.

Durch das Fliegengitter sah ich den Wald, und plötzlich fühlte ich eine starke Gegenwart zwischen den hellen hohen Stämmen. Ich fühlte entweder das kollektive Bewußtsein der Bäume oder den Leopardmann – ich wußte nicht, was.

Jemand hackte Gemüse. Meine Aufmerksamkeit wurde zurückgeholt, und der Kontakt, wenn es überhaupt einer war, entglitt mir.

Als ich mich umdrehte, sah ich eine große asiatische Frau mit einer dichten schwarzen Mähne, die aus dem Scheitel ihres Kopfes hervorzuwachsen schien. Sie handhabte das Messer mit geschickten, kraftvollen Bewegungen. Ihr Anblick versetzte mir einen Schock.

Kenojelak.

Jemand näherte sich ihr und fragte sie etwas mit kaum vernehmbarer Stimme. Sie antwortete mit einem kurzen Wort und einer ebenso knappen Geste. Die Ähnlichkeit war unheimlich. Sie war wie Kenojelak ein wenig kantig und bemerkenswert attraktiv. Die Hosen und der einfach geschnittene dunkle *hippari* verbargen ihre hagere Figur. Ihre Bewegungen waren beherrscht und elegant.

Sie drehte sich um und sah mich an. Sie hatte ein glattes ruhiges Gesicht mit hohen Wangenknochen, einen breiten Mund und sehr schöne Augen, die jedoch dunkel waren im Gegensatz zu Kenojelaks graublauen Augen. Doch ihre sonstige Ähnlichkeit war verblüffend und brachte mich für einen Moment durcheinander. Die Frau wies auf den Geschirrschrank, in dem sich Teller und Gläser befanden; dann warf sie einen Blick auf die langen Tische hinter mir, um mir zu bedeuten, daß ich beim Tischdecken helfen sollte. Sie war offensichtlich die Küchenchefin.

Als mir bewußt wurde, daß ich sie angestarrt hatte, wandte ich mich rasch ab, aber ich sah noch, daß ihre Augen belustigt aufblitzten – ein Ausdruck, der dem von Kenojelak vollkommen ähnlich war und mich erneut in Verwirrung stürzte. Sie kam zu mir und flüsterte mir ins Ohr: «Im *sesshin* sprechen wir so wenig wie möglich.»

Ich ging zum Geschirrschrank, blieb stehen und sah mich nach ihr um, als wollte ich mich vergewissern, daß sie nicht Kenojelak war. Sie fing meinen Blick auf und musterte mich, mit dem Messer in der Hand, mit der gleichen Ungeniertheit wie Kenojelak. Ihre Ähnlichkeit war so unglaublich, daß ich spontan an die Pinnwand trat und auf meinen Namen deutete. Sie deutete auf den ihren –

Akiko.

Beruhigt drehte ich mich um und begann, die Tische zu decken. Es kamen weitere Teilnehmer an – junge, einige mittleren Alters wie ich und einige ältere. Über die Hälfte waren Frauen. Alle waren schlicht gekleidet; der einzige Schmuck war bei der einen oder anderen ein Ehering. Der persönliche Kontakt war zwischen allen bis auf das nötigste begrenzt.

Akiko hackte Gemüse. Sie arbeitete mit kerzengeradem Rücken. Als sie einen großen Wok von der Wand nahm, enthüllte der weite Ärmel ihres *hippari* einen Arm bis zur Schulter. Ein schräger Sonnenstrahl drang plötzlich durch den Wald und beleuchtete für einen langen Augenblick ihre Achselhöhle und eine Brust. Dann stellte sie den Wok auf den Herd.

Ich blickte in den Wald hinaus. Saß dort draußen ein mutwilliger

Naturgeist, der mich nicht die innere Ruhe finden lassen wollte, die ich hier suchte? Es sah ganz so aus, als würde ihm dies gelingen.

Aitken Rōshi traf kurz vor dem Essen ein. Er trug westliche Kleidung und begrüßte Akiko mit einer eleganten Verbeugung, die sie ebenso anmutig erwiderte. Sie widmete sich wieder ihrer Arbeit, während sich der *rōshi* leise mit sparsamen Gesten und wenigen Worten mit einem dünnbärtigen jungen Mann besprach, der schon weißes Haar hatte und den Habit eines katholischen Priesters trug. Der *rōshi* wirkte älter, als ich erwartet hatte, und ein wenig gebrechlich.

Nachdem ich meine Arbeit erledigt hatte, ging ich auf den *rōshi* zu, verneigte mich stumm und erhielt als Erwiderung eine ebensolche liebenswürdige Verneigung. Dann verließ ich die Küche, um mich ein wenig umzusehen. Jenseits der schmalen offenen Veranda stand der Wald still und aufmerksam, als wartete er darauf, daß der Tag zu Ende ging und die nächtlichen Aktivitäten beginnen könnten. Der schöne Ruf des Regenkuckucks ertönte vom Waldrand und erhielt aus dem Waldesinneren Antwort. Die Lichtung hatte immer noch etwas Unirdisches. Hinter dem Tempelgebäude kreischte ein Pfau.

An der Tür des *zendo* hing eine weitere Namensliste für die Sitzordnung. Ich trat ein und verneigte mich nach buddhistischem Brauch. Der Raum war leer, der Altar mit einer alten Buddhafigur aus Bronze schwach beleuchtet. Auf einem niedrigen Tisch neben einem Blumenarrangement in japanischem Stil stand ein mit weißem Sand gefülltes bronzenes Räuchergefäß. Ich machte *gasshō*, indem ich die Hände hob und die Handflächen zusammenlegte, und verneigte mich vor dem Bildnis auf dem Altar und meinem inneren Buddha-Geist.

Das Kissen des *rōshi* befand sich in der Raummitte vor dem Buddha. Am äußeren Rand des Raumes waren zwanzig weitere Kissen ausgelegt, auf jedem Platz ein rundes *zafu* auf einem rechteckigen *zabuton*. Während der nächsten Tage würden die Teilnehmer schweigend und in korrekter Haltung hier sitzen mit dem Gesicht zur Wand. Wir würden versuchen, uns von Gedanken zu befreien und das innere Geschwätz zum Schweigen zu bringen, um Raum zu schaffen für die helle Leere des Nicht-Denkens.

Ich fand meinen Platz und stellte fest, daß ich einem Fenster gegenübersitzen würde, das auf den Rasen und den Wald hinausging. Ich lächelte und fragte mich, ob es so leichter oder schwerer sein würde.

Eine Glocke rief zum Abendessen. Als alle versammelt waren, nahm der *rōshi* seinen Platz ein und hielt mit gedämpfter Stimme eine kurze Begrüßungsansprache. Dann verneigten sich alle und setzten sich. Schweigend wurden die Schüsseln herumgereicht – Reis, Gemüse, Tofu und Obst. Jeder nahm sich eine kleine Portion, und als wir uns alle bedient hatten, aßen wir schweigend mit gesenkten Augen und sparsamen Bewegungen.

Vor meinem inneren Auge tauchten die ausgelassenen Mahlzeiten der Ennu auf, bei denen jeder gleichzeitig lachte und aß und redete und Kenojelak mit Fingern und Zähnen das noch fast rohe Fleisch von einer Pferderippe riß, den abgenagten Knochen einem Hund zuwarf und sich das Fett in die Haut ihrer Arme rieb. Ich warf einen Blick auf Akiko, die mit ihren Eßstäbchen hantierte; aber sie schaute nicht auf. Die *sesshin*-Tage hatten begonnen.

Der Küchendienst, zu dem auch ich gehörte, räumte den Tisch ab, stellte die Stühle auf die Tische und fegte und wischte den Fußboden. Küche und Speiseraum wurden wieder in tadellosen Zustand gebracht.

Als ich die Küche verließ, traf ich Akiko, die sich verneigte und mit ihrer unglaublichen Ähnlichkeit erneut meine innere Ruhe störte.

Die Glocke auf der Veranda rief uns ins *zendo*. Ich zog rasch meinen *hippari* und die weiten Hosen an und betrat, die Hände vor dem Bauch, wobei die äußere Faust den Daumen der inneren umfaßte, den Meditationsraum, vollführte die vorgeschriebenen Verneigungen vor meinem Kissen und dem Raum, setzte mich in halber Lotusposition und nahm die korrekte Haltung ein. Kurz danach verkündete die Glocke den Beginn der ersten *zazen*-Sitzung. Ich atmete dreimal tief ein, blickte in die Dunkelheit jenseits des Fensters und entspannte bewußt Stück für Stück meinen Körper. Gerade als ich einen Zustand von innerer Ruhe erreicht hatte, fühlte ich etwas am Rand meines Bewußtseins, das meine Aufmerksamkeit verlangte.

Ich konzentrierte mich wieder auf meine Atmung, zählte die Atemzüge, konzentrierte mich wieder auf nur einen Punkt, aber die

Anwesenheit blieb. Gedanken und Eindrücke tauchten auf – Bilder von Akiko, Kenojelak und Jill. Wie Phantome verschmolzen die drei Frauen zu einer einzigen und wurden wieder verschieden. Ich stöhnte innerlich. Es würde schwieriger werden, als ich gedacht hatte.

Nach einer Weile bat uns der *rōshi*, uns zur Mitte des Raums zu drehen und eine entspannte Haltung einzunehmen. Der Lehrmeister war auf die traditionelle japanische Art ganz in Schwarz gekleidet und saß mit übereinandergeschlagenen Beinen und gerade aufgerichtetem Oberkörper im perfekten Lotussitz. Vor ihm auf dem Boden lag ein merkwürdig geformter hölzerner Stab von der Länge seines Unterarms. Alle Anzeichen von Gebrechlichkeit waren verschwunden.

Der Zen-Meister hielt einen Vortrag über ein *koan*, ein Zen-Rätsel oder ein Problem, das mit dem Verstand allein nicht zu lösen war. Er sprach über den Hund von Chao-chou und das *koan Mu*, ein traditioneller Ausgangspunkt für den Beginn von Zen-Übungen. Am Schluß des Vortrags wurden wir alle zu Bett geschickt.

Jeder Tag begann vor Morgengrauen um vier Uhr früh und endete nach Einbruch der Dunkelheit. Zur Routine gehörten abwechselnd fünfundvierzig Minuten Meditation im Sitzen, gefolgt von einem kurzen Rundgang im Raum. Den ganzen Tag saßen wir regungslos und blickten schweigend auf die Wand. Wir hörten Vorträge des *rōshi* und hatten ein Gespräch unter vier Augen mit dem Zen-Meister.

Ich hatte mein erstes Gespräch mit dem *rōshi* am nächsten Morgen. Gegen Ende des zweiten *zazen* saß ich in *seiza* auf den Unterschenkeln auf der Veranda und wartete, bis ich an der Reihe sein würde. Die Morgendämmerung hatte eben begonnen. Es war die Zeit vor den Schatten.

Ich war nervös. Einem Zen-Meister Auge in Auge gegenüberzusitzen war etwas, das ich nicht alle Tage tat. Ich ahmte Nainoas Technik nach, sich zu sammeln, und stellte mir vor, daß mich *mana* erfüllte. Ich atmete es ein, stellte mir vor, wie es in meinen Körper einzog und an meinem Nabel zur Ruhe kam. Fast sofort spürte ich, wie es zu fließen begann und mich mit Wärme erfüllte. Auf meinen

Beinen und Armen erschien eine Gänsehaut. Es stärkte mich – und zog die Stechmücken an.

In diesem Augenblick fühlte ich die Anwesenheit wieder. Die Glocke ertönte und rief mich zu dem Gespräch mit dem *rōshi.*

Ich trat durch die schmale Tür in das Zimmer des *rōshi,* kniete nieder und verneigte mich dreimal, wie es der Brauch verlangte, wobei meine Stirn den Boden berührte. Dann ließ ich mich gegenüber Aitken Rōshi, der im Lotussitz vor einem kleinen Fenster saß, auf die Fersen nieder. Als ich seinem Blick begegnete, wallte eine Kraftwelle durch meinen Körper, die mich zusammenzucken ließ. Ich war gelinde gesagt schockiert. Der *rōshi* lächelte. Seine hellen Augen und sein Gesicht strahlten vor Energie und Wohlwollen. Die Kraft, die von ihm ausging, war in dem kleinen Raum nahezu greifbar, und ich staunte, daß ich sie so stark empfand.

Das Gespräch, das sich anschloß, war ziemlich kurz. Aitken Rōshi bat mich, etwas über mich, meine Übung und meine Intentionen zu sagen. Ich erhielt ein *koan,* mit dem ich mich beschäftigen sollte und das mir, als ich zu meinem Kissen zurückgekehrt war, half, endlich in den tiefen Meditationszustand einzutreten. Der Rest des langen Tages verlief gut.

Der dritte Einkehrtag begann wie die anderen um vier Uhr morgens. Mein rechtes Knie schmerzte von dem ungewohnten langen Sitzen. Die Glocke ertönte und trennte wie ein Satzzeichen das Gewesene vom Jetzt. Ich nahm die vorgeschriebene Haltung ein und bereitete mich auf das erste *zazen* vor. Ich machte mich frei von Gedanken, zählte meine Atemzüge, atmete bewußt ein und aus. Beim neunten Atemzug fühlte ich plötzlich die Anwesenheit wieder. Ich blieb völlig still. Was immer es war, es schien meine Aufmerksamkeit dringend zu brauchen. Ich fragte mein *Ku* und erhielt prompt Antwort. Die Anwesenheit kam von außerhalb. In diesem Moment drangen auch die Gefühle der Kraft auf mich ein und kündigten den Beginn eines veränderten Bewußtseinszustands an. Das innere Fenster öffnete sich. Ich wurde gerufen – dringend gerufen.

Ich versuchte, meine Atemnot lautlos zu überstehen, als mich die unsichtbare Faust packte. Hinter meinen geschlossenen Augen bildete sich der Lichtbogen und erweiterte sich auf eine Weise, wie ich es noch nie erlebt hatte. Die Phosphene strömten von ihm fort, das «Wetterleuchten» begann, es folgten die Zickzacklinien und Geraden, die Lichtketten und ihre geisterhaften Spuren. Meine innere Helligkeit nahm ständig zu, während die Kräfte stärker und stärker wogten. Das Rastermuster erschien und verschmolz mit den Phosphenen. Ein Kraftstoß ließ mich erstarren, während sich das innere Fenster noch weiter öffnete. Es zischte in meinen Ohren, blendende Helligkeit breitete sich in mir aus, während ich versuchte, mich still zu verhalten. Ich befand mich im *zendo*. Ich durfte nicht auffällig werden. Mein *Ku* übernahm die Kontrolle über meinen Körper. Alles würde gut sein. Ich war in Sicherheit. Dann ließ ich locker. Ich überließ mich dem wogenden Gefühl der Ekstase und folgte dem Ruf.

Die Anwesenheit wartete draußen im dunklen Wald. Ich begrüßte sie mit freundlichen Gedanken und dankte für die Einladung. Die Kraftgefühle steigerten sich. Lichtpunkte flossen zwischen den Bäumen in Richtung des *zendo*, wurden immer zahlreicher und nahmen Gestalt an, bis sie am Waldrand zu einer schimmernden, wirbelnden Gestalt verschmolzen, die ich gut kannte.

Der Leopardmann war zu mir gekommen.

Der Druck ließ nach, und ich hatte das Gefühl zu schweben. Der Leopard blickte direkt zum Fenster. Er wartete auf mich. *Sesshin* hin oder her – ich mußte gehen.

Langsam und vorsichtig löste ich mich aus der *seiza*-Stellung und stand auf. Ich warf einen Blick auf den Studenten, der für das *zendo* zuständig war, aber er sah mich nicht an. Ich verbeugte mich vor dem Altar und ging zum Ausgang. Die Kraftgefühle waren da, aber sie behinderten mich nicht in der Bewegung. Bis auf ein leichtes Schwindelgefühl fühlte ich mich beinahe wieder normal. An der Tür blieb ich stehen und sah zu meinem Platz am Fenster, wo ich mich in korrekter Haltung auf meinem Kissen sitzen sah.

Doch mein Schreck hielt sich in Grenzen. Ich verbeugte mich noch einmal und trat auf die Veranda. Das goldene Licht vor Sonnenaufgang erfüllte Himmel und Wald und beleuchtete das Tempelgelände, auf dem es noch vor wenigen Augenblicken stockfinster gewesen war. Nirgends gab es Schatten. Ich stieg die Stufen hinunter, blieb bewundernd neben dem blühenden Klettergewächs an der Hauswand stehen, bevor ich um das Gebäude herum und auf den Wald zuging.

Tok!

Ein dumpfes Schlaggeräusch drang aus den Tiefen der dunklen Mauer vor mir. Der Leopardmann war verschwunden. Von dem Ton angelockt ging ich über den Rasen in den Wald. Der weiße Ingwer roch sehr intensiv. Ein Regenkuckuck rief. Goldene Lichtbalken drangen durch den feinen Nebel zwischen den dunklen Stämmen. Etwas Großes bewegte sich links neben mir zwischen den Bäumen.

Tok!

Holz schlug auf Holz. Die Bäume flimmerten. Über mir war eine Lichtung in den Baumkronen. Ich blieb stehen und betrachtete Pilze mit kegelförmigen Kappen auf langen dünnen Stielen; sie leuchteten in der purpurfarbenen Dunkelheit.

Tok!

Je näher ich der Lichtung kam, um so stärker fühlte ich die Kraft. Als ich die Lichtung erreichte, materialisierte sich ein merkwürdiges Lichtgekräusel – anfangs unregelmäßig, dann nahm es plötzlich eine symmetrische Form an, als erschiene die helle Mondsichel unmittelbar vor mir, ein kleiner Lichtbogen, der sich verlängerte und öffnete, bis er einen zwei Meter großen Kreis bildete. Während er wuchs, dehnten sich auch die Kraftgefühle aus.

Das Kreisinnere wurde allmählich undurchsichtig und verdeckte die Bäume auf der anderen Seite der Lichtung. Es war, als blickte ich in einen blinden Spiegel, aber die stumpfe Fläche flimmerte wie die Bäume, so daß ich nichts darin erkennen konnte. Es konnte nur die Pforte sein, die *nierika*. Für einen Moment wurde das Kreisinnere klar. Ich sah funkelnde Lichter, die sich gegen den Uhrzeigersinn drehten. Der flache Wirbel wurde zu einem kreiselnden Trichter, der sich in eine unvorstellbare Ferne ausdehnte. Es war der alte schamanische Tunnel, der in und durch die nicht-alltäglichen Wirklichkeitsebenen führte.

Dann wurde die *nierika* plötzlich wieder undurchsichtig. Ich wandte den Blick und sah unter den Bäumen am Rand der Lichtung den Leopardmann, der aufrecht stand und auffallend menschlich aussah. Als ich ihm zunickte, machte er wie eine Katze die Augen zweimal auf und zu und sah mich freundlich an. Sein Wohlwollen beruhigte mich. Ich ging auf ihn zu, streckte ihm beide Hände entgegen und fuhr mit den Fingern durch sein wundervoll geflecktes Fell. Ich kraulte ihn am Kopf, hinter den Ohren und unter dem Kinn. Ich spürte die Kraft des *akua*, die durch die Berührung auf mich überging, und sagte leise: «Ich grüße dich, Leopardmann.»

Der Therianthrop begann zu schnurren, erst leise und dann immer lauter und tiefer, bis er brüllte. Und während sein anhaltendes und merkwürdig wohlklingendes Gebrüll immer lauter wurde, veränderte er ein wenig seine Gestalt. Sein geflecktes Fell wurde glänzend und strahlend, die grünen Augen weiteten sich und sahen mich an, während sich mit seiner zunehmenden Erregung auch meine Kraftgefühle steigerten. Er blinzelte mir erneut voller Wohlbehagen zu, ließ sich dann langsam auf alle vier Beine nieder und sprang mit einem eleganten Satz in den Strudel in der Mitte der Lichtung – und verschwand.

Ich war nur einen Augenblick unschlüssig. Dann ging ich auf die Tür zu, machte *gasshō* und verneigte mich, bevor ich über die Schwelle trat.

Ich spürte einen kleinen Widerstand, als prallte ich gegen einen Luftballon. Doch dann war ich durch und fiel, schnell und hin und her schwingend wie auf einer Schaukel. Ich warf einen Blick zurück zum Eingang, aber ich konnte ihn nicht mehr sehen. Funkelnde Lichter und Dunkelheit umgaben mich. Die Kraftgefühle rauschten und brausten in mir. Die Lichter verbanden sich zu einer einzigen blendenden Helligkeit. Ich schloß die Augen, doch die Helligkeit mit den lavendelblauen Punkten blieb. Ich flog in rasender Geschwindigkeit durch den Tunnel, den ich noch nie so deutlich gesehen hatte. Ich hörte den Leopardmann brüllen. Mein Geisterhelfer war bei mir. Ich war in Sicherheit.

Wohin gingen wir? Die Antwort kam von irgendwo tief in meinem Inneren. Ich ging zu Nainoa. Er wollte sich mit mir treffen. Endlich würden wir uns kennenlernen.

Das tiefe dröhnende Gebrüll des Leopardmanns sank zu einem Brummton. Dann fühlte ich, daß ich langsamer wurde, mich niederließ, und die Kraftgefühle verringerten sich auf ein erträgliches Maß.

Ich schlug die Augen auf in einer merkwürdig tosenden, stürmischen Dunkelheit. War die Veränderung eingetreten? Oder hatte ich mich für immer in einer feindlichen und unbekannten Wirklichkeitsebene jenseits jeder menschlichen Erfahrung verirrt?

22

Die elfte Reise
Die Geisterberge

Nainoa fühlte die Ankunft der vertrauten Anwesenheit und überließ sich wieder dem eigenartigen Geräusch, das die rauschende Dunkelheit ringsum erfüllte. Kurz zuvor hatte er nur die Geräusche der Geisterberge gehört. Dann erinnerte er sich, wie er mit William zu diesem Ort gewandert war.

Sie hatten Vorräte für eine Fußreise von mehreren Tagen eingepackt und waren am See entlang nach Osten gegangen. An mehreren seichten Furten waren sie durch den See gewatet. William hatte ihm verschiedene Plätze gezeigt, wo die Ennu gelagert hatten, und erzählt, was sich dort jeweils ereignet hatte. Hier war ein Kind geboren worden, dort hatte eine Frau eine Fehlgeburt gehabt, dort drüben war ein Mann bei der Jagd ums Leben gekommen.

Eines Nachmittags deutete William auf ein glänzend weißes Bergmassiv in der Ferne. «Das sind die Geisterberge», sagte er. Auf alle weiteren Fragen Nainoas gab er nur einsilbig Antwort. Er sprach immer weniger und schien sich auf eine bestimmte Weise auf das Bevorstehende vorzubereiten. An jenem Abend lagerten sie in einer Höhle, in deren Felsen viele Knochen eingeschlossen waren.

Statt direkt zu den Geisterbergen zu gehen, hatte William darauf bestanden, einige Tage in der Nähe der Höhle zu bleiben, um zu angeln und nur leicht zu essen. Nainoa war oft hungrig gewesen, aber William lehnte seinen Vorschlag, auf die Jagd zu gehen, freundlich ab. «Es ist besser, sich den Geistern mit leerem Magen zu nähern. Man kommt dann leichter mit ihnen in Verbindung. Vielleicht können sie unseren Hunger, unser Leiden, fühlen und sehen es als ein Opfer, das wir ihnen bringen.» Der Alte lächelte und fügte hinzu: «Du warst ja auch imstand, deine lebenspendende Kraft, die meine Tochter so unwiderstehlich findet, aufzusparen – und das ist auch sehr gut. Wir werden warten, bis wir günstige Bedingungen haben, um uns den Geistern zu nähern und Verbindung mit ihnen aufzunehmen.»

Nainoa beobachtete jeden Abend die Sterne. Sobald das Siebengestirn am östlichen Nachthimmel aufgehen würde, war es Zeit für ihn, über die Berge in seine Welt zurückzukehren. Gerade begann die lange Trockenzeit, die Tage wurden heiß und windig, und Staubteufel tanzten über die trockenen Ebenen. Während er mit William auf «den richtigen Zeitpunkt» wartete, rang er mit sich, ob er die Ennu und Kenojelak verlassen sollte oder nicht.

Gewöhnlich legte sich der Wind, wenn es dunkel wurde. In dieser Nacht jedoch hielt der Wind an und blies in heftigen Böen über das Land. Sie aßen kaum etwas zu Abend, und Nainoa war hungrig und etwas unwirsch eingenickt. Kurz darauf weckte ihn William sachte mit der Nachricht, jetzt sei die richtige Zeit da.

Nainoa stand etwas wacklig auf den Beinen, als sie zu den Geisterbergen aufbrachen, die im Sternenlicht kaum erkennbar waren. Wie William ihm geraten hatte, konzentrierte er sich auf seinen Wunsch, dem Amerikaner zu begegnen, und auf seinen Glauben an die Kraft der Geister.

Nach einem ermüdenden Fußmarsch gegen den Wind erreichten sie unweit des Seeufers eine hohe, sich weithin erstreckende Sanddüne mit mehreren spitzen Erhebungen. William fand eine ebene und einigermaßen windgeschützte Stelle. Er breitete ein Fell aus, das er mitgebracht hatte, beschwerte es an den Rändern mit Steinen und bedeutete Nainoa, sich neben ihn auf die Tierhaut zu legen und auf die Geister zu warten.

Der Wind wurde immer stärker und wirbelte den Sand über die Dünenhänge. Nainoa stülpte den Rand der Tierhaut über sein Gesicht, um Augen und Nase vor dem Sand zu schützen, und horchte auf den Wind. Er schlief schon fast, als ihn ein merkwürdiges Geräusch weckte.

Es dröhnte und brummte, als würde eine tiefe gewaltige Stimme aus dem Boden nach oben dringen. Nainoa lag völlig still. Dann setzten die Kraftgefühle ein. Er öffnete die Augen, setzte sich auf und blickte verwirrt um sich. Aber es war niemand da, nur der Wind, der Sand und das geisterhafte, kehlige Brummen. William lag neben ihm, einen Lappen der Haut über Gesicht und Schultern, und sah aus, als würde er schlafen.

Nainoa legte sich wieder hin und ließ sich von dem Geräusch einlullen. Das Bild des Tigermanns erschien in seiner Erinnerung. Er bat den Geist, ihm bei der Verbindung mit seinem Vorfahren zu helfen. Daraufhin stürmten die Kraftgefühle auf ihn ein, und er rang nach Luft, als ihn die lähmende Starre erfaßte. Der Brummton wurde immer lauter und steigerte sich mit dem böigen Wind zu einem an- und abschwellenden Gebrüll. Plötzlich fühlte Nainoa die Ankunft des anderen.

Er richtete seine ganze Aufmerksamkeit darauf, fühlte die vertraute Form der Anwesenheit und formulierte im Geist die altenglischen Worte:

«Ich grüße dich, Ahne!»

Sehr zu seinem Erstaunen wurde sein Gruß sofort auf altenglisch erwidert:

«Ich grüße dich ebenfalls, Nachfahre!»

Nainoa hatte das Gefühl, als wäre diese Begegnung seit langem zwischen ihnen vereinbart. Er stellte sofort eine Frage, die jedoch nicht von ihm stammte.

«Was ist mit den *dorajuadioks* – den Geistern?»

Die Kraftgefühle steigerten sich und benahmen ihm fast den Atem. Das tiefe Gebrüll bekam einen gleichmäßigen schönen Klang. Mit größter Anstrengung öffnete Nainoa die Augen, und er rang nach Luft, als er in der finsteren windigen Nacht eine große monolithische Gestalt vor sich sah. Sie war vollkommen schwarz und erinnerte ihn an das Schattenwesen in der *Siti*. Ihr einziges Merkmal war ihre Form – eine lange Pfeilspitze mit geraden Kanten und abgebrochener stumpfer Spitze –, die sich vor dem matt beleuchteten Hintergrund der Düne abhob. War das ein *dorajuadiok*?

Die dunkle Gestalt beunruhigte Nainoa, bis er sich wieder der

Anwesenheit des Amerikaners bewußt wurde. Er empfand so etwas wie Kameradschaft. Er war nicht allein. Sie standen diesem furchteinflößenden Geist gemeinsam gegenüber.

Er fühlte die Neugier des Amerikaners, der etwas über die Beziehung zwischen den Geistern und den Kraftgefühlen wissen wollte. Sie schienen übereinstimmend der Meinung, daß die Geister nicht die Quelle der Kraft waren, die in ihnen strömte, sondern eher die auslösenden und leitenden Faktoren der Kraft. Nur *Io*, das Universum, konnte die Quelle einer solchen Kraft sein.

Die Kraftgefühle wurden wie zur Bestätigung so stark, daß jeder andere Gedanke vor dem Staunen über das Gewaltige dieser Kraft verschwand. Sie fühlten sich beide hochgehoben und in die dunkle Form hineingezogen, als würde sich dort eine Tür befinden.

Der *dorajuadiok* trug sie beide, obwohl jeder die Begegnung auf seine eigene Weise erlebte. Erstaunlicherweise war sich jeder der Wahrnehmungen und Interpretationen des anderen bewußt, als wären sie ein einziges Wesen ... als wären sie verschiedene Aspekte einer Einzigartigkeit – und doch waren sie auch zwei ...

Ein blendendheller Blitz leuchtete auf, und begleitet von einem köstlichen leidenschaftlichen Gefühl wurden sie in die totale Schwärze des leeren Raums hinausgetragen. Ziellos schwebten sie in einer riesigen und vollkommen stillen Finsternis. Sie befanden sich in einem Zustand, als wären sie selbst die Leere, aus der alle Formen hervorgegangen waren und in die alle schließlich zurückkehren würden. Nach einer Weile wurde ihnen in dieser stillen dunklen Leere ein wenig bange; doch die Angst wich bald einer gewissen Gelassenheit, die sich gleichzeitig mit einem leisen vibrierenden Ton einstellte.

Nun war alles, wie es sein sollte, wie es immer gewesen war und immer sein würde. Es war eine für sie beide beglückende Erkenntnis. Sie wußten, daß ihr Wissen in der Leere existierte und daß ihr Wissen auch das Wissen der Leere war.

In der großen Leere gab es ein fühlendes Wissen, und weil es in der Natur der Dinge liegt, zu wachsen, so begann das fühlende Wissen größer zu werden, erst langsam und dann immer schneller.

Ein Traumsamen nahm auf diese Weise in der dunklen Leere Gestalt an. Es war der Traum der Leere, zunächst ein unendlich kleiner fühlender Gedanke, der in zwei verschiedenen Richtungen, in Gedanke und in Gefühl, zu wachsen begann und die zwei verschiedenen Aspekte desselben Traumsamens bildete. Er begann, sich verschiedenartig zu gestalten und zuzunehmen – es war der uralte keimende Beginn des großen Musters, in dem alles enthalten war.

Das Muster wuchs mit Absicht, mit Intention. Es entstand der dritte Teil des Traums – die uranfängliche Direktive. Zwischen den verschiedenen Teilen des Traums wuchsen Verbindungsfäden. Der Raster entstand. Anfangs waren nur drei primitive Punkte von Sein durch Fäden verbunden – drei winzige Einheiten von Denken, Fühlen und Wollen. Sie waren der erste existentielle Teil von *Io*, der großen Leere.

Als sich der Traum ausdehnte, manifestierte sich eine weitere Art von Getrenntheit: Denken, Fühlen und Wollen wurden in identischer Anordnung auf die objektive Ebene projiziert als Materie, Energie und Bewußtsein.

Diese Trennung ging mit einer unvorstellbar gewaltigen Explosion einher, als die physische Ebene der Wirklichkeit ins Dasein kam. Die Dunkelheit der großen Leere wurde von einem gewaltigen Blitz erhellt, als sich Materie und Energie in die äußere Leere ausdehnten und sich das neue Universum in Wellenkreisen endlos in die Dunkelheit fortsetzte.

Für unbestimmte Zeit existierten der hawaiische Historiker Nainoa und der amerikanische Wissenschaftler Hank nur als die sich ausdehnende Materie, als die Bewegung der durch das Universum fließenden Kraft und als das Bewußtsein des stattfindenden Vorgangs. Über unzählige Äonen hinweg erkannten sie, daß ihr Bewußtsein ein Teil des anfänglichen Bewußtseins war. Sie verstanden, daß die Kraft, die sie fühlten, die Urkraft des Lebens im Universum ist. Sie sahen zu, wie Ur-Materie physische Wirklichkeit wurde in unendlich vielen Formen. Sie sahen das Universum als eine riesige Einheit voll lebenspendender Energie, als ein immenses Wesen aus Materie, Kraft und zunehmendem Bewußtsein, und verstanden seine Absicht – die Schaffung intelligenten Lebens durch die Vielgestaltigkeit von

Materie, Lebenskraft und Bewußtsein. Sie beobachteten, wie sich diese drei Aspekte des Universums veränderten und als zahllose Formen und Aspekte in Erscheinung traten. Sie sahen das Universum, das seiner eigenen Direktive folgte, indem es schöpferisch wirkte und den Kraftstrom in Form, Vorgang und Bewußtsein umwandelte. Das große Muster wuchs.

Als ihnen wieder bewußt wurde, daß sie Menschen waren, wollten sie wissen, wie sie aus dem Muster hervorgegangen waren.

Als Antwort zogen Bilder an ihrem geistigen Auge vorüber, die ihnen zeigten, wie es begonnen hatte als primitiver, undifferenzierter Prozeß im leeren Raum, wo die Direktive einen Funken ins Leben rief, ein kleines Feuer in der Dunkelheit, eine Konzentration subatomarer Partikel, die sich zu Atomen aufbauten und brannten wie ein Reaktor. Es war ein Stern. Es war ihre Sonne.

Hank fühlte ihre Wärme bis in die kalte Leere und verstand, daß die Ansammlung von Materie zu einem planetarischen Körper in der richtigen Umlaufbahn um die Sonne dem Wasser auf der Oberfläche des Planeten erlaubte, flüssig zu sein. Danach konnte sich der Kraftstrom in Lebensformen im Wasser manifestieren – im Wasser des Lebens.

Er erinnerte sich auch, daß es tief im Raum zwischen den Sternen Wolken von Materie gibt, von großen Molekülen, die ein mit dem Radioteleskop meßbares Sternspektrum haben und Porphyrine enthalten.

Nainoa folgte diesem Gedanken mit großem Interesse; aber er wußte nicht, was Moleküle und was Porphyrine sind.

Ein Informationsfluß, der Bilder und Bedeutungen übertrug, setzte sich von einem Bewußtsein zum anderen in Bewegung. Hank erklärte Nainoa, was Atome und Moleküle sind; er erklärte ihm die Natur der lebenden Dinge, was Atmung, Oxydation und Stoffwechsel bedeuteten. Er zeigte ihm die unendlich kleinen Ringstrukturen des Porphyrins, das überall im Raum und im Protoplasma jeder belebten Materie vorkommt – Moleküle, die in den einfachsten organisierten Formen im Medium Wasser auf der Oberfläche eines Wasserplaneten Leben anregen und die Basis für die Sauerstoff transportierenden Körperfarbstoffe wie das Hämoglobin in den roten Blutkörperchen der Tiere und das Chlorophyll in den grünen Chloroplasten der Pflanzen bilden.

Als sich die letzten der Myriaden roter Rauten und smaragdgrüner Kreise in der Dunkelheit verflüchtigten, hatten sie begriffen, daß die tiefe Leere von *Io*s Raum überall mit diesen Vorläufern des Lebens gesättigt war. Das Bewußtsein der beiden Männer stellte sich nun auf das von Sternen durchsetzte, sich in alle Richtungen endlos erstreckende Universum ein, und sie erkannten, daß es lebendig war – daß überall in seiner Endlosigkeit Leben war und daß seine Absicht darin bestand, Leben zu schaffen.

Ihr Bewußtsein konzentrierte sich wieder auf das Wasser und das unendlich Kleine. Sie sahen winzige Wasserwesen, die ihre Formen änderten, um eine unendliche Vielzahl von verschiedenen primitiven Protozoen, Hohltierchen und weichen wurmähnlichen Formen anzunehmen, die sich schließlich segmentierten und verhärteten, um viele verschiedene krustentierähnliche Lebewesen zu bilden. Wieder andere, die Mollusken und Fische, waren sowohl weich als auch hart.

Die große Vielgestaltigkeit setzte sich fort, als die «schleimigen Dinge, die mit Beinen aus dem schleimigen Meer krochen», dazu übergingen, auf dem Land zu leben. Die großen Reptilien wuchsen heran. Nainoa stockte der Atem beim Anblick der wundersamen Tiere, die an ihm vorüberzogen, gefolgt von aktiveren Pelztieren. Zur nächsten Gruppe in der fortschreitenden Entwicklung der Lebewesen gehörten die behaarten, watschelnden Zweibeiner, die das Mosaik des Wald- und Graslands an den Ufern von Flüssen und Seen bewohnten. Unter diesen ungleichen Kandidaten begann dann das nächste Stadium – die Evolution von Bewußtsein.

Unvermittelt erschien der Raster vor dem dunklen Feld und zerriß die bunte Bilderwelt. Die Lichtlinien erstreckten sich in eine riesige Ferne, jeder Knoten im Netz war ein leuchtender Ball. Ein rotes Juwel zog sie an, und als sie sich entlang der Verbindungsfaser darauf zubewegten, stellten sie fest, daß sie auf die von Wolken umwehte Oberfläche ihres eigenen Planeten blickten. Beide wunderten sich, warum er ihnen rot erschien anstatt blau, während sie das große Gesamtbewußtsein ahnten, das sich aus dem kollektiven Bewußtsein eines jeden damit verbundenen lebenden Dings formte. Sie erkannten, daß der Planet die Mutter war, aus deren salzigem, wäßrigen Schoß in ihrem Teil des Musters das Leben entsprang. Die Erde war die Mutter.

Und wer war der Vater?

Ihr Bewußtsein richtete sich auf die Sonne, die in *Io*s großer Finsternis strahlte und in deren Licht sich der Fluß des Universums in Form einer gewaltigen Kraft äußerte. Sie lieferte die zeugende Lebensenergie, sie war die Quelle des *mana*. Aus ihr ging die Kraft hervor, die im Leben ermöglichenden Medium Wasser in lebendige Dinge umgewandelt wurde. Sie war der Himmelsvater, der Spender der Lebens-Kraft, die Quelle des Lebens in ihrem Teil des Universums.

Sie fühlten, wie alles miteinander verbunden war. Sie sahen sich selbst als eine Kombination von Materie, Energie und Bewußtsein, verbunden durch ihr *aumakua*. Sie waren ein Teil des größeren kollektiven menschlichen Geistes und als dieser wiederum Teil des noch größeren kollektiven planetarischen Bewußtseins.

Und der Schöpfer des Ganzen? Was hatte es mit jener ungeheuren Konzentration der Universumskraft auf sich, die dort draußen in *Io*s leerem Raum verbrannte?

Als Antwort gewahrten sie, daß auch die Sonne Bewußtsein besaß, das durch die Schöpfung und Evolution des Bewußtseins der Lebensformen auf dem Wasserplaneten entstand. Das solare Bewußtsein war dabei, sich zu formen und im selben Maß mehr zu werden wie das wachsende, sich weiter entwickelnde kollektive Bewußtsein eines jeden lebenden Dings in dem Sonnensystem. Das bedeutete, daß die unzähligen Formen von Bewußtsein auf der Erde das Bewußtsein der Sonne waren und sind.

Der Verstand des Wissenschaftlers zitterte bei dieser Erkenntnis. Die Sonne war blendend hell, und doch konnten alle Lebewesen auf dem Wasserplaneten morgens und abends ihrem Schöpfer direkt ins Antlitz blicken. Die Augen, mit denen alle Kreaturen ihren Schöpfer sehen konnten, waren dieselben Augen, durch die ihr Schöpfer sie sehen konnte ... Durch die Entwicklung ihres bewußten Denkens konnte das Sonnenwesen nun ebenfalls sehen und sich erkennen.

«Unser Vater, der du bist im Himmel, geheiligt sei dein Name.»

Als sich das vereinte und doch individuelle Bewußtsein der beiden Männer in der großen Vision weiter ausdehnte, sahen sie den mit Sternen übersäten leeren Raum als ein riesiges Kollektiv zahlloser solarer Schöpferwesen, deren Absicht es war, überall im Universum die Grundlage für Leben zu liefern. Dies war die höchste Vollendung des Universums – die Umwandlung der strömenden Kraft in Bewußtsein.

Das Bild wechselte wieder, und in der von hellen Linien und Lichtpunkten unterteilten Dunkelheit sahen sie das große Schema, in dem jedes Universum sein eigenes riesiges kollektives Bewußtsein formte und das sich aus dem Bewußtsein all seiner Sterne zusammensetzte – das universale Bewußtsein, das wuchs und mehr wurde als Reaktion auf seine eigene ursprüngliche Direktive, die ihm aufgab, zu wachsen und vielgestaltig zu werden und mehr . . .

Nainoa und Hank erkannten, wie riesig und doch wie einfach das große Muster war, und ihre menschliche Neugier regte sich erneut.

«Was soll aus den menschlichen Lebewesen werden?» fragten sie beide.

Wieder flossen Bilder und Impressionen über das dunkle Feld. Sie begannen in der Vergangenheit, als die Protohominiden, von den Wissenschaftlern auch Australopithecinen genannt, in Afrika erschienen. Diese tropischen zweibeinigen Primaten waren zufällig gerade auf der Erde, als der planetarische Wettermotor einen anderen Gang einlegte. Die daraufhin einsetzenden extremen Klimaveränderungen stellten die eben erst in Erscheinung tretenden empfindungsfähigen Vorfahren auf eine harte Probe, bei der es auf die Veränderbarkeit des Verhaltens und auf Erfindungsgabe ankam. Dieser Test beschleunigte die Evolution des Bewußtseins.

Während der anfänglichen Klimaverschlechterung gegen Ende des Pliozäns vor 2,5 Millionen Jahren gefror das Wasser in den Polargebieten zu Eis und der Meeresspiegel sank. Als es auf dem Planeten kühler wurde, mußten bisher feuchte, tropische Bedingungen den sich ausbreitenden ariden Verhältnissen weichen. Die großen Wälder schrumpften, das trockene Grasland dehnte sich aus. Da die

Bäume weniger wurden, mußten die sich heranbildenden menschlichen Populationen ihre Kost anderweitig ergänzen und sich von dem ernähren, was die afrikanischen Savannen zu bieten hatten. Die Meere von Gras waren von weidenden Tieren förmlich bedeckt; Tierkadaver waren mit Hilfe der Geier leicht aufzuspüren. Hier fanden die Vorfahren Fleisch – Nahrung in hoch konzentrierter Form.

Die Vorfahren mußten zusammenarbeiten, wenn sie sich über die Reste großer Beutetiere hermachten. Als sie entdeckten, daß sie mit scharfen Steinsplittern selbst die größten Kadaver in ziemlich kurzer Zeit zerlegen konnten, was besonders wichtig war, wenn sich Löwen oder Hyänen in der Nähe befanden, konnten sie sich einiges mehr an Aasfleisch beschaffen. Schließlich entwickelte sich aus der gemeinsamen Ausschlachtung von Aas die gemeinsame Jagd – eine Lebensweise, die sich in Zeiten ungewisser Umweltbedingungen als sehr erfolgreich erwies.

Das Wetter blieb weiterhin unbeständig und wechselte zwischen stabilen und instabilen Klimaperioden. Die hominiden Jäger und Sammler überlebten in ihrer unberechenbaren Welt dank einer proteinreichen Ernährung, die die Vergrößerung des Gehirns förderte. Ihre bewußten Fähigkeiten veränderten sich und wurden verschiedenartig, und ihre anfangs primitiven Steinwerkzeuge entwickelten sich von beliebig abgeschlagenen Steinsplittern zu planvoll hergestellten Werkzeugen. Diese Entwicklung setzte sich in der nächsten Jahrmillion fort, während die Jäger, den Tierherden folgend, ihre afrikanische Heimat verließen und in die übrige Welt hinauszogen. Als das *sapiens*-Bewußtsein und die entsprechenden Fähigkeiten erreicht waren, begann das nächste Stadium, das von verschiedenen Extremen gekennzeichnet war, und wie immer führte eine Veränderung zur nächsten.

Die frühen Formen des *Homo sapiens* lebten weiterhin auf die damals althergebrachte Weise als Jäger und Sammler, und unter ihnen bildete sich eine neue menschliche Spezies heraus – ein schlanker, rundköpfiger, flachgesichtiger Nomade, dessen Populationen sich diversifizierten und vermehrten und über die Erde verbreiteten, bis es nur noch sie gab. Diese Neuankömmlinge waren wesentlich erfindungsreicher. Sie stellten immer intelligenter entworfene Werkzeuge her und hatten ständig neue Ideen. Sie drückten ihre symbolische Sprache zum ersten Mal als Kunst aus.

Vor ungefähr zehntausend Jahren änderte sich das Klima der Erde erneut, und folglich änderte sich auch das Leben auf der Erde. Am Ende der letzten Eiszeit wurde es wärmer, der Meeresspiegel stieg, und es kam zu einem ungeheuren Massensterben. Die Megafauna, von der die nomadisierenden Jäger lebten, verschwand. Die Vorfahren stellten sich erneut in ihrer Ernährung um, und bald wurden die ersten Tiere und Pflanzen domestiziert.

Mit der Erfindung der Landwirtschaft wurde die nomadische Lebensweise aufgegeben. Die Menschen ließen sich an festen Orten nieder, und es entstanden die ersten Siedlungen. Nahrungsmittelüberschüsse und Seßhaftigkeit führten zu einem dramatischen Bevölkerungsanstieg. Technologien wurden entwickelt, Keramik hergestellt und minderwertige Erze entdeckt. Zum ersten Mal entstanden Staaten mit gesellschaftlichen Klassen, die sich aufgrund von Tätigkeiten und Ansehen bildeten. Personen, die überwiegend mit der Ausübung von Religion beschäftigt waren, organisierten sich zu den ersten Staatsreligionen. Der Anbau von Getreide führte zu größeren Lebensmittelvorräten und zu noch mehr Stabilität, und die Bevölkerung wuchs und wuchs.

Das Verhalten sowie die soziale Organisation der Menschen wurden immer verschiedenartiger. Es entstanden zunehmend komplexe politische und wirtschaftliche Gebilde, während sich gleichzeitig das Bewußtsein weiter erweiterte. Reiche kamen und gingen, Kriege wurden gewonnen und verloren, Populationen dehnten sich aus und schrumpften, Kunst und Architektur gingen immer wieder über früher Erreichtes hinaus, und das menschliche Bewußtsein wuchs immer weiter. Es kam zu dem kurzen, aber glorreichen Ausbruch der Industriellen Revolution, einem goldenen Zeitalter der Extreme, das immer rasantere Technologieschübe und einen hohen Wissensstand brachte. Es war eine Periode, die vielleicht zweihundert Jahre dauerte – nicht länger als ein Augenzwinkern auf der galaktischen Skala . . .

Nainoa war überwältigt von seiner Vision der Menschheitsgeschichte. Er fühlte, daß der Amerikaner seine Reaktionen miterlebte, und formte sogleich eine Frage:

War alles, was er soeben gesehen hatte, wahr?

Die Antwort kam leise in altenglischer Sprache. Viele Worte waren ihm fremd, und doch verstand Nainoa, was Hank meinte:

«Wenn der menschliche Verstand wächst und größer wird, wechselt und ändert sich die Form der Wahrheit, doch alles, was du gesehen hast, ist wahr.»

Die Gedanken des Amerikaners wirkten düster, als er schloß: «Aus deinem Gedächtnis habe ich erfahren, daß unsere ganze Zivilisation verlorenging – unser ganzes Wissen, Wissenschaft und Technologie, Literatur, Musik, Kunst – alles ist verloren und verweht wie der Sand, den der Wind hier im Dunkeln umherwirbelt.»

Nach längerem Schweigen bildete sich im Bewußtsein beider Männer die Frage:

Könnte die westliche Zivilisation unbegrenzt weiterbestanden haben?

Für einen Moment erschien das flimmernde Bild des monolithischen Geisterwesens in seiner umgekehrten hellen Form vor einem dunklen Feld. Es zeigte ihnen das an vielen Stellen zerrissene Muster – apokalyptische Bilder von katastrophaler Überbevölkerung, Erschöpfung der Ressourcen, fortschreitende Vergiftung und Mißhandlung von Land, Luft und Wasser, von denen alles Leben abhing, sowie Hungersnot, soziales Chaos, Krankheit und Tod.

Die verheerendsten Faktoren waren die Vergiftung von Land, Wasser und Luft. Die Spezies Mensch wurde erneut auf die Probe gestellt. Der Planet erwärmte sich wie schon viele Male in der Vergangenheit, die Meere stiegen, und es entstanden Bedingungen, die zum Aussterben all jener Lebensformen führten, die nicht im Einklang mit dem Muster standen. So war es immer geschehen und so würde es überall im Universum immer wieder geschehen . . .

Beide Männer schwiegen. Das große Muster des Lebens würde unvermeidlich den Sieg davontragen. Nach einiger Zeit formten sie eine weitere Frage:

Und was wird danach sein?

Das hoch aufragende Bild des Geistes erschien in ihrem vereinigten Bewußtsein wie eine große, hell leuchtende und ein wenig flakkernde Kerzenflamme. Ihr Bewußtsein erweiterte sich erneut und nahm Eindrücke, Gedanken und Gefühle auf, die sie erkennen ließen, daß die Antwort in dem großen Muster enthalten war – daß sie in einer Vollendung bestand, die unzählige Male überall im Universum erreicht war.

Die Evolution des Geistes war immer das krönende Ereignis der Evolution von Körper und Verstand auf der physischen Daseinsebene. Die Umwandlung von roher Materie, Kraft und Bewußtsein in Geist, in den großen Bewußtseinsgeist der universalen, sich über Raum und Zeit ausbreitenden Matrix, war das große Ziel des evolutionären Prozesses. Der human-solare Bewußtseinskomplex hatte innerhalb der Matrix bereits seinen Platz. Für das endgültige Stadium der Evolution wurden Hochtechnologie und Maschinen nicht mehr gebraucht.

Beide Männer waren getröstet. Der evolvierende menschliche Körper-Verstand-Geist-Komplex war bereits in das Muster geknüpft, ein Lichtpunkt im übersinnlichen Nervengewebe des großen Rasters. Für das letzte Stück zum Gipfel hatten die Mystiker und geistigen Lehrer aller Epochen bereits Wege aufgezeigt. Verschiedenartigkeit war ein Teil der Direktive, und so waren alle geistigen Wege gültig, wenn sie diszipliniert, ernst, ausdauernd, gütig – und achtsam gegangen wurden.

Die menschliche Spezies war dazu bestimmt, etwas anderes zu werden, und auch dies war Teil des Musters. Nach dem Untergang der Zivilisation würden die Überlebenden weiterhin wachsen, sich verändern und vermehren, wie es die Direktive vorsah, aber in einer steinzeitlichen Zukunft, in der es keine Maschinen und keine Hochtechnologie mehr geben würde. Die Menschheit würde gedeihen und sich verschiedenartig gestalten, um alle möglichen physischen Typen und Erfahrungsaspekte auszudrücken. Der menschliche Körper-Verstand-Geist würde sich weiterentwickeln, bis er die Schwelle erreichte.

Dann würde die physische Wirklichkeitsebene überschritten werden, und die Menschheit würde ihre letzte Veränderung erfahren, um nur noch als *aumakua*, als Geist, als Mikrokosmos innerhalb des Makrokosmos zu existieren. An diesem Punkt würde die menschliche Spezies das Licht werden und sich wieder mit dem Schöpfer vereinen, von dem sie immer ein Teil gewesen und immer ein Teil bleiben würde; sie würde sich vereinen mit dem Vater, der am Himmel ist, dem Licht am Ende des Tunnels – dem Stern.

Schließlich bildete sich in ihrem Bewußtsein die letzte Frage:

Gibt es ein höchstes gottähnliches Schöpferwesen irgendwo jenseits des uns Bekannten?

Die Kraft in ihnen steigerte sich gewaltig und unterbrach ihr gemeinsames Denken und Fühlen. Als sie sich wieder stabilisiert hatte, gelangten sie zu der Überzeugung, daß diese Frage das große Geheimnis war und immer sein würde, das *mysterium tremendum*, das auch nicht von den mächtigsten Geistern, den *dorajuadioks*, beantwortet werden konnte.

Dies war die große Frage.

Der große Geist erschien in ihrem Blickfeld, als wollte er mit seiner Anwesenheit alles, was sie gesehen hatten, unterstreichen. Dann berührte seine außerirdische Intelligenz zum ersten Mal die ihre und sagte, die Matrix selbst könnte der Schöpfer sein und daß sie den Schöpfer als «das Geschaffene» auffassen könnten, als «das bereits sichtbar Gemachte», als «die gestaltete Erfahrung von allem darin Enthaltenen». Das große Bewußtsein des Universums wurde durch den evolutionären Prozeß miterschaffen, durch Aktionen auf der objektiven Ebene der physischen Wirklichkeit und durch jene in der subjektiven Ebene des Denkens, Fühlens und Träumens.

Und als sie der *dorajuadiok* in seinen nächsten Gedanken miteinbezog, fühlten sie sich plötzlich auch eins mit ihm.

«Wir sind die Schöpfer von unserem Teil des großen Musters», sagte der Geist. «Alle die verschiedenen persönlichen Götter, Gottheiten und Geister entstehen als Spiegel oder Echo von dem, was wir auf den Ebenen des Handelns tun und werden. Sie haben uns nicht erschaffen, sondern wir sie. Sie sind die Antwort auf uns und was wir werden.»

Der Wissenschaftler, der sich bewußt war, daß er in direktem Gedankenaustausch mit einem Geist stand, fragte: «Welcher Natur sind die *dorajuadioks*?» Die Antwort kam sofort.

«*Dorajuadioks* bestehen als Wesen von sehr großer Intelligenz, die sich zusammensetzt aus reinem Bewußtsein und stark konzentrierter Energie oder universaler Kraft. Sie aktivieren diese Kraft und leiten sie. Sie haben keine stoffliche Form. Auf der physischen Ebene der objektiven Wirklichkeit erscheinen sie dunkel, weil sie in der Geisterwelt hell sind. Ihr Schatten überquert als ihr dunkles Gegenteil die Grenze.»

Sie sahen farbige Impressionen, die ständig zwischen ihren Komplementärfarben – von orange zu grün zu orange, von rot zu blau zu rot – oder zwischen Schwarz und Weiß wechselten. Sie sahen Vignetten der Geisterwelt in Negativfarben – immer in der gegenteiligen Farbe der alltäglichen Welt, als würden sie stark kolorierte Schwarzweiß-Foto-Negative sehen.

Aus dem Farbenspiel tauchte ihr Planet auf, und jetzt verstanden sie, warum er ihnen rötlich erschien statt grün oder blau. Sie sahen sein spirituelles Ebenbild, seine Schattenform, wie er in der Geisterwelt, auf der Ebene der Archetypen, existierte. Das Bild veränderte sich. Vor dem Hintergrund der hellen Sanddüne sahen sie die vollkommen schwarze säulenähnliche Form des *dorajuadiok*, projiziert in die objektive Ebene der physischen Wirklichkeit durch das Umkehrphänomen. Bei diesem Bewußtseinswechsel wurden sie sich wieder des tiefen, rapide anschwellenden Tons bewußt, der sie in ihre eigene Realität und auf die Geisterberge zurückholte. Der Kontakt löste sich. Als er für kurze Zeit noch einmal zustande kam, fühlten sie bei dem großen Geisterwesen und auch in sich tiefe Traurigkeit.

Der Anthropologe erkannte, daß ihm ein kurzer Blick auf die Evolution des großen Geistes gewährt worden war, von dem das menschliche Bewußtsein ein Teil ist. Er verstand, daß wir als menschliche Wesen hier in unserem Winkel des Universums Mitschöpfer eines lokalen Aspekts des großen Geistes sind. Dieser lokale Aspekt enthält Böses, das Menschen geschaffen haben. Und das ist ihre große Sünde. Die Menschheit schafft Böses innerhalb des großen Bewußtseins, weil sie sich fortwährend mit der dunklen Seite der menschlichen Natur befaßt und sie akzeptiert. Die dunkle Seite enthüllte sich ihm plötzlich als die andere Hälfte des Lichts – als selektiver Faktor im Evolutionsprozeß, als eine Form von Erfahrung, an der die Menschheit auf ihrem Weg zur Vollendung gemessen wird. Williams Worte erschienen in ihrem Gedächtnis:

«Indem wir unsere dunkle Seite kennenlernen, entdecken wir, was wir nicht sind, aber auch, was wir sind.»

Die spirituellen Traditionen der Welt hatten die Lösung gezeigt. Das Heil liegt in der Umkehrung des Bösen, in der Offenbarung von Licht und Erbarmen. Das ist der Christus der Christenheit, der Bodhisattva Avalokiteshvara – der gnädig herabblickende Herr – des Buddhismus, der Kuan-yin des chinesischen Taoismus. Unsere große Aufgabe ist es, Wissen zu erlangen und es durch mitfühlendes Denken, Fühlen und Handeln in Weisheit umzuwandeln. Das ist der Weg des Bodhisattva: uns zu erhellen und dann die anderen, uns und alles andere zu erretten und das Große Bewußtsein zu schaffen.

Im Bewußtsein der beiden Männer formte sich eine Gewißheit. Mit dem Ende unserer Evolution, mit der Vollendung und Vereinigung des human-solaren Bewußtseinskomplexes, wird es zur Verbindung mit dem großen kollektiven Bewußtsein des Universums kommen und zu völlig neuen Erfahrungsparametern. Nur auf diese Weise wird der menschliche Geist «über die Sterne hinaus reisen, um dorthin zu gelangen, wo noch kein Mensch gewesen war».

Erst dann wird die Frage nach der Existenz eines höchsten Schöpfers beantwortet sein.

Wie aus weiter Ferne drang der helle Ton einer Glocke an mein Ohr und unterbrach den Fluß der Bilder und Gedanken. Die Meditation war beendet. Meine Bewußtseinsebene wechselte. Der tiefe Ton, der mich getragen hatte, nahm plötzlich ab, und die Vision verblaßte. Ich fühlte, daß ich mich zurückzog, daß ich zurückglitt – immer weiter zurück ...

Als die Verbindung mit Nainoa schwächer wurde, formulierte ich mit meinen beschränkten hawaiischen Sprachkenntnissen einen Abschiedsgruß, der auf englisch wiederholt wurde:

«*Aloha nui loa – a hui hou* – Viele liebe Grüße – bis zum nächsten Mal.»

Als ich die Aufmerksamkeit des nun dunklen *dorajuadiok* auf mich gerichtet fühlte, ließ ich ihn meine Dankbarkeit wissen und bat um weitere Kontakte und Gespräche in der Zukunft. Ich hörte einen leisen Knall, als er sich zurückzog und ich aus den Kräften, die mich hielten, förmlich herausplatzte.

Dann taumelte ich durch den Tunnel, durch gleißend hellen, wirbelnden Wind. In rasender Geschwindigkeit glitt ich auf dem Ton der Glocke dahin wie auf einer Spur. Die Lichter verschmolzen zu langen Linien und zum Raster. Ich durchquerte die Zone der Stille. Die ekstatische Kraft wallte noch einmal auf und legte sich, während der Ton der Glocke in der Stille des *zendo* verhallte. Ich kehrte merkwürdig beruhigt zurück. Die Phosphene lösten sich auf. Es war dunkel.

Mein Gesicht war feucht von Tränen.

23

Einheimische Geister

Die Morgendämmerung schien durch das Fenster des *zendo.* Der Leopardmann war gegangen, aber während sich die letzten Wellen der Kraft in mir legten, hörte ich aus dem Wald ein Geräusch, als würde dort Holz gesägt. Aus meiner Zeit in Afrika wußte ich, daß es das heisere Husten eines Leoparden war.

Langsam erhob ich mich von meinem Kissen und trocknete mir das Gesicht mit dem weiten Ärmel des *hippari.* Ich hatte ein gummiweiches Gefühl in den Knochen, meine Knie zitterten, und mir schwindelte bei dem Gedanken, was ich eben erlebt hatte. Ich schaffte es, aufzustehen und mit ineinandergeschobenen Fäusten hinter den anderen Teilnehmern den Raum zu verlassen. Während wir beim Frühstück unsere winzigen Reisportionen mit Tee und mariniertem Gemüse aßen, überkam mich eine ungeheure Dankbarkeit und ebenso große Verwunderung.

Etwas später am Vormittag hatte ich mein letztes Gespräch mit dem Zen-Meister. Er erkundigte sich nach meinen Meditationsübungen, aber wie konnte ich ihm erklären, was ich gesehen hatte? Ich entschloß mich für den direkten Weg. Ich sah Aitken Rōshi an und fragte ihn, ob Zen-Schüler jemals Visionen hatten. Der ehrwürdige Lehrer antwortete lächelnd:

«In *zazen* gibt es verschiedene Arten der Zerstreuung, auf die die meisten Schüler früher oder später kommen. Phantasien oder zufällige Gedanken sind am häufigsten, aber es gibt auch mysteriöse Visionen in der Art tiefer Träume, spontane Visionen, die sehr lebhaft und detailliert sein können und manchmal von körperlichen Gefühlen begleitet werden. Manche Schüler hören Stimmen, und manche erleben sogar Astralreisen. Auch Buddha hatte unter dem *bodhi*-Baum Visionen. Ich hatte ebenfalls Visionen, aber einige sehr fortgeschrittene Schüler haben sie nie.»

Nach einer kurzen Pause fuhr er fort: «Obwohl einige Religionen Visionen große Bedeutung zumessen, sind sie im Zen nicht der eigentliche Zweck der Übung. Sie enthüllen wenig von der wahren Natur des Schülers; einige Schüler sprechen von ihren Visionen, als sei es das Endziel. Das mag in einer Hinsicht wahr sein, aber man muß vorsichtig sein, weil sie ich-begrenzt sind.

Im Zen ist das Erlebnis einer Vision ein Zeichen, daß Sie bei Ihren Übungen Fortschritte machen. Sie sind über das Anfangsstadium des unkontrollierten Denkens hinausgelangt. Hatten Sie eine Vision während des *sesshin*?»

Wo sollte ich beginnen? Aitken Rōshi sah mich mit seinen hellen Augen scharf an. «Ich hatte heute morgen eine Vision – nach einer ganzen Reihe spontaner visionärer Erlebnisse im Lauf der letzten vier Jahre. Ich würde sehr gern mit Ihnen ausführlicher darüber sprechen, als dies unter den gegebenen Umständen möglich ist.» Ich hob die geöffneten Hände und lächelte.

«Vielleicht kommen Sie einmal nach Honolulu», sagte Aitken Rōshi. «Sie können mich jederzeit besuchen und mit mir sprechen.» Er lächelte wieder. Ich verneigte mich. Das Interview war beendet.

Die *sesshin*-Tage waren kurz danach zu Ende, und dann gab es von Akiko ein kräftiges Mittagessen. Im Gegensatz zu den stillen spartanischen Mahlzeiten während der Einkehrtage bogen sich die Tische förmlich unter der Fülle von Köstlichkeiten, und man unterhielt sich aufs lebhafteste. Doch meine Aufmerksamkeit war noch nach innen gerichtet.

Ich dachte immer wieder die Worte: «Der Vater, der Sohn und der Heilige Geist.» Der Begriff war ein Relikt aus meiner religiösen Erziehung, und doch war er weitgehend anwendbar auf das, was ich gerade erlebt hatte. Das Wort *holy* – heilig – leitet sich von dem altenglischen Wort *halig* oder *hal* ab und bedeutet «ganz» oder «mehr». Im Lauf der Zeit erhielt es die Bedeutung *sacred* – «geheiligt», «gekennzeichnet von Vollendung und Transzendenz», «spirituell rein oder göttlich», «Verehrung oder Ehrfurcht hervorrufend», «furchteinflößend, schreckenerregend oder unglaublich» und schließlich «erfüllt von übermenschlicher und möglicherweise verhängnisvoller Kraft». In diesem Fall war ich der Ahne, der «Vater», Nainoa der Nachfahre, der «Sohn», und der *dorajuadiok* der «Geist», ein furchteinflößendes «heiliges» Wesen.

Ich verabschiedete mich vom *rōshi*, und dann suchte ich Akiko auf. Sie war noch in der Küche beschäftigt. Ich verneigte mich, bedankte mich, daß sie so gut für uns gesorgt hatte, und sie antwortete mir mit einem breiten Lächeln, das meinem *Ku* einen Stoß versetzte. Ich bat sie, mir etwas über sich zu erzählen, und erfuhr, daß sie Tänzerin war und gelegentlich auf dem Tempelgelände die Rolle einer Hausmeisterin übernahm, wenn die Besitzer nicht da waren. Die freundliche Unterhaltung ging zu Ende, ich verneigte mich noch einmal und ging. Nach den stillen Tagen des Meditierens und der jüngsten Vision mußte ich erst wieder ein Gefühl für die Realität entwickeln. Ich konnte es kaum erwarten, zu Jill nach Hause zu kommen.

Nachdem ich meine Tasche im Wagen verstaut hatte, warf ich noch einmal einen Blick auf den Tempel und den Wald ringsum. Die Stille wirkte noch immer geheimnisvoll. Es war so still, daß ich die Blätter fallen hörte – mit dem gleichen schnalzenden Geräusch, das meinen allerersten Kontakt mit Nainoa eingeleitet hatte. Im Wald rief wieder der Regenkuckuck, und der Wind seufzte melancholisch in den Bäumen.

Als ich im Auto wegfuhr, hörte ich Aitken Rōshis Worte: «Unsere Übungen sind nicht dazu da, das Geheimnis zu erklären. Sie sollen es klarmachen.»

Nach meiner Rückkehr las ich über die Naturgeschichte des westlichen Teils von Nevada. Den großen Meerwassersee aus Nainoas Zeit gibt es heute in den Wüsten des Großen Beckens nicht, aber während des Pleistozäns war ein großer Teil dieses Beckens von einem Binnenmeer bedeckt, dem Lake Lahontan, dessen heutige Überreste der Pyramid Lake und der Walker Lake sind. Eine Klimaerwärmung könnte einiges von dem früheren großen See wieder auffüllen, so daß das Gewässer entstehen würde, das ich in Nainoas Begleitung gesehen hatte.

Was war mit den Geisterbergen? Es gibt einige sehr hohe Sanddünen östlich von Carson City. Ein Ort in dieser Gegend heißt Sand Mountain; und in der Nähe dieses Ortes gibt es eine Höhle mit Fischfossilien im Gestein.

In mehreren entlegenen Wüstengebieten der Welt – zum Beispiel in einigen Wüstengebirgen in China und auf der Sinaihalbinsel – gibt es sogenannte «Donnerdünen», die dröhnende Geräusche verursachen wie Musik oder Donner oder wie eine tiefe Stimme, die angeblich direkt aus der Erde zu kommen scheint. Das dröhnende Geräusch entsteht, wenn der Wind den trockenen Sand bewegt und die Sandkörner gegeneinanderschlagen. Ähnliche Geräusche treten Berichten zufolge auch am Sand Mountain im westlichen Nevada auf.

Ich dachte an Moses' Begegnung auf dem Berg Sinai, wo ihm der mächtige Geist in einem brennenden Busch erschienen war (der *dorajuadiok* könnte auch so beschrieben werden). Möglicherweise hatte er beim Geräusch des wehenden Sands den erweiterten Bewußtseinszustand erlangt, in dem er vor über dreitausend Jahren seinen visionären Kontakt herstellte. William hatte wahrscheinlich von der Macht dieses Tons gewußt und ihn benützt, um Nainoa bei der Kontaktaufnahme mit dem Geist – und mit mir – zu helfen.

Nach meinen Einkehrtagen ereigneten sich zwei mystische Begegnungen – die erste in einer unruhigen Nacht. Es begann, als Jill gegen Mitternacht etwas gegen das Haus klopfen hörte.

Ich war eben eingeschlafen, als sie mich aufgeregt weckte. Ich horchte, war aber nur halb wach. Es klopfte dreimal ... dann war es still. Kurz danach klopfte es wieder.

Das ging so einige Minuten lang; dann hörte es auf. Es war nicht das Quaken eines Gecko. Allmählich wurde ich richtig wach und wartete, aufrecht im Bett sitzend, auf das nächste Klopfen. Ich sah aus dem Fenster. Nichts. Die Nacht war ruhig und windstill. Es war schwer festzustellen, an welcher Seite des Hauses geklopft wurde.

Ich wartete, aber jetzt blieb das Klopfen aus. Ich hatte keine Lust aufzustehen, nachdem es mir eben erst gelungen war einzuschlafen; also kroch ich wieder unter die Decke. Dann begann ich mich in jenem merkwürdigen Zustand zwischen Wachen und Schlafen von einer Seite auf die andere zu wälzen. Gedanken, Vorstellungen und Gefühle kamen und gingen. Ich fand keine Ruhe. Gegen zwei Uhr war ich noch immer wach und fühlte plötzlich eine Anwesenheit. Da wir in Kona nie unsere Türen absperrten, fragte ich mich zunehmend besorgt, ob jemand in unser Haus eingedrungen war. Ich stand leise auf, griff nach meinem Massaiknüppel und schlich durch das dunkle Haus. Doch ich stöberte keinen Eindringling auf. Rea, die Katze, war jedoch unruhig. Ich machte ihr die Tür auf und ließ sie hinaus, bevor ich wieder zu Bett ging.

Ich drehte und wälzte mich weiter – und ungefähr eine halbe Stunde später tauchte das Gefühl einer Anwesenheit wieder auf. Ich blieb ruhig liegen, fühlte, daß etwas Unbekanntes da war, dann polterte es in der Küche, und alle wurden wach. Ich schoß aus dem Bett, packte meine Keule, doch dann hielt ich inne und tat etwas, das für mein früheres Ich völlig untypisch war. Ich fragte rasch mein *Ku* nach der Art der Anwesenheit und erhielt eine höchst überraschende Antwort.

Mein *Ku* gab mir den Eindruck von einem ganz bestimmten «Etwas». Es war weiblich und groß – *sehr* groß. Ich stand in der Dunkelheit und beschwichtigte Jills aufgeregtes Geflüster mit beruhigenden Gesten, während ich das Etwas musterte und überlegte, wieviel jemand dieser Größe wiegen könnte – tausend Pfund, oder mehr? Für eine menschliche Durchschnittsfrau jedenfalls ein wenig zu viel. Die Kraft ausstrahlende monolithische Form ähnelte dem *dorajuadiok* auf dem Geisterberg, sie war nur nicht so groß und weniger furchteinflößend.

Den Massai*rungu* in der Hand, pirschte ich durch den Flur. In der Küche war eine von Jills dekorativen Backformen ohne ersichtlichen Grund von der Wand gefallen. Alles andere war in Ordnung. Niemand war da.

Jill und die Kinder waren wach, und es verging einige Zeit, bis alle beruhigt, zugedeckt und wieder eingeschlafen waren. Ich ging ebenfalls wieder zu Bett und drehte und wälzte mich wieder. Es war die Zeit, in der meine Bewußtseinsveränderungen gewöhnlich eintraten. Ich entspannte meinen Körper so vollständig wie möglich und formulierte in Gedanken meine Absicht, mit der Anwesenheit, die ich in dieser Nacht gefühlt hatte, Kontakt aufzunehmen ...

Die Kraft drang in mich ein und lähmte mich. Phosphene tanzten hinter meinen geschlossenen Lidern, während ich nach Atem rang. Dann war «sie» da – eindeutig weiblich und riesig, weder feindlich noch gütig. Sie wirkte neutral, und doch spürte ich Absicht – positive Absicht. Noch während es in mir summte und vibrierte, öffnete ich die Augen und bemerkte erstaunt, daß ich durch die Zimmerdecke sehen konnte. Gleichzeitig fühlte ich, wie sich mein Bewußtsein von meinem Körper trennte und nach oben schwebte. Plötzlich konnte ich in alle Richtungen sehen, obwohl meine Augen nur in eine Richtung schauten.

Ich schwebte durch die Zimmerdecke, die keinerlei Widerstand bot, und durch das Dach. Ich sah, daß einige Schindeln erneuert werden mußten, und begann zu fliegen. Während sich mein Bewußtsein ausdehnte, befand sich die mächtige weibliche Anwesenheit in meiner Nähe, obwohl ich sie nicht sehen konnte. Die Kraftgefühle, die ich unentwegt spürte, schienen diesmal durch «die andere» in mich zu fließen.

Ganz plötzlich befand ich mich hoch in der Luft über dem Gipfel des Mauna Loa. Doch der Berg sah nicht so aus wie heute. Er war längst nicht so hoch und von dichter tropischer Vegetation umgeben. Das Laub war orange überhaucht. Die Farbskala des sich im Meer widerspiegelnden Sonnenuntergangs reichte von Pfirsichrosa über sämtliche Rottöne bis zu Schwarz im Zenith. Ich sah das umgekehrte Geistbild des Mauna Loa.

Ein großer Berg im Norden mit einer dicken Eiskappe erinnerte mich so stark an den Kilimandscharo, daß ich für einen Moment die Orientierung verlor. Ich versuchte, genau festzustellen, wo ich war. Ringsum blickte ich auf den Ozean hinaus. Also befand ich mich nicht in Ostafrika. Der Berg mußte der Mauna Kea sein, der andere große Vulkan der Insel. Ich sah Hawaii, wie es in der Vergangenheit gewesen war, vielleicht während einer kalten Periode des frühen Pleistozäns.

Der Krater direkt unter mir war eine zerklüftete violette Spalte in der Erdkruste mit einem großen brustähnlichen Aschekegel in der Mitte. An vielen Stellen innerhalb des Kraters stieg dunkler Dampf nach oben, und darunter grollte es dumpf. Plötzlich wußte ich, wer die Anwesenheit war.

Es war Pele.

Im Lauf unseres mehrjährigen Aufenthalts in Kona hatte ich mit der Familie regelmäßige Pilgerfahrten zum Kilauea Crater auf der anderen Seite der Insel unternommen. In dem darin kochenden Lavasee Halemaumau wohnt die Vulkangottheit Pele. Es war unser beliebtester Tagesausflug auf der Insel gewesen, und die Kinder nahmen stets Blumen aus dem Garten mit, um sie am Kraterrand der Göttin zu opfern. Ich hatte auch mehrere kleine Bronzen von Pele gemacht – und nun schwebte ich hier in einem erweiterten Bewußtseinszustand über ihrem Berg.

Doch plötzlich sank ich. Ich fiel in den Krater und landete am Fuß des Aschekegels. Die Lava unter meinen Füßen vibrierte und kräuselte sich durch die Kraft des darin und darunter befindlichen *mana*. Die Kraftwellen in mir schienen dieselbe Frequenz zu haben wie die Vibrationen der Lava, als wollten sie den Einfluß des Berges auf meine visionären Erlebnisse bestätigen. Während ich auf die kahle Landschaft blickte, wirbelte ein nach Schwefel riechender Windstoß den feinkörnigen Bimsstein sirrend über das harte Gestein.

Dann bebte der Boden unter mir. Ein Ausbruch am Gipfel des Kegels bahnte sich an. Ich befand mich viel zu nah am Kegel, aus dem die tausend Grad heiße Lava ausbrechen würde. Der Boden unter mir bebte erneut, und die flüssige Lava schoß mit einem ohrenbetäubenden Tosen aus dem Schlot. Ich rannte los, doch dann erkannte ich, daß es nichts nützen würde. Ich war zu nah am Ausbruchsort und hatte nicht genug Zeit, um wegzulaufen. Tief in meinem Innersten begriff ich, daß ich einfach darauf vertrauen mußte, daß alles gut sein würde.

Ich blieb so ruhig wie möglich stehen, als der Vulkan erwachte und leuchtende Lavaströme am Gipfel des Kegels hervorbrachen. Gase explodierten zu orangeroten und grünlichen Wolken und verschmolzen mit dem emporgeschleuderten Magma zu einer brüllenden Feuersäule. Glühendes Gestein spritzte umher, Lavabomben zischten an mir vorbei, aber ich blieb unversehrt. Die ungeheure Hitze empfand ich nur als angenehme Wärme.

Während der ganzen Zeit blieb die starke weibliche Anwesenheit bei mir. Die Feuersäule wuchs mehrere hundert Meter hoch in den Himmel.

Dann nahm mein Bewußtsein plötzlich eine andere Richtung, und ich befand mich wieder im Bett neben Jill. Es war noch dunkel. Ich zitterte unter dem Einfluß der Kraftwellen, aber ich war in Sicherheit; auch Jill und die Kinder waren in Sicherheit. Es war, als hätte ich mich absichtlich von der Vision zurückgezogen, um mich vom Wohlergehen meiner Familie und meines körperlichen Ich zu überzeugen. Beruhigt schloß ich die Augen. Meine Bewußtseinsebene änderte sich wieder.

Als ich die Augen wieder öffnete, befand ich mich in einer merkwürdig veränderten, traumähnlichen Version meines Hauses. Jill lag neben mir im Bett, und ich versuchte ihr zu erklären, daß «es» gerade geschah, aber sie schien mich nicht zu hören. Als ich erneut versuchte, mit ihr Kontakt aufzunehmen, «berührte» mich die weibliche Anwesenheit, und als die Kraft auf mich eindrang und mich lähmte, fiel ich im Zeitlupentempo auf den Boden. Plötzlich wünschte ich mir, ich hätte Gelegenheit gehabt, einige Zeit mit jemandem zu verbringen, der etwas mehr über den Umgang mit Geistern wußte als ich. Als Antwort darauf veränderten sich die Bilder.

Ich fühlte, wie ich mich hinausbewegte. Das Blickfeld wurde dunkel. Ich überquerte eine Grenze, und als es wieder hell wurde, befand ich mich in einem schwach beleuchteten Raum zwischen Menschen, die ich nicht kannte. Wo war ich? Warum war ich hier? Ich war noch nie an diesem Ort gewesen. Ich sah die Leute genauer an, und dann traf mich die Erkenntnis wie ein Schock. Ich sah einen bärtigen, dunkeläugigen Mann in Jeans vor mir. Es war Michael Harner. Ich hatte ihn seit Jahren nicht gesehen. Sein Bart war jetzt beinahe völlig weiß.

Der gealterte Harner sah mich mit seinem durchdringenden Blick überrascht an. Ich fand eine Erklärung angebracht und kam immerhin soweit, daß ich sagte: «Es ist eindeutig weiblich und riesig», als mich die Kraft erneut packte und drückte, daß ich beinahe keine Luft mehr bekam. Harner machte eine beruhigende Handbewegung, und ich hörte seine tiefe Stimme ganz deutlich: «Versuchen Sie nicht, es zu erklären. Erleben Sie es einfach.»

Dann blickte er auf etwas hinter und über mir. Seine Augen hinter der spiegelnden Brille weiteten sich, als er unsicher lächelnd in seine Blickrichtung deutete und sagte: «Sie findet offensichtlich Gefallen an Ihnen.»

Ich drehte mich um und sah ihren menschlichen Aspekt – eine Frau im reifen mittleren Alter mit ausgeprägten polynesischen Zügen. Sie war unglaublich groß und trug einen merkwürdigen Sarong aus schlichtem schwarzen *tapa*, der ihr bis über die Füße reichte. Ich starrte auf den Faltenwurf des dunklen Stoffs, der ähnlich gerafft war wie bei den klassischen Statuen der Athene.

Das lange schwarze Haar der großen Frau hatte einen rötlichen Schimmer und hing über Schultern und Rücken bis zum Boden, was ihr die Umrisse eines Monolithen gab. Dicke Kränze aus orangefarbenen und roten Blumen schmückten ihr Haupt und ihre breite Brust. Sie wirkte alterslos und doch wie aus alter Zeit. Gesicht und Brüste waren aber bemerkenswert jugendlich, und ihr Körperbau verriet ungeheure Stärke. Sie hielt ihre kräftigen Arme überkreuzt und betrachtete mich anerkennend mit ihren leuchtenden Augen. Um ihren breiten Mund spielte die Andeutung eines Lächelns.

Sprachlos vor Ehrfurcht blickte ich zu der *akua* auf. Sie war gut doppelt so groß wie ich. Ihre Unterarme hatten die Größe meiner Schenkel. Als ich wieder einigermaßen klar denken konnte, fiel mir ein, daß sie vielleicht auf eine Reaktion von mir wartete. Ich nahm all meinen Mut zusammen, verneigte mich mit gefalteten Händen und flüsterte: *«Tutu Pele.»*

Ich sah nicht, daß sie lächelte – ich fühlte es mehr, denn im selben Moment begannen die Kraftgefühle in mir zu wogen und zu knistern. Als ich wieder zu ihr aufblickte, schien sie sich nach oben auszudehnen und wurde noch größer und monolithischer als zuvor.

In meinem Bewußtsein tauchte ein Wort auf; es kam als gleichmäßig vibrierendes, unglaublich leises «Geräusch» bei mir an. Ich hörte auf zu denken und lauschte nur noch. Und das Wort kam wieder – «*makalahia*». Es war ein hawaiisches Wort, das mir eine «Stimme» ins Ohr flüsterte, die so ähnlich klang wie der leise Wind in den Bäumen des Wood-Valley-Tempelgeländes. Die Silben dehnten sich in der Wiederholung zum Gesang – «*maaa-kaaa-laaa-hiii-aaa*». Ich hatte keine Ahnung, was das Wort bedeutete. Seine geisterhafte ätherische Schönheit rief ein starkes Echo in meinem Körper hervor und lenkte meine Aufmerksamkeit auf etwas anderes. Ich war plötzlich wieder in meinem Bett im dunklen Kona.

Benommen lag ich da und fühlte Peles Anwesenheit, während die Kraft in mir und um mich wirbelte und sich wie ein verklingendes Echo in der Ferne verlor. Draußen miaute die Katze, und Jill stand auf und ließ sie ins Haus. Anna wachte auf. Jill wechselte ihr die Windeln, gab ihr die Flasche und kam wieder ins Bett. Ich fühlte mich immer noch von der Kraft gefesselt, aber es gelang mir, Jill begütigend zu tätscheln. Die Katze kam ins Schlafzimmer und schien vor etwas in der Mitte des Zimmers zu erstarren. Dann war die Anwesenheit verschwunden, die Kraftgefühle legten sich, und ich schlief sofort ein.

Am nächsten Morgen schlug ich das Wort nach und entdeckte, daß *makala* «öffnen» oder «erwachen» bedeutet und die Endung *-hia* eine Art Befehlsform ist. *Makalahia* war eine Aufforderung, die kategorisch feststellte, was von mir erwartet wurde:

«Wach auf!»

So lautete die Berufung des Buddha. Das Wort *Buddha* selbst bedeutet «der Erwachte».

Die nächste Vision erlebte ich in der darauffolgenden Nacht, als sollte Peles Aufforderung unterstrichen werden. Ich schlief wieder einmal sehr unruhig, bis mich die Katze gegen vier Uhr aus dem Bett holte, damit ich sie hinausließ. Wieder unter der Decke entspannte ich so gut wie möglich und flüsterte schließlich: «In Ordnung. Ich bin soweit.»

Die Kraftwellen schossen durch meinen Rücken und explodierten in meinem Gehirn. Ich fühlte eine Anwesenheit, und als ich mein *Ku* befragte, erfuhr ich, daß die Anwesenheit diesmal der große Maulbeerbaum neben unserem Autoabstellplatz war.

Ich stand plötzlich unter dem Baum und blickte durch seine dunklen Zweige zum Mond. Diese Baumart, auch Otahiti-Apfel genannt, war vor langer Zeit von polynesischen Seefahrern aus der Südsee eingeführt worden. Aus seinem Stamm waren häufig die großen hochseetüchtigen Kanus gebaut worden. Als ich dies dachte, schwebte ich bereits über einer weiten Wasserfläche mit gebirgigen Inseln, die wie hingestreut unter dicken weißen Wolken lagen. Eine Kanuflotte – lange Doppelkanus mit hohem Heck und großen geblähten Segeln – zog über das blaue Meer, auf dem weiße Schaumkronen tanzten. Ich schwebte so hoch, daß ich die Menschen an Bord der Schiffe kaum erkennen konnte.

Die Szene veränderte sich abrupt. Ich war wieder unter dem Maulbeerbaum in meinem Vorgarten. Seine gefiederten Blätter schienen von innen heraus zu leuchten. Ich fühlte, wie mich der Baum mit seinem *mana* berührte. Dann kam von weiter oben am Berg ein merkwürdiges rhythmisches Geräusch. Es war unheimlich, und je näher es kam, um so mehr klang es wie monotoner Gesang, wie ein Sprechchor. Die Worte klangen hawaiisch, aber ich war mir nicht sicher. Ich versteckte mich hinter dem Baum, während ich in der Dunkelheit nach der Quelle des Geräuschs Ausschau hielt. Als es lauter wurde, bewegten sich zwischen meinen Bäumen schattenhafte Gestalten. Viele Menschen zogen über mein Farmland hinunter zum Ozean . . .

Eine große Gestalt löste sich aus der Gruppe und kam auf mich zu – ein kräftiger Hawaiianer in einem langen schwarzen *tapa*-Mantel. Sein Kopf war auf beiden Seiten kahl rasiert, so daß sein dichtes weißes Haar entlang der Scheitellinie einen Kamm bildete. Er war mindestens dreißig Zentimeter größer als ich und trug einen langen Speer aus dunklem Holz.

Mein erster Gedanke war, daß die Einheimischen irgendein kulturelles Ereignis begingen. Als der Mann näherkam, fühlte ich das *mana*, das von ihm ausging. Sein Mund war breit, sein Gesicht tief gefurcht. Die ganze Erscheinung hatte etwas so Bezwingendes, daß ich mich instinktiv verneigte und mit der Stirn den Boden berührte. Als ich wieder stand, hatte er sich abgewendet und betrachtete neugierig meinen Wagen. Obwohl mir dieser Mann bekannt vorkam, konnte ich mich nicht entsinnen, ihm je begegnet zu sein. Vielleicht lebte er weiter oben am Berg. Unterdessen zogen immer mehr Gestalten in der Dunkelheit an uns vorüber.

Plötzlich fühlte ich den Gemütszustand des Mannes – eine unsäglich tiefe Traurigkeit. Als ich besorgt reagierte, drehte er sich zu mir um, lehnte den Speer gegen den Maulbeerbaum und legte seine warmen braunen Hände auf meine Schultern. Er sah mir tief in die Augen, und jetzt endlich erkannte ich ihn. Es war Kamehameha.

Ein breites Lächeln erschien auf dem Gesicht des Königs, doch die Traurigkeit in seinen Augen blieb. Dann ging er um meinen Wagen herum und entdeckte den *pohaku* im Steingarten. Er blieb eine Weile davor stehen, dann sah er mich an und sagte ein einziges hawaiisches Wort: *«Ike.»* Er wiederholte es langsam – *«Iii-kay»* –, damit ich es deutlich hören konnte.

Trotz der fesselnden Kraft in meinem Körper gelang es mir, die erhobenen Hände zusammenzulegen und mich noch einmal tief zu verneigen. *«Kamehameha nui»*, flüsterte ich.

Der König lächelte. Seine Anwesenheit war so stark, daß die Kinder sie ebenfalls fühlten und aufwachten. Ihre fragenden Rufe holten mich in die alltägliche Wirklichkeit zurück. Mein letzter Blick auf den König zeigte mir seine hohe, in den dunklen Umhang gehüllte Gestalt, die den Rahmen der Haustür gänzlich ausfüllte. Kamehameha lächelte auf den *pohaku* im Steingarten nieder und vollführte mit beiden Händen eine Geste in der Luft über und um den Stein. Seine Lippen bewegten sich, aber ich hörte nicht, was er sagte.

Dann war ich zurück in meinem Körper, gerade als Jill aufstand, um nach den Kindern zu sehen. Ich blieb still liegen, fühlte die Anwesenheit des Königs und die Wärme seiner Hände auf meinen Schultern, sah die Traurigkeit in seinen Augen – und schlief plötzlich wie ein Toter, genauso wie in der Nacht zuvor.

Als ich erwachte, erinnerte ich mich in allen Einzelheiten an die Vision. Ich ging sie mehrere Male durch, um mich zu vergewissern, daß ich nichts vergessen hatte. Dann stand ich auf und schlug das

Wort nach, das der König gesagt hatte. Als Hauptwort bedeutet *ike* «Wissen», im traditionellen Sprachschatz auch «spirituelle Macht» oder «Vision». Als Verb bedeutet es «zeigen», «wissen», «fühlen», «grüßen», «erkennen» und «verstehen».

Ungefähr einen Monat später – es war der letzte Monat vor meiner Abreise von Hawaii – nahm ich wieder Kontakt mit Nainoa auf.

Ich erwachte früh am Morgen. Es war noch dunkel. Der Duft des nachts blühenden Jasmin zog wieder durch das Haus und erinnerte mich an einen früheren Kontakt. Von einem Hypnotherapeuten hatte ich inzwischen einige Techniken der Selbsthypnose gelernt, um leichter in den veränderten Zustand zu gelangen. Da es genau die Zeit war, in der es gewöhnlich zu meinen visionären Erlebnissen kam, beschloß ich, die neue Methode zu versuchen.

Ich legte mich auf den Rücken und formulierte im Geist meine Absicht. Ich rief meine Geisterhelfer an, den Leopardmann und den Geisterstein. Ich richtete meine ganze Konzentration auf meine Absicht. Dann wandte ich die Selbsthypnose an und bat, körperlich völlig entspannt, um die Kraft. Mein Bewußtsein erweiterte sich nach außen und innen auf der Suche nach dem veränderten Zustand. Ich wartete.

Nach einer Weile – ich war drauf und dran, den Versuch abzubrechen – öffnete sich die Tür, und die Energie war plötzlich da. Ich konzentrierte mich fest auf mein Ziel, während der Raster erschien. Das summende, zischende Geräusch nahm zu und verstummte, als ich über die weite Fläche sauste und die Zone der Stille passierte. Plötzlich ließ der Druck nach. Mein Wahrnehmungsvermögen war wieder voll da. Die Veränderung hatte stattgefunden.

Als erstes bemerkte ich, daß der Jasmingeruch verschwunden war. Statt dessen roch ich Holzrauch, Felle und den Geruch einer Frau, die ich gut kannte.

24

Die zwölfte Reise
Kenojelaks Traum

Die Morgendämmerung war nicht mehr weit. Nainoa lag halb schlafend, halb wachend in der Schilfhütte, die er mit Kenojelak teilte. Als sie sich im Traum auf ihrem Fellbett bewegte, legte er den Arm um sie und drückte sie an sich. Der aufdringlich süße Geruch einer blühenden Pflanze drang in sein halbwaches Bewußtsein. Es war ein Geruch, der ihm bekannt vorkam; aber er wußte nicht, wo er ihm schon einmal begegnet war, und schlief wieder ein.

Eine plötzliche Erinnerung weckte ihn. Denselben Geruch hatte er eines Morgens am Anfang seiner weiten Wanderung im Wald bemerkt. Damals, dachte er, hatte irgendeine innere Verbindung begonnen; es war das erste Mal gewesen, daß er sich der Anwesenheit bewußt geworden war – es mußte der Amerikaner gewesen sein.

Inzwischen war er vollends wach, aber der Duft war verschwunden. Sieben Tage waren seit seinem ungewöhnlichen visionären Erlebnis in den Geisterbergen vergangen. Vielleicht war der Amerikaner zurückgekommen. Er wartete. Aber in seinem Inneren blieb alles still.

Kenojelak bewegte sich wieder und drängte ihr Becken gegen ihn. Nainoa lächelte im Halbdunkel der Hütte. Vielleicht war es dem Amerikaner peinlich, in einem so intimen Augenblick anwesend zu sein. Aber was schadete es? Der Amerikaner konnte auch er selbst sein in einem früheren Leben in einer fernen Vergangenheit. Ob ihn sein Vorfahr besuchte, um mit ihm über die Dinge zu sprechen, die sie auf ihrer ungewöhnlichen Reise mit dem *dorajuadiok* erfahren hatten?

Nainoa hieß ihn im Geist herzlich willkommen, und dann dachte er an die Zeit nach der kosmischen Vision. Als sich damals gegen Morgen der furchteinflößende Ton, der sie getragen hatte, mit dem Wind legte, hatte sich Nainoa aufgesetzt und sich umgesehen. Der Geist war verschwunden, und die Welt war wieder wie sonst gewesen.

Auch William war aus seiner Trance erwacht. Er sah Nainoa lächelnd an und bedeutete ihm mit der Geste des Jägers, still zu sein. Sie blieben noch eine ganze Weile auf ihrer Fellunterlage sitzen und beobachteten das Heraufziehen des Tages. Dann standen sie auf, und William rollte wortlos das Fell zusammen. Seine Augen wirkten seltsam leer, als sie sich auf den Heimweg machten.

In der Höhle brachen sie ihr Lager ab, und dann gingen sie über die trockenen Ebenen und spärlich bewaldeten Hügel am See zurück, jeder mit seinen eigenen Gedanken beschäftigt. Sie verbrachten fast den ganzen Tag schweigend. Nainoa ließ die Vision immer und immer wieder vor seinem inneren Auge vorüberziehen. Sein Geschichtsverständnis hatte sich durch die Reaktionen und Erklärungen des Amerikaners enorm erweitert.

Als sie abends ihren gegrillten Fisch aßen, brach Nainoa schließlich das Schweigen. «Es war so einsam dort draußen im leeren Raum», sagte er.

William lächelte. «Du wirst feststellen, daß es schwer ist, über das, was du erlebt hast, zu sprechen», sagte er. «Behalte es eine Weile für dich, damit du es verdauen kannst. Du hast von den Geistern Wissen bekommen. Sie haben dich für würdig befunden. Nun liegt es an ihnen und an dir.»

«William, was war der unglaubliche Ton? War es der Geist?»

Der alte Jäger sah sich sorgfältig um; dann nickte er und flüsterte verschwörerisch: «Das weiß niemand genau, aber das Geräusch könnte die Stimme von Zilatu gewesen sein, dem Luftgeist. Er ist sehr mächtig. Zilatu kommt, wenn ihn die *dorajuadioks*, die die Naturgeister beherrschen, darum bitten.»

Der Alte schwieg nachdenklich und fragte dann: «Hast du Verbindung zu deinem Ahnen aufgenommen?» Als Nainoa nickte, weiteten sich Williams lange Augen. Dann machte er die Geste, die Schweigen bedeutete, und drang nicht weiter in Nainoa.

Als die beiden Männer zum Ennu-Lager oberhalb des Sees zurückkehrten, befand sich die ganze Versammlung im Aufbruch. Williams Verwandte wollten weiter nach Süden ziehen in ein Gebiet, wo der schwarze Glasstein häufig vorkam, aus dem sie ihre Werkzeuge anfertigten. Eine kleinere Gruppe wollte in ihre Jagdgründe im Nordosten des Sees. Es war Zeit, auseinanderzugehen und dem Wild zu folgen, wie es die Jahreszeit vorschrieb.

Der bislang unbeschwerte freundschaftliche Umgang, den Nainoa mit den Ennu pflegte, war förmlicher geworden. Sie waren zurückhaltend und ängstlich bei allem, was mit dem Geisterreich zu tun hatte, und Nainoas Fähigkeiten flößten ihnen Respekt ein. Keiner im Lager fragte ihn, was bei den Geisterbergen geschehen war.

Sogar Kenojelak fragte ihn nur sehr wenig. Nachdem sie sich am Abend seiner Rückkehr geliebt hatten, sah sie ihn lange an. Dann strich sie lächelnd mit den Fingern über seine Lippen. «Jetzt weißt du also, was *ungagok* ist», sagte sie.

Die Art, wie sie es sagte, brachte Nainoa auf den Gedanken, daß sie vielleicht auch imstande war, mit den Geistern Kontakt aufzunehmen. Kenojelak warf ihm einen ihrer ernsten Blicke zu und nickte nur, als hätte sie seine Gedanken gelesen. Sie schmiegte sich in seine Arme und schlief ein wie ein zufriedenes Kind.

Kurz bevor die Ennu auseinandergingen, erkrankte ein Mann der benachbarten Gruppe und bat William, ihn zu heilen.

Für die Heilungszeremonie wurde auf dem Berg ein Steinkreis angelegt, und William fertigte eine große flache Trommel an. Aus einem kräftigen biegsamen Schößling formte er ein breites Oval mit einem Griff und bespannte diesen flexiblen Rahmen mit einem Pferdemagen. Während er die Trommel über dem Feuer trocknete, prüfte er von Zeit zu Zeit mit einem hölzernen Schlegel ihren Ton. Er dehnte und spannte das Fell mehrere Male, bis es einen tiefen dröhnenden Ton bekam. Dann ließ er das Lager wissen, daß er nach Einbruch der Dunkelheit mit der Heilungszeremonie beginnen würde.

Der Name des Kranken war Onarg. Er sah sehr schlecht aus, als er in den Steinkreis trat und sich auf das darin ausgebreitete Hirschfell legte, während sich die ganze Lagerbevölkerung versammelte, um dem Ereignis beizuwohnen.

Alle warteten schweigend, bis William mit der Trommel erschien. Die Augen des alten Jägers wirkten leer. Auf Gesicht und Körper hatte er sich mit roter Erde und weißer Asche verschiedene Muster aus Punkten und Strichen gemalt. Auf dem Kopf trug er eine geflochtene Kappe mit einem kleinen Hirschgeweih. An seinem Gürtel hing eine mit Mustern bemalte Kürbisrassel, und um den Hals trug er eine merkwürdige Pfeife.

William sprach einige Zeit leise mit seinem Patienten. Dann stand er auf und begann, mit dem Schlegel bald auf den Trommelrahmen, bald auf das Fell schlagend, einen monotonen Rhythmus zu trommeln. Nach einer Weile begann er mit hoher nasaler Stimme zu singen und mit schlurfenden Schritten um den auf dem Fell liegenden Kranken herumzutanzen. Die Ennu schlugen mit kurzen Stöcken den Trommelrhythmus mit und stimmten jeweils am Ende des monotonen Singsangs in den Refrain ein. Als alle den richtigen Rhythmus übernommen hatten, nahm William die Pfeife zur Hand. In gleichmäßigen Abständen unterbrach er seine Tanzschritte, nahm eine stilisierte vogelähnliche Haltung ein und blies schrille, durchdringende Töne in die Dunkelheit. Dann tanzte er weiter und blickte zum Nachthimmel empor.

Er trommelte, sang, tanzte und pfiff bis spät in die Nacht. Schließlich begann er zu taumeln. Die Trommel setzte aus. Kenojelak, die am nächsten bei William stand, nahm ihm das Instrument ab und trommelte im selben monotonen Rhythmus weiter. Die Pfeife sank von Williams Lippen, er schloß die Augen und legte sich langsam neben den kranken Onarg.

Eine ganze Weile blieb er bewegungslos liegen, während die Ennu gespannt warteten und seine Tochter trommelte. Plötzlich richtete er sich auf und machte das Jägerzeichen für Stille. Er kniete sich neben den Kranken, nahm die Rassel in die Hand und schüttelte sie über Onargs ausgestreckter Gestalt. Eine Stelle über Onargs Torso schien die Rassel immer wieder anzuziehen, und während William mit geschlossenen Augen fortfuhr, die Rassel zu schütteln, tastete er mit der freien Hand den Bauch des Kranken ab.

Plötzlich ließ er die Rassel fallen, legte beide Hände auf Onargs Unterleib und tat, als würde er dort etwas herausziehen. Er hielt die Augen geschlossen, grunzte und knurrte wie ein Tier und zog ständig an etwas Unsichtbarem. Nainoa schaute genau auf Williams Hände, konnte aber nichts, gar nichts sehen.

Schließlich krähte William triumphierend, nahm ruckartig die Hände von Onarg und hielt «etwas» in die Höhe, damit es alle sehen konnten. Alle Ennu zeigten mit dem Finger darauf und machten leise Bemerkungen über die Bösartigkeit dieses «Etwas», obwohl Nainoa nichts davon sehen konnte. William schleuderte «es» mit einem Schrei und einer Geste des Abscheus in Richtung des Sees. Er wiederholte den Vorgang mehrere Male – packte zu, zerrte heraus, schrie und warf –, bis er den Eindruck zu haben schien, daß von dem abscheulichen «Etwas» nichts mehr übrig war. Er wusch sich Hände und Unterarme in einer Kürbisschale, die Kovak bereithielt, und blies auf seine Hände, als wollte er sie trocknen. Dann legte er sich wieder neben den Patienten und schloß die Augen.

Kenojelak begann wieder zu trommeln. Nach einer langen Pause richtete sich William auf. Er hielt einen abgesägten Röhrenknochen eines Tiers in der Hand. Der vor Alter rötlichbraune Knochen war glatt und glänzte im Mondlicht, als William ihn vorsichtig an eine Stelle unter Onargs Brustkorb hielt und scharf hineinblies. Nachdem er auch diesen Vorgang mehrere Male wiederholt hatte, steckte er das Knochenstück in seinen Lendenschurz.

Dann führte er wieder die Rassel über und um den Kranken herum, half Onarg, sich aufzusetzen, und sprach ziemlich lange mit leiser monotoner Stimme auf ihn ein. Als Onarg schließlich auf die Beine geholfen wurde, sah er bedeutend besser aus. Die Heilung war beendet.

Einen Tag nach der Heilung ging Nainoa zu William und bat ihn, ihm das Ritual zu erklären. William führte ihn wieder zu dem einsamen Platz auf dem Hügel, wo sie schon früher über spirituelle Dinge gesprochen hatten.

«Ich rufe die Geisterhelfer an», sagte William. «Sie helfen mir, die Krankheit zu finden und zu entscheiden, was dagegen zu tun ist. Sie sagen mir, was ich wissen muß. Ich bewirke die Heilung nicht allein. Die Geister tun es, weil ich sie darum bitte.

Die Trommel hilft mir, Verbindung mit ihnen aufzunehmen. Ich höre der Trommel zu, und dann wechselt mein Bewußtsein in ihre Daseinsebene. Ich fliege auf dem Ton der Trommel genauso, wie wir auf der Stimme von Zilatu bei den Geisterbergen gereist sind. Ich reise auf der Trommel zu den Geistern, und dann rufe ich mit der Pfeife meine besonderen Geisterhelfer. Wenn sie kommen, bitte ich sie um ihre Hilfe bei der bevorstehenden Aufgabe. Gewöhnlich erklären sie sich bereit zu helfen; manchmal muß ich sie aber auch überzeugen, daß sich ihre Hilfe lohnt, besonders wenn ich jemandem helfen möchte, den die Geister für unwürdig halten.

Vor langer Zeit hat ein Großonkel von mir bei einem Jagdunfall einen Teil seiner Seele verloren. Er wurde wie du von einem Bullen überrannt, und seine Seele hat seinen Körper für eine Weile verlassen. Es war, als würde er schlafen, und wir konnten ihn nicht wekken. Als seine Seele zurückkam, war ein Teil davon verlorengegangen. In seinem Inneren war ein leerer Platz entstanden, und dort nistete sich eine Krankheit ein.

Manchmal, wenn jemand einen Teil seiner Seele verloren hat, kriecht eine Krankheit an den ungeschützten leeren Platz. Verschiedene Krankheiten können sich ausbilden, und deshalb muß das Krankheit verursachende Element entfernt werden, damit sich der Mensch erholen kann. Mein Verwandter Onarg hatte so ein Element in seinem Leib. Ich habe meine Bewußtseinsebene verändert, bis ich die geistige Seite seiner Krankheit wahrnehmen konnte. Dann rief ich einen meiner Geisterhelfer an, damit er mir helfe, sie herauszuziehen.

Wir haben die Krankheit entfernen können, aber dann mußte noch die leere Stelle in Onargs Seele gefüllt werden. Deshalb habe ich einen anderen Geist angerufen, der mir bei der Suche nach verlorenen Seelen hilft. Wir sind gemeinsam zu dem Ort gereist, zu dem Onargs Seele gegangen war.»

Der alte Mann verstummte, und seine Augen blickten in eine

weite Ferne. Dann fuhr er mit merkwürdig ausdrucksloser Stimme fort: «Ich bin noch nie an jenem Ort gewesen, aber es bestand kein Zweifel: Ein Teil von Onargs *odiok*, von seiner persönlichen Namensseele, war dort. Er war verlorengegangen, als Onarg im Traum etwas Bösem begegnet war. Ich mußte diesen verschreckten Teil seiner Seele überreden zurückzukommen, und es ist mir mit der Hilfe meines Geisterhelfers gelungen.»

William grinste breit. «Jetzt geht es ihm viel besser, und das krank machende Element kann nicht zurückkehren, weil Onargs Seele wieder heil und seine persönliche Kraft wiederhergestellt ist.» Nach einer Pause fügte er hinzu: «Auch seine Frau wird wieder glücklich sein.»

Nainoa fragte, ob auch er die Trommel benützen könnte, um die Geister auf leichtere Weise aufzusuchen. William nickte. «Wenn du den Ton der Trommel gewöhnt bist», sagte er, «wird es leichter und leichter. Dann wirst du in die Bewußtseinsebene überwechseln, in der du die Geister triffst, sobald du die Trommel hörst. Sie ist wirklich nützlich. Andere wechseln auf andere Weise ihre Bewußtseinsebene. Alle *ungagoks* haben ihre besondere Methode, um ihr inneres Denken und Fühlen zu verändern ... um die Geister und die Orte, wo sie wohnen, wahrzunehmen.»

William beendete das Gespräch mit der Bemerkung: «Du hast offensichtlich die Fähigkeit, ein *ungagok* zu werden. Die Geister haben dir einen kurzen Blick in ihre Welt gewährt. Nun mußt du mit ihnen vertraut werden, sowohl mit denen der unteren als auch mit denen der oberen Regionen. Dein Tigermann wird dich führen und beschützen. Du mußt mehr Geisterhelfer kennenlernen und für dich gewinnen. Ihre Hilfe ist grundlegend wichtig bei allem, was du erreichen möchtest. Du mußt jetzt deinen Blick vertiefen, damit die Begegnung mit den Geistern etwas Natürliches für dich wird. Wenn du das erreicht hast, wirst du die Trommel oder die Stimme von Zilatu nicht mehr brauchen. Dann wirst du es leicht und ganz natürlich tun können, wann immer es nötig ist.»

Die Sterne zeigten an, daß fast ein Jahr vergangen war. Es war Zeit für Nainoa, zu den hawaiischen Siedlungen zurückzukehren. Der

Gedanke, die Ennu zu verlassen, bedrückte ihn mehr denn je und ganz besonders, seit ihm seine spirituelle Ausbildung so wichtig geworden war – wichtiger als fast alles andere. Er wollte imstande sein, sich mit seinem Vorfahren zu vereinigen. Er nahm sich vor, diese letzten Tage mit William gut zu nützen.

Aber was sollte aus Kenojelak werden? Er stellte sie sich am Hof des Herrschers vor mit ihren Waffen und ihren Hunden. Was sollte er tun?

Als der Morgen dämmerte, erwachte Kenojelak aus ihren Träumen und flüsterte: «Nainoapak?»

Er küßte und liebkoste sie. Sie stieß seine Hände weg und setzte sich lachend auf. «Nainoapak, ich hatte einen sehr wichtigen Traum. Ich saß am Fluß, wo wir immer baden, und eine Frau kam aus dem Wasser. Sie war blau – ihre Haut, ihre Haare und ihre Augen waren blau, und sie trug einen schönen blauen Umhang, der wie Wasser an ihr herunterfloß. Sie sagte, ihr Name sei Flußfrau und daß sie eine wichtige Nachricht für mich habe.

Ich soll für mein Volk *ungagok* werden. Sie wird mein *dordok*, mein Geisterhelfer, und wird mich lehren, mit Pflanzen zu heilen. Sie sagte, daß ich noch nicht *zakray* sei, aber die Pflanzen sind es, und sie werden mir sagen, was ich wissen muß. Ich werde eine Medizinfrau für mein Volk werden. Das haben die Geister für mich bestimmt, sagte sie, schon als ich ein Kind war. Sie haben mich beobachtet, und jetzt sei die Zeit für meine Ausbildung gekommen.

Die Flußfrau sagte, die Geister hätten auch für dich Pläne. Du wirst ein Geistergänger werden, und William wird dir dabei helfen. Du wirst zu deinem Häuptling zurückkehren, und William wird mit dir gehen, um deine Ausbildung fortzusetzen und dein Volk kennenzulernen. William hat dort etwas sehr Wichtiges zu tun, und danach wird er zu uns zurückkommen.

Die Flußfrau sagte, daß du in der Geschichte deines Volkes eine wichtige Rolle zu übernehmen hast und ein mächtiger *ungagok* sein wirst. Sie sagte auch etwas, das ich nicht verstanden habe – daß du eine wichtige Beziehung hast, eine Verbindung durch die Geisterwelt mit einem, der weit weg ist, und daß du von diesem Menschen viel Wissen erhalten wirst. Du wirst deinem Volk helfen ...» Kenojelak suchte nach Worten, um den Gedanken auszudrücken. «Die Flußfrau sagte, du wirst deinem Volk helfen, die leere Schale wieder zu füllen.»

Kenojelaks Gesicht heiterte sich auf. «Sie sagte mir auch, daß ich ein Kind von dir haben werde, eine Tochter, und daß sie eine mächtige *ungagok* für die Ennu werden wird. Ich wurde vom Geist meiner Großmutter auserwählt, ihre Mutter in ihrem kommenden Leben zu werden. Meine Großmutter war eine große Heilerin, und sie hat beschlossen wiederzukommen. Sie hat dich auch zu ihrem Vater gewählt.» Kenojelak zwinkerte ihm zu und strich mit dem Finger über seine Brust und seinen Bauch. «Wenn unsere Tochter groß ist, wird sie eine Geistergängerin sein wie ihr Vater und wird für dich, für dein Volk und für die Ennu von großem Nutzen sein.

Der Wassergeist sagte mir, du wirst ein mächtiger und einflußreicher Mann in deinem Volk sein – daß du viel reisen und oft zu deiner Ennu-Frau zurückkommen wirst. Sie sagte, unser Leben wird sich ändern wegen der Pläne, die die Geister für uns haben – und daß wir mehrere Kinder haben werden.»

Kenojelak und Nainoa sahen sich in dem trüben Licht nachdenklich an. Dann beugte sich Kenojelak vor und legte ihre Lippen an sein Ohr. «Die Flußfrau sagte», flüsterte sie, «daß ich heute morgen ein Kind empfangen werde.» Sie kicherte und kitzelte sein Ohr mit der Zunge. Dann schubste sie ihn, daß er auf das Fellbett zurückfiel.

Nainoa lachte und nahm sie in die Arme – und die Zukunft beunruhigte ihn nicht mehr.

25

Regentänzer

Während dieses sehr kurzen Kontakts kam es zu keinem direkten Gedankenaustausch mit Nainoa. Wie er vermutet hatte, war es mir peinlich, daß ich während seines intimen Zusammenseins mit Kenojelak bei ihm eingedrungen war; und so war ich auf seine fragenden Gedanken nicht eingegangen. Sein Unterbewußtsein hatte jedoch meinen Wunsch nach Informationen aufgefangen und begann, seine Erinnerungen abzutasten. Als wir beide seinen selektiven Erinnerungen folgten, war er sich des Vorgangs bewußt und fragte sich, ob auch er Informationen aus meinem Gedächtnis bekommen könnte, wenn er mich «hier» besuchte.

Eine Woche später – es war Mitte Juni des Jahres 1989 – war ich mit meinen kleinen Töchtern an der Kealakekua Bay. Ich saß unter dem *heiau* zwischen den im grauschwarzen Sand halb begrabenen Steinblöcken und dachte über all das nach.

Es war unser letzter Vormittag, aber wie jeden Morgen schwammen wir, buddelten Löcher im Sand, bauten Burgen mit Türmen und Gräben und spazierten durch den Wald, um den Wassergeist am Teich zu besuchen. Ich lächelte, wie unbefangen meine Kinder gegenüber den nicht-gewöhnlichen Wirklichkeitsebenen waren, weil sie sie ständig in ihren «Tagträumen» erlebten. Sie würden dies tun können, bis sie von ihren Lehrern und Altersgenossen hören würden, daß Geister Einbildung sind . . . daß es sie in Wirklichkeit nicht gibt.

Sie waren wie ich von den Geistern dieses Ortes berührt worden.

Auch Jill hatte sich in den vier Jahren auf Hawaii sehr verändert. Eine wundervolle Ruhe umgab sie, eine neue Offenheit und ein vertieftes Bewußtsein. Sie hatte ihre gut gehende Krankengymnastikpraxis bei San Francisco, in der sie die traditionelle westliche Therapie mit Körper- und Bewußtseinstraining verband, aufgegeben und hatte auf persönlichen Erfolg und Anerkennung verzichtet, um ihre Kinder im ländlichen Hawaii aufwachsen zu lassen. Es war eine glatte Kehrtwendung ihres bisherigen Lebens gewesen. Auf Hawaii hatte sie gelernt, von einem Augenblick zum anderen zu leben. «In Kona haben wir einfach gelebt», sagte sie später einmal, «ohne Alibis oder Eigenwerbung», fügte sie ein Zitat verwendend hinzu.

Unsere Töchter waren sehr frei herangewachsen, um nicht zu sagen wild. Ihr Haar war lang und von der Sonne gebleicht, ihre Haut tiefbraun. Es gelang uns kaum, sie für längere Zeit in Kleider zu stekken, und sie liefen fast immer barfuß umher. Meine Eltern und Großeltern aus dem ostamerikanischen Establishment würden sie für ungebärdig halten. Meine Familie hatte eindeutig eine neue Richtung eingeschlagen.

Es war Zeit, daß ich wieder in meinen Beruf zurückkehrte. Die Lehrtätigkeit in Kona hatte mir Spaß gemacht, aber es war nur ein Teilzeitjob. Jill und ich hatten schweren Herzens beschlossen, gegen Ende des akademischen Jahres 1989 auf das amerikanische Festland zurückzukehren. Unser «Hawaii-Projekt» war abgeschlossen, das Haus restauriert, das Land gerodet und bestellt – und es war Zeit, wieder Geld zu verdienen.

Ich war wie betäubt bei dem Gedanken, Kona verlassen zu müssen, aber wie Nainoa mußte ich zu meinem früheren Leben zurückkehren, um zu Ende zu führen, was ich begonnen hatte.

An diesem letzten Strand-Vormittag mit meiner Familie kam mir eine Melodie in den Sinn – eine Weise, die ich noch nie gehört hatte. Sie begann mit kurzen wiederkehrenden Tonfolgen, die ich vor mich hinsummte, während ich zwischen den Steinen am Strand umherging und die Kinder im Auge behielt, bis sie sich schließlich zu einem Ganzen fügten. Worte kamen dazu und wurden zu Versen, und plötzlich erkannte ich, daß ich ein Lied geschenkt bekommen hatte.

Ich saß auf einem flachen Stein zwischen den Felsen und Bäumen oberhalb des Wassers und sang mein Lied, bis es sich in mein *Ku* eingeprägt hatte. Ich summte es immer und immer wieder, während ich mit den Kindern am Strand entlangging und aus alter Gewohnheit nach Artefakten suchte. Das Steinbeil, nach dem ich schon so lange suchte, hatte ich nicht gefunden. Nun wurde die Zeit knapp. Für einen Moment bedauerte ich, daß ich es nicht gefunden hatte – aber ich hatte ein Lied gefunden. Ich hatte auch meine Erlebnisse in verändertem Bewußtseinszustand «gefunden» – und sie waren ein großartiger Fund. Meine Verbindung mit Nainoa würde hoffentlich auch in der Zeit nach meinem Abschied von den Inseln weiterbestehen.

Wir kehrten vom Strand zum Haus zurück, und es war sehr still, während ich allein auf der Veranda saß und auf die Männer wartete, die den Rest unseres Haushalts einpacken und zum Festland verschiffen würden. Der heisere Ruf des Mino-Stars durchbrach die Stille. Ein Huhn unserer Nachbarn spazierte zwischen meinen Kaffeebäumen umher und wartete vergeblich, von unseren Töchtern mit Brotresten gefüttert zu werden. Eine kleine Bewegung im grünen Mosaik des Gartens verriet einen Mungo, der das Huhn beobachtete. Die ersten Litschis reiften an meinem Litschibaum, aber wir würden sie in diesem Jahr nicht selbst essen.

Ich blickte aufs Meer hinaus und dachte an Nainoa. Wie in Mythen und Legenden waren wir beide dem Ruf des Abenteuers gefolgt. Wir hatten unsere bekannten Welten hinter uns gelassen, um dem Geheimnis des Daseins auf die Spur zu kommen. Wir waren durch eine innere Tür gegangen, waren Geistern von Angesicht zu Angesicht begegnet und spirituell initiiert worden. Unser Verständnis von der Natur der Wirklichkeit und von uns selbst war unermeßlich erweitert worden, als wir entdeckten, daß unser Bewußtsein Zeit und Raum durchqueren konnte, indem wir zu «Geistergängern» wurden. Wir wußten jetzt, daß wir unseren leiblichen Tod überleben würden. Wir kannten die Wahrheit der Reinkarnation.

Während ich auf die Kealakekua Bay hinunterblickte, dachte ich an die Veränderung, die Nainoa und mir bevorstand. Wir mußten beide in unsere eigenen Welten zurückkehren und unsere Erfahrungen anderen anbieten, damit sie den Mut aufbringen würden, selbst Geisterreisen zu unternehmen.

Ich seufzte und stand auf, um ein letztes Mal den Steingarten zu jäten. Ich zupfte das Unkraut – nicht ohne mich zu entschuldigen – zwischen den Steinen, die ich so liebevoll zusammengetragen hatte. Auf mich wartete eine neue Anstellung als Gastdozent an der University of California, die mir die Möglichkeit bot, mich wieder in die Welt einzugliedern, die ich vor vier Jahren hinter mir gelassen hatte, und die hoffentlich zu einer Vollzeitprofessur führen würde.

Mir blieb nicht mehr viel Zeit. Ich beschloß, einige Kartons, die unter dem Haus herumlagen, zu verbrennen, statt sie den ganzen Weg bis zur Müllkippe an der Küste zu fahren. Nachdem ich die allgegenwärtigen Schaben und Spinnen herausgeschüttelt hatte, trug ich die Kartons zu dem Platz auf unserem Grundstück, wo ich an windstillen Tagen Papierabfälle verbrannte.

Während ich einen Karton nach dem anderen in das Feuer warf, das ich in einer von Steinen umgebenen Grube angezündet hatte, und darauf achtete, daß es niedrig brannte, damit die Bäume nicht versengt wurden, summte ich mein Lied vor mich hin. Es herrschte völlige Windstille, doch das Feuer flackerte und tanzte.

Plötzlich fühlte ich ihre Gegenwart. Es gab keinen Zweifel. Sie war da, in den tanzenden Flammen, und richtete ihre Aufmerksamkeit auf mich. Mein Herz schlug rascher. Ich verneigte mich ehrerbietig und flüsterte: «Pele.» Ich dankte ihr, daß sie mich mit ihrer Anwesenheit in dieser traurigen Zeit des Abschiednehmens und Auseinandergehens erfreute. Als Antwort darauf tanzte und brauste das Feuer in der stillen Luft.

Ich erklärte ihr, was sich in meinem Leben zur Zeit ereignete und warum dies so war. Ich sagte ihr, daß ich nicht recht wußte, ob ich meine Skulpturen mitnehmen sollte. Sie waren alle in Stein ausgeführt – in ihrem Stein. Würde sie mir erlauben, sie als Gegenstände der Kraft in meine Welt mitzunehmen – als Kunstobjekte, die von mir, von ihr und von Kanaloa, dem Geist des Ozeans, gemeinsam geschaffen worden waren? Diese Skulpturen, erklärte ich ihr, würden denen, die erkennen konnten, was sie sind, Kraft verleihen. Und ich fragte sie, ob die Steine etwas von ihr mitnehmen würden, durch das andere außerhalb von Hawaii vielleicht ihre Kraft wahrnehmen könnten.

Auf eine Antwort wartend starrte ich ins Feuer. Durch mein *Ku* fühlte ich ihre Aufmerksamkeit und dann ihre Zustimmung. Dankbar und sehr erleichtert bat ich um ihren Segen – für ihre Steine, für mich und für meine Familie, wenn wir die Inseln verlassen und wieder in die Welt hinausgehen würden. Dann fiel mir noch ein, sie einzuladen, mich, wo immer ich mich aufhalten würde, zu besuchen – besonders draußen in der Natur, an den wilden Orten fern von der Hektik der westlichen Zivilisation.

Ich erhielt erneut deutliche Zustimmung, in die sich der Eindruck von Zuneigung mischte.

Dann fühlte ich, daß sie sich zurückzog. Das Feuer brannte plötzlich nur noch halb so hoch. Sie war gegangen. Ich tauchte aus meiner leichten Trance auf. Der Himmel hatte sich verdunkelt, und es zog ein Gewitter herauf. Ich dachte an Häuptling Kaneohe und hob in einer plötzlichen Regung die Hände und segnete Pele und ihr Land mit dem althawaiischen Segensspruch:

«E ho'omaikai keia akua ... E ho'omaikai keia aina.»

Das Feuer flammte kurz auf, stieg noch einmal brausend in die Höhe und erstarb, als die ersten dicken Regentropfen fielen.

Ungeachtet des Regens ging ich zum Geisterstein neben der Haustür. Ich liebte diesen Stein, und der Gedanke, ihn zurücklassen zu müssen, bekümmerte mich sehr.

Das Gewitter ging in seiner ganzen tropischen Heftigkeit nieder. Das Wasser stürzte mit ohrenbetäubendem Lärm vom Himmel. Ich zog meine Sachen aus und stand nackt vor dem Geisterstein. Ich konzentrierte mich auf den Stein, und plötzlich überlief es mich kalt, als die Gefühle der Kraft in mich eindrangen. Starr, fröstelnd und nach Atem ringend stand ich im prasselnden Regen und versuchte verzweifelt, mich auf den Beinen zu halten. Wie als Antwort darauf ließen die Gefühle ein wenig nach, so daß ich die Kontrolle über meinen Körper behielt.

Ich hob die Hände, legte die Handflächen zusammen und verneigte mich vor dem Geisterstein, indem ich ihn förmlich mit seinem

Namen anredete. Ich fragte ihn, ob er mich für eine Weile in die Welt hinaus begleiten und mir als einer meiner Geisterhelfer Freundschaft, Schutz und Kraft sowie den Zugang zu meinem geschätzten Nachfahren gewähren würde.

Ich fühlte seine Zustimmung.

Kapohaku'ki'ihele – der Stein, der reist – wünschte seine erste Reise an die fernen Küsten von Amerika zu machen.

Ich lächelte. Dann ging ich in die Hocke und legte beide Hände auf den Stein. Die vibrierende Kraft, die aus dem Stein floß, betäubte meine Arme und Hände ähnlich wie elektrischer Strom. In jenem Augenblick der körperlichen Berührung rückte mein persönliches Schicksal an einen neuen festen Platz im großen Muster. Ich hielt den Stein fest und schwor einen feierlichen Eid, daß ich oder einer meiner Nachfahren ihn eines Tages auf die Insel zurückbringen würde.

Als der Geist des Steins bestätigte, was ich in Gang gesetzt hatte, fuhr die Kraft mit solcher Gewalt in mich, daß ich das Gleichgewicht verlor und rückwärts auf dem Allerwertesten landete. Ich keuchte erschrocken, während ich im Regen mitten auf der Auffahrt saß und mir Hände und Ellbogen rieb. Dann empfand ich plötzlich ein Gefühl der Freude – fluoreszierende Wogen der Freude erfüllten mich.

Es gelang mir aufzustehen. Der Regen rauschte, die Kraft zischte in meinen Ohren, und ich begann langsam, ganz langsam zu tanzen.

Anfangs bewegte ich mich zögernd und beinahe tastend. Als ich sicherer und schneller wurde, funkelte alles in mir vor Helligkeit. Ich hatte keine Wahl – ich mußte weitertanzen oder verrückt werden, so wallte und wogte die Kraft in mir. Ich hüpfte und drehte mich schneller und schneller, bis ich in meinem Freudentaumel im chaotisch trommelnden Gewitterregen auf und ab sprang wie ein Massai beim Regentanz.

Ich sprang höher und höher, und plötzlich hörte ich jemand wie aus weiter Ferne etwas sagen. Aus meinen Schultern, Füßen und Fingerspitzen schienen winzige Blitze zu zucken. Ich hörte jemand lachen, und als ich aufblickte, sah ich Jill, die mich durch die Fliegengittertür beobachtete. Sie drehte sich um und sagte etwas über die Schulter zu jemand anderem, und diesmal hörte ich, was sie sagte.

«Kommt her und seht euch euren Vater an.»

Zwei helle kleine Gesichter erschienen hinter dem Fliegengitter. Meine Begeisterung sank etwas. Glaubten sie, ich sei verrückt geworden? Dann stießen die Kinder die Tür auf und rannten nackt in das dunkle Wasserinferno hinaus, um unter lautem Jubelgeschrei mit mir im Regen zu tanzen. Wir sprangen zu dritt auf und ab, die Kinder stampften, spritzten und lachten ausgelassen. Blitzlichter flammten auf, als Jill versuchte, das Ereignis zu filmen.

Dann flog die Tür erneut auf, und Jill schloß sich uns an. Ihre Zähne und langen Beine leuchteten in der zunehmenden Dunkelheit, als sie, von unserer Stimmung angesteckt, mit der Anmut einer ausgebildeten Tänzerin umherwirbelte und sprang. Auch sie riß sich die Kleider vom Leib und tanzte wie eine Wahnsinnige, und das Wasser strömte über ihren Körper wie über ein glänzendes schlankes Gefäß.

Berauscht von einer zauberischen rohen Wildheit tanzte ich den Regentanz mit meiner Frau und meinen Töchtern. Ein inneres Licht schien in mir aufzugehen, ein Strahlen, das anhielt, bis die Kraftgefühle plötzlich endeten und mich erschöpft, aber voller Heiterkeit in der brüllenden Finsternis stehenließen mit drei kreischenden nackten Frauen, die auf dem Höhepunkt eines tropischen Gewitters auf einem aktiven Vulkan in der Mitte des Pazifischen Ozeans vor einem Geisterstein tanzten.

Kalifornien, verehrte Kollegen der anthropologischen Zunft! Würdet ihr reif für uns sein?

Am nächsten Abend logierten wir in einem Ferienhotel an der Anaeho'omalu Bay. Als die Sonne unterging, schlenderten Jill und ich über den Strand, während die Kinder im flachen Wasser spielten. Der weite Sandstrand dieser Bucht mit dem Kokospalmenhain war für uns in den vergangenen Jahren ein beliebtes Ausflugsziel gewesen, deshalb hatten wir hier Zuflucht gesucht, um uns während unserer letzten Stunden auf Hawaii von dem Chaos des Auszugs aus unserem Haus zu erholen. Die Sonne hing leuchtend rot über dem dunklen Ozean. Gedanken an unsere Zukunft gingen mir durch den Sinn. Als die Sonne das Meer berührte, fiel mein Blick auf eine Reihe angeschwemmter Korallen- und Muschelabfälle. Und da war es – ein kleiner schwarzer Steinkeil. Als die nächste Welle darüber lief und ihn im Sand zu begraben drohte, bückte ich mich und hob ihn auf. Es war eine alte Steinbeilklinge, deren Umrisse durch den jahrelangen Abrieb von Wasser und Sand weich und rund geworden waren. Von oben gesehen sah sie aus wie ein breiter platter Fuß von der Länge meines unteren Daumenglieds. Reste der abgeschlagenen Fläche am Absatz sowie der Schlagwulst waren typische Markierungen, die entstanden waren, als der kleine Steinsplitter von einem größeren Steinkern abgesprengt wurde. Es bestand kein Zweifel – es war ein von Menschenhand geformtes Werkzeug eines früheren Hawaiianers für die Feinarbeit an einem hölzernen Gegenstand.

Ich prüfte die Schneide mit dem Daumen. Im Gegensatz zu den meisten heutigen Bewohnern der Insel hätte Nainoa das Beil sofort erkannt. Jahrelang hatte ich danach gesucht. Daß ich es jetzt, so kurz vor meiner Abreise von der Insel, endlich gefunden hatte, konnte kein Zufall sein. Die Sonne sank unter den Horizont, das warme Wasser umspülte meine Füße. Ich berührte die Klinge mit der Zunge und schmeckte das Salz.

Es war ein Geschenk der Geister dieses Ortes. Und in diesem Augenblick wußte ich, daß Magie etwas Wirkliches ist.

Hinter der großartigen weißen Sichel der Bucht raschelten die Palmen im lauen Wind. In der Ferne, zwischen den dunklen Gebirgsstöcken des Mauna Kea und Mauna Loa, stieg der Mond in den Himmel. Ich stellte mir an Stelle des klotzigen Hotels hinter dem Strand ein Fischerdorf vor für diejenigen, die den Zusammenbruch der Zivilisation überleben würden. Es war ein guter Platz für ein Dorf, bis der Ozean steigen würde.

Während ich den bearbeiteten Steinsplitter in der Hand drehte und wendete, fielen mir einige Worte eines alten chinesischen Sprichworts ein:

Wenn wir unsere Richtung nicht ändern,
werden wir dort enden,
worauf wir zusteuern.

Nachtrag

Ich zog mit meiner Familie in eine Vorstadt von San Diego, wo ich im nächsten akademischen Jahr an der University of California Anthropologie lehrte. Während dieser Zeit schrieb ich eine neue Vortragsreihe über menschliche Evolution, prähistorische Archäologie, Magie, Schamanismus und die Ursprünge der Religion.

Als unsere Sachen aus Hawaii eingetroffen waren, packte ich als erstes die Kiste mit dem Geisterstein aus. Er sah ziemlich trocken aus, und ich fragte mich voller Unbehagen, ob er noch «lebendig» war nach der Reise in einem Schiffsbauch. Nachdem er in Kona immer im Freien gestanden hatte, erschien es mir ganz selbstverständlich, ihn in unserem Hintergarten aufzustellen, einem ziemlich kleinen Flecken ausgedörrten Lehmbodens mit ein paar ungesund aussehenden Bäumen und einem vernachlässigten Rasen. Dieser Garten war in jeder Hinsicht weit entfernt von unserem wilden dschungelartigen Grundstück in Kona.

Wir stellten den Stein unter einen halb verdursteten Feigenbaum. Kurze Zeit darauf schien der ganze Garten zum Leben zu erwachen. Der Rasen erholte sich, ungepflegte Geißblattsträucher entfalteten Wolken orange-roter Blüten, und einige dahinsiechende Bananenstauden setzten tatsächlich Früchte an.

Der Feigenbaum zeigte jedoch die auffälligste Veränderung. Einige Tage, nachdem wir den Stein neben seinen Stamm gestellt hatten, begann er auf wahrhaft bemerkenswerte Weise zu grünen. Er produzierte Feigen sogar während der kältesten Zeit des Winters, nachdem er alles Laub abgeworfen hatte und einige meiner Bonsais durch den Frost eingegangen waren. In den eineinhalb Jahren, die der Stein unter dem Baum stand, hat der Baum nie aufgehört, Früchte zu tragen.

Fast ein Jahr lang hatte ich keine veränderten Bewußtseinserlebnisse mehr, vielleicht, weil ich so mit Lesen, Schreiben und Lehren beschäftigt war. Ich befürchtete schon, meinen Kontakt mit Nainoa verloren zu haben. Als mein Lehrauftrag im Frühjahr 1990 endete, überlegte ich, was ich mit meinen Aufzeichnungen aus Hawaii anfangen sollte. Es war mir zur lieben Gewohnheit geworden, mich während einer kleinen Teepause neben den Stein unter den Feigenbaum zu setzen, und eines Morgens fühlte ich eine innere Veränderung. Am selben Tag setzte ich mich an den Computer und begann, die endgültige Version dieses Berichts zu schreiben.

In jener Nacht, zur gewohnten Zeit, kamen die Kraftgefühle wieder. Ich begann ein neues Tagebuch.

Glossar

Hawaiische Begriffe

aka	energetische oder ätherische Substanz, aus der alles im Universum gebildet wird, selbst Gedanken und innere Vorstellungen
akua	Geist, übernatürliches Wesen
aloha	in der Gegenwart des Göttlichen, des göttlichen Lebensodems
aumakua	persönliche, höhere geistige (spirituelle) Ebene aller lebendigen und nicht lebendigen Dinge; das überbewußte Bewußtsein
ha	göttlicher Lebensodem
haku	Kapitän eines hochseetüchtigen, langen Doppelkanus; eigentlich: Herr, Meister
hale mana	Haus der (überirdischen) Macht; Aufbewahrungsort heiliger Reliquien
heiau	Ort der (überirdischen) Macht, wo die Menschen zu den Geistern beten und Opfergaben niederlegen
Ho'omana	hawaiianischer Schamanismus
Ho'oponopono	traditionelle hawaiianische Methode der Konfliktlösung
Huna	geheimes Wissen; siehe auch *Ho'omana*
ike papakauna	vierte Bewußtseinsebene im *Ho'omana*; rein subjektiver Zustand mystischen Bewußtseins von der essentiellen Einheit des Universums und allem, was sich darin befindet
ike papakolu	dritte Bewußtseinsebene im *Ho'omana*; schamanischer Bewußtseinszustand
Io	Leere des Universums, aus der alles hervorgegangen ist

Kahiki	mittlere Welt, nicht-gewöhnliche Seite der alltäglichen Wirklichkeit
kahu	der für das *heiau* zuständige Priester
kahuna	Priester im Rang eines Häuptlings
kahuna kilolani	Meister der Himmels-, Sternbeobachtung, Sterndeutung
kahuna kupua	Mystiker, Schamane, Meister der Geister
kahuna lapa'au	Heiler
kahuna pule	Meister der Zeremonie; Ritual- und Gebetsmeister
Kane	eine der vier großen Gottheiten des alten Hawaii
Kanekehili	Donnergott
Kane'wahine	die spirituelle Ebene des Ich
kapoeaumakua	Kollektiv aller *aumakua* der Menschen; der menschliche Geist
Kapohaku'ki'ihele	der Stein, der reist
kapu	Gebot, Verbot, Regel
ke'aka	der Schatten; die dunkle Form; der Bewacher einer Schwelle (Pforte)
kino	die äußeren Aspekte des leiblichen Menschen
kino'aka	die Körperenergie im Inneren; die Kraft, die den Menschen lebendig macht
koko'aka	unermeßliche Kraft, Energiesystem, das alle *aumakua* untereinander verbindet
Ku	Unterbewußtsein, auch *Unihipili*
kumu	Absicht, Richtung, mit der jedes Lebewesen erfüllt ist
Lanikeha	obere Welt der Götter
laulele	Imagination
lei	Blumenkranz
Makua'nahele	Waldgeist
Makua'uwila	der Blitzmann
makalahia!	wach auf!
mana	unsichtbare, übernatürliche Kraft im Universum, die sich sowohl in unbelebten Objekten oder Orten als auch in Lebewesen konzentrieren kann
mana'o'ulu'wale	schöpferische Phantasie; Vorstellungskraft; die kreative Tätigkeit des Verstandes
manu	Vogel, der mit Wissen, Ideen und Botschaften von der oberen Welt hinunterfliegt
Milu	Unterwelt der Tiergeister
mo'o	Wassergeist
Pele	Vulkangeist

pohaku	Stein
pohaku kupua	Geisterstein
tapa	papierähnlicher Stoff aus dem Bast des Papiermaulbeerbaums
Uhane	das normale Bewußtsein; die geistige Ebene
Unihipili	Unterbewußtsein

Ennu-Begriffe

bozdesprii	Geistergänger, Geistermeister; vgl. auch *ungagok*
dorajuadiok	mächtiger Geist von großer Intelligenz, der sich aus reinem Bewußtsein und stark konzentrierter Energie oder universaler Kraft zusammensetzt
dordok	Geisterhelfer
dorniok	persönlicher Geist alles Lebendigen – und der nichtbelebten Dinge
enerzuak	Wassergeist
Ennu	die menschlichen Wesen
odiok	Namensseele, unterscheidet Menschen von Tieren bzw. Pflanzen
onerniok	Lebensodem; unterscheidet Menschen bzw. Tiere von Pflanzen
ungagok	Geistergänger, Mystiker, Schamane, Fürsprecher seiner Gemeinschaft bei den Geistern

Zen-Begriffe

bodhi-Baum	Feigenbaum, unter dem Siddharta Gautama, der historische Buddha, die vollkommene Erleuchtung erlangte
gasshō	zusammengelegte Handflächen; Geste des Grußes
kōan	Formulierung aus einem *sūtra*, eine Darlegung der Zen-Erfahrung; das Wesentliche eines jeden *kōan* ist das Paradoxon – das, was jenseits des Denkens ist, was logisches, begriffliches Denken transzendiert. Das *kōan* ist kein «Rätsel» im eigentlichen Sinne, da es nicht mit dem Verstand zu lösen ist; zu seiner «Lösung» bedarf es eines Sprunges auf eine andere Ebene des Begreifens
rōshi	verehrungswürdiger Meister; Zen-Meister

seiza	still sitzen; traditionelle japanische Sitzhaltung, bei der man kniend auf den Fersen sitzt, den Rücken gerade aufgerichtet hält
sesshin	Sammeln des Herz-Geistes; Tage besonders intensiver, strenger Übung des gesammelten Geistes; vgl. auch *zazen*
sūtra	Leitfaden; Lehrrede des Buddha
zabuton	Sitzmatte; meist mit Kapok gefüllte und mit dunkelblauem Stoff überzogene Matte, auf der man *zazen* übt
zafu	rundes Sitzkissen aus schwarzem Stoff, das zum *zazen* benutzt wird
zazen	Sitzen in Versunkenheit; meditative Praxis
zendō	Zen-Halle; ein besonderer Raum oder eine Halle, Gebäude, wo *zazen* geübt wird

Andere Begriffe

nierika	Nahtstelle (Pforte) zwischen der alltäglich erfahrbaren Wirklichkeit und der nicht alltäglichen Wirklichkeit – oft auch Geisterwelt genannt (der Begriff stammt von den Huichol-Indianern in Mexiko)
Phosphene	in früher Phase während einer Trance: Halluzinationen leuchtender geometrischer Formen – gewöhnliche Linien, Punkte, Zickzacklinien, Gitter, Wirbel ...
Therianthropen	Halluzinationen von Tieren, Menschen, Ungeheuern – Kombinationen aus Tier- und Menschengestalt; Geisterhelfer

Anmerkungen

Kapitel 1

1 Michael Harner, *The Way of the Shaman* (San Francisco: Harper and Row, 1990).
2 Joan Halifax, *Shamanic Voices: A Survey of Visionary Narratives* (New York: E. P. Dutton, 1979).

Kapitel 5

1 Joseph Campbell, *Hero of a Thousand Faces*. Bollingen Series 22 (Princeton, NJ: Princeton University Press, 1968; Erstausgabe 1949), SS. 77–78. Deutsche Ausgabe: *Der Heros in tausend Gestalten*. Frankfurt (Suhrkamp) 1978.
2 Ibid., S. 82.
3 Gary Smith und Michael E. Long, «Utah's Rock Art, Wilderness Louvre», *National Geographic* 157:1 (1980), SS. 97–117.
4 Siehe z. B. Marija Gimbutas, *The Goddesses and Gods of Old Europe, 6500–3500 B.C.: Myths and Cult Images* (London: Thames and Hudson, 1982); und von derselben Verfasserin *The Language of the Goddess* (San Francisco: Harper and Row, 1989).
5 David Lewis-Williams, «The Thin Red Line: San Notions and Rock paintings of Supernatural Potency», *South African Archaeological Bulletin* 36 (1981), SS. 5–13; «The Economic and Social Context of Southern San Rock Art», *Current Anthropology* 23:4 (1982), SS. 429–49; *The Imprint of Man: The Rock Art of Southern Africa* (London: Cambridge University Press, 1983); «The San Artistic Achievement», *African Arts* 18 (1985), SS. 54–59; «Cognitive and Optical Illusions in San Rock Art Research», *Current Anthropology* 27:2 (1986), SS. 171–78; «Southern Africa's Place in the Archaeology of Human Understanding», *South*

African Journal of Science 85:1 (1989), SS. 47–52; und bei T. A. Dowson, «The Signs of All Times: Entopic Phenomena in Upper Paleolithic Art», *Current Anthropology* 29 (1988), SS. 201–45.

6 Siehe z. B. Richard Katz, *Boiling Energy: Community Healing among the Kalahari Kung* (Cambridge und London: Harvard University Press, 1982), und Richard Lee, «The Sociology of Kung Bushman Trance Performance», in *Trance and Possession States*, R. Prince, ed. (Montreal: R. M. Bucke Memorial Society, 1968).

7 R. K. Siegel, «Hallucinations», *Scientific American* 237 (1977), SS. 132–40; R. K. Siegel und L. J. West, eds., *Hallucinations, Behaviour, Experience and Theory* (New York: John Wiley, 1975); und H. Kluver, *Mescal and the Mechanisms of Hallucinations* (Chicago: University of Chicago Press, 1966).

8 Joan Halifax, *Shaman, The Wounded Healer* (New York: Crossroad Books, 1982), S. 69.

9 Sandra Ingerman, inzwischen eine mächtige Schamanin und Medizinfrau, ist die Verfasserin von *Soul Retrieval: Mending the Fragmental Self* (San Francisco: Harper and Row, 1991) und *Welcome Home: Following Your Soul's Journey Home* (San Francisco: Harper and Row, 1994).

10 David Lewis-Williams, «Seeing and Construing: A Neurological Constant in San Rock Art», Vortrag auf einer Konferenz zu Ehren von J. Desmond Clark, Berkeley, CA, 1986.

Kapitel 9

1 Siehe P. D. Ward, *The End of Evolution: On Mass Extinctions and the Preservation of Biodiversity* (New York: Bantam Books, 1994).

2 Zehnte Internationale AIDS-Konferenz, Yokohama, Japan, August 1994.

Kapitel 11

1 Siehe z. B. I. P. Couliano, *Out of this World: Otherworldly Journeys from Gilgamesh to Albert Einstein* (Boston und London: Shambala Press, 1991).

2 Siehe William Anderson, *Green Man: Archetype of Our Oneness with the Earth* (San Francisco und London: Harper Collins, 1990). Deutsche Ausgabe: *Der grüne Mann. Ein Archetyp der Erdverbundenheit.* Olten (Walter) 1993.

3 Martha Beckwith, *Hawaiian Mythology* (Honolulu: University of Ha-

waii Press, 1940, 1985); David Kaonohiokala Bray, *The Kahuna Religion of Hawaii*, 2. Ausgb., (Kailua-Kona, HI: David M. Bray und Marian E. Charlton, 1987); Serge Kahili King, *Kahuna Healing* (Wheaton, IL: Quest Books, Theosophical Publishing House, 1983); Serge Kahili King, *Mastering Your Hidden Self: A Guide to the Huna Way* (Wheaton, IL: Quest Books, Theosophical Publishing House, 1985); Serge Kahili King, *Urban Shaman* (New York: Simon and Schuster, 1990); Max Freedom Long, *The Huna Code in Religions* (Los Angeles: DeVorss, 1965); und L. R. McBride, *The Kahuna: Versatile Mystics of Old Hawaii* (Hilo, HI: Petroglyph Press, ohne Jahr).

4 Witter Bynner, *The Way of Life According to Lao Tzu* (New York: Perigee Books, 1980).

5 Matthew Fox, *Meditations with Meister Eckhart* (Santa Fe, NM: Bear and Co., 1983).

Kapitel 12

1 Die Fauna zu Nainoas Zeit weist eine Mischung aus tropischen neuweltlichen und altweltlichen Tieren auf. Die neuweltlichen Formen sind typisch für die heute in Mittel- und Südamerika vorkommenden Iguanas, Klapperschlangen, Anacondas, Buschmeister, Boas, Krokodile, Wasserschweine, Agutis, Tapire, Nabelschweine, Jaguare, Krallenäffchen, verschiedene kapuzinerartige Äffchen, Papageien, Harpyien etc. Zu den altweltlichen Elementen zählen auch Arten aus Asien, zum Beispiel Elefanten, Tiger, Nektarvögel, Orang-Utans, Gibbons, mehrere Makaken, Hirschziegenantilopen, Netz- oder Gitterschlangen, Nashornvögel und mehrere Papageienarten. Die afrikanischen Elemente sind Löwen, Schimpansen, Gorillas, Paviane, Stummelaffen, mehrere Meerkatzen, möglicherweise Ducker, Warzenschweine, Gazellen, Königspythons und Felsenschlangen, Warane sowie verschiedene Papageien und andere Vögel.
Ich habe mir wegen dieser merkwürdigen Tierschar viele Gedanken gemacht und kam zu dem Schluß, daß diese Formen Nachfahren von Tieren sein könnten, die aus Zoos, Zirkussen und privaten Sammlungen freigelassen wurden, als die Zivilisation zusammenbrach.

Kapitel 13

1 Ibid. Harner 1990.

2 Charles Tart, *States of Consciousness* (El Cerrito, CA: Psychological Processes, 1983).

3 Der geritzte Stein aus Tata ist abgebildet in Bernard G. Campbell, *Humankind Emerging*, 5. Ausgb., (Boston, MA: Scott, Foresman and Co., 1988), S. 417. Am selben Ausgrabungsort wurde eine oval geformte, glatt polierte und mit rotem Ocker gefärbte Elfenbeinplatte gefunden.

Kapitel 15

1 Diese letztere Möglichkeit scheint der Fall gewesen zu sein. Ich kehrte 1989 nach Kalifornien zurück, um für ein Jahr an einer Zweigstelle der University of California Anthropologie zu lehren. Im Spätsommer 1989 fuhr ich allein vom südlichen Kalifornien nach San Francisco, weil ich am UC-Berkeley Laboratory for Human Evolutionary Studies einiges zu erledigen hatte. Nainoas Besuch könnte während dieser Fahrt stattgefunden haben. Der Freeway, von dem aus Nainoa so viel gesehen hat, stürzte beim Erdbeben im Herbst 1989 ein und wurde inzwischen abgerissen. Sollte Nainoa während dieser langen Tagesreise mit mir Kontakt aufgenommen haben, so bin ich mir dessen jedoch nicht bewußt geworden.

2 Für weitere Informationen s. Serge Kahili King, *Kahuna Healing* (Wheaton, IL: Quest Books, Theosophical Publishing House, 1983).

Kapitel 21

1 R. Aitken, *The Mind of Clover: Essays in Zen Buddhistic Ethics* (San Francisco: North Point Press, 1984). Deutsche Ausgabe: *Ethik des Zen.* München (Binderichs) 1989; und *Taking the Path of Zen* (San Francisco: North Point Press, 1982). Siehe auch Shunryu Suzuki, *Zen Mind, Beginner's Mind: Informal Talks on Zen Practice* (New York und Tokio: Weatherhill Books, 1970). Deutsche Ausgabe: *Zen-Geist, Anfänger-Geist. Unterweisungen in Zen-Meditation.* Zürich (Theseus) 3. Aufl. 1982.